晏阳初

苗勇 著

人民东方出版传媒
东方出版社

我在河北正定县工作时，对晏阳初的试验就做了深入了解。晏阳初在乡村开办平民学校、推广合作组织、创建实验农场、传授农业科技、改良动植物品种、改善公共卫生等，取得了一些积极效果。

习近平

我将用我的双手和灵魂投入工作，直至打碎将我们的人民束缚在贫困、无知、疾病和自私之中的锁链。

——晏阳初

如果说平民教育是世界史上的绝唱,那么他(晏阳初)就是为这首绝唱而生的使者。

——题记

目 录

序一 我读晏阳初／钱理群 ——— 1

序二 为和平而教育世界／晏鸿国 ——— 6

第一章 少年求学 寒门男儿初长成 ——— 001

第二章 服务华工 立志终身为平民 ——— 097

第三章 总会成立 茫茫海宇结同人 ——— 149

第四章 广传薪火 丹心一片赤子情 ——— 207

第五章 扎根乡村 开发脑矿得真经 ——— 265

第六章 定县模式 我以我血荐轩辕 ——— 337

第七章 走出国门 誓除天下文盲 ——— 415

第八章 举世瞩目 功业千秋成伟人 ——— 455

第九章 心系故园 此心绵绵无穷尽 ——— 481

附　录 千秋功业泽后代 ——— 493

　　伟人当铭记／何开四 ——— 494

　　故乡情怀与英雄情结对接之书

　　　　——读苗勇新著《晏阳初》／凸凹 ——— 499

　　务把文盲除尽

　　　　——读《晏阳初》有感／李国军 ——— 503

后记 仰望晏阳初／苗勇 ——— 509

序一

我读晏阳初

钱理群[1]

苗勇和东方出版社邀我为《晏阳初》一书作序。多年前我在"志愿者文化丛书"中写了一篇小文,表达了我对晏先生其实践、其理论、其精神的感佩,至今无改,就以它代序吧。

在 20 世纪 20—40 年代中国平民教育和乡村建设运动中,晏阳初无疑是最重要的代表人物之一。如研究者所说,晏阳初所领导的教育和乡村改革试验,"无论就其规模之宏大、历史之长久、组织之严密、计划之周详、参加的教育与农业等专业人员之众多,以及运用现代教育理论指导实践的深度与广度来看,都是极为引人注目的"[2]。晏阳初(1890—1990)在百岁人生的历程里,留下的是一个个辉煌的足迹,即晏阳初所说的"乡村改造运动史"上的"几个历史事件"[3]:1917 年,在第一次世界

---

[1] 钱理群,北京大学资深教授。退休后,更多关注语文教育、西部农村教育、地方文化研究和青年志愿者运动,同时从事中国当代民众思想现象研究。

[2] 宋恩荣:《晏阳初全集》序言,见《晏阳初全集》第 1 卷,湖南教育出版社 1989 年版,第 23 页。

[3] 晏阳初:《在危地马拉训练班结业典礼上的讲话》(1965 年 4 月 29 日),见《晏阳初全集》第 2 卷,湖南教育出版社 1992 年版,第 407 页。

大战的欧洲战场上，二十七岁的晏阳初从事华工服务，为他们办汉文班，编《驻法华工周报》，认识了"苦力"之"苦"和"力"，由此走上了平民教育之路；1922年，作为青年会平民教育科的主持人，晏阳初又在长沙、武汉等地组织大规模的市民识字运动，他的同龄人毛泽东也是其中的义务教员，这是晏阳初平民教育在国内的小试身手；1923年，"中华平民教育促进会"正式成立，晏阳初被聘任为总干事；1929年，晏阳初走出了他一生事业中决定性的一步：到定县主持全面改革农村教育与建设的研究与试验，以此作为整个中国社会问题研究的试点，并创造了"定县主义"和"定县精神"；1932年，国民政府召开内政会议，通过县政改革案，晏阳初担任河北县政建设研究院院长，并以定县为县政建设实验区，这标志着定县试验进入一个以县政改革为中心的新阶段；1934年，全国乡村重建会议召开，全国乡村建设的团体达六百余个，试验区和试验点达一千余处，晏阳初的定县之外，梁漱溟领导的山东邹平、陶行知领导的南京晓庄、卢作孚领导的四川北碚、黄炎培领导的江苏昆山、高践四领导的无锡黄港试验都有很大影响，乡村建设试验蔚然成风。[1]1936年，晏阳初又应湖南省政府之请，创建衡山试验县；1937年抗战全面爆发，晏阳初立即组织"农民抗战教育团"，同时坚持乡村改造试验，并把范围扩展到四川新都和重庆附近的"第三专员区"的璧山、巴县、北碚、铜梁、綦江县、合川、江北等县；1941年在重庆歇马场建立的乡村建设育才学院更是为抗战时期的乡村建设培养了大批人才；1951年，晏阳初去职到美国，建立了国际平民教育运动委员会，并积极推动国际乡村改造运动（LMEM）；1958年，在晏阳初的倡导下，菲律宾创建了国际乡村改造学院，他先后协助菲律宾实行乡村改造三年计划，并协助亚洲的泰国和拉丁美洲的危地马拉、哥伦比亚成立乡村改造促进委员会。这样，定县试验的经验得到了世界范围内的推广，并适应

---

[1] 参看刘重来：《卢作孚与民国乡村建设研究》，人民出版社2007年版，第52页。

第三世界各国不同的国情,有了新的创造与发展,晏阳初因此被称为"国际平民教育和乡村改造运动之父"。

如晏阳初自己所说,他"穷干,苦干,硬干"了一辈子,"从中国干到世界上干"。① 面对各种赞扬与质疑,他如此"自剖":"我是怎样的一个人呢?我是中华文化与西方民主思想相结合的一个产儿。我确是有使命感和救世观;我是一个传教士,传的是平民教育,出发点是仁和爱。我是革命者,想以教育革除恶习败俗,去旧创新,却不注重以暴易暴,杀人放火。如果社会主义的定义是平等主义——机会和权益的平等,我也可以算是一个社会主义者,但我希望人类以和平的方式解决问题,故不赞成斗争,也不相信阶级决定人性。我相信,'人皆可以为舜尧'。圣奥古斯丁说:'在每一个灵魂的深处,都有神圣之物。'人类良知的普遍存在,也是我深信不疑的。"②

有意思的是,首先引起国际重视和认同的,是"革命者"晏阳初:1943年,美国纽约市科斯克图森科基金会和哥白尼逝世四百周年全美纪念委员会,成立了由世界百余所著名大学和研究机构代表组成的特别表扬委员会,推选"我们时代里具有哥白尼的革命精神","在处理问题的思想和方法上已做出或正在做出具革命性意义的贡献"的"当代革命伟人",晏阳初和爱因斯坦、杜威、福特等十人同为获奖者。③ 1948年,国际东西方协会给晏阳初授奖时则称他为"出身于书香世家的中国人民的儿子和世界公民",并赞扬说:"你已准备了一整套不但能为中国,而且能为世界任何地方的平民改善生活,并被证明为行之有效的办法。你在

---

① 转引自吴福生:《我看晏阳初》,《晏阳初纪念文集》,重庆出版社1996年版,第49页。
② 晏阳初:《九十自述》(1987年),见《晏阳初全集》第2集,第508、529-530页。
③ 《晏阳初膺选"现代世界具有革命性贡献伟人"的文件》,见《晏阳初全集》第3卷,第797-798页,湖南教育出版社1992年版。

世界黑暗之处点燃了一盏明灯。"[1] 1983年,他在九十寿辰时[2],获"人民国际"授予的"艾森豪威尔大奖章",以表彰其"对世界和平和相互理解的特殊贡献"。1987年,美国总统里根为晏阳初颁发"杜绝饥饿终身成就奖",赞誉他"六十余年来,为杜绝第三世界饥饿和穷困根源,始终不渝地推广和开拓着一个持续而综合的计划"。[3] 1988年,里根为晏阳初祝寿时又表示:"我始终相信,人们有潜力解决自身的问题。我很赞赏您为发扬这一思想所做的终身努力","您为免除人类的愚昧和贫穷所做出的贡献,是您赐予未来一代最宝贵的财富"。[4] 1989年,美国新任总统布什也为晏阳初祝寿,称"您是我们人类的颂歌",并这样谈到他对晏阳初思想的理解:"您已使无数的人认识到:任何一个儿童绝不只是有一张吃饭的嘴,而是具备无限潜力的、有两只劳动的手的、有价值的人。"[5] 这都是非常到位的评价。在中国,晏阳初曾一度受到曲解并渐渐淡出人们的视野,直到1985年由时任全国人大常委会副委员长周谷城出面,邀请晏阳初回国访问,并给予重新评价,恢复了他的"享誉国内外的著名平民教育家、乡村改造运动的倡导者和实践家"的历史地位。[6] 近二三十年来,晏阳初

---

[1]《东西方协会主席和董事会的奖辞》(1948年),见《晏阳初全集》第3卷,第799页。

[2] 晏阳初本人一直认为自己出生于1893年,与卢作孚、梁漱溟、毛泽东同龄,1983年即为九十大寿,1988年、1989年即为九十五、九十六岁寿辰;但后来查晏氏家谱,才订正为1890年出生。

[3]《美国总统罗纳德·里根颁"杜绝饥饿终身成就奖"》(1987年),见《晏阳初全集》第3卷,第302页。

[4]《罗纳德·里根致晏阳初95寿辰贺辞》(1988年),见《晏阳初全集》第3卷,第803页。

[5]《乔治·布什致晏阳初96寿辰贺辞》(1989年),见《晏阳初全集》第3卷,第804页。

[6] 雷洁琼:《晏阳初——平民教育运动的开拓者》,见《晏阳初纪念文集》,第1页。

得到了广泛的认同,人们赞扬他是中国农民的"真正朋友"[1],说他"心中只有农民,他的一言一行都是为了农民的利益",他"非凡的智慧和坚毅来自对农民的忠诚"[2],"他彰显并证实了人类精神中的潜力和弹性"[3]。更重要的是,这些年陆续出现的一批青年志愿者,作为新一代的乡村建设者,他们以"晏阳初"命名自己的乡村建设基地,表明晏阳初的事业在他的祖国、故土有了继承人,这自然是意义重大、影响深远的。

晏阳初在他生前最后一次的公开演讲里表示:"愿我毕生的工作——乡村改造——成为我的遗产。"[4]这是一份十分丰富厚重的遗产,它首先体现为一种广泛、持久、富有成效的实践活动,令后人永远怀想;同时,它更具有极大的理论含量,而且这是真正从中国现代社会实践中提炼出来的理论,是本土的又是现代的中国教育思想和乡村改造与建设思想,因此它也就能够超越其所产生的时代,而对中国现代教育与社会改造产生持续的影响,以至我们今天重读晏阳初当年的著述时,常常有亲聆教诲、如耳提面命之感。用我习惯的说法来说就是,晏阳初的思想和梁漱溟、陶行知、卢作孚等乡建先贤的思想一样,都"活在当代中国"。而我们要继承他们的遗产,也首先要通过阅读他们相关的著作,领悟其思想,感受其精神,并以之作为我们正在从事的改造中国农村教育与社会的新的实践的精神资源。

---

[1] 胡絜青:《小小的认识》,《晏阳初纪念文集》,第2页。
[2] 陈志潜:《乡村建设的先驱》,《晏阳初纪念文集》,第8页。
[3] 吕健心:《我的自我认同过程》,《晏阳初纪念文集》,第87页。
[4] 转引自理查德·埃尔斯·大卫:《在晏阳初诞辰一百周年纪念会上的讲话》(1993年10月26日),见钱理群:《志愿者文化丛书·晏阳初卷》,生活·读书·新知三联书店2018年版。

序二

为和平而教育世界

晏鸿国[①]

近日，作家苗勇撰写的长篇传记小说《晏阳初》即将付梓，索序于我，甚感欣慰。苗勇作为巴山儿女，曾在巴中工作多年，算是旧识。我知道他出版过多部文学作品，也斩获了多个文学大奖，颇有实力。但令我万万没想到的是，他走出巴中以后能在政事繁忙之余，继续投身于晏阳初的研究与创作，并以小说的形式向世人系统讲述晏阳初的故事，传播晏阳初思想。对晏氏研究及其精神传播而言，这实乃一大幸事。同时，古今中外许多地方，皆因为历史事件或文化名人而誉满世界，引来八方宾朋探幽揽胜。像山东曲阜的孔庙、浙江兰溪的诸葛村、四川眉山的三苏祠、四川江油的李白故居，皆因名人而彰显天下。我想，除了缅怀、继承和发扬晏先生的精神外，苗勇未尝没有张扬巴中人文之意。

作为一个专职研究晏阳初长达四十余年的晏氏后人，我心里认为，要写好晏阳初，除了要有深厚的文字功底外，还必须博学多才，有浓厚的感情。于是，我带着苛求的眼光先睹了苗勇先生的新作《晏阳初》。不看则已，一看还真的放不下手，先后读了六七遍，越看越高兴，让我这个"专家"眼前一亮、拍案叫绝。从作品的字里行间，我看到了作家苗勇严谨的治学态度和济世情怀，看到了身着粗布长衫还是少年的晏先生

[①] 晏鸿国，西南大学中国乡村建设学院名誉院长、晏阳初博物馆名誉馆长。

背负简单行囊，身怀救世之志，沿着茫茫蜀道，越过巍峨的米仓山，从蜿蜒曲折的巴河畔出发，跨过崇山峻岭，远涉重洋，求学美国，学成归来扎根定县，再把产生于中国大地的"定县经验"推向世界。晏先生身上闪耀着他用一生时光，如苦行僧般布道平民的圣性光芒。

小说文笔优美，结构紧凑，布局合理，考证严密，可读性强，是纪念晏先生，继承和发扬晏先生精神的最好方式。好话说多了，难免有溢美之嫌，作品优劣我想让读者评判。下面，作为一个专门从事晏阳初研究的老研究者，就我知道的晏阳初概述如下，以飨读者。

晏阳初，一位艰辛的跋涉者。1890年，晏阳初生于四川巴中县城一宿儒之家。幼入私塾习诵"四书五经"；1907年赴阆中天道学堂学习西学，毕业后进修于成都华美高等学校；1913年考入香港圣保罗书院；1916年赴美国耶鲁大学留学。毕业后的第二天便登上海轮，去法国普兰（Bologue）为中国劳工服务，亲眼见到了华工无知无识的窘境，遂萌生了为劳苦大众脱贫治愚的理想。1920年从美国普林斯顿大学毕业后，回到中国，并于1923年担任中华平民教育促进会总干事长，开始了他在中国长达20余年的平民教育运动。从此，这位从大巴山深处走出来的平民子弟，找到了一种感觉，成就了一种境界。从20世纪初叶至1990年病逝于美国纽约，他先后在亚洲、非洲、拉丁美洲等地从事平民教育运动，获得了世界认可。"言人之所未言，道人之所未道"，晏阳初先生致力于平民教育和乡村改造运动，或晨光熹微，或夜阑人静，或跋山涉水，或辗转南北，用他的执着，他的挚情，铺出了一畦畦绿韵悠悠的田园。鲁迅先生曾自喻为"人民大众的牛"，吃的是草，挤出来的是奶、血，晏阳初先生追求的正是这种无私的奉献精神。1929年，他举家迁往定县，领导整个试验，一干就是近10年，探索出了"定县经验"，引起了国内外普遍关注。"沙里藏金，细淘始见；庭前磨玉，勤琢方成"。

晏阳初，一位著名的教育家。晏阳初致力于平民教育和乡村改造70余年，以深邃的目光，从高远的角度，以鸟瞰的方式，毕生的热血，凸显涌动世界平民教育的滚滚春潮，将如何提高平民素质的全景图展现在世人面前，启迪后人继承和弘扬。晏阳初的平民教育思想不是一般的教育思想，而是宏观上的大教育思想，其内容涉及经济、哲学、文化等各个领域；教育的形式包括学校式教育、家庭式教育、社会式教育；教育的对象则将男女老少尽囊其中，而重点则是受苦受难的农民和社会基层的城市平民阶层。晏阳初先生的平民教育观主要体现在，一是有着空前先进性和超前性的人才观。他要求学生具有劳动者的体力、专家的知识、教育者的态度、科学家的头脑、创造者的气魄、宗教家的精神，还特别注意对学生道德情操和能力的培养，提倡"四自"，即自习，培养知识力；自给，培养生产力；自强，培养健康的体力；自治，培养纪律和战斗力。他要求学生"其他差一点没关系，'四力'兼备和'人格'上一定不能打折扣"。二是具有完备和可操作的平民教育体系。晏阳初先生经过几十年的探索实践，从开办平民学校，以教授"千字课"为主"除文盲"的初级阶段，逐渐形成了一套完整的平民教育体系：教育的对象由城市平民变为占人口绝大多数的农民；教育的内容由单纯的读书识字转为文艺教育、生计教育、卫生教育、公民教育等四大教育；教育的方式也从单纯的学校式教育发展为学校式教育、家庭式教育、社会式教育。四大教育和三大方式被称为"定县经验"的核心，是晏阳初教育思想的精髓，不但有深远的历史意义，在今天的历史条件下，对于脱贫攻坚、实施乡村振兴等仍有十分重要的指导意义。三是晏阳初先生"除天下文盲，做世界新民"的思想具有全面性和全局性。什么叫"新民"？晏先生解释："必须具有知识力、生产力、强健力、团结力，'四力'皆备才叫新民。"由此可见，平民教育是以提高民族素质为目的的教育。晏阳初的"平教"理论是教育史上的一面旗帜，是教育史上的一个精神符号，也是巴山儿女的光荣和骄傲。

晏阳初，一位可敬的爱国人士。一个从巴山蜀水走出来的平民子弟，成为蜚声世界的伟人，几多艰难曲折，几多荣辱兴衰。是什么支持他含着眼泪，咬着牙关，从中国走向世界的？是什么鼓励他威武不能屈，富贵不能淫，矢志不渝为劳苦大众服务的？是他对劳苦大众深沉的爱，是他对祖国的拳拳忠诚。"民为邦本，本固邦宁"的坚定信念，"治国平天下"

的壮志，在法国为劳工服务、在法国华工营发现"苦力之苦，苦力之力"，为祖国争光，为抗日奔走、争民族解放，靠募捐兴学、为强国奠基，都体现了晏先生拳拳赤子心，涓涓爱国情。巴中人民深深地挚爱着晏先生，晏先生更是眷恋着这片故土，这里的山山水水、一草一木都牵动着他的情。正如晏先生所说："尽管我四海为家，有时午夜梦回，难免乡思万缕。"故乡巴中，永远是老人心里最柔软的部位，乡愁无时无刻不在牵萦着他。这里有他童年的快乐时光，有他日夜思念的亲人。"老吾老以及人之老，幼吾幼以及人之幼"，他把对故土和亲人的思念，化作了更加勤奋的劳作，为普天下苦难的劳苦大众尽瘁劳神。

晏阳初的教育思想在世界教育史上留下了光辉的一页，在世界上赢得了极大的荣誉。晏阳初还获得过耶鲁大学等九所大学的荣誉学位；菲律宾麦格塞奖和金心奖章、危地马拉国鸟勋章、美国的艾森豪威尔大奖章和里根总统颁发的杜绝饥饿终生成就奖。美国里根总统称赞晏阳初："漫漫数十年，为那些积弱贫困地区及偏远地区的人，创立了自我拯救的思想。为服务发展中国家孤落山村和广大乡村的农业、公共卫生、教育事业，您开创新道……您的工作一直影响着发展中国家的开发道路……您为免除人类愚昧和贫困所做出的贡献是您赐予未来一代最宝贵的财富。"

晏阳初之所以有如此成就，正是由于他奉行了那句砥砺终身，目前在全世界广为流传的名言："……我对我的上帝和生我养我的土地起誓：我将用我的双手和灵魂投入工作，直到打碎将我们的人民束缚在贫困、无知、疾病和自私之中的锁链……"他用自己的一生践行了自己的诺言。

当前乡村振兴正在如火如荼推进，中国农村面貌正在发生历史巨变，先生有知，当含笑九泉。长篇传记小说《晏阳初》此时面世，正适其时，相信将会有越来越多的人通过对小说的阅读，了解先生事迹，洞悉先生推行的平民教育和乡村建设运动，传承他的裕民理想，进而积极献身乡村振兴的伟大实践，矢志为实现中华民族伟大复兴的中国梦而努力奋斗！

第一章

少年求学　寒门男儿初长成

1

迤逦绵延的大巴山，西接八百里秦川，东连高耸的巫岭，横贯千里。山就是这里的特色，重峦叠嶂，起伏绵延，一眼望去，群山如海，万峰如戟，太阳欲坠未坠。

这是一块神奇而古幽的土地，许多悠远美丽的传说就散落在这片雄奇秀丽的青山绿水间，几千年来，在人们口耳相传中氤氲着古朴的芬芳。

相传，在混沌初开的远古年代，这里奇峰对峙，飞瀑流泉，森林蓊郁，走兽成群，飞鸟蔽天。女娲神游至此，见此美景，大为心动，觉得这奇山丽水间没有人烟实在太可惜了，便在一棵菩提树下用黄土造起人来：她照着父母的模样捏造老人，照着哥哥伏羲的模样捏造男人，照着自己的模样捏造女人，照着弟妹的模样捏造孩童……她把捏造好的泥人放在山上，风一吹，阳光一照，泥人便活了起来，咿咿呀呀地四处乱跑……

早在数万年前，这片毗邻巍巍秦岭，位于华夏中央的莽莽山野，便有了人类活动的踪影，他们在这里开天辟地，繁衍生息。直到今天，这里连绵不断的山水间仍流传着有关女娲造人的许多动人传说，散布着和这些传说有关的古迹。

小巧秀丽的巴中城，就坐落在这里。

清光绪十六年九月初十（1890年10月26日）上午，位于巴中城西文星街私塾的美堂先生给学童布置了生字，看看学童都在埋头临帖，便背着手站在窗前。一缕金色的阳光和煦地照在塾馆猪肝色的木格窗上，明亮而柔美，一些细碎的光斑喜悦地洒落在先生素洁的长衫上，像镀了一层黄金。美堂先生环视了一圈伏首临帖的学童，角落里有几个学童正在窃窃私语。他也不阻止，微微笑了一下，背着手信步迈出了塾馆。

此时的巴中城，秋阳高远、安静古幽。错落的房屋顺着巴河的南面蜿蜒排开；河的北面是高峻的王望山，山上落叶乔木的叶子已经泛黄，点缀在常年青葱的松柏间，这里一堆，那里一丛，更为山添了丰韵。一

第一章　少年求学　寒门男儿初长成

阵阵清新潮湿的风从巴河上吹过来，掠起了美堂先生的青色长衫和逸飞的神思。望着阳光中沉静的王望山，耳畔隐约响起了唐代章怀太子李贤那首《黄台瓜辞》：

> 种瓜黄台下，
> 瓜熟子离离，
> 一摘使瓜好，
> 再摘使瓜稀，
> 三摘犹自可，
> 摘绝抱蔓归
> ……

李贤是唐高宗李治第六子，女皇武则天次子，其母武则天掌政伊始，被贬于巴中。李贤到了巴中后并不气馁，励精图治，把这个偏隅小城治理得井井有条。处理政事之余，他便在城东三十里外的曾口河畔的书台山上筑台苦读，期冀有一天母后能回心转意，召他回长安，他可为国效力。

李贤的美好愿望并没有实现。无望的等待中，噩耗传来——李治驾崩。李贤惊悲交加，胆裂心摧，跌跌撞撞地爬上巴中城北高山，跪望长安，痛哭失声，涕泗横流。

高宗驾崩，武则天再无羁绊，废唐立周，加快了屠戮李家子嗣的步伐。李贤远在巴中得知李氏子嗣九死一伤，郁郁感怀，遂作《黄台瓜辞》，规箴母后，不料反而触怒了武则天，被逼自尽于巴中。

巴中百姓感念太子仁德，将其厚葬于巴城北山，并改山名为王望山。此后每年正月十六，万人登临山顶，一为踏春，二为缅怀，代代相传，已成为巴中民俗……

塾馆下面，清莹碧透的巴河水，一路欢歌，银练似带，萦城流过。秋天时节，河水虽远没了盛夏的汪洋恣肆，可那涓涓的细流却澄碧喜人，清澈见底，河底游鱼细石，直视无碍，两旁郁郁青草，恣肆漫绿。常有一二浣衣少女，莺语燕声，相约同行，于河坝幽深宽敞之处洗衣戏耍。那清脆圆润的歌声，常常惹得青年男子流连驻足。

美堂先生收回逸飞的思绪，等他走进塾馆，学童已经写完了生字，几个胆大的正在四面乱跑；美堂先生威严地咳嗽了一声，奔跑的学童吐吐舌头，飞快地溜回自己的座位。他也不生气，拿起桌子上的书，清了清嗓子，正要讲解课文，就看见大儿子春霖上气不接下气地奔进来，大声叫道："伯伯（方言，即爸爸），快点回去，娘要生了……"

美堂先生闻言，连忙合上书，让学童提前散学回家后便立马和大儿子急匆匆地赶回家去。

美堂先生一家租住在巴中城西门，离塾馆两里左右的外草坝街的一座小木楼中，前面有个小小的庭院，院子里长着几棵高大的杨树，枝叶茂盛。虽是租住，但景致幽深，倒也有几分书香世家的味道。美堂先生夫人吴氏，今年四十多岁了，已经育有三个儿女，大儿子春霖也到了婚配的年龄，但哪想到今年春节时又高龄遇喜。这大半年来，美堂先生一直是提心吊胆、喜忧参半。特别是近日，夫人身子渐渐沉重，他的心就提到了嗓子眼，连梦里都紧绷着弦。每次到塾馆前，都要仔细叮咛几个儿女，要他们好好照料母亲，一有动静，就马上去塾馆找他。

美堂先生姓晏，名乐全，字美堂，祖籍四川巴中三江百花溪，祖上是巴中有名的书香之家。美堂自幼聆听家训，文脉渊博，通晓诸子百家，经史子集，在巴中城里是有名的饱学之士。因仕途不畅，加之本也无心为官，于是承继先人之业，在城西设馆讲学。因博学多识，性情谦和，令名远播。学童慕名前来投师的很多，但他收费低廉，加之子女多，收入只能勉强维持家用，日子向来清贫。

美堂先生除了是一位通晓诸子百家的儒士，还是远近闻名的医生，且是家传。乡邻不论是大病小恙还是疑难杂症，都纷纷前来求美堂先生诊断。他总是一脸的微笑，认真诊问病情，开好药方后，叫患者到街上药铺自行抓药。美堂先生只看病，从不卖药，而且从来不收取诊金。照他自己的话说，自己并不是专业的郎中，不能断了人家郎中的生活。美堂先生的善举让很多人感念不已。街上的几个郎中也因此和他成了知交，遇到棘手的病症时，还会主动来找美堂先生商量。

夫人娘家姓吴，是距离巴中城南六十多里南江县元潭大户人家的女儿，白净清秀，颇有威仪。虽然不识字，小脚，但自幼熟悉礼仪，性情淑婉，自嫁于美堂以来，勤俭持家，教子严明，一家人其乐融融，日子过得平静安适。

夜晚的天空飘着黑压压的乌云，四边高山怀抱的巴中城，隐隐有猿啼传来。

美堂先生站在窗外，听着卧室里妻子一声接一声的呻吟，又看了看黑压压的天空，搓着手从院子东边走到西边，又从西边走回东边……来来回回，焦急无比。

"使劲啊，晏夫人，使劲……"是接生婆焦急的声音。

"再使劲，快出来了……"接生婆鼓励着，掺杂着妻子一声又一声的呻吟。

"好啊，小家伙出来了！"将近黎明时分，屋内终于传来了接生婆喜悦的声音，"恭喜先生，恭喜夫人，又添了个带把儿的！"

美堂先生推开房门，高兴地从接生婆手里接过孩子，兴奋地对妻子道："娘子，辛苦你了！"

妻子经过刚才的拼命挣扎，这时已经疲惫地闭上了眼睛。

"晏先生你看，小家伙很胖呢！"接生婆也是一脸的高兴。

美堂接过孩子，小家伙眼睛都没睁开，只是不依不饶地大声哭着。

"交给我吧，估计他是饿了。"妻子睁开了眼睛，虚弱地喃喃道。

美堂喜滋滋得把儿子放到妻子怀里，小家伙一下子就不哭了。

美堂这才发觉自己满头的汗，衣服都湿透了。母子都平安了，他一颗紧悬着的心才放了下来。

巴中习俗，小孩出生三天后要全身沐浴，清洗干净，叫作"洗三"。到时候亲戚朋友都会前来祝贺，祈愿孩子一生平安幸福。

第三天一大早全家人就早早地起来了，妻子娘家的嫂子们，头一天傍晚就过来了，预备着招待"洗三"当天前来的客人。平时显得有几分冷寂的院子，此时是那么热闹，人进进出出，街坊邻居也都过来帮忙。

才吃过早饭，就有人提着礼物上门了。美堂先生一身长衫，站在院门口迎接："里面请，里面请！"

"祝贺晏先生，祝贺……"

客人总是一边说，一边把礼物交到旁边的人手里，乐呵呵地走进院子。

太阳已经老高了，客人来了不少，男人都被安排坐在院子里，喝喝茶，说说闲话。阳光移进了院子里，洒下一片金黄，树缝间漏下的阳光斑点散落在客人身上，像笑容那样暖和。女客高声说笑着，纷纷走进内室，探视刚生产的母子俩，一边抱抱孩子，一边和躺在床上的吴氏闲聊。吴氏一脸笑容，在床上温语相答。不时有要好的姐妹走进走出，言笑晏晏。不懂事的小儿子和小女儿也时时跑进跑出，嘻嘻哈哈的笑声在院子里荡漾。空气里充满了喜悦的味道。

中午的宴席就摆在阳光下，摆了满满一院子，气氛很热闹，美堂先生和几个平日里的文友坐在一起。妻子不能与大家一起就食，抱着刚刚睡去的婴儿陪坐在丈夫身边。

酒过三巡，坐在对面的邱秀才在席间站起身来。他常和美堂先生诗酒酬答，交情很深，此时他微笑着给美堂先生斟上满满一杯酒，自己也倒上，双手一拱说：

"祝贺美堂兄，祝贺嫂子，中年喜添麟子，我在这里代席间各位敬你们一杯。"说完喝下了杯中的酒。

"谢谢邱贤弟。"美堂先生微笑谢过，双手举杯，环拱一圈，一饮而尽。

邱秀才看美堂先生喝完，并不坐下，又满满斟上酒，道："再冒昧问一句，不知美堂兄给孩子取了名字没有，如果没有，兄长今天何不就在这宴席之上为令公子取一名字，也好教大家得知。"

第一章　少年求学　寒门男儿初长成

"好！好！"大家纷纷应和，邻座的客人也放下杯箸叫好。

美堂忙将酒杯放下，举手作揖答谢："谢谢亲朋好友抬爱，这几日实在忙碌，小儿的名字真还没想过。既然各位问起，现在我就为小儿取一名字吧。不过太过仓促，取得不好，你们可不要见笑。"

"哪里，哪里，美堂兄取的名字，肯定不会错的。"

美堂略微一沉吟："犬子小名就随他的两个哥哥，大哥叫春霖，二哥叫汝霖，他就叫云霖好了。至于大名，按照晏氏族谱'名正言顺，事成礼乐兴，声鸿实大，世代文章盛'。小儿是'兴'字辈，叫他兴复吧，希望他长大后，兴旺我晏氏门楣，为我大清国做点有用的事。"

"好……"同桌几人回应道。

"不过兴旺、兴盛也很不错。"美堂接着又说道，像是自语，又像是更正。

"到底叫什么？"有人催促他。

"让我再想想"。

大伙儿静了下来，期许地望着美堂先生。

邱秀才满面春风，笑吟吟地看着他。

美堂先生想起小儿出生那个早晨的情景，随着那道响亮的啼哭，天空那黑压压的乌云突然消失不见，猛而迸发出万道霞光，霎时云彩漫天。屋顶也突然出现了一群鸟儿低飞盘旋，叫声清脆，动作欢快，久久不愿离去……

"太阳初升，生机勃发。"美堂十分激动，大声说道，"叫阳初。"

"阳初，晏阳初，好！"大家纷纷站起来将杯中酒一饮而尽。

2

俗话说，"小孩愁生不愁养"。转眼之间，在全家人浓浓的爱意中，晏阳初就长到四岁了。不过胖胖的晏阳初从小就格外淘气，声音格外响亮，记忆力也特别好。明明还在东屋喊，转眼那声音就挪到了西屋，刚刚还在身边，一眨眼就跑得不见了人影。等中午吃饭时，哥哥姐姐满街满巷地找才找到他，早上出门才换上的干净衣服，中午已经脏得不成样子了，小脸上也是花一块白一块。母亲看着他忽闪忽闪的小眼珠，经常是又好气又好笑，拿他没有办法。

一天晚上，天有些闷热，大人都在院子里乘凉，晏阳初和几个邻居家的小孩玩捉迷藏，几个小家伙呼喊着奔来跑去，玩得非常高兴。美堂先生也不阻止，任他淘。满院子是几个小孩惊乍乍的叫声。

轮到晏阳初藏了，他悄悄地躲到了床下，等了许久，小伙伴都没找到他，他不知不觉睡着了。邻居家的小孩四处找不到他，喊他也不答应，没有了兴趣，嘟囔着各自回家去了。

很晚了晏夫人才想起他，觉得好一会儿没听到晏阳初的声音了，慌了起来，一家人到处找也找不到，晏夫人差点急哭了。邻居听说晏阳初不见了，也过来帮忙寻找。东寻西找，一直折腾到深夜，晏夫人才在床下面发现了他。小家伙睡得正香呢，睡梦里还不住地咂嘴，好像在咂咪什么可口的东西。晏夫人把他抱出来，美堂先生只是不住地摇头，母亲嘴里一边抱怨着，一边把他的脸洗干净，放到了床上。熟睡中的晏阳初迷迷糊糊的，什么也不知道。

四年来，几乎每天早晨一睁开眼睛，屋子里就全是晏阳初的叫声。特别是白天的时候，和一群孩子，一会儿上山，一会儿下河，踏足之地包括城北历史厚重的王望山，城南流连忘返的南龛坡，城东高插青冥的凌云塔，城西山势陡峭的西龛山，弯弯曲曲的巴河边。巴城的山山水水、沟沟坎坎，到处有晏阳初奔跑玩耍的足迹。有时他还缠着父亲到塾馆去玩，偶尔还乖乖坐在塾馆里摇头晃脑地跟读。晏阳初的二哥会拳术，在庭院里练拳时，晏阳初也会跟着学，还学得有模有样。

巴中城的东边有一座魁星阁，是古巴中城人民因渴望子女成才，为了祭拜祈求传说中主宰科举考试的神——魁星点斗——而修建。这魁星阁高大雄伟、古朴飘逸，有民谣"巴城有个魁星阁，高高耸入云里头"流传当地。

一天下午，晏阳初又领着一群小孩子爬上魁星楼旁边高大的黄角树，

第一章　少年求学　寒门男儿初长成

手里挥舞着一根小棍子，嘴里嚯嚯哈哈，大声叫喊道："我是大侠，我是将军，我要除暴安良……"然后一群小孩子就像下面条一般从枝条上一跃而下，声势颇为浩大。恰巧这时美堂先生回家，看到了这一幕，心里不由一颤。正要上前喝止时，又听晏阳初大声道："刚刚练武完了，现在我们开始读书。"

"人之初，性本善。性相近，习相远……"然后魁星阁旁就传来了阵阵读书声。

美堂先生顿时小心起来，悄悄上前探身一看，只见一群小孩子坐在地上，背着双手，四岁多的晏阳初学着自己平时上课的样子，踱着小方步，正在给这群小孩子授课，而授课的内容正是晏阳初平素跟着美堂先生到学堂随口拣来的《三字经》。小阳初仰着头，字正腔圆，很是熟练。美堂先生没有打扰他，只是静静地看着。结束时晏阳初还像模像样地道："要好好读书，才能修身齐家治国平天下……"

回到家，美堂与夫人谈起此事，夫妇都觉得晏阳初该做点什么了。
……
那天晚上，美堂先生夫妇房里的灯一直亮到了深夜。

第二天早上，母亲叫过晏阳初，细心地给他换上一件崭新的土布长衫，把四角拉得平平的。然后，姐姐又像往常一样，给他梳了六条小辫子。姐姐一松手，小阳初就叫着往外跑，却被母亲一把拉住了："云霖，过来！"

晏阳初转过身，母亲看了看他，又帮他仔细理了理衣角，然后把头一夜熬夜缝制的一个新书包挎在了他的肩上。

小阳初好奇地看着肩上的新书包，翻过来翻过去瞧，感觉很新奇。但他又不太明白母亲的意思，瞪着大眼睛，迷惑地看着母亲，觉得今天母亲的话好奇怪。这时就听见母亲语重心长地说：

"云霖啊，你也四岁多了，再不能成天没规矩地四处乱跑了，你该读书去了。今天你就跟你伯伯上学去，行吧！"

"云霖啊，"母亲搂着他，"你要记住，一个男儿要好好地读书，好好地学本事。只有这样,等长大了才能做个有用的人,才会被人家尊敬,知道吗?"

晏阳初还太小,听得似懂非懂,在旁边一直没有说话的父亲俯下身来摸摸他的头:"听母亲的话,跟伯伯去读书,书里啊有很多有趣的事,比捉迷藏好玩多了,你想不想和伯伯去啊?"

父亲的声音很温和,微笑地看着四岁多的晏阳初。

晏阳初经不住父亲眼神的诱惑,使劲地点了点头。

"去,我和伯伯去学堂读书!"

母亲见晏阳初点头,又严肃地说道:"从今天起,你就是读书人了,要站有站相,坐有坐相,走有走相,吃有吃相。既不能乱跑,也不准乱跳……"

晏阳初不管母亲说什么,只管说:"好嘞,我上学去啰!"

父亲拉着他,父子俩一高一矮,迎着朝阳向院门外走去。

此时朝霞初绽,东方的天空露出一片绯红的云霞,映得漫天红晕。美丽的巴中城还没有完全从昨夜的甜梦中苏醒过来,有几只鸟在洒满阳光的院里翩飞,清脆的啼鸣惹得空气也活泛起来。暖和的阳光里,父子俩牵着手,走过东城街,走过禹王庙,走到文星街,走进了父亲的塾馆。

"阳初,过来。"

进了塾堂后,美堂先生带着小阳初先向被敬奉在墙上的"天地君亲师"牌位行礼。

晏阳初听从父亲的话,恭恭敬敬向牌位拜了几拜。然后父亲又拉着晏阳初,走到第一排坐下。晏阳初好奇地回过头,满堂的大哥哥都笑嘻嘻地看着他。

父亲的塾馆里有三十几个学童,年龄参差不齐,从六七岁到十五六岁都有,满满地坐了一屋。当然,不满五岁的晏阳初是最小的。

"同学们,你们先背背昨天的功课,一会儿一个个到前边来背给我听。"

开始上课了,父亲叫学童熟读头一天教下的课文,自己背着手在教室里来回走动。

第一章　少年求学　寒门男儿初长成

一时间,塾馆里书声琅琅。

这是一天中塾馆里最热闹的时候。学童的年龄大小不一,美堂先生根据他们年龄的不同,教以深浅不同的课文。几十个学生,所背的课文大多是不同的。为了自己读书不致受到其他同学影响,每个人都尽量把声音放到最大。晏阳初虽多次在窗外听父亲上课,也背得《三字经》《百家姓》中的个别句子,但正式上课还是第一次。他不识字,也不知道背什么,便转过身,好奇地望着大哥哥们摇头晃脑的读书姿势,这是幼小的他所不熟悉的场面,他被这热闹的读书情景深深地吸引了。在他的潜意识里,这种摇头晃脑的读书姿势应该有着极大的乐趣,要不,为什么每个人都是一脸的幸福呢?!

晏阳初多么希望,自己也能马上像大哥哥们一样大声地读书啊。

抽过背诵后,美堂先生给学童布置了习字课,然后把晏阳初叫到身边,指着手里的书教他识字。晏阳初高兴极了,他安静地站着,父亲读一句,他就跟着读一句,他尽力模仿着父亲的朗读节奏,大声朗读那些他还根本不懂其意的文字。

塾馆的生活一切都是那么新奇有趣。学习的时光,是快乐充实的。每天晏阳初天不亮就起床,草草洗脸、吃饭后就跑到学堂,一直读到中午,回家吃过午饭再回校,读到晚饭时间。

晚饭后,暗淡的菜油灯下,美堂先生会坐在书桌前,剔亮灯盏,叫晏阳初将白天里他讲解的诗文背诵一遍,并逐一讲释文义。对于晏阳初弄不明白的和他那个年龄尚无法理解的深奥道理,美堂先生总是会放下手中的书,一遍又一遍给他耐心地讲解,还时不时地用些浅近的譬喻,直到晏阳初点头。

偶尔美堂先生晚上也会和几个意气相投的文朋诗友去吟诗作赋。父亲不在家,晏阳初也从不懈怠,遇到不懂的地方,就去向两个哥哥请教,很多时候他古怪突兀的问题,让两个哥哥都答不上来。

晏阳初记忆力颇强,再难的诗句,只要读一两遍就能背诵。没多久,他就能认识很多的字,头天的功课,第二天抽到他时,他总是背得滚瓜烂熟。

美堂先生自是满心高兴，悄悄跟妻子说起过几次，但就是不让晏阳初自己知道，怕他骄傲。

一种能读书识字的成就感充盈在晏阳初幼小的心田，此时的他几乎把全部的精力放到了学习上，小阳初沉浸在知识的海洋里。在塾馆里，认真听讲，大声朗读课文；回到家里，遇到不认识的字，他也会逮着谁就问谁。家里出了个这样爱读书的人，大家都看在眼里，喜在心上，都乐意为他答疑解惑。

书中自有千钟粟，书中自有黄金屋。自从进了学堂，以前那个调皮捣蛋的小家伙不见了，时不时地家里就传出他稚嫩的读书声：

"玉不琢，不成器；人不学，不知义……"

几个月过去了，在父亲的严格督促和自身刻苦学习下，晏阳初已能勉强跟上大哥哥们的进度，和他们一起朗读课文了。这对他来说，是多么令人高兴的事情啊！

"贤乃国之宝，儒为席上珍……尊师以重道，爱众而亲仁……"

每天清晨，晏阳初总是早早地来到教室，翻开书，摇头晃脑、煞有介事地大声读书。他有一副好嗓子，声音清脆响亮，常常盖过其他学童的声音。他响亮的声音里夹杂了脆脆的童音，大哥哥们都喜欢听他读书。

渐渐地，其他学生的声音小了下去，只有他，还是那样响亮地读着："言忠信，行笃敬。君子安贫，达人知命……"

清脆的声音传出教室，传遍了大西街。

父亲看到晏阳初喜欢朗读，也总是有意识地训练他，常常叫他领读课文。这更激发了他的求知欲。几年过去了，晏阳初成了每堂课上理所当然的领读者，连十几岁学童的课文，他都能流利地背出来。美堂先生嘴里不说，心里可是赞许有加，而这时的晏阳初俨然成了塾馆里的"二先生"。

3

美堂先生虽是旧学儒士，但思想并不迂腐守旧。清末的私塾里，国家并没有统一的教材,只是以《千字文》《千家诗》《论语》《孟子》《大学》《中庸》《尚书》《诗经》等传统的书籍为主。美堂先生却是因材施教,经常根据每一个学童的年龄和才智,结合巴中的风土人情适当选用文章,让每一个学童都能听懂、学懂。美堂先生性情温和,一脸笑容,丝毫没有旧时私塾先生的迂腐和森严气息。

当时的清王朝,慈禧垂帘,皇帝懦弱,国力衰微,西方列强纷纷入侵,圈划各自的势力范围,一时把大清国弄得四分五裂。就连巴中这样僻远的山野小城,也能感受到大清朝的末日气象。对这样的国情,美堂先生和当地有识之士常常聚在一起,讨论形势,对大清的前途忧心忡忡。私下里他们也有意识地阅读了当时一些进步书籍。美堂先生的枕边常常有严复、梁启超等人的著述,晚上睡觉前,他会认真地阅读这些闪烁着人文理想的文章,赞叹他们的改良思想,也看清了大清国积弱积贫的真正原因。

很多时候,给学生讲解课文的间隙,美堂先生会自觉或不自觉地告诉学童大清国的形势,列强对中国的肆意蹂躏和掠夺,百姓过着暗无天日的生活。这时的美堂先生神情肃穆,语调激越。他的一言一行,都对幼小的晏阳初产生了深远的影响,使他从小就萌生了为国为民的理想。

在晏阳初尚幼小的求学岁月里,中国传统文化中的忠孝仁义思想,就在父亲言传身教的潜移默化下,深入了他的灵魂。"民为邦本,本固邦宁""民为贵,君为轻,社稷次之……"古代仁人贤达的风骨和睿智让他沉迷。儒家文化所奉行的民本思想,仿佛是暗夜里的一盏明灯,一直点亮在晏阳初的心上,使他发愤努力。

二十多年后,当他在法国帮助中国贫苦劳工时,心底突然一片通明,从此燃起熊熊大火,并决定了他一生追求的道路。

……

巴中文星街,地处小城中心,十分热闹。这里商贾遍布,店铺林立,人流不息。店铺间夹杂有许多茶馆酒肆,每当天色将晚,华灯初上时,总是人来人往,熙熙攘攘,是巴中人消夜游玩的好地方。

文星街正中央有一座两层的茶馆，房屋古朴，装饰典雅，名叫"清流"。清流环境清幽，格调古拙，给人舒适脱俗的感觉。这是巴中城里文人雅士聚饮的地方。美堂先生常和三五文朋好友会聚于此，衔觞赋诗，互为酬答，倒也是平静日子里一件乐事。

这天美堂先生应好友邱秀才之邀，和几位诗友聚于清流。众人一起说些闲话，谈谈街头巷尾流传的市井笑谈、民间逸事。席间话题散漫，气氛活跃。

中国的文人从来就有关心国事的美德，文人聚会，不是忧国忧民，就是谈论文化教育。不知不觉间，谈论的话题就转到了教育和文化上。近段时间蜀内陈腐的学风，较以前大有改观，说起这些，每个人都是满心欢喜，赞不绝口。

邱秀才呷了口茶，放下茶杯，润了润嗓子，说道："我辈虽是旧学儒士，可说老实话，那种'死'读经典篇章，不知变通的书袋似的阅读，的确应该改了。如今西学东渐，讲究通经致用，人们只觉得耳目一新。我大清如能剔除那些无用的八股，讲究学以致用，让学童格物致知，我大清何愁不强大！"

美堂先生应口道："的确如此，我大清现在国力衰微，屡遭外倭蹂躏。这已经是不争的事实。但我大清有今天的颓势，实与不革除弊症，盛行陈腐之学说大有干系。我闲暇偶读严复诸公文字，深有同感，我国之教育，早该以实用为主，注重科学，人人自新，方能彻底革除我国之弊。"

李先生颔首称是："我辈明白人，自当人人奋发，引导青年，开一代新风，不能再因循守旧，理应学习西洋人奉行的一些科学技术知识，'师夷长技以制夷'，则我国才会国富民强，不再落后于其他民族……"

一时席间议论纷纷，不住有人对清朝腐颓之学风摇头，对大清衰微的国势悲痛叹惋。

忽然年轻的杨书生大悟似的说："说到学习西洋知识，告诉大家一个好消息，我日前听说，保宁府（今四川阆中）有洋人将到我们巴中来传教，不知道他们传布的洋教，是不是就是我们谈论的西洋知识。"

众人一喜，却又无人知晓那洋教到底为何物。巴中地处偏远，交通不便，很少有人到外边去过。说起这些，大家都很茫然。

邱秀才望望大伙，说："这洋教到底是什么内容，在座各位都没见识过，但我以为，既然是宗教，大抵和我国之佛教、道教一样，是一种信仰，还不能和先进的西洋知识相提并论。"

"是啊，宗教的东西，带有很多的主观神化，是与真正的科学有一定距离的。"美堂先生略有所思地说道。

大家你看看我，我看看你，均不得而知。看到大家都有点迷惑，美堂先生岔开了话题。

对西洋知识的讨论，也就成了一席茶坊闲话。

4

晏阳初在传统文化的熏陶下，一天天成长起来。书本里那些流淌着先民智慧和仁德的文字，那些透着谦让风骨的故事，常常让他痴迷。父亲个性温和，很少生气，他总是以自己的言行感染着子女。母亲是从大户人家走出来的女儿，从小就恪守着忠孝礼义的儒家道德，这也体现在对子女的教育上，对几个孩子，她从来都是德威并施。她严格地管束着孩子们，要求他们温良谦让，不准言语粗俗，缺乏礼貌。儿女们做得好了，她就是一脸的微笑；如果做得不好，轻则责骂，重则"家法"伺候。母亲家教谨严，更让晏阳初时时砥砺着自己。在这潜移默化的熏陶中，晏阳初成长为一个谦恭有礼的少年。

清光绪二十二年（1896年），晏阳初六岁了。这一年风调雨顺，家家谷满仓，户户有余粮，是个丰收的好年景。等庄稼收割完了，谷子装进了粮仓，农闲了，高兴的农人们纷纷祭祀神灵，感谢上天赐予的好年景。每天黄昏，放学路上，都能听到喧天的锣鼓声，空气里常常洋溢着丰收的喜悦。

这天下午放学，时间还早，美堂受朋友之邀，没有和晏阳初一同回家,独自先走了。晏阳初和几个小伙伴一路高高兴兴,嬉戏打闹着,蹦蹦跳跳往家里走。走到城中心龙母宫时,听见里面敲锣打鼓,好不热闹!龙母宫里正在唱戏谢神,大街上,来自四面八方的人纷纷往那里赶。

一听说有戏看,几个小伙伴都兴奋地拍手跳起来,纷纷高叫着往人群里挤。晏阳初也高高兴兴地钻了进去,挤到一个高高的台阶上,从人缝里往戏台上望去。

大戏已经开场,是巴中传统的保留剧目《牡丹灯》,是巴中城里流传很久远的一个凄美爱情故事。讲述的是一个叫素秋的官宦大家闺秀和一个叫乔文远的白面书生相爱而不能在一起的故事。后来二人双双殉情,死后终成眷属。晏阳初对这个故事早就耳熟能详,却百看不厌。什么《蒲道官斩巴蛇》《太子贬巴州》《赵琼瑶四下河南》……这些在巴中广为流传的民间故事,父亲在很小的时候就给他讲过了。

晏阳初满心喜悦,凝神看着戏台,不知不觉沉浸在了戏剧情节里。

戏台上,小姐素秋和书生乔文远游园偶遇,一见钟情。只见那书生风流倜傥,扮相俊朗,一甩水袖,牵动人心,引得台下的观众啧啧称赞;那小姐顾盼生姿,风情万种,莺声燕语,唱得婉转动听。

晏阳初正听看得入了神,突然有人从后面狠狠推了他一把,晏阳初没提防,顿时吓了一跳,差点跌下台阶。等他稳住身,回头看,一个小伙伴站在人群里嘻嘻地笑,正在为自己的恶作剧得逞而得意呢!

看戏的兴致被打搅了,晏阳初又怒又气,转过身去,朝小伙伴猛地扑过去。晏阳初平时就跟二哥练过武术,那小伙伴哪里是对手,一下子就被扑倒在地,来不及躲,掉下戏台阶,来了一个狗吃屎的动作——扑倒在地,头上顿时起了一个大乌包。

小伙伴大哭起来,晏阳初自己也被吓坏了,站在那里不知所措,眼巴巴地望着小伙伴哭泣着走开了。

坏了!母亲一定会知道的!想起母亲家教严谨,要求他们温良谦让,不准言语粗俗。想到这里,晏阳初心里害怕极了,再无心思看戏,悄悄挤出了人群。他不敢回家,一个人在大街上四处游荡。不知不觉间,就

第一章　少年求学　寒门男儿初长成

走到了东城的河滩边，巴河水哗哗地向西流去，丝毫不知道他心里的惶恐，深秋的风吹在身上，让他心烦意乱。

暮色四合，天渐渐暗了下来，远远地，河对岸的村庄里传来了狗叫声，还有农家小孩唤归鸡鸭的声音，鸟儿们也叽叽喳喳归巢而去。对面的山影已很模糊，回望巴城，家家户户的窗子上都映出了朦胧的灯影。

晏阳初有点想家了，但他不敢回去，怕挨打。这会儿估计母亲肯定已到处找他去了，他心里更加害怕，不知道怎样才能躲过这一劫。

天完全黑了，秋风一阵阵掠过来，吹动他的衣襟，夜晚的风有点凉。晏阳初害怕地看着黑幽幽的四周，孤零零的，一个人也没有。好像暗处正有无数双眼睛看着他。他害怕极了，赶忙快步跑回城里，悄悄地躲到了自家院子外面。仔细听听，家里好像没有什么响动，趁着黑暗，蹑手蹑脚地溜进院子，偷偷回到自己的房里，钻进了被窝，肚子明明很饿，但他强忍着，不敢出去。

心里有鬼，晏阳初哪里睡得着。蒙眬里，听见房门在响，他的心提到了嗓子眼，大气也不敢出。果然是母亲掌着灯走了进来。母亲一脸严肃，掀开被子，不由分说，对着晏阳初的屁股就是一顿竹鞭。晏阳初痛得难以忍受，却又不敢大声哭，只是低声饮泣。母亲停下来，生气地说："你平时读书，就是学习道德礼仪，要懂得宽容谦让，而你，为了这么一点小事，就和伙伴争执打架，你平时的书都读到哪里去了！仗着和你二哥学了几天武术，就去恃强凌弱，给家里人惹事，辜负了平日里父母对你的教诲……"

母亲越说越气，在晏阳初童年的记忆中，这是母亲打他最厉害的一次。母亲板着脸，用小竹片狠狠地抽他的屁股，还不准他哭出声来。跟着进来的父亲也不上来为他说情，站在那儿一声不吭。

终于，母亲被父亲拉走了。晏阳初一个人在黑暗里，想到自己犯下的错误，想到母亲的气愤，屁股还是火辣辣地痛，他伤心地小声哭着，不知不觉就睡着了。

半夜里，晏阳初从疼痛中醒过来，蒙眬里看到母亲正红着眼睛给他敷药，屁股一挨着就火辣辣地痛。

"哎哟！"他不禁出了声。

"云霖（在家母亲从来都叫他的小名），很疼吗？"是母亲温柔的声音，接着母亲一只手将他轻轻抱起。

晏阳初转过身，母亲的眼睛也是红红的，好像哭过，他连忙挣扎着爬起来说："娘，我错了，我以后再也不敢了，娘，我改了，我再也不惹您生气了……"

"我的好儿子……"娘一声叹息似的呢喃，一下把晏阳初拥入怀里。依偎在娘温暖的怀中，疼痛似乎顿时减轻了许多。他伸出右手，拭去娘眼角的泪珠，"娘，您不哭，我以后再也不欺负人家了，天天认真读书。"

母亲被他童稚的劝慰逗乐了，摸摸他的小屁股。

"疼吗？"

母亲的声音真好听，像缎子一般平滑柔和，丝毫没有先前的威严。

"不疼了"。晏阳初点点头，又摇摇头。

"云霖，你要记住。"娘的声音变得严肃起来，"你是娘身上落下的肉，娘打你，是不得已的，娘打在你身上，疼在自己心上，但娘不能娇惯你，你做错了事，娘就要让你明白，是要受到惩罚的。每个人都要对自己的行为负责。"

顿一顿，娘抬起头来，眼光盯着黑夜里某个地方。

"因为娘希望你长大后做一个有知识有品德的人，懂吗？"

娘的神色从来没有这么庄重过，晏阳初狠狠点了点头。只听娘轻轻叹了口气，摸了摸他的头："乖，肚子饿了吧？"

晏阳初不好意思地点点头，母亲微笑着给他端来热气腾腾的饭菜，"来，我的小书生。"

那夜的饭菜真好吃，晏阳初风卷残云，几次被噎住，母亲在旁边不住地提醒："慢点慢点，没人跟你争。"

那几夜，娘破例和他睡在一起，夜夜为他敷药。枕着娘的手臂，闻着娘熟悉的味道，晏阳初的梦都是甜甜的呢！

很多年后，晏阳初在《九十自述》中都这样说道：

这件事常常告诫我，忍耐！忍耐！忍耐……若不是忍耐，我没法活到今天；若不是忍耐，我早不愿为我的运动去募款求人，看人脸色；若不是忍耐，我早不愿住在穷乡僻壤，让虫子咬、蚊子叮。也有想发脾气的时候，但只要想到您的鞭子，我就会在心中默念，"小不忍则乱大谋"。所谓大谋，就是父亲耳提面命的古圣哲理，就是照亮我人生旅途的火种。

5

那天早上，晏阳初还在被窝里迷迷糊糊地睡大觉，蒙蒙眬眬中听见一墙之隔的大街上人声嚷嚷。他的瞌睡被喧闹的人声搅醒了，正在恼火，嘟嘟囔囔地抱怨，姐姐跑进房间喊："云霖，云霖，快些起床，有洋人到我们巴中来了，马上就要经过我们家门口了，快起来去看哦！"姐姐边说边跑了出去。

听说有洋人来了，晏阳初一骨碌爬起来，也顾不上洗脸，边往外跑边穿衣服。走出房门才发现家里静悄悄的，一个人都没有，估计都跑到外面看洋人去了，就连平日里从来不喜欢凑热闹的父亲也不在他的书房里。

巴中城四周山高林密，交通十分不便，以前从来没有来过洋人，也很少有巴中人去过外面，偶尔有人出去了，就在外面安了家，也很少有回来的时候。人人都想看看外国人和巴中人长得有什么不同。一听说有洋人来了，简直是万人空巷，每个人都想一睹为快。

晏阳初穿好衣服，飞快地跑到街上，随着人群的眼光望去。远远地，有几个洋人从东门街走过来，身边还有县衙门的几个陪同官员。洋人们一个个身材魁梧，眼窝深陷，眼睛碧蓝，简直就像猫眼，鼻子高高隆起，似乎那上面可以挂十二个油瓶，一头火红的头发，像庄稼地里的包谷穗子，乱蓬蓬的。其中一个洋人还把自己的红头发梳成清国人的长辫子，像一条火红的狐狸尾巴披在身后，模样很怪异。他们一律穿着中国人的布衣长衫，看起来有些不伦不类，惹得围观的人们哈哈大笑。

"你们看，他们简直就像罗刹，红头发、蓝眼睛，要是在晚上遇见，准会吓死人……"

"他们那样高，头会磕着门楣的……"

人群中，人们窃窃地议论开了，忍不住哈哈大笑。

洋人们都很友好，一脸的微笑，见两边的人望着他们大笑，他们也不生气，还跟着傻笑。时不时地他们会俯下身来，操着半生不熟的中国话跟大家打招呼，他们古怪的发音更惹得人群中爆出笑声。看到这一幕，连平时最严谨的美堂先生也忍不住点头莞尔。

巴中来了洋人，这在巴中的历史上还是头一回。一连几天，全城百姓嘴里都热切地议论着这件事。人们有很多种猜测，洋人们到我们巴中来做什么呢？看到有衙门官员陪同，很多人都很担心，是不是巴中也被他们瓜分了？

还是衙门的告示解了大家的疑问。告示上说，这些洋人来自英国，是英国基督教（中国内地会）的传教士。他们到巴中来，是为了传播基督教义，介绍西方的科学文化，把基督的福音撒遍全世界。果然，就在人们忐忑的观望中，几个月后，洋人们就在巴城西门外草坝街建立了巴中第一座基督教堂——福音堂。

福音堂是建好了，可一连几个月，除头几天看热闹的人外，到那里去聆听洋教士们传教的人寥寥无几。

洋教士们很困惑，其他城市的教众发展都很顺利，这里是怎么了？调查后才发现，巴中地处僻远，交通不畅，外面先进的文化和思潮进来得慢，更不用说洋人的宗教了。古语有云："性格是地域的生成"，巴中城四周都是高山，这使得巴中人的性格中大都有比较守旧谨慎的一面。外在表现，往往就是对待新生事物，一开始都会持一种怀疑与观望的态度。还有，洋教士大多不精通汉语，更不用说巴中方言的多变和俚语了，面对满口方言的巴中话，他们那点本来就少得可怜的汉语词汇根本不管用。这使得他们与巴中百姓存在着巨大的交流障碍。无人光顾福音堂，自然也就是情理之中的事情。

第一章　少年求学　寒门男儿初长成

为了改变这一现状，打开局面，洋人们委托县衙门的姚师爷帮忙物色一位汉语教师。他们愿意出高薪，条件是这位汉语教师在巴中要有不错的影响，博学多识且人品端正。

姚师爷接受洋人的委托后，第一个就想到了于文星街设馆授学的美堂先生。论名气学识，论人品气度，巴中城里自是非他莫属了。美堂先生眼光深远，思想开明，对外来文化从来都持一种批判接受的态度，不像那些抱残守缺的老迂夫子，一味地褒扬自己的文化，而唾弃外来的优秀文化。

"姚师爷，您请坐。"这天，姚师爷专程到巴城西门外草坝街家里来的时候，美堂先生正在给晏阳初讲解课文。见是姚师爷，美堂先生赶忙叫妻子搬来凳子。

姚师爷也不推辞，坐下来，开门见山地说明了来意："美堂公，我今天登门不为别的。福音堂急需一位国文教师，我想来想去，只有你最合适，故，专门来找你，就是想问问你的意思。"说完，看着美堂先生。

"这个……"美堂先生没有思想准备，一时不知道怎么回答。

"待遇还是不错的，我算过了，不比你的私塾低。"姚师爷笑了，"当然，你肯定不会考虑这个的。福音堂找到我，我第一个就想到了你。说实话，我也怕找一个名不副实的人去，那不是把我们巴中的秀才说得一文不值了吗，你说这是不是？要是那样的话，不只是臊巴中人的皮，还是臊中国人的皮。你如果去了，就什么问题也没有了。"姚师爷说出了自己的心里话。

"容我想想……"美堂先生觉得姚师爷说得在理，自己也有些心动，他也想去了解一下，西洋教育和大清的学堂教学有什么不同，这可是个好机会啊。

姚师爷见他心动了，也不容他再说什么，站起身来告辞："好了，就这样说定，我还有事，先走了。你也准备一下，到时候我来叫你去和魏牧师见见面。"话音刚落，姚师爷已经走到了院门外。

美堂先生目送姚师爷走远，又低下头，督促晏阳初学习课文。

姚师爷挑了个晴朗的日子，把主事的魏牧师（洋教士们为了传教的方便，都取了中国名字）和美堂先生约到了清流茶馆商谈此事。

美堂先生走进茶馆的时候，姚师爷和魏牧师已经到了，见他进来，二人都站了起来。

"美堂公，这边请坐。"姚师爷招呼着，一边向两人作介绍，"这位是美堂公。"

"这位是福音堂主事的魏牧师。"

"你好！"魏牧师按中国的礼节和美堂拱手，满脸的笑容，"姚师爷说过了，先生是巴中有名的宿儒，幸会幸会！"

"过奖了，过奖了。"美堂先生谦虚道。

三人交谈了起来，店小二倒上茶来。魏牧师喝不惯中国茶，连说抱歉。他的态度很诚恳，说话直接且坦诚。美堂先生本来还有些犹豫，但终于还是被魏牧师热诚的态度打动了，再想到这也是向洋人介绍我中华几千年的古国文明，对洋人、对巴中人都是有百利而无一害的好事，思索了一下，就点头答应了下来。

"好吧，我很高兴来福音堂。不过，我能不能做好，还需要魏牧师你多指点。"

"哪里哪里，你能来，我们很高兴。"魏牧师高兴地说。

姚师爷见两个人谈成了，也很高兴："我的联系工作算是完成了，下面就是你们的事情了。"

姚师爷说完转向美堂先生，说道："美堂公，你还得马上把你的私塾转让出去，好尽快到福音堂去。"

"你放心，我马上着手办理此事。"美堂先生点头。

接下来的几天里，美堂先生把私塾委托给了西城一个赋闲在家的老夫子，看到老夫子把学生教得头头是道，这才放心离开。

那是个阳光灿烂的早晨，美堂先生早早地起来了，穿着平素在节日才穿的青布长衫，目送着晏阳初走进了学馆。这才收回目光，径直向洋人的福音堂走去，正式做了福音堂里的中文教师。

第一章　少年求学　寒门男儿初长成

转眼间，时间已经到了1902年秋，美堂先生在福音堂授课已经有很长一段时间了。晏阳初也长到了十二岁，个子蹿高了不少。父亲的工作很忙，再没有机会亲自给他上课，对他的督促也放松了一些。

巴中有城墙，有钟鼓楼，早、午、晚鸣炮报时，等于是全城人的闹钟。很多个早晨，美堂先生起床到福音堂去授课时，晏阳初还躺在被窝里睡大觉。小孩子本来就渴睡，原也无可厚非。但美堂先生自到福音堂后，感触很深。福音堂的洋教士有一整套科学而严格的学习表，上午学什么，下午学什么，早就安排好了，老师不得随意调课。他们学习很认真，每天都是早早地端坐在教室里，等待美堂先生上课。学生如此，当老师的自然也就不敢懈怠。

与洋人处得久了，他们先进的思想、守时的习惯、严谨的学习态度，也渐渐感染了美堂先生。他认识到，私塾里随意的授课时间和内容都有待改善，而且也应该传授一些科学知识。

美堂多么希望，能以这些科学的作息时间来要求晏阳初啊！但自己没有时间。他想到了一个办法，专门为晏阳初写了首励志的小诗，粘贴在儿子的房间里：

> 炮响天明起着衣，
> 洋堂教授犹嫌迟；
> 吾儿何时得知事？
> 睡到邻家饭熟时！

晏阳初本来就很乖巧，看了父亲的诗，自感惭愧。此后只要听见父亲起床，他也就跟着起来了，学馆还没有开学，他就自己在家里温习头一天的功课。

父亲的勉励诗对晏阳初的激励是很明显的，十一二岁的少年，正是贪玩渴睡的懵懂年龄。自从父亲把这首小诗粘贴在他的小卧室以后，晏阳初的作息时间规律多了。早上一听见父亲的房间有响动，他就会一骨碌爬起来。父亲洗漱后,穿戴整齐出门到福音堂上课去了。这时候的家里除了早起做饭的母亲,其他人都还在被窝里。晏阳初会一个人站在院子里,就着微明的天光,大声地背诵头一天学习的课文,逐渐就会有人陆续起床,而此时的他又放下了书本,照着二哥平时教的武术套路,锻炼身体去了。

晏阳初恪守时间的良好读书习惯的养成,对他一生的影响是深远的。这在他十三岁就独自外出求学的漫长而艰辛的学习岁月里,显得尤为可贵。无论在哪里求学,他的学习成绩都名列前茅。而他在这些童稚岁月里大声朗读所不经意间锻炼的口才,更为他事业的成功奠定了坚实的基础。他成年后所从事的事业取得了举世瞩目的成绩,都是他良好习惯的最好印证。

偶尔一个周末的早上,美堂先生也会带晏阳初一起去福音堂。福音堂和私塾隔得很近。福音堂里是与当时巴中的私塾完全不同的西方教育模式,开设的课程也大不一样。

晏阳初一走进福音堂,就对这里的一切入迷了。福音堂开设了美术、历史、物理、化学等学科,这些都是晏阳初所不熟悉的课程,一进来他就缠着牧师们问这问那。美堂先生见儿子如此喜欢,也就经常有意识地让他接受一些西方的科学知识。

一来二去,福音堂的牧师们都和这个机灵好学的小少年混熟了。只要晏阳初一到福音堂,牧师们总是笑着"哈罗哈罗"地和他打招呼。晏阳初也总是朗声回应。他还无师自通地学会了几句简单的英语,虽然不伦不类,但牧师们却很喜欢,夸奖他聪明机灵。面对这个好学爱问的少年,福音堂里每个人都会尽心尽力地回答他提出的问题,有时还会出上一两个有点难度的问题"刁难"他。晏阳初自己回答不上来时,就总是黏着牧师给他讲解清楚,不然他会缠着不放。就在这种散漫而快乐的交往中,晏阳初学到了许多私塾课堂里从来不会教授的知识。

牧师中有一位高大和善、中文名姓魏的牧师,和晏阳初处得特别好,看到晏阳初如此好学,也乐于倾囊相授。空闲时他总是把晏阳初叫到自己的房间，给他看西洋的一些科技发明，请他吃西式的茶点。一来二去，两个人成了忘年交。后来晏阳初一到福音堂，就直奔魏牧师的房间，熟悉得像回自己的房间一样。两个人亲热地说着话，不时地爆发出一阵阵笑声。要是晏阳初几天没去了，魏牧师就会向美堂先生询问。每当这时，美堂先生傍晚回家就会带回魏牧师送给晏阳初的书籍，偶尔还有他喜欢吃的西式茶点。

6

1903年春天，巴中的寒冷去得很快，花期来得特别早。还是初春时节，到处便都是姹紫嫣红的花，和着脆丽的鸟鸣声，煦暖的阳光照着幽静古老的巴中城，一切都是那么闲适和生机勃勃。

春天来了，这可是孩子们的天下，再不用像在寒冬里，缩手缩头的，整天围在火炉边不敢出门。一大早，河滩上就充满了孩子们相互追逐的嬉闹声。这纯美的笑声也感染了沉睡的巴河，瘦了一冬的河床日益丰满起来。严冬里暗哑了几个月的巴河，也一天天地恢复了声响，欢快地流淌。四周围绕着的高山显得更加美丽婀娜，此起彼伏的鸟鸣声，把春天的喜悦涨得满空都是。

过了这个年晏阳初就十三岁了。十三岁的他已经有了自己的理想和志趣，不再像往年一样，和小伙伴一天漫山遍野地疯玩。常常小伙伴还玩得高兴的时候，他会静静地站在一边，思考一些他不懂的科学问题。或者一个人回到家里，坐在洒满阳光的院子里静静地看书。

阳春二月里，冬天的痕迹已经被温暖的春风吹得干干净净。那天傍晚，福音堂的牧师们破例放了假，到城外去迎接从保宁府（今四川阆中）专门到巴中来访问的姚明哲牧师（英文名 Willian H. Aldis）。

美堂先生作为巴中福音堂的一员，也在迎接的人群里。姚明哲是个高大和善的青年，一路行来，了解巴中福音堂的情况后，感觉很有成效，也显得很高兴，言谈中时不时爆发出欢快的笑声。

"晏先生，你等一等。"第二天放晚学的时候，魏牧师急急地从里屋走出来，叫住了正在整理讲义的美堂先生。

美堂先生抬头问："魏牧师，有什么事吗？"

"我有话要跟你说。"魏牧师快步走近。

美堂先生把讲义抱在胸前，站在那儿等待魏牧师说话。

"是这样的，"学了几年，魏牧师的巴中话已经说得不错了，他用比较流利但听起来依然是怪腔怪调的汉语说道，"刚才，姚明哲牧师说，他保宁府中文老师和你神交已久，这次听说他要到巴中来，特地给你带来了一封书信，并嘱咐姚牧师一定要代他到你府上去拜访……"

美堂先生闻言，感到有点惊讶，也有点激动，自己家里还从未招待过外国客人呢。但美堂知道外国人说话是非常认真的，说到你府上拜访，就一定要到你家拜访的，只好连连说："好啊，欢迎欢迎！"

魏牧师笑着说："那就这样说定了，你明早就不用到福音堂来了，在家里等着，我和姚牧师上午就过去。"

美堂先生连连点头："好，我在家里恭候你们的到来。"

看魏牧师没有其他的话了，美堂先生说："那我先走了，魏牧师，明天我在家里恭候你和姚牧师的到来，再见！"一边说，一边走了出去。

"好的，再见。"

魏牧师招招手，看美堂先生出了大门，他便走进了自己的房间，陪姚明哲牧师去了。

第二天天还没有亮，四周的景色还沉浸在黎明前的漆黑里，美堂先生一家人早早就起了床，忙着整理屋子，招待远来的外国朋友。美堂先生一介书生，耿直清贫，洁身自好，屋子里的陈设很简朴。他一边整理着房间，一边和夫人小声地合计着怎样招待客人。晏阳初在院子里高高兴兴地打扫着卫生，院子角落里，美堂先生精心培育的花开得正艳，左边的院墙边，高大的梨树也开花了，温暖的春风吹进院子，送来阵阵馥郁的花香。

等一切收拾停当，美堂先生穿上他平时在接待尊贵客人时才会穿的长衫，到院门前耐心地等候着魏牧师一行的到来。

第一章　少年求学　寒门男儿初长成

太阳大约半梨树高了，远远地就见魏牧师和姚牧师两个人有说有笑地从西城走了过来。美堂先生立马迎了上去，晏阳初早跑上前去，一边高叫着"魏叔叔，魏叔叔"，一边亲热地拉起了他的手，叽叽喳喳地说个不停。

"魏叔叔，我家的梨树开花了，好大的一树，一片白，很漂亮的，你快去看啊。"晏阳初的声音脆脆的。

"小朋友，你几岁了，叫什么名字？"姚牧师俯下身来，满脸笑容地问道。

"叔叔好，我叫晏阳初，十三岁了。"晏阳初一点也不怯生，跑到魏牧师一边，又看了姚牧师一眼，道，"我晓得您是谁，您就是伯伯的贵客姚牧师，我知道的。"

晏阳初一席话惹得姚牧师、魏牧师二人哈哈大笑。

美堂先生迎了上来，笑着对姚牧师说："这是小儿，顽皮得很，姚牧师不要见笑。"

姚牧师和魏牧师相视一笑，说："哪里哪里，很机灵的孩子，真是将门出虎子啊。"

美堂先生连说："惭愧！惭愧！"

晏阳初已经蹦蹦跳跳跑回了院子里。美堂先生陪着魏牧师和姚牧师，三个人有说有笑地走进了客厅。

三人分宾主坐下，姚明哲从怀里拿出自己的中文老师写给美堂先生的书信，一边交给美堂先生，一边代自己的中文老师向美堂先生致以问候。美堂先生微笑答谢。夫人吴氏早吩咐家人端上了茶点。三个人谈些风土人情、文化动态。姚牧师也兴致勃勃地讲起他从保宁到巴中一路的见闻和感受，美堂和魏牧师不时在旁补充评述，谈得很是投机。

这时，一阵琅琅的读书声忽从隔壁传来，音调高扬，抑扬顿挫。姚牧师略感诧异，不解地看着魏牧师。美堂先生连忙说道："是小儿在读书，他每天都会自己读一会儿书的，形成习惯了。这孩子也不懂礼节，读这么大声……"说完起身就要去阻止。

姚牧师连连摇手，说道："不妨碍的，让他自己读好了。对了，就是刚才那个小孩吧？"

美堂正要回答，魏牧师抢先答道："正是，这个孩子天资聪明，勤学好问，很招人喜爱的。"

姚牧师喝了口茶，微笑着说："他读书的声音真的很洪亮。看得出来，这么爱读书将来一定会有所作为的。"

姚牧师像想起了一件什么事，沉吟了一下。

"见笑了，小地方的孩子没见过世面。"美堂先生给客人茶杯里续上茶。

姚牧师俯过身去和魏牧师小声地说了几句话，魏牧师微笑着，不住地点头。

姚牧师转过身来，对美堂先生说："我有个建议，不知道先生可否采纳？"

美堂不明姚牧师什么建议，匆匆说道："姚牧师您请讲。"

姚牧师向晏阳初读书的房间一指，说："贵子看来十分聪慧，又勤奋好学。恕我直言，贵国目前的教育十分不科学，更不用说自成风格的私塾教育了，往往是偏重人文学科而忽略了自然学科，对小孩子的全面发展是极为不利的，不知道先生以为怎样？"

美堂先生本来就是私塾先生，现在又在福音堂教书，对此自然再了解不过了，当下便点头赞同道："姚牧师所言极是，我国教育的确在这方面存有弊端，我辈每每谈论至此，莫不感到茫然和无奈。"

姚牧师看了魏牧师一眼，说："我在保宁府创办了一所学校，叫作'天道学堂'，专门招收十四至十八岁的有志青年，课程开设借用了西方的理念，以科学为主，兼及人文，比较合理。贵子聪敏好学，虽年岁尚幼，但纪律性强，先生何不叫他到天道学堂去读书？"说完微笑看着美堂先生。

魏牧师一边插言道："天道学堂是比较正规的西式学堂，而且对家庭贫困的孩子还是免收学费的，只需自己带足生活费即可。"

第一章　少年求学　寒门男儿初长成

美堂先生没想到会有这样的好事，高兴得一时没反应过来，但随即又冷静下来。看到两位牧师都微笑着看着自己，美堂先生道："姚牧师好意，美堂感激不尽，但此事是关乎孩子一生发展的大事，我不便一人独断，需与内人及亲朋商量才能答复您。"

姚牧师哈哈一笑，说："那是自然，不管怎样，我们天道学堂的大门随时向贵子敞开。"

三个人岔开话题，说些别的，一时言笑晏晏。

中午时分，姚牧师起身告辞。美堂先生再三诚恳地挽留。姚牧师由于日程安排太紧，还是婉拒而去。美堂先生一直把他们送到庭院门口，三个人才拱手作别。

返回后，美堂先生便立即与夫人吴氏谈起此事。夫人吴氏虽读书不多，但极为通晓事理。虽担心孩子的生活，但事关孩子前途，她略一沉吟，就一口应承了："让云霖去吧，平素里你不是常常感叹私塾教育有很多欠缺吗？叫他进西洋的学堂，会对他有好处的吧。"

"是啊！"美堂先生叹了一口气，"从现在这个形势来看，学习西学是必然的事情……我担心的也是他年纪小，又没有独立生活过，怕他不习惯。不过，我觉得还是让他去试一试吧，毕竟这事关系到他将来的前程。"

正在这时，晏阳初走了进来，听到此事后高兴地跳起来："哦，我要到保宁去读书了；哦，哦，我要到保宁去读书了！"

夫妇俩看到他手舞足蹈的样子，忍不住都哈哈地笑起来。

来自保宁府的姚牧师造访巴中一事，纯属偶然，可对晏阳初的人生来说，却无疑具有重大的意义。可以说，是姚牧师一个偶然的念头，彻底改变了晏阳初的生活轨迹。从此以后，晏阳初走出了巍巍大巴山，走出了曲折难行的蜀道，走出了多灾多难的祖国，漂泊海外，终于成为一个闻名全球的教育家。刚刚十三岁的他，从此告别深爱的父母，告别故乡熟悉的山水，走上了一条与当时的同龄少年完全不同的求学道路。直到耄耋暮年，每每回首少年求学岁月，晏阳初总是要感慨万千。姚明哲，这个晏阳初人生路上的第一位良师和引路者，让晏阳初一生感念不已。

029

7

　　1903年的夏天,和往年的夏天没什么两样,巴中城还是像以往一样炎热多雨。光是在七月里,巴河的水就涨了两次,那波涛汹涌的奔腾气势,让住在河边的人晚上都不敢睡得太踏实,生怕水涨了上来。大人们都看紧了自己的孩子,不准他们到河边去玩,担心被暴涨的河水给卷走了。但河水起得快,退得也快,几天工夫巴河又恢复了往日的温顺,只有两岸河滩上横七竖八倒伏的艾草和线性排列的沙砾,证明这洪水确实来过。涨过大水,闷热的暑气也减退了许多。早晨的河沿上,老人们在晨风里悠闲地走着,享受这难得的凉爽;一到傍晚,沙滩上更是到处是乘凉的人,走着,坐着,小声地说着话。忙碌了一天,人们都到河滩上来消除一天的酷热,凉爽的风从河面上吹过来,轻拂在身上,凉爽适意。

　　没有人发觉,这个夏天,晏堂先生一家很少到河滩上乘凉,晏家那个叫晏阳初的机灵小伙子,很久没有到河滩上和伙伴一起玩了。

　　这个夏天对晏阳初来说,是具有特殊含义的。凉爽的时候,他总是一个人在房间里静静地看书,或者陪母亲说说话。晏堂先生的应酬也比往常少了许多,晚饭后他总是抽一点时间,辅导晏阳初学习。一家人对晏阳初关怀备至,连重话也没人对他说过。母亲也很少和邻居的大妈们出去乘凉闲话了,有事没事总是待在家里,照顾晏阳初的生活起居。她十三岁的小儿子从此就要一个人到外地求学,离开父母,离开家乡。一个"细娃儿"(巴中土话,小孩子)没有父母在身边悉心照料,他一个人能照顾好自己吗?外地的水土服吗?生活习惯吗?生了病怎么办?……一想到这些,吴氏的心里就充满了一阵阵的忧愁。每每在晏阳初学习的时候,她就会独自悄悄地站在那里发呆。

　　就在这涨潮落潮的酷夏里,离开的日子悄然迫近了。再过几天,晏阳初就要到保宁府的天道学堂读书去了。

　　晏阳初记忆中的这个夏天,就像过年一样,每顿饭菜都很丰盛。美堂先生一介书生，靠自己一个人的收入养家，生活一向清苦简朴。平常的日子里，美堂先生并不因为晏阳初是最小的孩子而娇惯他。晏阳初也从不在意饮食，再平常的饭菜，在母亲的精心安排下，吃起来都是那么美味可口。但这个夏天是个例外，晏阳初常常会在自己的碗底见到荷包蛋、腊肉丝……

家里人都不提及晏阳初的远行，仍像往常一样，因为怕母亲伤心流泪。但这个别离的日子，还是一天天地来临了。

七月末，刚刚经历了一场透雨的巴中城显得是那样干净，空气里全是田禾的清香。那天早上，天刚蒙蒙亮，凉爽的风从开着的院门吹进来，吹在人的身上，十分受用，一家人早早地都起了床。

晏阳初端着水，站在院子的西墙根，看着花台里葱绿的叶子，发了一阵呆，等他洗漱完了，母亲走进来，帮他理理衣领，说："云霖，吃饭了，大家都等你呢。"

"好了，娘。"晏阳初看着母亲红肿的眼睛，知道母亲昨夜肯定是一夜没睡。晏阳初心里明镜似的，但他没有说什么，怕自己会哭出声来。

一家人围坐在一起默默地吃这顿团圆饭。美堂先生仔细地叮嘱着晏阳初大哥："这次你送小弟去保宁府，一路上山路陡峭，切记要十分小心，夜里警醒些，天气太热，中午不要急着赶路，谨防中暑。"

春霖一一点头应答："伯伯，你放心，我都三十多的人了，我会平安地把小弟送到学校的，你和娘就放心好了。"

大哥春霖早就成家立业了，自己的小孩也有七八岁了，他在县衙里做事，任游击（武官名）掌稿（文书），在巴中算得上事业有成的。

美堂先生看看妻子，见她双眼通红，只是低头默默地吃饭，知道她已经被这离愁包围了，不便再说话，一说话眼泪就会掉下来。他转向晏阳初，温和地说："阳初，一路上要听大哥的话，不要顽皮。到了保宁，要好好地读书，学会自己照顾自己，要尊敬师长，与同学和睦相处……"

晏阳初狠狠地点头，说："伯伯，我晓得的，你和娘都放心吧，我会好好学习的。"

美堂先生摸了摸晏阳初的头："记住了，以后没有伯伯和娘在身边，做事要自己拿主意，你是穷人家的孩子，翻山越岭到保宁，是去学知识的，只有学好了知识，你才会有好的前途，我们晏家也才有体面。"

晏阳初看着父亲和蔼的眼睛，头点得像鸡啄米似的。

分手的时候到了，晏阳初和家里人道别后，扑到母亲的怀里："娘，您放心，我会好好学习的，我会照顾好自己的，您放心好了。"

俗话说："皇帝爱长子，百姓爱幺儿。"此时母亲已说不出话来，只是紧紧地抱住晏阳初，抱住自己的心头肉——幺儿。

晏阳初跟着大哥，一步一回头地走出了院门。美堂先生怕家里人伤心，也怕晏阳初伤心，头一天就吩咐了家人，只是送到院门口。一家人站在院门口，看着晏阳初和大哥的身影渐渐地消失在西街，直到看不见了，母亲还站在门口，脸上两行眼泪悄悄地流了下来。

……

蜀道难走，自古有名。李白诗云："蜀道之难，难于上青天。"三国时诸葛亮进据四川，还是靠蜀郡人张松献出的地形图，方才顺利进占。史书有云："天下未乱蜀先乱，天下已治蜀未治。"这说的是四川山高林密，几乎没有道路与外面相通，匪徒都喜欢选择在这里起事，方可借四川独特的地理环境，与前来清剿的政府军周旋。

清末时，巴中到保宁有三百多里的路程，全是崎岖的山路。这里没有官道，只有"背二哥"（人力搬运工）常年来回踩出的一条狭窄小道，陡峭难走。小路蜿蜒在崇山峻岭之间，其中沟涧遍布，十分凶险，有时甚至连路都没有。此时的四川土匪众多，打家劫舍，出没无常。两个人走出城，太阳刚刚出来，还没有十分的热力，从河面上吹来一阵阵潮湿凉爽的风，拂在人的脸上，令人分外舒心。毕竟是少年天性，城外秀丽的景色，很快就让晏阳初暂时忘记了离愁和忧伤，他一路跑在前面，高兴得手舞足蹈。大哥微笑地看着他，叮嘱他不要跑太厉害，因为还有很多天的山路要走呢。

第一章 少年求学 寒门男儿初长成

大约半个时辰,兄弟二人就走到了城西的柳津桥。柳津桥是巴中历史悠久的古迹,历代驻防巴中的官员都是在这里迎来送往,也是文人墨客为友人接风饯行的地方。在巴中人民心目中,柳津亭本身就是送别的别名,过了柳津渡就是关山重重,离巴中越来越远了。一到这里,总会引起人的离愁别绪,历代许多文人墨客的题咏,大都和柳津桥有关,李白、李商隐、王勃……许多大诗人都曾在这里题咏抒怀过。

看着晏阳初欢快的样子,大哥春霖心中无限感慨。天高任鸟飞,海阔凭鱼跃,小弟自幼聪慧,将来定有一番作为,只是这一去又不知何时才能回到家乡。为了要他记住家乡,不忘记故土,便有意道:"云霖,你知道这柳津桥的历史吗?"

"当然知道!"晏阳初蹦蹦跳跳地随口答道,"这里是人们离开巴中的第一渡口,柳津亭,就是专门为人饯行而修建的。"

大哥点头微笑:"是的!那么,你能背一背文人墨客在这里写下的一些诗歌吗?我记得,这里的诗歌好像比较多哟!"

"这个嘛,我能背。"晏阳初高兴地说。

"背首给我听听。"大哥鼓励他。

"好吧!我先背初唐四杰之一王勃的《江亭夜月送别》,因为它就写在柳津亭上。"

说完,晏阳初大声地背诵起来:

> 江送巴南水,
> 山横塞北云。
> 津亭秋月夜,
> 谁见泣离群。

大哥点头道"很好,不过好像王勃还有一首吧!"

"是的,你莫急嘛,我背给你听。"晏阳初打断大哥的话语,继续背诵起来:

> 乱烟笼碧彻,
> 飞月向南端。
> 寂寞离亭掩,
> 江山此夜寒。

晏阳初刚一背完,大哥自己便说开了:"云霖,诗不仅要记得,还要知道背景。这两首诗都是在唐朝总章二年,王勃获罪罢官后,游历四川,在巴州作短暂停留,于柳津桥送别友人时写下的。"

大哥边说边看了看朝阳笼罩着的古朴的柳津桥,在阳光的沐浴下,柳津桥显得那样迷人,难怪外出的游子走到这里都会满心忧伤。他看了看眉飞色舞的小弟,兴奋得手舞足蹈,一点也不晓得忧伤。大哥不禁摇了摇头,真是少年不知愁滋味啊!

"大哥,我还知道许多我们巴中的送别诗,不过好像很多写的都是从外面到我们巴中来的。"晏阳初兴致很高。

"是吗?那你说说。"大哥有意再考考他。

晏阳初沉思了一下,掰着指头说:"是啊,像李白的《送郄昂谪巴中》,韦应物的《送令狐岫宰恩阳》,好多都是从外地到我们巴中来,对了!"晏阳初高兴地说,"李商隐的《夜雨寄北》是在巴中写的哈。"

大哥晏春霖没有说话。

晏阳初一边背诵:

> 君问归期未有期,
> 巴山夜雨涨秋池。
> 何当共剪西窗烛,
> 却话巴山夜雨时。

一边拉着大哥的手自言自语:"肯定是!"

大哥晏春霖本来还想给小弟说说有关家乡的事,叫他到外边读书以

第一章　少年求学　寒门男儿初长成

后，不要忘记了自己的家乡。但看小弟对巴中的文化如数家珍，想必家乡的山川风物，早就在他的心里扎下了深根。大哥就没有再说什么，只是把行李往肩上耸了耸，说："走吧，我们还要赶路。如果错过了宿头，天黑了就找不到歇脚的地方了。"

"要得，走咧！"晏阳初在前边大步走起来。

兄弟俩一前一后地向前走去。

太阳越来越高，越来越炽热，地面的温度也越来越高，上烤下蒸，没有多久，兄弟俩的衣服就湿透了。

晏阳初从小在城里长大，哪里吃过这样的苦。大哥怕他吃不消，就一路向他讲些沿途的民间故事、神话传说，分散他的注意力。晏阳初沉浸在大哥讲述的神奇的传说中。

走过古老的回风亭，翻过高高的莲花山，蹚过汹涌的鳌溪河，远远就见高高耸立的义阳山。此时的义阳山上古木参天，即便是在炎炎夏日，也别有一番风韵。

"大哥，都说名山大川都有传说，你看那山威武雄壮，一定有不少的传说吧！"远远看着义阳山上苍松翠柏、景色秀丽，虽然不知山名，晏阳初还是忍不住问问题。

晏春霖远望片刻，道："云霖，你说得不错。这山确实有很多传说。传说恩阳义阳山顶有座红梅阁，"大哥的讲述娓娓道来，"这个红梅阁里流传着红梅仙子和书生王鄂的悲欢爱情故事。"

晏春霖见小弟望着山，听着故事，颇为神往，住了嘴。

"大哥你快讲，不要停嘛。"

晏春霖看看美丽的山色，两个人正在往山上走，大哥见小弟完全沉浸在故事里，顿时也忘记了酷热和疲劳，微微一笑，缓了口气，继续讲了下去：

"……那还是在唐朝贞观年间，恩阳县令王端之子王鄂常在红梅阁中发奋读书，以期有一天科举成名，报效朝廷。王公子长得玉树临风，又才高八斗，实在是人中龙凤。

"一天，王鄂正在努力攻读，一阵花香袭来，他推开窗子，看见一树怒放的梅花，喜不自禁，便摘了最漂亮的一支，爱不释手地把玩后，又将其插在书房的花瓶里，一下子满屋芬芳。

"晚上，王鄂正在秉烛夜读，突然眼前一花，一个婀娜多姿的美女站在了他的面前，看着他笑。王鄂正要询问，那女子开口说话了：'公子不要惊慌，我乃天上的仙女，因为打翻了花瓶，被王母贬下凡尘，在此间落脚。日里受公子抬爱，攀折把玩，小女子感激公子。又见公子乃人中龙凤，为表感激，故现身一见。王公子不要见怪。'女子说完深深地一揖。

"王鄂往日间插的花瓶中一看，果然不见了花枝，而眼前这位女子身上的香气正是红梅花香。

"王鄂高兴地邀请红梅仙女坐下，两个人倾心攀谈了起来。

"自此，王鄂和红梅仙女倾心相爱，读书的日子比以前更加充实。

"红梅仙女与王鄂相爱，却惹恼了在附近修炼的一条巴蛇精。他早就垂涎红梅仙女的美貌，却屡遭拒绝。今见红梅仙女爱上一个凡人，不由得恼羞成怒，欲除掉二人。

"红梅得知消息，深知自己不是巴蛇的对手，十分惊恐。但红梅仙女拿定主意，就是拼了性命也要保护好王公子。

"这一天，巴蛇来到了山顶，气势汹汹地向二人发难，红梅不是对手，且战且走。

"一时山上雷电交加，暴雨倾盆，飞禽走兽仓皇逃窜。巨大的声音惊动了正在对面山上潜心修道的蒲道官。这蒲道官是一个修道成仙的道士，平日里降妖除魔，深得百姓爱戴。

"蒲道官掐指一算，就清楚了外面发生的一切。

"事情紧急，他马上吩咐一个弟子拿着自己炼成的火砖交给红梅仙女，自己也匆匆准备器物，要赶去除掉凶恶的巴蛇。

"红梅仙女正被巴蛇打得手忙脚乱，得到火砖，喜出望外，马上祭起法宝。巴蛇正张大嘴巴要吃掉红梅，火砖正好落进巴蛇嘴里，痛得它现了原形,满地乱滚。火砖的威力太大,巴蛇的肚子里腾起一阵阵烟雾,空气中弥漫着蛇肉烧焦的恶臭。惊恐之下,巴蛇扑向恩阳河,一口就喝干了满河的水。可是不管用,肚子还是痛得很,它又匆匆地赶向了附近另一条河。

"蒲道官早就算准了巴蛇的去路,见巴蛇来了,马上祭起除蛟神剪。那剪刀在空中化为两条红龙,直扑向河中。

"霎时巴蛇的身子被红龙绞为无数段,落在河里。满河的水马上沸腾了起来。蒲道官见状,立即施法迁走满河的水族,以免它们被煮沸。

"巴蛇被除去了,河里的水一直煮了三天三夜才渐渐平息。

"从此以后,这条河就被人称作鳌溪河。红梅仙女和王鄂又过上了幸福快乐的生活。"

"哇……我们刚刚过的那条鳌溪河原来是这么来的。"晏阳初听得津津有味,发出感叹,见大哥停下了又问,"后来呢?"

这时兄弟二人已经爬上了义阳山山顶,虽有太阳炙烤,但山风拂来,浑身凉爽。

"后来嘛,王鄂和红梅仙女的故事到处流传,到了宋朝时,一个叫韩驹的诗人听了这个故事,有感于红梅仙女的美丽和痴情,写了一首《次韵吉父曾园梅花》,称赞红梅仙女。"

"大哥,写的是什么?你快背给我听听。"晏阳初听说还有诗,更来了兴趣。爬山的疲劳早被忘到了九霄云外。

"好吧,我试试看还记得不。"大哥略微思考了一下,就大声地背诵了起来:

路入君家百步香,
隔帘初试汉宫妆。
只疑梦到昭阳殿,
一簇轻红绕淡黄。

"写得太好了。"晏阳初拍手欢呼。

兄弟俩歇息凉快了,又起身继续赶路。温度越来越高,大哥在路边折了一把黄荆条,编了两个圈,插上些树叶,当作草帽,给晏阳初戴上一个,另一个戴在自己头上遮阳。

一路上大哥不时讲些趣闻传说,晏阳初听得很入迷,也就忘记了途中的闷热和艰辛。

下午时二人来到一条小河边。晏阳初看见清清浅浅的河里,每隔一两尺远就有一个石磴,从岸这边直到对岸,晏阳初走在上边,觉得很有趣,一边走,一边对大哥说:"人们真聪明啊,这样的石头既方便了两岸的人往来,又可以让河水顺畅地流淌。"

大哥也走了上去,说:"这个叫跳蹬子,过河的人从上边来回行走,河水则从石磴间的空隙淌过。很简便,也是很有智慧的设计,在巴中,这样的跳蹬子有很多。"

"是吗?可惜我以前没看到过。"晏阳初兴致很高。

"这一路上你会看见很多的,没啥可惜的。"大哥笑着说,"不过关于跳蹬子还有一个有趣的故事。"

"大哥,啥故事?讲给我听听。"晏阳初急切地问。

大哥慢慢摆谈起来:"从前有个秀才来到这里,不知怎么过去,问一老农,老农说'这是跳蹬子'。于是,秀才双眼紧闭,双腿合拢,往前一跳,结果掉进河里。老农从河里救起秀才,并示范给秀才看。秀才大呼'你那叫跃,不叫跳!双脚闭拢叫跳,双脚叉开叫跃'。"

"真的是笨!"晏阳初哈哈大笑。

"这不是笨,是迂腐。"大哥纠正道。

"笨,就是笨!"晏阳初固执地说。

大哥也不争论,他知道"固执"和"笨"的根本区别一时还给小弟解释不清楚。

一路上两兄弟有说有笑。饿了,就找一处阴凉的地方,拿出在家里准备好的米饭和腌菜,大口大口地吃起来;渴了,就到小河沟里用树叶舀些山泉水来喝。

……

晏阳初第一次出远门,尽管年纪尚幼,山路崎岖漫长,但一路上晏春霖逢山讲由来、遇水讲传说,倒也自得其乐。两个人沿着羊肠小道一会儿爬坡上坎,一会儿蹚沟过河,不知不觉中,太阳渐渐西沉,风儿也变得凉爽起来。

"云霖,趁着天凉,我们走快点,穿过那个山,就可以住幺店子(巴中土话,指旅馆)了。"望了望西坠的日头,又看了看眼前望不到边、没有人烟的大山,也不知道到了哪里,饶是晏春霖平素见多识广,此时也有点着急了。

"好嘞!"少年不识愁滋味,小小的晏阳初迈着一对小腿,欢快地一阵小跑。晏春霖见弟弟一心求学,半点都不怕苦,也丝毫没有离家的愁绪,心里是又欣慰又紧张,道:"云霖,别跑得太快,小心摔倒了,等等我!"

又过了一会儿,两兄弟行到一片密林。这里树木遮天蔽日、怪石嶙峋,两兄弟笑语晏晏,突然间,路旁窜出两个人来,这两个人脸上蒙着一块破旧的白布,提着长长的马刀,一下子就逼到大哥春霖的身旁,恶狠狠地喝道:"过路的,你要钱还是命?要想活命,就把钱给老子拿出来!不然的话,老子一刀砍了你!"

晏春霖是文弱书生,心里顿时咯噔一响,虽然平素也听说有"棒老二"(方言,指土匪),但哪里真正见过这个阵势,急忙道:"我们是去走亲戚的,身上哪里来的钱嘛。这里有几个馒头,要的话你拿去嘛。"

"哪个要你的臭馒头?打发叫花子(方言,指乞丐)呢?把衣服解开,老子要搜身。"这两个人不依不饶。

晏阳初年幼不知凶险,加之平素里跟着会拳术的二哥练了几手,胆气本就很足。见两个土匪要搜身,晏阳初生怕把上学的盘缠给抢了,当下不管不顾,跳起脚来就对着山林一阵大喊:"救命哟!'棒老二'抢人哟,'棒老二'抢人哟……"

这山里面人烟稀少,即便叫喊,又哪里来得人呢?!正当大哥以

为坏了事的时候,哪里知道,后面的山路上突然传来了几声吼声:

"哪里有'棒老二'?哪里有'棒老二'?"

"把'棒老二'给我拦住了,莫让这些狗日的跑了,给我往死里打。"

……

紧接着,后面的山路上就冒出几个身着破衣、提着"打杵子"的"背二哥"。

背二哥,又称背老二,是大巴山这个交通不便的地方一种常见的人力搬运工。巴中四面环山,交通极为不畅,进出货物都是靠人力搬运,靠一副副肩膀运进运出。

"狗日的,算你运气好!老子认倒霉,这些'背二哥'人多,心又齐,打不过,下次你给我等着……风紧,跑……"这两个土匪见有人来了,恶狠狠地对着晏氏兄弟撂下一句狠话后,倒提着马刀,转身跑进了茂密的山林中,顷刻便消失得无影无踪。

"你们东西没有被'棒老二'抢到吧?"冲在最前面的竟然是一个十五六岁的半大小子。这些"背二哥"见"棒老二"不见了人影,急忙围上来问道。

"还好,还好……幸好你们来得快,那两个'棒老二'还没有来得及下手,你们就来了……太感谢你们了……"望着"棒老二"消失的山林,晏春霖心有余悸,汗水打湿了后背。

"那就好!这些'棒老二'太可恶了,见人就抢。刚才他们幸好逃得快,不然的话,让他见识见识我们'背二哥'的厉害……"刚才跑在最前面的小"背二哥"扬了扬手中的"打杵子",愤愤不平道。

"这些个遭天杀的'棒老二'……"

"你们这些'棒老二',二天(改天的意思)抓住了,把你们一个个狗腿给打断……"这些"背二哥"见这"棒老二"跑了,东西也没有被抢,也不追赶,倒是对着"棒老二"消失的山林一通乱骂。

"对了,你们是哪里的?准备到哪里去?"一个中年"背二哥"问道。

"我们是巴中的,到保宁府去。"晏春霖答道。

第一章　少年求学　寒门男儿初长成

"我们也是巴中的,老乡嘛,我们也到保宁府。"

"这些个该天打雷劈的'棒老二'。"一听说还是老乡,这些"背二哥"更加义愤填膺,又对着"棒老二"消失的山林骂了一通,才返过身去背货物。

晏家两兄弟对这群"背二哥"反复道谢,又想起路途遥远,第一天就遇到了土匪,便打算与这群"背二哥"同行。

很快,一行人又朝着保宁府的方向走去。

太阳已快落山,映出满山的红霞,天边闪出丝丝暮色。这些"背二哥"走一会儿,就吼上一腔。

> 通江河、南江河,
> 我是巴山背二哥,
> 太阳送我上巴山,
> 月亮陪我过巴河,
> 打一杵来唱支歌,
> 人家说我多快活,
> 何曾有过快活过,
> 背架重了难爬坡……

这歌似乎有魔力一般,吼一嗓子后似乎浑身又充满了力量。

"大哥,你看这些'背二哥'好快乐哟!大哥,你给我讲讲'背二哥'的来历嘛……"一路上,见"背二哥"走得很是轻松,趁着歇气的时候,晏阳初去扶了一下这些货物,才发现异常沉重,顿时异常惊讶,拉着晏春霖问个不停。

"巴中这些'背二哥',大多是家里没有田地的穷苦人家的青壮年。他们长年累月背负着重达一两百斤的货物,在不见人烟的深山老林里穿梭,靠出卖自己的劳力来换取微薄的佣金,勉强糊口度日,常常经受风吹雨打,硬是把没有路的大山,踩出了一条条羊肠小道,把巴中的土特产运送到外面,又把巴中人急需的生活物资运进来,生活异常艰辛。

"有首歌叫《巴山背二歌》,歌词是这样写的:

> 背着太阳上山坡,
> 驮着星星蹚过河,
> 身上缠着云和雾。
> 青石板踩出多深的坑,
> 木打杵敲破大地的壳,
> 背索索勒住钢铸的肩。
> 铁脚板踏平山窝窝……"

等和身后的"背二哥"拉开一段距离,晏春霖才小声地说道。

一路上这些"背二哥"背负着沉重的货物,走得却并不慢,明明看他们已经落在了后面,可兄弟俩只要一歇气,他们就又赶了上来。遇到上坡过河或者有陡坎的地方,他们通常都会停下来,把手上拿着的打杵子(一种丁字形的歇气工具,支到屁股后的背架下,上坡时作为拐杖)放下来,坐上歇歇气。

他们不会停很久,大多一两分钟,稍事休息,等到力气攒够了,用搭在肩上的帕子把脸上的汗水一揩,"嘿"的一声低吼,站起来,不慌不忙地继续前行。

……

当天晚上,他们投宿在山腰中的一个小店内。小店的陈设十分简陋。吃晚饭时,大哥要了一碗热汤,就着家里带上的米饭和腌菜,兄弟二人舒舒服服吃了个饱。"背二哥"们的饭菜也很简单,一大碗"冒儿头"(那时卖米饭讲碗数,一碗饭堆出碗沿,故称冒儿头),但每个人都吃得很欢。

吃过晚饭,店里的小伙计端来滚烫的热水,倒在一个大木盆里,"背二哥"们常在这条路上走,都是熟人了,用不着吩咐。六七个人围着木盆洗脚。大热天里走了一天的山路,每个人的脚都很脏,不一会儿,木

第一章 少年求学 寒门男儿初长成

盆里的水就变得又黑又脏。晏阳初没有经历过这样的洗脚法，感到很新奇，觉得舒服极了。

坐在晏阳初旁边的一位魁伟的"背二哥"大叔，一面说着笑话，一面把他布满青筋的脚放到热水里，呵呵地叫着"舒服，舒服"。见晏阳初望着他，就说："小秀才，你知道不，走了远路，用热水洗脚能舒筋活血，不然，一觉醒来，脚就会肿得像馍馍一样，下不了地，更不用说走路了。"

见晏阳初一脸茫然，大叔抬起了晏阳初的脚，见他的脚上果然有几个明晃晃的水泡，忙向店家借了一根针，把晏阳初的脚放到自己的膝盖上，小心地把水泡挑破，又抹上一点盐巴，疼得晏阳初直嘘气。那位大叔哈哈一笑，说："亏我看见了，不然，你明天就无法继续赶路了。"

晏阳初赶忙把脚放到热水里，心里感激着这位不知道名字的"背二哥"大叔。

夏天里睡觉很简单。店家在一间空屋里放上几条板凳，在上边铺上一张木板，垫些稻草，再放上一张粗糙的竹席，就是床了。主人家再在门口燃一堆艾草木末驱蚊。"背二哥"们围坐在床上，脱了上衣，就着昏暗的灯光，一边用布条沾上盐水，搭浸着满是紫红色血印的肩膀和背，一边相互说着些粗野的笑话。

十几个人睡在一间屋子里，很拥挤，空气也很浑浊，弥漫着酸腐的汗味，还有呛人的叶子烟味、木末烟味。

晏阳初第一次和他们共同生活，一路上感受到了他们的坚韧和乐观，刚才还领受过盐水洗脚的痛楚。

想起自己这一路走来，光走路就很是艰难，偶尔还需要大哥背上一程，但这些"背二哥"却是天天背着一二百斤的货物，特别是田二娃，甚至比晏阳初大不了几岁，就背着货物在路上行走赚钱养家……晏阳初年龄虽小，但心中还是五味杂陈，想着想着，只觉得眼皮沉重，昏昏地睡着了。

田二娃见到晏阳初后分外高兴，对晏阳初"少爷少爷"地叫个不停，一路上，把那些好听的故事都讲给了晏阳初听。

这些"背二哥"由于长年在外，也算见多识广，虽然他们没有读过书，但一直走南闯北，听得多了，自然就是一肚子的故事。而且他们的故事，没有经过加工，原汁原味的，听来野性十足。

这都是晏阳初以前从来没有听到过的，很快他就听得入了迷，总是亦步亦趋地跟在他们后面，听他们讲故事。

"背二哥"们都很善良，本来旅途就很枯燥，这时有了个机灵的小书生和他们同行，又是这样喜欢听他们讲故事、唱山歌，他们都很开心，总是把自己肚子里精彩的故事讲给他听，把自己认为好听的山歌唱给他，疲劳自然也就消减了不少。

一路上，到处是巍峨山岭、深沟险壑，有些地方甚至连路都没有。第二天下午，走出巴中境，道路却变得分外崎岖难行，陡峭的山坡上只有羊肠小道，左右迂回前进。

田二娃跟着前面的"背二哥"队伍，一不小心，一下子摔倒了，栽到了水田里，连人带盐包掉了进去。幸好那盐包有塑皮层层缠绕。

其他的"背二哥"七手八脚地将田二娃捞了起来，这田二娃从水田里起来，一身泥水。晏阳初心疼，关切地问道："田二哥，没事吧？还能够走吗？"

哪里知道，田二娃就着水田里的水将身上的衣服裤子洗了洗、拧了拧，然后又套在身上，还抬头笑了笑，说："我们这些泥腿子，没事的，小少爷，还是你们读书好。"

来到陡坡处，田二娃把打杵子往身后一支，甩一把汗水，怀着征服大山的激情和喜悦，放开嗓子吼道：

"叫声腿杆你没耙，

上坎就是凉风崖……"

田二娃刚吼了两句，其他"背二哥"又扯着嗓子接了下来：

"店老板娘等着你，

敞开胸怀喂娃娃，

你要想吃她那热豆腐呢?

就慢步慢步住上爬……"

往往是一个人吼,其他几个人应和。

他们大多有一副好嗓子,所唱的山歌大多是巴中民间流传的情歌,有的还有很露骨的描写。晏阳初虽然听不懂,却被他们粗犷的歌声和以苦为乐的精神深深地感染了。

不知不觉间,晏阳初就喜欢上了这群生活在社会最底层,却从不怨天尤人,不把自己的痛苦展现出来的乐观、快乐的巴山"背二哥"。

8

经过艰苦跋涉,兄弟俩终于在第四天天黑前赶到了保宁城。

顾不上身心疲惫,告别"背二哥"们,兄弟二人就按照姚牧师所给的地址,一路找人问路。天道学堂在保宁也算是比较有名的,问了几个人就找到了。

听到敲门声,姚牧师打开门,见是他们,先是一惊,然后高呼:"哦,是晏阳初,快请进屋。"

姚牧师给他们倒上茶,说道:"一路上肯定很辛苦哟!"

"不很累,就是有点热。"大哥微笑着回答。

"也不热咧,我见了许多有趣的东西,听到了许多有趣的故事。"晏阳初朗声回答。

"是吗?那你说说给我听。"姚牧师和蔼可亲地说道。

晏阳初也不怯生,就大声地说了起来。姚牧师微笑着听着,见聊得差不多了,就说:"晏阳初,你今天晚上就到学生宿舍里去睡觉吧。"又看看一旁的大哥,说:"对不起,你还得自己去找旅馆休息,我们这里没有地方了。"

"好的,我自己去找旅店住,您能让小弟免费读书,我们全家已经感激不尽了,哪敢再麻烦您呢。"大哥说着站了起来。

姚牧师把晏阳初领到学生宿舍,叫他和其他同学一起睡。大哥见他睡下了，就和姚牧师告辞，到附近的旅馆去歇息了。

夜色如墨，四周一片寂静，宿舍里的同学都睡熟了，时不时还传出轻微的鼾声。

晏阳初虽然浑身疲乏，却翻来覆去怎么也睡不着。几天的辛苦劳顿，一歇下来，总觉得周身都不舒服，浑身酸疼，特别是一双脚，像木棒一样动弹不得。他睁着大眼睛，望着头顶看不见的陌生的黑暗，心里莫名难受。家乡的青山和白云已经远去，亲人熟悉的身影和声音已经消失，宁静的黑暗是陌生的，连呼吸到的空气也是陌生的。周围虽躺着许多同学，但分明感到格外的孤独。想着想着，晏阳初就忍不住抽抽搭搭地哭泣起来。

他这一哭不要紧，宿舍里已熟睡的学生全被惊醒了。大家不知道是怎么回事，纷纷议论起来。

姚牧师闻声赶来，见是晏阳初在哭，他没有说什么，先是叫其他同学安静睡觉，然后和颜悦色地安慰晏阳初。晏阳初在姚牧师的劝慰声里，抽抽泣泣地睡着了。

第二天一早，晏阳初跟同学们一样很早就起了床，集体生活他还没经历过，正好奇地四处张望，姚牧师叫他过去。

他走进姚牧师的门，就看见大哥坐在里面。

"大哥。"晏阳初亲热地跑过去，拉着大哥的手，一晚上不见，像分别了很久似的。

姚牧师笑了，给大哥倒了一杯茶，说："我看，你还是把你弟弟带回去吧，他还太小，我怕他适应不了这种独立的学习生活。"

"怎么了？姚牧师，他犯什么错了吗？"大哥晏春霖大吃一惊。

晏阳初也被姚牧师刚才的话吓着了，站在那里，不知所措。

姚牧师摸了摸晏阳初的头，说："不是的，我觉得他太小了，等他再长一两岁，你再送过来吧，我一定欢迎他的。这小家伙昨晚上都哭鼻子了呢！"

大哥看了看低着头不好意思的晏阳初，对姚牧师说："姚牧师，他昨天刚来,这几天连续走了那么长的路,估计是身体劳累。小弟很听话的,您就让他留下来吧,这么远的山路,他都自己走来了。我相信,过不了几天,等他适应后,他能照顾好自己的,他平时很自强的。"

大哥说完,面对晏阳初道:"你向姚牧师保证。"

姚牧师呵呵一笑,看着晏阳初问:"是吗?"

晏阳初抬起头,保证似的说:"姚牧师,我保证,我以后不会再哭了,我会照顾自己的,我一定会好好学习,您就收下我吧!"他用清澈的目光坚定地望着姚牧师。

姚牧师看他这样认真,不禁被逗乐了:"我本来也只是说说而已,你自己可是打了保证的,以后可不许哭鼻子了哟。"

"一定不会的,姚牧师。"晏阳初响亮地回答。

姚牧师和大哥相视一笑,赞许地点了点头。

下午大哥就要回巴中去了。走的时候大哥对晏阳初千叮万嘱,叫他要听老师的话,要认真读书,要和同学们和睦相处。晏阳初只是狠狠地点头,眼泪在眼眶里打转,始终没让它流下来,他怕姚牧师看见,也怕让大哥看见伤心,更怕同学们看见会笑话他。

大哥走得看不见了,晏阳初还站在操场上,久久不愿离去。

这天晚上,晏阳初虽然早在心里多次告诉自己不要哭,但想到自己一个人在保宁,亲人都远在巴中,以后再听不到母亲温柔的声音,也听不到伯伯抑扬顿挫的朗读声,看不到他们温和的笑脸了,大哥也回巴中去了,眼泪还是止不住地暗暗流了下来。为了不被同学们知道,他紧紧咬住被单,不让自己哭出声来。

第二天早晨起来,晏阳初的枕头还是湿湿的。

从此过后,晏阳初再没有因为想家哭过,他自己坚强地长大了。新的学校,新的学习生活,也让他没有时间多思考,很快就全身心地投入到了崭新的学习中。

天道学堂开办的时间还不长,面积并不大,和保宁府的福音堂在一个院子里。只有一间教室,一间宿舍。教室和宿舍里的设施也很简陋。

外边有一块半亩大小的空地，算是操场了。学校一共只有二十多个学生，年龄参差不齐，最大的有二十岁左右，最小的就是晏阳初，十三岁。学生大部分是保宁本地的，只有晏阳初等少数几个来自外县，住在学校里。学校不收学费，几个住校的学生平时只交很少的一点伙食费。这些孩子大多家境贫寒，生活十分简朴，一学期下来，花不了几个钱。

姚牧师是天道学堂的校长兼老师，课程的开设完全仿照当时的西方学校，除中文课外，有英语、历史、地理、数学、化学、物理等门类，还有体育课和音乐课以及专门讲解《圣经》故事和课外游戏的课程，是完全的开明式教学。在当时的中国，这算是很先进的了，与当时巴中落后的私塾教育比较起来，简直不知道进步了多少。

晏阳初从此进入了一个完全陌生的世界，他如饥似渴地遨游在这广袤而神奇的知识海洋里，尽情地汲取各种新的知识。

晏阳初到来后的第一个礼拜天，因为没有课，早晨的天气很凉爽，他没有早起，睡得很香，迷迷糊糊间同铺姓张的同学叫醒了他："喂，快点起床！我们要到姚牧师家里去了。"

"晏阳初，你快点，我们都等你呢！"其他几位同学也催促道。

宿舍里的同学们关系都很好，这不光是因为他们都来自贫寒的家庭，还因为这是个教会学校，与人和睦友善地相处本来就是教学的重要内容。

晏阳初迷迷糊糊地爬起来，才发现宿舍里的几个同学都起床了，而且已经洗漱完毕，穿得干干净净，一边高兴地议论着什么，一边在等着他。

"去姚牧师家干什么，今天不是礼拜天吗？"晏阳初一边迅速起床，一边问身边的同学。

"你睡傻了，今天是姚牧师给我们打牙祭（加餐）的日子！"

"晏阳初是新来的，他还不知道呢。"门口一个年龄大些的同学说，"姚牧师看我们这几个住校的学生平时过得很苦，总是周末叫我们到他家里去，给我们煮点好吃的，改善一下我们的生活。这些都是他自己拿钱请的。"

"哦!"晏阳初这才明白,心里更加佩服姚牧师了。

几个同学一边说说笑笑地向姚牧师家走去,一边议论着中午有什么好吃的东西。阳光照在他们身上,每个人都很兴奋。晏阳初走在同学们中间,觉得一切都是那么美好。

姚牧师见他们来了,高兴地叫他们在院子里玩耍,自己和家人到厨房做饭去了。

中午的饭菜很丰盛,既有西式点心,也有中国的家常菜,同学们吃得很开心。姚牧师面带微笑,不停地叫大家多吃点,还不时把菜夹到学生的碗里。晏阳初因为是新来的,又是最小的,给他夹的菜自然也就最多。姚牧师一边看着他吃,一边问:"晏阳初,想家了不?是不是又哭鼻子了?"

"不想,姚牧师(到校后晏阳初也不叫叔叔了),我没有哭鼻子。不信你问他们。"晏阳初大声地回答。

一桌的同学都笑了起来。

姚牧师和蔼地说:"想家是很自然的,思念家乡,思念亲人,这是一个人的本性,是很美好的感情,不想可不好。"

"姚牧师,我……"晏阳初有点蒙了。

姚牧师站起来说:"我也想念我的家乡、我的祖国、我的亲人。我已经很多年没有回去了……"

他的目光望着远方,看起来有点神往,又有些伤感。

"但我们每个人都有自己的事情要做,为了实现自己的理想,我们有时不得不离开家乡和亲人。你们现在要做的就是好好读书,将来做个有用的人,这就是对家乡和亲人最好的报答。懂吗?"

晏阳初点了点头:"姚牧师,我懂了。"

"姚牧师,我们明白了。"其他同学也纷纷回答。

姚牧师给晏阳初夹了块肉,看着桌上的学生,说:"你们吃,你们吃,尽量吃完。"

同学们都跟着笑起来,屋子里充满了快乐的气氛。

平时上课，学校作息很严格，有固定的时间和课程安排。姚牧师自己除了教英语、数学和地理外，每日还给学生讲《圣经》故事。英语在教学中被放在很重要的位置，姚牧师自己是英国人，又教得认真，晏阳初的英语水平提高得很快，不久，他就能用英语进行简单的交流了。他声音清脆，讲起英语来很好听。姚牧师很喜欢这个勤奋好学的学生，常常表扬他、鼓励他，晏阳初学习英语的劲头就更足了。

晏阳初生性好动，原来在家乡时，受到儒家传统礼教的束缚，没机会表现出来，玩耍时也只是和伙伴玩玩捉迷藏、过家家之类的，要不就缠着二哥学点武术。天道学堂可不同，课间时分，姚牧师便会教学生做体操，组织各种体育活动，而且自己还会亲自参加。下课或放学时，操场上总是十分热闹，喊声震天。

最初几天晏阳初还有点不适应，只是站在旁边看。可他很快就喜欢上了运动，学会了打乒乓球，水平也是越来越好。他还特别喜欢队列操，每次出操时总是抬头挺胸站在最前面，雄赳赳、气昂昂的，声音洪亮，动作认真，颇像一个有威仪的、英勇雄壮的将军。姚牧师往往叫他带队操练，自己则站在一边微笑着观看。

在这里，晏阳初的各种天赋都得到了很好的发展。以前在巴中时，晏阳初很喜欢朗读，人们都喜欢他清脆响亮的嗓音。在这里，有了老师理论上的讲解和指点，他的音乐天赋很快便崭露头角。在懂得了简单的音乐知识且能识谱哼唱后，一有空闲，晏阳初就会唱歌，而且唱得不错。每一堂音乐课，他都会全身心地投入，老师教过的歌曲，他往往是一唱就会。因为他有一副好嗓子，老师常常叫他领唱。有了这些鼓励和重视，晏阳初的演唱水平越来越好了。

可当时并没有多少专门为孩子谱写的歌曲。天道学堂本来就隶属于福音堂，教育是西式的，加之是教会学校，音乐课上的歌曲自然大多是《圣经》里的赞美诗。时间久了，晏阳初把这些圣诗都唱得滚瓜烂熟。

有一次，教堂做礼拜，轮到要唱圣诗了，偏偏那天平日里唱圣诗唱得好的那位教友没有来。其他的教友又不是很熟练，几个牧师都着急了。

第一章　少年求学　寒门男儿初长成

姚牧师突然想起晏阳初的圣诗唱得好，与几个牧师小声嘀咕了一下，就急急地跑出去找晏阳初。

操场上的学生喊声震天，晏阳初正和几个同学打乒乓球，你来我往的，十分热闹，已经有几个人在晏阳初手下败下阵来，站在一边呐喊着助阵。

姚牧师快步走过来，一把拉起他："晏阳初，走，快跟我去。"

晏阳初放下拍子，一边走，一边问："老师，有什么事吗？"

"他们做弥撒，你领唱圣诗，能行吗？"姚牧师问。

"我行的，老师。"初生牛犊不怕虎，晏阳初不知畏惧为何物，当下就毫不犹豫地响亮回答。

教堂里的教徒见姚牧师领了个小孩进来，都略有点诧异。

晏阳初也不害怕，大大方方地走过去，站在第一排。伴奏一响，他就唱了起来，时而高亢，时而低婉，唱得有板有眼。做弥撒的教徒们在心里称赞这个小孩，都低下头，自觉地加入到了吟唱的行列。

礼拜做完了，姚牧师很高兴，拉着晏阳初的手说："晏阳初，以后就由你来领唱圣诗，好不好？"

"好的，老师。"晏阳初高兴地答应了。

这段领唱的经历，对他的人生影响至深。后来他加入了基督教会，一生信奉基督。直到晚年，每天晚上他都要小声地哼唱几首圣诗，或者听几张圣诗唱片，以祛除白天的喧嚣和纷扰，舒解疲劳。这习惯终其一生，从未惰怠。

……

转眼间到了1905年，晏阳初到天道学堂学习已经两年了。两年的学习使他变成了一个乐观、开朗、自信的少年。他再也不是那个躲在被窝里偷偷哭鼻子的懵懂儿童了，理想的种子在他的心里渐渐萌芽。

保宁是一个文化名城，有着几千年的文化积淀，许多仁人志士、迁客骚人留下了无数遗迹。周末的学习间隙里，晏阳初常常和几个要好的同学一道，四处游览，这些古迹遗址，是他最喜欢拜谒的。在领略祖国博大精深的文化的同时,晏阳初的眼界也越来越开阔了。

一个礼拜天,晏阳初又和几个同学外出游玩,走得累了,几个人便坐在河滩上,看着嘉陵江水滚滚东流去。河滩上便是农民们的庄稼,长得绿油油的,阳光暖洋洋地照着大地上的一切。一位大娘,衣着褴褛,背着一个小孩在田里锄草;田边一名瘦骨伶仃的男人,佝偻着背,一手抽着旱烟,一手擦脸上的汗。由于手上有泥巴,抹得满脸是泥,活似一个髑髅,显然生活很是贫苦。看着眼前的情况,一时间几个同学都没有说话。

过了许久,晏阳初旁边的一位同学感慨地说道:"我想,等我以后学成了,我一定要做一个有益于农民的人,他们的生活简直太苦了。"

一时间每个人都说起了自己的抱负,晏阳初说:"我希望,我将来能像姚牧师一样,做一个传教士,以爱的教育虔诚地布道,让人们都有宗教信仰,人与人的关系就会很融洽,这个世界就会变得越来越美好。"

晏阳初话音刚落,一位同学就反驳道:"晏阳初,你这样的理想虽然很高尚,却不现实。你看看我们的国家,现在是四分五裂的,朝廷懦弱,外国人欺负我们,老百姓的生活越来越困苦。我认为,我们现在读书就是要救国救民。"

"是啊,是啊,我辈青年应当以国家为重!"其他同学纷纷赞同。

"晏阳初,"刚才反对他的那位同学又对他说,"我看你才思敏捷、很有见地。平时操练时,司口令有板有眼,威风凛凛。我想如果穿上戎装,必定更为容光焕发。你为人也正派、生活朴素,能以身作则,颇有将帅之风。我觉得你将来适合做一个将军,统领一支军队,救民于水火。岂不善哉?"

"你看我们现在的军队,对外不能御敌,对内不能安邦,反而只知道鱼肉人民,简直就是一群土匪!"一个同学愤愤地说,"像你这样的人才,应该施展一身抱负!"

"是啊!在我们四川,在我们身边,也有很多有志之士。崇州不就出了个杨遇春将军吗?救中国是当前之急务,阳初弟,你的志向高尚,又

第一章　少年求学　寒门男儿初长成

是个将才，国家需要你这样的人来整饬军队。我看你做个杨遇春第二，岂不美哉？！"

杨遇春，清时名将，四川崇州人，足智多谋，英勇善战，历仕乾隆、嘉庆、道光三朝，每遇军务，无不从伍驰驱，一生交战数百次，鲜有败绩，在平定内乱外患中多次立下战功。任陕甘总督时，又请求朝廷免梨贡、裁减冗员、裁减军队、组织屯垦、改良马政，加强防务，合并机构以节约开支，为开发西北边疆做出了贡献。官封昭勇侯，谥号"忠武"，死后入祀贤良祠，长期为四川人称道。

此时，你一言我一语，忽然有同学说："干脆，你就把晏阳初改作晏遇春好了"。听后同学们纷纷附和。

晏阳初想起平时操练时，虽然不用枪或刀，但战斗的气概油然而生。晏阳初颇以为然，索性听取同学的建议，把自己的名字改为晏遇春，以此砥砺自己，发奋学习，报效祖国。直到1920年，晏阳初从美国学成回国，才把名字改回去。

时间过得真快，一晃就到了1907年春天。不知不觉间，晏阳初在天道学堂已经学习了四年，马上就要毕业了。

这个春天，虽然春光明媚，和风吹拂，但每个同学的心头都充满了惆怅，离愁别绪萦绕在心头。平日里操场上嬉戏的同学也少了，每个人都是一脸的沉思。当然，更多的是对毕业后前途的迷茫和担忧。晏阳初年龄最小，没有对前途的更多忧虑。但同学们一个个满腹心事，操场上锻炼的人少了，冷清了不少，宿舍里也是少有的安静。这与以往的热闹反差太大，晏阳初也自然地安静了下来。

终于，毕业的这一天到来了。一大早姚牧师就起来了，他没有叫学生们，自己一个人打扫起操场来。有几个同学听到响动，也悄悄起来，默默地把教室收拾得干干净净。

晏阳初也起来了，因为今天要举行毕业典礼，要搭讲话台，他便跑去搬桌子、板凳。一会儿同学们都起来了，有的扫地，有的整理会场，但是没有人说话，气氛有些压抑。

吃过早饭,太阳已经很高了,大家都坐在操场上,等待着姚牧师的到来。一会儿,姚牧师身着整洁的传教士服装,和几个牧师来到了操场上,同学们马上报以热烈的掌声。几位牧师陆续发了言,轮到姚牧师讲话了,只见他站起来,清了清嗓子:

"各位同学,今天是个特殊的日子。因为,你们在天道学堂的四年学习即将结束了。今天过后,你们将回到社会,到新的环境里生活。我相信,天道学堂的四年时光,你们都学到了很多东西……"

他逐一看了台下的学生一眼,接着又讲道:

"我希望,你们每一个人回到社会中去,都要把自己的学习所得,回报给你的人民。希望你们能够以大众的利益为重,躬身力行,为你们的祖国,贡献出自己的一份心力!

……

"你们是天道学堂的骄傲,今天,我们在这里聚会,纪念四年的相聚,纪念四年里一起走过的分分秒秒。但我相信,我们还会相聚的,到那时,你们都是你们民族的骄傲!"

同学们报以长久而热烈的掌声。

典礼过后,学生和老师互道别离。姚牧师被大家围着,他和学生们一个个握手,一个个仔细地叮咛。有几个学生忍不住当场流下眼泪。

晏阳初也很伤感,他逐一和同学互道珍重,然后特意到姚牧师家里去,向他辞行。

姚牧师见是他,热情地让他坐下,晏阳初没有坐。

看着姚牧师亲切的面容,想到马上就要离开他了,心里一阵阵地难受,晏阳初红着眼睛说:"老师,今天过后,不知道我们什么时候才能再见。感谢您这几年对我的关怀和照顾,阳初深铭于心,在这里跟您道别了。"

说完,他深深地鞠了一躬,眼泪忍不住掉下来。

姚牧师扶住他,笑着说:"你们中国不是有句老话,叫'有缘千里来相会'吗?你不要难过,我们肯定还会见面的。"

姚牧师又仔细地端详着他,说:"我终于可以把你交还给你父亲了,希望他不会后悔把你送到我这里来。这几年,你可长高了不少哟!"说完,微微一笑。

晏阳初也不好意思地笑起来,悲伤的气氛减了些。

姚牧师叫他坐下,又说道:"其实我正准备来叫你呢,你倒自己来了。这些学生中,你年龄最小,估计一时还不会走向社会。这几年来,我看得出你很聪明,也很勤奋。老师想问问,你今后有什么打算。"

晏阳初顿了一下,说:"老师,我还想继续读书。"

姚牧师站起来,说:"我也是这个意思,你应该到更高等的学校去读书。我有个朋友在成都华美高等学校教书,如果你愿到那里去读书,你可以去找他,我已给你写了封引荐信。"

说着,姚牧师拿出一封信,交给晏阳初。

晏阳初接过来,很感激姚牧师为他想得这样周到,心里一阵激动,眼泪又要流下来。他怕老师看见,连忙说了声"谢谢",站起来给姚牧师道了声珍重,又深深地鞠了一躬,快步走了出去。

远远地,他听见姚牧师的话传过来:"晏阳初,记着,我们还会再见面的!"

9

1907年夏天,已经十七岁的青年晏阳初,再次辞别父母和兄弟姐妹,辞别巴中的父老乡亲,背上行囊,独自踏上远去成都的求学道路。

从巴中到成都,行程五百多公里,崇山峻岭,山高路陡,路途遥远,将近从巴中城到保宁城的两倍路程。虽然路上也常有盗匪出没,但对十七岁的晏阳初来说,却没有什么太大的困难了。每年暑假,他都独自回家,已经有了走远路的经验。这一次,只不过路程更远一点而已。

十多天的行程,晏阳初和几年前一样,与身背重物的"背二哥"为伴。听着他们粗犷的歌声,走进他们带着野性的爱情故事,疲劳和炎热也就减少了很多。

许多时候，他还会错过旅店，只能在淳朴的老乡家里过夜。这些老乡虽然生活艰辛，但始终是那样热情、好客，总会把最好的食物拿出来招待他。

一路的夏日风光，也使晏阳初大开眼界，川东北陡峭崎岖的山路与川西一望无际的平川，形成了鲜明又令人震撼的对比。

读万卷书不如行万里路，一路行来，晏阳初对农民的淳朴善良、困苦热情有了更深的体会，"背二哥"以苦为乐的坚韧，深深地打动了晏阳初。正是这些切身体会，激发了他悲天悯人的情怀，引导他最终走上为人民大众服务的道路。

……

成都，自古有"天府之国"的美誉，系古蜀文明的发祥地，曾以周太王"一年成聚，二年成邑，三年成都"而得名。而且成都向来是西南最繁华的都市，政治气氛比较活跃，学风自由。姚牧师介绍的华美高等学校也是一所教会学校，是由美国基督教美以美会创办的，是当时四川境内教授西学的最高学府。

拿着姚牧师的介绍信，晏阳初顺利进入了华美高等学校读书。但这里的学生良莠不齐，大多是家境殷富的纨绔子弟，并不安心学习，他们痴迷饮酒作乐、笙歌燕舞，过的是花天酒地的糜烂生活。教室里上课的常常不到一半人，即使是到了的人，不少也无心听讲，课堂纪律十分糟糕。

这样的环境，晏阳初从内心反感和排斥，再也找不到在天道学堂那样孜孜于学习的心境了。

1909年，晏阳初果断中止了在华美高等学校的学习。他觉得，在这样的环境里只会消磨自己的斗志，学不到更多有用的知识。离校前夕，他给恩师姚牧师去了一封长信，详细地告诉了他，自己离开华美的原因。他向老师保证，自己会继续完成学业，虽然当时他对前途很茫然。

自从到成都求学后，离家越来越远，路途坎坷，交通很不方便，晏阳初就很少回家了。假期里就留在成都，给富人家的孩子补习英语，挣来少许报酬，补贴自己的生活和开支。

第一章 少年求学 寒门男儿初长成

离开华美后，晏阳初留在了成都，先给自己找了个安身的地方，然后就开始到处找工作。

在天道学堂的时候，晏阳初就学得一口流利的英语，又有过两年的家教经验，很快他就在一所中学做了一名普通的英语教师，每天过着有规律的教书生活。面对台下一双双渴望知识的眼睛，那段时间，他仿佛忘记了自己曾经的追求，只是把自己全部的精力放到了教学当中。每天认真地备课、上课。夜深了，他还在如豆的灯光下，认真批改学生的作业。很快他的教学水平和敬业精神就得到了学校的一致好评，学生们也非常喜欢这位爱好体育的矮个子娃娃老师。

也许是冥冥中早已注定，晏阳初不会就这么平淡地生活下去。在学校教了不到三个月书，姚牧师的一封来信打断了晏阳初暂时的平静生活。

姚牧师远在伦敦，收到晏阳初的书信后，对他不能继续深造感到惋惜。他在信中一再叮嘱晏阳初，要他努力前行，以继续自己的学业，只有这样才能实现自己的抱负。姚牧师谆谆地告诫他："你是个聪明、有上进心的人，希望你能克服暂时的困难，努力前行，修完自己的学业，我相信你一定会有所成就的。"

信的末尾，姚牧师说："在成都，我有个熟识的朋友，他叫史迭瓦特，有什么事情，你就去找他吧，他一定会尽力帮助你的。"

这天下午，看完老师的来信，晏阳初很激动，连原本阴沉的天空也变得那样明媚。此时的晏阳初正处在迷茫无措中，他自己也不清楚以后的路该怎样走。姚牧师的话让本来已经潜伏着的理想再次萌动了起来。几个月平静的教学生涯，让他暂时忘记了自己的理想和追求。目前的教师生活虽然很平静，但他知道，这不是自己的理想，也不是自己想要的生活。这只不过是迷茫的前行中暂时的栖息。姚牧师的劝告，无疑是一针强心剂，使他果断前行。

那个晚上，他反复研读老师的来信，一直到深夜。

……

秋天了，成都平原的天气是那么凉爽宜人，街道两旁的法国梧桐树叶，也一天天落得多了起来，街道上满是随风飘卷的黄叶。阳光不再刺人肌肤，也有了些暖洋洋的感觉。城市外面的广阔平原，收割后的田地，显得那样静穆和安详。

一个礼拜天的下午，晏阳初穿上自己最好的衣服，整理好头发，按照姚牧师信上给的地址，到成都科甲巷去拜访那位叫史迭瓦特的英国传教士。

史迭瓦特是个年轻随和的人，出身英国贵族家庭。看了姚牧师的推荐信后，热情地叫晏阳初坐下。两个人都很年轻，容易找到共同话题，他们先从姚牧师谈起，越谈越投缘。

这时，另一位年轻传教士走进来了，用英语对史迭瓦特说了句什么。晏阳初听出来了，他们正在谋划一件事情。

史迭瓦特点点头，对着那位年轻的传教士说："这位是四川的晏阳初先生，姚牧师的学生，一位很优秀的人。"

史迭瓦特又指着那位年轻的传教士，对晏阳初说："他叫弗瑞斯特，我们在一起工作。"

晏阳初忙伸出手去，用英语客气地说："见到你很高兴。"

弗瑞斯特也紧紧抓住了晏阳初的手，调皮地眨眨眼睛："你好，晏先生。"

"时候不早了，你们有事，我先告辞了，改天再来拜访。"晏阳初怕影响史迭瓦特他们的谈话，便微笑着告辞，一边说，一边往外走。

晏阳初才走出门，就听见史迭瓦特大声地叫他："晏，你等等。"接着就听见了二人的脚步声。

晏阳初转过身，史迭瓦特已经跟上来，对他说："晏，我们正在筹建一个会所，你愿意加入吗？"

晏阳初有点疑惑地看着史迭瓦特。

一边的弗瑞斯特补充说："是这样的，有许多从外地到成都来求学的学生，因为学校没有这么多的宿舍，他们只能住在校外的小旅店里，与社会上形形色色的人混杂在一起，那可真是鱼龙混杂。住得久了，很容易沾染上一些不好的习气。我们建这个会所的目的，就是要把这些学生聚集起来，辅导他们，开展一些有意义的活动，你愿意加入吗？"

两个人都微笑地看着他，等待他的回答。

晏阳初想起了自己在华美高等学校读书的经历，那里的学生不就是因为这样那样的原因，染上了社会上的不良风气，所以才导致学习风气不好吗？！……给学生提供环境好的住所，这些正应该是我们中国人自己该做的事情！

一种好感涌上心头，晏阳初连连点头："你们想得真周到，我很高兴能加入，尽自己的一份力！"

史逖瓦特双手一摊，说："晏，你来得真巧，我们今天正在商量这个事情，我们进屋去再商量商量。"

三个人说说笑笑地走了进去。

他们商量了各个细节，就是会所的名字没想好。史逖瓦特对晏阳初说："晏，你是中国人，你想想，按照你们中国人的习惯，取什么名字最好。"

晏阳初沉思了一会儿，说："我们这个会所主要是要让在外的学子过得有意义，让大家广交朋友。我们中国人讲究以文会友，以友辅仁，我看，干脆就叫辅仁学社吧！"

"好名字！"

史逖瓦特、弗瑞斯特二人都鼓掌赞成。

那天晚上，伴着凉爽的秋风，三个来自两个国度的年轻人，在成都那个寂寞的小巷里，一直谈到了深夜。

第二天，晏阳初回到学校就向校长递交了辞呈。校长看他工作认真，学生也喜欢他，舍不得他走，一再挽留。等晏阳初说明了具体情况，并一再请求，校长知道无法再留住他，便让总务处给他多支了一个月的工资。

晏阳初整理好自己的东西，站在窗外悄悄地看了一眼他教的学生，没对任何人说，径直走出了学校的大门。

三天后，辅仁学社正式成立。史逖瓦特任社长，晏阳初、弗瑞斯特作为助手。因为史迭瓦特的中文说得不太好,所以晏阳初前期的主要工作就是当史迭瓦特在集会上讲话时,他站在旁边把英语翻译成四川话。

晏阳初和史迭瓦特真挚的友谊从此开始了,他们常常结伴而行,抵足而眠。

晏阳初也逐渐了解了史迭瓦特坎坷的身世:父亲和母亲在中国传教时,惨遭一群盗匪杀害,盗匪还残忍地砍去了史迭瓦特大姐的一条腿。痛失亲人的经历让他决定,要走完父亲没走完的路,1905年,史迭瓦特从澳大利亚雪梨大学毕业后,并没有回到自己的祖国,而是先到香港学习中文和中国习俗,并于两年后来到四川传教。

辅仁学社的创办,把游荡在酒肆、赌场的莘莘学子拉了回来,让他们做一些有意义的事。学社常常举办有意义的活动和集会,越来越多的进步学生加入到了这个行列里。随着工作的开展,三人要做的事情也越来越多。常常为了第二天的演讲,他们要忙到深夜。第二天一早,天不亮就要起来布置会场,有时忙得连饭都顾不上吃。

即使这样,他们也是高高兴兴的,生活因为忙碌而变得更加充实,晏阳初和史迭瓦特的友谊也越来越深厚。

……

忙碌的日子总是匆匆。转眼间,两年多的时间就过去了。

1911年9月,四川爆发了震惊中外的反对清政府出卖国家铁路主权的"保路运动"。成都作为整个运动的中心,每天都有义愤填膺的人群在大街上集会,控诉清政府种种卖国行为。晏阳初和辅仁学社的很多学生也加入了声讨的行列。清政府对外是奴颜媚骨,对内却采取高压手段,镇压爱国民众。这更激起了群众的反抗,一时间,整个成都成了一个火药桶,工人罢工,商人罢市,学生也纷纷停止上课,到街上游行,一片混乱。

正在这时,家中传来母亲病重的消息,美堂先生数次来信,要求晏阳初立刻回家。在父亲的再三催促下,晏阳初不得不告别史迭瓦特,和几位返巴的同学一道,回到了家乡巴中城。

第一章 少年求学 寒门男儿初长成

受辛亥革命的影响,民主之风也波及巴中。这时巴中人已开始知道西学的重要,而晏阳初是巴中第一个于西学堂毕业的学生。回去以后,受当地教育部门聘请,在巴中中学教了一段时期的英文。

但不管怎么说,巴中落后、缓慢的节奏,晏阳初还是有些不适应。为了砥砺自己,晏阳初在自己的书房里写了一副对联:

胸无块垒心常泰

腹有圣经气自雄

晏阳初时时提醒自己,以基督传教士的精神献身国家,出人头地干一番事业。

……

21岁的晏阳初,在对联中已经不自觉地流露出了自己的人生价值取向。童年学儒家经典;少年受西学熏陶;远行与"背二哥"为伴,深受感动,晏阳初已经将这些深植于内心。孔子(Confucius)儒家思想的忠恕之道,基督教义(Christ)的宽厚仁爱以及对"背二哥"(苦力,Coolie)和下层劳动人民疾苦的深切同情,已经在他内心融为一体。这就是晏阳初所说的"3C"。"3C"后来成为他最基本的人生观。

1912年春天,巴中的天气十分寒冷,就连天空都是灰蒙蒙的。春节过后,美堂先生突然中风,瘫痪在床,晏阳初只好打消了远行的念头,和亲人一起精心地服侍父亲。

美堂先生毕竟年事已高,卧床一月就撒手人寰。全家人悲痛万分。出殡那天,晏阳初更是长跪在父亲的棺木前,久久不愿起来,想到父亲对他的关爱和期望,而他却一事无成,并且没有尽过一点为人子的孝道,晏阳初只顾双泪长流,几个人都拉他不起来。

天高任鸟飞,海阔凭鱼跃。晏阳初知道自己的将来在外面,但父亲病逝后,他心里十分伤心,也怕本就伤心的母亲更加难过,便索性待在家里,丝毫不提远行的话。偏偏这时,总有媒人找上门来给他介绍对象。

晏阳初本就无心婚娶，但又不好拒绝，时时感到恼火憋闷。知子莫若母，还是母亲了解儿子，委婉地向媒人道出了儿子的想法，之后上门的媒人才越来越少。

一晃春天就要过去了，美丽的故乡景物不但没有让晏阳初释怀，反而时时感到一阵阵恐慌。

回到巴中快一年的时间了，除了必要的应酬和教学工作外，晏阳初总是躲在自己的房间里看书，很少与人交流，多年在外求学，他已经不再是一只只愿在故乡的怀抱里温柔做梦的小鸟，他需要到更加广阔的蓝天上翱翔，而现在，振翅高飞的翅膀被羁绊在了亲情的山谷里。母亲看儿子一天天总是郁郁寡欢的，明白儿子的心大了，是想念外面的世界，巴中是留不住他了。在老夫人的心里，她多么希望儿子一直在自己的身边啊！可她清楚，那样只会让儿子过得更加难受。

那天晚饭后，晏阳初正要回房去，母亲叫住了他："云霖，你等等，娘有话和你说。"

晏阳初站住了："什么事，娘？"

老夫人声音很温和："你算算，你回家有多少时间了。"

"快一年了，娘。"晏阳初回答。

"是啊！"母亲感慨，"快一年了，从十三岁到保宁读书开始，这么多年，你还是第一次在家里待这么长的时间啊。"母亲的语调有些伤感。

"娘，您放心，我不走了，我以后就在家里侍候您。"晏阳初急忙安慰道。

"又说傻话了不是，你伯伯送你读那么多的书，难道就是要你回到巴中来？"母亲停顿了一下，"再说，家里还有两个哥哥，还有姐姐，他们会照顾我的。你呀，该干什么就干什么去，不要老待在巴中、待在家里。你伯伯不是常常对你说，'好男儿志在四方'。你回来这么久了，也该去做你自己的事了。"

"娘，我听您的。"晏阳初流着眼泪。

"儿啊，好好地做你的事，有你这段时间的陪伴，娘也就知足了。

你不要担心娘，娘身体好着呢。你要记住，一个人在外，要学会照顾好自己。"

"我知道的，娘。儿子记着您的话。"晏阳初回答。

"我看明天就是个好日子，你就出门吧，也不要再选什么日子了。"

"好的，娘，我这就去准备。"晏阳初向母亲道了晚安，高兴地走了出去。

晏阳初并不知道，他一出门，老夫人的眼睛里就流出了眼泪，她生怕儿子回来发现了，赶忙撩起衣袖揩去了。

……

太阳火辣辣地炙烤着大地，蓉城大街上的法国梧桐树无精打采地耷拉着头。晏阳初再次回到成都，已经是1912年的夏天，原来风雨飘摇的清政府已经不复存在，民国在经历了最初的混乱之后，一切都暂时安静了下来。成都的大街上，到处是悠闲走着的人，改朝换代的喜悦停留在人们的脸上。这是个懂得享乐和消受生活的城市，好像根本没经历过什么政治上的暴风雨。

晏阳初和史迪瓦特一起努力，又把一度解散的辅仁学社办了起来。

学社是青年学子集结的一个地方，年轻人都喜欢热闹。晏阳初生性活泼，喜好各种活动，而辅仁学社的工作对他是再合适不过的了。他本就有着极强的组织能力，又能歌善舞，热爱体育，渐渐地，每一次的文娱活动都由他来策划了。而每一次他都会上台表演几个节目，把活动的气氛推向高潮，同学们都很喜欢他。史迪瓦特见晏阳初把学社的活动开展得有声有色，也暗地里佩服他的能力。两个人的关系变得更加融洽了。

一次集会中，晏阳初照例把史迪瓦特的英文发言翻译成四川话。在翻译到史迪瓦特名字的时候，他几次都读错了，搞得下边的同学都善意地笑了起来。活动结束后，两个人收拾东西，晏阳初对旁边的史迪瓦特说："你的这个英文名字，翻译过来很拗口，中国人读起来很不习惯，我看，你也该取个中国名字了，也让我以后少出点丑。"

"好啊！刚才看你着急的样子，我也为你担心呢。"史迪瓦特笑着说，

"我也早就有这个想法了,就是汉语懂得太少。你汉语水平好,你帮我取个中文名字吧。"

"好吧。"晏阳初停下手里的工作,沉吟了一下,"我看,就叫史文轩,怎样?既与你的英文姓第一个字母同音,'文轩'这两个字又是这样的文雅。'文轩'意思是华美的车子,用彩画雕饰栏杆和门窗的走廊,出自《墨子·公输》,'今有人于此,舍其文轩,邻有敝舆,而欲窃之'。"

"文轩,史文轩,好!好!好名字!晏,谢谢你了,以后我就用这个名字了。"史逊瓦特大声叫道,在晏阳初肩上重重地拍了一下。

晏阳初也开心地笑了起来。从此以后,"史文轩"就代替了"史逊瓦特"。

辅仁学社的工作正如火如荼地开展着,晏阳初把他所有的精力都投入到了工作中。这是他第一份社会化的工作,在这里,他充分展示了自己的才华,也锻炼了自己的各种能力。

晏阳初认真地做着自己的事情,每天他总是第一个到办公室,热情地为学社会员解答疑问。一遇到礼拜天有活动,晏阳初总是早早地筹划好一切事务。他好像要把在巴中赋闲一年耽误的时光抢回来似的。有了他的辛勤和努力,史文轩常常只是动动嘴就行了。史文轩常常看着晏阳初忙碌的身影,摇摇头,叹息一声,觉得辅仁学社这块小天地,对晏阳初来说,是有点委屈他了。

初秋的一个周六黄昏,两个人忙完了一天的社团集会,正走在回家的路上。晏阳初还沉浸在刚才精彩的文艺表演中,兴奋地说个不停。

"今天的活动真的很成功,平时从来不敢到台上来的会员都表演了节目,这可是一大进步哟!"

看着兴高采烈的晏阳初,史文轩打断了他的话,说:"晏,你对现在做的工作满意吗?"

晏阳初一听此言,停了下来,吃惊地说:"文轩,你是不是不想我再待在辅仁学社了,是我没干好还是做错了什么吗?"

史文轩连连摇头:"No!No!晏,你误会我的意思了。你在这里对我的帮助很大，但我不能这么自私。我觉得你待在我这里前途不会很大，做得久了，反而会埋没你的才能。如果你能去大学深造，我相信，将来你一定会在更广阔的天地里施展你的才华，你会为社会做出更大的贡献。"

晏阳初听他说完，苦笑了一下，说："文轩，好兄弟，谢谢你的赏识和好意。读大学一直就是我的梦想。但你知道，我只是一个寒门子弟，今年父亲也过世了，我已经断了生活来源，必须自己养活自己了。"

"你想不想到香港的大学继续深造？"史文轩停下了脚步，认真地问道。

"想是想啊，"晏阳初摇摇头，"可是，现在就是凑齐去香港的路费，对我而言都是很困难的事情，更不用说在香港那样繁华的都市里住下来，潜心读书了。"

史文轩耸耸肩，笑着说："晏，这些我都帮你想好了。我自己现在也没有能力资助你完成学业，但我可以请我在香港的哥哥和妹妹来帮你。还有，我会致信弗瑞斯特，让他资助你。我都反复想过了，应该不会有什么大问题的了。"

史文轩停了停说："你看怎么样？"

听完了史文轩的话，晏阳初很激动，他紧紧地握住史文轩的手，诚恳地说："文轩，我晏阳初能结识你这样的朋友，真是前生修来的福气。你都为我想得这样周全了，我还能说什么呢！不过，我还是得回家征询老母亲的同意方能成行。父亲去世后，她的身体越来越差了，我不能再让她老人家为我担心。"

史文轩点了点头，说："也好，就这样说定了！晏，你先回巴中与你母亲商议，我也得给香港的哥哥、妹妹去封信，求得他们的同意，我们就分头行动吧。"

"好的。"晏阳初高兴地答应了。

第二天一早，天还没有亮开，晏阳初就辞别了好友史文轩，兴冲冲地赶回了巴中。

回家的心情变得是那样迫切和兴奋，马上就可以看到白发苍苍的母亲了，听到她的柔声细语了，无数回，母亲的音容笑貌在他的梦里闪现。童年的时光里，他就是这样在母亲温柔的怀抱中沉沉睡去的。而且即将去香港求学的喜悦，一直充盈在他的胸间，想到大学毕业后，他就可以去追寻自己的事业了，晏阳初只觉得浑身有使不完的劲儿，脚下更是虎虎生风。

本想带给家里人一个惊喜，谁知道一跨进家门，晏阳初就听到一个可怕的消息：就在他上次离开家不久，大哥晏春霖因为庸医用错了药，中毒殁了。

听到这个噩耗，好像是当头一棒，晏阳初怔住了，眼泪止不住地流了下来。眼前不由得出现了第一次到保宁求学时，大哥几天几夜无微不至地照顾他的情景。一路上，大哥总是给他讲逸闻趣事，让本来烦闷的旅程变得那样有趣。想到自己在外求学多年，大哥总是尽心尽力地侍奉父母，默默地支持他的学业，而他却从未回报过大哥的恩德。晏阳初总以为，兄弟之间的感激，有的是时间说出来，有的是时间来报答，可现在他再也没有机会对大哥说出他心中的感激了。

晏阳初连坐都没坐就跑到大哥坟上，跪下来放声大哭，往事一幕幕在眼前闪现。没想到春天的那次分别，竟然成为永诀，兄弟俩连见最后一面都不可得。从此阴阳两隔，相见无期。

直到天色变黑，他才收住悲声，一摇一晃回到家中。

家中的气氛也很沉闷，再次见到母亲，几个月不见，母亲头上又多了许多白发。看得出，母亲的身体没有以前硬朗了，可她还是笑着站在门口，高声叫着他的乳名，迎接小儿子的归来，不停地问寒问暖。坚强的老人，她把所有的痛苦和悲伤都深深埋在了心里。

就在大哥病逝的那段时间，是母亲叮嘱家里人，不要把大哥去世的消息告诉晏阳初的，还说他刚走，工作才起步，怕分他的心。

"母亲叫我在信中不要把这些告诉你，她怕你分心。"当二哥把这些说给晏阳初的时候，晏阳初什么也没有说。可当他一个人睡在床上，想到二哥的话时，眼泪就止不住地滚滚而下。他深深地被母亲的坚忍和刚

第一章　少年求学　寒门男儿初长成

强所感动。

一连几天里,晏阳初一步都不离母亲,陪着母亲说话,给她讲外面发生的事情,讲他自己工作中的故事,特别是讲一些笑话。老夫人很高兴,常常是微笑着听儿子的讲述,不时地也会插上一两句话,问一些她不大懂的问题。等儿子给她详细地说明过后,她总是会感慨地说:"还是多读些书好啊,云霖,你懂这么多,做娘的就不晓得了。"

听了母亲的话,晏阳初总是会心一笑。

等母亲散步去了,晏阳初就会一个人站在院子里,呆呆地出神。母亲虽然看起来很乐观,但他知道,那是因为他回来了。他不敢把自己的决定告诉母亲,怕她的身体受不了。每个晚上他都辗转反侧,老睡不着觉,他找不到一个合适的方式,把自己回家的本意告诉母亲。

其实母亲心里明镜似的,她知道,小儿子这次回家,绝对不是回来玩的,他肯定有什么重要的事要告诉她,只是看到家里接二连三地有亲人去世,他没说,怕自己会难受。其实小儿子这几日天天和她拉家常,母亲已经很满足了。她知道,儿子是见过大世面的人,他不会在家里待很久的。再说,硬要他待在身边,他会闷出病来。鸟儿的翅膀硬了,总是会飞到蓝天上去的。这几天,做母亲的也仔细观察儿子了,儿子真的是长大了,越来越俊朗了,也懂事了。母亲在心里高兴,其实她也在找机会,让儿子把心中的话说出来,切不可因为她而耽误了儿子的前程。

初冬的一个晚上,几个姐姐听说晏阳初回来了,也专程回娘家来看他。二哥召集一家人在一起吃了顿团圆饭。

晚上坐了满满一大桌人,菜很丰盛,但很少有人说话,席间的气氛有点沉闷。

母亲见大家都不说话,把酒瓶从二儿子的手中拿过来,给桌上每个人都斟满了酒,然后端起自己的杯子,说:"来,一家人,天南地北的,难得团聚在一起。今天我做老人的,给你们斟一杯酒。不管有什么困难,你们都要放高兴点,没有什么爬不上的山,没有什么翻不过的坎。过日子嘛,要往后边看,不要一天天的把事情闷在心里头。"

说完，母亲自己浅浅地饮了一下。

每个人都举起杯，喝干了母亲倒的酒。

母亲又给两个儿子斟满酒，对晏阳初说："云霖，你常年在外读书，在家的时候少。这次你回家，肯定有什么事情，怕娘担心，不愿说。你放心吧，娘身体好着呢，再说，有你二哥二嫂照顾我，你就放心地做你的事去吧。"

晏阳初有些激动，一口喝干了杯里的酒，站起来说："娘、二哥、姐姐，我这次回来，主要是和你们商量去香港读书的事。"

接下来他把具体的情况详细地说了一遍。

母亲静静地听完，才说："云霖，这可是天大的好事啊，人家求还求不来呢，当然要去了。你就放心地走吧，家里的一切事情都用不着你操心。"

二哥也在一边说："老弟，你放心去吧，家里的事有二哥在，没什么问题的，娘现在的身体还好，你也不用多担心。"

一家人都极力地宽慰他，要他去香港读书。

本来是满心悲伤和犹豫的晏阳初，从亲人们那里得到了莫大的支持和鼓励。他激动地一一给他们倒上酒，深情地说："谢谢你们，娘、二哥、嫂子，还有姐姐，没有你们的鼓励和支持，我真不知道该怎么办才好。你们放心，到了香港大学，我一定会好好地学习，不给我们晏家丢脸。伯伯和大哥在九泉之下，也会为我祝福的。"

一家人都有点激动，这顿饭一直吃到很晚才散。

第二天一早，晏阳初叩别母亲，叩别家乡的亲戚朋友，脚穿二哥亲手为他打的草鞋，餐风饮露，一刻也不停歇，风尘仆仆地赶到了成都。

来不及歇息，晏阳初直接去敲史文轩的门。史文轩开门见是他，高兴地说："晏，你终于回来了。你看，我大哥来信了，他答应安排你在香港的一切，这是他的回信，昨天刚刚到的。"

史文轩很高兴，倒好像是他自己要去读书一样，急忙把书信交给晏阳初。

晏阳初拿过信来，一行行地往下看，他的眼眶渐渐湿润了，为这份无私的情谊。要怎样高贵的品质，才会把一个不相干的外国人的前途，完全当作自己的事？晏阳初牢牢记住了信末的那个名字：史超域，这个与他尚未谋面，却愿意尽全力无私帮助他，血液里流淌着和史文轩一样血液的英国人。

晏阳初看着史文轩，真挚地说："文轩，真不知道怎么感谢你，你的全家这样来帮助我，我真的感到很惭愧。"

史文轩拍拍晏阳初的肩膀，说："晏，不要这么说，我们是好朋友嘛。再说，帮助别人是我们的义务。对了，你还没去过香港吧？"

晏阳初不好意思地说："不要说香港，我长这么大，还没走出过四川呢！"

史文轩做了个夸张的手势："My God！不是吧，那你一个人怎么办？看来我是要把你送到香港去才行啊。"

晏阳初推辞说："不用了，文轩，怎能再麻烦你呢！？我自己能行的，你放心吧！"

史文轩摇摇头，说："No！No！你不知道，现在的路上可不太平，到处都在打仗，到处是土匪，这么远的路，怕会遇到麻烦，我还是送你去吧。不管怎么说，你们政府对我们英国人还是很尊重的。"

晏阳初见史文轩坚持要送他，不好再驳他的好意，就说："那好吧，文轩，又麻烦你了。"

史文轩对他眨眨眼，说："说老实话，我也想顺便去看看我的哥哥和妹妹呢。"

看着他滑稽的样子，晏阳初哈哈大笑起来。

10

1912年冬天的一个上午，晏阳初和史文轩背上行囊，离开成都，开始了南下香港的求学之路。

由于缺少路费，从成都到重庆，不顾道路崎岖，两个人选择了步行。晏阳初从十三岁离开巴中到保宁求学开始，年年都要步行几百公里，早就练就了好脚力,再崎岖的山路,他也能健步如飞。史文轩正当壮年,沿途又有那么多的奇山异水,以前路过时,只是觉得异域风情迷人,现在身旁多了个绝对优秀的导游,时时在一旁讲些与山水有关的民间故事或神话传说,他听得是津津有味,兴致高涨,早忘记了旅途的疲劳。

他们晓行夜宿,走了半个多月,不知不觉就到了山城重庆。

在山城重庆短暂休息后,他们决定改走水路,乘船顺流而下,一路也好领略三峡奇险秀绝的风光。

长江三峡举世闻名,多少年来,无数的中外游人慕名而来,顺着或者逆着长江匆匆来去,自峡底仰望那一线蓝天。晏阳初向史文轩讲解了三峡的壮丽秀美,史文轩不住地赞叹,时时被中华文明的博大精深震撼着。

迤逦行来,航程虽时时受到阻滞,两个人不得不上岸步行,但他们并没感到丝毫的疲劳和委屈,一直沉浸在美丽的风景里。两岸高山陡峭突兀,直插碧空;山势旖旎,皆生怪树,互势竞上,争高直指。如逢晴初霜晨,猿啼凄厉,让人心悸。即使冬日也是一片葱绿,行走在这样秀丽的风景中,两个人常常忘记自己。

这是一段愉快的旅程,在如飞的船上,晏阳初会静静地站立在寒风中,任刺骨的风把脸刮得生痛。每当这时,他常常会想起远在巴中白发苍苍的母亲,想念家乡的亲人。对家乡来说,他这一次远行,是真正离开了,以前的每次远行都没有离开过四川,而现在他是渐行渐远了。有了距离,乡愁也就越来越浓烈了,耳畔总是浮现父亲给他讲述唐朝诗人岑参的《巴南舟中夜市》的情形,还会想起父亲那抑扬顿挫的声音:

渡口欲黄昏,归人争流喧。
近钟清野寺,远火点江村。
见雁思乡信,闻猿积泪痕。
孤舟万里外,秋月不堪论……

第一章 少年求学 寒门男儿初长成

而今父亲已经乘鹤西去,晏阳初再也听不到他慈祥的声音了,自己也一天天远离故乡,到外地求学,阵阵惆怅涌上晏阳初心头。他心里面虽有对以往生活的回顾与留恋,但更多的是对即将到来的生活的迷茫和担忧。他不知道,到了香港究竟会有一个怎样的局面等着他。这些他都没有对史文轩说。

船到上海,史文轩要到设在这里的内地会总办事处去办点事,两个人就找了个旅社,停留了一日。上午史文轩出去了,晏阳初实在无事可做,就信步走出旅社,到大街上去溜达了。

上海是东方大都会,十里洋场,是富人的天堂,也是冒险家的乐园。这里的繁华与富庶,与地处内陆的成都当然是不可同日而语的。可晏阳初眼里看到的,并不是上海的繁华和富足,而是满地的混乱与不幸。这里满街是衣着破敝的穷人。面黄肌瘦的人力车夫,即使在冬天也跑得汗流浃背。而坐在车上的人,有的得意洋洋,有的嘴里叽里咕噜地骂个不停。街道两旁最多的是跪在地上的乞丐,但不管他们怎样哀求,都很少有人往他们破烂的钱罐里丢上一个铜板。更有甚者,一个富人还恶狠狠地把一个向他乞讨的老人的钱罐打翻在地,又狠狠地踏上两脚,才扬长而去。

……

晏阳初在街上走了不到半日,只感到胸闷气堵。洋人和官员的冷酷和嚣张、为富不仁者的丑陋嘴脸、劳动人民的贫穷和无助,让他的心一阵阵揪紧,他再也不愿看下去了,赶忙转身回到寓居的小旅店。

国家处在风雨飘摇之中,人民的生命如同草芥。回到寓所,晏阳初扼腕叹息了许久。原以为美如天堂的上海竟是这样一个污浊混沌的地方。

衣袋所剩旅费不多,从上海到香港这一段,晏阳初和史文轩二人便改乘三等舱。一上船,他们这一怪异的组合,就令船上的乘客大吃一惊。一、二等舱的乘客见一个洋人与一个穷小子一起乘坐三等舱,感到不可思议;三等舱的乘客见晏阳初这么一个其貌不扬的穷小子,竟攀上了一个洋人,更加地吃惊。一路上,见两个人谈笑风生,虽然听不懂他们所说的内容是什么，但看那笑容和神情，可见两个人的关系非同一般。

史文轩和晏阳初丝毫不管别人的眼光，依旧故我，一起吃劣等的伙食，睡臭烘烘的底舱，一起欣赏美丽壮阔的大海。

晏阳初生长在内地，从来没见过大海。船一出海，他就被大海的壮阔与绚丽深深吸引住了。那平静的大海像一位温柔娴静的母亲，微笑着迎接他们这些远道而来的客人。微风轻拂，波光粼粼，那是大海在低语呢喃，好像正在哄他的孩子入睡；她又像一位深情款款的情人，在人们的面前，缓缓地释放她所有的美丽与柔情，让人流连忘返。晏阳初站立在船头，常常看得如痴如醉。

这一段旅程里，晏阳初多次领略了平静与愤怒的大海。对一个从未见过海的人来说，大海的平静和温顺、浓情与激越，都令他痴迷。也许他的心已被大海一点点地感染浸润。从此，晏阳初将驶向更为广阔的知识海洋，在那里尽情地遨游与汲取知识，直到他自己也成为海洋，为改变世界人民的贫穷、愚弱，穷尽一生的心力。

经过一个半月的长途跋涉，他们终于抵达了香港，生活也即将揭开新的一页。

轮船刚刚驶进港口，还没有靠岸，史文轩和晏阳初就跑上甲板，向岸上迎接的人群中观望。史文轩眼尖，远远地他就看见哥哥和妹妹站在一处高地上，正向甲板望过来。史文轩兴奋地挤到船舷边，挥舞着双手，向岸上大叫："我在这里，我在这里！凯瑟琳！"

岸上的哥哥、妹妹听见他的喊声，也看见了他，向他挥舞着手。船一靠岸，史文轩和晏阳初就提起行李，从熙熙攘攘的人群里向岸上挤去。

兄妹三人好久不见，自是十分激动，他们高兴地拥抱在一起，嘴里不停地高声叫着，惹得很多人看着他们。晏阳初站在旁边，微笑着看他们兄妹三人久别重逢的欣喜。

等史文轩平静下来，他马上拉过晏阳初，向哥哥妹妹介绍："这位就是我提到的晏，是我在成都最好的朋友和兄弟。晏，这是我的哥哥史超域和妹妹凯瑟琳，都在圣保罗书院教书，哥哥是书院的院长，凯瑟琳教英文。"

晏阳初连忙向他们打招呼："见到你们很高兴，文轩多次提到过你们，这次真是太麻烦你们了。"

哥哥史超域是个儒雅的中年人，他仔细地打量了一下眼前这个中国年轻人，见他的眼神平和而慈善，微笑着说："史文轩在信中极力地夸奖你的才干，今日幸会，真是高兴。你放心吧，我们兄妹三人会尽全力资助你读完大学的。希望你到香港来，不会感到失望。"说完伸出手来和晏阳初紧紧地握在一起。

旁边，凯瑟琳和史文轩兴奋地说着什么。史超域也不打扰他们，招招手，叫来两辆黄包车，让晏阳初坐上去，自己也跟着上去，然后对兴奋地说个不停的弟弟妹妹说："天很冷，先坐车回家再说吧。"史文轩和妹妹这才住了口，坐上另外一辆黄包车。两辆车一前一后，向圣保罗书院驶去。

一路上晏阳初仔细地打量着这颗璀璨的东方之珠。很显然，这里的繁华与上海大都会又迥然不同。由于受英国的殖民统治，香港已经有了太多的大英帝国的痕迹，街道两旁矗立着许多哥特式建筑，还有源自英国的巴洛克风格的房屋。一路上，街道的路牌全是清一色的英文，就连在街上匆匆行走的人，嘴里也叽里咕噜地说着英语。晏阳初有一种如在异国他乡的怪异感。在上海，他还时时感到气闷；在这里，他却没有那种感觉，只觉得一切都不太真实，像是一个梦。想到自己的祖国积弱积贫，遭受外族的蹂躏和欺凌，心里便涌起一阵阵莫名的忧伤。

晚上来到史超域的家，史超域准备了丰盛的晚宴，招待他久别的弟弟和弟弟最好的朋友晏阳初，四个人吃得很愉快。兄妹三人说了说分别后各自的情形，都满心感慨。凯瑟琳坐在晏阳初旁边，不时招呼他吃菜。这边史文轩兴冲冲地向哥哥和妹妹讲起了他们这一路的见闻，晏阳初也不时地插上一两句，史超域和凯瑟琳听得津津有味。

等史文轩说完，凯瑟琳不无疑惑地问："二哥，我不信，你到中国才几年时间，就对中国的文化了解这么多？"

史文轩双手一摊，说："那是当然，还不是身边有了晏，他可是个好老师，他脑袋里可装了不少这样的知识。对了，如果你们对中国的什么地方不太了解，可以直接问他。"说完微笑着看晏阳初。

晏阳初有些不好意思地说道："哪里，我懂的东西还很少，一个人如果对自己民族的文化一点儿都不知道，那他就不算一个合格的公民。"

史超域点头称是："晏，你说得很好，贵国有五千年灿烂的文明，地大物博，要全面地了解她，可真是件难事。尤其是对我们这样的外国人而言，简直难于登天。说老实话，我到东方这么多年了，对你们民族的文化了解得少得可怜。不过看来史文轩在你那里倒学到了不少东西，多亏了有你这样的好朋友。"他微笑着看着史文轩。

史文轩调皮地眨眨眼："这是自然。对了，哥，晏读书的事你安排得怎样了？"

晏阳初听说到了自己最关心的问题，也凝神望着史超域。

史超域放下手中的刀叉，说："你们冬天过来，其实并不是很合适的。香港的大学都是在春季招生的，要等到明年春天才可以到相中的学校去报考。"

听得此言，晏阳初有点急了，他可耽误不起！史文轩看出了他的焦虑，正要说话，史超域接着说："不过，晏，你用不着担心，这段时间你就在我负责的圣保罗书院旁听好了。你们国内的教育与香港的不大一样，我们这里全是采用英式教育，你借机可以熟悉一下，等来年春天再去报考也不迟。晏，你看如何？"

"那太好了，谢谢您！"

晏阳初喜出望外，连连道谢。

第二天上午，晏阳初就到了圣保罗书院当了一名旁听生。

史文轩兄妹三人很久没见面，史文轩也担心晏阳初不适应这里的环境，就特意在香港停留了半个月。每天晚上，史文轩都会问晏阳初是否适应。晏阳初很感激他，能有这样的朋友细心关怀，还有什么困难不能克服！晏阳初很快就熟悉了香港的环境。

第一章 少年求学 寒门男儿初长成

一晃半个月过去了,史文轩要动身回成都了,那里有一大堆事情等着他去做呢。临行前夜,两个人都有点不舍,一直交谈到了深夜。他们一起回顾二人交往以来的点点滴滴,创办辅仁学社的艰辛和快乐。最后,史文轩诚挚地说:"晏,明天我就要回成都了,今后全要靠你自己,我相信,你会做得很好的。"

晏阳初拉着史文轩的手,保证似的说:"文轩,你放心,我会珍惜现在的读书机会,不会让你失望的。"

第二天天气阴沉,有点冷,晏阳初一大早就起来帮史文轩打点行装。他一直把史文轩送到码头,还不想离去。两个人都有点难过,却又找不到话说。

汽笛声响起,船马上就要起航了。史文轩紧紧地抱了一下比他矮一头的晏阳初,说:"晏,回去吧,天有点冷,我到了成都会给你来信的。"

晏阳初使劲地点了点头。看着轮船慢慢地驶出了港口,晏阳初还站在那里,久久不愿离去。海风掠起他的长衫,也带走了他的思绪。

谁也不会想到,两个人的这一次分别竟成了永诀。1916年,史文轩在欧洲战场上为国英勇捐躯,那时晏阳初正在香港读书,突闻噩耗,只觉心摧骨恸,好像自己的灵魂离开了身体似的。当然,这是后话。

在圣保罗书院旁听的这段时间晏阳初才发觉,以前他所受到的教育与这里相比,落后了很多。为了春天的报考,他认真地学习,尤其是他以前不太熟悉的理科,不得不在上面投入大部分精力。

1913年1月20日,香港还在受着阴冷海风的吹拂,春天的气息仍不见踪影。但毕竟是春天了,城市里的气氛已活泛了不少,局促了一冬的人们,开始试探着到户外来活动,冬天里冷清的大街渐渐热闹了起来。

各大学校又是另一番热闹的景象,到处挤满了报考的学子。在史超域院长的建议下,晏阳初在圣史蒂芬孙学堂,用晏遇春的名字注册并报了名。

据史院长解释,圣史蒂芬孙学堂在香港声誉很高,教学完全采用英国当时的教育制度和方法。该校学生的毕业学分,连英国著名的剑桥大学和牛津大学都认可,以前在这里毕业的优秀学生,很多都入了这两所大学深造,留在香港的,一部分则进入了香港大学。

晏阳初对这一切都十分陌生,好在有史超域兄妹为他奔走张罗,开学之初,他才得以顺利地进入了该学校。

圣史蒂芬孙学堂和其他学校一样,开学之初要对招收的新生来一个入学检测,以掌握学生的实际水平。

考试下来,晏阳初惴惴不安,试卷上的许多试题他连见都没见过,平生第一次,他没有了自信。果然,第二天上午,巴奈特校长把他叫到自己的办公室,拿出他的测试,说:"晏遇春,你的英语不错,已达到了五级水平,很好。但你的数学、物理、化学各科成绩却很不理想。我和史院长是好友,不得不告诉你,你想考上香港大学,可能要在这里苦读三年才行,希望你能努力学习。"

从校长办公室出来,晏阳初是既羞愧又难过。羞愧的是自己考得这样糟糕,对不起史文轩三兄妹的无私援助;难过的是以前一直以为自己是学习中的佼佼者,哪知道竟是如此水平。校长说他还要苦读三年才有可能考上香港大学,他看了看现在班上的同学,大多数比他的年龄要小,自己再读三年,不就成了老童生了吗?!哪里还有脸见人,更不用说如何对得起史文轩兄妹的支持了。

晏阳初握紧了拳头,在心里暗暗下定决心:一定要努力学习,不管吃多大的苦,都要迅速把数理化的成绩突击上去。

晏阳初是个有了决心就马上付诸行动的人,他清楚,不付出比常人多得多的辛劳,学习是不会取得长足进步的。如今唯有全身心地投入到数理化的克难攻坚中。

从此,老师和学生都会在校园里看到一个奇怪的人,此人常常一袭青色长衫,夹着一沓课本,行色匆匆地从校园走过,奔走在教室和宿舍之间。一路上他总是低着头,若有所思的样子,也不主动和人打招呼。这个人当然就是晏阳初,没过多久,大家都知道学校有了这样一个来自四川的寒门学子。

第一章 少年求学 寒门男儿初长成

圣史蒂芬孙学堂里的学生，大多来自富庶商家或者官宦之家，他们家境殷实，用度自然阔绰，常常是西装革履，衣着光鲜。这里的教师也是清一色的英国人，穿戴十分整洁。而晏阳初被大家笑谈的青色长衫，还是他所有衣服里最好的一件。但他根本没有精力去思考这些问题，也从未在意过别人嘲讽或怜悯的眼神。

每次上课前，晏阳初总是第一个来到教室里，做好一切上课的准备，然后耐心地等待老师的来临。老师讲课时，他一直是全神贯注。学校里是全英语教学，他的英语虽然不错，但在他比较落后的数理化等弱科上，加之专业术语较多，他听起来还是有点吃力。课间休息时，同学们都在操场上高高兴兴地进行体育锻炼，他却总是在教室里埋头学习，一道道地演算习题，虽然他是那样地喜欢体育运动。晚上，同学们早就进入了梦乡，他还在路灯下埋头苦读。

功夫不负有心人，半年艰辛的刻苦努力，终于换来了回报。期末考试中，他的成绩突飞猛进，连校长都不敢相信。晏阳初自己也欣喜异常，心想，只要继续这样努力，也许用不了三年就能考进香港大学。

暑假同学们都回家与亲人团聚去了，晏阳初却留在了学校里，继续努力学习。空荡荡的校园里，没有了平时的喧嚣和混乱，倒更加有利于他静下心来学习。

为了弥补自己理科方面的不足，晏阳初拿出自己平日里节省下来的十多块大洋，去找学校一位理科老师补习。老师讲好每一个小时收他一块大洋，他手里的钱显然是远远不够的。但这并没有难倒晏阳初，他想了个好办法。晏阳初用一个小本子把自己平日里自学时不能解答的问题一一记下来，等一个本子记满了，他才去找老师一次。这样下来，一个小时能解决很多问题，既节省了时间，又合理使用了钱财。一个暑假下来，他的十多个大洋还没有用完，而他的理科成绩则取得了长足的进步。

秋季学期就在晏阳初紧张的学习中姗姗来临了，回家休息了两个多月的学生们纷纷返回了校园。

就在这时，从教务处传来一个好消息：香港大学马上就要招收下一届新生了。晏阳初听说此事，很兴奋。他想去报考，但心里却没底，就跑去问暑假的补习老师。老师看他特别勤奋，就鼓励他："怕什么，你去试试看，只有试了才知道行不行。"

从老师家里出来，晏阳初还是信心不足，又敲开了巴奈特校长的门，诚恳地说："校长，我想报考香港大学，您帮我出出主意，好吗？"

校长连看也没看他，就说："虽然你学习很努力，成绩也有很大进步，特别是你的数理化成绩，虽不是那么糟糕，但依我看，你还是老老实实待在这里学习吧，何必冤枉花那十块大洋的报名费呢？"校长的话冷冰冰的，那语气分明是认为晏阳初在痴人说梦。

走出校长办公室，晏阳初很不服气："也太小看人了吧，怎么就说我考不上呢？我偏要去考一考！即便考不上，也要见识一下香港大学的试题，积累一些经验。"

说去就去，当天下午晏阳初就到香港大学报了名。

说实在的，港大的题出得太活，试卷上的题是做完了，但他没有十足的把握。他一天天焦急地等待着考试结果，心里像揣了十五个吊桶，七上八下的。

那天下午，他正在教室里专心地听课，巴奈特校长派人来找他，说港大索特校长叫他过去，等他的人就在校长办公室。

他感到一丝不安，不知道是什么事，但他隐约猜到，肯定与考试结果有关。

一走进办公室，索特校长就热情地说："恭喜你，晏先生，你今年考了第一，是港大的新生状元。"

"是吗？"晏阳初被突如其来的喜讯弄得有点不知所措，好像没听清楚。

"你各科都考得很优秀。"索特校长让他坐下，"按我校的规定，你还可以得到英皇爱德华第七奖学金——1600元。"

晏阳初万万没有想到自己能考第一，还有1600元奖学金，他有点蒙了。

1600元对贫穷的晏阳初来说，简直是个天文数字。他当时一年的开销也不过 100 个大洋左右。

索特校长看看呆呆的晏阳初笑了笑，继续说："不过，晏先生，领取这笔奖学金还有一项规定，得奖的人必须是英国公民，请问，你愿意加入英国国籍吗？"

晏阳初突感当头一棒，激动的心一下子冷却下来，情绪由沸点降到了冰点。想不到如此优秀的香港大学，竟也狭隘如斯！为了区区 1600 元，竟随意要求一名学生改变自己的国籍。要知道，这还是在中国人自己的土地上！往日被压抑的爱国情绪这时喷薄而出。晏阳初霍地站起来，情绪激动地把头一扬，斩钉截铁地说：

"为了区区 1600 块钱，竟要一个学生出卖自己的国籍，校长，恕我直言，这代价也太大了吧！我是很穷，很需要这笔钱，但我郑重地告诉您，这笔奖学金我不要了，谢谢校长您的好意。"说完，头也不回地走了。

晏阳初拒领奖学金一事，很快就在香港大学传开了。他人还没来港大读书，事已经被传得沸沸扬扬。港大的中国籍学生还联合起来，以罢课相威胁，要求学校还晏阳初一个公道。晏阳初听说此事后，深感欣慰，看来这里的中国学生，不管他们身世如何、成绩怎样，至少他们都有一颗拳拳的爱国赤子心。

学校为了平息事端，也为了留住晏阳初这位优秀的学生，专程派香港大学的副校长艾里厄爵士约见晏阳初。爵士对他拒领奖学金一事表示赞赏，但强调这是制度规定，学校也无力改变。他力劝晏阳初到香港大学就读。

深受奖学金一事的刺激，此时的晏阳初陡觉香港大学没有他想象中那么优秀。但爵士再三挽留他，晓之以理，动之以情，晏阳初也慢慢地冷静了下来。他想到了史文轩兄妹为他的读书慷慨解囊，想到了远在巴中的白发苍苍的母亲和亲人，想到自己的志向和抱负。就在犹豫中，他收到了史文轩从成都来的信，对他拒绝奖学金一事深表理解，并告诉晏阳初，他已经筹集好了学费和伙食费，要他继续安心读书，完成自己的学业。

1913年9月，在史超域的陪同下，晏阳初到香港大学报名注册，正式成了港大的一名新生。

当时的中国军阀混战、农村衰败，百姓食不果腹、衣不蔽体，整个社会濒临崩溃……晏阳初目睹这些现状，毅然决然地主修了当时相对冷门的政治经济学，寻求解国弱民困之道。

奖学金一事使晏阳初成了香港大学的名人，很多同学都佩服他的勇气和志气，他也因此结识了许多朋友。这中间内地的学生居多，他们都是从水深火热的祖国内地走出来的，满眼是政府的无能和洋人的张狂，对祖国的爱也就更有了切肤之感。晏阳初挺起胸膛，帮他们出了心里的一口恶气，他们自然都佩服他。

开学不久后的一个周末，晏阳初没有随宿舍的同学到街上去玩，一个人躲进了图书馆看书。正看得入迷，有人在后边拍他的肩膀，他吓了一跳，疑惑地抬起头来，看见一张年轻而陌生的脸正微笑地看着他。

见他抬起头，那青年开口道："打扰了，请问，你是不是从四川来的晏遇春？"

"是啊，我就是，有什么事吗？"晏阳初疑惑地问道。

年轻人在他身边坐下来，说："我叫徐淑希，汕头来的，高你一个年级。听说了你拒绝奖学金的事，你做得很好，为我们中国人争了脸。"徐淑希竖起了拇指。

"没什么的，事情早过去了。再说，每个有骨气的中国人遇到这样的事都会这么做的。"晏阳初放下书，谦逊地说。

"这里是图书馆，走，我们到外边说话。"徐淑希把晏阳初拉到了外边，哈哈笑道，"那可不一定，我可见到了许多没志气的国人，比如我们无能的政府。好了，不说那些了，走，下馆子去，我请客。我交定你这个朋友了。"

晏阳初来不及拒绝，就被拉到了馆子里。一顿廉价的小吃结束，两个人就成了无话不谈的好朋友。以后的很多个周末，他们都是在一起度过的。两个志向远大的年轻人，因为共同的救国理想而成了莫逆之交。

第一章　少年求学　寒门男儿初长成

几年后，他们相约一起到美国留学，徐淑希后来成了国际著名学者，在民国时期，成为享誉中外的学者外交家。他和晏阳初的友谊也日久弥深。

香港大学毕竟是当时的名牌大学，其设施和师资自是内地大学很难比拟的。晏阳初一进大学，就一头扎进了知识的海洋。在这里，他学到了许多毕生有用的东西，他的业余爱好也在这里得到了充分的发展。

一直以来，晏阳初都偏爱音乐。周末时他常常会去拜访凯瑟琳。凯瑟琳是个性格活泼、开朗的女性，热情好客，能歌善舞。每到周日傍晚，她家里都会聚集很多同学，他们大多是音乐爱好者，吹拉弹唱，深夜方散。

晏阳初去过几次后，深感自己技不如人。平日还自诩对音乐有造诣，又有一副好嗓子，到凯瑟琳家去了几次，才发觉自己的无知和浅薄。为了不当众出丑，他下定决心练习钢琴。

也是事情凑巧，他偶然发现，一间学生客房里有一架钢琴，令他喜出望外。那个周末，他早早地跑到琴房，琴盒上满是灰尘，看来钢琴闲置很久了。他仔细掸去灰尘，就打开琴盒弹奏起来。

一连几周，他的业余时间都消磨在了琴房里。一个周末，晏阳初照例早早地来到琴房里，一边弹奏，一边小心地哼唱着。一位路过的老教授听见里面传来琴声，感到好奇，就推门走了进去。

晏阳初完全沉浸在了优美的旋律中，丝毫没有觉察。老教授也没有打扰他，静静地站在他的身旁，等一曲终了，老教授才叫起好来。

"弹得不错，年轻人。"老教授点头赞许。

晏阳初听见有人，慌忙站起来，见是一位老教授，不好意思地说："弹得不好，老师，打扰您了。"

"琴声很优美，是从心灵流淌出来的旋律。"

老教授微笑着说："我也不是很懂，但我觉得，你的指法有些问题。"老教授用手比画了几下，说："据说，初学琴者必须先练指法。否则等养成了习惯，就很难改过来了。这样，在弹奏一些高难度的曲谱时，旋律就会受到滞阻。"

晏阳初不好意思地说："我是自学的，没有老师指教，我知道肯定有许多地方弹得不好，让老师见笑了。"

老教授见他这样诚恳，心一动，说："我太太是钢琴老师，你要是愿意学，她倒可以教你。"

晏阳初一听，高兴地叫出声来，连连说谢谢，随即关了教室的门，跟老教授去了他家，拜教授夫人为老师，认真地跟她学习钢琴。

从此，钢琴成了晏阳初的挚爱，伴随了他一生，工作再辛劳，只要一坐在钢琴前，他就会忘记浑身的疲惫，脑子里只有流淌的旋律。

……

第一次世界大战爆发了。远在成都的史文轩来信，他将回国参军，奔赴战场，为国效力。

接到史文轩的来信后，晏阳初为史文轩感到高兴和自豪，同时也忐忑不安，生怕史文轩有什么意外。随着战事愈加激烈，史文轩的来信越来越少了，终至杳无音信。晏阳初的忐忑和担心也就愈来愈浓烈了。

1916年1月2日清晨，这是一个让晏阳初铭记一生的痛苦日子。学校还没有开学，晏阳初一大早起床，躺在床上看书。不知怎的，突然觉得心烦意乱，无端地急燥起来，好像有一件什么珍贵的东西正逐渐从他的生命中消失。他强迫自己静下来，却一个字也看不进去，书上的字都幻化为一个个莫名其妙的符号，不停地在他眼前跳动。他只好放下书，到学校的花园散心。

花园里到处是枯败的花枝，飘落的叶子大多已经腐烂，变成了泥，使得花台里的泥土变得黑黝黝的。伶仃的蜡梅，也在一阵阵的寒风中瑟缩着，不敢尽情地开放。校园中没有人，自然十分安静。要在平时，晏阳初是十分喜欢这安静的氛围的，可现在，这安静却让他坐立不安、心神不宁，他的心还一阵阵地发痛，他怀疑自己得了怪病，没有办法，他干脆跑到了大街上，任刺骨的寒风吹痛脸颊。

几天过后，凯瑟琳托人捎来口信，让晏阳初抽空去一趟。当他赶到凯瑟琳家时，只见平日里热情好客的凯瑟琳一脸戚容，双眼红肿，好像刚刚哭过。

第一章　少年求学　寒门男儿初长成

见晏阳初来了，凯瑟琳勉强笑了一下，示意他坐下，但表情却更像哭。晏阳初心里咯噔一下，觉察到有些不对劲。凯瑟琳默默地看了晏阳初一眼，递给他一封电报。

才看了一眼，晏阳初就觉得眼前一黑，头脑里轰的一声炸响，只觉得天旋地转，脚下一个踉跄，他赶忙扶住了墙壁。

凯瑟琳见他如此，也流下了眼泪："晏先生，二哥已经走了，他是在祭祀阵亡的战士时中弹牺牲的。"

晏阳初像疯了似的哭道："不！这不是真的，文轩不会有事的！"

凯瑟琳止住了眼泪，反过来安慰晏阳初："晏先生，你也不要太难过，二哥他是为国捐躯的，他的灵魂早已升到了天堂，我们为他祝福吧。"

晏阳初失声痛哭道："文轩，你真的去了吗？你怎么就走了？！"双手不住地打击墙壁，泪如泉涌。他怕再引起凯瑟琳的伤心，双手掩面，痛哭失声地跑了出去，也不管凯瑟琳在后面焦急地呼喊他。

那一天，晏阳初一直沉浸在巨大的悲痛中，这悲痛几乎把他击倒。往日的一幕幕浮现在眼前，史文轩的音容笑貌、调皮的眼神、他们一起度过的欢乐时光、那些深夜忙碌的情景……种种交往的细节像电影一样在眼前一一闪现，无不让他心痛如割。而现在，相知相交的两个人竟成阴阳陌路。

晏阳初回想起1月2日那天，自己一整天心神不安、魂不守舍，原来那正是文轩罹难的日子！莫非冥冥之中早有天定，那是文轩的在天之灵，在遥远的天际向好朋友告别，莫非真有心灵感应？要不，他怎么会在文轩离开的日子里，感觉有珍贵的东西正从生命中消逝？文轩曾经屡次在信中说，那些年他远离祖国，远离亲人，独自在成都，就是因为有了晏阳初这位朋友，才消除了他的寂寞和孤独。而现在，文轩走了，他们再也不能促膝长谈了，晏阳初的孤独又将向谁说？

"文轩，现在你在遥远的天国可会孤寂？当我想念你时，夏夜的星空，那一颗闪亮的星星是不是你注视我的眼睛？"

很长一段时间，晏阳初一直郁郁寡欢。史文轩的猝然离开，对晏阳初的打击委实太大。从此，那个与他相知相惜的朋友和亦师亦友的兄长没有了，以前每当苦恼时，他都会在信中一股脑儿说给文轩听，从今以后，寂寞和忧愁将向谁说呢？

很多个夜晚，每当晏阳初从书本中抬起头来，眼前就会浮现史文轩亲切的笑容，耳畔好像就会响起他乐观的笑声。这时晏阳初就会发愣，常常一刹时他就会泪流满面。

徐淑希见晏阳初神情恍惚，一边为他的重情重谊感动，一边又有些不忍心，却不好开导他，只有常常陪他出去散心。但晏阳初即便是出去了，也是沉默少言、很落寞的样子，与以前的爽朗大不相同。

见到这种情形，有一次徐淑希说："遇春，事已至此，你不管怎样难过，也于事无补了。你这样伤心，只会把自己的身体弄垮。我想，你朋友的在天之灵见你如此颓废，也会不安的。你最好的做法，就是化悲痛为力量，振作起来，认真读书，方不违背他的心愿，不辜负他的嘱托。"

见晏阳初沉默，徐淑希又说："这样吧，反正你也大三了，再待在香港大学也没有什么意义了。你不是一直想到美国留学吗？干脆换换环境，离开这片伤心之地。新的生活的忙碌会让你很快忘记悲伤的。我们结伴去美国，怎样？"

晏阳初苦笑了一下，说："我是想去，但资金呢？文轩已逝，我是决计不会再接受史家兄妹的资助了。"

徐淑希说："美国有许多半工半读的大学，我们可以一边读书，一边挣钱养活自己，只需要出国的路费和最初的生活费就行了。"

晏阳初犹豫了一下，随即决绝地说："好吧，我同意！不过，我们可要找到好的大学，方才不负自己的一番志向。"

徐淑希一下子站了起来，使劲握住晏阳初的手，说："那就一言为定！你先把自己的精神状态恢复过来，找学校的事我来做！"

……

香港的5月草木青葱，繁花似锦。晏阳初经过多方求证，美国的奥柏林大学是可以半工半读的。

奥柏林大学位于俄亥俄州，成立于1833年，在建校两年后，便决定录取学生时不考虑种族因素，是美国第一所实行男女混合教育的高等学校。

两个人都很兴奋，为即将到来的远行议论着。晏阳初也从悲伤中慢慢走了出来，他知道，文轩的在天之灵也不愿看到他一直颓废下去。可是，路费还是个问题。两个出身寒门的有志青年，没有被困难吓倒，又马不停蹄地忙碌开了。

一天中午，晏阳初正夹着课本急急地往宿舍赶。下午约好了和徐淑希见面，说一说筹措路费的事。正要走过操场，听见背后有人在喊他：

"晏遇春，你等等。"

晏阳初回过头，见是打网球认识的容兴能，一个很有风度、对人和善的富家子弟，他的父亲是香港汇丰银行的行长。晏阳初和容兴能一起打过几次网球，但因为阶层悬殊，平时少有往来。

容兴能手拿网球拍跑过来，笑着说："找你可不容易啊。对了，这段时间，怎么很少见你来打网球了？"

"最近有点忙，就很少来了。"晏阳初没有告诉他实情。

"呵呵，我可知道你在做什么。对了，现在去美国的路费筹措得怎样了？"容兴能问。

"还没有头绪呢。"晏阳初说，马上又反问容兴能，"你怎么知道这事？"

容兴能扬扬网球拍，说："无意间听徐淑希提到过。这样吧，如果你的路费还没有着落，就由我帮你解决。另外，再借一点钱作为学费和你的生活费，你看怎样？"

晏阳初大吃一惊：又不是特别熟悉，他怎么会这样慷慨？晏阳初连连拒绝："不，谢谢你的好意，我怎么能承蒙你这样的信任，平白受你这样的大礼呢？！"

容兴能哈哈一笑，说："一个连巨额奖学金都可以不接受的人，他的人品我当然是信得过的。你弄错了，我只是借给你的，又不是送给你，你大可不必感激我。等你将来事业有成了，我会向你讨要的，说不定，还会要你付利息呢。"

话已至此，晏阳初只有欣然领受，真诚地说："真是太感谢你了，你放心，我会让每一分钱都用得有意义的。"

"说这么多干什么，走，打两场网球去，很久没和你打了，今天咱们好好地较量一下。"

"好，谁怕谁啊，不要以为你借给我钱，我就一定会输给你！"晏阳初拿过一只球拍。

两个人说说笑笑，向网球场走去。

……

1916年夏天，晏阳初带上简单的行李，与徐淑希一道，再次踏上了漂泊之路，登上了西去美国的轮船。

史超域和凯瑟琳兄妹到码头送他，三人说了些珍重的话，都有些伤感。三年前，也是在这里，史超域和凯瑟琳高兴地迎接史文轩和晏阳初的到来。而今，史文轩已长眠于欧洲战场，物是人非，让人陡增无限伤感。而晏阳初，也即将离开香港，离开这片给他太多梦想和伤心的地方。从此，又将踏上新的求索之路。这一次的漂泊，与以前的任何一次都大不相同。谁知道，异国的生活又将是一幅怎样的画卷呢。但晏阳初坚信，只要坚持自己的理想、不怕困难，就没有走不下去的路！

轮船已经驶离了码头，香港也变成了一个遥远的小黑点，终至完全看不见。晏阳初站在甲板上，望着海天相接处早已消失的陆地，望着祖国的方向，久久不愿离去。

11

从太平洋东岸到西岸，是一段漫长的旅程。风平浪静的日子，乘客们都在甲板上打发时光，或环船散步，或晒晒太阳，或望着无边无际的波光涛影沉思默想，或与同伴海阔天空地漫谈。可是遇到有风浪的日子，轮船像一片树叶被巨浪抛上去又跌下来，乘客们便只能蛰伏在自己狭窄的舱房中，动也不敢动。

第一章　少年求学　寒门男儿初长成

一天，晏阳初在甲板上遇到一位高大健壮、举止大方，名叫蔡夫的美国人。他见晏阳初是中国人，便主动上前打招呼。交谈中晏阳初得知，蔡两年前毕业于耶鲁大学，是中国雅礼会的执行委员，被选派到长沙的湘雅医院服务已两年了，这次是回美国度假。菜夫知道晏阳初准备去奥柏林大学读书后，便说："你为什么要去奥柏林？耶鲁最适合你了。"

晏阳初早已耳闻耶鲁的盛名，知道耶鲁和中国的渊源颇深，可是因为囊中羞涩，他从未有过进入那贵族学府的奢望。于是答道："听说奥柏林可以半工半读，这是我选择那里的原因。"

蔡夫说："耶鲁同样可以半工半读。耶鲁的三千名学生中，有八百名是自谋生计，或找工作，或挣奖学金。听你讲了你以前的经历，你是个能吃苦的人，你到耶鲁后，一定能找到工作，解决自己的学膳费用。"

他还进一步说："耶鲁是个很开明、讲民主的学校，没有种族歧视，没有等级偏见，尤其欢迎中国学生。中国的第一个留学生容闳、大工程师詹天佑、政治家唐绍仪、外交家王正廷、法学家王宠惠，等等，都是耶鲁的学生。"

晏阳初听蔡夫如数家珍地列举了这些人物，不禁笑道："你记得真清楚。"

蔡夫说："我在中国工作了两年，对耶鲁的校友自然十分留意。"他见晏阳初仍然没有对是否去耶鲁做出决定，于是又说："我给你讲一个流传于美国学界的趣谈。有三个大学生，一个是哈佛的，一个是普林斯顿的，一个是耶鲁的，他们正坐在一起谈话。此时进来一位女士。普林斯顿那位学生说，'让我们找张椅子请她坐吧。'可是说归说，他仍然坐着不动。哈佛那位呢？既不说，也不动。而耶鲁的那位连忙站起来找了一张椅子，端到那位女士面前，彬彬有礼地请她坐下。这虽然是个趣谈，但反映了人们对这三个学校的印象。"

晏阳初听了，觉得既形象又生动，很有意思。对香港社会的阶级偏见、贫富偏见，他深恶痛绝，因此格外向往民主与平等。听蔡夫说耶鲁是最民主的大学，他自然有些心动。但他也不是一个轻易改变主意的人，途中他一直与徐淑希商议是否到耶鲁去学习，直到快到旧金山的前两日，他才做出决定：去耶鲁！而徐淑希则去了哥伦比亚大学。

他们在旧金山码头下了船，刚一踏上异国的土地，就有一种既激动又茫然的感觉。两个满怀豪情而又略显稚嫩的年轻学子，就这样开始了他们的美国求学历程。等待他们的到底是什么样的结果呢？

耶鲁大学是美国数一数二的名牌大学，是著名的常春藤联盟成员，教授阵容、课程安排、教学设施方面堪称世界一流。既然已经来到了美国，就要进最好的学校。一路上，满眼的异域风情让晏阳初和徐淑希陶醉。相较于祖国的混乱和贫困，这里的人生活得富足而祥和。这也更让他们深切地感受到，作为炎黄子孙的责任和义务，他们心里是既兴奋又悲哀。这种矛盾的心情，让两个年轻人都很少开口说话。

到了旧金山，两个好友不得不分手告别。这天早上，在路边的小餐馆，两个人一起吃下最后一顿早饭，相互说了许多鼓励的话，既是与朋友告别，又是为自己打气。前途未卜，两个人心里都没有底。

身处异国他乡，分离的伤感也就更加让人刻骨铭心。去耶鲁的车还没有来，晏阳初把徐淑希送上车，两个人相互看着，一时竟无话可说。

车马上要开了，徐淑希从车窗伸出手，拉住了晏阳初："遇春，到了耶鲁，千万记得给我写信。"

两个人的手紧紧地握住，晏阳初也有几分激动："一定，一定，你也要常来信，但愿我们一切都会很好！"

"肯定的！"徐淑希大声说，像是为晏阳初打气，也像是鼓励自己。他的声音引得旁边的几个美国人都转过身来，看着他们友好地微笑。

车站里到处是黄头发、高鼻梁的美国人，并没有人在意他们的分别，但他们的分别远比普通的朋友来得深一些。茫茫人海，全是异域陌生的面孔，听到的是和母语完全不同的语言，要见到一个说着中国话的同胞，是那么艰难。这是超越了同学之情的一种民族友情的牵挂！

车开走很远了，晏阳初还站在那里，望着愈行愈远的好友，直至终于看不见，他才回过神来，匆匆奔向自己的车站。

"但愿蔡夫说的一切都是真的!"晏阳初在旧金山乘火车到达了耶鲁大学的所在地——康涅狄格州的纽黑文。这是一座清静幽雅的小城,以大学为主,只有极少数人家。与香港充满商业气息的繁华相比,大相径庭。当晏阳初看到那爬满常春藤的耶鲁大学的校门时,心中又不安起来。因为那时他身上只剩下86美元,而且他的证件都是写给奥柏林大学的。

晏阳初振作精神,忐忑地走进了新生办公室。接待晏阳初的老师是一位和善的中年人,他仔细看完晏阳初所有的证件和成绩后,温和地说:"晏先生,有个问题需要向你说明,香港大学是英国学制,你在那里的大部分相同课程的学分我们会承认,但那里与耶鲁也有不同。耶大的必修课,你还得补修完成。你还有什么问题吗?"

晏阳初感激地向老师鞠了一躬,说:"谢谢老师,我没有问题。"关于学制的差别,他在港大已经经历过,并没有感到什么意外。

老师和蔼地说:"晏先生,看你的成绩,你绝对是个优秀的学生,相信你会努力学习,用不了多久,你就可以从耶鲁毕业了。祝你早日成功,也希望耶鲁美丽的环境让你有回家的感觉。"

晏阳初很开心地笑了,但又马上问了个问题:"老师,耶大的学费可以分期交付吗?"

老师笑得更加欢快了:"你放心,耶鲁没有门槛,它喜欢勤奋努力的平民学子,你完全可以分期交付,没人会催你的。只要你能在毕业前缴清学费,都是可以的。"

"那我一定能做到。"晏阳初也是满心的喜悦。

从新生处出来,晏阳初觉得浑身轻松。看来轮船上的那位耶鲁学子没有说错,耶鲁是一个没有歧视和偏见的学府,这里人人平等自由,富有人情味。他甚至不再为自己兜里只有八十多美元而不安了。

1916年9月,晏阳初用晏遇春的名字在耶大注册,插入政治系三年级学习。

在耶鲁,晏阳初是个特别贫穷的学生,但他从未在意过。他很快就熟悉了耶鲁有规律的生活,而且进校没几天,他就在学校的餐厅找到一份代收餐券的工作，没有报酬，但可以免费享用餐厅的牛奶、面包、菜汤等食物。这对他来说，简直就是上帝的眷顾，他正为没钱吃饭而发愁呢！

与晏阳初一起干这份工作的还有几位美国学生。每天食堂开饭时，他们就早早来到餐厅，帮忙收餐券。等吃饭的学生陆续离开后，他们把手里的餐券上交给餐厅，就可以尽情地享用餐厅免费的食物了。

来美国前，晏阳初还吃不惯西餐。刚到美国的前几天，他只吃面包、喝菜汤，不敢喝牛奶，腥味太浓了，他一闻就反胃。但面包和菜汤怎么管用呢，他可正值年轻力壮的年龄，学习又努力刻苦。几天下来，晏阳初只觉得头昏眼花，上课提不起精神，深夜常常睡不着，饿得梦里一直在吃东西。

一天早上，晏阳初照例站在一边收餐券，与他一起的美国同学见他面色苍白、有气无力的样子，就关切地问："晏君，你是怎么了，需要看医生吗？"

晏阳初有气无力地摇摇头："谢谢，我没有病，就是肚子饿得厉害。"

美国同学很吃惊，马上就明白过来是怎么回事，摇摇头说："你要多喝牛奶，牛奶的营养价值很高的，很多从亚洲来的学生开始都不习惯喝牛奶，但忍一忍也就过去了。"

"腥味太浓了！"晏阳初苦笑道。

"你可以捏着鼻子喝啊，等过几天，慢慢就习惯了。"美国同学建议。

"谢谢你提醒，可我闻了反胃！"

吃饭时，美国同学帮晏阳初端来一大杯牛奶，鼓励他："晏君，你先捏紧了鼻子，端起来，一口气喝下去，马上再喝口菜汤。"

晏阳初还是有点犹豫，但美国同学坚持要他喝，其他几个同学也过来为他鼓劲打气。

在大家的督促和鼓励下，那天早饭，晏阳初捏着鼻子喝下了一大杯牛奶，然后马上喝了一口菜汤，吃了一口面包，居然没呕吐。一上午的时间，比以前精神多了，上课也能安下心来认真听。中午和晚上他又各喝了两杯，半夜肚子真的没再唱空城计，睡得很香。看来，美国同学的

第一章　少年求学　寒门男儿初长成

话是对的。

一周过去了，晏阳初不用捏鼻子也能喝下牛奶了。后来，每天喝一杯牛奶，成了他的习惯。

耶鲁大学除学术氛围浓郁外，人文环境也好。学校注重对学生个性的塑造和培养，管理也很人性化，经常为许多优秀的寒门学子提供勤工俭学的机会。这样，毕业后他们才能更快地融入社会，并迅速地崭露头角。

伙食问题算是暂时解决了，可晏阳初还差学校一大半的学费呢！每个周末，在完成了一周的学习任务后，晏阳初常常会在学校附近的工厂和餐馆门口溜达、询问，希望能找到一个钟点工的工作挣点钱，缴清学校的欠款。

10月的一个早上，晏阳初正站在学校的餐厅收餐券，听到两个吃完饭的学生边走边议论：

"听说唱诗班的一个同学走了，学校正在招合适的人呢。你唱得很好，为什么不去试试？"

"是吗？我倒没听说。面试应该很严格吧，我怕选不上。"

"不去试试，怎么知道不行呢？你要知道，唱诗班的报酬很优厚的。"

"好吧，我下午去问问。"

两个美国学生一边说，一边走出了餐馆的大门。

说者无意，听者有心，晏阳初只觉得眼睛一亮，这几个周末，他正为找不到合适的钟点工发愁呢！这可是个天大的机会，他一定要去试试。

收完餐券，晏阳初胡乱吃了点东西，和一起用餐的同学打了个招呼，就急匆匆地跑出去打听唱诗班招人的消息。

几经周折，才找到了负责这项工作的吉普逊教授。晏阳初礼貌地问好后，就大胆地向吉普逊教授毛遂自荐："教授，听说唱诗班正在招一个人，您看我行吗？"他大胆地望着老师。

吉普逊教授见他是个东方学生，略微沉吟了一下，没有回答，心里却为这位年轻学生的勇气叫好。

晏阳初见教授没有回答，马上说："教授，请相信我，我能做好的，我以前也在唱诗班领唱过。"

"是吗?"

见教授不置可否,晏阳初急切地说:"教授,我可以在您面前唱一首圣诗吗?"

"好啊!"教授微笑着颔首。

晏阳初当即清了清嗓子,站直身子,在吉普逊教授面前高歌。一曲唱完,教授连连点头,仔细地问了他的姓名、班次,并一一认真记下,然后说:"小伙子,你很勇敢,唱得的确也不错,但我们可是挑最好的,这样吧,你先回去等消息吧。"

几天过后,吉普逊教授把晏阳初叫到自己的办公室,说:"小伙子,你的嗓子很好,唱圣诗很投入。在众多报名的学生中,我还是决定选你。欢迎你加入我们的唱诗班!"

教授说完,像东方人那样伸出自己的手,道:"小伙子,你可是唱诗班第一个亚洲人。"

晏阳初紧紧地握住了教授的手,诚恳地说:"教授,谢谢您,我会尽力做好的。"

吉普逊教授微微一笑,说:"年轻人,进入唱诗班后,每个学期,你都可以得到一个学分,或者是一百美元的奖励,你选一个吧。"

晏阳初毫不犹豫地回答:"教授,我是个穷学生,就要那100美元吧。说老实话,我正是冲着这100美元来的,我可等着这钱交学费呢。学分嘛,我平时努力点,就挣回来了。"

教授被他的直爽逗得哈哈大笑:"恭喜你,年轻人,这100美元是你的了!"

"谢谢老师!"晏阳初也不好意思地笑了起来。

100美元,相当于当时一个普通美国工人三个多月的工资,对贫穷的晏阳初来说,那简直是一笔巨大的财富,他再也不用每个周末满大街地寻找钟点工了,也就有了更多的学习时间。精神上的收获则更让他欣喜万分。

第一章　少年求学　寒门男儿初长成

耶鲁大学的唱诗班一共有六十名学生。而他更是从上千名报名者中挑选出来的。在他之前，还从来没有一个东方的学生进入过耶鲁的唱诗班。晏阳初的加入，是破了耶鲁的纪录，这让他高兴了好一阵子，也更让他相信，耶鲁大学的确是一个没有种族歧视和民族偏见的学府，他更加喜爱耶鲁了。

后来，晏阳初又找到一份推销中国传统手工艺布制品的活儿。他从国内购来产品，再将其推销给喜欢中国传统艺术的美国人，他的活动能力本来就强，销路很不错。扣除了厂家的订金，他自己还能余下一部分钱。

就这样，晏阳初凭着自己的聪明和勤勉，不仅解决了自己的学费和伙食费用，手头常常还小有积蓄。时不时地还可以去买几本自己喜欢的书，偶尔和几个要好的同学去一次中餐馆。当然，这些都是在他严格的计划以内的开支。

进入耶鲁大学后，晏阳初见到了许多陌生的教授，听到了许多从前闻所未闻的理论。在认真的学习和思考中，晏阳初一天天地成长起来。耶鲁许多教授的讲课都让人痴迷沉醉，其中还有教授们人格魅力的感召。

政治系的威廉·塔夫脱教授，曾任美国第二十七任总统，卸任后就职于耶鲁大学。他是个平易近人的老人，总是一脸的微笑，没有一点架子。不知道底细的人，根本不会想到，这个一脸笑容的和蔼老人，曾经是世界第一强国的总统。

塔夫脱教授上课很准时，总是在铃声响后准时走进教室，语调平和地开始他的讲课。

这天上午是塔夫脱教授的课，晏阳初和同学们在教室里等了他十多分钟，教授都没有来。同学们都认为他不会来了，几个没有耐心的同学开始收拾讲义，陆续散去。

刚走到楼梯口，便遇见教授在气喘吁吁地爬楼梯。见到即将离开的学生，他连忙把他们劝回教室，笑着对大家说："同学们，真是对不起，我昨天去华盛顿开会，回来的时候火车误点了，耽误了大家的时间。如果以后再发生这样不得已的情况，请大家多等我几分钟，我会尽力赶回来的。谢谢你们。"

说完，老人抱歉地笑笑，翻开讲义，开始讲课。

威廉·塔夫脱教授的言行，对晏阳初不啻于一枚重磅炸弹，他很难相信，一个做过大国总统的人，因为国家大事耽误了十几分钟时间，会这样诚恳地向学生道歉。晏阳初在心里更加敬重这位伟大的老人了。

但美国也并不是传说中的净土，美国作家马克·吐温就曾经把美国资产阶级自诩的黄金时代讽刺地称为"镀金时代"。在这里，很多冠冕的话也只是写在宪法里的一纸空文。生活的时间长了，晏阳初发现，在美国平等、自由的外衣下，处处充斥着种族歧视，弥漫着对弱小国民的侮辱。中国是弱国，自然也被美国人瞧不起。塔夫脱教授就曾在他讲授的关于美国宪法的课上，公开严厉地抨击过美国境内的各种排华法案。他说："合众国的宪法中明文载着'人类生而平等'，当局限制华人的移民法，是违背了美国宪法精神的。"

也就是1916年，美国劳工部出台了一项政策，授权移民局全权判决外国人出境的权力。移民局一旦判决某人出境就是终审，被判决人无权再行上诉。一时间排华运动甚嚣尘上，许多华裔商人被无端驱逐出境，连留学生也无法幸免。这些令人发指的事件让晏阳初十分难过和气愤，也让他深刻地认识到，美国所谓的民主和自由，只是针对美国人的民主和自由，对外来移民特别是弱国公民，民主和自由是根本不存在的。

心里积郁的不平太久了，总得找机会发泄出来。晏阳初乃一布衣学子，无力改变美国人的想法。但他想，总可以把自己的见解表达出来吧！至少要让美国人清楚，在一个弱国留学生的眼中，他们所谓的民主，只不过是对其他弱国人民的人格的无端欺负；他们自诩的高尚，在弱国眼中就是令人发指的犯罪。

晏阳初下定决心，要在耶鲁大学每年的例行演讲中走到台上，发表自己的看法。

为了让自己的演讲产生效果，那个学期，晏阳初把不少业余时间都放到了这件事情上。他一头扎进图书馆，认真地研究美国的宪法和移民法案，把其中标例的法律条文与现实生活中相悖的一一罗列出来，并查阅大量排华的资料。以《从美国宪法论排华的不合正义公理》为题，写了一篇慷慨激昂的演讲稿，数易其稿，终于写得令自己满意了。

演讲这天，晏阳初不慌不忙地走上讲台，看了看台下黑压压的人群，清了清嗓子，大声说道：

"各位老师，各位同学，你们好，感谢你们能静下心来，倾听我的演讲。今天，我演讲的题目是《从美国宪法论排华的不合正义公理》……"

当他用清楚、激越的语调念完标题，在下边的听众中就引起了一阵不大不小的轰动，但很快人们就安静了下来，大厅里响着晏阳初激越的话语：

"……以上种种，让我们有理由相信，美国所谓的民主，只是针对少数人的民主，我来自中国，我苦难的祖国正在饱受战争的蹂躏。我来到了美国，是为着追寻民主与自由。但现在，我很失望，我在这里看到了太多的肮脏和黑暗，不公正还充斥在合众国的每一个角落。是的，美国很强大，人民很友好，渴望和平。但我深信，只要那些针对弱小民族的歧视法令没有废除，合众国所谓的民主自由，就永远是一纸空文！……"

台下响起了热烈的掌声。

一场激越慷慨的演讲下来，在耶鲁大学引起了不小的轰动。许多教师和美国学生都对晏阳初的勇气和胆识竖起了大拇指，这个身材矮矮的中国学生，脑子里竟然装着这样博大的理想。感同身受的中国留学生则交口称赞，很快晏阳初便受到了当地华侨的热烈欢迎。

演讲使晏阳初厘清了自己的思路，也令他看清了自己以后要走的道路：救国救民于水火。

这次演讲让他结识了许多有思想的朋友，其中，塔夫脱的儿子查理·塔夫脱、石油大王洛克菲勒的儿子等，都与晏阳初交往密切。在耶鲁校园里，这些人从不以自己父辈的荣誉自居，而是谦恭有礼，对人诚恳。查理后来成为大律师，对晏阳初的事业积极支持，从1961年起，他就在晏阳初创办的国际乡村改造学院担任重要职务，直到1983年逝世。

洛克菲勒家族的人，自始至终是晏阳初平民教育事业的坚定支持者，经常在资金上给予晏阳初无偿的援助。

紧接着，当时活跃于美国的秘密留学生组织"成志会"（取众志成城之意）也要求晏阳初加入。该会集结了一大批有志于改造和发展中国的有志青年，王正廷、王宠惠、张伯苓、孔祥熙等人均是该会成员。他们不定期于纽约举行集会，探求救国道路。晏阳初加入后，给成志会注入了新鲜血液。

这时晏阳初已经基本确定了一生的奋斗方向，他从中国内地、中国香港、美国三种社会的对比中感觉到，中国的落后在于教育落后，民智未得到开发。要振兴中华，就必须从开发民智着手。三地的求学经历，让晏阳初逐渐看清了中国积弱积贫的真正原因，也一步步坚定了他为民服务的思想。这一段人生经历，对他后来为之奋斗终生的平教事业产生了直接的影响。

第二章

服务华工　立志终身为平民

1

第一次世界大战战火迅速蔓延，严重危及了远在大洋彼岸的美国的利益。1917年4月6日，美国终于对德宣战。时任美国总统伍德罗·威尔逊在面向全国的演说中号召全国人民团结起来，为正义和民主而战。一时美国民情沸腾，大街小巷、山乡田野，到处弥漫着战争的气息。美国的许多热血青年尤其是学者、学生，纷纷投笔从戎，远赴欧洲战场。

耶鲁大学校园也一改往日的平静和安闲，教师、学生纷纷投笔从戎，踊跃参军。

1917年5月初，耶鲁大学相继设立了学生报名处和预备军官训练营，集中训练志愿从军的美籍学生。

一个星期六，晏阳初一个人正蜷在宿舍里看书，忽然传来了咚咚的敲门声："晏君，你在里面吗？"

是查理·塔夫脱的声音，晏阳初闻声连忙开门。

门开了，阳光随着吱呀的开门声照进来，屋子里一下亮堂了许多。门口的光影里站着身材高大、一身戎装的查理·塔夫脱，他高兴地说："晏君，我以为你不在呢，过来碰碰运气，正巧你在。"

"进来说吧，查理。"晏阳初热情地说。

"晏君，我是专门来与你道别的。"查理·塔夫脱热情地拥抱住了晏阳初。

"查理，你要去欧洲战场？"晏阳初很意外。他实在难以相信，一个美国总统的儿子，也会身披戎装，上阵杀敌。

"是啊，这是我报效国家的最好时候。晏君，我已经应征入伍，是美国普通的士兵了，祝福我吧！"查理·塔夫脱既高兴，又略有些别离的伤感。

"查理，我相信你会是最英勇的战士。"晏阳初紧紧地握住了查理·塔夫脱的手，很是感动，"查理，我也要参军入伍，你等等我，我们一起上战场。"

"哈哈，那可不行，入伍可是有年龄限制的，你年龄不够，现在还是在学校好好读书吧，等你年龄够了再说吧……不过，估计到那时，我们已经凯旋了。"查理·塔夫脱使劲地拍了拍晏阳初的肩头，爽朗一笑。

晏阳初有些遗憾地说道："我祝福你，你自己要多保重，我在耶鲁等你肩佩勋章凯旋。"

"为了自由和民主而战，晏，你在后方等我的好消息……好了，我还要去和其他几位同学道别，你自己也多保重，我走了。"说完，查理·塔夫脱迈着矫健的步子走了。

晏阳初眼望着查理·塔夫脱英姿飒爽的背影渐渐消失，很久很久才回过神来。他被查理·塔夫脱的爱国热忱深深感动。

收回目光，他再也无心看书了，心头竟没来由地涌起一阵酸楚：我深爱的华夏母亲，多灾多难的祖国，什么时候，你英雄的儿女也能这样意气风发地为抵御外族入侵而奋勇杀敌！到那时我一定会冲锋在最前沿！

……

1917年8月14日，中国政府正式对德宣战，但主要负责战场后勤工作。消息传到耶鲁，晏阳初高兴得彻夜难眠。从此，身在学校的晏阳初，开始密切关注欧洲战场的中国劳工。

……

1917年的冬天，已经是耶鲁华人协会会长的晏阳初，认识了许雅丽，从此开始了两个人长达半个多世纪的相恋。

许雅丽的父亲许芹，祖籍广东台山，十四岁便出国闯荡，只身来到美国，凭借自己的聪明和坚韧，读完大学，并成为当时纽约第一个华人牧师，后与荷兰裔姑娘露易丝·亚尔兰一见钟情。两个人冲破重重阻力，最终结为连理。

许芹夫妇待人热情，好客乐施。他们有三子六女，可谓是人丁兴旺。六朵姐妹花出落得清秀美丽，她们热情好客，家里时时充满欢声笑语。有她们姐妹的地方就有欢乐，这也是中国留学生常常光顾许家的原因之一。每到周末，总有许多中国留学生和当地的华人到许家来聚会。在纽约的华人圈子里，没有人不知道许家的。孙中山先生有一段时间就长住在许家，直到他离开纽约。

一个周末，晏阳初和一位同学来到许家。一走进院子里，晏阳初就被映入眼帘的一幕吸引了。偌大的庭院里，到处是黄皮肤的中国人，听着久违的乡音是那么亲切，每个人的神情都是那么闲适和放松。客厅里有人一边细细品茗，一边小声地谈笑着；花园里，鲜花不多，其间有三三两两的人款款走着，感受冬日的情趣；钢琴边，三五个青年学子正在尽情地放歌。晏阳初好像一下子回到了中国，到美国这么久，除了在集会上，他平时很少见到这么多的中国同胞，真有一种久违的亲切感。

以后的时日，周末只要有空，晏阳初都会来许家做客。因为这里有浓浓的乡音、化不开的乡情，有志同道合的莘莘学子，有为祖国而慷慨陈词的热血青年。在这里，他是那么高兴和心情舒畅。紧张了一周的疲倦身心，在这里得到了放松。

一个周末，晚饭后外面刮起风来，天有点冷，大家都没有急着散去。一群年轻人围着钢琴唱着赞美诗，多声部齐声合唱，气氛很活跃。许芹夫妇在楼上，微笑着看着这群活泼的青年。

突然其中一个同学大声说："晏阳初是我们耶鲁大学唱诗班的，嗓子很好，我们欢迎他独唱一首好不好？"

"好！"

大家异口同声，纷纷鼓起掌来。接着晏阳初就被身边的几个人推到了钢琴边。

晏阳初没有思想准备，霎时有几分局促。正在犹豫时，他觉得前边有一双眼睛正微笑着鼓励他，迎着眼光望去，正是许家二小姐许雅丽。他陡感勇气倍增，挺直了身子。

"好吧，那我就为大家唱一首，没有准备，唱得不好，你们可不要笑我！"

说完，钢琴的旋律一起，晏阳初便投入地唱起来。

第二章 服务华工 立志终身为平民

毕竟是唱诗班的，果然唱得不错，一曲终了，一群人热烈地鼓起了掌。晏阳初正要退开，又被身边的同学抓住了，大声叫道："再来一首，再来一首！"大伙又啪啪鼓起掌来。

许雅丽也满面笑容地看着他，等待他继续。晏阳初无法推辞，只得又接着唱起来。

那天晚上，大伙的热情都十分高涨。屋外虽然早是料峭的寒冬，室内却是暖流涌动，每个人都是一脸的喜悦。

也不知道唱了几首，晏阳初觉得嗓子有点沙哑了，想喝口水。抬起头来，对面的许雅丽不知何时已经走了，他略微有点失落。正在这时，背后有人轻轻地推他："口渴了吧，给你。"

回过头是许雅丽一脸灿烂的笑容，她手里端着一杯茶，正准备递给晏阳初。

晏阳初也不客气，接过来一口气喝下去，觉得嗓子不那么干了。

"谢谢你，雅丽。"他把茶杯递了回去。

许雅丽对他莞尔一笑，拿着茶杯走开了，只给了他一个美丽的背影。有那么几秒钟，晏阳初沉浸在了一种莫名的温馨和甜蜜中，但他这本就不明朗的情愫，马上就被喧腾的气氛给搅散了。

接下来的日子里，晏阳初时时看着看着书，就会不由自主地发呆，他自己也不知道是为什么。他周末去许家的次数也明显多了起来。每次临近周末，他心里总有一份暗暗的期盼和欣喜。一到许家，他的眼神就会有意无意地搜寻许雅丽的身影。

如果许雅丽在家，就会迎出来，对他粲然一笑。这个周末，晏阳初的热情就会高涨，往往会成为聚会的主角，把气氛搞得很热烈。偶尔许雅丽不在家，他的热情就会无端地低落，坐在人群里，很少发言。

这份淡淡的、既甜蜜又让人忧伤的爱恋，一直氤氲在晏阳初的心里。许雅丽的一颦一笑、一纤一微，总是那么温馨地牵动他的情怀，让他心动不已，让他牵肠挂肚，但他强耐住自己的情感，不让它喷发。他清楚，自己来自祖国内地贫困的山乡，学业未成，任何奢言感情的举动都是不现实的。他只有把这份美好的感情，默默压在心底，默默的，不让任何人知道。

……

2

"同胞们，……欧洲战场上有我们近二十万的华工同胞，他们做的是最苦最累的工作，有时候还要冲锋陷阵，但受的却是非人的待遇。没有哪一个国家把我们这些华工同胞当成战士看待过，他们享受不到战士应有的尊严和荣誉，反而常常遭受毒打和凌辱……"

毕业前夕，晏阳初参加了北美青年学会的年会。在这次会议上，总会提出，要在美国留学生中招募一批通晓中文的传教士，到华工营设立的华工服务中心，为欧洲战场上的中国劳工服务。

会议上，总会代表的发言让晏阳初五味杂陈。中国虽未直接参与战争，但迫于英美压力，北洋政府还是招募了十多万华工去欧洲战场，他们做着送弹药、挖战壕、筑工事等艰苦的劳役，甚至在一些特殊时期，还被士兵驱赶到战场上冲锋杀敌。由于国贫民贱，华工常常受到士兵们的侮辱、毒打，再加上语言不通，水土不服，食品不足，饮食又不习惯，思乡情浓，生病后言语不通难以诊治，华工营时有暴力、罢工事件发生，结果自然是受到军队残酷镇压。

总会代表沉痛的发言让晏阳初坐立不安，他不禁为同胞的不幸遭遇担心起来，恨不得马上飞到欧洲，去为那些受苦受难的同胞尽自己的一份绵薄之力。

会后，晏阳初立即敲开了基督教青年会战时工作处的大门……

走出工作处的大门，晏阳初沉重的心轻松了一些，阳光好像也不是那么刺眼了。他仔细地看了看街道两旁碧绿的行道树，多美的城市啊！多少年了，他好像还是头一次发现，耶鲁原来坐落在这么美丽的城市。他一边走，一边尽情地欣赏这美丽的城市风光，嘴里轻轻哼着家乡的小调。

白日的欣喜和忙乱过后，每到夜里，只要他独处，静静地躺在床上，就会有一种淡淡的忧伤浮上心头。一闭上眼睛，许雅丽那温柔恬淡的微笑、亭亭秀颀的身影，总是那么清晰地展现在他的眼前。霎时，他就会被一股离愁击中。

一年多的交往中，他深知许雅丽的身影已经牢牢地烙在脑海里。虽然他从未在她的面前有一丝的表露，但这份爱恋却是与日俱增。最初它只是一颗羞涩的种子，不知不觉间它已经长成葱郁的大树，丛生的枝条在他心上不住地拂搔，让他常常在不知不觉间陷入甜蜜的忧伤里。而现在面对即将到来的别离，把这份从未表露的情感渲染得更加难舍和缠绵。而他又将怎样割舍这一腔纯情呢？

恋爱中的人是敏感的，晏阳初早就隐约地感觉到了，许雅丽对他的好感和亲近一天天明显。也不知道是从什么时候开始，只要他和许雅丽在一起，其他同学都会知趣地借故走开，让他们能有更多的机会单独待在一起。

在经历了最初的慌乱和尴尬之后，晏阳初和许雅丽都能平静地谈论彼此喜欢的话题了。很多时候，是晏阳初一张激越的嘴，伴随着许雅丽一双忠实倾听的耳朵。晏阳初会谈起他懵懂的童年，他四处漂泊求学的少年，他苦难深重的祖国，他遥远的亲人，他一生的追求。许雅丽并不是个很内向的女孩，可她总是微笑着，静静地看着晏阳初悠远的眼神，听他讲那些他铭记或感念的人或事，静静的，一个字也不说，就在他娓娓的讲述中走进他的人生，走进他的心里。有时候等晏阳初停了下来，她就会轻轻地递给他一杯水，然后微微一笑："看你，说了这么多话，口渴了吧。"

晏阳初也不说什么，接过来咕噜咕噜就喝干了。笑笑，也不说谢。

两个人从未言及过感情，可这一份心灵的默契彼此早已心领神会。

这是毕业前的最后一个星期天，晏阳初照例去了许家。他先问候了许牧师夫妇，便跟着进去做礼拜。等礼拜仪式结束了，他便默默地往外走，离别的忧愁在胸口荡漾，却不知道怎么说出口。许雅丽看出他神情抑郁，跟在他身后走了出来，对他浅浅地一笑。

103

两个人一时也没有说话，信步走到了花园里。

花园里已经不见了春日绚丽多姿的柔情，代之而来的是葱郁的碧绿。丛生的夹竹桃已经有了小小的花朵，嫩绿的葡萄藤也爬了一人多高了。

还是许雅丽打破了沉默："晏君，你看看，上周还是满院的花，现在凋落得差不多了，时令变化真快啊！"

晏阳初顺着她的眼光看去，一些春花已匆匆谢了，渐渐长出青涩小果……。

"是啊，花落了，春天也快过去了，时间过得真快啊！夏天说来就来了。"他的话有一丝伤感。

许雅丽觉得晏阳初情绪有点低落，用询问的眼神看了他一眼，又马上恢复了常态。跟着他，慢慢地走，不言不语。

走到一处石凳边，两个人坐了下来。许雅丽妩媚地望着他，说："晏君，你很快就要离开耶鲁了，你想过没有，毕业后有什么打算吗？"

许雅丽大胆地望着他，眼里有着无限的期许。

晏阳初有几分难过，不敢看她的眼睛。他真的不知道如何面对这份别离，但他还是定下心来，抬起头，诚挚地看着她，说："雅丽，我已经报了名，毕业后去法国战场为华工服务。今天我就是特意来向你辞行的。"

晏阳初又低下了头："在那里，有我近二十万苦难的同胞，还有我长眠于地下的好兄长史文轩。不管怎么说，我都该去的。"

许雅丽眼睛里悄悄地有了一层水雾，但她笑了，笑得很灿烂。看得出，她心里既高兴又难过："晏君，你的决定是正确的，好男儿就应该志向远大。我真羡慕你，可以为自己的同胞效力，凭你的能力肯定能做得很好。"

"谢谢你，雅丽。"

接下来有几分钟难堪的沉默。两个年轻人都被即将来临的分别扰乱了心思。晏阳初多想马上就向许雅丽表明自己的心迹，说出这份深埋在心底的秘密啊！但想到前途未卜，说出来只会有更多的伤感，他话到嘴边又生生咽了回去。

许雅丽抬起头，神色已经恢复了平静："晏君，我问你，你来美国两年了，两年里，这里有什么让你留恋的吗？"

晏阳初站起身来，说："雅丽，这里有很多东西让我留恋。在这里，我真正懂得了民主的内涵，特别是有幸结识了你和你的家人，还有这么多善良而美丽的人。他们对我的帮助，我永远都不会忘记。"

晏阳初忧伤地看着许雅丽，看得许雅丽不好意思地低下了头。有鸟儿在浓荫里热切地叫着，他们循声望去，树枝上两只粉喙的金色小鸟，亲热地靠在一起，叽叽喳喳地叫个不停。

两个人都被这个场面打动了，但这对相互爱慕的年轻人，由于害羞和矜持，却没有说出自己心底的话。

1918年6月，经过两年的学习，晏阳初从耶鲁大学政治系毕业。毕业后的第二天，他就收拾起简单的行囊，告别许雅丽，作别美国的老师和友人，与另外两位中国留学生一道，乘坐一艘美国军舰，远航欧洲。

3

在法国马赛，晏阳初一行下了军舰，改乘火车，赶往法国北部的普兰。

一路上到处是饱经战火后的衰败景象：随处可见的断壁残垣、烧焦的树木、满面饥色的难民……越往北走，景象越是荒凉。晏阳初的心也变得越来越沉重。

这天中途换车的时候，晏阳初在一处被破坏的古迹前停了下来。从残存的浮雕上可以看出，它至少经受了千年以上风雨的侵蚀。谁承想，在自然界一千年的伫立和坚持，还是经不起一枚炮弹的攻击。再灿烂的文明，在面对人类的野蛮和战争时，也是那样苍白无力。晏阳初不住地摇头叹息。法国这个出了无数个大文豪和世界级艺术家的诗意的国度，在战争的践踏下竟显得那样萧条、死寂。

一路上晏阳初发现一个奇怪的现象：不管是码头、车站、旅馆还是餐厅，只要一听说他们是中国人，对方总是一副冷冰冰的神态，有时甚至还带有几丝鄙夷。在印象中，法国是个浪漫的国度，法国人民是热情好客且极富浪漫主义色彩的。问了问同行的伙伴，他们也是一头的雾水。

到了普兰换乘了汽车，一上车晏阳初和几个伙伴就安静地坐在一个角落里。看了看外面灰蒙蒙的天，还是那种混沌不清的色彩，地面上到处是荒芜的景色。汽车还没有开，不时有人进进出出，夹杂着小贩们的叫卖声和车上乘客吆喝小贩的声音，十分吵闹。

晏阳初觉得有点无聊，人也困乏了，干脆闭上了眼睛。

忽然一个中国人的声音在车厢里炸开来："×的，你龟儿子，敢使诈，看老子不揍扁了你！"

闭目养神的晏阳初被惊醒了，循声望去，在车厢的一角，几个中国劳工正在甩牌九，一个中年汉子涨红了脸，站起来高声责骂对面的一个同伴。

"吼啥子？你吼，给钱，给钱，愿赌服输，难道老子怕你不成！"另一个也站起来，把手中没吸完的烟猛吸了一口，把燃着的烟屁股扔在了过道里，瞪着大眼，像个斗鸡似的看着对方。

先前那汉子也不示弱，撸了撸袖子，"噗"的一口痰从车窗飞出去，沿途的旅客连忙闪避。他却像什么事也没有发生一样，大声叫道："老子就不给，你要怎的？"

两个人旁若无人地在车厢里闹开了，同行的两个中国劳工也不相劝，只是笑嘻嘻地看着他们斗嘴，像看猴戏一样。

晏阳初收回了目光，无奈地摇摇头。他看了看车厢内的其他乘客，无一不是一脸鄙弃、厌恶的神情。他恍然明白了，为什么一路上人们对晏阳初及其同伴都那么冷漠。

晏阳初在心里深深地叹了口气，他的心情忽然变得晦暗。心想：看来这里工作的难度可不小。他再也睡不着了，又把目光投向了车窗外。

下了火车，又经过几天汽车的颠簸，晏阳初一行终于抵达了普兰英军驻地。

第二章　服务华工　立志终身为平民

一路上，看到祖国同胞因为缺少教育而言行粗鄙，晏阳初恨不得马上投入到工作中去，为苦难的同胞尽自己的一份心力。

放下行李，来不及休息，晏阳初就去华工服务中心报到了。

接待他的是一位英国牧师，在仔细看了他的介绍信后说："晏先生，普兰欢迎你的到来。"

晏阳初也用英语和他礼貌地互致了问候，然后问道："请问，我的工作内容是什么？"

牧师看了他一眼，说："我们的工作内容很多，要翻译文件命令，并用中文传达给华工，还要不定期地组织一些文娱活动，让华工们舒解一下身上的疲劳……另外，还得替他们写信、汇款……"

"那我什么时候开始工作？"晏阳初打断了牧师的话。

"如果你可以，现在就行。"牧师见他这么急切，善意地笑了。

"谢谢，那我走了。"

晏阳初刚刚转身，早他半年就来到普兰为华工服务的耶鲁大学校友史义瑄就迎了上来，紧紧握着晏阳初的手，高兴道："晏，你终于来了！"

说着说着，史义瑄的神情就变得沉重了，道："自从中国对德宣战以来，我们的华工就全部在前线工作，从事的都是最苦最累的工作，没有节假日，每天工作都在十个小时以上。本来呢，这些华工全部是按照民事合约招募而来的，但来到这里受到的却是战时管理。而且，这些军官根本就不尊重华工，收工以后也把华工的自由限制在铁丝网范围内。

"最为关键的是，华工营的翻译人员极度缺乏，我负责的那个华工营有四千多名华工，却只有五位翻译和一名护士。由于沟通不够，经常闹出矛盾，而有些矛盾本来是可以避免的。"

史义瑄沉痛道："去年的10月10日，这天是中华民国的国庆节，本来应该是华工的假日，但要求华工营照常上班，于是华工营发生骚乱。最后这个华工营的英国指挥官命令武装士兵向反抗的华工开枪，造成华工五人死亡、十四人受伤。事后调查却认为，这次华工骚乱是因为华工营存在语言问题，华工们误解了英国指挥官的命令……任何一点纠纷出现，军官经常不分青红皂白，在弄清楚问题之前便开枪弹压……

"由于翻译人员不够，华工营的指挥官只能借助军方提供的一个日常用语手册，上面有标有发音、注释的中英文对照的习惯用语……常常造成很多误会……

"可笑的是，一次一名英国军官按照军法审问一个华工时，他拿来许多盘子，因为他认为中国人起誓时是要摔盘子的，然后才会说出实情……我们的华工实在是太难了，由于沟通不畅，很多事故本可避免，那可是一条条鲜活的生命……"

说到这里，史义瑄使劲拍了拍晏阳初的肩膀，严肃道："这里是战场，为了我们的同胞，为了自己，你要多加小心，要照顾好自己……"

晏阳初心里很痛，同胞过着牛马一般的生活，雄心勃勃的他不远万里而来，能解决他们的实际困难吗？他有些怀疑。

吃过晚饭，晏阳初信步走出房间。一阵阵凉爽的风从对面吹过来，掠起了他的衣衫。他略微沉思了一下，就向华工驻地走了过去。

远远地他就听见一个营房里传出一阵阵猜拳划令的声音。晏阳初暗自摇摇头：这些同胞啊，一天紧张劳累的工作之后，就是这样消磨着夜晚的。他加快了脚步，想去看个究竟。

谁知当他走近营房，里面却没有了声音。晏阳初诧异地打开门，只见十多个华工正靠着南面的墙站成一排，两个巡夜的士兵，手拿皮鞭，正在凶神恶煞地抽打着华工。

晏阳初只觉得气往上涌，一个箭步冲上前去，劈面一把夺下士兵手里的皮鞭，气愤地扔在地上，用英语大声地质问："你凭什么打人？"

士兵没提防有人胆敢夺他的鞭子，一时没反应过来。等看清了夺他皮鞭的是一个中国人，他的气焰更嚣张了。捡起皮鞭，和同伴使了个眼色，两个人一步步地逼了上来，恶狠狠地吼道："你是什么人，哪里来的，竟敢阻止我执行纪律？"

晏阳初毫无惧色，也不退让，义正词严地说："我是华工服务中心的晏遇春。我倒想问问，你们执行的是哪里的纪律？"

第二章　服务华工　立志终身为平民

两个士兵听说他是华工服务中心的，知道华工服务中心的人大多是有文化、有地位的大学生，先自矮了三分。又见晏阳初是这样沉着，他们就没有了底气。不自觉停了下来，但语气还是很凶狠："他们这一群混蛋，不遵守军纪，晚上休息时间赌博，必须按纪律处罚！"

"是这样吗？"

晏阳初转向站着的华工，其中一位胆子稍大的华工，见晏阳初在为他们说话，十分委屈地说："只有四个人在玩扑克，他们四个人自己已经承认了，可竟让我们全体罚站，还拿皮鞭狠狠地毒打我们。他们经常这样，只要我们中间有一个人违反纪律，就连同我们一起处理！"

晏阳初看了看他们身上的鞭痕，转向两个士兵："他们四个人违反了军纪，按规定是可以责罚的。那么，请问你，其他人犯了什么错？你又有什么权力打他们？请你回答我，是谁给你的特权！"

士兵一愣，没想到这个中国人真的不好惹，但他们的态度仍然很强硬："这群混蛋，他们相互包庇！该死！"

晏阳初火了，逼上去大声问："请问，谁是混蛋！是你，还是你的同伴，难道你们英国人平时都是这样相互称呼的吗？"

士兵哑口无言，脸涨得通红，但嘴里还是不干不净地说着脏话。

晏阳初轻蔑地看了他一眼，不再理会他，对另一个士兵说："执行命令，维护纪律是你们的职责，我无权干涉，但你们这样肆意胡为，鞭打华工，我不想问你们是不是父母养大的，估计这个问题对你们来说是多余的。但我要明确地告诉你们，我将向你们的上司汇报整个事情的经过，请他们给我们华工服务中心一个合理的解释。"

两个士兵小声地嘀咕了两句，先前那个士兵恶狠狠地对华工说："今天晚上，谁如果再敢违反纪律，我一定不会放过的！这次算你们走运！"

两个人不怀好意地看了晏阳初一眼，悻悻地离开了。

华工们见晏阳初为他们出了头，两个士兵一走出门，华工一下子就把晏阳初围在中间，不停地说着感激的话。听着这些熟悉的语言，晏阳初心头涌上一阵阵感慨。他示意华工安静下来，说："同胞们，我到法国战场上来，是专门来为你们服务的。我姓晏，今后大家如果有什么困难，就到那里去找我，我会尽最大能力帮助你们的。"

"晏先生，谢谢你。"刚才那个年纪大些的华工走过来，"要不是你，今晚我们又免不了一顿毒打。"他真诚地说道。

其他的华工也纷纷道谢。

"没什么的，我们都是中国人嘛。"晏阳初顿了一顿，看着那四个赌博的华工，"不过，你们在休息的时间赌博，也是不对的，你们看，大家都被你们连累了。"

四个华工很惭愧地低下了头。

"你们想想，白天你们干着这样繁重的活儿，晚上再不好好休息，一味地喝酒赌博，身体拖垮了怎么办？你们不爱惜自己，也得为远在祖国的亲人们想想吧。想想白发苍苍的父母，想想望眼欲穿的妻儿，他们哪时哪刻不在为你们牵肠挂肚啊？！……"晏阳初语重心长地说。

华工们听了晏阳初的一席话都很感动，其中一个人说："晏先生，你说得对，我们都听你的。"

晏阳初满怀深情地说："大家在这里，干的是最苦最累的活儿，受的是歧视和冷遇。战场上天天有人在死，但不管怎样，我们都得好好活着，等战争结束了，活着回去见祖国的亲人。"

有几个华工悄悄地拭起了眼泪。

年长的华工叹息道："晏先生，也不能全怪他们。唉，这夜晚太长了，这些军官一直对我们这些华工严加防范，收工后就把我们的自由限制在铁丝网范围内，又没有文娱活动。我们在战场上天天都要死人，说不定哪天炮弹就落到我们头上了……睡不着，想家了，不找个事混着，心里堵得慌啊……这样大家有个消遣，死了也走得通透……"

"是啊，军官对我们的管理越来越严，我们这些华工不仅没有自由，还被禁止与当地居民往来。"另一名华工也叹了一口气，喃喃道。

"原本招募时，签的合同讲明了不参与战斗，是来当工人的。但现在我们不仅搞运输，还要站在敌人战壕前挖战壕，有些地方与敌人的战壕相

第二章 服务华工 立志终身为平民

距不过50码(1码等于3英尺,合0.9144米),所以我们实际是在最前线。"

"遇到下雪时,到处是雪花。雪化后,泥浆都没到大腿根了。轮班睡觉时也只得站着睡,我们的生活常常是饥一顿、饱一顿……吃的也是烂料霉面包……"

大家你一言我一语地说开了。

一个年轻的华工气愤地说:"不说生活,就连英国人的厕所都不让我们上……"边说边指了指身后的墙壁,对着晏阳初道,"这就是这些军官对我们进出的要求……"

晏阳初抬起头来,这才注意到,简陋的华工营里张贴着用大字书写的华工进出管理制度。

(1)华工不得在晚间离开华工营地。发现一起,重处。

(2)华工出入必须出示通行证,而且标明日期,由营队军官盖章并签字方可。每日收工后,带队的华工工头应出示写有该营队番号的集体通行证。若未执行,发现一起,重处。

(3)营队军官经常对华工进行突击式点名,若未在场,发现一起,重处。

(4)华工营的警卫要及时报告任何来访的其他华工营的华工。同时,华工营不得窝藏潜逃的华工。如未报告或有窝藏行为,发现一起,重处。

(5)如果华工在出勤方面犯有过失,直接负责华工出勤及其行为的工头要受到惩罚。

(6)工头与华工都不得拥有除帽子之外的其他平民制服,因为这类衣装容易被华工用来化装出逃。发现一起,重处。

……

晏阳初越看越生气:"他们把华工当成什么了?我这就去找他们理论。"想了一想,还是强忍住心头的愤怒,对华工们道:"夜深了,你们都早点睡吧,明天还有很重的活儿要干呢。"

"晏先生您慢走！"

晏阳初告别华工，走出营门，夜晚的军营是那么安静和凉爽，天幕上有几颗不太明朗的星星在闪烁，显得夜空是那么高远。寂静里隐约有不知名的昆虫在窃窃私语，晏阳初没有留意这些，心中是无比愤怒。

……

4

"寇尔上校，我要向你们严正抗议，要求改善华工的条件，你们不能这样对待我们的同胞……"来到普兰华工营的第二天，晏阳初就踏进了寇尔上校的办公室，就自己的所见所闻和华工所受的不公正待遇向普兰华工营的负责人寇尔上校提出严正抗议。头天晚上从华工营回去后，晏阳初几乎彻夜未眠，华工所受不公正待遇一幕幕在他眼前浮现。

"晏，你别忘了，你们中国也是参战国。这些华工又没有知识和文化，如果我们不严加管理，不知道他们会闹出什么问题来。"寇尔上校满脸无所谓地回答道。

听了这话，晏阳初很是愤怒。他将自己掌握到的华工所受的不公正待遇一条一条罗列了出来，最后大声道："如果华工待遇问题得不到解决，我们将聘请律师，从法律的途径争取他们的合法权益。甚至，我们还会将我们的情况反映到报社。"

见小年轻来真的，要请律师，还要见诸报刊，知道眼前这个年轻人不仅有胆量，还有谋略，寇尔上校这才不得不认真对待，语气软了下来。听到寇尔上校的口头承诺后，晏阳初这才离开。从那以后，普兰华工的环境和待遇开始略有好转，但一些军官对华工的偏见和歧视仍然颇深。一名军官还专门写了一首诗，题目叫《幸福的华工》：

其在中国出生，
一生孤独、凄凉、生活艰辛。
……

第二章　服务华工　立志终身为平民

伟大的白人突然降临，
为其空白的人生找到指路的星辰，
帮其负笈海外，
跻身十万华工其中。
在战火纷飞的法兰西寻找新的生命及命运……
……

这天晚上，晏阳初正在灯下看书，一位华工在门口踟蹰着，想进来又不敢的样子。

晏阳初看见了，连忙放下书，走到门口，把华工热情地让进室内。

晏阳初一边请他坐，一边笑着问："大哥，你有什么事需要我做吗？"

华工有点不好意思，说："打扰你了，晏先生，我想请你帮我写一封家信，可以吗？"

晏阳初高兴地说："行啊，你放心，我会认真给你写好的。"一边说，一边把笔墨纸等书写工具准备好，然后对那位华工说："大哥，你先把你家的情况告诉我，信是写给谁的，信里要说些什么，我才好动笔，好吗？"

华工一边点头，一边小声说了起来。晏阳初铺开信纸，拿起笔，一边听他讲述，一边飞快地写起来。等华工讲述完，晏阳初的信也写完了。

华工的信是写给妻子的。信中他表达了对远在祖国的妻儿的相思之情，然后嘱咐妻子在家里要孝顺父母，好好照看孩子，并叫她不必担心，自己在法国一切都很顺利，挣的钱会随时汇回家。等战争结束了，他就会马上回去，到那时，一家人就可以团团圆圆的了。

晏阳初先把信看了一遍，然后对华工说："大哥，你听听，有哪些地方写得不好的，指出来，我好补上。"

说完，他又念给华工听。

华工一边听，一边点头。晏阳初看出，华工有些伤感，估计是想起家里的亲人了。信读完了，华工连连说好。晏阳初就在末尾填上日期，然后写好信封，将信双手交给了这位华工。

华工连忙站起来，恭敬地接过去，千恩万谢地说着感激的话，走出去了。

烽火连三月，家书抵万金。相隔千里万里，谁不思念自己的亲人？！

第二天晚上，晏阳初在华工服务中心有事，很晚才回去，走到门口的时候，发现门口地上蹲了几个人。人们见了他，都马上站起来，客气地叫着："晏先生，你终于回来了，我们等你很久了。"

晏阳初开了门，把他们让进屋，一边点灯，一边问他们："你们也是找我写信的吧。"

"是的，晏先生，打扰你了。"

"没什么的，这样吧，我们抓紧时间，你们一个个地来，把你们的情况说给我听，好吗？"晏阳初铺好了信纸，拿笔在手，坐下了。

华工们连连说好，然后站在前边的一个先走上前，小声说着家中和自己的情况。其他的人静静地站在一边，生怕打扰晏先生，一点声音也没有。等前边一个华工说完了，信也写好了，第二个才悄悄地跟上去。

这天晚上，不时有人进进出出，但都没一点声音。等晏阳初写完了最后一封信，夜已经很深了。

他打开窗子，看了看外面漆黑的夜，伸了伸手臂，长长地出了口气。从书信内容来看，这里的每一个华工的家里都很清苦，这也是他们远赴欧洲战场的主要原因。

他粗略地算了算，这天晚上一共写了十多封书信，他有点累了，胡乱洗漱了一下就上了床，心里想：明天晚上来写信的人肯定还会多得多啊！

第三天傍晚，晏阳初早早地吃了晚饭，就准备好笔墨纸砚，门大开着，等待着同胞的到来。

天还没有完全黑透，就有人陆续来到门口。晏阳初马上为他们铺纸写信。这个夜晚，没有风，有点闷热，华工们都站在门外等。室内的华工一刻不停地为晏阳初打扇。也不知写了多少封信，晏阳初觉得脖子、手臂有点酸痛，就停下笔，伸了个懒腰，旁边一个华工马上为他递上一杯水："晏先生，你润润口。"

第二章　服务华工　立志终身为平民

晏阳初接过，咕噜咕噜喝了几口，又埋下头认真地写起来。

天已经完全黑了下来，不知谁轻轻地打开了窗子，偶尔有一缕凉爽的风吹进来，吹得灯光也摇曳起来，一个华工赶忙用手臂挡住了风。

晏阳初一点也没觉察，只是埋头疾书。不知不觉就到了深夜，他倦得实在支持不住了，站起来，走到门口，去透了透气。

就着稀疏的月光，晏阳初看见门口站着两排长长的队伍，每个人都安静地望着他。他被这场面惊呆了，轻轻问门口的一位华工："大哥，你来多久了？"

"晏先生，我吃了晚饭就来了，您给我们写信写得认真，又那么客气，我们都早早地就来了，想请您帮我们写呢。"华工恭敬地答道，又看了看后边的人，"晏先生，您看，他们比我来得还晚呢！"丝毫不因为自己等了很久而烦躁。

后边的华工都微笑着望着晏阳初。

晏阳初有些感动，又有些不解："你们站了这么久，怎么没一点声音？"

还是那位华工，他回答："晏先生，您那么辛苦地为我们写信，我们怎么好意思打扰您呢？！"

晏阳初心里像打翻了五味瓶，到法国以来，他所见到的多是同胞们粗鄙的言语、散漫随意的动作。而现在，他们竟如此安静地自觉排队，可见他们的天性本是这样淳朴和善良的！

"你们别急，我马上就进去继续写，不会让你们等很久的。"晏阳初说完，又走到桌子边，埋头疾书起来。

那个平常而又普通的晚上，在法国北部这个叫普兰的僻远的军营里的一角，夜色朦胧，暑热正渐渐退去，先前那啁啾的零星昆虫，也随着夜的渐深而逐渐停止了鼓噪。凉爽的风不时掠过来，吹拂在漆黑里静默等待的黄皮肤的华工脸上。室内，如豆的油灯下，晏阳初在快速地书写着。他的旁边，一边是一个小声交代书信内容的华工，另一边是一位手执扇子的华工在轻轻地扇拂着。

异国的夜晚，是那么静谧，可每一位华工的心中都涌荡着一股暖流，他们的眼前仿佛出现了祖国美丽的山山水水、故乡熟稔的一草一木，还有，日夜思念的双亲的容颜；耳旁仿佛响起了熟悉的声音、妻子的温声笑语、小儿的童音呢喃……

几个星期下来，晏阳初只要走出去，华工们远远地看见了他，都会热情地打招呼，恭敬地叫一声"晏先生"。晏阳初也总会停下来，微笑着问他们几句。华工们都很信任他、尊敬他，也总是把掏心窝子的话说给他听。

转眼间，酷热的夏季过去了，迎来了凉爽的秋日。俱乐部也在工作之余为华工们组织了一些文娱活动。华工们原汁原味的山野情歌、粗俗逗趣的笑话，常常惹得在座的华工哈哈大笑。每当这时，晏阳初也会走上台去，高歌一曲，美丽的歌声引来下面的华工们热情的掌声。

和晏阳初熟悉后，华工们常常会问他一个问题："晏先生，我们到法国来，是因为家里实在困难，是来挣钱养家的。您读了那么多书，完全可以做官发财的，为什么也到这里来呢？"

晏阳初听后，总是微微一笑："我在美国读书的时候，听说了你们工作的辛苦和遭遇的不幸，心里很难过。我觉得自己有义务来帮助你们，尽我自己的一份力。

"唉，现在我们国家太软弱了，弱国的人民在外面，常常会受到一些不公正的待遇。我在外求学多年，很清楚这一点。我在想，如果我的到来能给你们哪怕是一丁点的帮助，我就很高兴了。"晏阳初有些感慨。

华工们很感动，连连点头称是，对晏先生的尊敬也就更加深了一层。

……

天气一天天凉爽，法国普兰已经渐渐进入了秋天，军营里偶尔会被吹来一些枯黄的树叶，它们在泛起灰尘的空地上打旋。秋风阵阵，总是那么容易勾起了人浓浓的思乡之情。在那遥远的东方，亲爱的祖国，秋天也该来了吧！再过半个多月，就是中华民国国民政府的国庆日了，这可是祖国的生日啊！晏阳初想好了，在这一天搞一个大的活动：一为欢度国庆，二可以激发同胞们的民族自豪感，三可以舒解一些思乡的愁情。

第二章　服务华工　立志终身为平民

以前举办的文娱活动,准备都不是很充分,节目也很少经过排练,水平参差不齐。这一次晏阳初想改变这种状况,想认真地排练一下,搞成一台像样的节目,也让平时看不起华工的英国士兵见识一下。

不过想归想,但晏阳初自己的心里也没有底。

这天午饭后,晏阳初又走进了华工营,想征询一下华工们的意见。

华工们刚刚吃过饭,有的在洗衣服,有的躺在床上休息,有的三五个扎在一起讲笑话、拉家常。见了晏阳初,他们都站起来,向他问好。

晏阳初示意他们走近来,说:"我准备在国庆的那一天搞一台文艺节目,你们帮我出出主意,看什么样的节目最合适。你们平时最喜欢看什么样的节目?"

华工们听说有节目看,都很高兴,一时议论纷纷,每个人都争着发言,但他们都说的是自己喜欢的节目,一说出来就被其他人否定了。

忽然一个华工大声说:"晏先生,在我们老家,一遇到重大的日子,都会唱大戏,有时一唱还是好几天呢!干脆我们也来一台大戏怎么样?说真的,我常常梦见自己在听家乡戏呢!"

这一提议马上得到了大家的赞同。

晏阳初仔细听取了大伙儿的发言,总结说道:"好吧,我们就来一台戏曲节目。不过,我们这里的人来自不同的地方,我们要挑选几个不同的剧种,好满足大家的要求。你们说怎样?"

华工们纷纷赞成。晏阳初又说:"演员就在你们中间选,希望大家积极报名。不过,还有很多问题,演员的服装、演奏的乐器,这里一时都买不到。"

一个中年华工说:"晏先生,这你就放宽一百二十个心吧。你不知道,我们这里什么样的人都有,来这里之前,有在戏班子唱戏的,甚至还有做乐器的师傅呢。你就等好了,保管给你弄好。"

晏阳初心中大喜:"那就好,就这样,这件事就交给你负责了。"他对那位中年华工说。

"请晏先生放心,保证给你办好!"中年华工见晏先生这样信任他,高兴地答应了，拍着胸膛做了保证。

接下来的几天，晏阳初常常会去华工演员们排练的地方看看，看华工们那样认真，他心里是既高兴又吃惊。真没想到，这群大字不识一个的庄稼汉子里，真有那么多的能人，戏唱得头头是道，舞台动作有板有眼。又过了十多天，乐器也做好了，有笛子、洞箫、大鼓，虽然粗糙，但那声音还真是不错。他们用军用帆布和旧衣服做的服装，也真像那么回事。

表演的那天早上，晏阳初早早地就起来了。他和几十个华工一道，先搭好戏台，又在两边的木架上贴上了他亲手书写的对联，四周还挂满了华工们自己做的灯笼和剪纸。远远望去，一派喜庆的气象。

晏阳初还专门邀请了管理华工营的军官来观看演出。管理华工营的寇尔上校很是高兴，亲自出席了演出会。

上午华工们都穿着干净的服装，早早地来了，空地上很快就坐满了人。大家一个个安安静静地坐在那里，脸上都写满了兴奋和期待，显得很有礼貌。

时间到了，鼓乐队锣鼓喧天，那是大戏演出前的召唤锣鼓。接着，笛子、唢呐等乐器也响了起来。一时乐声飞扬，引得许多英国士兵纷纷跑过来看热闹。

节目开始了，演出的华工脸上涂着五颜六色的油彩，穿着自制的戏装。《铡美案》中那黑脸包公，双袖一甩，大吼一声"铡"；《穆桂英挂帅》中穆桂英"巾帼气概，英勇善战"的形象活灵活现；笛子演奏的《百鸟朝凤》婉转动人……大家竟是如此专业，一点也不比剧院里的差。台下的观众纷纷叫起好来。

台上的表演是一折又一折，台下的欢呼声是一浪高过一浪。每个人都是那么高兴，感觉像是回到了家乡……

晏阳初站在旁边，开心地笑了。看来同胞找到了家乡的味道。今后还得多开展这样的活动，挖掘他们身上的文艺天赋。

演出结束后，寇尔上校紧紧地握住了晏阳初的手，十分高兴地说道：

"晏，没想到华工中还有这么多多才多艺的人，看来以前我们是有很多误会。"

表演很成功，几天过去了，华工们谈论起来仍意犹未尽。英国士兵在路上见到了晏阳初，也会礼貌地打个招呼。

不久，晏阳初又一鼓作气，接连搞了几台节目，效果都不错，华工们的参与热情都很高。华工营的秩序明显好了许多。这些可喜的变化，晏阳初看在眼里，喜在心里……

5

每天晚上都会有很多华工来找晏阳初，或写家信，或汇款回家。有时候晏阳初甚至通宵达旦，第二天起床头晕眼花，精神极为不好。一段时间下来，晏阳初觉得自己疲惫极了。是啊，这么多的人，即使他有三头六臂，也是疲于应付。

这样下去可不行，得想个解决的办法才好。

一天晚上，晏阳初照例写到深夜，疲倦地倒在床上，却怎么也睡不着。忽然他灵光一闪，一个念头在脑海涌现：看他们吹笛唱戏样样在行，一个个聪明得很，我何不教他们识字呢？这样几个月下来，他们不就可以自己写信了吗？！

念头一旦产生，晏阳初就再也无心睡觉了。他翻身起来，坐在床上，也不点灯，就在黑暗里把这个念头认真地想了一遍又一遍，觉得确实可行后才倒下沉沉睡去。

第二天，晏阳初把华工们召集在一起。他走到人群的最前面，大声说："同胞们，这段时间以来，天天有人找我写信，从你们的书信中，我知道你们都思念家乡，思念亲人，你们想给家人报平安，想把钱汇回家，让他们过上好日子。"

下边的华工都没有说话，不知道晏阳初究竟要说什么。他顿了顿，又继续说道："但是，我要告诉你们，从今天起，我不会再给你们写信了，也不会再帮你们汇款了，更不会给你们读书讲故事了。"

台下的华工们都笑嘻嘻地望着他，以为他是开玩笑的。他们心想：晏先生那么温和善良的人，怎么会不帮我们。

见华工们不信，晏阳初提高了嗓门，认真地说："我可不是开玩笑，从今天起，你们找我，我是绝对不会帮你们了。但是，我会教你们识字、写字，你们学会识字、写字后，就可以自己写信回家，自己读书看报了。"

台下一片哗然，华工们都觉得有点突然，人群里有人高声说："晏先生，你别逗我们，读书写字是你们读书人的事，我们这样的粗人能学得会吗？"

"怎么不能，你们想想，哪一个人是生下来就能读书写字的，还不都是靠学习得来的吗？"

看着晏阳初十分认真的样子，华工们渐渐安静了下来。

晏阳初清了清嗓子道："你们只不过生长在贫苦人家，从小没有机会接受教育罢了！要不，你们个个都会是读书人。你们戏唱得那么好，笛子也吹得有板有眼，读书识字可比这简单多了。我相信，你们每个人都不笨，只要认真学习，几个月下来，我敢保证，你们肯定就会自己写信了。"

台下一片沉默，每个人都在想晏先生的话，但都不敢相信这会是真的，能够识文断字，那是他们想也不敢想的事情。

"大家放心，我们只是利用午休或者晚饭后的业余时间学习，不会耽误做事情的。好了，现在愿意跟我学习的同胞请举手！"

晏阳初满含期望地望着大家，台下的华工你看看我，我看看你，多数人感到茫然。有的人虽然心动了，但还是不敢相信自己能识文断字。时间一分一秒过去，没有一个人举手。

晏阳初也不急，只是静静地看着大家。

又过了一会儿，终于有人犹犹豫豫地举起了手。见有人举手了，其他观望的人也慢慢地举了起来，陆陆续续有几十人举手。

见终于有人举手了，晏阳初松了口气，说："好吧，今天就说到这儿，晚上请举手的人到我的房间来，我教你们识字。"

晚饭后，晏阳初早早地等在房间，稀稀落落地来了不到十个人。

第二章 服务华工 立志终身为平民

他早有心理准备,这些同胞总以为读书是很神圣的事,是很了不起的事,他们不敢相信自己能识字。但只要有人来了,就是成功了。晏阳初相信,只要有了效果,以后肯定还会有很多人来。

晏阳初把几个华工领到了食堂里,围着一张饭桌坐下。晏阳初拿出自己下午准备好的小石板和粉笔,说:"同胞们,感谢你们相信我,也相信你们自己。今天晚上我们从最简单的开始,先教大家认识数字,只有认识了数字,我们才能认识钱,也才不至于被别人轻易骗走辛辛苦苦挣来的血汗钱。"

"谢谢晏先生。"

"一……"

"一……"

华工们端端正正地坐着,腰杆挺得直直的,虔诚地看着晏先生。晏阳初读一声,他们就小声地跟着读一声。这些华工来自不同的地方,口音各不相同,各种口音混在一起,声音听起来有点滑稽,但他们都没有笑,认真地读着。晏阳初教笔画的时候,他们也伸出粗糙的手指,在饭桌上轻轻地画着。

这些来自生活最底层的农民兄弟,他们从小就被剥夺了受教育的权利。现在他们是那么地认真,沧桑的脸上是少有的庄重和神圣,眼睛发着光。这天晚上有好几次,晏阳初的眼睛都潮湿了,胸口有一种激情在冲荡。这些可怜可爱又可敬的同胞,他们的眼神是那样虔诚,晏阳初被他们认真的精神深深地感动。

教完了"一"到"十"的汉字,晏阳初又把对应的阿拉伯数字写了出来,几个华工学得很认真,一笔一画地在桌子上写着,嘴里喃喃有声。几个小时过去后,他们都认识了十个数字。晏阳初故意打乱了次序,他们也能一口读出来,写得虽然歪歪斜斜,但正确率很高。

结束的时候,每个华工的脸上都洋溢着抑制不住的喜悦,他们做梦也不会想到,自己有一天也会识字。晏阳初仔细叮嘱他们:"空闲的时候,你们可以在泥土上画画,不要忘记了,明天晚上我要抽查你们呢。"

"放心吧，晏先生，不会忘记的。"华工们喜滋滋地出了门，并且连连点头。

看着华工们的身影消失在黑暗中，晏阳初收拾好石板、粉笔，也回了宿舍。他心里也是十分喜悦，很久都睡不着觉，看来自己的这一步是走对了。

第二天、第三天、第四天，来学习的华工陆续多了起来。几天过后，那天举手的华工都来了，晏阳初的教学任务也更加繁重了。白日里他要先想好晚上教授的内容。由于没有现成的课本可以借鉴，又缺乏最基本的中文书籍，晏阳初只能根据生活实际情况和自己的经验，教他们平时最常用的汉字。

等华工们掌握了数字后，晏阳初便先教他们写自己的名字。为了便于教学，他找到驻地军官，给每位华工弄了块小石板。这些华工会写自己的名字后，都异常兴奋，原来自己的名字是这样的写法！以前只听见人家喊叫，平生第一次能写好自己的名字，那是多么神圣的事情啊！他们左看看，右瞅瞅，那高兴劲儿简直没法形容。

白天做工的间隙，他们就会将名字写在地上，显示给其他华工看，一副得意的样子，弄得那些没举手的华工懊悔不已，直怪自己当时没有报名的勇气。

为了集中教学，形成习惯，晏阳初告诉识字的华工，要他们每天晚饭后，早点到食堂来，学习一个小时。

每天傍晚，识字的华工早早地便来到了食堂。晏阳初先把当天要学的汉字写在石板上，然后大声地教他们朗读，几十个年纪不一的汉子跟着大声朗读起来，声音整齐又洪亮，常常惹得附近的士兵跑过来看稀罕。士兵们虽然不大理解晏阳初的行为，但看着华工们认真学习的劲儿，也不停地啧啧称赞。

写字的时候，华工们有的站着，有的坐在板凳上，有的蹲着，有的干脆一屁股坐在地上。他们看一眼小石板上的示范，便低下头认真地写一笔，再看一眼，再写一画，嘴里还念念有词。

第二章　服务华工　立志终身为平民

这时候晏阳初就会逐一查看，看见哪个华工字写得不错，就会微笑着说："很好，就是这样写的，继续努力。"如果看见哪个写得不好，他会走过去说："来，让我再写一写。"直到这个华工写正确了，他才继续往下查看。

华工们识字的热情很高，写字时也很认真。不管白天的工作有多忙，到了晚上他们都会赶过来，很少有缺席的。识字成了他们繁重劳动后的一种放松方式。通过识字，他们也仿佛看到了明天崭新的希望。

四个月后，首批识字班的四十多名学员，有三十五名能顺利地写简单的书信了。在几个月前，这是他们连想都不敢的事情。

为了鼓励华工们学习并扩大影响，晏阳初准备搞一个盛大的毕业典礼。为此他还专门邀请了一位英军将军来主持典礼。英军将军见华工们自参加识字班后，违纪现象明显少了许多，也就欣然应允。

毕业这天，艳阳高照，空地上搭起了高高的台子，一派节日的景象。来参加大会的华工还不少，有两三千人。当三十五名首期识字学员穿着自己最好的服装——从英国将军手里接过红红的毕业证书时，无不高兴得热泪滚滚。然后他们站在台子上，拿出早就准备好的粉笔，在小石板上当场书写学会的字词。

台下是一浪高过一浪的掌声。

华工第一期识字班的"学生"的顺利毕业，可以说创造了普兰华工营的奇迹。而创造这个奇迹的是一个叫晏阳初的二十多岁的中国青年。在遥远的异国他乡，他凭着自己的坚韧和智慧、无上的热情、悲天悯人的博爱精神、无私的奉献精神，在较短的时间里成功为一大群目不识丁的成年人扫了盲。

也许此时的晏阳初自己也不知道，从此以后，他将走上一条为世界贫苦人民开启民智的道路，为平民教育事业呕心沥血，终其一生，不悔不怠。

首批华工的顺利毕业，对其他华工的震撼无疑是巨大的。就在不久前，他们身边的同伴还和他们一样，是目不识丁的粗人，而现在同伴已经能自己写信寄回家了。从晏先生那里借来书报，同伴也能看得懂了，还会娓娓讲给他们听，羡慕之余，更让他们感到惭愧和后悔。他们觉得晏先生的话说得对，识字并不只是文明人独有的权利。于是他们纷纷跑到晏先生那里，要求加入识字班，识字读书。

从此以后，干活儿的间隙里，华工谈论最多的就是识字这件事。

驻地英国军方也觉得识字以后的华工，散漫的习惯改了许多，交流也更加方便了，纪律性也加强了。对军方来说，管理自然就轻松了许多，都觉得很有必要支持这一活动。

这天晏阳初正在谋划下一阶段识字班的事宜，英军驻地华工营负责人寇尔上校把他叫到了自己的办公室。

见晏阳初来了，寇尔上校热情地叫他坐下，说道："晏先生，我很佩服你，你居然能够把文盲教得识文断字，而且是在这么短的时间内。"说完竖起了大拇指。

"那可不是我个人的功劳。"晏阳初谦逊地说，"主要是他们都有识字的意愿，我只不过是起了个牵头的作用。"

上校哈哈一笑："晏先生，你可不要谦虚。今天找你来，就是想和你针对这件事进行磋商。现在我们军方支持你的识字运动，给你物力和时间上的支持，我们来合作，好不好？"

晏阳初一听高兴极了，忙回答："那当然好啊！"

"不过，你可要把五千名华工都教育成知书达理的人哟！"寇尔上校补充了一句。

晏阳初吃了一惊，说："上校，凭我一个人的力量哪能做到啊？"

上校半开玩笑地说："这可是任务，你必须好好地完成才行。我可不管你用什么办法，到时候我可会向你要五千多个有纪律、有修养的合格工人的。"

从上校的办公室出来，晏阳初心情有点沉重。教华工识字是他的初衷，军方支持，自然是再好不过了。可是要短时间教会这么多人，对他来说，是万万做不到的，他觉得压力太大了。

第二章 服务华工 立志终身为平民

该怎么办好呢？

一连几天，他都在苦苦思索解决的办法。他回想起自己的求学岁月，眼前浮现出自己读书时的一幕幕：在父亲的私塾里，他经常领读的情景；在天道学堂的操场上，他带着同学们做操的日子；还有音乐课上，他代替老师教同学们唱歌的情形……

渐渐地他那紧锁的眉头舒展开了。是啊，我何不让那三十五个刚毕业的学员来充当老师呢？这样一来，他们既可以教其他的人识字，自己也能得到巩固和提高，一举两得，问题不就迎刃而解了吗？！他高兴得差点跳了起来。

说做就做，当天晚上晏阳初就把首批毕业的学员召集到一起，给他们详细地说了自己的想法。

有的学员听说自己也能做老师了，高兴得呵呵直乐；有的心里却没底，很犹豫。一个年长的华工担心地说："晏先生，我们现在认识的字也不是很多，怕当不好老师。如果没教好他们，那多难为情，还会给你丢脸的。"

晏阳初赶忙给他们打气："大家不要担心，以前我是怎么教你们的，你们就怎么去教别人。真遇到不认识的字了，你们还可以问我。"

听晏先生这样说，学员们心里的石头落地了，都跃跃欲试，想施展一下拳脚。

"记住，从现在开始，你们就都是先生了，可要教好你们的学生啊！"晏阳初笑着补充道。

大家都笑起来，每个人脸上都洋溢着喜悦和自豪的神情。

第二期华工识字班如期开班了，英国军方特意举行了盛大的开学典礼。寇尔上校在开学典礼上勉励华工们认真学习。

从此一有空闲，到处是学习的华工。即使是工作中的短暂休息时间，他们也会在地上画几笔。

新"先生"们果然没有辜负晏阳初的期望，他们教得很认真。因为他们和学员平时就处在一起，每天的学习时间多了许多，学员们的进步也很快。遇到自己也不认识的字,"先生"们就会主动请教晏先生,等学会了,再去教给别人。在教别人的过程中,他们不光巩固了以前的知识,还学到了许多新的汉字。四个月下来,不但又有一百多名华工毕了业,那些教员们也新识了不少字。等这一期学习结束,就又多出很多的新"先生"。整个普兰华工营,都处在一种识字的热潮中。

虽然新"先生"能解决一些问题,可这里有五千多名华工,要求识字的学员实在太多了,教员还是很稀缺,特别是晏阳初还要指导新"先生",根本忙不过来。没有办法,晏阳初只有向青年会求助,青年会又邀请了欧洲各高校的中国留学生前来协助,前后又有一百余人陆续来法教学,一代国学大师林语堂就是其中之一。

随着识字运动的开展,华工营的风气也在悄然发生着变化。不知道从什么时候开始,打架斗殴的事几乎绝迹,酗酒赌博就更是少见了。华工和士兵的对立情绪缓和了许多,军方专门针对华工设立的牢房,很久没有关过人了。

有一次,英王到普兰前线视察,见到华工们饱满的工作热情,昂扬的精神状态,言行是那么得体有礼。与他了解到的华工营时时赌博斗殴,甚至暴动的传闻大相径庭,不由得啧啧称赞,当场嘉奖了驻地的军官。军官为了感激晏阳初的功劳,对华工识字班的投入和支持加大了许多。

普兰华工营的经验慢慢传开了,各地英美华工营纷纷效仿,一致认为这是改变华工精神面貌的好方法。信件像雪片一样飞到了晏阳初手中,到处在邀请他去指导识字班的工作,一时间晏阳初成了名人。

而这时的晏阳初又埋首在新的工作中。识字班的学员越来越多,以前那种简单的随便选字的方法,已经不能适应教学需要,必须编写一本浅显易懂的教材,既要符合当时华工们的生活实际,又要富于可操作性。

这可难倒了晏阳初,当时整个中国乃至全世界,都没有一本供成人扫盲用的教材可以借鉴。更不要说在战火纷飞的法国,晏阳初手头现有的汉语书籍又少得可怜。而中国民间习惯当作儿童启蒙用的《千字文》《三字经》等课本,对于这些成年的华工来说,又不具有立即实用的功能。

但晏阳初从来就是一个迎难而上的人，识字班人数的迅猛增加，也不容他多犹豫。晏阳初又开始潜心研究怎样编写课本教材。

这时国内的新文化运动已经在蓬勃开展，全国都在提倡白话文。

为便于华工识字，晏阳初从中文字典和国内的杂志中选取了常见文字，编成若干单字、语句，再与华工日常的习惯口语综合比较，最后集纳了一本单字有一千余字的识字课本，作为教学的基本教材。这就是后来国内推行平民教育普遍应用的教材《平民千字课》的雏形。

教材的使用大大提高了教学进度。华工们学完这一课本，就基本能够应付生活中的常见问题了。读书、写信、看报等事也都能勉强应付了。

6

"若愚，我们这份报纸不仅要巩固这些华工们所学的知识，还要传递思想的火种。我们这些华工同胞，可是第一批大规模走出中国、远渡重洋来到欧洲的人，他们亲眼见识了先进的工业，如果引导得当，回去以后，一定会大有作为的。"

1918年11月，第一次世界大战随着德国战败而结束，但由于种种原因，十多万华工却仍然滞留在欧洲战场，不能返回祖国与亲人团聚。遥遥无望的归期，越来越浓的思乡情，让这些身在异国、无事可做的华工情绪很激动，加之驻军的欺压和推诿，冲突和华工违纪的事件时有发生，这也让各地驻军十分头疼。

但晏阳初发现，这些华工对识字读书依旧有着浓厚兴趣，而且学习时间更多了，便加大了对识字班的扩充。为了让这些身在异域的同胞能及时了解祖国和家乡的情况，舒解他们难耐的思乡浓情，并巩固他们学到的知识，提高他们的阅读水平，提升民族感情，让他们回国后能发挥更好的作用，经过反复思考，晏阳初便着手推行另一个计划：刊行一份供华工阅读的油印小报。

办报纸可不是那么简单的事情：既要油印的设备，还要纸张和相应的人力。但这些困难难不倒晏阳初，前些日子晏阳初便专程奔赴巴黎，将自己的想法告诉了青年总会，专门游说基督教青年总会给予财力、物力、人力上的支持。此时晏阳初身边这位一身西装、叫作傅若愚、毕业于美国名校的中国青年留学生，就是受总会委派，专程前来协助晏阳初工作的。

此时已临近春节，华工营里到处张贴着福字和春联。简陋的办公室里，晏阳初望望油印机和堆积如山的纸张，又看看年轻的傅若愚，满脸兴奋与憧憬地说："你想一想，这些有见识、能思考国家大事的华工一旦回到了家乡，那会是什么样的情形？这些劳工在那些目不识丁、只求一日三餐、只求免于饥饿的中国农民中间，必然是鹤立鸡群的佼佼者，他们更懂得责任和义务，更懂得国家、民族与家庭的关系……他们不会再像从前一样浑浑噩噩地活着，他们会有一个积极向上的人生。而他们的努力又会感染周围的很多农民，这是多么让人高兴的事情啊！

"前几天我还专门去征求了一些华工同胞的意见，他们也很想有一份自己的报纸。

"若愚，所以我的想法是，这份报纸的文字要浅显通俗，应以华工最关心的话题为主，要贴近生活，要让华工看得懂，能教化……"

傅若愚也被晏阳初的情绪所感染，很快就进入了角色，不住地点头道："是的，是的，晏先生，我也是这样认为的。我们办的报纸，如果我们这些同胞一来看不懂，二来上面写的东西与他们无关，即便看得懂也不感兴趣，那我们就失败了……"

1919年1月15日，那是普兰的冬天少有的一个晴朗的日子，太阳露出了久违的笑脸，阳光普照着大地。这天晏阳初创办、名为《华工周报》的创刊号与普兰华工正式见面。报纸内容分论说、祖国消息、欧美近闻、华工近况、名人传略等。第一期报纸共印了一千份。报纸上的文章大多是晏阳初、傅若愚二人自己所写，为此，之前他们常常工作到深夜。文章写好了、选齐了，两个人再亲自刻写钢板，刻错了再重新来，然后自己动手油印。一些华工见他们二人经常忙到深夜，也不顾劳累，主动来帮忙。

《华工周报》刚一出来,华工营就热闹开了。

"二狗子、三娃子、大水牛……快来看晏先生给我们办的报纸!"一个戴着瓜皮帽的中年人招着手,对着不远处几个吸着烟卷的青年劳工大声喊道。

"何冬青,晏先生教我们识字了,我们都是有姓名的人了,我叫何大为了,以后不要再乱叫乳名了……晏先生为我们办的报纸……给我看看……"

"不要急不要急,我们大家一起来……"华工营里,很快一大堆脑袋就挤在了一起,你争我夺,围得水泄不通。

"不要抢,不要抢,我来给大家念……"那个叫何冬青的中年人见大家一拥而上,生怕大家把这报纸扯烂了,顿时有些急了,大声道,"大家不要急,我先给大家读晏先生写的发刊词!"

听到何冬青的话,这些华工便像往常学习一样,安安静静坐在那里,听何冬青念道:

《恭贺新年:三喜三思》
晏阳初

先论三喜,与诸公一听。我们中国数千年以来,固执守旧,不求维新。无铁路轮船,无邮政电线,交通不便,旅行艰难。不说出外留洋的万中无有一人,就是在本国游历的也是很少很少的。但各公深负远志,有冒险性质,离别家乡,梯山航海,迢迢四万余里,来到法国做工,不但自己增广见闻,并且可以期满回国,兴家立业,强种强族……

虽是言语不通,规矩不熟,有种种的碍难,却自己仍是早起晚息,勤劳刻苦,为各国联邦做工。各位这样的出力,不是劳而无功的。联邦各国的军官士兵,每谈及华工,无不极口称赞,衷心佩服。同胞啊,你们在外国有这样的好名誉,不光是为你们自己顾脸,也是为我们祖国争光……

念到这里，这个名叫何冬青的中年人抬起头来，笑道："你们看，晏先生在夸我们呢。"然后接着往下念道：

过海之时，有德国潜水艇的危险；登岸之后，又有飞机炸弹的危险；停战以来，再有瘟疫的危险。不是这样的危险，便是那样的灾难，千千万万的人，阵的阵亡了，轰的轰毙了，病的病死了。各位却承皇天的顾佑、祖宗的大德，得以身安体全，无恙无危……

念到这里，何冬青沉默了一下，显然是深有感触，道："还是晏先生理解我们，上面就是晏先生写的'三喜'，估计下面就是'三思'了，大家愿不愿意再听？"

"卖什么关子，哪个不愿意呢？"何大为急忙道。

何冬青又接着大声读起来。

现与诸同胞讲一讲三思，请先论思身与诸公一听。

欧洲的战事既停，想必在法国的弟兄没有一人不想即时就回中国的，白天谈的是回国，晚间梦的也是回国。有时你心里说，只要法国政府让我回国，一个法郎的工价不给也是愿意的。同胞啊，回国归家固是极高兴极快心的事，但是请问你自己思想过、打算过没有，回了中国之后干什么事，从什么职业，做什么买卖，方能使你那年轻的生命到法国所挣的法郎，一个能赚一个？俗话说："家有万贯，不如朝进一文。"不怕你的法郎怎样的多，如果你回国之后，游手好闲，不理正经，今天两个，明天三个，一月半载，不知不觉就把你那苦心苦力所赚的血汗钱耗费完了，受饥受寒，恐不可免。同胞啊，小虫蚂蚁，尚知夏天为冬天筹划，何以人而不如虫乎？

……你们的性情嗜好虽各不同，但你们思家的心，我想没有不是一样的。当此新年佳节，谅想你们思家的心必较常更切。在外国吃的虽是洋饭，穿的虽是洋衣，说的虽不是洋话，怎能与那家中的粗茶淡饭、土语乡谈、阖家团聚的快乐相比。所谓"在家千日好"的话，是诚然不差的。

各位弟兄，你们既是这样为家爱家，你们就应当求益家行家的事。所有的一切亡业败家的嗜好，或是中国带来的，或是到法国才学的，都应该勉力全行断绝。旧年吸烟卷的，今年应立志不吸；旧年赌博的，今年应誓绝不赌。正经做安分守纪的人，多积存几个富人的法郎，多学些有益的技艺，期到归乡，可以发家，可以自立。这样你们一番爱家恋家的心，也可以真有实际了。

念着念着，何冬青的语气有些沉重了，晏先生的话真是说到了劳工们的心坎上。听着听着，何大为和其他几个吸着烟卷、刚刚还嘻嘻哈哈的年轻劳工，不由自主地将手中的烟卷熄灭，轻轻地扔了出去。

……离本家而后知贵吾家，到外国而后知爱吾国。各位现在外国，爱国的心也必较前更大。同胞啊，我们中国国家的外交、内政，有许多我们不忍说、不敢说的，但是你我在外国，有关于中国国体的事那又不能不说。各位兄弟谅必都知道，你们在法国所处的地位与在中国所处的地位不大相同。你们住在法国，就算是中国全族的代表，外国人以你们作为的好歹，就定我们中国全族的是非。若在本乡本土做了什么不好的事，是你姓李的、姓王的一人丢脸，但是若你在外国做了坏事，那外国人必然不知道你张王李赵的名字，他只晓得说"兴隆瓦"（法国人称中国人）这样，"兴隆瓦"那样。所以各位同胞呀，若一个中国人在法国受了军赏荣牌，那我们中国人都算英雄豪杰了；若一个中国人在工厂码头偷了罐头牛肉，那我们"兴隆瓦"都是强盗匪徒了。由此看来，我们中国国体的荣辱，都全在你们各位作为的好歹。同胞啊同胞，你们在外国作为行事，岂可不慎上加慎？……

何冬青念完，几名华工一片沉默，半晌，念报的何冬青才说道："晏先生的这些话都说到我们心坎上来了。"其他几个人也露出一副深思的样子……

……

《华工周报》在华工中受到了一致好评,但晏阳初他们总不满足,觉得这些还远远不够。晏阳初和同人经过认真的研究,决定发起征文比赛。这样做既可以提高华工的写作水平,让他们与报刊产生良性互动,也可以让他们积极地参与到报纸的刊行中来,让他们抒写自己对国事家事的看法。

报纸从第七期开始,陆续登上了比赛的题目:《华工在法国与祖国损益》《什么叫中华民工》《中国弱势的原因》《民国若要普及教育,你看应当怎样办才好》……

晏阳初他们陆续收到许多应征稿件,对每一份稿件,他们都会认真地审核,然后进行评选。对优秀文章的作者还会给予一定的奖励。

《华工周报》在华工中的影响越来越大,印量也一直居高不下,成了华工们了解祖国和世界的一个窗口。晏阳初、傅若愚等青年,也力争把它办成一份能代表大众呼声的民报。

自然,《华工周报》的作用也越来越大。

……

第一次世界大战已经结束,国际联盟取得了完全胜利。中国作为国际联盟的成员国,作为战胜国,理应收回作为战败国的德国在中国山东的势力范围。谁知道,国际联盟却默许日本侵占了整个山东。

消息经巴黎一传到国内,举国哗然,全国人民悲愤莫名。这一消息激起了人们心中久抑的愤怒,更激起了反对帝国主义入侵和掠夺的激情。人们纷纷走上街头,声讨帝国主义的罪行,反对北洋政府的无能,要求中国代表拒绝在巴黎和约上签字。巴黎和会的屈辱,也成了近代中华民族屈辱史上永远的痛。

滞留在法国的华工最早从《华工周报》得知这个消息,一时群情激愤。他们既痛恨北洋政府的软弱无能,又对国联同流合污的暧昧态度深感失望。同时,对国联抹杀中国劳工在一战中的功劳和作用表示了无比的愤慨。

《华工周报》作为旅法华工表达自己心声的阵地，站在祖国的立场，对日寇的侵华行为进行了有力的挞伐，对国联的态度进行了猛烈的抨击。一时间，信件和文稿像雪片似的飞向编辑部。爱国的华工们纷纷撰文表达了自己对国联的失望，并一致高呼，坚决打败日本对中国的侵略。

在阅读和编写这些文章的时候，晏阳初和他的同人，无不怀着悲伤和激动的心情：为祖国的软弱和被人任意欺凌而心痛，为华工们正在觉醒而感到由衷地高兴。看来通过识字和对报纸的阅读，这些原本蒙昧无知的同胞，对祖国、对自己的民族，都有了全新的、深刻的认识。

就这样，《华工周报》总是把最新的消息传递给这些漂泊的游子。每一期报纸出来后，都在华工中争相传阅。很多人在得知了国联的决定后，纷纷向报社捐款，要报社转交给祖国，来打击日寇的侵略，发展民族经济。钱虽然不多，却反映了他们的爱国之情。

巴黎和会其实就是国联打着正义的幌子，处理战败国的分赃会。英、美、法、日等几个大国操纵了整个会议。中国也派员参加了会议，耶鲁大学的毕业生王正廷也在参会之列。

那是巴黎春天一个绚烂的上午，阳光明媚，才从战争的阴影中走出来的阳光是那么温暖。人们经历了战争的噩梦，也就更加珍惜这暖和而美好的日子。大街上到处是兴高采烈的人。

晏阳初可没闲心赏景。华工们正在一批批地返回祖国，巴黎和会也在马拉松式地开着。对他来说，《华工周报》即将告一段落。当最后一批滞留在法国的华工动身回国，报纸就会马上停刊。这份简单的报纸，也完成了它自己的使命：教同胞们识字、帮华工树立为国为民的忧患意识。看来，目的是达到了。

晏阳初一边编排着最后一期报纸，一边总结自己在法国的经验。报纸刊印工作结束了，但晏阳初的工作可远远没有结束。他把一期期的报纸小心地收集起来，码在桌子上，竟有很高的一摞。

阳光透过窗户照进来，巴黎的孟春，气温宜人，许多灰尘就在光柱里跳着、拥挤着。晏阳初站在黑暗里，静静地默想着事情。

此时傅若愚微笑着走进来："晏先生，有人找，是你的熟人！"

晏阳初一时没有反应过来，就看见王正廷紧跟着走了进来。见了晏阳初，王正廷高兴地说："遇春，你在法国做得很好哟，我远在国内，时时都会听到你的大名哟。"

晏阳初连忙握住了王正廷的手："哪里，是什么风把你吹来了？几年不见，越来越精神了。"

傅若愚一边给两个人沏上茶，笑着说："你们聊，我做事去了，不打扰你们。"一边走了出去。

两个人坐下来，王正廷谈了从耶鲁毕业后的经历。晏阳初也说了自己到法国的情况，几年不见，两个人都少了许多稚气，变得成熟稳重了。

言谈中，晏阳初看得出，王正廷的神色间总有几分落寞，小心地问："正廷，有什么不高兴的事吗？"

王正廷叹了口气，摇摇头说："我这次是被派来参加巴黎和会的。唉，尴尬得很啊。"

晏阳初听说过和会上中国代表遭冷遇的事，但还是忍不住想知道具体情况："我们中国也是战胜国啊，国联应该尊重中国的权利吧！"

王正廷喝了口茶，说："美、英、法等国的代表在会上大肆宣扬自己国家的功绩，神色倨傲，等到我们的代表发言了，却找不到话说。而且人家根本就不听。唉，国家软弱了，说不起话啊！"王正廷一脸的不平。

"可我们有近二十万的劳工在最前沿的阵地为他们流血流汗啊，怎么没有功劳呢？"晏阳初很不解，满怀的气愤。

"我们也曾说过，但手头没有具体的数据和事例，人家根本不听。"王正廷无可奈何地说。

晏阳初想了一想，问："国联的决议还要多久？"

"那倒还要一段时间，你问这干吗？"

"这样吧，我给你准备一份华工资料，轮到你发言了，就不会泛泛而谈了。怎样？"

"好啊!"王正廷高兴地说,"我正愁无话可说呢,那就辛苦你了。"

"我会给你一份详细的资料的,你读给他们听,看他们还敢不敢忽略我们中国的权利。"晏阳初大声说。

"好的,我等你消息。"王正廷神色放松了不少。

送走王正廷,晏阳初放下手头的工作,开始着手整理华工资料。通过连日的查阅、走访调查,他手头有了一份详细的华工资料。包括共有多少华工奔赴欧洲战场,阵亡多少,他们的名字、籍贯,他们的工作内容、牺牲地点;有多少华工得到了奖励、得到了勋章。尤其是有几次在英法军队危急时,华工们拿起武器,冲上战场击退了德军,令战事转败为胜,以及华工们在战场上表现得如何英勇,等等。他一一罗列了出来,整理成厚厚的一大本,交给了王正廷。

王正廷拿着这份资料,在大会上义正词严地据理力争。但是,心里从来都把正义和公理玩弄在嘴上的欧美列强,关心的只是自己的既得利益,谁会认真听一个弱国代表的发言呢?

巴黎和会的最后结果,出现了人类历史上可笑的一幕:中国成了取得战争胜利的和谈的战败国。

消息一传到国内,国人震惊,北洋政府的懦弱无能,终于超过了人们的忍耐限度。先是学生上街示威游行,接着爆发了席卷全国、声势浩大的五四爱国运动。和谈的失败,成为一个导火索,揭开了中国新民主主义革命的序幕。

7

1919年4月,随着第一次世界大战的落幕,《华工周报》也暂告一个段落,青年会驻法华工营将在普兰召开总结大会。

这天早上,晏阳初早早地起了床,独自走到旅居的小院子里锻炼身体。

天色还没有大亮,各种自然的或人为的声音渐次纷繁起来。一眼望去,就着还有点暗的天色,对面几层楼高的哥特式建筑显得那么静穆,往下就是教堂那高大庄严的穹窿屋顶了。每到周末，那里都是晏阳初要去做礼拜的地方。

巴黎的春天花红正艳，虽刚刚经历战争的劫难，却依旧美丽和浪漫。春天的繁花似锦，倒真的更适合这个诗意流淌的古老城市，难怪有人深情地说：如果巴黎的环境还不能使人满意，那这个世界上，就再也找不到适合人类居住的城市了。

一缕缕柔和的春风，从街巷里吹进来，四处寻找着可以馈赠喜悦的人。风里带着芬芳的花的气息，还有从遥远的郊外吹进来的田禾的清香。道路两边才绽新绿的法国梧桐就在这风中轻舒嫩枝。

晏阳初贪婪地深吸了几口，多么清香的空气啊！他不由得翕动了几下鼻翼，好像要把昨夜沉睡中郁积在心头的浊气清除干净。

晏阳初收回目光，摆开架势，打了一趟拳。这还是童年时在家乡巴中时，央求二哥教的呢，自那以后就形成了习惯，每天不练就觉得浑身不舒畅。

一趟拳打完，身上已出了毛毛汗，凉爽的晨风吹在身上，分外受用，周身每个毛孔都透着舒坦和惬意。

院子里的脚步声多了起来，渐渐地服务中心的其他干事纷纷起床了。昨天一整天的会议，把人弄得很疲惫，几个人相互打着招呼，声音里都透着浓浓的睡意。

"遇春，这么早起来了。"一个同事向他问好。

"是啊，习惯了，早点起来呼吸一下新鲜空气。这巴黎的春天，很醉人哟。"晏阳初回答。

"那是当然，这可是有名的艺术之都，没有这么美丽的风景，哪来如此多诗意横溢的法国人。"同事打着哈哈，脚步声渐渐远去。

这是驻法华工营代表临时旅居的院子里。随着华工的返回，青年会驻法华工营的使命已告结束。总会召集各地的干事（共五十名）齐聚巴黎，召开总结大会。

会议已经进行了一天。当天上午就轮到晏阳初发言了，早在一周前，

第二章　服务华工　立志终身为平民

他就已经着手整理自己的工作总结了。参加大会以前,他早已拟好了自己的发言稿,昨晚睡觉前又认真看了一遍,估计没有什么问题。

"遇春,发言稿准备得怎样了?"傅若愚也起来了,一边问他,一边打着哈欠。

"差不多了。"晏阳初笑着回答,"在法国的这些时间过得真快啊,有时想想,好像是做了个梦,艰辛和困难不说,成功的喜悦和幸福来得太突然,很多东西还没来得及细细去想、去品味。也许再过一段时间,有了距离就会思考得更深些,更透彻些。"晏阳初深有感触地说。

"是啊,很多事情头绪太多,一时难以厘清。但是你的这两大创举,是完全可以载入史册的。教育了那么多目不识丁的同胞,还通过办报纸,让他们思想和精神境界得到了提升。光这两点,就很了不起了。"傅若愚由衷地赞许道。

"哪里哪里,我只不过开了个好头而已。我相信,我不做也会有人做这件事的,只是很多时候,我们一些知识分子高高在上,完全不了解自己处在生活最底层的同胞的需求罢了!"

"这就需要你点拨他们啊。"傅若愚笑着说,"这么多代表,其实都在期待着你的精彩发言呢。私下里我听他们说过多次了。"

"不是吧?!"

"好了,今天上午就看你的了,你自己先准备准备,我不打扰你了。"

天已经完全亮了。美丽而古老的巴黎大街,清清楚楚地展现在眼前,街上多了许多早起锻炼的法国人。他们一边慢慢地跑步,一边微笑着相互打着招呼。

晏阳初一边走回自己的屋子,一边想着傅若愚的话:看来,大家对我的努力还是很肯定的,但我做的还远远不够。我今天的发言一定要让同事们觉醒,让大家认识到占中国绝大多数人口的劳苦大众的疾苦。不管怎样,我一定要争取震撼到他们的灵魂。晏阳初在心里暗暗下定决心。

吃过早饭,晏阳初就拿着自己的发言稿,早早地赶往会场了。

一路上都有正赶往会场的干事与他打招呼,晏阳初微笑着,礼貌地向他们问好。

会议准时进行，当会议主持人大声宣布："下面，我们请普兰华工营服务干事晏阳初先生讲话。"话音刚落，下面就响起了热烈的掌声。

晏阳初快步走向主席台，看了看台下还在热烈鼓掌的代表们，深深地鞠了一躬："谢谢代表们的掌声，谢谢！"晏阳初平抑了一下激动的情绪，清了清嗓子开始总结。

"各位代表们、同胞们，今天，我们相聚在这里，是为了总结旅法工作的经验，以期将来能够报效我们的祖国，为祖国更多的人民服务……

"……我们都是留学海外的炎黄子孙，都有一颗爱国爱民的赤子之心。这也是我们放弃优厚的生活条件，放弃唾手可得的金钱和地位，远到法国，为祖国劳工服务的初衷。我们都希望，能把我们学到的知识回报给自己的祖国，回报给养育我们的人民。让我们多灾多难的祖国早日摆脱外族的侵略，变得强大起来；让我们的苦难的人民，早日过上幸福安定的生活……"

台下的代表们都安静地听着晏阳初的发言，只有他激昂的话音在大厅里回荡。

"……今天，华工们已经陆续回到了祖国，想必此刻他们正在与亲人团聚。是的，我们每个人都感到欣慰，因为通过我们的努力，为他们解决了不少实际的困难……但是，这段时间我自己常常感到很惶恐，觉得自己做的还远远不够……

"……在普兰华工营，我与这些可爱又可敬的华工兄弟们朝夕相处了一年多，我与他们谈心，给他们讲故事，帮他们读信写信，开华工识字班教他们识字，创办《华工周报》来激励他们，让他们从混沌的小农意识中走出来，走出自私狭隘的天地，成为一个有忧患意识的新人，关心自己的国家和民族，了解世界大事……一年多来，我在他们身上看到了这些可喜的变化，他们正在觉醒。很多时候，私下里和同事们谈起，都感到十分欣慰……

"……华工们正在陆续地返回家乡，这些受过教育的同胞们，一定会

第二章　服务华工　立志终身为平民

在今后的日子里做得很好，他们崭新的形象和风貌，必定会感染周围的很多人，我相信他们。但是，这几天我却一直高兴不起来。我发觉，同胞们给我的赞扬，远远超过了我所付出的劳动。我只是在做一个中国人分内的事，尽自己的努力，帮助那些需要我帮助的同胞。而且我做的是那样少，也还没有尽全力……想起这些，我都会很羞愧……"

台下响起了热烈的掌声，盖过了晏阳初的声音。晏阳初只得停了下来，等掌声平息了，大厅里才又响起他满怀激情的声音：

"……通过普兰的实践和这段时间的总结，我有两点体会，想告诉大家。首先，中国农民的淳朴、本分和善良，每每让我感动。在我独自到外地求学的少年岁月，我对这些就有深深的体会，包括山里农家的热情好客，巴山'背二哥'的以苦为乐，至今记忆犹新，深为感动。这一年普兰的经历，让我更坚信了这一点。他们并不像我们大家想象中那样笨，只要你和他们平等地相处，你就会发现，他们是很聪明的，很有智慧，完全不比我们差。去年，在普兰，华工们自己成功地组织了一次次戏曲表演，比我预料中的好得多。就是这件事，让我有信心教会他们识字。他们只不过在应该接受教育的年龄，失去了接受教育的机会。这使得他们的聪明才智受到了束缚，不能完全地发挥出来……

"……其次，我认为我国现在不少的知识分子，竟是这样的愚昧和狭隘。他们一天天处在高高的象牙塔上沾沾自喜，完全不了解（也许是不想了解）自己多数同胞的'苦'和'力'，总有一种心理优势：自己受过高等教育，是文明人了，是有修养的人了；而那些劳苦民众，生来就是山野村夫，是愚昧的、鄙俗低贱的。大家想想，当一个国家、一个民族的大多数人还是这种山野村夫的时候，少数的知识分子自诩的精英和文明是多么的可笑、可悲、可怜，甚至可鄙。如果他们明白了这一点，还能躲在自己的小圈子里低吟浅唱、自娱自乐，那么我认为就不光是可笑了，那简直是可耻！……

"……就我自己，也算是一个知识分子了。是祖国的山水养育了我，故乡的人民养育了我。这么多年了，我为自己没有早一天认识到劳苦大众的疾苦而深感惭愧。在普兰的那些日日夜夜，与其说是我在教育他们，倒不如说是他们那虔诚的上进心感动了我，他们的勤劳善良，质朴无私，对知识近乎崇拜的渴求，常常让我感动难言……"

晏阳初停了停，看了看下面，接着讲道："……这段时间，我一直在想，旅法的教育算是告一段落了，但祖国还有几万万的劳苦同胞需要教育，素质有待提高，也就需要一个更大的平民教育运动来促成这件事……

"……也许，今天的这场大会过后，在座的各位同人将告别法国，奔赴自己的前程，有的人会逐渐远离华工服务事业……每个人都有自己的追求，这是无可指摘的。到法国来之前，我对自己今后要做什么也是一片茫然。但一年的法国之旅，让我找到了自己要走的路。今天，当着在座的诸君，我庄严地表态：我晏阳初学成归国后，一不图做官，二不想发财，我将把我学到的知识、我的聪明与智慧，献给祖国需要我的几万万劳苦同胞，终老一生，无怨无悔！"

说完，他深深地鞠了一躬。

台下静默了几十秒钟，接着爆发出了雷鸣般的掌声。

三天会议里，晏阳初的发言是最精彩的，博得的掌声也最多。散会后，许多以前不认识晏阳初的人由于钦佩他的人格和胆识，纷纷来到他的宿舍，与他结识。

会议结束后，晏阳初的发言被写进了大会的总结报告中。

8

青年会驻法华工营总结会议圆满结束了，青年会的干事纷纷动身回国。但在晏阳初心里，还有一件事是必须做的，那就是到阵亡将士公墓去吊唁自己的好朋友史文轩。

到巴黎来一直有忙不完的事情，竟抽不出一点时间去拜访这位给自己莫大支持与鼓励的兄长和朋友，每每想起来，晏阳初心里都怀着一份深深的愧疚。

傍晚不知不觉就来临了。吃过晚饭，晏阳初就走回旅居的院子。早

第二章　服务华工　立志终身为平民

上这里还是言笑晏晏的，脚步声与洗漱声交织着。而现在，在昏暗的光影里，这里显得有几分冷清。会议一结束，许多干事就匆匆动身回国了，巴黎的美景再迷人，也没有对祖国的牵挂来得透彻。暂时没有离开的几个人，要不是走亲访友去了，要不就是趁着难得的空闲，欣赏巴黎迷人的夜景去了。

马上就要告别这一年多的忙碌生活，说真的，晏阳初心里还有几丝留恋，也有几分伤感。他摇摇头，驱赶着这些晦暗的情绪，走回了自己的房间，翻开了一本书。

才看了几页书，就听到咚咚的敲门声，接着传来蒋廷黻的声音："遇春，你在不在？"

晏阳初一边应声，一边开门让蒋廷黻进来。

蒋廷黻是晏阳初在耶鲁就读期间认识的，也是青年会华工营干事，后来成了中国著名的历史学家、外交家、南开大学史学的奠基者，曾被誉为国民党官员中"最知外交的人"。

这次大会他也参加了。不过两个人没住在一起，第一天两个人仅打过招呼，都忙着自己的发言，下来也没有联系。

"这么美丽的巴黎夜色，你都不出去看一看？马上就要离开了，以后要看就没机会了。"蒋廷黻拿起一本书翻得哗哗响，嘴里开着玩笑。

"我也想看啊，可我不比他们，我是囊中羞涩。"晏阳初给老同学倒上一杯水，微笑着说。

"呵呵，我估计也是。"蒋廷黻笑了，"这才符合你的个性嘛，不过，真佩服你，你上午的发言，我到现在还感动着呢。"

"我可说的都是心里话。我已经确定今生就这样一直走下去了。"晏阳初坐下来，盯着蒋廷黻。

"现在就回国吗？"蒋廷黻试探地问。

"我正在犹豫呢，拿不定主意，但我觉得自己的知识还远远不够，需要再充实一下。"晏阳初说。

"那好啊，"蒋廷黻高兴地说，"我就是来找你，想和你结伴回美国，再继续进修自己的学业。"

"不过，很多问题还需要解决。你知道，我除了勉强能凑齐到美国的路费外，其他费用是一分也没有。"晏阳初尴尬地说道，"我发现，读了这么多年的书，我总是那么穷，从来没有宽裕的时候。"

蒋廷黻笑了："是啊，我真没见你发财过，你哪一次去读书，是先准备好了学费的呢？不过最后，困难还不是都解决了？"

晏阳初被他逗笑了："那倒也是，每一次我都是身无分文，但都能克服困难，我相信，这一次我也能做到。"

"就是，那我们什么时候动身？暑假到了，我们过去好早点选学校和专业。"蒋廷黻说。

"还得再多逗留一天，明天我得去拜谒一位故交。"晏阳初神色有点黯然。

"谁？"蒋廷黻一时摸不着头脑。

"史文轩，给我莫大支持的兄长和朋友。他现在躺在阵亡将士公墓里。来巴黎这么久了，我还没去看过他一次，真是惭愧得很！"

晏阳初的话里蕴含无限的伤感，两眼也是木木的。

蒋廷黻早听晏阳初说过他和史文轩的交往，知道晏阳初一直感激和怀念这位指引他人生道路的良友，遂非常支持地说："明天我陪你一起去拜谒。说真的，你能有这样的朋友，是你的福气。"

"谢谢你。"晏阳初感激地说道，"是啊，没有他的帮助，就没有我的今天，我也就不会到法国来。唉，一切都充满了偶然和必然。"

晏阳初望着窗外，或许此刻他想起了和史文轩相处的那些难忘的日日夜夜。晏阳初久久没有说话，蒋廷黻见他陷入了沉默，也没有惊动他。

第二天，两个人起了个大早，天色还没大亮就出了门。

烈士公墓在巴黎近郊，两个人都不识路，一路问下去，好在都有热心的巴黎市民给他们指点路径，两个人才少走了岔路。

晏阳初挑选了一束美丽的鲜花，来寄托自己的哀思。一路上两个人走得很快，很少说话。

第二章　服务华工　立志终身为平民

远远地晏阳初就看见了烈士公墓，静静地坐落在一座小山脚下。正是春光明媚之时，公墓的四周绿树成荫，各种叫不出名字的小花，开得簇簇拥拥，繁茂多姿，美丽极了。它们一朵挨着一朵，紧紧地连缀起这一片静穆的土地。阳光的丽影里，有许多蝴蝶在飞来飞去。

走近了才发现满坡是白色的十字架，一个挨着一个，一行行整齐地排列着，从山脚一直绵延到山上，像一列列整装待发的战士安静地站在一起，好像一声令下，他们就会冲上前线，奋勇杀敌，浴血沙场。

这里十分安静，甚至可以说是太安静了，没有一点声音。天刚刚亮，就连鸟儿也还没有从昨夜的梦境中醒来，为这些长眠于地下的高贵灵魂，高唱新一天礼赞的歌曲。

晏阳初走得很轻很轻，生怕自己的莽撞，惊扰了这些安眠于地下的生命的美梦。

问了问守墓的老人，老人也不知道史文轩的墓碑的具体位置。没有办法，两个人只能一个个地找下去。

看着这些陌生的名字，晏阳初的心不禁被震撼了。每个墓碑的记录都是那样简略，名字下面只是简单地记载着生卒年月和出生地，简洁得让人心惊。曾经是多么鲜活的生命，每个生命的历程里都有过那么多或美丽或悲伤的故事，可现在，这些都被隐去，只有一个名字符号，来承载这太多的内容。

也许就是因为这样的简洁，才让拜谒的人心惊，才让人们肃然起敬。

是的，这就已经足够了。这么多年轻而美好的生命，为了追求一个共同的理想——和平，他们义无反顾，奔赴战场，慷慨赴死。他们短暂美丽的人生，还有多少精彩的故事尚未上演。他们都还太年轻，有的甚至还没有体验过爱情的醇美。但为了祖国，为了和平和自由，他们如花的生命就这样惨烈地戛然而止了，仅留给活着的人一个个巨大的惊叹，让想念的人缅怀和神伤，让人憎恶战争的罪恶，渴望和平的甜美。

或许是史文轩的神灵指引，没有找多久，晏阳初就在一个十字架面前停了下来。史文轩，这个被他念叨了无数次的名字，这个让他一想起就心疼的名字，就这样出现在他的面前，静静地、安详地等待着他的来临。

一样朴实的汉白玉十字架，一样朴实简略的文字，一样被野花簇拥的草地。是啊，这里躺着的每一个人，都是那么平等和自由。

晏阳初默默地蹲了下来，小心地掸去十字架上的尘土，轻轻地把手上的鲜花放到了墓碑上。

"文轩，你还好吗？我来看你了，你永远的兄弟和朋友晏阳初来看你了。现在，你高贵的灵魂早已飞升到了天堂，你一定常常满怀深情地注视着我。那么此刻，你也正在注视我的叩访吗？你了解我长久的心痛和思念吗？

"文轩，你放心吧，我不会辜负你的期望的。我会好好地珍惜现在，把握好自己，为实现自己的理想而努力前行。为了感应你的召唤，我来了，到你战斗和流血的法国来了。在这里，你献出了美丽而年轻的生命，为了自由与和平。而我，因为这自由与和平，追随着你的脚步，也来到了这战火纷飞的战场，贡献着我火热的青春和激情。"

晏阳初泪流满面，哽咽自语。

"文轩，战争已经胜利了，自由与和平早已重返人间。你在九泉之下有知，也应该感到欣慰！现在，你不会感到寂寞的，有那么多人追忆着你，这一片美丽而安静的山水边，有这么多英雄永远陪伴着你。

"文轩，很抱歉我没有早点来看你，工作太忙，抽不出时间。现在我空闲了，我来看你了，可是，我第一次来看望你，就是为了你而去。

"文轩，明天我就要走了，离开法国，去追寻我的梦想。我知道，你不会怪罪我的，请为我祝福吧。

"文轩，无论何时何地，我都会永远感念你，记着你诚挚的话，努力前行，不负你的期望，不负我自己的追求……"

……

往昔的一幕幕又在眼前闪现，晏阳初手抚十字架，陷入了久久的沉思，任由泪水扑簌簌地流下来。

故人不在，只余这一抔黄土了。

蒋廷黻不忍心打扰他，拿起相机，轻轻地摁下快门，记下了这永恒的忧伤的思念。

也不知过了多久，晏阳初才从哀伤中醒过来。太阳早出来了，一片金色的光辉洒在这片神圣的土地上，给这美丽的山林披上了一身华丽的霓裳。早起的鸟儿，在金色的光晕中愉快地飞舞，有的踞在向阳的枝头，正起劲地讴歌着新一天的来临。无数叫不出名字的虫儿也喜气洋洋的，它们爬到了阳光下、山下。不远处，美丽的巴黎，显得那样温情，那样浪漫婀娜。

晏阳初对旁边等候的蒋廷黻说："真不好意思，让你久等了。"

"哪里，我也早想来拜谒这些英灵的。"蒋廷黻说。

"时间不早了，我们还得快些往回赶。"

晏阳初最后深深地看了史文轩的墓碑一眼，回过头望了望沐浴在金色阳光中的烈士公墓，然后两个人一前一后地走上了回去的路……

9

世界著名的普林斯顿大学位于美国东海岸新泽西州的普林斯顿市，是美国大学协会的十四个始创院校之一，也是著名的常春藤联盟的成员。这里景色幽雅、绿树成荫、绿草丛丛。

1919年9月往后的一段时间，人们经常在普林斯顿大学研究院见到一个衣着朴素的中国青年。他神情柔和，目光温暖而坚定，他就是专程从法国到美国来充实自己的晏阳初。

再次回到美国，晏阳初比以前持重豁达多了。在法国普兰一年多的工作，他思考了许多问题，自己也成熟了不少。尤其重要的是，他已经确定了终生奋斗的道路。

一踏上美国的土地，一种久违的亲切感就扑面而来。告别了蒋廷黻，晏阳初利用暑假的时间，选择了自己的学校和专业——普林斯顿大学历史系。他希望能从纷繁的历史中，找到一条认清政治经济演变的道路，并能指导自己以后的道路。

接下来他以美国退役军官的身份，向普林斯顿大学申请了奖学金。

在申请中，他简略地叙述了自己在普兰工作的情况。然后，言辞诚恳地说出了自己想通过学习服务于祖国人民的决心，希望普林斯顿大学答应他的恳求。

申请几经辗转，终于到了普林斯顿大学校长的手中。这时的普大校长是刚刚从一战的胜利中卸任的威尔逊总统。

威尔逊总统仔细地看完了晏阳初的申请，问身边的人："这个晏遇春，就是那个在法国教华工识字、办报纸的中国青年吗？"

"是的。"身边的人回答，"他是耶鲁毕业生，受美国青年会的派遣，志愿到法国援助劳工的，是个很有思想、很勤奋的青年，在法国华工营做得不错，在华工中的影响很大。"

"好吧，这样的人是应该受到奖励的。"威尔逊校长说完，在申请上签了字，一笔可观的费用就被划到了晏阳初的头上。至少他在普大一年的进修时间里，除了交学费外，衣食也可以无忧了。

在耶鲁时，晏阳初有幸聆听塔夫脱总统的讲课。现在普林斯顿大学，又有机会得到威尔逊总统的垂询，对他来说，这真是一件让人高兴的事。

普林斯顿大学的研究院，教室和宿舍与大学本部有一定距离，是一个独成一体的学院。这里建筑古朴，环境清幽，充满了学术气息。

每天身着学院礼服的研究生穿梭于教室与宿舍之间。偶尔还能看见几个行色匆匆的教授。这里没有人大声喧哗，一切都是那么安静有序，这是一个绝好的做学问的所在。

晏阳初想通过自己这一年的学习，找到一条符合中国国情的救国道路。人生的目的明确了，学习也就更加有了动力。晏阳初一头扎进了知识的海洋中，平时除了上课和参加北美基督教会中国留学生会的一般事务之外，其他时间他都在自己的住房里潜心地学习，吸取世界各国历史中的精华，剔除其中的糟粕，变知识为自己的能力。

在这里，每一个研究生都有一套自己的住房，一共三间，可以单独做自己的学问而不受人打扰。晏阳初是历史系研究所唯一的中国学生，应酬本来就很少，这也让他可以全身心地投入到学习中。

时光荏苒，转眼间一年的学习就过去了。晏阳初顺利地拿到了硕士文凭。

这时的祖国在经历了五四新文化运动的涤荡之后，旧的秩序刚被打乱，新的秩序尚未形成。西方许多优秀的文化成果，纷纷登陆古老的中国，正在逐渐改变沉睡了几千年的民族思维。许多留学于欧美的中国学生也纷纷回国，投入到了祖国轰轰烈烈的建设之中。

晏阳初再也坐不住了，他毅然打消了攻读博士的念头，准备马上回国，去为自己的理想打拼。

1920年6月，晏阳初专程赶到纽约，向北美基督教育协会总干事柏格曼辞行，说到自己即将回国，两个人都有些伤感。

伯格曼试探地问："晏君，你真的觉得，没有必要修完自己的学业吗？"伯格曼为晏阳初放弃攻读博士感到惋惜。

晏阳初明白伯格曼的好意，微微一笑，说："我已经决定了，做任何事情都会有所牺牲的。现在的中国受五四新文化运动的波及，旧的思想观念已经打破，新的思想尚未形成，西方的民主之风已日益东渐。表面上看来，这是一个混乱的时代，而我认为，这是一个开启民智的绝好机会。"

晏阳初站起来，走到窗前，看着窗外大街上来来往往的人，说："几年的海外漂泊，让我深深地懂得了，要让中国民主富强，就必须消除占中国人口绝大多数的文盲。我现在回国，就是决定立即着手推行平民教育运动。"

伯格曼沉吟了一下，说："晏，你这个理想很美好，但我认为，你所说的平民教育运动，推行起来实在是难度太大，困难很多。而且，凭你一个人之力也很难成事，即使做成了，在一个短时间里，也是很难见成效的。"

晏阳初笑了，说："这些我想得很清楚，我已经设想过推行过程中的种种艰难了，但我不怕！每件事做起来，总会有人做牺牲的，如果我就是那个要做牺牲的人，我也认了。"

"晏君，"伯格曼真诚地说，"以你现在的学识和地位，回到中国后是可以很快崭露头角的，到那时你不是可以更好地为国人服务吗？"

"不！"晏阳初果断地说，"我在法国就已经决定了，今生一不做官，二不发财。只愿按照自己的理想，为祖国最贫苦最无助的文盲同胞服务。我相信，此时的中国肯定有一大批愿意为劳苦大众做事的有志青年。我回去后，把他们组织起来，找一个基地，建一个组织，我相信，平民教育运动会很快开展起来的。"

伯格曼被晏阳初的坚定意志感动了，没有再劝阻他："晏君，我祝福你，相信你会有一番作为的。我等着你的好消息。"

辞别伯格曼，回到住处，晏阳初收拾好行装，准备第二天就起程回国。临走前夜，他得去拜访在美国的最后一个必须辞别的人。

一路上，晏阳初的心都平静不下来。当他穿戴整齐地出现在许芹牧师家的时候，许牧师一家对他的到来表示了热烈欢迎。

可他没见到许雅丽的影子。两年多了，虽然他没给她写一封信，可心中的牵挂却一直是那么深沉，而现在许雅丽却没在家，晏阳初像丢了魂似的。许牧师看出了晏阳初的失落，微笑着说："你上次到法国后，许雅丽进入了哥伦比亚大学，毕业后她立志回国，现在上海女青年会的体育学校任教。雅丽告诉我们，说如果你来了，就让我们转告你，请你到上海去找她，她等着你。"

晏阳初的满心失落慢慢消失了，他和许牧师摆谈了一阵子，便起身告辞了。

一路上，晏阳初反复想着许牧师的话"请你到上海去找她"，她已回国，我马上回国，这不是心有灵犀吗？想到这里，晏阳初忽而轻松了起来。许雅丽的一颦一笑又在他的脑海里闪现，那些在忙碌中顾不上梳理的感情，这时像发酵了一样，纷纷涌上心头。

晏阳初恨不得长一双翅膀，马上飞到上海，见到自己日夜牵挂的心上人。

第三章

总会成立　茫茫海宇结同人

1

　　从海上吹来的潮湿海风，不时掀起晏阳初的衣服、钻进他的肌肤，带来阵阵海的气息，给人一种清新、惬意的感觉。轮船在上海黄浦码头一靠岸，晏阳初就迫不及待地走出船舱，提着行李，急急地往岸上走。

　　上海滩十里洋场的繁华，仍是那样让人目不暇接；传入耳朵的是温软的上海话，虽听不太懂，入耳却是那样亲切；看到的是黑头发黄皮肤的人群，虽有一二洋人间杂其间，却不过是些点缀；满街的招牌和店铺，是清一色的方块汉字……到处是浓得化不开的乡音乡情，记忆中初次见到上海的种种不快，早已被涤荡得干干净净。

　　1920年8月，晏阳初双脚一踏上祖国的土地，铺天盖地的乡音乡情便把他湮没了，他的心都化了。在海外漂泊的这几千个日日夜夜，哪一夜的梦中不是醇醇的乡音、浓浓的乡情？就是在他潜心攻读的每分每秒，脑海中都有由祖国文字牵引而浮现的画面，也是故乡那些熟悉的山山水水。几回回梦回难眠，几回回静夜望乡，几回回泪沾衣襟……

　　"我热爱的祖国啊，我回来了！你远游的孩子学成归来了！从此，我将在你宽广温暖的怀抱里播种、发芽，为你的繁荣富强而努力拼搏！"晏阳初在心里大声地说道。

　　一路上，晏阳初这儿瞅一瞅，那儿看一看，走在大街上细细体味着这乡音的包围和巨大的喜悦。旁边飘过的一句不经意的话，街角里一个不起眼的小东西，都会让他霎时双眼潮湿……

　　是的，不管漂泊千里万里，不管分别千年万载，他的根在这儿，他的灵魂属于祖国！

　　压制住内心的喜悦，顾不上舟车劳顿，到了旅馆简单地收拾一下后，晏阳初便直接去了上海女子体育学校。

　　他的心里涌动着一股莫名的兴奋和期待。三年多了，一千多个日日夜夜的苦苦相思啊！想到这里，他的心就要跳出胸膛，激动得难以自持，同时还有几分忐忑不安：雅丽，三年多了，我们这份没有承诺的爱恋，

第三章 总会成立 茫茫海宇结同人

经得起这漫长的等待吗?

上海女子体育学校位于昆山路 10 号,这所由基督教女青年会单独开办的女子体育学校,以培养发展中国女子体育教育领袖人物为担当,在学校任教的大多是欧美国家的离职教师和归国留学生,教学灵活,校风自由。

远远地晏阳初就看到操场上有一群学生在打排球,场面热火朝天。晏阳初眼尖,一下子就认出了身穿运动服的许雅丽,她手执口哨,担任裁判,在场子里跑来跑去。

晏阳初没有惊动她,而是远远地站在一边,微笑着看着许雅丽的一举一动,心里感觉很是温暖。几年不见,没想到那个温柔和顺的姑娘,出落得如此英姿飒爽。与三年前相比,她现在更加美丽大方了。一会儿比赛就停止了,许雅丽手拿讲义,站在学生中间,比比画画地讲解着。

晏阳初的心里慢慢被一阵涌上来的甜蜜所充满。三年多了,那些分离的日日夜夜,自己几回回在梦中与她相聚。三年分离的苦恋,原来都是为了相逢这一刻的甜蜜。

许雅丽像是心有所感,眼神不经意地向晏阳初所在的方向瞥了一眼,顿时愣在那儿,紧接着就爆出一声惊呼:"晏,是你吗?"

"雅丽,是我……"晏阳初深情地答道。

许雅丽扔掉手中的讲义,大叫着跑过来,也不顾是在操场上,且还有这么多自己的学生,她一下子紧紧地抱住了他。

许雅丽的热烈拥抱把晏阳初搞得面红耳赤,他心里是既激动又甜蜜。许雅丽可不管这些,兀自紧紧抱着他,慢慢地,她的眼睛潮湿了。

"雅丽,这些年你还好吗?"晏阳初深情地看着她潮湿的眼睛。

"一点儿也不好,你走了这几年,一封信都不写给我。"许雅丽像个小女孩样,嗔怪道。

操场上的学生见他们这样亲热,一齐高兴地笑起来,晏阳初的脸红得更像关公。

"雅丽,你的学生看着我们笑呢。"晏阳初小声说。

"才不管呢！"许雅丽自小在美国长大，对这样的拥抱早就习以为常。但看着晏阳初羞红的脸，她调皮地笑笑，双手松开了他，可一只手又紧紧地挽住了晏阳初，生怕他跑了似的。

"马上就要下课了，你们自己活动几分钟。"许雅丽对一旁笑着的学生喊道。说完又回过头来，对着晏阳初道："走，到我宿舍去坐坐。"说完也不管晏阳初答应不答应，拉着他的手，两个人亲亲热热地往宿舍走去。

回到宿舍，许雅丽让晏阳初坐下，并给他泡上一杯热茶，坐在他旁边问："晏，你怎么知道我在上海的？"

晏阳初微笑着望着她："回到美国的时候，我到你家去了，却没见到你，你父亲告诉了我你的情况。"

许雅丽的眼睛又红红的："我以为你早就忘了我呢，都三年多了。"

"都是我不好。"晏阳初嗫嚅道，"你知道我的处境，战场上生死未卜，前途未定，再说，又很忙……怕耽误了你……"

许雅丽低下了头，待抬起头，又是明媚的笑脸："好了，不说那些过去的事了。我其实很明白你的心迹……这几年，我大学毕业后，不想再在美国待下去……中国是我的故乡。这里，父亲的根就在这里，还有你。所以我就到上海来了，和几个志同道合的人，创办了这所女子体育学校，想把中国的女子体育运动开展起来，让祖国的下一代有个强健的体魄。"

"雅丽，你真行。"晏阳初由衷地赞赏。

"天天等你的信，天天都是失望，在那些难过的日子里，我就想，我也要做一些事，至少让你知道，我不是个生在富贵人家的娇小姐。"许雅丽白了晏阳初一眼。

"这……"晏阳初哑口无言，心里却像春风吹拂，十分温暖。

"就是嘛，这些事，你不主动，难道还要我一个姑娘家先开口吗？你真是个榆木脑袋。"许雅丽温柔地望着他。

"雅丽，真的很对不起。"

晏阳初轻轻地握起她的手，紧紧地捂住，两眼紧紧地盯着许雅丽。

许雅丽没有反感,顺势倒在了晏阳初的怀里。两颗相爱的心,在经过时间的考验后,终于幸福地融在了一起。

两个人都没有再说话,就这样静静地依偎在一起,那些长夜难眠的苦苦相思,那些午夜梦回的孤枕难眠,现在看来都是那么没有意义。什么苦乐欢欣,什么功名利禄,都是那么微不足道。此时此刻,两颗幸福的心加在一起,就是整个世界。

不知过了多久,许雅丽扑哧一声笑了起来。

"雅丽,笑什么呢?"晏阳初俯头看她。

"没什么,我在想初到上海的时候,到学校来的女学生,连篮球、排球都没见过。"

"是啊。这是因为几千年的封建陋习,男尊女卑。在中国,女性的地位可低得很,你们学校的任务是很艰巨的⋯⋯"

"现在好得多了⋯⋯对了,这几年你都做什么了?你快告诉我。"许雅丽在他怀里仰着脸看他。

晏阳初心里漾起一阵阵暖流,真想一下子吻住雅丽,但他没有。他把目光瞥开,平静地讲了三年的生活:在法国教华工识字,办平民报纸,回美留学⋯⋯

他讲得很轻、很轻,过去的一幕幕像放电影一样又在他眼前浮现。

末了,他说:"雅丽,还记得以前常去你家的桂质廷吗?要不是他提醒我,我还申请不到普大的奖学金呢,真得感谢他!"

许雅丽坐了起来:"怎么不认识啊!他现在正和五妹海伦热恋呢。我昨天才收到了五妹的信,海伦现在幸福着呢!"

"是吗?"晏阳初很高兴,"海伦都已名花有主了,你这当二姐的还待字闺中啊!"他打趣地说道。

"还不都怨你,让人家等这么久!"许雅丽在晏阳初身上轻轻捶了一拳,又嗔又娇地说,"你要再不回来,说不定哪天我就飞走了。"

"我这不是来了吗?"晏阳初抱住了她,"雅丽,我⋯⋯三年多来,我无时无刻不在思念着你,我真后悔,三年前临别的时候没有告诉你我心里的真实感情……但是，雅丽，我得去做自己的事。你知道的，战场上随时都有可能发生不测，我怕委屈你了……"

许雅丽捂住了他的嘴，不让他再说下去。

晏阳初心里一阵阵地酸痛，一下子紧紧抱住了她，俯下身去，用他二十多年的激情与温柔，紧紧吻住了这个自己心爱的姑娘。

风，在室外逡巡，呜呜地拍打着窗棂，好像也在祝福这一对相恋的男女，久久不愿离去。

2

这天上午，全国青年协会总干事余日章正在上海他自己的办公室查阅文件，值班人员走进来告诉他，外面有一个叫晏阳初的青年要见他。

回到上海后，晏阳初把日程安排得满满的，第二天上午，他就去拜访了总干事余日章。

余日章，湖北蒲圻人，中国最早的"红十字会"组织的创立者，蒋介石与宋美龄的证婚人。

听了值班人员的汇报，余日章脑海里许多相关资料就连接在了一起：这不就是那个在法国教华工识字、办报纸的中国留学青年吗？心里有点兴奋，这段时间他正在为青年会网罗人才，晏阳初，无疑是最适合不过的了。

余日章连忙起身，亲自出门去迎接。

刚出门就看见大门口站着一位衣着朴素而整洁、身材不高但很有精神的青年。不用说，这就是晏阳初了，余日章微笑着迎上去。

晏阳初见一个中年人热情地走过来，估计是自己要拜访的余日章，也面带微笑迎了上去。

两个人的手紧紧地握在了一起。

余日章的办公室不大，布置得简洁而雅致。两边的墙上是两幅浓淡相宜的中国泼墨山水，意境深邃古拙，下面有细小的题字，但太远，看不真切。正面的墙上则是一幅仿古的宗教故事画，典型的西洋画法。看来，小小的斗室，却是一片中西合璧的景象，彰示着屋子的主人知识丰富，学贯中西。

两个人分宾主坐下。晏阳初开门见山地说明了自己的来意，并拿出伯格曼写给余日章的介绍信。

余日章接过信，认真地看了起来。很快便抬起头来，道："晏先生，早闻您的大名了。您在法国教华工识字的创举，国人无不拍手称赞。而创办报纸一举，则是更让人钦羡。今日得以一见君颜，幸会幸会。"

余日章放下信函，高兴地说道："据我们青年会的了解，这些华工抵达法国时，识字率只有20%，但现在华工识字率已提高到38%，更重要的是，他们有了新的思维方式，甚至形成了自己的思想，用实际行动参与救国运动。我听说有的华工回国后，为了开化民智，在工作之余还在赶集的山道上摆摊，教往来路人识字，并自费创办学校，让家中女人不再缠足，为农村扫盲、育人……你晏先生功不可没啊！"

"哪里，余先生过奖了，这些微小之事，与先生您做的一比，不值得一提，让人惭愧不已。"晏阳初有些不好意思。

晏阳初知道，眼前这位和和气气的中年人，可是哈佛大学博士毕业的，曾担任过黎元洪的英文秘书，是孙中山的热情追随者，辛亥武昌起义时，创办红十字会，自任总干事，率员赴前线救护。后来又任全国青年全国协会总干事、中华全国基督教协进会会长，即便是在大洋彼岸的美国，都很有名望。

"看了伯格曼的信，方知晏先生今次回国，乃是为推行平民教育运动而来。就先生目前的学识地位，大可觅一桩好差事，或出仕为官，或退而从教，做一高校校长，但你甘愿放弃这些唾手可得的东西，偏去走平教这一僻静之道，晏先生，你的精神和胆识，真的是让人嗟叹，也让我辈汗颜不已。"余日章感慨万分。

"这条路，我在法国援教华工时就已经确定了！"晏阳初微微一笑，"我在国外留学多年，对国内形势虽偶有耳闻，终究不太仔细，但对祖国同胞在外受人轻贱之事却有亲见。故此立志，愿为提高国民素质而努力。今日拜访先生，就是想听先生详细谈谈国内情况，我也好心里有个底。等有时间了，自己再到处多走一走，考察一下，然后方能做下一步的周密计划。"言毕，晏阳初真诚地望着余日章，等待着他的回答。

余日章摇摇头说："目前国内形势可谓是一片混乱。我曾经为政数年，比较熟悉这一点。"他顿了一下继续说："眼下的中国，中央政府名存实亡，各地军阀为了争夺地盘，扩大自己的实际控制范围，穷兵黩武，连年混战，苛税繁重，农民的生计日蹙，常常是食不果腹，衣不蔽体……"余日章一边给晏阳初沏上一杯茶，一边不住地摇头叹息，"各个学校，教育经费奇缺，教授欠薪已是半年以上，自然更无人顾及这消除文盲、巩固国基之根本大计了"。

晏阳初正了正身子，道："这些情况，我在国外也略闻一二。目前国内的割据势力，背后均有西方列强在暗地里支持。在我看来，现在国号虽称为民国，其实仍奉行的是独裁的封建统治，自由和民主仍是一纸空文。"

余日章连连点头。

"我以为，就目前的国内形势看，要改变此种情况，一是必须抓军队教育，军队教育好了，可以让他们不再扰民，即使真的如先生所言，有一天会大量裁军，这些退伍的军人也不会聚而成匪，祸害一方；二是切实推行农民教育，提高国民的整体素质，让他们从几千年的封建桎梏中解放出来。这样独裁统治就失去了生存的土壤，民主与自由才不会成为一句挂在嘴边的空话……"

晏阳初侃侃而谈，听得余日章微笑着频频颔首。余日章的心里涌起一种久违的兴奋。想当年自己也是一腔报国热情，从哈佛毕业归来，总想把自己的一身本领回报给深爱的祖国。为此，他积极从政。可他哪里知道，入眼最多的却是官场的黑暗和腐朽，见得多了，失望也就越来越大了。

清朝灭亡了，民国来了，总统走马灯似的换了一个又一个。每个人

第三章　总会成立　茫茫海宇结同人

上台,都把孙先生的三民主义挂在口头,却从未有人真正实行过。农民的生活,反而比清朝末年还要糟糕。深感彷徨之余,余日章愤而退出政坛。后受中华基督教青年会之邀,方出任总干事一职。任职以来,夙夜忧叹,常常苦于无力为贫苦的同胞做一点点事而自责。今听晏阳初一席慷慨话语,如饮甘露,真是遇到知己了!

此时此刻,由于共同的信念和抱负,两个人都有相见恨晚之感。

晏阳初话音一落,余日章马上接过话题:"听晏先生之言,我也深以为然,这平民教育运动,的确是于我中华人民有利的一件大事。请恕我冒昧,有个建议,不知当说不当说。"

"愿恭听余先生高论。"

"我会也早有教育民众一心,今遇晏先生,可谓是殊途同归。真是天不薄我啊!我想,何不就在我们青年会设立一个平民教育科,由晏先生你任干事。如晏先生肯来,本会定会竭力帮助你完成此项事业。"说完,余日章满含希望地看着晏阳初。

余日章之言,正合晏阳初之心。甫一回国,他正愁没有一个很好的平台来操作此事呢,当即点头应允。

"好啊,余先生既有此意,阳初当勉力为之。"

两个人意见契合,兴奋异常,又详细讨论了许多细节,然后岔开话题,谈了些国内外的时事。看看时间不早了,晏阳初起身告辞。余日章把他送到门口,约他次日来此再细细商谈具体细节。

走到大街上,阳光暖洋洋地照在身上,十分的受用。8月的上海,太阳已经没有了十分的热力;高远的天空显露出浓浓的秋意。抬头望去,被高楼隔断的天幕上,一片蔚蓝色,是那么清丽脱俗。晏阳初不由得深深地吸了一口气,感觉是那么心旷神怡。

事情比他想象的还要顺利,这也让晏阳初心情舒畅。看来,目前国内有一大批忧国忧民的有识之士,他们都愿意为国家和人民做事。照此发展下去,平民教育运动定是一片光明。晏阳初好像已经看到了前面的曙光,脚下的步子也迈得更加坚定、敦实。

走得口有点渴了，路过一个茶铺前，晏阳初停了下来，掏出兜里的零钱，买了两杯茶水，他咕噜噜地喝了下去。茶是早凉好了的，那凉爽就一直滑到了心底。晏阳初放下茶杯，微笑着和卖茶的老人打了个招呼，继续向前走去。

晚饭过后，回到旅居的小店，打开窗户让凉爽的晚风吹进来。晏阳初站在黑暗里，静静地让自己激动的心情平复下来。然后，仔细地把自己的思路梳理了一遍。明天的商谈，他准备把自己的全部计划和盘托出。这计划在他的心里已经酝酿了一年多，也是到了将其付诸行动的时候。

第二天上午，等晏阳初赶过去，余日章早就到了，屋子里还坐着几个不认识的年轻人，正在说着闲话。见晏阳初进来了，余日章笑呵呵地站起来道："晏先生，我们等你很久了，这几位都是志愿到平民教育科来工作的，我给你介绍一下……"

余日章依次介绍在座的每个人，众人也都微笑着致意。

晏阳初一一和他们握手问好，心里很兴奋。看来伯格曼叫我来找余日章，真是找对人了，他的确是个很好的领导者和组织者，才一天工夫，就给我找来了这么多志同道合的人，办事效率很高啊。余日章留给晏阳初的初步印象就让晏阳初打心底佩服。

余日章等晏阳初坐下了，笑着说："晏先生，现在可以说是万事俱备，只等你的一声令下，我们就可以马上着手开展工作了。"

晏阳初连连摆手："余先生客气了，在下涉世未深，很多事情考虑得难免会不周详，今后还得仰仗各位多帮助。"

大伙都笑了起来，屋子里刚才还有点陌生的气息，被这笑声一冲，一下子融洽了许多。

接下来大家围绕着平民教育的话题侃侃而谈。每个人都说出了自己心中的平教理想，坦诚而直接。晏阳初认真地听着，听到一些有见地的话，他就会用心记下来。

等到晏阳初发言时，他先谈了自己在法国的经验和思考。然后，详细地谈了自己心里早就拟订好的平民教育计划。

"现在，我们最要紧的事，"晏阳初诚恳地环视了大家一眼，"就是先把我们的机构组建起来，然后深入调查，摸清中国平民教育的症结所在，选择一个合适的地区作为平民教育的试验区，对症下药。至于具体在哪个地区搞平民教育试验，我建议调查后再行确定。同时，鼓励和吸引有志于此的青年学子，加入到我们的队伍中来……"

大伙儿都点头赞成，纷纷表示同意。

在那时，谁也不会想到，就在上海这一间小小的斗室里，几个满怀激情的青年，经过一上午讨论，就为后来席卷全国的平民教育运动拉开了序幕，并进而将平民教育推向整个世界。

会议结束后，其他人陆续散去了。晏阳初一边帮余日章收拾东西，一边说："余干事，我准备马上到各地去走一走，仔细调研考察一下，先掌握第一手资料。这样也便于我们日后顺利地开展工作，你以为如何？"

余日章高兴地说道："那很好啊，我们现在对情况就是不大清楚。我支持你。不过，你可要有吃苦的准备哟。目前在中国，很多州县道路不通，全是崎岖的山路，只有靠步行。"

晏阳初淡淡一笑，说："没事的，我早就有思想准备。再说了，我本就是苦孩子出身，跋山涉水对我是很平常的事。"

余日章越发对眼前这个不怕吃苦、做事果断的年轻人赞赏有加："晏先生，有你这样的精神，何愁我们的事业不壮大啊！不过，几天过后，青年会年会要在苏州召开，到时全国的代表都齐聚那里，我建议你先参加完这次会议，在会上把你的平教运动介绍给他们，估计会收到很好的效果……"

"好啊！有这样好的机会，我当然要认真宣传一下了。"晏阳初高兴地说，"那我就先告辞了，没几天时间了，我还得回去好好准备一下，写个发言稿呢。"

看着晏阳初匆匆离去的身影，余日章欣慰地笑了。

3

民谣云：上有天堂，下有苏杭。苏杭二地，自古就是繁华富庶之地。这里地灵人杰，物华天宝，山川钟灵毓秀，人民富裕康乐，是人人争而向往的人间天堂。

9月的苏州，更多了一派欣欣向荣的丰收景象。田野里到处是一片金黄的颜色，太阳的朗照下，呈现出一幅迷人的丰收画卷。

一坐上从上海到苏州的列车，入眼便是优美的景色，时不时地会有一两个荷锄农人的影子从车窗前飞掠而过，偶尔还会听见几句不太分明的吴侬软语。

晏阳初倚在车窗前，看着车窗外渐次掠过的美丽景色，神思却飞了很远。他在想，如果真有那么一天，平民教育运动可以在全国蓬勃地展开，那无疑是一场教育革命，它将使中国目前占总人口80%的农民从愚昧的枷锁中解脱出来。到那时，神州大地何处不是一派繁荣与兴旺？！

余日章坐在对面，见晏阳初陷入了沉思，以为他在默想明天发言的事，赞许地看了他一眼，也不惊扰他，任他沉在自己的心事中。

旅途不远，坐车却也使人疲乏，没过多久，余日章就靠着椅子沉沉地睡去了。

晏阳初却了无睡意，思绪在飞速地运转。平民教育科是设立起来了，但真正了解它的人却不多，甚至很多人对此还有误解，以为平民教育就是偶尔实施救济教育，是由一些慈善机构牵头的。明天的会议，他一定要让与会的所有代表都对这项伟大的工程有一个全新的认识，然后由他们出面，辐射到全国，进而形成一股全民教育的热潮。

想到这里，晏阳初嘴角露出了一丝微笑。

抵达苏州后时间还早，有同行的代表提议去观赏一下苏州的园林。余总干事看了看晏阳初和大家，见没有人反对，就点头同意了。

苏州的园林艺术在全国乃至全世界的园林中，都占有很重要的地位。

第三章　总会成立　茫茫海宇结同人

在这里，各种园林风格都是那么自由率性地张扬着，林林总总，不一而足。要欣赏苏州的美景，首选当然是苏州园林。

晏阳初第一次到苏州，观赏了几处园林后，不禁为苏州优美的园林艺术所深深陶醉，可他更多的心思还是放在明天的事情上。一路行来，晏阳初都在仔细观看街道两边，除了几所实施国民教育的中学外，他没有看到一处平民教育机构，这让他略略有点失望。同时也让他认识到，平民教育是多么迫切和必要。

第二天上午，余日章和晏阳初早早地来到会场，到会的人还不多，有几个人在走廊里说着闲话。余日章把晏阳初领到会场，简单交代了几句，就赶去忙自己的事情了。

晏阳初静静地坐在台下，把自己今天要说的话又默想了一遍，觉得差不多了，就仔细地打量着大厅里。陆续有代表进进出出，相识的笑着打招呼。来去都是些陌生的面孔，晏阳初也不上前与人闲聊，只是安静地享受这片刻难得的闲暇和轻松。

年会开始了，总干事余日章亲自主持会议。他大声宣布了年会的议程，然后是各科干事上台发言时间。一切都井然有序地进行着。晏阳初坐在台下，认真地听着代表们一年来的工作总结。

等一个个代表上台讲话完毕，余日章大声地说："各位代表，我基督教青年会，目前新设立了平民教育科，相信很多人都还不甚了解。下面，我们有请从美国学成归来的晏阳初干事发言……"

"晏阳初？""晏阳初？"代表中有人悄悄议论这个名字，他们早就听说过了，就是那个在法国教华工识字的青年吗？

晏阳初站起来，微笑着走向主席台，代表们礼貌地鼓着掌。

晏阳初站到发言席，环视了一下台下的代表，清了清嗓子道："诸位，承蒙余总干事垂爱，愚勉力任平民教育科干事。今天，有幸和大家聚在一起，畅谈国事，共谋民族兴盛之道，在下不胜荣幸感激。

"刚才，在听到我的名字后，有代表在疑惑，是不是那个在法国教华工识字的晏阳初？是的，我就是那个在法国援教的晏阳初。不承想，我做了这么一点小事，祖国还有人记着我，我感到十分高兴，也非常惭愧……

"平民教育科的设立，我认为是一件意义重大的事。当然，这也是我下决心毕生追求的理想。在座诸君，每天都在为人民做着有益的事，但我认为，在目前的中国，不开启民智，做起事来是非常难的，也很难让普通民众的困苦生活有太大的改善……

"古人说：'民为邦本，本固邦宁。'在美国，我是学政治的，到法国一年与华工们朝夕相处，我认识到了苦力的潜力和力量。目前的中国80%以上人口是苦力，仅有少数不是苦力的人，也是靠卖苦力来穿衣吃饭的。这使我认识到，一国政治经济的基础是劳苦大众，如果这占绝大多数的苦力不开化，政治就不会走上正确的轨道，经济也就不能发展，国家的繁荣富强也就只是一句空话……

"认识问题并不等于就能解决问题，要解决问题，还得我们脚踏实地去干。当我认识了苦力的'力'以后，就决定不干政治工作了。我要许身于中国三万万五千万的劳苦大众，从事平民教育事业。因为这三万万五千万人，正如在法国的二十万华工一样，是一些无知无识的苦力。自1918年起，我就一直在找一条切实可行的道路，现在，幸而有余总干事和在座各位的支持，我感到万分的荣幸……

"今年回国，甫抵国门，我就又碰到一桩欺虐苦力的事件。当我在上海下船后，雇了一辆人力洋车拖运行囊。洋车前面走着一辆洋人的马车，那个洋人神气十足，非常威风。当洋车车夫从旁边经过时，那个洋人竟无理地用鞭子抽打洋车车夫。中国的苦力即使是在中国的上海仍然在遭受践踏，我看后心里很久都不能平静，也就更坚定了自己从事平民教育的信念……

"回国后，我是满腔热血，但茫茫海宇，真不知该从何处着手。现在的中国，随着'五四'运动的深入，'科学'与'民主'被提到首要位置，国民教育已开始被人注意，但只是零星的慈善性的，以儿童为范围，像贫儿学校一类的设施。有组织、有系统地用科学方法去研究试验，以一般苦力为对象的平民教育,尚一点也没有。所以,要找到一个能从事苦力教育的机构,去工作、去为之努力,实在不容易。真是有幸,碰巧遇到余日章先生,与他有一席恳谈。余先生问我回国后有什么抱负,我向余先生畅论了平民教育的重要,并说明了自己要献身于三万万五千万苦力的决心。余先生极为赞同,特在青年会创办平民教育科,邀我主持。于是,才有了今天在这里与大家的交流……

"在法国普兰的华工营总结会上,我曾经向人们表示过我的志向。今天,当着在座的诸君,我依然会庄严地承诺:我晏阳初学成归国后,一不图做官,二不想发财,我将把我毕生的聪明与智慧献给祖国需要我的劳苦同胞,为平民教育事业,终我一生,无怨无悔!"

晏阳初说完后,深深地鞠了一躬,沉着地走回了座位。回应他的是经久不息的热烈掌声。

4

秋天的上海,从黄浦江上吹来的一阵阵微风,带着阵阵令人舒适的凉意,让人很是惬意。1920年9月,晏阳初告别舒适、美丽且又令人惬意的上海,踏上了他的全国考察之旅。出发的时候,他只带着几件换洗的衣服和一些必备的生活用具,告别许雅丽后就轻装出发了。这一次,他准备走遍祖国的大江南北,深入实地进行考察,为今后平民教育运动的开展,准备第一手翔实的资料。

晏阳初把先前回国穿的西装脱下来,装进包裹,身着一身朴素的长衫,脚穿一双草鞋,手中拎一个装衣物的小包袱,完全是一副山里人的打扮。

第一站到达南京,晏阳初稍事停留后,就启程北上山东了。在仔细考察了山东的教育状况后,再继续北上,奔赴北京。

到了北平,已是秋尽冬来。北国的冬天到处是一片萧条和寒冷。从温暖的南国一下子进入这奇寒的北国,晏阳初还真有点不适应。

花了几天时间,晏阳初先走访了北京一些社会团体或慈善机构所创办的业余夜校、工读学校，发现这些学校都不成系统，教学时间少，学员人数少，而且缺少教材，收效甚微。他把这些现象和自己的看法，都详细地写到了自己的考察笔记里。

在北京考察的日子里，晏阳初专门抽出时间，去走访了自己的旧时同学——王正廷、蒋廷黻。

故友重逢，十分高兴。三个人坐在一起，叙谈别后情形。回想起那些艰难而纯真的日子，那为着自己理想打拼的求学岁月，大家都嗟叹不已。

王正廷将晏阳初、蒋廷黻请到自己家里，设宴招待。他们美国一别，已近五年，几年的时间里，彼此都有太大的变化，说着说着，话题转向了晏阳初的法国之行。

"遇春，你在法国教同胞识字的创举，真令我辈振奋啊！"王正廷高兴地说。

"是啊，我也去法国援助华工了。对遇春的这些故事，了解得很清楚，就是现在，我每每与人提及，无不交口称赞。"蒋廷黻也点头附和。

"你们不知道，正是有了法国一年多的援教经历，才让我决定一生为平民教育事业奋斗。这次到北京，也是为了调研考察，以掌握第一手资料，好开展下一步的工作。"接着，晏阳初把回国后的经历一一告诉了两位好友。

二人听后感慨不已，王正廷深有感触地说道："是啊，想当初我们都是怀着振兴中华的决心去美留学的，期待学成归来，报效祖国。可现在时逢乱世，报国无门，每每想起，徒增气闷。倒是遇春你一心下忱，不问政事，令我辈惭愧啊……"

蒋廷黻也摇头叹息："当今的中国，战乱频仍，民不聊生。我辈读书人，空有一腔热情，苦于找不到强国之路啊……"

晏阳初趁机怂恿："真是这样，我非常欢迎你们加入到平民教育中来。随着平教运动的日益壮大，也需要越来越多的像你们这样的人才呢。你们何不到平教运动中一展身手？"

三人相视片刻，都哈哈大笑起来。

第二天，二人引荐晏阳初去拜访了时任教育总长蔡元培。

蔡元培先生亲自接见了晏阳初。在听了他详细地阐述完平民教育的宗旨和任务后，蔡元培高兴地说："晏先生，你这是在做一件于国于民有功的大事情啊！这些工作都是政府应该做而没有能力完成的，我个人对你的付出，表示由衷的钦佩和支持。"

晏阳初笑了："蔡先生，你过奖了，平教运动今后还得多多仰仗你的支持呢！"

蔡元培真诚地说道："你放心，只要是我权力范围内力所能及的事，我一定全力支持晏先生和你的平教事业。"

短短几个小时的会见，蔡元培详细地向晏阳初介绍了全国的教育状况。晏阳初认真地听着记着，脑海中对全国各地的教育水平也渐渐有了个整体的认识。

在一年多的考察中，晏阳初的足迹遍布十九个省，人变得黑瘦多了，但也精神多了。随着调研考察的深入，平教运动的任务和全局的计划，在他脑海中逐渐形成了清晰的概念。

回到上海后，他在考察总结中这样写道：

"……中国目前的平民教育水平十分落后，全国四万万多人口，尚有三万万五千万人处在不识字的蒙昧之中。当然，世界上也不仅是中国，即使在较为发达的美国，文盲也有十分之一的数量，其中土生白种人也不在少数，平民教育的道路任重而道远……个别城市和乡村零星的贫民夜校、工人夜校，收效甚微。他们没有组织，缺乏教师，没有专门的教材……种种现象都为即将展开的平民教育提出了严峻的课题……

"……在考察中我发现，现在国内办平民教育有三大困难：第一是'穷难'——因为他们穷，一天到晚忙于生计，无暇接受教育；第二是'忙难'——他们终日忙碌，没有多余的时间上学；第三是'文难'——中国文字太难学习。要解决这三大困难，就必须使平民教育成为经济的（以最少的金钱，收最大的效果）、简单的（以最短的时间，获得充分的知识）、基础的(授予最实用的知能,像看报、写字等)苦力教育,才能易于执行。同时,我觉得目前中国百分之八十的国民,连'最低限度'的本国文字都不识,遑论其他应兴应革的大事!因之平教运动第一阶段的工作,即以识字运动的姿态而出现……"

晏阳初把平民教育第一手的准备工作做得差不多了,与许雅丽的感情也越来越浓烈。每次从外面考察回来,许雅丽总会早早地赶去迎接他,而每一次的分手,两个人都是那样难舍难分。相聚的日子里,两个人已经商定好了,等考察结束,晏阳初就回四川老家拜见母亲,说明此事后,二人就成婚。

为此许雅丽专门跑到照相馆,给未来的婆婆照了几张自己的相片。相片上,许雅丽幸福地笑着,一脸的灿烂。

5

一踏上回巴中老家的路,晏阳初就心潮澎湃,难以平静。多少次思乡之苦牵萦着游子的心,梦中母亲白发苍苍的容颜,倚门回望,几多次让他梦醒后泪湿枕衾。

九年了,距上一次的相聚又是九个年头了。母亲的额头肯定又刻上了很多皱纹,头上又添了许多白发。儿行千里母担忧,每一次信中,母亲都是再三地叮嘱他,不要想家,不要考虑她的身体,有家中亲人的照顾,她很好,要他好好地做好自己的事业。

九年的漂泊中,故乡无时无刻不在梦中温馨呼唤:南龛坡上的悠悠石龛,可曾忆起那懵懂岁月的光顾;王望山上的郁郁古松,是否记得那童稚的欢语?巍巍白塔山是否还每日身披霞光万道,眷恋着巴中城;涓涓巴河水,依旧清澈地流淌,可还沉淀着我儿时的梦?

返乡途中,这些早就熟稔于心的故乡山水,全生动地浮现在晏阳初眼前。还有童真岁月里悠远的往事、小伙伴爽朗的笑声、庙会上方言的唱腔……都会出现在晏阳初的记忆里。

晏阳初常常沉入这些温暖的回忆中。是啊,这一别就是九年,我深爱的巴山,我回来了!母亲,你日夜牵挂的幺儿回来看您来了!

想起母亲,晏阳初的眼睛湿润了。

船到重庆,晏阳初便上岸步行。重庆到巴中,尚有近一千里的路程,几乎都是山路,崎岖难走。有钱人往往会雇一乘"滑竿",由两个人抬着,四个人轮流交换,一摇一晃地上路。

山坡上不时可见坐在滑竿上悠闲的有钱人,大多是一副为富不仁者的嘴脸。抬滑竿的人精赤着身子,满身是汗水。

晏阳初没有衣锦还乡的念头,一路上仍和数年前求学时一样,爬山越岭,大步向前。抬滑竿的人不时上前来问晏阳初是否需要乘滑竿,他拒绝了。要走山路了,他便将衣服包起来,拄上一根竹棍,完全是一副山里人的打扮。时值国乱,土匪猖獗,但一看他那穷酸的打扮,一路上根本无人打他的主意。

山区秋日常常是连绵阴雨。晏阳初此次回乡,恰恰碰上了这样的阴晦天气,山路泥泞不堪,行走十分困难,让人提不起精神。可晏阳初归家心切,根本顾不上这些。遇到太湿烂的道路,很多人都会停下不走,他却不,干脆脱下鞋子,打着赤脚,高高地挽起裤筒,拄着竹棍,在同行人诧异的目光中坦然地走过去。

半个多月的艰难行程中,他晓行夜宿,常常与"背二哥"为伴,重温了少年时的经历,也更深刻地认清了苦力的艰辛与磨难。一路上他常常和"背二哥"们亲切地交谈,问他们的亲人、家庭、收入情况。"背二哥"见他性情温和,言语随和,也都对他很友善。艰难跋涉中,晏阳初往往是告别了这一伙"背二哥",又与另一伙"背二哥"相伴同行。

十多年过去了,自己已从当初那个懵懂的少年长大成人且留学美国学成归来,但"背二哥"们苦难的生活不仅没有丝毫的改变,相反,由于民国的兵祸连年、土匪横行,他们的日子变得更加艰难,可谓雪上加霜。路上很不安全,如果人少了,他们根本不敢上路,怕遇到土匪,货物被抢还是小事,最怕的是连性命也丢了。

渴了,喝几口山涧水;累了,在农家的屋檐下稍事休息;夜晚,投宿在山间幽静的小店里。晏阳初总是高高兴兴地和"背二哥"们一起，像童年时代一样，在一大脚盆的热水里洗脚，一边洗，一边呵呵地打笑，丝毫也不嫌脏，直到把一盆清凉的水洗得浑浊不堪。

夜深了，"背二哥"们经历了一天艰辛的跋涉，都进入了甜蜜的梦乡，有的还打着响亮的鼾。晏阳初却怎么也睡不着，白天经历的一幕幕浮现在眼前：山里农民生活的艰辛，"背二哥"生活的窘迫，都让他心里堵得慌，嗟叹不已。还有，母亲那双殷殷期望的眼睛，一直在他的头脑中闪现，让他一想起就满心愧疚，其中还夹杂着许雅丽送别时楚楚凝望的眼神……这些画面交错在黑暗里闪现，让他辗转难眠，让他心驰神往。而更让他挂念于心的，是那方兴未艾的平民教育事业。

户外山野的夜风一阵又一阵响亮地刮着窗棂，潮湿的风从破裂的木格缝里挤进来，吹在脸上，很凉很凉。风停的时候，山里各种自然界的声响此起彼伏地应和着，清远而又幽深。屋子里，蛐蛐的吟唱要么在床头，要么在床尾。偶尔还有小店主人那只大黄狗凶猛的吠叫，更显得夜的幽静和空旷。

不知什么时候，晏阳初迷迷糊糊睡着了。

一踏上巴中的热土，扑面而来的故乡泥土的气息，竟是那样沁人心脾！真是老天眷顾，连日不开的雨天，也终于放晴了。它一扫往日的潮湿阴沉，天高气爽，白云流岚，黄鹂鸟在高远的天空和鸣，好像是在即将飞往南方越冬的时候，与挚爱的家园作最后的道别，它们的叫声是那么爽心悦耳。远远望去，经过阴雨洗刷的天地间，是那么干净明澈，远山如黛，流水淙淙。近处的山野间，枫叶全红了，一大片一大片的，空气里平添了许多喜气。

九年后再返故乡，时光流逝，早已物是人非。晏阳初的心里很激动，这里既有急于见到阔别多年的家乡亲朋的渴望与欣喜，更有一份说不清楚的惶惑与恐慌。九年了，三千多个日日夜夜，乡音未改，但故乡是否面容依旧，她还会微笑着接纳我这不羁的游子吗？

常常遇到陌生人善意的招呼，他都会手足无措，一句正宗的巴中方

第三章　总会成立　茫茫海宇结同人

言,都让他如沐春风。

近乡情怯啊!

近了,更近了。翻过了天马山,远远地就望见了三江口。三江口是巴河、鳌溪河、恩阳河的交汇之处。此处江面宽阔,水流平缓,远远望去,一片碧波荡漾。小时候晏阳初曾经多次随父亲到此游玩。

看着这熟悉的江水流淌,晏阳初一时百感交集。见天色已晚,他顾不上喘口气,急急往前赶。终于在天黑前,赶到了百花溪渡口。这里是晏氏祖籍地,巴中姓晏的人大多由此迁出。

这天晚上,晏阳初便借宿在百花溪祖居老屋里。夜深了,他还无睡意,静静地听着身后白马山上呜呜的风声,远远地,百花溪渡口传来有人喊渡的声音,混杂着昆虫咯咯喏喏的低鸣,像一曲深情的小夜曲。听着听着,不知不觉中晏阳初满足地进入了梦乡。

第二天,晏阳初很早就起床了,他告别族人,急急地赶往巴中。这里距离巴中已经只有三十多里的路,虽然仍是崎岖难走,但他紧走慢赶,终于在中午时分赶到了与巴中一河相隔的杨家坝。

巴中城已经遥遥在望了。脚下的巴河虽没有了夏日的恣肆汹涌,却是那么清澈见底。在秋日暖阳的照耀下,古老的巴中城是那么恬淡、从容,静静地伫立在群山的怀抱之中,南北两面,南龛坡和王望山的枫叶早红了,火一样的绚烂。

晏阳初不由得加快了脚步。

走过布满卵石的河滩,穿过南坝城郊农民成片的菜园,晏阳初一口气赶到了小东门。

映入眼帘的还是那古旧的街道,低矮拥挤的木楼。九年不见,巴中城的变化并不大,从变化极少的建筑上很难看出时代更迭的痕迹。它更像一位被时光遗忘的老人,只是在煦暖的阳光下,安详地晒着太阳,许多年如一日地迷糊着。晏阳初心里涌起一股股的暖流,这些熟悉的街巷、房屋,承载了他多少儿时的梦幻!他只觉得两只眼睛看不够,贪婪地注视着这些在梦里都牵绊着他的熟悉的街道,低矮的房屋、斑驳的角巷,他要把它们全装进心里。

有人认出他了,一个老人热情地和他打招呼:"这不是晏家幺娃娃吗?你去美国留学了?你可回来了,你娘天天念着你呢!"

晏阳初连忙点头:"是啊,我回来了,您老人家身体可好?"晏阳初一时没回忆起老人是谁。

"好!好!"老人高兴地说,"托幺娃儿的福。"老人又支唤一小孩,说:"山娃子,快去你二婆婆家里通报一声,说到美国留学的幺老子回来了,他们家里人都等急了呢。"

小孩"哦哦"应着,好奇地看了一眼这个喝过洋墨水的"幺老子",然后飞快地跑过去了。

街道两边的人都热情地和晏阳初打着招呼,醇醇的家乡方言,让晏阳初心里涌起一股股的暖流。

远远地晏阳初就看见家门口有人张望。二嫂眼尖,第一个看见他,大叫一声:"老幺真的回来了!"说着就飞快地跑进了里屋。

晏阳初快步跑过去,刚一走进院子,就听见母亲房里有人在说话:"娘,老幺回来了,幺娃儿回来了。"是二嫂喜悦的声音。

"真的啊!"晏母的声音很微弱。

听见母亲的声音,晏阳初的眼泪唰的一下就出来了,他也顾不得擦,扔掉手里的行李,飞奔进母亲的房里。

晏母本来卧病在床,一听见幺儿的声音,高兴得一下子坐起来了。

"娘,我回来了。"晏阳初奔过去,跪在床前,抱住母亲,号啕大哭起来。

晏母也不住地哽咽,紧紧抱住幺儿的头。

"云霖,你可回来了,回来就好,回来就好!"

二嫂看着母子俩喜极而泣的样子,悄悄拭了拭眼角的泪,退了出去。

母子俩哭了很久,晏阳初才止住眼泪,抬起脸仔细地端详母亲。

晏母比几年前老多了,满头的银发,脸上满是岁月刻下的痕迹。与九年前相比,晏母的气色差多了。晏阳初陡觉一阵心酸,眼泪差点又要流下来。原来自己一天天地成长，母亲却在加速老去！

晏母伸出手，颤颤巍巍地捧住他的脸："云霖，让娘摸摸你的脸。"

晏母的手在晏阳初脸上轻轻地摩挲，喃喃地说道："我儿又长大了，有胡子了呢。"母亲的声音里充满了满足和骄傲。

晏阳初这才发现，母亲的眼睛是那样呆滞，心里一惊，忙问："娘，你的眼睛怎么了？"

娘开心地笑了："云霖，不碍事的，娘的眼睛看不见，可娘摸得着。"

"啊？！"晏阳初心痛如割。

二哥不知何时已站在了身后："娘的眼睛昨年就看不见了，她身体这两年很差，上年纪了，又天天望你回来……"二哥没再说下去。

晏阳初听了，抓住母亲干枯的手，眼泪又簌簌地流了下来。

"好，回来就好了，不要再伤心了。人老了，都免不了有个三灾八难的。"晏母豁达地说道，"娘眼睛虽然看不见了，心里可明白着呢，我云霖干的是大事业，娘天天为你高兴呢！"

二嫂在旁边插嘴："老幺，你不晓得，娘这几个月身子弱得很，一直是卧病在床，今天听说你回来，她才一下子坐了起来。看来你一回家，娘的病马上就好了不少……"

大家都笑起来。

晏阳初坐在床沿："娘，今天外边太阳很好，我背你去晒晒太阳，好不？"

"好，好啊！"晏母高兴地笑了。晏母挣扎着起来，二哥也赶忙过来帮忙，晏阳初慢慢地把娘背到了灿烂的阳光下。

二嫂早进屋搬了把躺椅，垫上厚厚的褥子，放在院子里。

晏母坐在太阳里，安详地闭着眼，说："这太阳真暖和，唉，娘是真的老了。云霖，这里有你二嫂陪着，你和你二哥去说会儿话吧。"

晏阳初点点头，兄弟俩走进里屋去了。

晏阳初从二哥的口中才得知，母亲这几年的身体一天比一天差。去年冬天，寒雪天里又害了一场大病，差点没挺过来。母亲怕见不到他了，常常暗地里流泪，最后失明了。可母亲再三叮嘱二哥，不准把这些写进信中，怕影响了他的工作。

"二哥，这些年辛苦你们了。"晏阳初两眼潮湿。

"自家兄弟，说这些干什么。回来了，就好好陪陪娘。对了，老幺，你的终身大事怎样了？娘天天都在问呢。"二哥说。

"已经订婚了，这次回来禀报了娘，等回到上海就举行婚礼。"晏阳初掏出许雅丽的照片给二哥看，"本想拿给娘看，可她的眼睛……"晏阳初神色黯然。

"拿去给娘看啊，看不见没关系。她一直念叨着你的婚事，这可是她天天挂在嘴边的事。你说给她听，娘心里的石头就落地了。"二哥催促道。

晏阳初和二哥走回到院子里。

"娘，老幺要结婚了。你看，这是你幺儿媳妇儿的相片！"老远二哥就说。

"真的？"母亲一下子从躺椅上坐起来。

接过相片，晏母小心地摸了一遍又一遍，将相片交给二嫂："老二，你给我说说看，姑娘长得怎样。"

二嫂接过相片看了："娘，长得很俊哟，看来你幺媳妇也是个读书人。"

"是啊，她叫许雅丽，父亲是中国人，母亲是荷兰人。雅丽现在在上海教书呢，娘。"

"这下娘就放心了。"母亲又躺下去，把相片放在胸口，"云霖，你也不小了，是该找个媳妇照顾一下自己了。"

"娘，等告诉您，我回上海就结婚。"晏阳初说。

"好啊，好啊，早也该了。"母亲欣慰地笑了，慈祥的笑容在秋阳里暖洋洋地舒展开来。

第二天一大早，晏阳初就在二哥和侄儿的陪同下，去父亲的坟上拜祭。

父亲的坟茔，静静地掩映在葱郁的松柏林间。这是南龛坡下一处不

第三章 总会成立 茫茫海宇结同人

错的平缓的墓地。父亲生前最是钟爱南龛的美丽风光，还有这里丰厚的文化沉积。现在他终于永远静静地躺在这里了。与父亲紧邻的，是客死巴中的魏牧师的坟墓。如今他们的坟头都长满了荒草，虽已是萧萧秋日，那茅草于枯败的叶片中，还绽着零星的绿意，在秋阳的映照下，显得是那样幽静、安闲。

摆好了祭品，晏阳初跪了下去，在父亲的坟前恭恭敬敬地磕了三个响头。然后又在魏牧师坟前，凭吊祭拜了一番。

下了山，晏阳初回头望去，南龛坡依旧是一片葱绿，山顶高耸的飞霞阁，被林木环环拥抱着。被高树掩映的大庙里，钟磬声绵绵传来。多少兴衰和感慨，都掩蔽在巍峨的南龛山的凝视中。

接下来的日子，晏阳初走访了一些久违的亲友，其余时间就待在家里，天天陪着母亲。

那几日天气很好，阳光温暖，母子俩坐在院子里，晏阳初就慢慢把一些有趣的事说给母亲听。母亲常常在他的故事里睡过去，当然，更多的时候，母亲更喜欢听他讲许雅丽。

晏母安详地躺在椅子上，每一条皱纹里都盛满了笑容。

这一天，晏阳初正在陪母亲闲聊，二哥进来说，县文教科请他去做客。

晏阳初欣然前往，在文教科科长的陪同下，他参观了县城里的义务学校，仔细地询问了相关的问题。看得出，老家的这两所义务学校只是个样子，其实际工作做得很少，这让晏阳初更觉得平民教育担子的重大。

转眼间，回到巴中已经有近两个月的时间。那天刚起床，晏阳初正在院子里锻炼身体，有个邮差送来一封信。

晏阳初一看地址，就明白是上海总部在催促他回去了，那里还有一大堆的事情等着他去做呢。他怕母亲知道，轻声打发邮差走了。

晏母在里屋早听见了，心里明镜似的。早饭的时候，晏母对晏阳初说："云霖，你做你的事去吧，不要牵挂娘，有你二哥二嫂照顾，你只管放心地走吧。"

晏阳初的眼睛湿润了，终于说起了这些年来自己的工作。"娘，这些年来，我到过国外，国内也走了大半，现在的中国人得了三种病。第一，就是瞎病，绝大部分国民既不识字，又不能读书看报，这不是瞎子是什么？第二，便是聋病，不知道国家大事，不知道社会情况，即便是有耳也是无耳。第三，就是哑病，不参与社会大事，默不作声，有嘴巴也不说话，不是哑巴又是什么？可庆幸的是现在古风犹存，至少大家都承认读书是好的……儿子想在这些方面做些事情……"

"儿啊，娘虽然没有读过书，但咱晏家世代都是读书人，耳濡目染，你说的这些，娘自然是懂的……你做的都是大事，娘自然是支持你的……你做这些事情，现在社会上也有一些传言，娘也知道一些。娘虽然年龄大了，但也不想你留恋家乡……"不等晏阳初说完，晏母就止住了晏阳初的话题。

"娘，孩儿不孝，不能在身边侍奉你了。"晏阳初哽咽道。

"去吧，去吧，我云霖做的是大事情，娘高兴都来不及呢！"母亲豁达地说。

东方的太阳缓缓升起，静静的巴河无声地流淌，像是知道游子又要远行。

第二天一大早，晏母吩咐所有人都不准送行，只在家里告别。分别时晏母努力坐起来，颤颤巍巍地帮晏阳初整理着衣领，平静地说："云霖，自古忠孝不能两全。你是干大事的人，只管放心地去吧！"

晏阳初使劲点了点头，努力让眼泪不流出来。辞别慈母，又匆匆启程了。晏阳初一步三回头，泪眼朦胧里，母亲倚在椅子上，望着他远行的方向，是那样安详、从容。

晏阳初猛一转身，大步走了开去，眼泪却止不住哗哗地往下流，他也不管，只是一个劲地向前走。

大家一直看着晏阳初离开的方向，待看不见晏阳初的身影时，突然听见晏母号啕大哭起来，久久都没停下来……

6

1921年9月23日,是晏阳初和许雅丽结婚的大喜日子。

早在几天前,两个人就通知了在上海的亲友,还有许雅丽学校的同事。晏阳初没有叫老家人来,路程太远,往返时间太长,再说了,路上也不安全。许雅丽远在美国的父母也没有来,家里来的人是她几个姐妹。

头天晚上,晏阳初和许雅丽一直忙到深夜,回去有点晚了,觉得有点疲乏。可第二天天没亮,晏阳初就又醒了。外面漆黑一片,上海的街道也还寂静得很,他就在这凉凉的夜色中向许雅丽的宿舍赶去。

才走进女子学校的大门,远远地就看见许雅丽房间亮着灯光。许雅丽也早起来了,晏阳初在心里笑了一下,快步走了过去。

正要推门,门开了,许雅丽的妹妹许灵毓从屋里走出来。陡然见到晏阳初,她吃了一惊,笑着打趣他:"二姐夫,这天都还没亮呢,你就赶过来了,是不是也太性急了?"

说完,嘻嘻地笑了起来。

许雅丽闻言也走到门口,见了晏阳初,竟有了几分娇羞,完全没有往日的爽朗和洒脱。

"阳初,你来了,还早着呢!"她看了看外面还漆黑的天空和空寂的操场。

"睡不着,就早点赶过来了。"晏阳初微笑着说。

"二姐也一晚睡不着呢。"许灵毓在一边笑,"看来,你们俩都被喜悦搅得心慌慌了。"她对许雅丽做了个鬼脸,"二姐,还不让你的如意郎君进屋去啊,这外边可有点凉,小心把新郎官冻着了。"

许灵毓嘻嘻地笑着。

许雅丽和晏阳初都被闹了个大红脸。许雅丽忍不住,跑过去打妹妹,许灵毓早嬉笑着闪到一边去了。

晏阳初进了屋,看见桌上摆着许多花饰,床上放着结婚的礼服。看来,姐妹俩正忙着为装饰教堂打理一切呢。

"二姐夫，你先坐着，我还得和二姐商量一下装饰教堂的细节。等一会儿天亮了，我们好赶过去，你再和二姐商量吧。"

晏阳初坐在桌前，说："你们忙吧！我在旁边看着你们做。"

不知不觉间，天就渐渐亮开了。9月的清晨，凉爽而宜人。晏阳初走到窗前，拉开窗帘，让第一丝晨曦透进室内，几缕秋风也偷偷溜了进来，好奇地打量着满室喜庆的红色。

两姐妹还在忙碌地扎着各式各样的花。看着许雅丽专注的神情，晏阳初的心里有一阵阵温情流淌，从今天起，这个美丽娴静的女人，将和他一生相依相伴了。

陆续有客人来到小屋。先是许雅丽学校里要好的同事和姐妹，见晏阳初已在房间里，其中一个人拉过许雅丽悄悄说了几句话，就哈哈大笑起来，羞得许雅丽低下了头，又抬起来，不胜娇羞地望着晏阳初。

隔了一会儿，青年会几个同事也赶过来帮忙了。许灵毓招呼着大家，抱着买来的花饰和姐妹俩连夜赶做的红花，到教堂布置去了。

天色已经大亮，东边的天空有一丝红色。看来又是一个美丽的晴天，学校里的师生也早起来了，到处充满了声音，跑步声、晨操的哨声。远远传来街上小贩叫卖早点的声音，是那样清脆，传入耳内的是一波又一波的喜悦。

晏阳初和许雅丽相对坐着，竟一时无言，但二人心头都充满了新婚的甜蜜和喜悦。

上午，金色的阳光从楼房间漏下来，给这婚礼增添了几分喜庆。晏阳初和许雅丽穿着喜庆的婚礼服，身后簇拥着一群同事亲友，他们在伴郎伴娘的搀扶下，有说有笑地向圣约翰教堂走去。

主持婚礼的牧师是熟人，早早就身着礼服等在了门口。见了晏阳初他们，连忙吩咐唱诗班唱起了欢快的圣诗，钢琴师早已弹起欢快的婚礼进行曲。

等客人们坐好，牧师庄严地把一对新人引到台前，手持《圣经》，大声问道：

"晏阳初先生，你愿意娶许雅丽女士为妻，并一生爱她吗？"

晏阳初手抚《圣经》，大声回答："我愿意！"

牧师又转向许雅丽：

"许雅丽小姐，你愿意嫁给晏阳初先生，并一生爱他吗？"

许雅丽柔声回答："我愿意！"

牧师微笑着把两个人的手合在一起，庄严地宣告一对新人喜结连理。坐着的亲友都欢呼起来，一边的同事把礼花纷纷撒向晏阳初和许雅丽，衷心祝福这对新人美满幸福。

晏阳初拉起许雅丽的手，把早就准备好的戒指轻轻地戴在她的手指上。许雅丽微微一笑，也把一枚攥在手心的戒指戴在了晏阳初的手指上。

一对新人紧紧地依偎在了一起，脸上洋溢着幸福而灿烂的笑容。经过多年的苦恋，这一对有情人终成美满眷属。

结婚后，碧眼金发的许雅丽作为晏阳初的妻子，按照中国习俗，到哪儿都穿着一身长袍。婚后不久，为了支持丈夫的事业，许雅丽就毅然辞掉了自己的工作，全身心当起了贤内助，把丈夫的事业当作了自己的事业。不管后来遇到了怎样的磨难，两个人都是相携、相持、相爱，并肩走过的。

从此以后，许雅丽成了丈夫晏阳初不可或缺的同志和助手，一生风雨同舟，不离不弃。

7

上海青教会总部平民教育科的同事，青年会总干事余日章以及刚刚自法国回到国内的傅若愚，还有有志于平教事业的饱学之士——黄沧渔、杨冯署、胡贻谷、范子美、谢扶雅等人团团围坐，正讨论当下中国的平民教育，商议下一步工作。

晏阳初坐在那里，眉头紧蹙："虽然现在各地也有一些通俗学校、平民学校、夜课校，但多是有名无实，甚至绝大多数是失败的。"

晏阳初想起了一路所见所闻，接着说道："通过前一段时间的调研和分析，之前的平民教育之所以失败，我觉得原因有三：一是教员没有经验，教授这些目不识丁的成人比教大学生要难得多，现在这些办平民学校的大多是进步青年，既无时间也无经验，所以失败；二是没有组织，大家各自为政，彼此之间也无经验交流，不明白优劣所在；第三是没有好的课本，这些平民学校用的是国文小学课本，学习后一时难以奏效，不能学以致用，学生的学习积极性自然会消退……"

余日章等人也点了点头，颇以为然，沉吟道："阳初，你说的人员和经验交流这个倒也好办，我们青年会以后全力以赴就是，但这课本……"

傅若愚有在普兰和晏阳初一起教授华工识字的经验，皱了皱眉头，附和道："是啊，教授华工识字，虽然也很困难，但华工都是工人，人员结构相对简单，况且也相对集中……现在要有一个统一的识字课本确实有些难度……"

晏阳初点了点头，望着在座的各位，缓缓道："是的，原来编写的华工教材自是不能再用……国内的平民有三万万之多，工人、农民、贩夫走卒，男女老幼无所不有，人员结构复杂，必须从实用与生活的角度出发，重新编写一本普遍适用的教材……"晏阳初停了一下，补充说道："这教材还要结合当今时局，要让平民学习后立马就能读书看报，立竿见影，这样才能够快速收效……"

黄沧渔等人立马点了点头。晏阳初似是早有准备地继续说道："既然这些字要能尽快用于实践，起到立竿见影的作用，那么自然要从现在流行的儿童用书、杂志、小学课外读物、古今小说、杂类等各种流行的、通用的语体文中搜集，查找其中使用频率最高的一千字……"

"还有，这些民众都目不识丁，每课既要有图画、生字，还要有拼音……"

谢扶雅顿时眼前一亮，这位幼年就熟读中国传统文学经典，留学美国的饱学之士立马操着浓重的江南口音，兴奋地说道："如此甚好！这样一来，平教可期，大事可成。"

胡贻谷也拍手道："阳初这个点子好……嗯，以后教授的时候也按这个顺序来,图画是已知的,生字是未知的,从已知到未知,循序渐进,如此甚好……"

几人当即议定,教材编写工作由黄沧渔来具体承办,晏阳初等人参与。接到任务后,平民教育科立即行动,前前后后动员五十余人,一共搜集了一百五十万字的材料。首先,按照事先商议的满足经济、简单、基础三个条件,尽量搜集民众日用的文件以及中国白话文的书刊,如小说、戏剧、民歌、账簿、文契、告示,甚至是街名、商店、招牌等。其次,统计各个字出现的次数,根据单字出现的频率选择常用字。然后将选字结果与当时有关文献(如陈鹤琴等编之《语体文应用字汇》等)相互参证,最后选定常用的一千多字,用来编写平民教育的教材。

1922年年初,由晏阳初设计,黄沧渔起稿,杨冯署修正,余日章、胡贻谷、范子美、谢扶雅审阅指正的《平民千字课》正式成书,解决了国内平民教育最为棘手的问题——缺少教材。

……

春节刚过,上海的天气还微微有些寒意,繁华的大街上,落了一冬叶子的树木才刚刚抽出新芽,到处还透着萧瑟的冬意。青年会总干事余日章的办公室内,余日章、晏阳初和他的同事,甚至还有两名远涉重洋而来的美国籍的青年会干事等人挤在一起,热火朝天地讨论着平民教育示范区地点选择的问题。

这些人散乱地坐着,没有长幼尊卑之分。大家随心所欲,畅所欲言,激荡着思想的火花。

余日章呷了一口茶水,最先发言:"平民教育示范区的选择,我以为呢,还是先选华东地区为好,最好是以上海为中心。理由是呢,我们青年会的总部在上海,便于人力、物力的调度。同时呢,上海工厂、工人众多,便于活动开展。"

"No!No!No!我觉得不好,上海这个城市太发达了,又太大了,可以说是国际化的大都市,让它代表广袤而又贫穷的中国,我觉得不合适。"余日章的话刚说完,一个从美国青年会来的年轻人就把脑袋摇得像拨浪鼓似的。

然后，大家又你一言我一语，七嘴八舌地议论开了，但彼此都说服不了对方，一时之间，大家争论不休。见晏阳初一直若有所思地沉默着，余日章不由眼前一亮，道："阳初，你专门到全国去调研考察了一年多，这件事情你最有发言权，你说说你的意见。"

晏阳初怔了一下，随即说道："说句实话，通过到全国各地的调研考察，我个人觉得，我们这次的平教试验示范区，应该选择一个在全国具有普遍性和代表性，能够代表中国多数地方城市状况的地方……"

"对对对！我也是这样认为的。我赞同晏先生的话。"晏阳初话刚落，青年会的另一位美国干事急忙道，"我们可以选择先从一个较小的城市推行，这样才能达到动员社会、共同参与的目的。"

晏阳初点了点头，接着说道："对于这个示范地，我心中的确早已有了想法，我在调查走访中发现，湖南早在几年前，就开始倡言自治，实行省宪法。为了促进省宪民治，长沙教育界也在提倡平民教育，有良好的平教基础。

"长沙又地处中原，经济水平不高，能代表全国各地的生活现状。而且，长沙的青年会干事蓝海石工作扎实，对全省的情况了如指掌，便于工作的顺利开展。再说了，平民教育试验区选择的成功与否，关系到整个平民教育的成败，必须有一定的社会和人力基础，所以，我建议将长沙作为试验区。"

大家又几经讨论，终于决定，将长沙作为平民教育试验区。

……

1922年初春，长沙城内外还被一片料峭的寒潮包裹着。大街上少有行人，偶尔有几个匆匆走着的人，也是裹着大衣，缩着脖子疾行，生怕在寒冷中多待上一分钟。

这天长沙青年会大门外，来了几个风尘仆仆的年轻人。他们的身后跟着马车驮着的行李。几个人一边走，一边热烈地讨论着问题，丝毫没有觉察到凛冽的寒风在大街上四处肆虐，寒风吹散了他们的头发，吹痛

第三章 总会成立 茫茫海宇结同人

了他们的脸。

他们就是从上海专程赶到长沙来发动平民教育第一次大规模试验的青年会成员。走在最前面的是晏阳初，紧接着是傅若愚，马车上驮着的是还散发着油墨香味的课本——《平民千字课》。

金发碧眼的蓝海石已经接到了他们的来信，早早地准备好了，在办公室外面等着他们的到来。远远地看见了他们，便迎了上去。

"晏先生，你们来得可真早啊。"蓝海石虽是个美国人，但来中国很久了，一直在长沙工作，能说一口流利的中国话。

蓝海石紧紧地拥抱了一下晏阳初。

"打扰你了，别人都还在过年呢！"晏阳初微笑着说。

"没事，这是你们中国人的新年，我的圣诞节早过了。"蓝海石调皮地说道，还做了个滑稽的笑脸，惹得大伙儿都笑起来，"你们大过年的就来了，才是真的辛苦你们了。"

等马车停下了，几个人一起动手，把车上的课本卸下来，搬到办公室一角码了起来。课本可不轻，累得他们出了一身的汗，寒冷的空气里，他们还不住地哈着热气呢。

蓝海石简陋的办公室里，到处堆放着资料，靠窗的地方放着一张书桌……刚刚搬完课本，几个人便随意坐着。蓝海石用流利的中国话说道："晏，你是知道的，长沙是湖南手工业和农矿产品的集散中心，湘鄂铁路通车不到三年，有机器作业的工厂极少……这里民风彪悍，虽然省府提倡自治，但民众不识一字。你说，这种情况下，如何能够真正自治？！"

听到这里，晏阳初不由得眼前一亮，道："海石，你情况了解得很透。既然要实行民众自治、宪法自治，首先就要教群众识字！这是个好机会。还有，长沙是试验的首发之地，务必一炮打响，让长沙的普通民众能真正了解和接受平民教育并学到有用的知识，从而发散到全国。因此，宣传的力度应该是目前迫切需要考虑的问题……

"依我看来，要让我们的试验被大众所广泛了解，我们首先应该向政府官员和社会贤达说明意图，和省府提倡的宪法自治相结合。有了他们的支持和介入，我们的事情就好办得多了……"

傅若愚点头道："我们眼下要做的事，首先就是要鼓动政府官员和社会贤达，让他们了解平教事业，让他们支持我们，给我们人力、物力和财力上的援助。至少，我们不能让他们反对我们的活动……"

其他几人都点头表示赞成。

经过一上午讨论，几个人达成了共识，确定了当下工作重点。首先是分别拜访各界领袖、社会贤达，说明意图，请求他们赞助。其次是扩大宣传，发动全城大中学校的学生举行游行宣传，张贴宣传图画，散发说明传单，意在使识字的与不识字的一起觉醒。等宣传得差不多了，接下来再去招生，招生方法不是贴广告，因为不识字的民众不会看招生广告。"招生"乃是"找生"，是去找学生。等第一期学生人数确定了，再去招募愿意为平教做事的义务教员……

吃过午饭，几个人就分头行动了。晏阳初在蓝海石的陪同下，首先去拜访省城一干政要，他们第一个拜访了时任湖南省省长赵恒惕。

赵恒惕，字夷午（彝五），号炎午。举人出身，日本陆军士官学校炮科毕业，同盟会成员。参加过辛亥革命和二次革命。武昌起义后历任新军旅长、军长等职。二次革命失败后被袁世凯判刑，获释后任湘军师长、湘军总司令、湖南省省长。任湖南省省长后，赵恒惕主持了亚洲第一个省宪运动，制定湖南省宪法，推动了民选省议会和民选省长。

赵恒惕在他的办公室接见了晏阳初他们。由于几人都有国外留学的经历，再加上都是有识之士，赵恒惕很是客气。晏阳初虽是一介儒生，眼前面对的又是一省之长，但依旧侃侃而谈，没有丝毫的紧张之态。

"赵省长，我们的想法是，以长沙为试点，开展平民教育。我们开展平民教育，工人农民、贩夫走卒，不论年龄，不分长幼，不分职业，只要愿意学习，我们都免费教习。你看，这是我们专门编写的教材。"

说完之后，随手就递了一套专门为推广平民教育而编写印刷的《平民千字课》教材。

赵恒惕将《平民千字课》接了过去，仔细翻阅了一下，见这教材既有拼音，又有插图，而且这些字都以白话为主，浅显易懂，看来很是下了一番功夫，不由得笑道："晏先生，你们做的事情很有远见。解救当今之中国，非得民众觉醒不可。不识字，又何谈觉醒？这件事情本来就是该由政府来做的，现在你们来做了，政府自然是一百二十个支持。有什么事情，只管来找我就是了。作为省政府，不仅要支持，还是要出一份力的……"

晏阳初心里一喜，急忙道："赵省长，眼前就有事情需要你帮忙呢！"

赵恒惕哈哈一笑，道："晏先生，请讲，我赵某一定尽力而为！"

晏阳初道："我们青年会刚来长沙，青年会平民教育科和平民教育又是新生事物，如果能够以省长的名义发布公告，我想效果要好得多。"

"好！这个没问题。"赵恒惕爽朗一笑，顿了一顿又特别强调，"我刚刚说了，平民教育这件事情呢，本来应该由省政府来办，但现在百废待兴，财政上更无分文，只能麻烦晏先生你们了……为了表示我的支持，先从我的工资里支取一千元大洋，以个人的名义捐给青年会作为办公经费。"

晏阳初一行人很是高兴，赵恒惕作为省长，亲自捐出一千元大洋，不仅能够解决燃眉之急，而且更代表着一个导向……

几人相谈甚欢，分别时赵恒惕还亲自把晏阳初和蓝海石送到了门口。

在省长赵恒惕的支持下，晏阳初等人迅速成立了"湖南平民教育委员总会"。在当地官员、学校校长、绅商、报刊编辑、教员、学生、牧师等各行业领袖中选出七十五人组成总会，总会又分设五个专门的委员会，分别负责征聘教师、招收学生、筹借教室、筹集资金、推进宣传等，随即开始工作。

……

"卖报卖报，平教会在长沙免费教平民识字啦……"平教会成立以后，宣传工作也全面铺开。第二天，长沙的大街小巷全部张贴了劝导平民读书的图画广告和赵恒惕亲自签署的布告，报纸上也每天发布湖南平民教育委员总会免费教育识字的消息。

……

"老乡们,同胞们,走过路过,不要错过,快来看啊,快来看啊……平教会免费办培训班了,不识字的都可以来!赵省长亲自捐款,不识字的都可以来学,学会就可以读书、看报、知天下事了……"晏阳初手持传单,亲自走上街头,开始宣传,"平民教育,利国利民,人人都可参与……"

……

"老乡,你识字不?"身材高大的蓝海石站在长沙街上,金发碧眼显得分外引人注目。他拦住一个路过的长沙中年老乡,便笑呵呵地问道。

"蓝教士,我没有读过书,不识字呢!"中年老乡回道。蓝海石在长沙传教多年,很多人已认识他,他俨然已是名人。

"哦,不识字的感觉不好受吧,我们平教会免费教习……欢迎你来报名……"蓝海石急忙道。

"我读过几年书呢……"

"哈哈,老乡你真幽默,那你来授课怎么样……"

……

"不识字的人是瞎子……"

"文盲国是弱国……"

"你能坐看中国四分之三的人'瞎眼'吗?"

"平民教育是中国的救星……"

"赶快加入到平民学校学习,我们是不收钱的!"

与此同时,长沙城内,各大学、中学的学生也纷纷走上街头,这些学生手持大旗或提灯,上面写着各式标语,开始全城大游行。他们在长沙的各个街头举行演讲、宣传,向每一个路人散发传单,并耐心地向他们解释学习识字的重要性。

……

"在座的领导、方家、同胞们,感谢长沙各界对平民教育事业的鼎力支持……"位于长沙的省政府会议室里,宾客满座。平民教育的各种宣传活动在大街小巷如火如荼地开展的同时,晏阳初也亲自出面,在这里

第三章　总会成立　茫茫海宇结同人

主持召开长沙平民教育动员会，再次向长沙各界人士宣传推广平民教育，以获取最大的支持。

这次动员大会，被邀请的人中有政府官员、学校校长、文化界人士、教师、学生、牧师、商人、手工业者……几乎涵盖了社会的各个阶层。

看着台下涌动的人头，晏阳初简单回顾了一下自己在法国普兰的所见所闻所感，缓缓道："在法国教同胞们识字的过程中，我就被深深地感动了。他们对知识的渴求和虔诚，对学习的极端热忱，都让我眼眶潮湿。在那时我就下定决心，学成回国之后，一定要投身于平民教育事业，为尚在蒙昧中而不自省的同胞，贡献我自己的一份心力……

"今天，我们坐在一起，就是为了这样一个共同的目标：驱除加在我们同胞身上的愚昧的阴影。我相信，凭着我们的努力，长沙的明天一定会更加灿烂！我们国家的明天，也一定会更加灿烂！"

代表们热烈地鼓起了掌。

会后，湖南平民教育委员总会的各项工作便更加紧锣密鼓地开展了起来。

一时之间，青年会免费教育大家读书识字的消息铺天盖地，空气中到处洋溢着平民读书识字的热烈气氛。几乎是每个家庭，都在议论着这件新鲜事。很多不识字的人跃跃欲试，想要报名。

宣传过后，紧接着就是正式招生。平教会别出心裁，把长沙分成了五十二个招生区，每个区派去劝学队，每队四人，由十五岁以上的学生组成，分门沿户劝说那些不识字的民众入学。

按照大家的设想，初期的招生估计不会很理想，他们预计只招收一千名左右。没想到，才三天时间就招了一千二百多人。这一边筹借教室的委员们也带来了好消息，不少商会、庙宇、教堂听说是为了平民教育，都纷纷免费提供场地。

……

学生人数定了以后，按照原来的计划，马上就开始聘请教师。根据招生规模，拟招聘教师一百二十人，平民教育是民间活动，政府的资助

185

很少，所请的教师也全是义务性质的，没有报酬，只能领取交通费每月四个银圆，还要遵守平教会的作息制度。平教会成员都担心，不会有很多人来义务讲课。为此，平教湖南总会专门召开了一个教师鼓动大会，晏阳初亲自上台宣传动员。

"在座的领导、方家、同胞们，各位老师，各位同学，大家都是有识之士，天下兴亡，匹夫有责。当前之中国，国贫民弱，正适逢前所未有之变局……

"之所以国贫民弱，那是因为我们的四万万同胞，大多是些不识字的'瞎子'。现在，我们要立志治好这些'瞎子病'……

"平民教育事业是全国民众的教育事业，每一个有志为普通人民做点事的人，我希望你们都加入到这个队伍中来。我们不谈什么主义，不论什么党派，只要是同情民众疾苦的，我们都十分欢迎。我相信，有了我们的努力和艰辛的付出，我们的民众一定会很快从愚昧中走出来。到那时，我们的国家、我们的民族，一定会大放异彩！"

哪里知道，晏阳初刚刚讲完，就有一百五十多人报名做志愿老师。

……

学生、场地和教师等问题解决后，接下来各处的识字班就正式开课了。

"1……这是'一'，1个的1……"

长沙城南一处古老的庙宇内，三十多个年龄参差不齐、衣着各式各样的学员挤在佛堂里，昏暗的灯光下，幻灯机发出的一束耀眼的白光照在墙上，一个身材高大、操着浓重湖南口音的年轻人站在简易的讲台上，挥舞着手中的教棍，在认真地讲课。

教室里不时传出阵阵的读书声，与平常肃穆安静的佛堂形成了鲜明的对比。

按照计划，3月15日，遍布长沙城的五十多处平民教育班，如约开学了。这些教室，有的设在商会，有的设在庙宇，有的设在教堂……

参加读书的这些学生，年龄自六岁至六十岁不等，其中百分之八十以上在十岁至三十岁之间。学员中有劳工、商店学徒、人力车夫、银饰匠、清道夫、警察、轿夫、铜匠、草药商、渔夫、猪贩、乞丐等，共涉及五十五个行业。

为了不影响他们平常做工，学员每周学六天，时间定在晚上，每晚学习两个小时，其中一个小时教授《平民千字课》，其余时间用作谈话、唱歌、游戏用，计划学习九十六学时。

……

时间过得很快，在晏阳初和他的同事的努力下，平民教育在长沙开展得如火如荼。

转眼间就过了四个月，7月15日，湖南长沙第一期识字班举行了毕业考试，一千二百多人参加，有九百五十六人毕业。

7月20日，长沙城里彩旗飘扬，鼓乐喧天，湖南平民教育委员总会第一期识字班举行盛大的毕业典礼，湖南省长赵恒惕亲自出席毕业典礼，并颁发证书。

消息传开，参与大会的民众逾几万人。会场上一派节日的气氛。毕业的学生都穿着节日的礼服，喜气洋洋地走上台去，接过省长赵恒惕亲自颁发的毕业证书——《识字国民证书》。

四个月前，这群目不识丁的"泥腿子"，现在竟然成了"秀才"，还得到了省长亲自颁发的毕业证书，这是以前学员们想都没想过的。很多人明明是一脸的高兴，眼泪却不住地往下流。

长沙首期平民识字班的成功，是平民教育史上的奇迹，在中国，这还是首例。虽然参加的人数不是很多，但产生的深远影响却是无法估量的。

同年9月，长沙第二期识字班开学了。在长沙平民教育委员会的努力下，湖南全境的各个县区相继设立了平民学校和平民读书处。几年以后，长沙一地的平民受过识字教育的，就有二十万之多。

8

1923年2月，刚刚过完中国旧历新年，人们还没有从春节的喜庆中走出来。大街上到处是一派喜庆的节日气象,家家门前的大红灯笼还高高地挂着。晏阳初早早地辞别了爱妻许雅丽,辞别了平教会同人,匆匆乘车北上,山东烟台青年会平民教育促进会,已经多次电邀他去指导工作了。

看着车窗外飞速掠过的山川河流,一切都还没从冬日的萧条中苏醒过来,越往北走,天气愈加寒冷,可晏阳初的心里却有一股暖流。烟台平民教育运动的远景,在他心里是那样灿烂。

有了长沙首次平民教育试验的影响,烟台已经成立了自己的平民教育促进会,机构很健全,加之晏阳初有了一定的经验,一切工作开展起来都十分有序。

借鉴长沙的经验,晏阳初先组织了一次规模巨大的游行,烟台各大社团和行会几乎都参加了,参加人数达两万多。效果很不错,初期便招收学员两千多人,聘请一百多名义务教员,同时开办了一百个班,其中,还有近七百名女学员,这在平民教育试验中还是首例。

……

7月底,烟台首届识字班举行毕业考试,共有一千五百多人通过了测试。

为了扩大影响,晏阳初和同人经过商量,准备举行一个盛大的毕业典礼。经过认真甄选,决定邀请前国务总理熊希龄的夫人朱其慧女士来主持毕业大典。

朱其慧,字淑雅,江苏宝山人,性情淑婉,一生热心社会慈善事业,对教育更是倾注了许多心血。1923年春,在闻听了晏阳初和其同人所力倡的平民教育事业后,曾与陶行知一起,专程抵达嘉兴参加了当地的平民教育试验。在仔细听取了晏阳初的工作汇报后,深表赞许,同时,在心里酝酿筹组了中华平民教育促进会总会。当得到晏阳初主持毕业大典的邀请后,她欣然允诺,随即动身前往烟台。

8月1日,正值酷暑时节。天一亮,火辣辣的太阳就升起来了,炙烤着大地。人走在阳光下,一股股热气直往上涌。下蒸上炙,人们往往是浑身大汗。

烟台的 8 月，同样是骄阳似火。这时节除了田间早起劳作的劳动人民，只要日子稍微能过去的，都不会在这个时候选择出门。大街上走着的人，也是行色匆匆，想赶快去找一个遮阳的地方。

这一天的烟台，大街上人头攒动，人们早早地赶往广场，一边走，一边还小声兴奋地议论。他们中有的是首期毕业的识字班的学员，大多数是赶去看热闹的群众。

毕业典礼就在这骄阳的炙烤中隆重揭幕了，晏阳初首先大踏步走上主席台，环视了一下布置得很隆重的会场，又看了看台下万头攒动的人群。清了清嗓子，大声说："同胞们，朋友们，今天，我们站在这烈日下，是为了欢庆这个特别的日子，欢庆烟台这个应该被永远记住的日子。我提议，我们先为这个不寻常的日子热烈地鼓掌！"

台下响起喧天的掌声。

"同胞们，就在几个月前，你们当中的许多人都还是一字不识的'睁眼瞎'，受到不良商人的欺诈和蒙骗，受着别人的奚落与嘲讽。可现在，你们不会再受到这样的对待了，你们已经能写会算，不再是处在黑暗中的文盲了。我为你们感到由衷地高兴，我相信，你们的心里也是欣喜万分的……"

台下的人群又热烈地鼓起掌来。

"现在，我们欢聚在一起，是对你们四个月艰辛学习的肯定和褒扬。当然，你们中间还有很多人由于种种原因，错过了这一次学习，但我相信，你们会马上加入到下一期的学习中来……

"下面，请让我隆重地向大家介绍今天的贵宾，她就是朱其慧女士。朱其慧女士将为我们毕业学员颁发"识字国民证书"。下面，让我们用热烈的掌声欢迎总理夫人上台！"

朱其慧女士身着素洁的礼服，在热烈的掌声中健步走上台来，开始为毕业学员颁发证书。

被点到名字的学员一个接一个地上台领取自己的毕业证，然后恭恭敬敬地敬了个礼，双手捧过大红的"识字国民证书"，喜滋滋地走下台去。

一千多学生陆续上台，朱其慧女士为他们颁发证书。他们中间有白发苍苍的老人，也有六七岁的幼童；有已经掉光了牙齿的老太婆，也有十四五岁的大姑娘、刚过门的新媳妇……他们都是来自社会底层的劳苦大众。说不定有的人刚刚下了班，有的人才丢下手里的活计，就匆匆赶过来领取证书了，因为许多人还穿着工作服，手上还没洗净污垢。

朱其慧女士在颁发证书的同时，被这群虔诚的劳动人民所感动。从他们热切的眼神中就可以看出，这些淳朴、困难的同胞对知识是多么渴望和敬畏。许多人接过证书的手还在不住地颤抖，眼中噙着泪水，朱其慧女士的眼眶不禁也潮湿了。

这才是真正的人民教育啊！没有功利，没有名誉，不求回报，只愿躬身力行。朱其慧深深地为晏阳初和他的同事们所倡导的这项伟大的事业所感动。

等学员都领到了毕业证书，晏阳初走到台前，邀请朱其慧女士为大伙儿讲几句话。朱其慧女士没有推辞，走到前面，微笑着看了看台下一张张淳朴和善的笑脸，深深地鞠了一躬，讲道：

"今天，能参加这次特别的毕业典礼，我深受感动。在这里，我要先谢谢晏先生和他的同人的盛情邀请，让我有幸和大家见面，并了解到这项于国于民有益的伟大事业……"

台下响起了热烈的掌声。

"我参加过无数的毕业典礼，可我还是第一次参加这么特别的毕业会。"朱女士感慨道，"我很感动，今天毕业的学员中有老人，有小孩，有女性；有穿着得体的人，也有赤脚的同胞……但这些热烈的掌声，让我不得不承认，这才是真正的人民教育。在这里，我从心里敬佩晏先生和他的同事们从事的这项伟大的事业！"

说着，她向站在身边的晏阳初鞠了一躬。晏阳初措手不及，赶忙扶起朱女士。

"一直以来，我都想为苦难的同胞做一点事，可我一直苦于找不到方法和路径。参加了今天的大会,我深受启发,现在我决定,从今天起,我将投身于平民教育,为全国同胞早日摆脱愚弱,贡献自己的一份力量!"

朱女士神情激动,台下的观众也一直鼓着掌,目送她走下台子。

大会散后,朱其慧女士高兴地对晏阳初说:"晏先生,祝贺你,试验取得了成功。"

"哪里,谢谢夫人,谢谢您的演讲。您的到来对我们的平民教育,是莫大的帮助和鼓励。"

"晏先生,我刚才在台上可不是一时冲动,我已经决定了,要为人民做点有益的事。平民教育是很好的,我要加入你们团队,好不好?"朱其慧女士微笑地看着晏阳初。

"那当然好啊!"晏阳初兴奋地答道,"夫人能加入平教会,凭您的影响和地位,平民教育肯定能取得长足的发展,我们真诚地欢迎您,夫人。"

朱其慧女士笑了,顿了顿认真地说:"今天的大会让我看到了平民教育的重要性和迫切性,这才是老百姓最感兴趣的事情。现在,我身上还有许多虚名,但我愿意辞掉它们,一心一意投入到平民教育事业中来……"

朱其慧女士目光平和而坦荡,谦和中透着坚定。

晏阳初心里一阵阵欣喜,他知道朱女士不是随便说说空话,有朱其慧女士参加,可以说,平教运动今后的路将越来越宽阔。

从这一天开始,朱其慧女士便全身心投入到了平民教育工作中。在她的积极奔走和帮助下,晏阳初的平民教育试验开展得越来越顺利。不久,嘉兴、武汉等地的平民教育也相继开展起来,报名的学员也越来越多。各地教育界的人士也纷纷参与进来,在华中、华北、华南各大城市,均掀起了轰轰烈烈的扫除文盲的识字运动。

平民教育如星火燎原,在全国各地开展得如火如荼……

9

"夫人,我觉得,我们必须马上成立一个全国性的领导机构,以便宏观指导和帮助各地的平民教育试验。"在回上海的途中，晏阳初对朱其慧女士说道。

"晏先生，关于成立总会的事，我也考虑过很多天了。这样吧，回到上海，我们抓紧时间仔细研究一下，然后马上把工作开展起来。"朱女士语调很和婉，但神情坚毅。

"听您的，夫人。"见朱其慧女士也有此想法，晏阳初很高兴。

一回到上海，朱其慧女士不顾自己年事已高，马不停蹄地就找来了陶行知、朱经农、袁观澜、胡适、傅若愚等一干人。大家齐聚沧州旅馆，磋商讨论成立全国性平民教育组织的事宜。

"轰轰烈烈的平民教育试验，如雨后春笋一般在全国各地绚烂地开放着，形势一片大好，但还存在不少困难和问题……"晏阳初诚恳地说道。

大家通过分析，一致认为，虽然有晏阳初的平民教育试验区，但目前全国其余各地开展的平民教育试验大多是零散的、各自为政的，亟须成立一个全国性的领导机构，以便全局性地指导和开展平民教育工作。

经过几天的反复讨论研究，大家达成了成立全国性平民教育组织的共识，决定成立了中华平民教育促进会筹备会，晏阳初等人被推为筹备会干事，定于8月正式成立中华平民教育促进会。届时，将邀请各省教育厅及教育界代表莅临会议。同时，责成朱经农、陶行知等负责组织教育界专家改编完善《平民千字课》，以适应平民教育工作的迅猛发展……

筹备会成立后，晏阳初便忙碌开了，拟定发言稿、总结几年来平民教育试验的经验教训、为大会撰写宣言和纲领……同时，还尽可能地帮助朱其慧女士向各省各地发函，邀请各省教育厅、教育界知名人士参加中华平民教育促进会成立大会。

就在这燠热的8月，一切都井然有序又忙碌地悄然进行着。炎热的气候丝毫没有影响到晏阳初的喜悦心情。

许雅丽看着丈夫忙碌而快乐的身影，也是满心的喜悦。经过几年的奔走，丈夫所追求的事业终于迎来了开花结果的一天，以后的路虽然漫长曲折，但充满了希望。

每天许雅丽总是挺着大肚子，悉心安排丈夫的一切，叮嘱家里的保姆，一定要做丈夫喜欢吃的菜，一定要遵循丈夫的作息来安排生活。

也就在这个燠热忙碌、满含希望的 8 月，晏阳初、许雅丽的爱情结晶——大儿子呱呱落地了。看着儿子哇哇大哭的样子，夫妇俩乐开了怀。每天一回到家里，晏阳初总是抱起儿子，亲个不停，哈哈直乐，工作一天的疲惫感就会烟消云散。

许雅丽刚经历生产，虚弱地躺在床上，微笑着看着丈夫孩子气的喜悦，心里满是爱意。那天晚上，等晏阳初把熟睡的儿子轻轻放到床上，许雅丽嗔怪地说：

"亏你还是个当父亲的呢，儿子都出生这么多天了，你还不给他起个名字，别人问起来，看不笑话你。"

晏阳初俯下身，轻轻在妻子额头吻了一下，站起来说："其实啊，名字我早就想好了，就叫他振东吧，希望他长大后能做一个有用的人，为东方的振兴、为国为民做一些有益的事。"

10

来不及照顾刚刚出生的儿子和尚在月子里的妻子，晏阳初就告别了许雅丽母子，匆匆乘车北上北京，为 8 月 21 日召开的全国平民教育大会而忙碌奔走。

当时的北京还叫北平，是全国政治文化交流中心。作为古都，自有浓厚的人文积淀和锦绣的山川风物。但晏阳初无心欣赏，一下车就赶到朱其慧夫人家里，然后一头扎进了工作中。

8 月 21 日下午，中华平民教育促进会筹备会议如期于北京西郊的清华大学召开，会议由朱其慧女士亲自主持。与会代表四百多人，全是各省各地的教育官员和教育界知名人士。

会议通过了各项议程，选举朱其慧女士为本次大会的主席，晏阳初为副主席。

朱其慧女士首先讲述了平民教育的宗旨和责任，并详细介绍了在各地取得的平民教育经验，激发了与会代表对平民教育极大的兴趣。

当天晚上，晏阳初应邀上台为代表们演讲。

面对四百多名来自全国各地的教育官员和知名人士，晏阳初心情有些激动。几年的努力和奔走，终于有了今天可喜的结果，他一时心绪难平，顿了顿，看着台下热切而又温暖的目光，深深地吸了口气，让激动的心稍稍平复下来。

"各位教育界的领导、老师和专家，你们好！今天，大家齐聚北平，为祖国的教育大计出谋划策，能有幸为大家演讲，本人十分激动。同时，也有些诚惶诚恐。"

晏阳初的心情渐渐平复了下来，他环视了一下台下，人们都静静地看着他，等待听他的演讲。他心中充盈着一股激流，下意识地按着桌子，娓娓讲了下去：

"一战中，我有机会到法国战场，为那里的祖国同胞服务。在普兰，英法士兵都十分轻贱那里的祖国同胞。后来我发现，同胞们有许多粗鄙的习惯的确让人看不起。通过了解后我发现，这都是因为他们自身的愚弱所造成的……

"为此，我在那里开展了识字班，教劳工们识字。通过识字，他们的精神面貌有了很大的改观，粗鄙的习惯也纠正了不少，英法驻军对他们也不得不刮目相看……后来，我们还为他们办过报纸，我相信，他们中的许多人，回国以后，都将以一个崭新的形象面对人生……

"普兰的经历让我醒悟，在遥远而广博的祖国，尚有那么多处在社会底层的愚弱国民。他们由于条件的限制，从小就失去了接受教育的机会，这让他们一直生活在愚昧无知的黑暗当中。要振兴祖国，就必须开启他们的智慧。而民力的开发，又以识字为要，在那时，我便在心里暗下决心，等有一天学成归国，我一定要献身于祖国的平民教育事业，让占中国四分之三以上的劳苦大众，从愚弱的黑暗中解脱出来……"

晏阳初的声音激越，在大厅里回荡，也在每一个与会人的心中激荡。

第三章　总会成立　茫茫海宇结同人

"学成回国，受青年会总干事余日章先生所信任，出任平民教育科干事。几年来，一直为平民教育事业所奔走，丝毫不敢懈怠。幸运的是，几个城市的试验都取得了较好的成绩。湖南全省、嘉兴、烟台等地的平民教育运动正在纵深开展之中，相信在座诸君或许都有所耳闻……"

台下有人窃窃私语，有人不住地点头。看来，平民教育试验的影响是深远的，代表们或多或少都早有所闻。

"在开展平民教育试验的过程中，我们尤其要感谢朱其慧夫人的鼎力支持。正是因为她不遗余力的支持援助，借着她的名望与影响，平民教育的试验才能够取得今天这样的成绩。也正是因为她的努力，今天，我们大家才有机会坐在一起，为平民教育工作的良性发展献策献力……"

代表们纷纷鼓起了掌，对朱其慧女士的无私付出表示由衷的敬意。

等代表们的掌声平息了，晏阳初提高了音量，接着发言：

"当今的中国，国弱民贫，这已是不争的事实。也因为如此，我们在国际上才没有地位，受人轻贱。要改变此种情况，我们首先要开发民智，让最广泛的劳苦大众从愚昧中走出来。而我们平民教育促进会的任务就是帮助他们，尽我们最大的努力，争取在最短的时间内，最大限度地扫除文盲……"

当晚晏阳初的演讲在代表中引起了极大的反响和共鸣。

翌日上午十时，大会正式在清华大学举行。开会前全体出席人员齐唱《一场风华》《代表运气》，向国旗敬礼后，齐唱《尽力中华》。

大会通过了《中华平民教育促进会组织大纲》，通过了晏阳初亲自为大会刊写的宣言。

中华平民教育促进会宣言

建立普及教育的基础。

花六十块钱，可以使一百人受基本的平民教育。

花六百块钱，可以使一千人受基本的平民教育。

解决生计，消弭乱机，奠定国本。

爱国者所应注意，即爱己者所应注意！

古人说：民为邦本。一个共和国的基础巩固不巩固，全看国民有知识没有。国民如果受过相当的教育，能够和衷共济，努力为国家负责，国基一定巩固。如果国民全未受过教育，空空挂了一块民国的招牌，是不中用的。请大家仔细想想，现在中华民国的国民到底有多少人受相当的教育。倘使大多数人还一字不识，那么民国的基础能够巩固吗？现在国内乱机四伏，工商业不能发达，推其原因，皆缘于多数国民未受相当的教育，无职业知识以维持生活。不幸者，即流为盗匪。同属人类，苟非全无知识，谁肯轻易牺牲，倘使人人识字读书，有了做国民的常识，自然不致做那危及生命的事业。大家勤勤恳恳谋生做事，各种乱源也就消弭于无形了。所以我们如想挽救全国不安的景象，除了设法把平民教育推行至全国之外，决无第二个好方法。照"中华教育改进社"的估计，中国人有百分之八十不能识字，就是全国四万万人中间有三万万五千万个不识字的人，这些不识字的人里面，至少有一万万是十二岁至二十五岁的人。我们现在设法使这一万万人，在极短的时期内，受一点相当的教育。这些青年，大半都靠做工吃饭，每天很忙，没有许多时间可以读书。我们只能希望他们在百忙中每天抽一点钟工夫来受四个月的平民教育。现在民穷财困，我们兴办这种平民教育，一切经费必须省之又省，用最少的钱，使他们受最多的教育。照我们现在因陋就简的计划，每个学生身上只须花费六角钱，就可以使他们受四个月的教育。所以有六块钱，可以使十人受教育，花六十块钱，可以使一百人受教育。只要有人愿担负教育二百人的经费（即一百二十元），本会即可负责为之开办学堂一所，实施四个月基本教育。这四个月的教育，我们把他当作平民教育的第一期。所教的功课，是一千个基础字，依着国语的文法、教育心理的原则、共和国民所需用的知识，编成九十六课。使学生每天学一课，于四个月中间，得着共和国民所必不可少的基本教育。中国青年会协会曾在长沙、烟台、嘉兴三处，做过小规模的实地试验。我们实地考察所得结果，很觉满意。所以现组织中华平民教育促进会，预备把这种教育切实推行至全国。这种教育所用工具有两种：（一）课本；（二）影片。影片是依据课本制造，共分三套。第一套是彩色画片，是用图画表现课文中所述的事体，叫学生把画中情节口述出来。然后再用第二套影片，就是把课文的本身写在玻璃片上，照出来，引导学生认识方才自己口述的文字。他们看了彩色画片，口里所说的话，现在用眼睛去认识它们。第三套课片是一个个的文字，每个字从幻灯里照出来，射在墙上，比原底子放大了好几百倍，教学生同时看，同时听，同时念，同时写，精神专注，学习是很容易的。我们现在请了许多专门研究哲学、美术、国语、教育的人，合组编辑部，积极进行，等课本编成，影片制好之后，还要编辑教师指南，并用所教一千字做基础，来编各种平民丛书、杂志、报章，使平民能利用既得之工具，继续增进学识与技能。我们现在力量有限，想先在南京、北京试办，然后再逐渐推行至各省。很希望国内同志大家出来帮助，使我们的试验能够收效，并且希望大家能够在各地方分头做同样的试验。

几天的议程里，朱其慧女士清楚地阐述了推行并深入持久地坚持平民教育的目的和意义，并指出，这是一项长期而艰巨的伟大事业，要求每一个人都要坚持走下去。

晏阳初在讲话中指出，平民教育是一项全民教育运动，必须有社会各界的广泛支持和合作。而且这是一项无功利的事业，所以它的性质应该是无党派、无主义、无宗教的。只有这样，才能从目前国内纷繁的党争中跳出来，才能实现真正的民众自觉参与的广泛的全民教育运动。

在讲话的结尾，晏阳初激情高昂地说："我们推行平民教育事业，它不光是中华民国的教育事业，还是占全世界四分之一人口的平民教育事业。也许，要最终完成它，需要我们每个人穷尽一生的心力，甚至还要几代人的共同努力。所以，我们每个人都一定要抱定无私、无畏、勇往直前的精神……

"我们此后，须抱着富贵不能淫、贫贱不能移、威武不能屈的精神去做。"

8月26日，中华平民教育促进会在北京西郊的帝王庙举行庄严的成立大会。朱其慧女士宣读成立总会的话音刚落，全场的代表都站了起来，脸上洋溢着喜悦和幸福的笑容。他们用热烈而有序的掌声欢迎着大会选出的领导成员一一走上前台。

大会按通过的《组织大纲》选出董事四十名（每省两人），执行董事九人。他们分别是朱其慧（董事长）、周作民（会计）、陶行知（书记）、张伯苓、蒋梦麟、张训钦、蔡廷干、陈宝泉、周贻春。晏阳初被推选为总干事。

11

总会成立了，各项工作都紧张有序进行着，可晏阳初身上还担任着中华青年促进会平民教育科干事一职。再说，余日章对晏阳初如此器重，一定不会让他走的。

果然，一回到上海，言及此事，余日章坚决不同意晏阳初离开青年会。是啊，以前的平民教育试验，都是以青年会平民教育科的名义进行的。余总干事对晏阳初的工作，是给予了莫大支持的。

这让晏阳初很为难，余总干事的器重和信任让他感激，但青年会平民教育科毕竟是一个很小的天地。要真正实现自己平民教育的理想，就要在更广阔的天地里推行平民教育，当然是中华平民教育促进会总干事的位置更适合他。

晏阳初一筹莫展，不知道如何处理才好。许雅丽见他如此忧虑，常常会坐在他的身边，温柔地劝慰他，让他放宽心。

无奈之下，晏阳初去信给一再催促他北上的朱其慧女士，在信中，他详细地说出了自己的苦衷。信的结尾他这样写道：

"……甫一回国，承蒙余总干事的垂爱，委以重任，方得一天地，为自己的理想奔走努力。借着余总干事的鼎力支持，也才有今天平民教育试验的成功和广泛的影响。余总干事于我，有知遇之恩，他不让我走，

第三章　总会成立　茫茫海宇结同人

我实是不忍拒之而去……但平民教育科毕竟是一狭小天地，对推行全国的平民教育，实有太多的不便之处。望夫人容我些时日，我一定会找到一个妥善的法子，辞去上海的事务。一成定局，便会急速抵返北平，为平民教育尽我自己的一份力量……"

朱其慧女士阅罢晏阳初的来信，明白了他目前的处境。随即，朱其慧女士接二连三地修书于余日章，与其商谈晏阳初的去留问题。她在信中言辞恳切地说道："余先生爱惜人才，令人钦佩，但晏先生实乃雄才伟略之人，贵会之平民教育科，虽尽力为平民教育，也有了目前之成绩，但终属局部之功。一待全国之平民教育运动形成态势，贵会将难以筹措。未若中华平民教育总会，能更好地推行此项伟大事业，造福于我炎黄子孙。为充分利用人才计，让晏先生施展其抱负，望余先生以四万万劳苦大众为念，让晏先生到京赴总会任职，则是国家之幸，人民之幸……"

朱其慧女士言辞恳切，为国为民之心让人感动。展读来信，余日章唏嘘不已，自是再也无法挽留晏阳初。

那是个晴朗凉爽的日子，黄浦江畔，水波不兴，明净的大街上，纤尘不动，举目远眺，碧空澄绿似玉带。

一大早，余日章就派人来邀请晏阳初过府去做客。

晏阳初和夫人许雅丽早早把小儿子托付给保姆，就匆匆地赶了过去。

余总干事的客厅里已经坐了很多人，全是三年多来朝夕相处的同事。见了晏阳初夫妇，大家都微笑着打招呼，他俩也微笑着回礼。

宴席上菜肴很丰盛，但大家心里都很清楚，这是一顿告别宴。也许明天晏阳初就将动身北上。回想几年来大家一起辛苦地努力和奔波，在忙碌和困难中，结下的这份真挚的同志情谊，都有几分离别的忧伤，席间的气氛有些压抑。

晏阳初见了大家的表情，心里早明白了八九分，又是高兴，又是难过。今日一别，不知何时方能再见。晏阳初情不自禁地频频和大家举杯，许雅丽也热情地招呼着席上的女客。

余日章在席间站了起来，为晏阳初满满倒上一杯葡萄酒，然后举起来说:"晏先生,共事时间虽不长,但我深深地被先生的能力和精神所鼓舞着,三年时间,平民教育能取得今天这样大的成绩,在全国造成如此大的声势,这都与你的胆识和努力分不开……"

余总干事喝了一口酒,情绪有些激动,接着说:"本想与君共谋宏图,不意熊夫人求贤若渴,屡次来信相告。再说,我也不敢再耽误了你的前程,今日宴请,算是与你饯行了。"

说完,一饮而尽。

在座的同事都站起来,一饮而尽。

晏阳初站起来,也一口喝干了杯中的酒,眼眶有些潮湿:"谢谢余总干事,谢谢在座诸君几年来对我晏阳初的支持和帮助,我一定会深铭于心的……"

"今后,晏先生虽不再在敝会任职,但我们还是会一如既往地支持平民教育事业的,这一点,请你放心。"临别的时候,大家送晏阳初夫妇出门,余总干事握住晏阳初的手,微笑着说。

"有您这句话,我就放心了,今后,一定会有很多时候要仰仗余总干事的。"晏阳初高兴地说。

余日章看了看一直在旁边微笑着望着丈夫的许雅丽,问道:"你走了,雅丽和小孩怎么安排?"

晏阳初看了妻子一眼,说:"雅丽已经辞去了女子体育学校的工作,准备随我北上。"

余日章一愣,旋即笑道:"许夫人真是女中豪杰啊,为了丈夫的事业,甘愿牺牲自己的前途。阳初,有这样支持你的贤内助,何愁你的事业不成功!"

晏阳初微笑着看着妻子,许雅丽温柔地回望了他一眼,微微一笑,满面的柔情蜜意。

1924年8月,晏阳初携妻子许雅丽和尚在襁褓中的儿子晏振东,赶往北京,到平民教育总会就任总干事一职。

12

按照大会通过的平民教育促进会组织大纲，促进会的主要任务是使全国十二岁以上未受教育的男女受到基本教育。平教总会主要负责拟定全国平民教育办法，研究平民学校组织、教育和管理等办法，编写教材，研究教具，组织教育推广人员，实地调查各地教育状况……

平民教育总会会所，最初是暂时借用朱其慧女士住宅的一角，仅有两间小房。经费也没有预算，一切都依赖朱其慧女士维持。寄发各地的大批邮件和文具纸张，都由晏阳初向朱女士说明支领。

第一年全年经费三千六百元，全由朱其慧女士资助。驻会人员除总干事外，另有半个书记（兼任）、半个工友（熊宅工役），所有开支，还有晏阳初和几个人一年的工资，全在这三千六百元之内。

尽管是在极端困难的情形下，平教会的工作仍然有条不紊地开展着，平教事业有了突飞猛进的发展。在平民教育总会的领导与推动下，在很短的时间内，中国已有半数以上的省份成立了省区平民教育促进会，几十个大的城市先后建立起推动平教的组织，尤以湖南一省更在各县乡成立了平民教育促进会各地分会。

一切都朝着美好的方向发展着，平民教育总会的工作渐渐有了起色。几年的努力和艰辛，晏阳初的心里已经逐渐清楚了平民教育今后的发展方向、思路和重点，他也慢慢从浩繁琐细的日常工作中解脱出来，思索平民教育工作的发展前景，他正在循序渐进地带着它阔步前进。当会里其他同人，都在为平民教育试验眼下取得的成绩沾沾自喜的时候，他已经走到了前面，又在为下一步的工作谋划着。他的眼前展现出了未来平民教育运动迅猛发展的广阔前景。

晏阳初非常明白，要领导带动这一态势更好地走向灿烂的未来，单靠他一人之力，显然是远远不够的。为总会招揽罗致优秀的人才，则成了他的当务之急。

晏阳初在自己的脑海里搜寻合适的人选，并进行甄选和取舍，力争把那些有志为平民教育做事的有识之士拉入到总会中来。几天下来，他终于拟定了一份长长的名单。思之再三，他首先向傅葆琛发出了诚挚的邀请。

傅葆琛，字毅生，成都市双流区永安人，1916年清华大学毕业后留学美国俄勒冈大学、耶鲁大学和康奈尔大学，获乡村教育博士学位。

第一次世界大战中，傅葆琛也曾受北美青年会的派遣，到法国前线为华工服务过。而且在晏阳初和傅若愚相继离开法国后，接办《华工周报》，把报纸办得有声有色。他待人诚恳温和，做事干练沉着，对理想有着坚定的信念。法国的援助经历，对他的触动很深，他亲眼看到了祖国同胞因为无知识、存在陋习而受人轻贱的事实，从此发誓，要为祖国民众做一些有益的事。离开法国后，他再次赴美，攻读乡村教育博士，希望学成归来，把自己的所学献给他挚爱着的祖国。

晏阳初给尚远在大洋彼岸的傅葆琛发了一封电报，同时寄去了一封言辞恳切的信，诚挚地邀请他回国来，加入平民教育总会。

"……一别经年，久不致意问候，料想兄学业已成。想到普兰华工营里，我们每每为同胞的愚弱而扼腕叹息，进而努力为他们做一些有益的事，乃始办识字班，继之以《华工周报》……回国几年来，筹划平民教育事宜，勉力四处奔走，不敢有丝毫懈怠。及至建立试验区，到今天成立的全国平民教育总会。蒙多方俊杰支持，侥幸能有今天的成绩。现国内平民教育，正向着良性的方向发展着，兄何不马上回国，为实现自己平民教育的理想一展抱负？恳请兄即回国，为改变占全国四分之三国民的愚弱情况，而一起努力！……"

收到电报的傅葆琛还没下定主意，接着就收到了晏阳初热情洋溢的来信。他深深地被晏阳初的执着所打动，心里不由得升腾起一股敬意，为晏阳初鞠躬尽瘁的拳拳赤子心。他没再犹豫，随即动身回国。

1924年10月，傅葆琛赶到了北平平民教育总会，出任乡村教育部主任之职。

……

第三章　总会成立　茫茫海宇结同人

1931年冬天,《北平晨报》副刊编辑部来了一位不速之客,他就是前来做说客的晏阳初。

晨报副刊的主编,是曾经在北京大学任教的孙伏园。

孙伏园,字养泉,笔名伏庐、柏生、桐柏、松年等。绍兴人。现代散文作家、著名副刊编辑,被后世新闻史学界称为"副刊大王"。

孙伏园立志把自己的所学,回报给多灾多难的祖国。但平静的教学生活让他难以适应,后来他接受《北平晨报》的邀请,出任副刊总编,把报纸办得有声有色。在当时的北平,《北平晨报》是极有影响力的,远远超过了很多政府的机关报,发行量一路飙升。尤其是孙伏园主编的副刊,更是让民众交口称赞。

晏阳初一到报社,就自报家门,点名要找孙伏园。值班人员不得不进去报告。孙伏园听说是晏阳初来访,立即从高高的稿纸堆里站起来,出门相迎。

"您好,晏先生,久闻大名。"晏阳初的平民教育试验,孙伏园早有耳闻。

"您好,孙先生。"

两个人都笑着伸出了手。

孙伏园把晏阳初让进自己的主编室,吩咐人续上茶水,然后问道:"晏先生到此,该不是专门来看我的报纸的吧。比起先生所从事的事业,我可差得远了。"

晏阳初没有急忙说话,随手翻开桌子上还散发着油墨香气的新一期的报纸,说:"孙先生,你们的晨报,我是每期必看的,办得很好啊!"

"哪里哪里,先生过奖了,能让先生满意,伏园心里很高兴。"孙伏园高兴地说。

"你们的报纸办得这样好,销量一定不错了。"

"眼下看来不错,据上月的统计,我们的报纸销量已经超过了五千份,目前还有上涨的趋势。"孙伏园高兴地回答。

"哦,看来的确不错。"晏阳初放下手里的报纸,眼睛看着窗外的院子，那里正有报社的人不停地进进出出。

"孙先生，北平现在有多少人口，五千份，在北平究竟能占多大的比重？你算过没有？"

"这……"孙伏园没想到晏阳初有此一问，一时说不出话。

"你想想，五千多份在北平能有多大的份额？再往远想一想，北平在全国又占多大的比重？我估计，那简直是小得可怜了。"

孙伏园心头的那点高兴劲儿顿时消失得一点不剩。

"孙先生，不是我泼冷水，你现在的工作其实意义并不大。你想想，一张几千人看的报纸，能有多大的影响？凭你的才能，你为什么不到我们平民教育会来，到广大的农村去，根据农民生活的实际情况，创造出新的平民文学，写出让几万万平民都能看懂的大众文章呢？"晏阳初诚挚地建议道。

孙伏园被他说得无话可说，陷入了沉思。

"孙先生，我们平民教育会，每年会让数十万的文盲掌握基本的汉字，他们正需要你的平民文学的滋润呢！到那里去吧，那里有更广阔的天地让你施展自己的才干。"

孙伏园有些犹豫："这，我得想想。"

"孙先生，我代表平教总会，诚恳地邀请你，希望你不要拒绝。我今天来，就是专门为着此事的。这样吧，我先走了，你再仔细想想。我等待着你的决定。"

晏阳初说完，微笑着告辞离去。

几天之后，孙伏园辞去了《北京晨报》副刊主编的职务，到平民教育总会，出任《农民报》主编。

……

晏阳初凭着自己的真诚和韧性，为平教会罗致了大批的优秀人才。研究调查部代理主任冯锐，是毕业于美国康奈尔大学的农学博士，原南京东南大学教授兼乡村生活研究所主任；城市教育部主任兼总务处主任汤茂如，是毕业于美国哥伦比亚大学的教育行政博士，原是北京政法大学教授；平民文学科主任陈筑山，国会议员，早年曾留学日本，后任国立法政专科学校校长，了解到平民教育的影响后，辞去校长一职，投身于平民教育；公民教育部干事瞿世英，是第一个获得美国哈佛大学博士学位的中国留学生，回国后，曾任法政大学的教授兼教务长，后来到平民教育总会，成了晏阳初最忠实的助手。视听教育部主任郑锦，哈佛博士熊佛西，乡村工艺部主任刘拓、黎锦纾博士、陈志潜博士、李景汉博士……一大群优秀的人物齐聚在平民教育总会，为后来平民教育的迅猛发展，提供了最有力的知识储备。这里面，还有美国资深的社会学界教授甘博。

晏阳初凭着自己卓越的口才、执着的精神、高尚的人格，让这些优秀的高级知识分子，心甘情愿加入到平民教育运动中来，形成了一个蔚为壮观的高级知识分子群。这不光在当时的中国是一个奇迹，在全世界也是一个奇迹，就是在今天看来，都依然让人感叹不已。

第四章
广传薪火　丹心一片赤子情

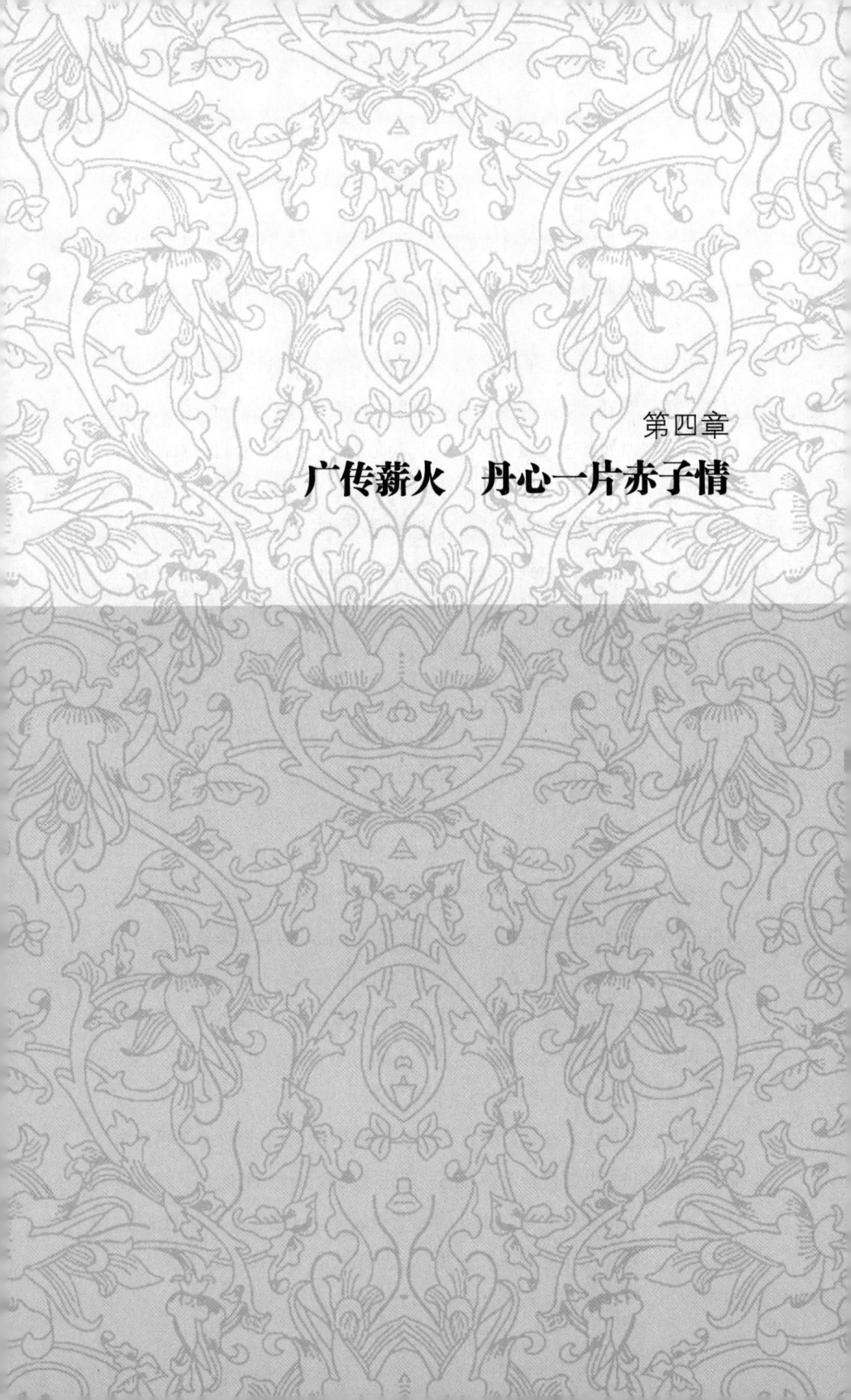

1

北京的初春，朔风怒号，黄沙漫天。

虽然已是腊尽春来，但北京仍然处处透着寒意，到处张贴着春联、悬挂着灯笼，人们还沉浸在节日的喜庆气氛之中。

春节后的第二天，平教会乡村教育部主任傅葆琛就匆匆赶往办公室。

一年之计在于春，一春之计在于勤。随着平教总会在长沙、烟台、嘉兴这些地方展开平民教育试点工作，加上人手不足，乡村教育部的事情简直就是堆积如山，必须争分夺秒，加紧处理，否则就会影响整个教育进程。所以，大年刚过，傅葆琛就急急忙忙奔向办公室。本以为自己是最早的，哪知刚刚走到距办公室不远的护城河堤上，就见晏阳初独自在那里徘徊，不由得大吃一惊，急忙上前道："晏总干事，怎么这么早？"

晏阳初见是傅葆琛，也有些意外，道："葆琛，你怎么也这么早？"

傅葆琛见晏阳初神情有些低落，知道他又在为经费的事情焦头烂额。当前的中国，时局动荡，军阀混战，党争激烈。平民教育总会成立后就决定，要将平民教育运动作为一项民间性质的全民识字运动，决不依附任何一个党派，要保持自己的独立性，更不参与任何党争，以保持平民教育的生命力，以确保任何时候都能将平民教育进行到底。

不依附任何党派，自己保持独立，也就意味着不仅要独立面对政治上的刁难和旁人的冷嘲热讽，更得不到任何来自政府或党派资金上的支持。所以，平教会所有的经费，全部来自民间筹款。可民间资助毕竟是零星的、随意性的，这让总会常常出现入不敷出的情况。经费的困难，已成为制约平民教育运动迅速发展壮大的一个致命的短板。筹措资金，已成为晏阳初这个总干事当前最主要的工作。

平教会这班人，都是自愿放弃优厚的物质生活，甘愿许身于平教事业，为祖国的平民教育奔走奋斗的。现在平民教育虽稍有起色，却远没有走上想象中的康庄大道。创业的艰辛和局促，远远多于成功的喜悦。很多时候，接踵而至的困难和挫折，让晏阳初心力交瘁。近几个月来，

第四章　广传薪火　丹心一片赤子情

由于平教会的迅速扩大，资金缺口越来越大，社会各界的捐助远远不够支出。平教会的同人都已经几个月没有领到一分钱的工资了。

傅葆琛也深知这些困境，神情黯然地说："又在为经费的事情发愁？"

晏阳初点点头，抬头看了看有些阴霾的天空，道："按照我们制订的总会之进行方针与计划，我们的工作主要分为三项：一是要随时因工作需要聘请专家；二是要积极开展各种平民教育试验；三是要与社会各界合作，推行平民教育。

"这些工作总要因势利导，适应形势才会有效果。国内的这些平民，大多吃不饱、穿不暖，饱受生计压迫。如果生计问题不解决，又哪里有读书识字的兴趣？我们平民教育的目的，就是要让平民掌握切实有用的知识与技能，改善他们的生活。假如我们的平民教育对他们的生计无益，也就完全失去了教育的意义。所以，我反复思考，我们的平民教育，必须实行文字教育、生计教育和提高公民素质……要想实现我们的设想，至少需要募集资金一百万银圆。但现在……"讲到这里，晏阳初不由一声长叹。

傅葆琛点了点头，道："是啊，中国号称以农立国，却始终是故步自封，米麦杂粮都需要从外国进口。这些年来，欧美农业随着科技的进步，其速度远超中国四千年内的所有进步，实在是我辈之耻啊……如今之计，也只有在平民教育中传播科学知识了！只是，再募集不到资金，我们平教会就真的举步艰难了。工资可以不发，可没有资金开展平民教育运动，我们的事业就会停滞……"

晏阳初看了看光秃秃的护河堤和将要抽出新芽的柳枝，目光深邃、神情坚毅地说："我想办法，总会是有的。"

傅葆琛点了点头，正准备说话，就见冯锐兴冲冲地跑了过来。

冯锐，字梯霞，广东番禺黄埔乡石坊村人，早年从岭南大学附中转到南京金陵大学学农科，毕业后以优异成绩考取公费留学美国，获康奈尔大学农业经济学博士学位。回国后，应晏阳初之邀，投身于平教事业。

冯锐一边跑一边大声道："我就知道你们在这儿，叫我一阵好找。大家看看，这是什么？"说着，高高扬起一个大号信封。

"银票？"傅葆琛一喜，惊喜道。

"傅主任，你钻到钱眼里去了？你这么一个大知识分子，怎么跟钱斤斤计较？"冯锐神色一滞，随即又笑道。

虽然冯锐比傅葆琛小了几岁，但平教会的同人向来随和，又无明显的长幼尊卑之分，彼此言谈举止都颇为随意。

"难道现在还有比获得银票更令人高兴的事情？看你高兴的这个样子！"傅葆琛不由得哈哈一笑，刚才心头的阴霾也一扫而空。

"傅主任，你刚刚只说对了一半，虽然这个不是银票，但是一件值得庆贺的大喜事。"冯锐继续卖着关子，把大信封递给了晏阳初，道，"这是写给晏先生的。我以为是写给我们平教总会的，就随手打开了……"

晏阳初有些纳闷地从冯锐手里接过信封，只见里面有一张鲜艳的红色卡片。他拿起来，飞快地看了两眼，就交到身边的傅葆琛手里了。

傅葆琛一看，开心地说道："总干事，这可是好事啊！"他朗声念着请柬上的文字："邀请中华平民教育促进会晏阳初先生参加太平洋国际交往讨论会……"抬起头来道："太平洋国际交往讨论会，这可是个国际性的盛会！这可是大喜事……"

原来这是一张大红请柬，专门邀请中国平民教育促进会总干事晏阳初参加太平洋国际交往讨论会。

太平洋国际交往讨论会是一个非官方性质的政治学术团体，由美国斯坦福大学校长韦尔伯约集美国学界和商界人物发起组织，借以增强各国人民之间的联系、认识和了解，进而增进各国人民之间的友谊。这虽然是太平洋沿岸国家第一次召开的民间联合会议，但会议邀请了十几个国家的代表齐聚一堂，共同讨论各国所关心的热点问题，希望能找到一条平衡各国利益的正确道路，促进沿岸各国的安全与和平。

"是啊，这可是难得的机会。到时候你大可借机宣传一下我们的平民教育运动，也好让世界人民知道，我们所从事的是一项伟大的民众教育事业。"冯锐高兴地说道。

第四章　广传薪火　丹心一片赤子情

傅葆琛豁然开朗，道："说不定，你到了檀香山，那里有许多爱国华侨，你向他们介绍这一项伟大事业，他们还会解囊相助呢，当年的孙中山先生不就是得到了檀岛华侨的鼎力支持吗？"

晏阳初心头也是一喜，点头道："檀岛的现任总督，是我留美时的一个同学。到时候我去找找他……"

"是啊，总督可是个肥缺，你得好好敲他一竹杠才行。"冯锐连忙笑道。

2

轮船在浩渺的大海上航行，海面是一望无际的蔚蓝，就连天空也显得那么神秘、空寂和高远。

晏阳初静静地靠在舷窗上，欣赏着广袤的大海，不由得神思遐想，想想人生百年，只不过是白驹过隙，但总得在这个世上留下些什么。

1925年的夏天，晏阳初乘坐越洋海轮，远赴美国夏威夷群岛，应邀参加在檀香山召开的第一届太平洋国际交往讨论会。

应邀参加这次会议的还有十二名中国代表，几乎囊括了国内各个行业的精英。晏阳初因为平民教育试验的成功和日益壮大，也在受邀之列，他也是此行之中年龄最小的。

轮船航行在茫茫无际的大海上，蔚蓝的海水好像永远也没有尽头，海面上偶尔浮出一两条鲸鱼。晏阳初无心欣赏这些美丽的景致，一路上都在思考着怎样利用这次国际会议筹措资金的事情。

……

夏威夷群岛地处中太平洋北部，由一百多个岛屿组成，呈弧状横贯太平洋，总面积达一万六千多平方公里。它紧靠北回归线，构成了波利尼西亚群岛的北方前锋。同时，它又处于美国的最南部，与墨西哥城、海南、加尔各答在同一纬度。

这是个美丽而迷人的地方，全年气温变化很小，几乎没有季节之分。四季如春，时时繁花似锦。通常情况下，从每年10月到次年4月，岛上雨量最大，常常是雨蒙蒙的天气。因为如此，这里是天然的旅游天堂。

从 12 月中旬开始到复活节，以及 6 月中旬到 9 月初，岛上游人如织，处处是一片载歌载舞的热闹景象。这里的气候受潮湿的海洋气候影响，温暖潮湿，海水温差变化不大，是世界各国人民休闲消暑的好地方。

6 月的夏威夷群岛，更是婀娜多姿，到处是一片绚丽的亚热带风光。本次大会将地点选在夏威夷群岛首府檀香山，估计也是基于这种考虑，开会消夏两不误。

一踏上夏威夷岛，晏阳初就感到有几分亲切。一别五年，这可是他留学归国后第一次踏上这个美丽的国度。

一行人迤逦而行，沉醉于岛上迷人的风光中，高大的棕榈树四季常青，美丽的海滩上，随处是身着泳装悠闲的游人，土著居民跳着热情的舞蹈。身处于这样祥和宁馨的环境中，人们常常会忘记自己身在何处，甚至怀疑来到了蓬莱仙境。

这里实在是个梦幻般的地方，天空和海水都是澄澈的颜色，棉花糖一般洁白松软的云朵总在天上不紧不慢地悠着，习习的微风怡人得像豆蔻少女投来的回眸一笑。一年四季，各种奇花异草张扬地开在路边，还不甘心地散出甜香，充溢在人们的口鼻之间。金灿灿的沙滩，在菠萝树、棕榈树的点缀下，平平地直铺入海浪深处。散布在岸边的五彩洋伞下面，飘散出美酒的醇香和悠扬的乐声。夏威夷语里并没有"浪漫"这个词，但是浪漫这种风情却融入了夏威夷的每一个角落。

然而，就是这么一个旖旎到让人眼皮发沉的地方，却孕育了"勇敢者的游戏"——冲浪。

夏威夷的冲浪运动至少已经有几百年的历史了。事实上，几乎每一位目睹过冲浪运动的人，都会不由得被吸引，很多文人墨客都对它有过深情的描述。马克·吐温曾说过一句话，"就算是闪电快车，也难以赶上这令人毛骨悚然的速度。"杰克·伦敦还专门写了一本书，用生动的文笔，满怀钦佩地描绘了冲浪的激情："他并没有为这狂热的运动丧失理智，也没有被那些专制的教士吓倒和摧毁，他只是坚定地踏在浪尖上，出凡超群地驾驭着令人晕眩的浪峰。他的脚下，是翻滚的浪花，是升腾的海浪……"

晏阳初一行来到大会预订的宾馆,走进自己的房间,信步踱到了窗前,拉开窗帘,推开窗户,让外面明媚的阳光和着潮湿的海风一起涌进来。

刚才在楼下,他用流利的英语和接待人员交谈了几句,得知其他各国的代表都已经到了。他打听了一下,这次会议,有美国、加拿大、澳大利亚等国参与,亚洲的日本、朝鲜、菲律宾也纷纷派人参加,估计到会代表有一百多人。

"一百多人,十多个国家的代表,影响力应该是很大的。"晏阳初在心里盘算着在大会上发言的分量。他的目光循着楼下一阵喧闹声望去,街对面大约一百米远的街道上,明媚的阳光中,一群人正在热火朝天地做着游戏。有些远,看不清人脸,但晏阳初分明听到了一声汉语,乡音的亲切,让人神清气爽,尤其是在这遥远的异国他乡。

6月29日,阳光明媚,天空晴朗,不时有阵阵海风从海上吹来,太平洋国际交往讨论会第一次代表大会,如约在檀香山隆重举行。

斯坦福大学校长韦尔伯博士亲自主持大会。

"今天,十多个国家的代表齐聚这里,讨论各国关注的热点问题,期望能找到一条让各国人民都和平富裕的道路,作为政府的借鉴,让世界共同进步。"

韦尔伯博士结束了自己的开幕发言。

会议按照既定的程序进行着,大会负责人首先宣读了大会的宗旨和议程。接下来大会开始对各国关注的热点问题进行了深入而热烈的讨论。议题囊括了国家生活的各个方面,包括政治、经济、教育、文化、卫生,代表们都进行了坦诚而广泛的讨论。

大会的气氛热切而真诚。会议形成分为三种:一是全体讨论,二是分组讨论,三是晚间公开演讲。前两部分只有各国代表参加,讨论主要采取圆桌会议的方式。为确保会员能够坦诚地交换意见,圆桌会议发言不对外公开。此次会议中,讨论文化问题的时间几乎占圆桌讨论的五分之一。晚间公开演讲则欢迎外界人士参加,由分组讨论会主席先一日决定次日公开演讲的题目与人选。被选演讲人需要具备公开演讲的能力和经验,其演讲题目又必须为全体讨论及分组讨论即将涉及的主题。

7月6日晚,凉风习习,演讲院的窗外,常绿的行道树在微风中翩翩起舞,代表们坐在大厅里,静静地等待着大会的召开。今天晚上轮到中国代表发言了。经过大家商议,决定由陈立廷、陈达、晏阳初三人上台演讲,阐释代表们的裕民理念。

按照规定,每个人的演讲时间不超过20分钟,而且专门有人记录时间,提醒演讲的代表。三个人都早早地拟好了发言稿,力求简洁明了。

陈立廷是福山人,国立清华大学毕业,曾留学美国,回国后在国立北京大学任教授,并任北平青年会总秘书、上海青年会总干事,在国内也是赫赫有名。这次他演讲的题目是《今日之中国及中国之外债问题》。

陈达,祖籍浙江余杭,曾获公费保送赴美国留学深造,1918年6月,获美国波仑市立德学院学士学位,随后转入哥伦比亚大学攻读,获得硕士和博士学位,回国后出任清华学校教授,参与筹备清华学校社会学系成立事宜,并出任首任系主任,是国内劳工、人口和移民研究的专家。而这次陈达则针对西方列强强加于中国身上的不平等条约说开来——《中国切望解除之不平等条约》,表达了被压迫、被欺负民族的愤怒。

晏阳初的演讲,核心自然是他所从事的平民教育事业。

等到晏阳初演讲时,只见他健步走上台,礼貌地鞠了一躬,抬起头来,环视了一眼台下的各国代表,深深地吸了口气。

"能有这个机会站在这里,向国际友人推介我和我的同事们所从事的这一项事业,我深感荣幸。今天,我演讲的题目是《中国—建设力量—平民教育》……

"中国是一个东方大国,有着悠久的历史和灿烂的文明。可是,今天,她落伍了,国贫民弱,人民教育水平极其低下,这也严重阻滞了经济的发展,所以,我和我的同事们极力推行平民教育,教育民众,让他们觉醒,让他们成为真正建设祖国的中坚力量……"

第四章　广传薪火　丹心一片赤子情

随着演讲的深入，晏阳初的语速也慢了下来，更加激昂地谈论起他一生所追求的事业。他讲得那样投入和动情，已经完全忘记了这是在国际讲台上，向许多国家的精英讲述自己所钟爱的事业。就像在国内的许多次演讲一样，只要一说起平民教育事业，他就总是说不出的激动。他也不知道，这是第几次向人们谈起自己所从事的这项伟大的事业，但向十多个国家的代表谈起，这还是第一次。

他从1918年法国的普兰说起，把自己1920年至1925年中取得的成功和经验一一讲述了出来。讲到了"民为邦本，本固邦宁""天下一家"的理念，报告了平民教育运动的历史，最后说明："这个运动如果成功，不但与太平洋，而且与这个世界的和平都有绝对关系。"他的声音是那样激越，双眼闪着深情的光芒。

台下的代表都被他的虔诚和执着深深地感染，他们望着台上这位语调激越的青年，眼睛里全是赞许的笑意。

20分钟的演讲结束了，晏阳初深深鞠了一躬。台下的一百多位代表都站了起来，热烈地鼓舞，发狂般欢呼。

晏阳初在掌声中缓缓走回自己的座位，掌声经久不息。这时，只见坐在前排的韦尔伯主席站起来，缓缓走到主席台上，双手朝着台下压了压，示意大家安静。

见韦尔伯主席要讲话，会议室里很快就安静了下来。这时，韦尔伯主席拍了拍话筒，道："女士们，先生们，我们开了两个星期的会，讨论了六十个不同的问题，听了十二位嘉宾演讲，但我以为，今天这一次是最有价值的。

"照我看来，以中国物力的富足、历史的伟大，假使四亿民众都受了教育，我敢说，那中国是维持世界和平唯一的主力。中国要世界乱，世界不敢不乱；中国要世界和平，世界肯定和平。"

韦尔伯主席的话音刚落，台下又响起热烈的掌声。晏阳初没想到大会给了自己的演讲这么高的评价，这让他很是欣慰。这是他平生第一次在国际会议上宣扬自己所从事的平民教育事业，他让许多外国朋友了解到，中国的一大群知识分子，正在有计划地教育愚弱的民众。

7月7日，晏阳初所演讲的内容便上了夏威夷许多报纸的头版头条，有的还配有晏阳初的巨幅头像。《檀香山星报》评价："晏阳初讲述平民教育是中国一极伟大的事业，晏描述了一感人的景象——横扫全中国并把握大众的人心。目前有三百万以上数量的12岁至52岁的人在接受基本教育，四万名义务教师在各省推行平民教育运动。"

一时间，晏阳初的平民教育，在岛上广为流传，让岛上民众极为称赞，特别是许多华侨，在看到祖国正在发展的这一项伟大的教育事业后都十分欣喜，有的还主动找到晏阳初居住的旅店，要求和他见面。

这次太平洋会议历时约半月之久，于7月中旬圆满完成各项议程，韦尔伯主席在致大会闭幕词时深情地讲道：

"本次大会，所论问题广泛而实际。通过会议，太平洋沿岸国家增进了了解，发展了友谊，是一次成功的会议……但我认为，本次会议最大的收获，是我们了解并懂得了中国正在进行的一项轰轰烈烈的全民识字运动。中国的平民教育，与太平洋各国的关系至为重要。中国人口众多，国土广博，但经济相对滞后，全国人民大半没受过教育，民智闭塞。今晏先生一干人士，努力推行的平民教育，是开'脑矿'的唯一利器，也是世界空前的大教育运动，开启民智，假以时日，中国必将雄傲世界。"

韦尔伯博士顿了顿，接着讲道："这一项运动，与本会的宗旨契合，因此，平民教育也是启发太平洋沿岸国家绝大多数人民智能之急切工作。而中国人民受过教育的伟大力量，一定会成为世界和平的重要保障。我们每个国家，都应重视并推广中国的平民教育运动，以开启本国之民力……"

韦尔伯博士话音刚落，台下就响起了热烈的掌声，全体代表再一次起立，对韦尔伯博士的提议表示热烈的拥护。

会议结束后，晏阳初正要和中国代表走出会场，身后突然传来一个声音："晏总干事，晏总干事，请等一等……"

晏阳初转过身来一看，竟然是大会主持人——执行委员会主席韦

第四章　广传薪火　丹心一片赤子情

尔伯博士。韦尔伯博士从人群中挤了过来，使劲握住晏阳初的手，道："晏，你的平民教育运动实在是太伟大了，作为大会执行委员会主席，我和大会商量了，我们将亲自前往中国平民教育试验区进行考察……"

"那好啊，欢迎您来检查指导工作！"晏阳初很是开心。

随即，美国国内多家报纸，纷纷刊载了韦尔伯主席和晏阳初的演讲词。夏威夷首府檀香山的《檀香山晨报》，在当日的头版中报道了第一次太平洋国际交往讨论会闭幕的消息，全文刊载了韦尔伯博士的闭幕词，以及韦尔伯博士作为大会执行委员会主席，准备到中国考察平民教育的计划，并进一步引申说：

"太平洋会议在发现中国平民教育运动是近年以来太平洋各国间极大的历史事件，并决定设立国际公正报导机构后，已告闭幕。"

"……只有平民教育，才是中国建设的积极力量，才是中国爱国新精神和新兴且伟大的对付外国侵略的积极态度。我们有理由相信，随着平民教育运动在全中国的深入开展，大多数尚处在愚昧状态的国民，将逐渐清醒，进而为中国的贫弱而努力奋斗。那时的中国，将不再是一个任人欺凌的弱国，它必将长足前进，屹立在世界的东方……"

看到这些赞扬和报道，晏阳初的心里有按捺不住的欣喜。平民教育得到国际承认，无疑是件让人高兴的事情。与会代表对平教运动的重视和外国报纸的报道，为平民教育做了一次广泛的国际宣传。

晏阳初从演讲大厅走出来，大街上有行人拿着新出版的报纸在阅读。那些华人店铺中的华人正在热切地谈论着国内的平民教育，晏阳初的心中很是惬意。这时猛地听见身后有人叫道："晏先生，晏先生。请等一等，请等一等！"

晏阳初回过头来，是位不认识的华侨，便立马停了下来。

那人几步赶上来，兴奋地说："晏先生是您，果然，我没有看错。"一边说，那位华侨一边扬着手中的报纸，原来他是从报纸上的照片认出了他。

"晏先生，您真了不起，您所从事的平民教育事业，为中国人做了

217

件大好事，也为我们华侨争了光。我们这里的人，都很佩服您呢！"

华侨握住晏阳初的手，高兴地说道。

"哪里，哪里，我们做得还远远不够。今后要走的路还长着呢。"晏阳初谦虚地回答。

"只要开了这个好头，后边肯定会不错的。晏先生，我们都相信您！"那华侨满脸的兴奋。

"谢谢你的信任，我们一定会努力的，因为，我们的国民需要你们的帮助。"

告别了热心的华侨，晏阳初心里很温暖。回到寓居的旅店。刚进大门，就见大厅里几个中国代表正在和一群华侨解释着什么，远远见了他，一位代表就兴奋地大声说："你们看，晏先生这不是回来了嘛，那边就是！"又朝着晏阳初喊："晏先生，晏先生，这些华侨都是来找你的。"

"他们可都等你半天了。"

晏阳初快步走过去，华侨们早就围了过来，其中一个华侨中等个子、四十岁左右，紧紧握住晏阳初的手，兴奋地说："晏先生，很高兴见到你，我叫郑帝恩，是檀香山华侨协会会长。"他又向晏阳初介绍旁边一位微笑着的儒雅中年人："这位是檀香山中国国立大学学生会主席黄福民，今天我们代表夏威夷的全体华侨，对晏先生所从事的平民教育事业表示崇高的敬意，并诚恳地挽留晏先生，在檀岛逗留些时日，为华侨们详细地介绍这一项伟大的事业。"

"好啊，好啊，只要你们愿意听，我晏阳初知无不言。"晏阳初连连把华侨们请进自己的房间，"大伙儿进来说，大伙儿进来说。"

几个华侨代表涌进了晏阳初房间，黄福民也不客气，开门见山地说："晏先生，看了你的演讲稿，真是精彩，你的平民教育试验，对国家、对人民的确是一件大功劳，我们檀岛的华侨也期待你的指点。是啊，没有知识，到了任何地方，都会受到外国人的轻视和欺凌。"

檀香山华侨协会会长郑帝恩点点头说："你的演讲，在这里很轰动，尤其我们华人，都对你的发言和试验有着极大的兴致。我们也就趁热打

第四章　广传薪火　丹心一片赤子情

铁,欲在檀香山发起平民教育运动。说真的,这里的华人绝大部分是目不识丁的文盲。现在趁着你演讲的热度,我们也想把这件事做起来。"

"这是好事啊!"晏阳初很高兴,没想到这次夏威夷之行,竟然还有机会为这里的华侨们做一点有益的事情,"有什么需要我做的,我晏阳初绝对愿意效劳。"

"我们得知今天会议结束了,专门来邀请晏先生,请你务必多停留几日,为我们这些远在海外的游子讲一讲你所从事的平教事业。我相信,只要晏先生肯帮我们,我们的平民教育运动,会很快地发展起来的。"郑帝恩言辞恳切。

晏阳初一口就答应了:"好吧,郑先生,你们如此热情,我很乐意为你们效劳。"

"那真是太好了。"黄福民兴奋地看了郑帝恩和其他几个华侨代表一眼,搓了搓手,"有了晏先生的帮助,我们檀岛的华侨平民教育,一定会很快开展起来的。"

"当然了。"郑帝恩比晏阳初还急,"晏先生,如果你现在有时间,能不能先把组织的一些细节问题给我们指导一下。"

"好吧,先说说你们的想法。"晏阳初点了点头,好像看到了檀香山平民教育美好的未来。

郑帝恩、黄福民和几个华侨代表先说了自己的打算,然后晏阳初对一些细节问题和需要注意的事项进行了指导,几个人顿时兴高采烈,有茅塞顿开的感觉。分手的时候,说定第二天便开展工作,届时,晏阳初将第一个登台演讲。

檀香山7月的早晨,有一丝若有若无的风,风中掺杂着棕榈和椰子成熟的香味,让人神清气爽。晏阳初不觉深深地吸了口气,不时风中还夹杂着几声分不清是什么鸟儿的啼声,显得那么悠远、那么迷人。

天色还没有大亮,从窗户向外望去,大街对面是一片开阔的空地,长着檀岛特有的棕榈树和椰子树,朦胧中显得那么高大和青翠。它们都在晨曦初露的美好里静默着,一声不响地迎接着新一天的到来。偶尔一阵风吹过，棕榈宽大的叶子便会袅娜地起舞，那优美的律动如梦一般掠过来，掠过晏阳初的心头。

同行的十多名中国人已于昨日离开了檀香山。第二天一大早，晏阳初早早地就醒了，他披衣起床，站到了窗前，轻轻地拉开窗户，让外面微凉的清芬空气扑入室内。他惬意地伸了伸懒腰，多么美丽而迷人的清晨啊！

晏阳初收回目光，把今天要演讲的内容在头脑中梳理了一遍。这些同胞，虽远在文明高度发达的海外，但由于不识字，过的是极为困难的生活。平民教育运动，正是一项能够改变他们命运的全民教育运动，我要让他们每一个不识字的人，都自觉地加入到学习知识的平民教育运动中来。

晏阳初正要出门，就听见门外有脚步声，接着就传来了郑帝恩的声音："晏先生，起床了吗？"打开房门，就见郑帝恩站在门口微笑着说："晏先生，我陪你吃早餐吧。"

"好啊，我这就去。"晏阳初点点头。两个人便肩并肩走下旅店的楼梯，边走边商量着檀香山平民教育的一些具体的细节。

上午的演讲安排在一个学校的礼堂里。晏阳初登台的时候，礼堂已经坐满了人。见他上台，大家都一齐鼓起掌来。晏阳初有些激动，自推行平民教育活动以来，演讲至少也有几百回了，但真没有想到，有朝一日会在大洋彼岸给这么多华侨演讲，他陡然觉得自己肩头的担子更重了。

晏阳初平复了一下自己的心情，便讲起了他所从事的平民教育事业。和他以前的许多次演讲一样，一说到平教事业，他的语调就会变得激昂，这项他将一生为其奔走的事业，让他每时每刻都牵萦在怀。他的演讲根本不需要刻意组织语言，五年的奔走中，那些酸甜苦辣都深深地烙在了他的脑海里，这让他的讲述更加委婉动人。

他讲起了祖国的贫穷、人民的苦难和沉在这深重苦难中无知识的民众更深的悲哀；他讲到了平民教育运动的发展和壮大，无数同胞从知识的黑暗中走出来的喜悦和脱胎换骨；他讲到了知识给民众带来的觉醒和

第四章　广传薪火　丹心一片赤子情

成功……

他的声音并不大，但倾注了太多的情感，甚至完全忘却了自己。台下几千名华侨都安静地听着，晏阳初或激越或温情的话语像一股股甘泉，沁入每个人的心里，大家为晏阳初所描绘的远景激动着、鼓励着。他的讲述，像是在他们的面前打开了一扇大门，一扇通向文明、富足、健康、理性的大门。在这扇门里，有他们所不熟悉的让他们兴奋的东西：理想、尊严、崇高、文明……在此之前，他们觉得这些是那么遥远。可现在，就在这温情的讲述中，他们欣喜地发现，原来，这一切离自己是那么近，近得触手可及。

礼堂里安静极了，安静得能听见人们的心跳声，一双双虔诚的眼睛，聚精会神地盯着台上的那个青年。他们很难相信，这样美丽的蓝图，就是从这个青年的头脑中产生的，并惠及无数人。深深地感动之余，他们被台上这位青年的执着与献身精神深深折服。

晏阳初讲完后，环视了大厅一眼，深深地鞠了一躬。有那么十几秒钟，台下的听众都没反应过来，似乎那声音还在大厅里回响激荡。紧接着，就爆发出一浪高过一浪的热烈的掌声。

晏阳初的演讲刚刚结束，檀香山华侨领袖郑帝恩和黄福民就走到晏阳初的面前，很是感动地对晏阳初说道："晏先生，听了你的演讲，我们这些同胞很是感动，大家纷纷要求，想借此机会对祖国的平民教育运动做些力所能及的事情。"

这次来檀香山，晏阳初的一个重要任务就是募集经费，目前还在冥思苦想怎么打开局面呢，没想到竟然在无意中获得这些华侨的帮助，心中很是高兴。他急忙站了起来，伸出手来说："谢谢你们，郑先生、黄先生，我代表中国三万万五千万不识字的同胞感谢你们。"

在檀香山停留的两周时间里，晏阳初演讲超过了四十次。听演讲的人，有时达三四千人，有时只有几十人。不管人数多少，他的演讲都认真而坦诚，他要把平民教育这颗种子，播撒到每一个听众的心里，让它生根、发芽。

在晏阳初忙着为演讲奔走的时候，檀香山华侨领袖郑帝恩和黄福民发起并组织成立了檀香山平民教育委员会和檀香山祖国平民教育募捐委员会。

檀香山平民教育委员会专门负责对檀香山不识字的华侨开展识字运动，帮助华侨识字，并且计划随即开班。檀香山祖国平民教育募捐委员会则全力支持远在祖国的平民教育运动，组织募捐大会，为祖国的平教运动筹集资金。

郑帝恩亲自担任教育委员会和募捐委员会会长。《檀香山华侨募捐大会促进祖国平民教育大运动》启事中写道："然兹事体重大，关系三万万人的教育事业，非有吾辈华侨同胞赞助合作，筹募巨款，万难达到人人识字、人人读书之目的。甚望全埠同胞，各尽其能，全体一致，慷慨资助，成此救国救民的伟举，四万万同胞幸。"

郑帝恩动员一切可以动员的力量，组织了妇女队、学生队、银行队、牙医队等若干劝募队，分街分段进行募捐。只用了短短的三个下午，就筹集捐款两万多美元。

募捐到的现金，面值大多较小。这说明捐款人大多是身处社会底层的普通劳动者。他们深感不识字的痛苦，也就对识字教育有了最迫切的需求。在听了晏阳初的演讲后，他们深为平民教育的前景所激励，慷慨捐出自己辛苦劳动所得，钱虽不多，但蕴含在里面的期待和信念却让晏阳初感动不已。

在檀香山，有一个华侨叫叶浦。叶浦从小家境贫寒，无缘进校读书。很小的时候便靠贩卖蔬菜养活自己和家人，自小艰辛不幸的拮据生活，让他养成了勤俭节约的品性，有时竟吝啬得过了头。他的这种性格在当地华侨中颇为有名，其他华侨都谑称他为"铁公鸡"（一毛不拔），他却毫不在意，依旧我行我素。

靠着自己的勤俭节约，叶浦中年时便成了当地首屈一指的富翁。其吝啬性格却丝毫不为所改，即使是对落难于这里的同胞，他也是常常不予施舍。

第四章　广传薪火　丹心一片赤子情

募捐的第二天下午，一个募捐小组要经过叶浦所住的街区。华侨们都认为叶浦是不会拿出一分钱的，但要放过这样的大户，大家又心有不甘。商量再三，小组长决定亲自去请晏先生，说不定他亲自出面，或许还会募集到几块钱。

小组长找到晏阳初时，晏阳初正和黄福民、郑帝恩商量着捐款的事。小组长说明了来意，晏阳初慨然应许："好吧，我跟你们去一趟，我相信，只要他是炎黄子孙，就会对祖国的这一伟大事业做出一些贡献。"

晏阳初看来倒是很有信心。

郑帝恩看着一脸微笑的晏阳初，心里也没有底，他可是早就听说过这个叶浦吝啬的名声，怕晏阳初会遇到尴尬的事，略微一沉吟，说："那好，我也陪你去看看这个声名远播的'吝啬鬼'。"

"有了你们同行，估计会有很好的效果。"小组长在前头高兴地带路。

一路上小组长详细地介绍了叶浦的性格，讲了一些他的逸闻趣事。晏阳初微笑着听完，说："我相信，叶先生会捐钱的。"

"晏先生，你可不要太乐观了，他可是吝啬得出了名的，还没有谁从他手里掏走过一分钱呢。"小组长不无担虑地说。

晏阳初被大伙儿说得心里也没了底，但他还是相信，世界上绝不会有真正的铁石心肠。

叶浦听说晏阳初来访，非常热情，亲自出门迎接他们。

"叶先生，今天打扰是为给平民教育运动募捐一事。"郑帝恩开门见山说明了来意。

"是啊，叶先生，我们平民教育运动是民间机构，没有经济来源，所有的费用都是靠你们这样的社会贤达资助的。我们今天到访，诚望叶先生能慷慨解囊，资助这一伟大事业。"

晏阳初望着叶浦，言语诚恳。

叶浦哈哈一笑："晏先生，喝茶，喝茶。"他磕掉手里的烟头，"我就说嘛，这轰轰烈烈的募捐人群，怎么到了我门前就没有响动了。"

他叫过仆人，俯在仆人耳边小声说了几句话，仆人便飞快地奔里

223

屋去了。

"晏先生,"叶浦看着晏阳初,"昨天我也去听了你的演讲,回来后心里很激动。不瞒你说,我现在还是个一字不识的'睁眼瞎'呢。"

叶浦的语调有了几分悲凉,眼睛望着窗外,好像沉浸在了对往事的回忆中:"不识字的痛苦,我可是尝够了,尤其是在这人情冷漠的异国他乡。"

叶浦站了起来,神色有几分难过,接着说道:"想起过去的日子,唉,还是不要提了吧……昨天,我听了晏先生的话,很高兴,有了您这样无私的人帮助,祖国的许多同胞就可以免去不识字的痛苦,也再不用像我这样,受到别人的轻贱和侮辱了……"

叶浦望着晏阳初,态度很诚恳地说:"回家的路上我就决定,愿意为祖国的这场识字运动尽一份力,使那些能有机会识字的人们,不再像我一样,一辈子都是个不识字的'瞎子'。"

郑帝恩有些疑惑地望望晏阳初,几乎不敢相信叶浦的话是真的。晏阳初却微笑着点头,他也很感慨,心里涌起一股暖流,看来,这不识字的痛苦,叶浦是真尝够了。

刚才那个仆人快步从里屋走了出来,递给叶浦一个纸包,说:"老爷,这是夫人给您的一千美元。"

郑帝恩和小组长简直不敢相信自己的耳朵。

叶浦拿过钱,仔细地数了数,走到晏阳初面前,说:"晏先生,这是叶某的一点心意,请你收下。"

晏阳初赶忙站起来接过,感激地说:"叶先生,谢谢你的无私捐赠,我代表平教会,对你表示由衷地感谢。你放心,这里的每一分钱我都会用到平民教育事业中。"晏阳初把钱递给了小组长,紧紧地握住了叶浦的手。"有了像您这样的开明人士的捐助,我们的平民教育事业何愁不壮大呢!"

晏阳初婉言谢绝了叶浦留他们共进晚餐的邀请,叶浦把他们送到大门外,几个人才挥手作别。

第四章　广传薪火　丹心一片赤子情

回去的路上,郑帝恩深有感触地说:"晏先生,看来你的平民教育运动真是深入人心啊!连叶浦这样出了名吝啬的人,也会慷慨解囊,而且一出手就是一千美元。说真的,我现在都还有点不相信呢。可仔细一想,这又是必然,你所从事的事业,真是老百姓最迫切的需求,这样的事,谁不拥护呢!"

"是啊!"晏阳初接过他的话茬儿,"随着平民教育运动的一步步深入,我也深深体会到了这一点。几千年来,这些最辛苦的劳苦大众,一直默默无闻地生活着,做最苦的事,得到的回报却极其可怜,还常常遭受别人的欺凌……从来没有人为他们真正想过,他们从来没有得到过自己应有的权利。这使我每天都有一种使命感和紧迫感,生怕自己一懈怠了,就会辜负了那一双双充满渴望的真诚的眼睛……"

"是啊,我们这些有机会帮助他们的人,更应该献出我们的一份心力,不然,良心会不安的。"郑帝恩轻轻地说。

晏阳初就要离开檀香山,启程回国了。郑帝恩已经为他买好了船票。黄福民和几位华侨知识分子,已经把华侨平民教育委员会组建了起来,一切都朝着理想的方向前进着。晏阳初也和黄福民、郑帝恩商量好了,等他一回到祖国,就着手组建华侨教育部,具体指导和帮助他们在华侨中开展平民教育活动。

这天晚上,晏阳初受檀香山总督邀请,赶赴专门为他准备的告别晚宴。

檀香山总督费林敦,是晏阳初的耶鲁校友。在风景如画、凉风习习的总督府,费林敦亲自接见了晏阳初。

"晏先生,你一到檀香山,就在华侨中掀起了一股狂热的识字风暴。现在,美国许多报纸都报道了你的事迹,我们檀香山的报纸更是多次提到了你,你真了不起啊!"费林敦总督竖起大拇指,高兴地夸奖道。

"哪里,哪里。"晏阳初微笑着,谦虚地回答,"只不过是我所从事的事业,正切合了他们的迫切需要罢了。"

"这几天,听到的都是为你募捐的事。"费林敦总督给晏阳初倒满酒,

"檀香山好久没这么热闹了,我也从没见华侨这样齐心过。晏先生,你既是中国的光荣,也是我们耶鲁的骄傲。为了表达对你的敬意,我们也募集了一些资金。"

"谢谢总督,我代表四万万同胞感谢你!"晏阳初举起了酒杯,"为了表达对你的感谢,干杯!"

"干杯!"

醉人的灯光下,两个人举起酒杯,一饮而尽。

7月31日下午,晏阳初告别美国朋友,告别前来为他送行的黄富民、郑帝恩一行人,怀揣募捐到的现金,踏上了归程。

这次募捐共得23005.85美元,其中当地美国友人捐款1340.5美元,其余2万余美元都是当地华侨的捐款。

轮船越行越远,檀香山一点点远去,逐渐变成了一个小点,直到完全消失。眼前已经全是茫茫大海,晏阳初才收回目光,从甲板上走回船舱。

晏阳初抵达北京后,便将捐款交付总会会计存储。此次捐款折合银圆3.5万元,解决了平教会的燃眉之急。

晏阳初回国后,平教会同人召开专门集会,晏阳初汇报了此次筹款的经过,晏阳初初次檀香山之行,影响是深远的,这远非募捐到的两万多美元的捐款所能体现。这是他第一次系统而成功地把他的平民教育理论推介给国际社会,并在国际社会中产生了广泛而深远的影响。

回国后不久,参加第一次太平洋国际交往讨论会的菲律宾代表就来信说,中国的平民教育运动给了他们深刻的启示,现在他们已经在菲律宾全国开展平民教育,决心在五年之内,消除菲律宾所有的文盲。他们希望,能得到晏阳初和他领导的平民教育会的帮助。

几年后,第一次太平洋国际交往讨论会的执行主席韦尔伯博士出任美国内政部长,一上台他就着手制订了在美国消除文盲的计划。为此,在上任之前,他还专门偕夫人到中国拜访了晏阳初和他的同事们,并考察了他们所开展的平民教育运动。后来,他在给国会的报道中写道:"晏阳初和他的同志们在中国极其动荡、贫穷的情况下，仍在孜孜不倦地开展平民教育，而且取得了举世瞩目的成就。美国富庶安定，教育机构完善，体制优良，为什么不去做呢？！"

国会批准了韦尔伯博士的计划，在美国推行扫盲教育，其模式和方式大多是直接照搬中国平民教育运动的。

也因为这一次的国际影响，若干年后，国际乡村教育研究会的成立才顺理成章。

当然，这些都是后话了。

3

时间回溯到1924年6月，那时中国大地已值酷暑，一天比一天炙热的阳光，好像要把人烤熟。虽是农闲时节，可平素就食不果腹的老百姓，大多还在田地里挥汗如雨地劳动着，他们顶着烈日的炙烤，把自己对未来生活的渴望与希冀，和着一滴滴滚烫的汗水，寄托在更加辛苦的劳动中。他们都相信：人勤地不懒。汗水顺着脖子往下淌，浸湿了脚下的土地。

由于内战不断，城市的景象也很是萧条：阳光暴晒下的街道，是那样肮脏和死寂，除了路边树荫里偶有几个讨生活的小贩外，街上少有其他行人。时不时地倒可以看到蓬头垢面的乞丐，倒卧在路边的浮尘里。也许就在几天之前，他们还是在地里辛苦劳作的农民，战争的蔓延，让他们含泪离开打拼了大半生的土地，不得不四处流浪。从车子飞速驶过的一瞥中，根本不知道他们是死还是活。

收回了目光，晏阳初心里充满了无尽的悲伤。回国的几年里，他所见到的大多是生计日益艰难的百姓，愈演愈烈的军阀混战，愈来愈张狂的横征暴敛……这些都令他气堵、心闷，所以他发动平民教育的决心也就愈加坚定。他深信：凭着他和同事们的奔走努力，经过一代人的努力，平民教育就可以让劳苦大众从愚弱的桎梏中解放出来。

他摇了摇头，尽力驱赶走悲凉的情绪，让思绪又回到了现实中来。

对面北美基督教青年会协会总干事伯格曼先生，不知什么时候已经睡着了，在列车咣当咣当的行进中细微地打着鼾，身子随着车厢有节奏地晃动着。晏阳初了无睡意，这一次他和伯格曼受张学良之邀，到沈阳去帮助奉军解决士兵的识字问题。早在1920年回国之初，晏阳初平民教育运动最初的计划，便是在军队中推行识字教育。法国普兰的劳工教育中，他已经积累和总结了许多经验，士兵人员集中，管理严格，有固定的作息时间，学习效果自然会更理想。市民和农民的识字教育，相对要困难许多，他们自由散漫惯了，时间又不固定，学习效果很难体现。

偏偏晏阳初回国后的第一次大型平民教育的受众并不是士兵。

事情远没晏阳初想象中那么简单。他回国的时候，国内各大军阀正忙着打仗，扩张自己的势力范围，哪有心思教育士兵？！谁又会听他一个白面书生的建议？！晏阳初虽多方联系，呼告奔走，最后却是无果而终。

奉系军阀张作霖在第一次直奉战争中吃了大亏，痛定思痛，方觉乌合之众战斗力低下，难打胜仗。于是命其子张学良总理学政，教育军队。因缘际会，晏阳初与少帅达成协议，由晏阳初来教育士兵，并组成了专门的士兵教育委员会。

列车一直北上，景色也就一天天变得开阔雄浑起来，从江南水乡温润的山水中甫一进入北国广阔无垠的平原，晏阳初心里有说不出的喜悦和豪迈。同行的伯格曼也啧啧称赞着中国的地大物博。

几天后，晏阳初和伯格曼携带五万多套《平民千字课》，以及60部大型幻灯机、5000张彩色幻灯片抵达沈阳。下车伊始，晏阳初便投入了平教试验工作中，他拒绝了一切不必要的应酬和往来，终日忙碌着，人们只能见着他匆匆的身影。少帅张学良也已经打心眼里喜欢上这个埋头做事的青年。

6月中旬的一天，张学良亲自约见了晏阳初。见他如此潜心于工作，既觉钦佩，又是感激，打趣地说道："晏先生，咱中华如果人人像你，一心做事，怕早已立于世界强国之林了。"

晏阳初也不客气："少帅说得有理，唯因为此，我辈才感到肩上担子

第四章　广传薪火　丹心一片赤子情

之重，不敢虚掷时日啊！"

"晏先生，教育士兵一事，就全靠先生帮忙了，鄙人一定会给予人力物力上最大的支持。"张学良肃然起敬，停了停道，"对了，我已经按照你的要求选好了三百名军官作为授课老师，今天就交给你，相信你会在很短的时间内把他们培养成合格的识字教员。"

"少帅放心，我相信，只要我们共同努力，事情一定会成功的。四个月后，我交给你一批能识字的合格的士兵。"晏阳初坦诚道。

"我坚信你能。"张学良微笑颔首，"如果你都不能，我估计也就很少有人能完成了。"

"少帅谬赞了，晏阳初定会尽心尽力。"

告辞出门，张学良一直把晏阳初送到官邸之外，看着他乘坐的汽车绝尘而去，少帅才收回目光，对身边的杨宇霆将军深有感触地说："晏先生的工作精神，的确让人钦佩，我奉军要是能有几个这样的人才，何愁实力不强大！"

"少帅，那何不把他留在沈阳呢？"身边的杨宇霆提议。

杨宇霆，字邻葛，沈阳市法库县人，日本陆军士官学校第八期步兵科毕业，历任奉军参谋长、东北陆军训练总监、东三省兵工厂总办、奉军第三和第四军团司令等职。

张学良眼睛一亮，看了看晏阳初离开的方向，露出一副若有所思的表情。

短短几天时间，晏阳初便向三百名军官讲解了平民教育运动实践的方法、意义和前途，并详细介绍了《平民千字课》的教授方法。军官们积极性很高，很快都掌握了基本的教学方法。

教师问题一解决，识字教育马上便步入了正轨。

7月1日，骄阳似火，碧空高远。少帅亲自主持，举行了盛大的开学典礼。一时军乐齐奏，万人欢腾，少帅走上主席台，环视了一眼台下列队的士兵方阵，高声说道：

"官兵兄弟们，过去我们东北军吃了不少败仗，往往还找不到原因，

229

其实我们是吃了不识字的亏,你们中间不识字的士兵占绝大多数,就连许多军官也是大字不识几箩筐的粗人⋯⋯"

台下士兵爆发出一阵讪笑。

"⋯⋯士兵不识字,就不能正确领会上级的作战意图;军官们不识字,往往便会犯决策性的错误。我们的团以下的军官中,有许多人就曾经有过这样的指挥失误的经历。血的教训,让人深思啊!"

台下一片静默。

"过去的,我们就不再提它了。现在,我们在全军中展开识字教育,就是要让我们的军官成为优秀的指挥者,让士兵成为精干的士兵,让我们的官兵都成为有文化的人,这样我们的军队,才能成为一支精锐之师⋯⋯"张学良用力在空中挥了挥手。

士兵们用力鼓起了掌。

"下面,有请平民教育家晏阳初先生给我们大家讲话⋯⋯"张学良带头鼓起了掌,晏阳初就在这热烈的掌声中走上台前,等士兵的掌声平息了,他深情地说:

"士兵同胞们,不识字的痛苦,相信各位早都领受过了。早在法国的时候,我便深刻地认识到了这一点。⋯⋯刚才少帅说得好,一支有知识、有远见的部队才能成为精锐之师,才能在战争中立于不败之地。今天,我要告诉你们的是,做到这一点并不难。每天只需要花两个小时,一共只需要四个月,你们便会成为一个知书达理的人,成为一个与现在完全不同的人。我相信,你们一定能做到!"

讲到这里,晏阳初用力挥了一下手。

紧接着,晏阳初又高声问道:"你们愿意吗?"

"愿意!"台下是雷一样的回应声。

"愿意,就希望你们支持配合,大家一起努力⋯⋯"讲完晏阳初深情地看着大家。

官兵们以雷鸣般的掌声表达了决心。

当天下午,识字运动便在军队中展开了。

第四章　广传薪火　丹心一片赤子情

士兵们以班排为学习班，排长、班长便成为自然的教员和督促者。少帅又颁布了识字的命令，军令如山，参加学习的每个人都不敢抗拒和懈怠，学习起来也就卖力多了。

军营里掀起了学习的热潮。

《平民千字课》共四册，每册二百五十个生字，是按照由易而难的次序编排的，每个生字旁均配有插图，还有常用的组词或短句，便于理解和掌握。

根据晏阳初的提议，委员会又组织人力、物力，准备刊印《士兵周刊》，以检验和巩固士兵们的学习效果。

周刊的编辑们根据第一册《平民千字课》中二百五十个常用汉字，连字成句，缀衍成文章，针对士兵生活的实际情况，告诉他们一些浅显的道理。

等第一期散发着油墨香的《士兵周刊》传到士兵手里时，闷热的7月已经过去，士兵们也学完了第一本《平民千字课》。

《士兵周刊》在士兵中间一传开，便引起了积极的响应。大多数识字的学员都能在报纸中认出自己刚刚学会的字。第一次享受到能读书看报的喜悦，士兵们的喜悦之情和自豪之感溢于言表，学习的热情更加高涨了。

4

转瞬间，晏阳初到达沈阳已经一个多月。眼看奉军士兵的教育工作已步入正轨，他也将要开展自己新的工作。这天傍晚，夕阳褪尽，晚风轻拂，晏阳初步出营房，健步向张学良的住处走去。他准备离开了，还有许多地方的军阀在向他发出邀请，让他去主持士兵的教育工作，平教会里也还有那么多的工作等待着他去做。

一路经过营房，纷纷传出一阵阵琅琅的读书声。士兵们来自五湖四海，方言众多，听起来有点不伦不类，但那份热情却让晏阳初感动，他心头如被这温煦的晚风拂过，温暖又舒坦。

站岗的士兵远远地见他经过，便会啪地立正，再敬一个标准的军礼，大声叫道："晏先生好！"

晏阳初也不停步，微笑着和他们点头致意，不知不觉间便到了张学良住处。

张学良接到士兵通报，亲自迎了出来。他穿着便装，显得儒雅随和。张学良热情地握住晏阳初的手，说："晏先生，今日哪来空闲，我已吩咐过手下的人，叫他们不许打扰你的。"

"哪里，哪里。"晏阳初和少帅并行而走，"多谢少帅体恤，阳初今夜来访，是想向少帅辞别，动身回北京。"

"怎么，晏先生要走了？"张学良一愣，感到有些意外。

"这里的识字运动开展得很好，我敢肯定，四个月后，少帅便会得到一支完全不同于往日的军队。"晏阳初微笑着说，"我留在这里，已经没有多少事可做了。"

张学良哈哈大笑道："晏先生说笑了，没有你的指导，奉军的教育不知还要等到何时，学良感激不尽啊！晏先生，你做的是功德无量的事情，如果全国的军队都能够识字，中国军队的面貌和内涵将大为改观。"

"不瞒少帅，我们的平民教育试验，已在全国许多地方展开，阳初实在不敢有懈怠，这就向少帅辞行。这里的各项工作，我均已交代清楚，明日即动身，便不再拜别少帅了。"晏阳初真诚地说。

张学良沉吟了片刻，他心里是想挽留晏阳初的，但他也清楚，现在还不是时候，再说，晏阳初肯定会拒绝，只得道："也好，我本想多留先生些时日，但晏先生事务繁多，学良也就不再勉强……"

这已是 8 月末的一个不太炎热的清晨，较之刚抵沈阳时的天气，暑热已消。天色还没有大亮，太阳像个羞红脸的姑娘，只在东边的天幕上露出通红的脸。晏阳初整理好简单的行李，将室内的陈设一一仔细放好，便拿起包袱，轻轻推开房门。

一出来便望见张学良的专车静静地停在那里。晏阳初一愣，他竟然没有发觉，少帅的车是什么时候停在自己门外的。愣怔过后，他的心头

第四章 广传薪火 丹心一片赤子情

涌起一阵被理解的感动。

一身戎装的少帅从车上下来,向他打招呼:"晏先生,早!"

"少帅,你怎么来了?"晏阳初快步走过去,有些感动得不知说什么好。

"别说了,晏先生,快上车吧,我送你去车站。"少帅钻进了车。

副官为晏阳初打开了车门,晏阳初没有推辞。

汽车一溜烟飞跑出了营地,在清晨的街道上,留下一缕飞尘。

等晏阳初在火车上坐好,少帅紧紧握住他的手:"晏先生,相处的时日虽短,学良却深深佩服先生的坦诚和无私,工作的热忱和敬业。今后,晏先生有需要学良之时,尽管开口,学良当尽力为之。我相信,我们还会有机会在一起共事的。"

晏阳初也有几分难舍:"谢谢少帅的信任和支持,阳初这次方能有机会在军队中展开平民教育试验。我们后会有期。"

两人相视一笑。

等火车开动了,张学良的司机才启动汽车。一直沉默着的副官这才不解地问:"少帅,怎么不挽留晏先生呢?他这样有影响的人,应该让他为我们所用。如果被其他派别的军队请去了,我们不是吃大亏了吗?"

张学良微微一笑,说:"这个问题倒不用担心,晏先生非一般的人,高官是不能让他动心的。我也想过留他,只不过时机还不成熟,再等等吧。"

副官有些不解地看了少帅一眼。

"我总有机会请到他的。"张学良看着车窗外飞掠而过的景物,像对自己,也像是对副官说,"晏先生这样的人,一不为名,二不为利,乃人中之俊杰,只可礼延,不能屈致啊。"

……

北京平教总部,各地军阀邀请晏阳初去主持士兵教育工作的信函早已如雪片般飞来,晏阳初并未被这喜讯冲昏头脑。他知道,要在这些互相交恶的军阀之间开展平民教育运动而不被牵进政治中,是十分困难的。

他一再告诫平教会同人，无论如何，都要保证平教会完全独立的民间团体的性质，决不依附任何党派。只有这样，才能于混乱之中，保证这一全民教育运动良性发展下去。

当时国内的军阀，大多致函给晏阳初。有的是看到了平民教育运动的磅礴声势，出于信任，请他去开展士兵识字教育。而大多数则是由于不愿被人忽视，只是想借平教运动这块响亮的招牌，邀请平民教育运动的领导人去指导教育工作，或是为军官们建立一个训练机构，这在当时被看作进步的表现，也可借此博得些开明的名声。

晏阳初和平教同人们，并不在意军阀们的意图。只要接到邀请，他们就会积极地去做。在他们看来，只要能推进和壮大平民教育运动，便都是好事。

……

1925年春，晏阳初偕傅葆琛等人，西行包头，接受西北边防督办冯玉祥将军的邀请，为那里的平民教育训练班讲课。

西北地广人稀，教育更是滞后，文盲远比东部各省多得多。晏阳初和同事们先培训了当地的教师和政府职员，然后让他们去充当教师，教育民众。

由于冯玉祥将军决心改变西北教育落后的现状，督促得很频繁，短短一年时间，察哈尔、绥远一带就有数万民众参加过识字班。

随着平民教育运动在全国的广泛开展，影响也逐渐深入，晏阳初更是忙着为平教会罗致人才。为了扩大影响，他曾亲自上门拜访梁启超，请他主持平民文学的编辑工作。梁启超看着眼前这个年轻人的执着无私，慨然允诺了。

在晏阳初的努力下，1926—1927年间，全国许多有名望有地位的学者和知识分子，都纷纷加入了平民教育运动中。

1928年，平民教育运动已在许多派系的军阀队伍中成功地教育出一大批识字的士兵。

城市市民教育的工作规模也正日益扩大，南京国民政府也屡次来函，请平民教育总会派人南下，协助开展平民教育工作。

赓即，美国哥伦比亚大学教育硕士——平教总会城市教育部主任兼总务部主任汤茂如来到苏州，成立了江苏大学区民众教育学校，并随即招生开课。

……

各地省政府也纷纷致函平教总会，邀请他们去本省开展平民教育工作。一时间，平民教育运动席卷整个中国，广袤的神州大地，沉浸在一片识字的热潮当中。

晏阳初和他的同事在中国大地上开展得轰轰烈烈的平民教育运动，也得到了国际社会的赞扬和广泛关注。国际社会都惊喜地看到，在古老而落后的中国，有一个从边远山村走出来的瘦小青年，他叫晏阳初，正在带领他的同事们，为在一代人之间教育本国3亿多愚弱人民而努力着，而这种务实的努力，正逐渐显现出它卓越的功效。

5

1928年3月初，正是冰河解冻，万物复苏的日子，晏阳初结束了与南京国民政府的商谈，回到北京平民教育总会总部。

这次的南京之行，可以说是收获颇丰，与蔡元培先生恳谈时，他对平民教育是赞赏有加，感慨地说："……照这样的情形发展下去，用不了几十年，祖国几万万处在愚昧、黑暗中的人民，便可以成为知书达理的现代人了。"

想起这些年的平民教育运动，一如这绚丽的春天，正恣肆怒放着，晏阳初心里很高兴。

和煦的春风带着馥郁花香掠进车窗。晏阳初放松了全身，沉沉睡去，酣然入梦。

梦中梦到了妻儿，儿子仰头看着他问："你是谁？"

"他是你爸！"许雅丽扬起手正要打向儿子，晏阳初醒了。

"是该回去看看他们了！"梦中醒来，晏阳初更加想念家中的妻儿，心里也有些惭愧：结婚这几年来，为了自己所追求的事业，他无时无刻不在忙碌着，常常是东奔西走，南下北上，没在家里待过几天，家里的所有事情全交给了妻子许雅丽一个人。妻子很娴淑，总是全力支持他的事业，而且从不向他抱怨一声，总是把体贴和温柔交给他，让他放心地做自己的事。

在家时间少了，有几次回家哄儿子，儿子都不让他抱了。晏阳初嘴里不说，心里的那份惭愧却很深。与儿子相处的时间少得可怜，孩子又怎会与他亲近？可谁叫他选择了平教事业呢，他唯有把对妻儿的这份愧疚，化为更加努力的工作。

回到北京平教会总部，还没有到办公室，远远地晏阳初就见一些同事围在门口，不停地指指点点，脸上还洋溢着笑容。

"发生什么事了？"晏阳初急忙走上前去，想看个究竟。

"晏先生，你回来了？！"

"总干事，快来看啊，说是找你的。"

见是晏阳初，同事们纷纷上前打招呼，然后又主动让出一条道来。晏阳初十分疑惑地走上前去，只见门口停着一辆崭新的豪华小汽车，旁边还站着一个笔挺的军人，这个军人就是张学良少帅手下的赵副官。

赵副官见到晏阳初，急忙走上前来，还不等晏阳初开口，便使劲握住晏阳初的双手，道："晏先生，你终于来了，我可等你很久了！"

晏阳初疑惑道："赵副官，这是怎么回事？我们不是前几天刚刚分手吗？怎么转眼间你又到了北京？"

赵副官指着身后的豪华小汽车，满脸堆笑道："晏先生从事平民教育工作，经常风里来雨里去。少帅敬佩先生为人，见先生很是辛苦，于是委派下官专门送汽车一辆，供晏先生乘用，以慰藉先生工作之辛劳。"

这些日子晏阳初一直奔忙于北京和定县之间。在北京市内来往时，常骑一辆脚踏自行车；到定县下乡时，便以小毛驴代步。

一个月前，晏阳初在北京骑车经过一条大街时，一辆自行车突然从他身后驶来，眼看着就要相撞，晏阳初急忙躲闪，前轮却卡在了电车轨

第四章　广传薪火　丹心一片赤子情

道里，无法动弹，人也跌倒在地。哪想这时一辆小汽车突然从后面开来，晏阳初急出一身冷汗。幸好那辆汽车及时刹车，晏阳初才侥幸躲过一劫。汽车里的人正是少帅张学良。张学良见是晏阳初，急忙下车，不仅对他没有责怪之意，反而询问他脚是否受伤。得知晏阳初没有受伤后，二人又寒暄了几句才挥手告别。

事过一个多月，不料张学良竟派副官送来汽车一辆，时值1928年，即便是一般的达官贵人，出行也不过是乘坐马车，再远的话就是乘坐火车。小汽车不仅价格昂贵，而且极难买到，算是极为豪华的装备了，由此可见张学良的手笔。

晏阳初一听，当即被吓了一跳，道："多谢少帅美意！但这么贵重的礼物，我怎么能收呢？！替我谢谢少帅的美意，汽车我是万万不能收的。"

赵副官知道晏阳初的秉性，当下满脸不高兴，严肃地说道："军人以服从命令为天职，我赵某只是替少帅办事的，少帅叫我送给晏先生，那我就一定要送给晏先生。"

晏阳初露出一脸的苦笑，坦诚地说道："我晏某不是为难赵副官，你说我一个搞平民教育的，接触的人以平民为主，我若是乘了汽车外出推广平民教育，岂不让人笑掉大牙？所以，还请赵副官替我向少帅说明情况……"

赵副官的脸色也缓和过来，道："少帅已有吩咐，此车务必请晏先生全权支配，亦可自由处置，但一定不能退回。"

然后，赵副官便将小汽车留下，转身而去。

……

处理完总部的事情，晏阳初便急匆匆地向家里赶去。

北京的3月，早晚还有料峭的余寒，正午的阳光却使这古老的都市有了春日的暖意，大街上到处是欢悦的人群，小孩子们更是忘乎所以地高叫着，四处追逐着乱跑，好像要把被寒冷禁锢了一冬的怒气，在这和煦的阳光中完全释放出来。

看到这一切，晏阳初心里很温暖，不由得加快了回家的脚步。

听见门响，许雅丽抬起头，看见是丈夫，眼角闪过一丝欣喜："你回来了，你怎么还是走路回来的？听说少帅送了你一辆小汽车，我还以为你会坐车回来呢。"

晏阳初一边看着许雅丽一边说："我已安排平教会的同事把它卖了，卖了银洋一千余元，全数列入平教会的活动经费。"

"是啊，我也正准备给你说这个事呢。你一个搞平民教育的，坐小汽车下乡，像怎么回事？"许雅丽也笑着说道，"搞平民教育，不深入平民怎么搞？"

晏阳初点点头，放下手里的包袱，四处看了看，忙问："儿子呢？"

"被吴妈带到外面去了，今天太阳暖和，我叫他们去晒晒太阳。"许雅丽一边收拾着屋子里的卫生，一边答道。

晏阳初跨过去，一把将妻子拥在怀里，紧紧地抱住。许雅丽温顺地把头靠在丈夫的肩膀上，两个人紧紧地依偎在一起，静静的，能听见彼此的心跳。

这些年若没有妻子的支持，他很难取得这样的成绩。记得与余日章干事分别时，余干事有些羡慕地说，有这样深明大义的妻子，他的事业定会如日中天。回想这些年来，不管是成功或是遇到挫折，妻子总是他强有力的后盾，他感激她、依恋她。

他拉起许雅丽的手，那手由于终日的劳作，已有些粗糙。晏阳初心里一阵激动，又略带愧疚，忍不住捧起许雅丽的手，轻轻吻了一下："雅丽，真是辛苦你了。"

许雅丽红着脸笑着躲开："看你，像个小孩子样，大白天也没个正经。"

"想你了嘛。"晏阳初笑着追过去挠妻子的痒，许雅丽笑着跑开了，一边跑一边说："别闹了，吴妈带着孩子回来了，看他们不笑话你！"跑到中途，她忽然像想起什么事，转过头来说："对了，差点忘了，耶鲁大学给你发了封电报，在书房里，快去看看。"

晏阳初停了下来，和妻子一起走进书房。妻子拿起桌上的一封电报

第四章　广传薪火　丹心一片赤子情

交给他。

"你自己看吧，估计是好事。"许雅丽笑吟吟地看着他，眉眼里洋溢着温情。

晏阳初拆开信封，原来是母校耶鲁大学发来的邀请：

"……根据你毕业后在自己国家所做的贡献，你是耶鲁众多优秀毕业生中的一员，耶鲁将授予你荣誉文学硕士学位，务请你于6月20日亲自到校，领受荣誉……"

"哇，真的是好消息啊！"许雅丽雀跃。

"还早着呢，看把你高兴的。"晏阳初也很高兴。

看了电报后，夫妻俩喜不自禁。许雅丽温情地看着自己的丈夫，说道："看来你在国内所从事的事业，远在美国的母校也一直关注着。"

"是啊，"晏阳初若有所思，"尤其是如此，我现在更是一天也不敢懈怠，因为我的身后，有那么多双关注的眼睛，他们都一直满怀期待地激励着我前行。如果有一天，我自己停了下来，真不知如何面对他们的鼓励和期待。而且若真到了那个时候，我会不安的……"晏阳初很有感触地轻声说。

许雅丽帮他脱下外衣，挂到墙上，温柔地瞟了他一眼："看你，回到家里了，也不给自己放松放松。"

晏阳初回过神来，说："对了，这几天手头的事情松了一下，大可以在家里多待几天了。"

许雅丽给他倒了杯水，说："那去美国耶鲁的事，你也得仔细思量思量，毕竟来回需要很大一笔路费。"

晏阳初点了点头，道："是啊，这个问题我还得考虑好。等明天到了总部，开个董事会，跟大家一起商量决定去还是不去。"

许雅丽还准备再说点什么，远远地传来了吴妈和儿子喜悦的叫声。

夫妻俩赶忙丢下手中的东西，一齐赶到屋外。3月煦暖的阳光中，儿子不停地叫着"妈妈、妈妈"，张着小手快步跑过来。

晏阳初跑过去俯下身子，一把抱起儿子，高高举过头顶，儿子咯咯的笑声在头顶炸响。

有一缕轻风拂过花圃，一阵阵春天馥郁的清香直沁人心脾。

……

第二天，晏阳初把受邀之事报告了总会，受到了董事会成员热烈的祝贺。朱其慧女士高兴地说："晏总干事，这是好事情，我们大家都为你高兴呢。你受到母校的青睐，自然是因为你毕业后所取得的成就，这既是你个人的荣誉，也是我们平民教育总会的荣誉。"

"是啊，"一位成员接过话茬儿，"这说明我们所从事的平民教育运动，已经得到了社会各界的广泛关注，就连远在大洋彼岸的美国，也对这一伟大事业有所知晓。耶鲁授予你的荣誉，你自当无愧于心。"

陈筑山也微笑着走过来，说："看来，我们的平民教育运动，已逐渐引起国际社会的广泛关注，这对我们今后的工作，将起到很好的促进作用。"

"不过，"晏阳初沉吟了一下，"我还没决定去不去呢。去美国往返一趟，路程太远，花费不小。再说，我们平教会还有这么多的事情要做……"

他的话没说完，朱其慧女士便笑着打断道："我们不是正在筹划去美国募捐经费吗？你一边募捐，一边领受母校的荣誉，这可是一举两得的好时机。再说，我们也可以借机扩大我们平教会的影响。上一次你参加太平洋会议，不是就让世界上许多国家关注到了我们的平教运动吗？"

"是啊，这可是个好机会。"

"让更多的人了解和支持我们的事业，不正是我们一直追求的吗？"

一语提醒梦中人，大家纷纷赞同晏阳初赴美。晏阳初也觉得确实可行，就没再反对。

等大家各自回到了自己的办公室，刚才一直没吱声的冯锐走了过来。

"晏总干事，我有事找你说说。"

晏阳初把他带到自己的办公室坐下。

"张学良少帅到定县参加我们的平民教育筹备大会了。"没等坐稳，

第四章　广传薪火　丹心一片赤子情

冯锐就开口了。

"是吗？什么时候？陪同他的还有什么人？"晏阳初一边沏茶，一边问。

"陪同的人倒不多，有他的参谋长杨宇霆，还有几个文职军官，时间是……3月10日前后吧。"冯锐望着晏阳初，回想着具体的时间。

"张少帅说过什么话吗？"晏阳初关切地问，他有点担心，平教工作刚在直系军队里开展过，直系和奉军，那可是死对头，打了多年的仗。张少帅该不会因此向平教会发难吧？虽然张少帅看起来是个儒雅的人，甚至还赠送了车，可晏阳初的心里还是没底。

"张少帅在大会上讲了话，赞扬了我们的工作。"冯锐顿了顿，"散会后他还找到我，要我转告你，他愿意协助我们平教会的工作。"

晏阳初看了冯锐一眼，定县的农村试验就是由这位博士领头开展着，目前那里的农民教育工业正热火朝天地进行着。冯锐满面风尘，脸色比原来黑了不少。定县的风沙大，环境很艰苦，冯锐已经完全像一个农民了。

"不过……少帅的好意，我看不会这么简单。"晏阳初沉吟了一下，"通过与少帅交往接触，我发现少帅这个人，不管做什么事情都会先从自己的利益考虑，他如此关注平民教育，我有些怀疑他的热心……"

"不过，退一步想，我们都是些无权无势的读书人，他应该不会对我们有所图的。"冯锐的神情变得严肃，"不去管他，反正我们不去主动找他就是了，等他来找我们好了。我们的宗旨不变，还是尽量少和政治有关系的好。"

半响，晏阳初说道："是啊，这个是我们平民教育的宗旨。如果真的和政党扯上了关系，那么我们的平民教育就失去了它的生命力。"

冯锐点头表示赞同。

"辛苦你了，冯博士，我相信，定县的农村教育试验工作会越来越好的。我代表平教总会感谢你的无私付出。"晏阳初换了个话题。

冯博士腼腆地笑了一下，说："哪里，我们做得还远远不够。"

接下来，两个人商讨了在定县农村开展的农民教育试验的一切细节问题。意见统一后，冯锐博士走了出去。

看着冯博士的身影消失在门口，晏阳初收回目光，又埋首于自己案头的工作。

6

春日的煦暖一日更胜一日，到了 3 月的末梢，北京常见的扬沙天气也悄悄归隐了。走在大街上，已经很少能看见着冬装的人。人们在大街上有说有笑地悠闲地踱着步，享受着这难得的春日暖阳。各种花也次第开放了，微风带着一阵馨香的气息吹来，每个人的脸上都洋溢着春日的希望和惬意。

3 月下旬，晏阳初收到了张学良的亲笔信。

信中张少帅对晏阳初的平教运动大大赞扬了一番，并对他和他的同事的奉献精神表达敬意。末尾，言辞恳切地邀请晏阳初，于 3 月 28 日这天进行一次面谈。

晏阳初心里清楚，张学良作为一个高级将领，绝不会无缘无故对一个无权无势的民间知识分子感兴趣，他肯定有其他的想法。也许是平教运动的日益壮大，让他觉察到了平民教育的必然性，进而全力支持。若果真如此，那则是平民教育之幸事。

晏阳初没有把这件事告诉任何人，包括妻子许雅丽，情况不明，他不想让更多的人担心。

3 月 28 日这天，晏阳初很早就起了床，洗漱完毕，匆匆吃过许雅丽准备的早点，吻别了尚在熟睡中的孩子，骑上了自己那辆旧自行车便往平教总会赶去。

天色还未大亮，但街道边小吃店的生意已经红红火火地开张了，炉火映红了掌柜的脸，跑堂的小伙计，清脆的吆喝声在悠长的巷子里传得很远。

到了总部，同事们来得还不多，门卫老人正在打扫卫生，见了晏阳

第四章　广传薪火　丹心一片赤子情

初,热情地招呼道:"晏先生,早啊!"

"您早啊,老人家。"晏阳初一边微笑着回应,一边打开了办公室的门。

开了门,拉开窗帘,晏阳初在桌子边刚沉思片刻,同事们就来齐了。

晏阳初叫过陈筑山,把一天的工作安排说给他听。陈筑山听完后点点头,走了出去。

晏阳初又把一天的工作给其他同事交代完,便走出了总会大门,骑上了那辆陈旧的自行车,向张学良的官邸赶去。

守门的卫兵听完晏阳初自报姓名后,把他全身上下仔细打量了一番,兀自问了一句"你真的就是晏阳初?"

"当然。"

卫兵进去通报后,一位军官就跟着走了出来。见了晏阳初,亲切地握住了他的手,并问候道:"晏先生好早啊!"

"少帅相邀,不敢怠慢!"

两个人都笑了起来,军官一边请他前行,一边说:"晏先生您里面请。"

张学良已等在室内,见副官领着晏阳初走进来,连忙站起身,快步跨上前,握住了晏阳初的手。

"晏先生果然是守信之人,如约而至。近来可是时时听到你们平教事业壮大的消息,真是可喜可贺啊!"

"承蒙少帅垂爱,还专门赠予汽车,阳初不胜感谢。"晏阳初微笑着,先向少帅谢过赠车之恩,又接着道,"平教运动得以顺利进行,多亏了如您这样的贤明人士。"

"哪里哪里,我中华有晏先生这样的人,才是万民之福啊!"

张学良爽朗地大笑起来,一旁的杨宇霆和副官也都笑了起来。

随从沏好茶,悄悄退了出去,室内只剩下了四个人。张学良客气地请晏阳初坐下,他自己先喝了口茶,清了清嗓子。

"晏先生,我们是老朋友了,这些年来,看着你为平教运动四处奔

243

波，辛苦操劳，心中甚是敬佩。"少帅坦诚地看着晏阳初。

"谢谢少帅的肯定。"晏阳初在座位上欠了欠身子，"我自法国援教中国劳工时起，便已许身为四万万受苦的同胞而努力。几年下来，虽殚精竭虑，可平教运动仅略有小成。为不负往日之理想，从不敢以身心疲惫夸矜于人。"

晏阳初语调平和，谦逊而真挚。

"我想，也正是因为晏先生的高风亮节、身先士卒，以及不计名利的表率，你的周围才会集结那么多知识界的精英。"少帅由衷地说道。

"那倒不是，"晏阳初坐直了身子，"他们都是认识到了平民教育的重要性和迫切性，怀抱一颗爱国心，自愿加入到平民教育事业中来的。"他望着少帅，坦诚地说道："他们都是一群有良知的中国人。"

"是啊，你们真让人敬佩啊！"少帅站了起来，背着手走到窗前，望着外面高远的天空，缓缓地说道，"在这么短的时间内，平教总会集中了这么一大群目前中国最优秀的人才，这不能不说是奇迹。"

少帅回过身，看了一眼已站起来的晏阳初，自语道："是你劝服了他们！"

少帅停了停，又道："当然，劝服他们这些人的，更多的是靠晏先生自身的魔力和感召力。"

"少帅过奖了。"晏阳初一脸微笑，谦虚地说道，"与其说是我劝服了他们，倒不如说是平教运动的计划感动了他们。他们都有一颗为国为民的赤子之心。能为祖国同胞效力，那可是难得的福气啊。"

一边的杨宇霆将军也不住地点头。

少帅走回了座位，但并没有坐下，双手放在桌上，俯身向前，说道："恕我冒昧，我心里一直有个疑问，想请教晏先生。"顿了一下，张学良微笑着望着他。

"少帅请讲，晏阳初但有知道，一定如实回答。"晏阳初望着张学良。

"您说把自己的一生献给平民教育事业，我看，这是不太恰当的。平民教育也许根本用不了这么长的时间。再说，平教会只是一个民间组织，经费来源不确定，发展起来怕是会有许多困难。"

晏阳初点点头说："说实在的，不仅有困难，而且困难很大，我们就是一直在巨大的困难中前进的。而且，今后可能还会遇到更大的困难，这一点我和同事们都早做好了思想准备。我们平民教育工作者，决心在一代人之间消除文盲，任务是艰巨的，道路是漫长的，不穷尽一生之力，怕难有多大成果。"晏阳初端起茶杯，喝了口茶润了润嗓子，平静地说着。

他见少帅听得很认真，又继续说了下去："目前的国内，战争不断，中央政权尚未形成，党争激烈。"他看了少帅一眼，见他不以为意，又接着说："要在这样的中国，着眼于全国来推行平民教育试验，为中国同胞效力，平教会如依附一党一派，资金来源固然不错，但仍会有许多政治上的制约，而且生命力也就受到了限制……"

少帅见晏阳初说得这样直接，看了看杨宇霆，杨宇霆当即会意。

"晏先生，少帅是平教运动的忠实信徒，愿意尽一切力量来帮助你。我们有一个建议，平民教育毕竟只是强国的一条道路，而且周期太漫长，一时难见成效。像先生这样优秀的人才，何不把自己的精力和才干放在救民于水火的大业上……"杨宇霆言辞恳切地说。

晏阳初还未开口，少帅已接过了话题："晏先生，我一直敬佩你的胆识和才能，真诚地希望你加入到我们的工作中来。当然，平教运动不能停止，就把它交给你的同事来做吧。我清楚，平教会里有不少精英，他们也会做得很好的……"

晏阳初沉吟不语，半晌后才说道："我怕我离开平教运动后，这一于国于民有益的事业将停滞不前。毕竟，平教运动才刚刚步入正轨。"

"晏先生，"张学良诚恳地说，"我专程到定县去参观过，你们做得很好。一项民间教育活动，一个民间松散没有多少强制纪律约束的协会，能把大众教育搞得这样好，真的是让人钦佩啊！晏先生，以你这样的能力，把这些精力放到一国的治理上，我相信，一定会让人民安居乐业，一定会有更大的收获。"

"这……"晏阳初一时找不到合适的语言回答。

"晏先生,我有一个折中的办法。"少帅继续说道,"我们政府出资八百万,拨给平教总会,以免去你们年年筹款的艰辛和尴尬。"

杨宇霆在一边插话:"晏先生,要不这样,由我们政府出面,给平教总会划定一个区域,让你们按计划进行平教试验,再把平教会所有工作人员,全体纳入政府职员系列,工资由政府拨款支付,你看如何?"

晏阳初心里一惊,明白了张学良邀他面谈的用意。原来他们真的是想把平教总会纳入奉军的管制之下,他心里有了警觉。

"这样做的话,平教运动的开展也会顺利很多。"少帅微笑着说,"你也就可以自由地加入到政府工作中来。倘若你同意从政,担任政府要职,凭着你的号召力,那些优秀的学生和进步人士,无疑都将参加到我们的阵营中来。晏先生,你想想,这对我们的工作来说,是何等重要!"

少帅被自己所描述的远景感染了,语调变得更加激越,晏阳初却听得暗暗心惊:原来少帅打的真是这样一个如意算盘,冯锐的猜想果然不错,少帅是想凭借平教会的力量来壮大奉军声威……

阳光从开着的窗口照进来,投在地面上,犹如一片灿烂的金黄在温柔地舞蹈。晏阳初的心里却冒起了阵阵寒意,他不知道如何拒绝少帅的邀请。他不敢预料,拒绝以后,会有什么可怕的后果等着他。

……

这天上午,张学良和杨宇霆一行三人,对晏阳初进行了长达四个小时的劝说,希望他加入到政府的工作中来。只要他答应,八百万拨款马上拨付给平教总会。

"晏先生,我希望你今天就能给我一个满意的答复。"张学良语调不高,却自有一股威严。

晏阳初没有争论,也不知道说些什么好。毕竟张学良有功于平教运动,在目前的中国,他也是少有的一个锐意改革的实干家。但晏阳初更清楚,他更是一个大军阀,手中控制着中国整个东北。北京的平教总部和许多正在进行的平教试验,都在他的势力范围之内。

晏阳初有一种不好的预感。

第四章　广传薪火　丹心一片赤子情

"少帅，这么重要的问题，你得容我多想想。我一点心理准备也没有。"晏阳初在同时为自己找退路。

"好吧，你就在这里想吧，我给你时间。"少帅笑着回答。

糟了，看来少帅是动真格了。不顺从少帅，少帅便不会让他回家去，事情比预料的还要糟糕。

晏阳初在心里定了定神，坦然地望着少帅探询的目光。

"承蒙少帅看重阳初，但此事事关紧要，阳初不便一人独断，需与平教总会同人仔细商量后方可决定。平教总会虽为一民间团体，但所有重大问题，必须由总会同人全体民主通过，方可实施。这样吧，少帅，您容我回去，把少帅的意思向董事会详细禀报。等平教会各部门主任一起商讨后，再告诉少帅决定，好吗？"

晏阳初坦然从容地望着少帅，语气很平和。

张学良略一沉吟，说道："好吧，我就等你的好消息。不过，晏先生，目前战事吃紧，我在北京逗留不了几天，还有许多重要的事情等着我处理。我看，就明天吧，还在这个地方，我等你的答复。"

张学良做了个送客的手势，身边的副官马上站起来，走到晏阳初身边。

"好吧，少帅，明天我一定给您一个明确的答复。"

晏阳初站起来，与少帅和杨参谋长一一握手告别后，便随着副官走出了张学良的官邸。

暂时的脱身，晏阳初心里并不轻松。时间已经是中午了，他也顾不上回家吃饭，就骑上车赶往平教总会驻地。到了总部，还不到下午上班时间，平教会各部长大多没有来。晏阳初也顾不了许多，找到几个杂役，要他们马上分头到几个部长家里去一趟，就说有重要事情商量，叫各部长马上赶到总部。然后他又骑上车，亲自到离总部较远的陈筑山家里去通知。

平教总会各部部长和董事齐聚在晏阳初的办公室，没有凳子，大家便依墙站着，他们心里清楚，晏总干事这么着急约见大家，肯定是有什

247

么大事。

大家没有说话，静静地等待着晏阳初发言。

"今天上午，我去张学良少帅的官邸了，"晏阳初环视了大家一眼，声音很平静，"十多天前，少帅来函约我今日见面。为了不影响大家，我没有向各位提起过。"

"我估计，肯定不会有什么好事。"陈筑山摇着头说，他是从政治圈中跳出来的人，深知官场的伎俩。

"是的，"晏阳初点点头，"少帅想邀请我加入他的政府，并想将平民教育总会整体纳入奉军的管辖。作为交换，他马上给我们拨款八百万元。"

晏阳初看了看屋子里的人，大家都没有吭声，只是专注地看着晏阳初。

接着，晏阳初详细地谈起了上午与少帅的会谈以及少帅的真实目的。末了，他总结似的说："三军可以夺帅，匹夫不可夺志。我们平民教育总会的宗旨是不依附任何一个党派。今天请大家来，不是商量是否进入政界的问题，而是商量我们怎样才能巧妙地拒绝，既不得罪有权有势的军阀，又不让平教运动受到任何影响。"

晏阳初静静地望着大伙儿，等待着他们的发言。

陈筑山首先发言："目前中国的政界腐败盛行，已成千夫所指，我们平教运动做的是利国利民的事，千万不可与政治产生瓜葛，否则，后果不堪设想。"

"是啊，"冯锐接过话题，"眼下军阀割据，民国名存实亡，平民教育总会一旦加入了某一军阀派别，势必很难在全国开展广泛的人民教育工作。"

"如果仅仅局限于某一地区或某几个省份，则违背了平教总会教育全民的初衷。奉军的势力毕竟只是偏隅于东北。"汤茂如补充道。

"政治的力量固然不可忽视，"傅葆琛深思熟虑后说，"但人民的力量更加强大，我们从事的平民教育事业，就是要从底层发展人民力量，让他们觉悟,为以后建立真正的民主中国打下基础。如果我们屈服在军阀的羽翼之下,平教总会的所有工作岂不失去了意义?"

他的话博得了大家的一致赞同。大伙儿纷纷议论开来。

"如果加入了少帅行列,我们将慢慢失去人心。"

"是啊,老百姓都有一个朴素的观念:和政府有关的可能不是好事。这样,我们就失去了号召力。"

"坚决不要和政府媾和!"

"保持平民教育总会的独立地位!"

……

大家你一言我一语,会议从晚上九点,一直开到了第二天凌晨,最终大家达成了共识:拒绝张学良的建议,坚决保证平教总会完全独立的民间性质,并一起想了一套委婉回绝少帅的说辞。晏阳初把这些话用心记下,等大家的身影一个个消失在微寒的夜色中,才熄了办公室的灯,躺在办公室的桌子上小憩了一会儿。

迷迷糊糊地也不知过了多久,晏阳初被外面大街上晨练老人的跑步声惊醒了,他一骨碌站了起来。

天色还未大亮,一切都在朦胧中静立着。他太阳穴一阵阵发痛,隐隐有些头晕。

晏阳初摇摇头,开门走出去。清晨清新而凉爽的风拂在脸上,他觉得自己清醒了不少。

门卫老人已经起来了,晏阳初走过去,要了一盆水洗脸,冰凉的水打在脸上,他不由得一激灵,打了个寒噤,头脑也完全清醒过来。洗了脸后,他站起来,双手揉了揉生痛的太阳穴,谢过老人后又走回了自己的房间。

除了远远传来的脚步声,周围静悄悄的。古老的皇城还没从昨夜的迷梦中醒过来。

晏阳初坐回了自己的桌前,俯首写了起来。多少年来,他已经养成了早起的习惯,许多个清晨,他就是这样坐在书桌前,迎接一个又一个

249

黎明的到来，却没有时间欣赏那晨曦乍现的惊艳与美好。

伏案疾书的过程中，晏阳初混沌的思绪慢慢清楚，忐忑的心也渐渐归于平静。

他已经在心里做了最坏的打算。

八点多钟，晏阳初如约来到了张学良的会客室。少帅也已经等在那里，见了面，两个人也没有客套，少帅开门见山地问："晏先生，昨日你和你的同事商量得如何？"

晏阳初略微思索了一下，抬起头，看着少帅探询的眼神，回答："少帅，我们也相识很久了，彼此已经十分了解。我也不想多作托词，还是直爽地说出彼此的意见为好，你以为呢？"

"那是，晏先生一直是学良引以为知己的人。"少帅笑着说。

晏阳初点点头："少帅，我和同事们商量了一夜，最后一致认为，还是保持平民教育总会的独立性为好。至于我个人，对政治一向不感兴趣，对此也一窍不通，怕是要辜负少帅的美意了。我觉得，推行平民教育事业的发展，才是最合适我的工作。"

少帅的脸色顿时有了几分不快。

晏阳初也顾不得那么多，径直按照自己的意思说了下去："其实，平教总会和少帅有着共同的目标，都是为了振兴中华，努力提升中国在世界上的地位……"

晏阳初停了停，看了一眼少帅，继续说道：

"虽然我们的方法和途径不相同，少帅依靠的是强有力的政治手段，我们则是发动最普通的人民力量。但我觉得，一旦真的加入了少帅的政府，平教运动将丧失眼下许多超越政治的有利因素。通过几年的社会实践我发现，我们的政府过去常常犯一个大错误，就是他们很少注意或根本不注意国家的基础工作。我深信，只有有了一个牢固的基础，才能有一个富强健康的中国，而这个基础就是千千万万的人民百姓……"

少帅渐渐被眼前这位不畏强权、不慕名利、一心为平民教育事业奋斗的年轻人的情怀所打动，脸色渐渐平和，且认真地听着晏阳初的讲述。

第四章　广传薪火　丹心一片赤子情

"……我认为,我应该坚持从教育人民的角度来建立这一基础。而少帅您,则应该坚持以政治或军事为手段,振兴我们的国家。少帅有天赋良机,可以自上而下地为中国之强大而努力;而我,则要自下而上地工作。"

晏阳初的话合情合理,张学良一时无话可说。

"少帅,"晏阳初站了起来,声调变得深沉激昂,"目前中国正逢多事之秋,但我们都还年轻,都有足够的时间和精力为国家效力。我想,只要我们携手前行,往后推十年,那时候我们的国家政治安定了,不但有少帅这样杰出、贤明、有治国经验的领袖,而且有数以百万计的觉醒了的人民。民主与自由的新中国,将会如日中天,傲立于世界强国之林……"

少帅终于被晏阳初的话打动了,心头的怒气和不快也烟消云散。他因为晏阳初不能为己所用而深感遗憾,说道:"晏先生,听了你的一席话,我知道无法再勉强你了。先生一腔报国热忱,着实让人叹服。此事就此揭过不表,你我相交多年,想必你亦熟知我的为人。今后时日方长,就让我们把目标定在长远的将来吧。"

看少帅没有为难自己,晏阳初心里的一块石头终于落了地,他连忙起身告辞:"少帅,你公务繁忙,我就不再打扰你了,这就告辞。"

春日的阳光明媚地照在身上,微风轻拂,像情人的手在脸上深情地抚摸。从张学良的官邸出来,晏阳初深深地吸了一口气,尽情地享受着这阳春三月煦暖的温情,城市上空的天是那么蔚蓝高远,偶尔有几朵云轻捷地从楼顶浮过,像是一群群啃食青草的洁白的羊,景色是那么美好。

晏阳初骑上先前停下的自行车,匆匆赶回了平教总部。

同事们正等待着他的消息,他的身影在院子里一出现,大家便急忙放下手头的工作围了上来,紧张地问道:"怎么样?说通没有?"

"没事了,少帅没有责难我们。"晏阳初一边把车停靠在墙角,一边大声说。

"那就好了,我们都捏了一把汗呢。"傅葆琛笑着说。

"就是啊,心一直提在了嗓子眼。"

大伙儿都笑了起来,心里的担忧全被温暖的春风吹散了。院子里,洋溢着喜悦的气息。

7

平民教育运动仍紧锣密鼓地进行着,定县试验也按部就班地推进着。

5月10日上午,平民教育总会办公楼里,代理总干事陈筑山正在和几位部长商量着近几天的工作。门卫老人气喘吁吁地跑进院子,满脸的惊恐。一见到陈筑山,便大声叫道:"不好了,陈先生,不好了,大楼被官兵围住了……"

老人的话还没有说完,几十个荷枪实弹的宪兵就气势汹汹地冲了进来。其中一个队长模样的人恶狠狠地嚷道:"谁是晏阳初,赶快站出来!"

宪兵队长用恶狠狠的眼光盯着从办公室走出来的陈筑山等人。

陈筑山抬了抬手,示意大家不要冲动,自己走上前去,语调平和地说:"真不巧,晏先生到天津去了,这里的事情暂时由我负责。你们找晏先生什么事,告诉我,他回来后我亲自向他转达。"

"他污蔑领袖,言论张狂,司令要逮捕他。"

宪兵队长一示意,十几个手持长枪的士兵便将平民教育总会一群文弱的知识分子围在了一起。又有许多士兵涌入《农民报》编辑部,搬出了里面的东西,并在门上贴了封条。

陈筑山看了看身后的同事,每个人都神色安定地沉默着,对眼前的混乱场面,没有一个人慌张。陈筑山心里清楚,一定是昨天发表在报纸上的纪念国耻的文章刺痛了当权者的心。5月9日,是北洋政府与日本帝国主义签订丧权辱国的《二十一条》的国耻纪念日,每年的这一天,爱国的报纸上都会刊登爱国抗日的文章,号召全国人民勿忘国耻,革故鼎新。《农民报》也刊登了相关的文章,有几篇还是平民教育总会各个部长

第四章　广传薪火　丹心一片赤子情

亲自撰写的。

"把晏阳初交出来！"宪兵队长厉声道。

陈筑山态度凛然地高声说道："我已经申明过了，晏先生不在北京，我是代理总干事，你们要抓人，就抓我好了。我叫陈筑山。"

陈筑山一步跨到宪兵队长面前，神色从容凛然。

"有什么事，抓我们好了。"平教总会同人们纷纷大声说。

宪兵队长狠狠盯了陈筑山两眼，见他丝毫不惧，气急败坏地嚷道："带走，给我押回去，统统带回去！"一边说，一边推搡陈筑山。

"不劳你大驾，我自己会走。"陈筑山挡过宪兵队长的手，又回头看了一看跟在身后的一脸坦然的同志们，说道，"大家放心，我去去就回来。"

说完转过身，向前边大踏步走了出去。同事们都跟在后边默默地走着，没有人说话。

……

又是一个晴天，气温日渐升高了，阳光已经有了几分刺眼。正午的骄阳下，渐长的日头已经能烤痛行人的脊梁。

火车缓缓地驶进了北京西站，晏阳初坐在窗前，气定神闲地看着车窗外慢慢向后移去的楼房、店铺以及匆匆奔忙的行人。

这次去天津，事情办得很顺利，去美国的护照已经办好了，他还顺便调查了解了一下在天津开展的平民教育运动的情况，一切都在按部就班地进行着。

火车一停稳，晏阳初就拎着简单的行李走了下来。远远地就看见熊佛西在车站出口处张望，他身边还跟着几个同事，也在四处张望。

晏阳初心里很温暖，快步走了过去。熊佛西见了他，几步跟上来，接过他手里的行囊。晏阳初正要开口说话，被熊佛西低声止住了。

"晏先生，出大事了，你先莫出声，怕周围有探子。"

熊佛西一边说，一边示意身后的同事围住晏阳初，形成一个包围圈，几个人一起走出车站。

"什么事？"晏阳初一脸疑惑。

"陈总干事和总会的同事们都被宪兵抓到牢里去了，《农民报》也被查封了。"

"什么？"晏阳初提高了声音，惹得周围的人都向他看来。

"罪名是报纸上有反动言论。"熊佛西小声地说，"总部的外边现在还有宪兵包围着，他们说，只要你一回去，就会抓你。"

"总干事，你家附近也有许多宪兵，你最好先别回去。"身后的同事提醒晏阳初。

晏阳初气不打一处来，大声说："他们简直是欺人太甚，你们怕什么，我现在就去找北京宪兵总司令陈兴亚，叫他放人。我们是一群手握笔杆的读书人，从没做过什么坏事，他们凭什么抓人？！"

当初晏阳初在东北军推行士兵教育时，陈兴亚是张学良指定的负责人之一，两个人也算是旧识。晏阳初不管身边许多注视他的眼光，对熊佛西说："走，你跟我去宪兵司令部要人！"又对身后的同事说："麻烦你们把我的行李带回家，告诉雅丽，说我有急事，如果下午不回家，你们就如实告诉她，说我被宪兵抓去了。"

几个同事还没反应过来，熊佛西大声说："你们快走啊，就照晏总干事的话去做。"说完，大步跟上晏阳初，径直赶往宪兵司令部。

两个人走到宪兵司令部门口，晏阳初大声对站岗的宪兵说："请你们去禀报陈司令一声，说晏阳初前来自首。"

两个宪兵好像没听清楚，这几天宪兵正在全城搜查这个叫晏阳初的，没想到这人竟这么胆大，自动送上门来了。

宪兵们你望望我，我望望你，觉得是自己听错了。

晏阳初又大声重复了一遍，其中一个宪兵才如梦初醒般快步跑了进去。

没过多久，宪兵司令陈兴亚亲自走了出来，看见晏阳初一脸怒气冲冲的样子，连忙赔出笑脸说："晏先生请息怒，我们里边慢慢说。"

一边说，一边让晏阳初进去。

第四章　广传薪火　丹心一片赤子情

晏阳初也不说话，大步走了进去。

陈兴亚，字介卿，辽宁海城县人，科考中举之后，任北京硫黄局秘书，曾考入日本振武学校陆军宪兵练习所士官班，直皖战争后，任国务院咨议兼京师宪兵司令。

一走进会客厅，陈司令就吩咐手下人泡茶递烟，一边满脸微笑地叫晏阳初坐下。晏阳初也不坐，仍然高声质问："陈司令，我晏阳初是你通缉的要犯，不敢坐。我只想问问司令，我们平教会的同人全是手无寸铁的读书人，全力从事教育工作，一心为国，为了改变国民的愚弱而呕心沥血。你们不支持倒也罢了，还反过来抓走了我们的人。请问司令，你们凭什么抓人？你们的军队是为谁效命的？我们在报纸上发了几篇爱国的文章，这是每个爱国的中国人都应该做的，怎么反倒成了罪证？我们手无寸铁，你们怎么凭着枪杆随便来捕我们？"

晏阳初咄咄逼人地注视着陈兴亚，脸涨得通红，这回他是真的气坏了。

"晏先生请坐，您先消消气，容我说两句。"陈兴亚一边让晏阳初坐下，一边亲自端起一杯茶递过来。

晏阳初气呼呼地接过来，随手放在了茶几上。

"晏先生消消气，陈某曾亲自聆先生教诲，深深佩服先生的一腔报国热情，哪敢对先生不敬？！至于抓捕平教会同人，实是上峰指令，我也只是奉命行事，实是迫不得已啊。"

晏阳初看陈兴亚的样子，知道他说的是实情，火气消了不少，语气也和婉了些，说："既然这样，就请陈司令释放牢里的平教同人。上头指名抓捕的是我晏阳初，与平教会其他人无关，请释放他们，关我好了，我是平教会总干事。"

晏阳初神态镇定，一脸正气。

"这……怕不好办……"陈兴亚有些为难。

"上头指名抓我，自与其余诸人无关系，这又有何难？"晏阳初说道。

陈兴亚略一沉吟，说："晏先生，此事陈某委实不敢独专，我得先禀

255

明上峰，得到命令，方可执行。先生请放宽心，我知道平教会都是些忧国忧民的读书人，虽不敢违背上峰指令，但我早吩咐了牢里，不会给他们苦头吃的。等我去电详说情由，估计会释放他们的……"

"那就谢谢陈司令了。"晏阳初说。

"哪里，晏先生是我老师，学生哪敢对先生无礼。"陈兴亚一脸讪笑。

事已至此，晏阳初也无法再发火，只有耐心地等下去。

第二天上午，晏阳初正等得着急，一个宪兵急急地跑进平教会总部，递给他一个手令。

字条是陈司令写的，说上司已经批准，释放平教会同人。晏阳初喜出望外，把纸条给几个同事看了，大家也都欣喜万分，便急急赶去牢里接人。

大伙儿急急地赶到牢里，晏阳初询问了狱兵，清楚了关押陈筑山的房间，就一路小跑了过去。

远远地就听见陈筑山平和的声音，一板一眼的，好像是在朗诵《平民千字课》的识字歌谣。

走近了，见陈筑山席地而坐。两个看守的宪兵蹲在陈筑山的面前，正随着他的教读，一板一眼地读着课本上的文句。

几个人专注地学习着，都没发现晏阳初。牢房的光线有些昏暗，每个人的头都伏得很低。

晏阳初在心里轻轻笑了，这个陈筑山啊，坐牢都没忘了工作，你看他，把牢房都变成了他的课堂！

"筑山兄，我来接你了。"晏阳初在他背后轻轻地喊道。

陈筑山一愣，回过头，看见是晏阳初，责备道："你来这里干什么啊？我在这里就够了嘛。总会里有那么多事，你来干什么？"

"问题已经解决了，我是来接你回去的。"晏阳初高兴地说。

"是吗？"陈筑山神色很平静，好像坐牢是享受似的，"我在这里很好啊，你看，我这几天又收了不少学生，我正教他们识字呢。"他笑了。

"真有你的，把牢房都变成了课堂。以后谁还敢抓你啊？"晏阳初笑道。

"那是哟,他们是费力不讨好哟。"陈筑山哈哈大笑。

宪兵们听说陈先生要走了,都忙着过来和他打招呼,眼里是依依不舍的神情。

陈筑山一一叮嘱他们不要忘记了刚学过的汉字,宪兵们一一点头。刚才跟着他认真学习的两个宪兵一直把他们送到牢房的大门外,才握手告别。

晏阳初看见,一个宪兵眼眶红红的,另一个宪兵也回过身去,飞快地拭去了眼角的泪珠。

8

太平洋上,海风潮湿而又凉爽,吹在人的身上,让人感觉无比惬意。晏阳初站在甲板上,任由海风吹拂在身上,却丝毫无法纾解压力。晏阳初的心里,更多的是惶惑和沉甸甸的责任。

6月,晏阳初终于踏上了自己的第四次美国之旅。在这个异国他乡,他完成了自己的学业,放飞了自己的理想,并由此出发,展开了自己一生所追求的事业。

可这一次,他虽是为接受母校的荣誉而来,心里却一点儿也不轻松。

平教运动一路艰辛,发展到今天,局外人看到的全是轰轰烈烈的识字狂潮,看到的全是席卷全国的识字运动,甚至国际上许多国家都在模仿和借鉴中国的平教经验。只有他和朝夕相处的同事才知道,每走一步都十分艰难。

十多天的海上航行,晏阳初总会想起小时候经常听到的家乡的一句俗话:你不要看那白鹅冬天自由自在地在水上游玩,逍遥自在,其实你没发觉,在那刺骨的寒冷里,白鹅的两只脚是在不停地划水,还冻得通红呢!

晏阳初觉得,自己就是那只在寒冬的水里游荡的白鹅。

登船离开祖国时,送行的冯锐和陈筑山微笑着辞行。冯锐高兴地说:

"晏总干事，你这次回母校受奖，那可是极荣耀之事。借此机会，你可要让他们更深地了解我们所从事的这一项伟大的教育运动。"

陈筑山也拍拍他的肩，说："是啊，平教运动的经验，是可以让世界更多国家效仿的。"

晏阳初连连点头："你们尽管放心，我绝不会错过这么好的宣传机会。"

船行驶很远了，晏阳初才走回船舱，两个同事还有句话没说，他这次到美国，更主要的任务，是要宣传平民教育，并为平教运动下一步农民教育的开展，筹集一笔资金。晏阳初心里明白，平教会的资金从来都没有宽裕过，他这次远赴美国的行资，都是向别人预借的。

耶鲁以最隆重的方式，欢迎他们这群为母校争光的优秀学子。在所有被邀的耶鲁毕业生中，晏阳初是最年轻的一个，也是唯一的亚洲人。其余大多是白发苍苍的老者，许多还是国际上某些领域知名的科学家、教授，这让晏阳初在欣喜之余，有点惶恐。

6月20日，耶鲁校园呈现一片欢腾的景象，耶鲁校庆在本届应届毕业生典礼会中如期举行。整个耶鲁校园，变成了一片欢乐的海洋。晏阳初和一群应邀回校的代表，在耶鲁学子热烈的掌声中走上前台，领受荣誉学位。

费力甫教授宣读了赞扬词："晏君自1918年在耶鲁获学士学位，今已届十周年。极少的毕业生在十年间的成就，可与这位具进取心、富有才能，而且又不自私的人相提并论。他是中国平民教育计划的主要负责人。他对东方的贡献可能比战后任何一人都伟大。

"当他在法国以青年会干事的身份与中国劳工相处时，设想出了针对中国文盲的教育观念。他在中国雅礼会所在的长沙，开展的平民教育大运动，迅速地扩张为全国性的事业。

"他自繁多的中国文字中简要选取一千字。在这平民教育制度下，二百万中国人已经学会读和写本国文字。晏君实是世界文化中最有效能的力量。"

旋即，校长安其尔博士授赠文学硕士予晏阳初，并致词："我们承认

第四章　广传薪火　丹心一片赤子情

你对你自己的同胞有划时代意义的服务，显示了非常的才智和创造力，以及极不自私而又广泛的热诚。你的母校特赠授你文学硕士学位。"

与晏阳初同时领受此荣誉的还有英国一位大诗人和意大利驻美国公使。在此以前，只有美国开国元勋之一富兰克林领受过此荣誉。

当晏阳初从老校长的手里恭敬地接过象征荣誉与骄傲的学位证书时，台下响起了一阵阵潮水般的掌声。

晏阳初思绪如波涛汹涌，眼眶不觉潮湿了，母校的肯定和褒奖让他感动莫名。这一刻，他觉得所有的苦难都是那么甘甜，所有的坎坷他都能坚强地承受。

他上前一步，对台下欢腾的人群深深地鞠了一躬，看着台下一双双真诚的眼睛，深情地说道："今天，我站在这里，接受母校授予的荣誉，心里的喜悦是无法用语言描述出来的……毕业的几年中，我回到了我还处在战火纷飞中的苦难的祖国，立志把自己的一腔热血，贡献给我苦难深重的祖国同胞，于是我推行了平民教育……到今天，平民教育运动在辽阔的中国大地上，正热火朝天地开展着。耶鲁的荣誉既是对我工作的肯定，更是对我的一种鞭策……"

晏阳初停了停，望了一眼台下的听众，接着讲道："……教育民众，让他们从愚弱的无知状态中解放出来，是我和同事们一生追求的理想。我坚信，占中国绝大多数的人民觉醒了，中国的社会也就进步了，民主与自由就会顺理成章。同时，中国发展了，对世界而言，也是有极大的促进作用的，因为中国有占世界六分之一的人民……"

台下，热烈的掌声经久不息。

……

"晏，你的演讲很精彩。几年不见，没想到你做了那么多事。"领受学位后的一天中午，晏阳初和耶鲁校友卡特有说有笑地走出礼堂，卡特由衷地说道。

"演讲虽较为成功，筹款却不太理想。"晏阳初有几分沮丧。

"你这样做是不行的。"卡特笑了。这时的卡特已经是九国国交会的秘书长，听说晏阳初来到美国，仔细了解他的事业后，专门为他的筹款工作而来。

"你在上面慷慨地演讲，又不说明要筹款，下面的听众再热烈，也不会拿出钱来的。"

"我们要设立一个筹款组织。"卡特温和地笑着提议，"每次演讲完，进行一次筹款，这样效果或许会好些。"。

晏阳初想了一下，回答："好吧。"他同意了卡特的建议，但又强调了："不过，我们只接受自愿的捐助，绝不接受任何有条件的款项。前几天有个华侨找到我，想给平教会捐一笔款，他要我们用这笔钱来改善农村的卫生条件，虽是好事，但与我们平教会眼下的工作宗旨不相符，被我拒绝了……"

"听你的。"卡特点点头。

接下来的日子，晏阳初在纽约四处演讲，宣传自己的平民主张。他能说一口流利地道的英语，这使得他每次演讲都很成功，但捐款仍不太理想。这些来听演讲的人，大多没多少钱，捐得很少。两个多月下来，收效甚微，这让晏阳初很失望。

这天上午，由于头天整日的奔波，晏阳初的嗓子又干又哑，没有再出去，他正在寓所里静静地看书，卡特走了进来。

"晏，我向你推荐一个人。"卡特笑着说。

晏阳初才发觉，卡特身后跟着一位美国小伙子。见晏阳初在看他，小伙子走上前说："晏先生，昨日听了你的演讲，我很感动，为你所从事的平民教育事业感动，也为你的勇气和胆识所折服。"小伙子由衷地称赞道。

"他叫弗雷里克·V.菲尔德，刚从哈佛大学毕业的高才生。在哈佛大学时就是学生刊物的主编，很有见地。"卡特说，"听了你的演讲后，他决定放弃自己游历欧洲的计划，来做你的免费秘书。"

"欢迎欢迎！"晏阳初站起来，紧紧握住了菲尔德的手。

"如果不是昨天听了你的演讲，他今天已经坐在远航欧洲的轮船上

第四章　广传薪火　丹心一片赤子情

了。"卡特说。

"是吗？那太感谢了。"晏阳初微笑着说，不由得仔细地打量了几眼眼前这位美国青年，他身材高挑，细细的双眼散发出智慧的目光，晏阳初不禁在心中赞了一声好。

菲尔德笑道："若我没听到晏先生的演讲也就罢了，现在既然听了，还不抛弃一切来追随你，那我就是个大傻瓜！"

说得三个人都哈哈大笑起来。一直积郁在晏阳初心里的筹款不力的阴霾也一扫而光。

"菲尔德将尽力帮助你，不计任何报酬，直到你在这里完成筹款任务，离开美国。"卡特说。

"谢谢你，菲尔德。"晏阳初再一次紧紧握住了他的手。

菲尔德是19世纪美国首富范特比尔特（1794—1877）家族的后代，在美国很有人脉。菲尔德本身又是个精明能干、勤恳努力的年轻人。每天总是抢着做事，联系演讲地点、布置会场、鼓励募捐，一点也不知道疲倦。

捐款还是不多，空闲的时候，菲尔德便帮着晏阳初安排访问各界人士，积极想法子。后来他们想到一个办法：给熟识的人发一封言辞恳切的募捐信，希望他们慷慨解囊。

几天过去了，回信募捐的人还是寥寥无几。有几个愿意捐款的，都提出了附加条件，被晏阳初坚决地拒绝了。

那已是美国秋末的一个夜晚，一转眼来美国四个多月了，事情远没有预料中顺利。晏阳初虽不沮丧，心里却暗暗着急。

前几天陈筑山来电报说，平教会的规模在继续扩大，下一步准备等晏阳初回去了，便开展农村识字教育，总会的资金早已是入不敷出。

夜已经很深了，晏阳初还了无睡意，在室内来回走动，仔细地思考着这次美国之行失败的原因，许久许久，找不到答案。

他走到窗前，信手打开窗户，凉爽的夜风马上吹了进来，他不由得打了个寒噤。

外面已是一片漆黑，对面街道树上不知有什么昆虫，发出细微的"嘀嘀"的叫声。

晏阳初长长地叹了口气，心早就飞到了远在大洋另一端的祖国，那里有他深爱的妻儿，有他许以一生的平教事业。此刻祖国正是清晨时分，从睡梦中醒来的同事们又匆匆奔走在新一天的工作中，他的眼前仿佛出现了同事们忙碌的身影。

晏阳初摇摇头，让自己从遐思中醒过来。他又踱回来，走到窗前，看着窗边一幅模糊的西洋画。

灯光有点昏暗，看不清内容，但他白日早熟悉了，那是一幅写实的静物画。

忽然，灵光一闪，问题的症结被晏阳初找到了。

回想上次在夏威夷募捐，非常成功，可他忘了，夏威夷的捐款几乎全是在华侨中进行的，他们心之所系，得知祖国有这么一项于民有利的教育，自然踊跃捐款了。而这次在美国不同，人们虽然感动于他的演讲，但都觉得那是发生在另一个国家的事，与自己关系不大，捐款的热情自然不高，这或许就是普通民众捐款不积极的原因！

问题找准了，自然也就轻松多了。晏阳初在灯下坐了下来，梳理了一下自己的思绪，就埋头写了起来。

不一会儿他就写好了下一步的捐款方式，决定改变作风，亲自去与政界领袖或商业巨头面谈，动之以情，晓之以理，收效一定会不错。

晏阳初把写好的计划认真看了一遍，满意地点了点头。此时倦意袭来，这天晚上晏阳初睡了个安稳觉。

这一计划果然奏效，没过多久，晏阳初就募集到一大笔钱，足够平教会几年的开支了。

同时，在与政界和商业巨头的交往中，晏阳初向他们全面地介绍了中国正在进行的平民教育运动，对此运动做了很到位的国际宣传。

时间过得真快，转眼间，晏阳初到美国已经八个多月了。时间已然进入1929年春天。

第四章　广传薪火　丹心一片赤子情

春天，万物复苏，到处是一片欣欣向荣的景象，煦暖的阳光催生着无穷的新生与活力。就在这充满希望的季节，晏阳初告别美国友人，带着他们的希望与嘱咐，登上了回国的轮船。

晏阳初的心早已飞到了祖国，八个月，是太长久的割舍，他恨不得插上双翅，马上飞到祖国的怀抱。

第五章

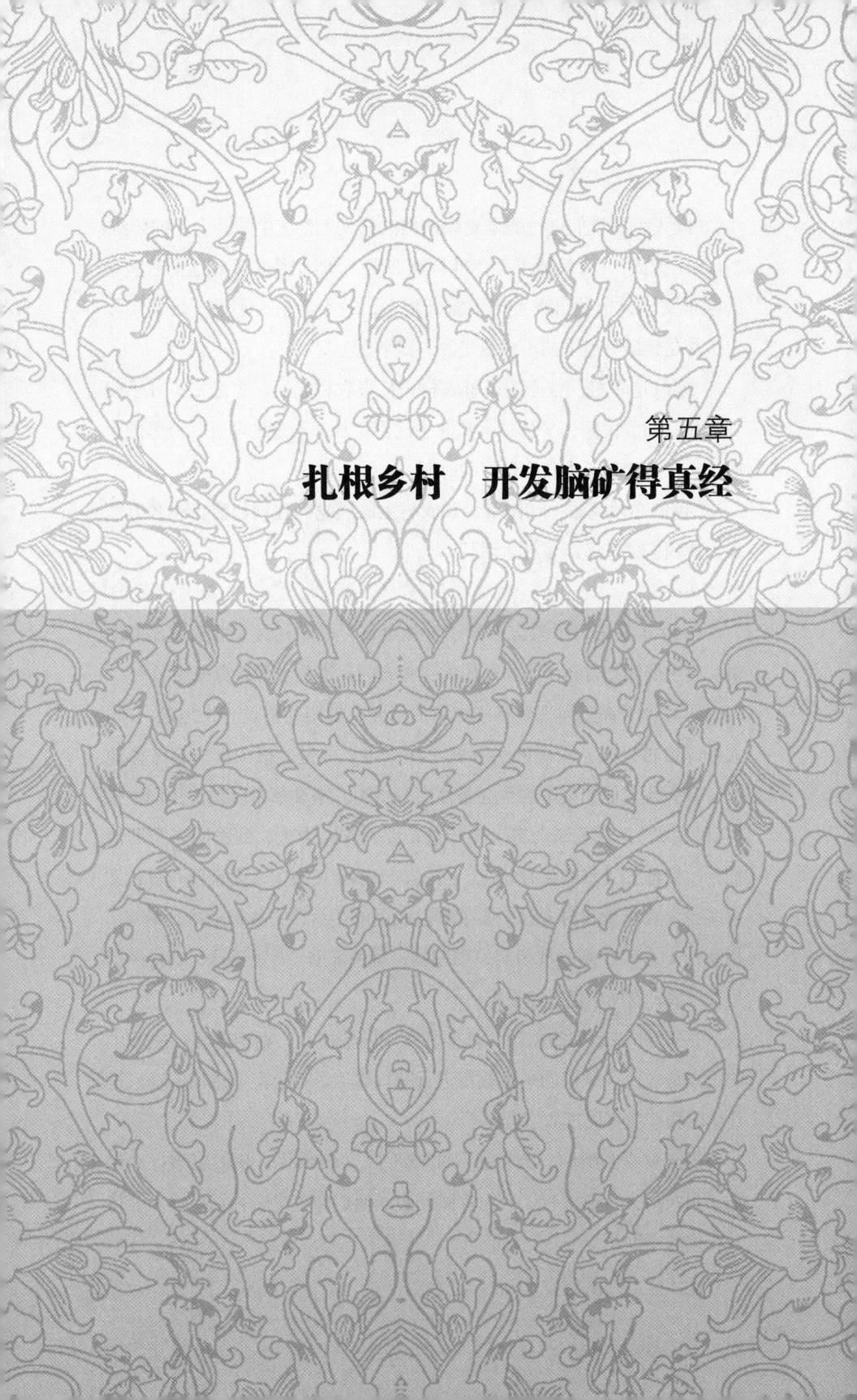

扎根乡村　开发脑矿得真经

1

"同人们,我们进行的是史无前例的伟大工作。中国几千年的传统:'礼不下庶人''万般皆下品,唯有读书高'。即便是欧美发达工业国家的硕学文士,也是自我关闭于象牙塔中,对十字街头不屑一顾。实际上,却是读破万卷书的不辨菽麦的'饱学之士'。

"要改造农村,就必须了解农村,扎根农村起居。高级知识分子回到农村、回到民间,平教总会从北平迁到定县,不是地理上几百里的距离,实在是跨越了十几个世纪的时间。

"我们必须克服一切困难,和农村人民同吃同住同起居,在各方面尽力使我们完全适应乡村生活。"

……

1929年夏末,平教会召开了全体会议,晏阳初做了慷慨激昂的演讲。会上晏阳初宣布了下一阶段的工作方向:进行乡村教育……

面对台下许多同人疑惑或惊讶的目光,晏阳初语重心长地说:"同人们,自古以来,农民的生存就无比艰难。但是,很少有人会考虑他们,会为改变他们艰辛的生存条件出一点力。辛亥革命以来,我们主张'三民主义',许多仁人志士呼吁过,要到农民中去,到民间去帮助他们,改变他们苦难的生存状况。可是,十多年过去了,大家看一看,又有多少人真正到农村去过,去了解过农民的生活,去为他们排忧解难?相反,十多年不断的战争与军事割据,苛税繁重,贪污盛行,农村经济更加凋敝,农民生存更加艰难……

"……平教运动的宗旨,是要教育中国的民众,而中国百分之八十的民众是农民。城市的平民教育进行得再完美、普及得再透彻,也只是让中国极少数平民摆脱了桎梏。"

晏阳初提高嗓门,大声道:"同人们,是时候了,我们应该行动起来,到农村去,那里有亿万的农民同胞,他们像久旱盼甘霖一样,等待着我们的帮助。"

……

第五章　扎根乡村　开发脑矿得真经

晏阳初的话刚讲完，陈筑山就站了起来，慷慨陈词："同人们，佛语上说，'我不入地狱，谁入地狱！'我们是基于一个共同的社会理想，舍弃了自己舒适的生活而走到一起来的。我们不怕吃苦，我相信，有了我们这一群人的牺牲，中国农民的愚弱状况，将在我们这一代人身上有所改变。到那时候，中华民族也不会再是一个任人蹂躏的民族！我相信，这才是我们每一个平教人的心声！艰苦的条件，更能磨砺我们的意志，因为从许身平民教育开始，我们就是来吃苦的！"

……

台下的同人纷纷鼓起掌来，为他们精彩的发言喝彩。

散会后，晏阳初和部长们商定了去定县的具体时间，平教总会同人们也相互道别，回家收拾行装。

等晏阳初赶到家里，妻子许雅丽正在和几个孩子玩母鸡护小鸡的游戏。大儿子晏振东已半人高了，叫得最为欢腾，老二和老三高兴得手舞足蹈，在院子里追逐，小女儿偎在妈妈怀里，兴奋地大叫。

晏阳初心里很温暖，他放下文件包，高兴地加入了游戏的行列。

玩了一会儿，晏阳初满头大汗地站起来。几个小家伙也转移了兴致，跑到花园里去了。

傍晚的凉风从街口吹过来，让人感到凉爽。

许雅丽把湿毛巾递给丈夫，说："来，擦擦汗，看把你累的，今天怎么回来这么早啊？"

许雅丽温情地看着丈夫，眉眼间带着笑意。

"嗯，今天不忙。"晏阳初其实想着怎么把自己的决定告诉妻子。

许雅丽从丈夫的神色里看出他心里有事，她在心里轻轻笑了一下，也不说破，只是接过了丈夫递过来的毛巾。

"看你，跑出一身的汗，你先歇歇，我去张罗晚饭。"

许雅丽浅浅一笑，走进了厨房。

看着妻子的身影消失在门口，晏阳初收回了目光。

花园里，四个孩子大叫着追逐时清脆的声音传来，是那么欢快，晏阳初脸上漾起平和的笑容。可马上一丝愧疚又涌上了心头，因为他已经决定，明天便偕全家搬到远在二百多公里外的定县乡下。为了鼓励和勉励大家，他必须做好表率。

晏阳初清楚，雅丽从来不会反对他的决定，她总是站在身后，一如既往地支持他。只是，苦了她和孩子们。

晚饭过后，小女儿早早睡下了，三个儿子和保姆一起到花园的石桌边乘凉去了。儿子们肯定又是缠着保姆给他们讲述她那永远也讲不完的乡间传说。

屋子里静了下来，许雅丽点燃蚊香，驱赶着屋子里的蚊虫。

晏阳初心里有事，信步踱到窗前，心不在焉地看着外面朦胧的夜色。

这是一个月朗星稀的夜晚，皎洁的月光在白莲花般的云朵里穿行，洒下一地银色，城市便朦胧在这静谧里。花园里，白日青葱的树木，此刻黑黝黝的，风拂过来，枝条哗啦啦地抖动，像情人的款款私语。

多美的夜色啊！多温馨甜蜜的家庭！晏阳初心里轻轻叹息了一声。

许雅丽走出女儿的房间，倒了一杯凉好的茶水端了过来。

"口渴了吧，秋天马上就到了，但天气还是挺热的。"

"是啊，风时有时无的，更显得闷热。"

晏阳初从妻子手里接过茶杯，轻轻呷了一口，那凉爽从口里一直沁到了心底。他边喝边向妻子身边偎了偎，说："你看，天上星星很少，夜空显得是那么清澈高远。"晏阳初仰头凝视夜空，妻子许雅丽也把头靠过来，仰头观看。

"秋天说来就来了，天空就显得高远了。"许雅丽边说边飞快地瞄了丈夫一眼。

"月色真好，我可许久没见过这样美丽的夜色了。"他可真沉得住气，这么久了，都还没说出心中的事。

"阳初，你似乎有什么心事。"许雅丽终于忍不住了，主动问起丈夫，"你说出来吧，我看得出，你有话要对我说，你可不会伪装自己。"许雅丽轻轻笑了。

第五章　扎根乡村　开发脑矿得真经

这些年来，丈夫总是东奔西走，许雅丽也就随他四处奔波。这她都习惯了，为了丈夫的事业，什么样的苦她都可以忍受。

"雅丽，今晚是我们最后一次欣赏北平的月色了。明天下午，我们就要全家一起，随大伙儿迁居到定县去……"晏阳初轻轻揽过妻子的肩，略有几分愧疚，但语气十分肯定。

"是吗？"许雅丽愣了一下，她知道丈夫心里有事，但没想到是这样让人震惊的消息。当年舍弃上海跟随丈夫到北平来，如今刚刚住得习惯了又要搬走，她心里有几丝忧伤，更为几个孩子担心。

"定县很远吗？"许雅丽定了定神，小声问。

"离北平有二百多公里，是个小县城，条件很差。"晏阳初如实回答，并拥紧妻子。他觉得，这样让妻儿跟着自己奔波，简直可以说是残忍。

"那，要坐许久的车呢，就怕孩子们受不了。"

许雅丽依偎在丈夫怀里，心中的不快早已消散干净。她清楚，丈夫是为了自己的事业而远赴乡村的，自己可不能拖他的后腿。再说了，和丈夫在一起，条件再艰苦，又算得了什么。

"好吧，我和孩子都跟你去。"许雅丽仰起头，脸上露出坚定的神色，"你放心做你的事吧，我会好好照顾孩子的。我想，我们会很快适应定县的环境的。"

晏阳初心中一热，俯下头轻轻在妻子脸上吻了一下，把妻子拥得更紧了。好像只有这样，才能传达出他对妻子的感激和敬爱。

月色躲进了云层，周围一切都变得暗了下来。夫妻俩就这样静静地倚在窗前，相互依偎着，也不说话。

也不知过了多久，花园里传来了孩子们的嬉笑声，接着传来了他们跑回屋子的咚咚的脚步声，是保姆在催促他们回来睡觉了。

许雅丽轻轻地说："晏，你也难得有空闲的时候，今晚好好睡一觉，明天起床还得收拾行李呢。"

"不急，不急。"晏阳初笑得很开心，"定好了是明天下午的火车，我们没有多少行李，收拾来得及。"

"你还说是和我商量，其实早就做了离开的打算。"许雅丽白了丈夫一眼。

"我错了，向你道歉。"晏阳初嘻嘻一笑。

夫妻俩一前一后，走进了卧室。

2

北平火车站人声鼎沸，列车还没有到来，晏阳初和早就到来的陈筑山等人围在一起，议论着即将全面开展的乡村教育工作，眼里满是憧憬。这一群怀揣济世理想的学者，让1929年的天空显得更加纯净。

许雅丽带着四个孩子，正和家眷们扎在一堆拉家常，他们简单的行李就码放在月台的一角。

陆陆续续有平教总会的人来到车站，聚集在晏阳初的周围，渐渐地就围了一大群人。每个人脸上都闪着兴奋的光芒，一边相互打着招呼，一边热烈地议论着即将到来的农村试验工作。说实话，平教会里许多学者，还是第一次下农村。想起从此要在农村待很长一段时间，过一种与先前完全不同的新生活，许多人都是一脸的憧憬和忐忑。

自古以来，定县就是一块寂寞而贫瘠的土地。20世纪30年代，全县有四十余万人口，恰恰是中国总人口的千分之一，其中百分之九十以上是农民。这里没有名山大川，也没有显赫的人物或古迹，与中国千百万普通的县一样，土地贫瘠，经济落后，发展缓慢。

这一次去定县的，有像晏阳初一样全家搬离北平，准备扎根农村的；也有没带家眷，只身前往定县的。

晏阳初看了看身边，要去的人已经来得差不多了。

陈筑山掏出怀表看了看，道："再等十来分钟，火车就进站了。"他笑着说："很少在车站逗留这么久，没想到车站是如此热闹。"

"那是，车站其实就是一个社会嘛。"站在人群中的孙伏园接过话茬儿，"你仔细地看看，这喧闹嘈杂的车站，其实就是一个社会的缩影，三教九流，各色人等什么都有。"

第五章 扎根乡村 开发脑矿得真经

"可不是嘛。"晏阳初对他的话很感兴趣。

"是啊，只要稍微留心，就可以判断出每个人的身份和地位。这从衣着上就可以分清楚。"孙伏园指了指站台一侧涌动不息的人群，兴致勃勃地说道，"那衣服整洁、行李又少的，不是官宦子弟就是出身富贵人家；那衣着整洁但并不入时的，是读书人，也许还没有发迹；那衣着随便、行李最多的，是四处奔走的小商小贩；而那蓬头垢面、衣服缀满补丁的，不是无业游民便是农民……"

的确，孙伏园的眼光很准，这喧闹的车站其实就是一个浓缩的社会。看似杂乱，实则泾渭分明。不同身份不同地位的人，站的地方不一样，他们的气色和神态也不一样。

晏阳初顺着孙伏园的手指望去，月台的一角有几个形貌猥琐的人，蹲在地上，眼望着火车来的方向。有两个人还干脆坐在地上，他们的衣着肮脏而粗劣。见有人看，其中一个年老的人望过来。在和晏阳初目光相碰的一刹那，晏阳初看出了老人眼里的凄苦无助、茫然和焦急。晏阳初连忙瞥开了目光，心里像被刺了一下，直感觉疼痛。

"那么，你看，我们这一群人像什么？"人群中一个同人笑着问孙伏园。

"我们嘛……"孙伏园沉吟了一下，"一群穿着长衫戴着眼镜的苦行僧。"

大伙儿都开心地笑了起来，为孙伏园精彩滑稽的比喻。

晏阳初没有笑，刚才与老人对视的那一眼，刺痛了他的神经。毫无疑问，那几个是从乡下进城的农民，他们是活在社会底层、无知无识、生活最艰苦的人。

远远地传来了火车的汽笛声，等待的人群开始骚动。晏阳初从沉思中回过神，妻子许雅丽正在叫他。

晏阳初连忙奔过去。火车已经轰鸣着进站了，停在站台边，人们都拥挤着往车上涌。晏阳初和几个同人扛着行李，抱起小孩，许雅丽拉着大儿子振东，一群人随着人流向车里走去。

好像被风刮跑了似的，短短的几分钟时间，站台上的人就被车厢"吃"得干干净净，除了几个送行的人，站台上便只留下人们扔的纸张或废弃物,在秋风中翻滚。

车厢里异常热闹,到处是找座位、放行李的吆喝声。

晏阳初和平教会的同人乘坐同一节车厢,倒显得有几分冷清,这里没有人高声喧哗,都静静地坐着,悄声细语地说着话。

许雅丽拉着四个孩子,和几个家属坐在走廊的另一边,正热情地拉着家常。

晏阳初拣了个靠窗的位置坐下来,定定地看着窗外人迹渐少的车站。

陈筑山坐在他对面,微笑着说:"阳初,我们这一去,也许就真的告别都市生活了。"

晏阳初点了点头,有些感慨地说道:"是啊,平民教育都开展这么多年了,才第一次真正走入农村,我心里惭愧得很啊!"

"那倒不是,这也有个时机问题。如果不是你这次美国之行筹集到足够的经费,我怕今年下乡村都还成问题呢。"

"那倒也是,等到了定县,我们要马上着手把工作开展起来,我们的农民等我们等得太久了……"

"是啊,刚才伏园说得好,我们就是一群唤醒农民的苦行僧。"陈筑山点头赞同。

火车轰鸣着,渐渐离开了北平城,行驶在广袤的华北平原上。

离北平愈来愈远了。晏阳初望着车窗外飞掠而过的景色,心中如波涛起伏。北平是他离开中华青年促进会,建立平教总会的第一站。从今天以后,他将率领同人扎根乡村,为乡村的平民教育事业贡献他们的心和力。平民教育势必将在更加广阔的环境中展开,他的眼前仿佛出现了将来平民教育运动席卷全国乡村的美丽画卷。

3

一阵阵风吹过破旧的街道,卷起阵阵尘土。天还没有大亮,街上一片寂静,两边紧闭的窗户内,许多乡音包围着的美梦正在悄悄启程。街道显出一片白惨惨的颜色,在黎明时分的空气中,静穆地等待着新的一

第五章　扎根乡村　开发脑矿得真经

天降临。

晏阳初早早地就醒了过来，这是他在定县的第一个早晨，一切都满含意义和期盼。

他一骨碌披衣起床，许雅丽和四个孩子经过昨天旅途的劳累和一路喧腾，都还在甜甜的酣梦中。

晏阳初轻轻地走出门，随手拉上门，来到了大街上。

定县的街道是土街小巷，远没有北平的街道那么宽阔漂亮。晏阳初背着双手，走在定县这寂静的土街上。也许多年以后，土街会温馨地回忆起这样的一个细节：一位四十左右儒雅的中年人，身着青色长衫，双目深邃，面带微笑，在定县街上从容地走着，走着走着，定县就发生了翻天覆地的变化，并被永远载入史册。

此时，晏阳初就这样信步走着。走过密集低矮的民居，走过白日里热闹非凡但此刻一片沉寂的市场，走过定县衙门口，走过私塾馆，一直走到平教总会临时办公地点——一座废弃的明代考棚。

考棚算是定县最大的建筑了，多少个世纪的风雨里，定县的莘莘学子从这里启程，走出河北、走向全国，去实现他们治国平天下的梦想。

考棚房舍不少，但很破旧。考棚内原有的一所三层建筑——揽胜楼，现成了平教总会的办公中心。

从今天起，一群学有所成的人就将聚集在这里，进行另外一种不同寻常的考试，没有人知道答案是什么，也没有人知道他们会走多远。但他们斗志昂扬，一往无前，似乎根本没顾及这一切。

其他人还没有到，考棚里静静的。晏阳初轻轻推开总干事办公室的门，坐在了座位上，思考以后的工作……

天色渐渐明亮了起来，各种声音次第响了起来。清脆的鸟啼声、吱吱呀呀的开门声，还混杂着不规则的脚步声。

平教总会在定县工作的第一天，就这样不动声色地到来了。

平教会的同人陆续来到他们新的办公地点。看见总干事办公室的门开着，都不约而同地走了进来。不一会儿，屋子里就站满了人。

没有人说话，每个人都是一脸的凝重。晏阳初一个个看过去，这些熟悉的面孔，这些受过高等教育，甚至有国外名校留学经历的饱学之士，竟一起聚集在定县这样一个落后的地方。晏阳初心里涌起一阵感动，好半天才平复了激动的心情，平静地说：

"同人们，经过几年的考察和准备，我们平教会终于来到了乡村，进行真正意义上的平民教育。定县县城只是我们平教总会机关的办公地址，主要用于对外联络，我们真正工作的地方，是在广大的农村……

"从现在开始，我们就要吃住在农村，要和村民打成一片，学定县话、吃定县饭、住定县屋，走村串户，下地劳动……

"前面的路肯定会有无数的困难和挫折，但我相信，只要我们团结一心，怀着为民贡献的决心，不懈努力下去，农民贫愚私弱的问题，一定会得到解决……"

大伙儿被晏阳初的激情所感染，都热烈地鼓起掌来。

短暂的会议后，一行人走出总干事办公室，仔细地巡视着平教会的新办公楼。

冯锐和傅葆琛走在前边，不停地给大家解说。早在几年以前，他们便着手为今天的总部迁移做着准备了。

晓风中一面白底红字的"平"字大旗，高高地飘扬着。会旗两边的墙上，一面写着"除文盲，作新民"的口号，另一面写着"智、富、强、公"，这是针对乡村教育运动的宗旨提出的口号，也是平教运动所要达到的目标。

冯锐说："几天前我们就制好了'平'字大旗和巨幅标语，专门等着各位同人的到来呢。"

"是啊，定县的政府和民间都很支持我们的乡村教育事业，在准备的这段时间里，不时有人向我们打听总会迁址的具体时间呢。"傅葆琛也高兴地说。

凉爽的清晨，晏阳初和同人们细细地把新总部巡视了一遍，看来一切都准备得很好，很让人满意。

第五章　扎根乡村　开发脑矿得真经

一行人都啧啧称赞。

忽然，晏阳初像想起了什么，转过身问身边的陈筑山："筑山兄，我们平教会会歌你写好没有？"

陈筑山微微一笑，回道："我昨晚就写好了，今早来就是要告诉你的。刚刚你在忙，还没来得及给你呢。这样吧，趁大伙儿都在，我念给大家听听，也好一起改改。"

"好！"晏阳初点头，又转身向着大伙儿，"大家还是去我的办公室吧。"

一群人说说笑笑，走了过去。

一缕朝阳照在他们身上。

等大家都进来了，陈筑山站在门口，从衣袋里掏出一张小卡片，清了清嗓子。

"歌名我暂定为《中华平民教育促进会会歌》。"

见大家没有反对，他朗声读了起来：

　　茫茫海宇寻同志，
　　历尽了风尘
　　结合了同人。
　　共事业，
　　励精神，
　　并肩作长城。
　　力恶不出己，
　　一心为平民。
　　奋斗与牺牲，
　　务把文盲除尽，
　　男男女女老老少少一齐见光明。
　　一齐见光明，
　　青天无片云，

> 愈努力,愈起劲,
> 勇往向前程。
> 飞渡了黄河,
> 踏过了昆仑,
> 唤醒旧帮人,
> 大家一起作新民。
> 意诚心正,
> 身修家齐治天下平。

读完,陈筑山微笑着看着大伙儿:"有些仓促,不妥之处,望大伙儿指出来。"

"很好啊,有气势。'飞渡了黄河,踏过了昆仑',这就是我们平教会应有的气魄。"孙伏园拍手叫好。

"是啊,歌词很好地体现了我们平教人的决心,鼓舞人心。"

"歌词写出了平教会的宗旨,明白晓畅,有韵致,便于传唱。"

……

经过商定,决定选用《苏武牧羊》的曲谱来套用现成的词,又把歌名改为了《平教同志歌》。

晏阳初本来就熟悉曲谱,当场小声唱起了《平教同志歌》,其他人也跟着吟唱。不一会儿,满屋的人都吟唱了起来。

> ……飞渡了黄河,
> 踏过了昆仑,
> 唤醒旧帮人,
> 大家一起作新民。
> 意诚心正,
> 身修家齐治天下平……

第五章 扎根乡村 开发脑矿得真经

歌曲唱毕,晏阳初说:"同人们,下午我们就走进农村,随即展开平教工作,好不好?"

"好,到农村去!"大家异口同声。

"走啰,历风尘去喽!"一个人笑着说,大伙儿便都哈哈大笑了起来。

4

1929年夏末秋初,阳光虽然没有了盛夏那般炽热,却依然是热气逼人。收割时节刚刚过去,丰收的喜悦还在田野里四处溢漫。

太阳刚刚偏西,定县东部二十公里外的翟城村就沉浸在一片祥和的光晕里。

据传,翟城村在战国时期就有先民生存,魏晋南北朝时期,此地曾是丁零族首领翟鼠的封地,后此人屯兵叛乱,筑有防御工程和城堡,故名翟城。彼时,这里住有农户368户、2186人,其中又以米姓人口为多数。

这时几个完成了大人安排的活儿的小孩子,正在村外的大道上嬉闹,时不时还发出一阵阵嘻嘻哈哈的笑声,吓得晚归的鸟儿扑腾着飞去。

忽然,一阵风从北边卷来,收割后的田野空荡荡的,风没有受到任何阻挡,就从大路上跑过来,被太阳炙烤得干坏的土路上扬起一阵灰尘,几个小孩子猝不及防,弄了满头满脸尘土。

"糟了,我的眼睛进沙子了,什么也看不见了。"一个小孩子带着哭腔喊道。

"别急,别急,你先不要用手揉,我来给你吹。"一个年龄大点的孩子说道。然后又有几个小孩子围了上去。

"二娃子,你帮他吹吹,一吹就出来了。不怕的,我的眼睛也进过沙子。"于是,那个年龄大一点的孩子便有模有样地掰开小孩子的眼睛,斜着嘴噗地吹了一口气。

风过去了,枯枝断草都被卷跑了,土路上就显得更利落了,露出了黄白色的大道来。眼睛进了沙子的小孩,满脸通红地慢慢睁开了眼睛。

几个小孩继续着刚才的游戏。玩得正兴起，刚才那个年龄大点的男孩忽然指着远处说："你们看，谁家来客人了？"

大家顺着大路望去，果然，远远就看到一支骑着毛驴的长长队伍走了过来。毛驴上面托着大包小包的行李，有男的，有女的，还有几个小孩，慢慢地朝村子走来。

"我爸爸说过，这些不是哪家的客人，是来教大家认字的城里的先生。"其中一个小孩说。

这些小孩子站了起来，好奇地看着这群从城里来的先生。不大一会儿，这些人就走得近了，见了这些孩子，一个个从毛驴上下来了。

前边一个穿着长衫、戴着礼帽的中年人走了过来，俯身看着年龄大一点的男孩，满脸和善地问道："小朋友，你叫什么名字？"然后又扫视了一眼其他几个孩子，道："都是这村子里的吧？"

"我叫小赤子。"男孩一点也不怯生，"我们都是这个村子里的。"男孩指着身后的小伙伴说。

中年人笑了起来，他身后的一群人也都友好地笑了。

"你们认识米迪刚吗？"着长衫的中年人又微笑着问。

"当然认识，不过，他家可远了，在村子中央呢。"小孩子大声说，"我带你们去吧。"

也不管长衫中年人答不答应，这群赤脚的小孩子就在前边跑开了。

"阳初，我们跟上去吧，这些小家伙机灵得很，一不小心就走掉了。"长衫中年人旁边一个中年人笑着说。

长衫中年人点点头，一群人牵着毛驴，跟着蹦蹦跳跳的小孩子向村子里走去。

就在这样一个如血的黄昏，晏阳初和他的同事们走进了定县的乡村，走到了千万勤劳朴实的农民中间，为这些辛勤而贫苦的同胞开启智慧和富裕之门。

天渐渐暗了下来，晏阳初和陈筑山一行，牵着毛驴，就这么跟在一群小孩后面，走进了翟城村，走向米迪刚的院子。

第五章　扎根乡村　开发脑矿得真经

米迪刚，翟城村人，民国初年曾留学日本。回国后曾在其父米鉴三的村治规划基础上，与县知事孙发绪创办了模范县和翟城模范村，是当地有名的开明乡绅。

小孩子没有哄他们，米迪刚的确住在村子的中部，需要走上一段路。一路上不停地有小孩退出引路的队伍，走回自己的家。晚归的农民看见这一群身着蓝布长衫的读书人，都好奇地停了下来，看着他们小声地猜测议论。

"前面就到我家了。"前头带路的小孩子忽然转过头来对晏阳初说。

"哦，还要走多远？"晏阳初微笑着问小孩子。

"还要走一会儿呢。"小孩子用衣袖揩着额头的汗，"不过路很平，天黑了也不怕。"小孩子看了看这一群风尘仆仆的城里人，每个人脸上都淌着汗，一脸的风沙，但每个人都很精神，看着他微笑。

"小朋友，我们已经走了很久的路了，都很累了，先到你家去喝口水，歇歇气，再走，好不好？"陈筑山说道。

"好啊！"小孩子高兴地点头，然后在前边飞快地往家跑去，不一会儿就到了小孩的家。院门口出现一张老实而热情的中年男人黝黑的脸，不用说，是小家伙的家长。

晏阳初和陈筑山迎了上去，说："老乡，你好，我们走得口渴了，想讨碗水喝。"

"快请进，快请进。"中年汉子殷勤地点着头，一边过来帮他们拉住缰绳，一边对着院子喊，"小赤子，快，给客人们端水去。"

几个人进院子坐下，刚才领路的小孩端着满满的一瓜瓢水走了出来。

农村人卫生习惯差，很少饮用开水，这一点晏阳初一行知道。晏阳初不以为意，接过瓜瓢，咕噜咕噜喝了一气，凉意就顺着喉咙往下走，很快便遍布全身。其他几个同行的人也纷纷喝了一气。喝过了水，晏阳初走进小孩家的厨房，舀了一盆水，洗了洗脸上的灰尘。

从小孩家里出来，太阳已经藏起了半张脸，村子里远远近近响起了此起彼伏的蛙叫声和婆姨娃儿悠长的唤归声。

这次带领大家前往米迪刚家的，是刚才那小孩的父亲。小孩站在院门口，笑嘻嘻地看着这帮人随父亲远去，消失在傍晚的余晖中。

小孩的父亲是位木讷老实的庄稼汉，只顾在前边大步地走，也不说话。晏阳初一行毕竟是文弱书生，赶得气喘吁吁的。看看一行人落下一截儿了，小孩的父亲就在前边停下来，等他们赶近了，他又撒开了步子往前走。

太阳完全落了下去，西天露出一片红色的云霞，四周的景物变得更加扑朔迷离，热气也慢慢消散，大伙儿身上的汗也渐渐少了，风掠过身上，分外舒坦。

晏阳初紧赶几步，问小孩的父亲："老乡，你贵姓？"

庄稼汉回答得有几分迟疑："姓……韩……"

"哦，那你家在村子里可是外姓了。"晏阳初微笑着说。他们早就了解清楚了，翟城村三百多户人家中，三分之二以上姓米。

"那是。"老韩向身边这位先生多看了几眼，想不到这位先生还了解村子的情况，"村子里姓韩的没有几家，其他的姓也不多……"

"姓米的最多吧。"晏阳初接上了他的话。

"对了，老乡，听说村子里搞了个村民自治，农民还成立了村公所，有这回事吗？"陈筑山也跟了上来问道。

老韩渐渐放松下来，讲话也就流利了许多："是啊，米老爷二公子从国外留学归来，就帮助村里人致富，他自己还出了不少钱呢。"

讲起村子里的事，老韩有几分自豪。

"那现在怎样了？"晏阳初问他。

"唉！散了，早散了。米公子人是个好人，帮我们创办学校，教娃娃们识字，帮助我们提高收成。可他有一样不好，他竟然要我们捣毁神庙，破坏祖宗的祠堂，那可是要遭祖先诅咒的啊！"老韩长长地叹了口气。

晏阳初看了身边的陈筑山一眼，天色黑暗，已看不分明，但他们心里都想到了，米迪刚的改良计划受挫，是因为他触动了农民们根深蒂固的迷信思想，看来，今后平民教育乡村运动，得先解放农民的思想。农

第五章 扎根乡村 开发脑矿得真经

村可不比城市,农村的人受教育程度更低,工作难度要大许多,封建落后思想在老百姓中间还很有市场。

"到了,到了。"老韩转过身来,指着前边一个灯火通明的大院,欣喜地说道。大伙儿顺着他的目光望过去,几十米开外,一个偌大的庭院,在黑暗中依稀只能看见轮廓。

"米老爷,来城里客人了。米老爷,来客人了!"老韩急跑几步,扯开嗓子叫了起来。

院门打开了,一个人探出头来,和老韩小声说了几句,又缩了回去,紧接着院子里就传来一阵脚步声。

晏阳初一行刚走到门口,米迪刚便带着朗朗的笑声迎了出来。"晏先生,这么晚了,你们还下乡来,一路上辛苦了!"一边说,一边盼咐家人把驴子牵了过去。

院子里灯火通明,一行人走了进去,掸了掸身上的尘土。

等晏阳初一行洗过脸,主人把他们迎进客厅,桌上早摆着凉好的茶水。众人也不客气,端起来就咕噜咕噜喝了一气。走了一整天,流了一身的汗,的确渴得厉害。

"晏先生,听说你们前天才到的县城,今天下午就赶到了翟城村,速度真快啊。"米迪刚叫家人续上茶水,笑着说道。

"是啊,我们先在定县城里逗留了一天,处理了一些初期的相关事宜。今天一大早我们便出发向贵村奔来。"晏阳初放下茶杯道,"这路程可不近啊。"

"那是,好在没有下雨,道路不泥泞,否则怕是你们今天还赶不到呢。"米迪刚性格很爽朗,"上次在北平分手后,我便匆匆赶回了定县。本以为你们还要等一段时间才会过来,没想到会这么快!"

"米先生,你忘了,我们是来帮农民识字的,可不像那些达官贵人,游览观光,做做样子,自然没有那么多的臭规矩,所以说来就来了。"陈筑山在一边笑着说。

"那是,那是……"米迪刚也哈哈大笑起来,一时宾主之间笑语不断,一路的疲惫感也一扫而光。

宾主没有过多客套。接下来晏阳初一行详细地询问了翟城村的具体情况:有多少人家、贫富情况如何、村里地形如何、土地肥瘦怎样……米迪刚都一一如实进行了介绍。陈筑山将这些情况用笔一一记在了随身携带的小本子上。

"对了,村子里有多少人识字?"晏阳初突然提起这个最关键的问题。

"估计有十来个吧。"身后突然传出一个苍老的声音。

晏阳初等人愕然转身,门口站着一个身着长衫的老人,慈眉善目,一看就是个仁厚的长者。

"晏先生,我们翟城村识字的人要比旁边村子多许多。"老人一边说,一边走近。

"这是家父。"米迪刚连忙站起来介绍。

米迪刚之父米鉴三,开明人士,年轻时曾主持定县全县学务。回村后在翟城村创办高等小学、女子国民学校及女子高等小学,教化村民。米迪刚日本留学归国后,秉承父业,提倡村民自治,创办自治公所,帮助村民,使翟城村在定县成为远近闻名的模范村。群众基础良好,也是平教总会把乡村平民教育试点选在定县的一个重要原因。

晏阳初急忙站起来,跨前一步,握住老人的手,道:"米老先生,您好,在北平早就听说过您的大名。昨天在定县逗留,才知道老先生一生为农民,翟城村可是定县有名的模范村啊。"

"哪里哪里,晏先生折煞老朽了。听小儿讲,晏先生所从事的平民教育事业,是一件于国于民有功的大事业,让我十分佩服。"老人长髯拂动,一派仙风道骨。

晏阳初连忙扶老先生坐下,老先生推辞了一会儿,见晏先生坚持礼让,也就坦然坐下了。米迪刚连忙另搬了坐椅,晏阳初挨着老先生坐下了。

众人围在一起,谈论着即将进行的乡村教育改革运动。

晚饭过后,众人又谈论至夜深,最后,晏阳初确定,自明日起,众

第五章　扎根乡村　开发脑矿得真经

人便在村中走访农民。众人谢绝了米迪刚父子让众人留宿自家院子的好意后，回到在村里向农家租借的房屋。

平民教育总会的机关设在定县县城的考棚内，但从今天起，晏阳初和他的同事们真正的工作场所就在这翟城村，和农民一起讲翟城话，吃翟城饭，住翟城房，真正过上翟城农民的生活。

临别时，米迪刚对晏阳初说："晏先生，旅途劳顿，你早些安歇吧。等明天起来，我陪你们在村子里转转，再看看具体情况。"

"好啊，那先谢谢你了！"

看米迪刚的身影消失在门口，晏阳初和衣躺下，吹熄了床头的灯，静静地躺在床上。

夜已经深了，野外已没有了多少声响，只有一些叫不出名字的虫子在低吟，更衬得秋夜的静谧。

5

第二天上午，晏阳初一行便在米迪刚的带领下，深入调研走访了翟城村的情况。

这群总是面带微笑、身穿长衫且大多戴着眼镜的城里"先生"，温和地向在田间劳作的农民们打招呼。因为有米迪刚的引路，农民们弄清了，这些人不是政府下来巡视的官员，他们是来帮助大家致富的，都觉得很新鲜。"先生"们态度和蔼，一点也不摆架子，让人觉得很亲切，有的"先生"还蹲在田头和老乡们拉起了家常。

"老乡，你们的收成怎样？"

"还好吧，勉强够吃。"

"老乡，你识字吗？"

老乡们纷纷摇了摇头。

"老乡，想识字吗？"

"我们这把年龄了，还识什么字？"听见这些"先生"的问话，几个田地里的老乡都不由自主地笑了起来，"它又不影响我们种地。"

283

……

从走访的情况来看,翟城村情况并不乐观。整个村子里,识字的人很少。虽然米迪刚父子办了公学,但由于村民太贫穷,根本上不起学,而且许多村民对识字还抱着一种可有可无的态度。

"看这里的情况,并不是很好。"

傍晚,大伙儿齐聚在临时寄住的农家院里,晏阳初看了看满脸疲惫的同人。

"困难我们早就估计到了。"陈筑山很平静地笑笑,"正因为这样,才更说明农民兄弟迫切需要得到我们的帮助!"

"是啊,老乡们越贫困,说明他们越需要我们的帮助。"孙伏园点点头,"只是我们可得想想,以什么方法来开展工作最好。"

大伙儿陷入了思考。

……

又一个夜幕降临了,这是一个云淡风轻的秋夜。劳作了一天的农人们胡乱喝了几口粥后,就早早地来到户外乘凉。一边任温柔的晚风吹拂在身上来缓解一天的疲劳,一边和邻近的人拉几句家常。

忽然,远远地传来人们的欢呼声,乘凉的村民们不约而同地站起来,他们被眼前的一幕吸引住了。

夜幕里,白日里到田间地头与他们拉家常的那群城里"先生",每人手提一盏灯笼,身着和白日里一样的一身长衫,满脸微笑,从村口缓缓地向乡亲们走来。

他们的灯笼很特别,上面画的不是花鸟楼阁,而是写着农谚和节气歌谣。

一路上,他们会停下来问乘凉的村民:"老乡,你们认识灯笼上的字吗?"

"老乡,这上面是农谚,说的是'白露早,寒露迟,秋分种麦正当时……'"

"哦。"

"老乡，你们知道这农谚的意思吗？"

"不知道呢。"

"它说的是播种的事。白露、寒露、秋分是一年中的三个节气。'白露'呢，通常在每年的9月7、8、9日交节；'秋分'通常在每年的9月22、23、24日交节；'寒露'通常在每年的10月8、9日交节。'白露早'的意思是说，9月上旬种小麦呢，时间就太早了些，而到了'寒露'节气，也就是10月上旬，播种小麦又太晚了，只有在'秋分'这个节气，也就是9月下旬的时候，播种小麦，才正好。也就是说，再过一段时间，就要抓紧时间种小麦了……"

"你们这些'先生'还知道这些？书上也有说种庄稼的事情？"

"书上的内容多着呢，天上飞的、地上跑的、土里长的，都是前人智慧的结晶……"

这些"先生"一字一顿地说给村民们听。等他们听清楚了，"先生"还会耐心地把歌谣里的农业生产知识告诉村民，村民们听得津津有味，很是高兴。

这些天晚上，晏阳初领着大伙儿，走访翟城村的每家每户。这些"先生"只要一出现，立马就会被村子里的人围住，大家会热情地问这问那。

"看来，这别出心裁的提灯走访，效果很不错啊。"孙伏园一边抹汗，一边高兴地说。经过几天的走访，平教会的同志们便聚在一起，商讨着这些日子工作的开展情况。

"是啊，至少让村民们知道了我们的来意，知道我们是真心诚意地来帮助他们的。"陈筑山接过话头，"估计以后，他们就不会抵触我们了。"

"第一步算是走对了。"

"明天上午，我们叫米迪刚召集全村有威望的长者，与他们座谈一下，让他们出面帮我们做做工作，这样效果会好很多。"晏阳初高兴地说。

"好吧，大伙儿都快睡觉吧，折腾了一天，还真有点累。"冯锐对仍兴奋不已的同人们说。

大伙儿依言散去，不一会儿周围便沉入了沉寂。劳累了一天，大伙儿很快就沉沉地睡去了。

第二天上午，大伙儿齐聚在米迪刚家，耐心等待着村里有威望的长者到来。

太阳升得老高了，米迪刚才领着村中的七八个长者，远远地走过来。

晏阳初见了，赶紧和大伙儿一起迎了上去，亲切地和几位长者握手。

"大爷好，辛苦你们了！"

"大爷请坐，先歇歇脚。"

……

晏阳初他们热情的招呼，让老人们心里滚烫不已。

分宾主坐定，米迪刚一一向众人介绍了请来的老人。这几个长者都是村中年高德劭，深受村人敬慕，具有很高威信的人。他们说的话，在村子里极有感召力。

顺着米迪刚的介绍，晏阳初再次一一与他们亲切地握手，微笑着向他们问好。听米乡绅介绍，随后走进来的两位较年轻的，是从村公所过来的。

晏阳初先问了老人们的身体情况，祝愿他们身体安好，然后引入正题，问村子里有多少人口，收入情况怎样。

老人们见城里的"先生"态度这样谦恭，也都乐意和他们拉家常。

"老人家，您知道村子里有多少人识字吗？"晏阳初问对面一个须发皆白的老人。

"不多，不多，除了小学的教师，我和村公所的人外，村民们大多不识字，包括他们。"他指了指身边坐着的两位老人。

"是啊，我们都不识字，可并不影响我们干农活儿。"一个老人笑哈哈地说。很显然，在他的眼里，识不识字是无关紧要的。

晏阳初和身边的同人对望了一眼，这跟他们以前调查走访时其他村民的说法基本一样。

"刚才听你们说，村子里收成很不好。其实，要提高产量，这除了靠老天爷外,还要靠好的耕种方法、选用好的种子,这些都是很重要的。如果把这些都做好了,增产是很容易的。"

"是吗?"刚才那个不识字的老人笑道,"我们一辈子都在和庄稼打交道,难道你们这些手握笔管子的读书人,会比我们更懂庄稼?"

"老人家,这些是农业科学,是专门研究怎么提高产量的。"晏阳初温和地笑道,"您看,你们地里的很多品种,这些在很久以前可都是读书人引进来的呢!"

那位老人明显怔了一怔,迟疑道:"好像还真是这么一回事儿。"

"是啊,老人家,不过,这些都要先认识字才行。"晏阳初温和地笑着说,"我们这次到贵村来,就是来教村民们识字的,然后帮助大家富裕起来,让大家有饭吃、有衣穿、有钱花。"

天上还会掉馅饼?几个老人对望了一眼,不太相信晏阳初的话。

晏阳初也不着急,平静地向老人们讲述了平教会在中国许多城市进行过识字教育的例子。他讲得很慢,也很投入。语调平缓而坦诚,几个老人都被他的话迷住了。等晏阳初讲完了,几个老人还沉浸在讲述里,半天没反应过来。

"老大爷,我们在你们村里也搞这个试验,好不好?"晏阳初轻声问。

几个人都一齐望着那位知书达理的最长者。看来,他们也认为,读书识字的老人肯定比他们明白得多,这是他们对知识天生的一种敬畏。

晏阳初微微笑了。

最年长的老人沉吟着,显然他已经被晏阳初的讲述和劝说打动了。

"我们懂得教育村民的方法,知道怎样教会他们。当然,还得请你们出面告诉村民们怎么办,因为目前他们还不太相信我们,但他们很听你们的话……"晏阳初微笑着,不失时机地插上几句。

老人们犹豫了一会儿,小声地商议了几句,就爽快地答应了。

中午,在米迪刚的坚持下,大家都在米迪刚家做客。席间气氛更加地轻松活跃,几个老人还代表村民向平教会每一位都敬了酒,宾主尽欢。

散席的时候,大家约定,明天在村东头的土地庙,召开一个全村村

287

民参加的大会,大会由平教会主持。全村的村民,则由几位老人派人去通知召集。

事情顺利得出乎意料,每个人都很兴奋。

……

会议在村子土地庙前的空地上举行。几位老人果然没有食言,一大早村民们便三三两两往庙前赶去,一路上还不断向旁人打听开会的内容。

"老韩,听说城里的'先生'来帮助我们了,你知道是怎么帮助吗?"

"还不晓得呢,去看看吧,反正地里的活儿也少了。"

"是啊,去看看不就知道了嘛。"

中国的农村,人的文化程度虽然不高,但每一个村子都会有一座神庙,用来敬奉神灵和祖先。神庙前一般会有一块高高的土台,台下有一片空地,是村公所传达上级文件和宗族里聚会的地方,更是村子里唱大戏、演节目的娱乐场所。每逢春节和喜庆的日子,都会有人请戏班演戏,那时节也是村子里最热闹的时候。

晏阳初和同人们早早地收拾妥当,来到了会场上。米乡绅也早就安排人手搭好了桌子。

秋天的早上,空气中有了丝丝凉意,收割过的田野里一片寂静,好像经过了一个春夏的孕育,又经历了秋初收割的阵痛,土地还没从沉重的劳作中醒过来。活跃在田间地头的昆虫也渐渐销声匿迹,清凉的晨风中只偶尔传来几声蛐蛐的低吟和一声比一声长的雄鸡高唱声。

村子中的几个长者早早地来到了庙前,晏阳初走上前去与他们一一握手,道:"辛苦你们了,老人家,这么早就惊扰你们……"

"哪里,哪里,你们真心实意来帮助村民,我们感激都来不及呢。"长髯老者哈哈大笑。

上午九点多钟了,村民们来得还不整齐。只见白髯老人和身边的一个黑瘦老人嘀咕了几句,那老人便走了下去。

不一会儿就见一个手提铜锣的汉子走了过来,一边敲锣一边高声喊:"乡亲们听清了,请你们马上到庙里开会,每户都来一人,要搞快点,

第五章　扎根乡村　开发脑矿得真经

城里的教书先生到这里来帮助大家了……"

他一面敲,一面喊,一边向村中走去。锣声清越而又高昂。

这方法还真奏效,不一会儿工夫,庙前空地上就站满了村民,热热闹闹的,大家都兴奋地等待着会议的召开。

米迪刚第一个走上前台,他看了看台下黑压压的人群,大声说:"乡亲们啊,今天把大家召集在神庙前,是有一件天大的喜事要告诉大家。不过,我要先提个要求,请乡亲们在开会的时候,不要大声喧哗,不要随意走动,不要丢了我们翟城村的脸,让城里先生笑话了去,好不好?"

台下响起一片叫好声。

米迪刚压压手,会场瞬间安静了下来。白髯的米老爷子走上前去,先环视了一遍台下的乡亲,咳嗽了几声,慢条斯理地说开了。

"乡亲们,今天请你们来开会,是因为这是一件关系到本村发展的大事。"他声调拖得很长,指了指后排的平教会同人,"这些城里下来的先生们,他们大多出过国,喝过洋墨水,都是见过大面的人。但现在,他们甘愿吃苦,来到我们这个穷地方,来教我们识字,让我们今后能识文断字,能够称秤算账,不再是个'睁眼瞎'……"

老人的话在人群中引起一阵轻微的骚动。显然,老人的话让他们感到意外。读书可是体面人的事,他们这些手握锄柄的粗人能学会吗?

等人群逐渐安静了,老人才又开口讲话:"乡亲们,你们都长眼睛了吗?凡是长眼睛的人请举手。"

乡亲们哄笑着纷纷举起了手。

"你们能看见我吗?"老人又问。

"能,米老爷子,我们都看见你的长胡子,下巴上掉得老长呢。"人群中有人高声回答,其他村民都笑了起来。

"那很好。"米老爷子回过头,示意米迪刚递给他一本《平民千字课》。

"这是一本书,你们多少人能看见它呢?"

乡亲们又一次全举起了手。

"那么,能够看懂这本书的人呢,有几个?"米老爷子继续发问。

这一次台下没有一个人举手。

"乡亲们，你们看，这本书就在眼前，可你们都看不懂，不知道它里面写的是什么，你们说，这不就是和瞎子一样了吗？"

人群安静了下来，一点声音也没有了。

"不识字，就是'睁眼瞎'。今天这一群城里来的先生，就是来帮我们治'睁眼瞎'的。他们满肚子的学问，以前他们在城里帮助那些不识字的人，让许多人能够识字。今天，他们来到我们翟城村，来教大家认字，直到你们能看懂书为止。"

人群中又有些骚乱，乡亲们都议论了起来，不敢相信这是真的。

"乡亲们啊，"米老爷子提高了音量，"你们放心，这些城里的先生是很有经验的，而且他们是完全免费的。你们不用交学费，只要每天挤出一个小时，四个月后，你们的'睁眼瞎'病就治好了。"

乡亲们都笑了，可心里却还有些犹豫。

米老爷子也不再说，看了看身后，转向台下，大声说："现在，我们欢迎北平来的晏先生给我们讲话。"

乡民们鼓起掌来，晏阳初在乡亲们的掌声中走上前去。

"乡亲们，刚才米老爷子说了，我们的确是来帮助大家识字的。而且，我们不光要帮助你们认字，还要帮你们搞好农业生产，让你们早日从贫困中走出来。当然，我们做的这一切，都不用你们交钱。"

人群静了几秒钟，紧接着人群就欢呼起来，老百姓最喜欢听这样的话。

"米老爷子说得很不错，你们放心，我们是有经验的。早在十多年前，我们就成功地教会了几万名中国同胞，他们和你们一样，大多数是农民。近几年，在整个中国，已经有几十万人在我们平民教育会的帮助下，从不识字中走了出来，我相信，你们一定也能做到的……"

晏阳初微笑着望着台下，留给乡亲们片刻思考的时间。

"现在，愿意跟我们学习的请举手！"

乡亲们你看看我，我看看你，都有些迟疑，不敢举起手来。

第五章　扎根乡村　开发脑矿得真经

晏阳初也不急，这些终日与土地打交道的淳朴乡亲，他们本来就缺乏自信，得给他们足够的时间战胜自身的怯懦。

晏阳初只是微笑着望着台下，也不再说话，静静等待乡亲们的勇气一点点积聚。

过了五六分钟的样子，终于有一个人迟迟疑疑地举起了手，是一个十二三岁的少年。紧跟着，人群中的青年都举起了手。像受到了感染似的，短短的几分钟内，庙前的上百位乡亲都高高地举起了手。

土台上，平教会的同志们都开心地笑了，太阳照在他们脸上，是那么灿烂。

6

翟城村农民首期识字班顺利开班，紧接着定县全县内的村子几乎都陆续开展了农民识字运动。

晏阳初和他的同事们忙碌且快乐着。

真没有想到，一切都进展得那么顺利。在来到定县之前，冯锐和傅葆琛早做过了详细的调查研究。在农民中间开展识字运动，比在城市里难得多，农民居住分散，缺乏固定的学习时间，又自由散漫惯了，受不得太长时间的约束。

回溯几个月前，在晏阳初办公室，晏阳初和冯锐还在商讨此事呢。

"秋收过后，接着便是萧条的冬天。"冯锐手里拿着笔，坐在晏阳初对面，"北方的冬天是漫长而寒冷的，农民们大多无事可做，农村又缺少必要的文娱生活，农民们的生活单调得很。男人们无事可做，便会赌博，以此来打发时间；女人们则只有围坐在火炉边拉家常。如果这时候去开展识字运动，应该是最好的时机。农民们有事可做了，又学会了识字，而且等来年春暖花开，农忙起来的时候，第一批识字班的人也就顺利毕业了。"

冯锐一边说，晏阳初一边频频点头。

就这样，平教总部最终才下决心迁到定县来。

291

时间过得真快，一眨眼就到了冬天。

定县的冬天是这样的干冷。凛冽的风从裸露着黄沙的街巷中刮过来，呼啸着卷起了巷里的枯叶断茎。听到这声音，人更觉得寒冷。秋日里漫天飞扬的黄沙好像也被冻住了，苦着黄黄的表情，更显出冬天的凄冷。

北方萧条的冬天，虽然丝毫影响不了晏阳初他们心中的热情，但定县的日子是忙碌而艰苦的。

这是一个偏僻落后的小县城，街道都是土路，风一过来，街道上的黄沙便会漫天飞舞，行走的人只有赶忙捂住头脸。即使这样，也是一头一身的灰，满嘴的尘土，牙齿一硌，弄得人心慌。

艰难的环境，最能磨炼人的意志，也最能考验一个人的心性。定县恶劣的环境，比许多学者想象中的还要糟糕得多。冬天的寒冷姑且不说，人走在满是黄土的大街上，冷不防一阵凛冽的寒风吹过，除刺骨的寒冷外，还会吃一嘴的沙子。这里没有什么业余的文娱活动，生活单调乏味，尤其是那些随着丈夫来到定县的家眷，更是觉得安静得让人恐慌。她们过惯了五彩缤纷的大城市生活，见惯了都市生活的繁华与随意。在过去的那些日子里，很多个黄昏，她们都会打扮一新，等待和丈夫去赴各种各样的舞会、酒会，在那些温馨的夜晚，男人们围坐在一起喝酒斗气，女人们就扎在一堆，夸矜着自己的衣服和首饰。而到了定县，这些活动就都没有了。定县的夜晚是安静的，或者说是死寂的，更没有大都市里的灯红酒绿。这些过惯了安逸生活的家眷，忍受不了定县夜晚的死寂和单调，这样的日子让她们感到恐慌，她们也就更加怀念过去的日子了。

日子久了，这些不满的情绪自然就会表露出来。到定县来的这些知识分子，大多数还是第一次真正接触农村，虽然在来之前，他们也对艰苦的环境有过充分的估计。但真正来到定县，这里条件的艰苦还是让他们大吃了一惊。当初他们都是怀着满腔天真烂漫的激情，牺牲了自己优渥的生活，到农村来，用自己学到的知识，帮助这些还处在深重黑暗中的农民兄弟。可真正安顿下来了，等最初的热情一过去，他们就感到了

第五章　扎根乡村　开发脑矿得真经

极端的不适应。他们过惯了都市安逸舒适的生活，而定县的发展落后，生活单调、枯燥，一些人心里打起了退堂鼓。

平教总会原本就是一个民间组织，它并没有严格的规章制度来约束每一个人。这里的同人，都是基于共同的理想，聚集在一起的，每个人都是自由的，来去随意。平教总会决不强求每一个人留下。

于是，在家眷们的极力撺掇下，一些人萌生了去意，在晚上收拾好行装，然后在第二天天蒙蒙亮时，就悄悄地离开了定县——他们是不好意思打招呼！还有些人，原本是想干一番事业的，却受不了家眷一而再再而三地撺掇，只有去向晏阳初辞行。

对这些情况，晏阳初和他的同事们早就有了思想准备，他们没有理由让人家留在这里吃苦。所以总是热情地为离开的人送行，连连感谢他们对平民教育事业所做的贡献。平教总会派人亲自送他们上车，让离开的人既感动又惭愧。

每当这个时候，晏阳初便会既惋惜又难过，总觉得是自己骗了他们。现在自己又不能好好地照顾他们，只能让他们尴尬地离去。

"但凡做成一件大事情，总是会遇到许多磨难的，只有那些不怕艰难始终坚持信念的人，才有机会看到胜利的曙光。"冯锐这样安慰难过的晏阳初。

几个月下来，有将近三分之二的人，因为种种原因离开了定县。但晏阳初心里还是十分欣慰的，这比他预料到的情况要好许多。而且时不时地还有人从大城市来到这僻远的定县乡村，自愿加入到轰轰烈烈的全民教育运动中来。

这天，天气还有些寒冷，可考棚里的平教总部却是暖意融融。晏阳初看见每个同事的脸上都挂着明朗的笑容，他们完全忘记了，冷冷的寒风冻得他们的鼻子通红通红的。

是啊，怎么能不喜悦呢，屈指一算，在定县各地开展的首期农民识字班马上就要结业了。几个月的忙碌，马上就到了检验成果的时候。一想到这里，每个人的脸上都洋溢着喜悦之情。这可是平民教育事业第一次在农村开展识字运动!

7

寒尽冬藏,也不知道是什么时候,料峭的寒冬已经悄悄隐藏了形迹,早晨和傍晚的风,虽然还是那样凌厉,吹在人脸上却不再冰冷刺骨。

也就在这忙碌里,定县第一期识字班的学员顺利地结业了。效果很不错,定县各界的反映都很好。第二期的招生工作随即展开。平教总会的每个人都全身心地投入工作里,常常忘记回家吃饭。

这天中午,晏阳初到平教总部比较早,是午休的时候,没有多少人。他坐在桌子前,想起上午冯锐说的问题。是啊,他自己也觉得目前使用的《平民千字课》有些不适应形势的发展了。冯锐的提议很好,至少是应该把汉语拼音加进去,这样以后农民们遇到不认识的字时,就可以自己拼读出来。

想到这里,晏阳初拿起桌子上的铅笔,随手在旁边的记事本里记下了几句,准备在明天召开的会议上提出来,听取一下大家的意见。

正想得入神,虚掩着的门被推开了。冯锐挟着一阵风走进来,老远就大声说:"看你门是虚掩着的,估计你早到了。"

冯锐把手上拿着的资料往晏阳初面前的桌子上一丢,说道:"阳初,你看看,第二期识字班的学员招收工作基本结束了,实际情况比预料中的好了许多。"

"那好啊,说明我们的工作深入人心了。"晏阳初拿起冯锐放在桌子上的资料,站了起来。

"好是好,可我们的教师人数远远不够,再等几天就要开学了,问题可有点棘手啊。"冯锐双手一摊,很着急的样子。

"那很好解决啊,我们让刚刚毕业的学员充当教员,问题不就解决了吗?"一个声音在门外响起。

二人转过身看,傅葆琛手里拿着一摞文件走进来。他把资料放到晏

第五章 扎根乡村 开发脑矿得真经

阳初面前的桌子上，微笑地看着二人。

"这可是在农村，情况有些不同，怕行不通吧。"冯锐有几分犹豫。

"我看是可以的，"晏阳初望着门外的黄土坝子，深思道，"农民天性淳朴，你们难道没看见，他们家家户户的神台上都敬奉着天地君亲师的牌位？"

"这……"冯锐和傅葆琛丈二和尚摸不着头脑。

"这说明，他们是从心里面尊敬老师的。这样，让学习过的学员来教他们，他们是不会反对的。再说，做教师的学员也一定会乐意接受的。因为他们通过自己的努力，还可以当老师、受人尊敬，心里一定高兴得很。"晏阳初语调平和地说。

"是啊，我怎么没想到呢？"冯锐拍了一下手，"而且，这样做还有个优点，我们在每个村子挑选合格的首期学员，让他充当教师，便于就近随时进行教学。"

"是啊，我们再在一定的时候，派一名老师去检查辅导就是了。"傅葆琛补充道。

三个人都轻松地笑起来。

"我看这样，就把这种方式叫作导生传习制吧。"晏阳初顿了一下，"我们让农民们自己推选导生，这样才有说服力。我们先教育导生，让他们在具体的教学中去锻炼自己的组织能力和合作能力。这样一来，既可以让学员在轻松愉快的氛围中学到知识，还可以培养农民中的佼佼者，让他们在今后的农村生产生活中发挥社区组织者和领导者的作用。"

冯锐和傅葆琛对视了一眼，没想到晏阳初比他们想得深远了许多。

"好吧，我这就下去，具体落实导生传习制。"冯锐一边说，一边走了出去。

导生传习制在定县全县范围内实施起来。农民居住分散，传习的地方也就各不相同，有在屋子里的，也有在院坝、大树下、井沿边、庄稼地里的。每到黄昏或傍晚，只要看到几个农民围在一起，那大多是在识字呢。走过去一看，其中一个人一边不停地说着，一边拿着树枝在地上画,其他人也都手拿树枝,在地上一笔一画地跟着写,那认真劲儿真让人感动。

传习的导生有二十多岁的青年,也有七八岁的小娃娃,还有十多岁的大姑娘。每一个传习处的学员人数并不统一,有三五个的,也有十几个甚至几十个的。但不管人员多少,每个人都会专心致志地学习。识字,成了农活儿外的一件大事。

随着导生传习制在全县范围内全面实行,平教总会又根据汤茂如的建议,制定了一套切实可行的管理制度:以自然村为单位,设立传习所,所长由平教会教师担任,负责定时对全村的传习处进行指导和督查,并训练提高导生的水平。几个村设一个管理站,站长由平教会工作人员担任,负责及时掌握各村的学习动态,并及时把信息反馈给设在县城的平教会总部。

这样,一套完整而有序的平民教育网络在定县全县铺开了。晏阳初和总部的同事们,每天都会接到全县各处送回的最新识字情况。

一群以祖国富强为己任的学者,怀着悲天悯人的决心,来到农民中间,用他们的信念、勤奋和智慧,开启底层大众的民智。而河北定县,也会因为这一群学者无私的贡献,永载教育史册。

8

周一下午,位于定县考棚的平教总会办公室里,讨论异常热烈。

晏阳初对陈筑山、瞿世英、冯锐、李景汉等人说道:"根据学习规律,识字必须加强练习和巩固。识字以后,如果不经常学习巩固,那么,所学的知识很快就会被遗忘。"

"是啊,怎么来巩固呢?这些识字班结业以后,总不能让他们反复阅读《平民千字课》吧。"陈筑山轻叹了一口气。

"原来米氏父子也办过公学,可以说在当时也是下了一番功夫的。但从我们调查的情况来看,后来真正识字的人并不多,估计一个重要的原因,就是学了以后没有使用,慢慢地大多数人就把认的字还给老师

第五章 扎根乡村 开发脑矿得真经

了……"冯锐接着说道,大伙儿发出一阵哄笑。

晏阳初点了点头说:"最关键的是,如果农民没有一些必要的读物,久而久之,他们就会觉得识字没有多大的用处。识字以后,就必须体现出识字的价值。"

见大家都意识到了这个问题,晏阳初又抛出了自己的想法,缓缓道:"所以,我觉得我们应该办一些适合农民需要的刊物读物……"

平教总会中都是一群饱学之士,自然懂得这个道理。

随着识字运动在定县全县的展开,逐渐形成了一股学习的风气。为了巩固农民们所学到的知识,晏阳初觉得,是时候给当地农民补充一些简单的读物了。

这个清晨,吃过早饭,晏阳初抱了抱扑上来的孩子,和妻子许雅丽告了别,便走出了家门。他顺着黄土道,向平教总部办公室走去。早晨灿烂的阳光,照得他身上一片金黄。

定县县城不大,也就两三条土街。街道两边的房屋陈旧低矮,给人一种凌乱拥挤的感觉,屋檐上到处堆积着厚厚的黄沙。可这一切又是那么亲切,他已经完全把自己当成一个地道的定县人了。

今天是赶场天,大街上人来人往,十分热闹。不时有人从旁边经过,微笑着和晏阳初打招呼。

"晏先生早啊。"

"晏先生上班啊。"

……

晏阳初总是微笑着用地道的定县方言回应:"早啊""你也早啊"。

一到定县来,晏阳初便用心学习定县方言,以便更好地和当地村民交流。如今晏阳初如果脱去这一身青色长衫,没有人不认为他是一个定县人。

走过嘈杂的集市,走过肃静的县衙,再走过一片低矮的民房。远远地就能看到,平教总部的办公楼在朝阳的照耀下散发着圣洁的光辉。

297

晏阳初快走几步，脚后跟带起一层沙，沙土在阳光下翻飞，好像喜悦的情绪在涌动。

"早啊，阳初。"陈筑山从另一条街走过来，迎面碰上他。

两个人有说有笑地走向办公室。

等陈筑山进了办公室，晏阳初继续向自己的办公室走去。走到中途，像想起了什么似的。他停了下来，转过身，向孙伏园的办公室走去。

推开虚掩的门，孙伏园正伏在桌子前写着什么。听见门响，他抬起头，见是晏阳初，马上站起来："阳初，你可是大忙人哟，很少看到你有空串门。"

一面说，一面拨了条凳子过来。

晏阳初接过凳子坐下："你不说我还真忘了。好像上次到你这里串门，还是一个月前的事呢。"

"是啊，今天事情不多了，有的是时间和你聊天。"孙伏园笑着坐在旁边。

"看来定县的识字运动，初期进展得很顺利。"晏阳初长叹了一口气，"我们也总算可以松口气了。"

"后面的路还长呢。"孙伏园接过话题，"你快点说，不要卖关子了，找我有什么事。我知道，你从不在工作时间串门闲聊。"

晏阳初微微一笑，说："估计你也早猜到我的意思了，我看我还是不说吧。"

孙伏园哈哈一笑，站了起来："是啊，就是你当年那一句话，让我放弃了办得正红火的报纸，看来，今天我总算可以做另外一件事了。"

"《农民报》！"两个人异口同声，相视大笑。

晏阳初把凳子挪到了桌子边坐了下来："我看，是时候办一份农民报纸了。许多农民经过了几个月的学习，正需要一份读物来检验和巩固他们已学的知识。他们家里很少有书籍，很有必要办一份浅显的、适合他们的小报。"

"阳初，你放心，油印机和排字工具，我早都准备好了。不瞒你说，我早就做过仔细的走访,知道农民们最喜欢什么,对办一份怎样的农民报,我已经准备得差不多了。"

"我就知道,你的工作总是走在前边。"晏阳初笑着说。

"那可不一定,我可正等着你一声令下呢。"孙伏园开心地笑了。

晏阳初挪了挪凳子,两个人坐得更近了些,仔细商量起办报的具体细节。

……

太阳已经升得老高了,孙伏园的屋子里围了一大群人。经过大家的反复商议,决定把这一份诞生在定县的报纸取名为《农民周报》。

这是一份完全农民化的报纸。报纸的内容全是农民最关心的话题,如增产、防病、生活小常识、乡村新鲜事等。大家一致认为,要尽量用最浅显的文字、明白晓畅地把意思表达出来,让刚刚识字的农民都能读懂它。

选定项目、撰写文稿、设计版式、排版、印刷,经过孙伏园和几位同事数天的艰苦劳动,第一期散发着油墨香味的《农民周报》在定县一间古朴的土坯房里诞生了。

等各个村传习所的负责人把分好的报纸拿走,孙伏园望着空空的案头,长长地舒了口气。他心里还在打鼓,不知道农民们认可不认可这一份报纸。

傍晚孙伏园结束了一天的忙碌,从总部往家里走去。白天热闹拥挤的大街,这时已安静下来,街道两边稀稀落落地有几个小商贩在叫卖。孙伏园还在想着报纸的事,也没有留心身边的一切。

街道一边两位蹲着的农民的谈话,引起了孙伏园的注意。

"喂,张老弟,你看到报纸了没有?真没想到,活了四十多年,第一次我也能看报纸了。"左边那个年长一些的农民兴奋地说。

"早看到了,我还一个字一个字看完了呢。没有想到,学习了几个月的字,这报纸我可全看懂了。说真的,还真有点像在做梦呢。"右边那个年轻人抑制不住自己的高兴劲儿。

"是啊，真的没想到这辈子还有识字的机会，还能够读书看报。这份报纸，我早已看完了。你别说，这报纸还真是为咱农民办的呢，全是些咱农村的事儿。"年长的农民说。

"是啊，要不咋叫《农民周报》呢。"年轻的说，"你看，我买了一份揣在身上，里面有两个字不认识，你看看认识不？"

"拿来我看看。"

两个人头凑在了一起，声音放得小了。

两个人的话像一阵暖风，吹进了孙伏园的心里，他的内心充盈着成功的喜悦，还有难言的感动。他长长舒了口气，微笑着看了一眼两个正在拼读生字的可爱的农民兄弟。快走两步，越过他们摆在路边的小摊，向家里走去。

定县的黄昏，是那么让人陶醉！

9

"仅仅有一份《农民周报》，还是远远不够的。我们的农民兄弟，他们的识字热情很高啊，我们可不能让他们失望才好。"

定县考棚平教总会办公室，傅葆琛环视了一圈坐着的同事，又看了一眼坐在前方的晏阳初，总结似的说：

"《农民周报》很好，但内容毕竟太少。目前许多农民经过两年的学习，基本上掌握了《平民千字课》上的全部生词。为了巩固学习成果，我们必须为他们提供更全面的读物。既要让他们巩固知识，又要让他们增长见闻，让他们真正从黑暗愚昧中走出来。"

傅葆琛说完后瞧了瞧大家，见孙伏园正微笑着望着他。

"我们早想到了这一点了。"孙伏园笑着说，"其实，在办《农民周报》的时候，我们就着手在编写适合农民的简易读本了。"

说完，孙伏园看了看晏阳初。

"是啊，"晏阳初接过话题，"我们绝不能让农民因为无书可读，而把刚刚学会的生字忘记。我们教他们识字的目的，就是要让他们掌握人

第五章　扎根乡村　开发脑矿得真经

生的这一基本技能，然后读书、看报，了解自己的祖国，了解国际社会，懂得法律、懂得科学的耕作方法，了解贫困的真正原因，从而提高自身的素质，改变自身贫困的命运……"

"这就要求我们编写的农民读物，应该涵盖生活的各个方面。"孙伏园边解释边望着大家。

"现在各村成立了以青年农民为主体的平校毕业的同学会，这些同学会作为接受继续教育的团体，我们平教总部需要满足他们求知、组织活动的欲望，要让他们不断地求得新知识。"

紧接着，晏阳初高声道："我提议，这件事就让平民文学部去负责，为农民兄弟编印初高级平民读物，大家认为如何？"屋子里的人都鼓起了掌。

孙伏园在掌声中站了起来，说："谢谢大家的抬爱，我一定带领平民文学部的同事们认真做好这一项工作。为农民编写读物，这可是头一遭，我们必须认真了解农民的心声，看看他们究竟喜欢什么样的文章，这样编成的书才会受到他们的欢迎。这是一项浩繁的工作，今后还得依仗各位同人的大力支持……"

生计教育部代理主任冯锐一直埋着头认真聆听同人们的发言，这时抬起头说道："没问题，你指到哪里，我们就打到哪里。"

大伙儿都笑了起来，屋子里充满了快乐的笑声。

太阳已经升得很高了，从窗格泻进的几缕阳光，照射在书桌上，金灿灿的。金色的光柱里，无数灰尘在欢乐地跳舞，好像在为屋子里这一群热忱而坦诚的人鼓掌叫好。

……

孙伏园带领平民文学部的同人又忙碌了起来。

"老乡，我们想编一套农民读物，你们觉得什么内容合适？"

"春播秋收嘛，先生，能不能多给我们提供一些高产增收的方法？"这些老乡经过识字班的培训，就连说话都有了一些书卷气。

"先生，我呢，想了解一些国家大事……"

301

"我想了解一些简单的卫生常识,头痛脑热什么的,也可以自己来治治……"

……

孙伏园通过走乡串户的走访调查,对农民们关心什么、厌恶什么,都了然于胸。随着时间的推移,他心中的平民读物的方案和内容已初步完成。等他风尘仆仆地返回总部,一整套书籍名目已在他胸中初显轮廓。

……

"我们终于有书读了!"

"老王,你看看,这故事写得多好……"

"老李啊,你知道不?上次那些先生们来征求意见时,这可是我的建议。"

"唉,这书好是好,好看是好看,但只有这么一本,也看不了多久,看完了又怎么办啊?"

"是啊,这书太少了,看着也不过瘾。要不,我们去给平教会的先生们反映反映?叫他们再多编几本,我们出钱买也行。"

……

很快,第一期农民读物就付印了,书籍的内容涉及故事、小说、戏剧、民间传说,还有一些与农民生计息息相关的卫生、科技方面的内容。书籍刚刚印发出来,就受到农民朋友的热烈欢迎。在田间地头,谈论得最多的就是这本刚刚发到农民手中的农民读物。甚至还有一些村民主动提出申请,要求平教总会再编一些农民读物。

见农民们的读书热情高涨,很快,平教会又启动了第二期编书计划。这个任务自然又落到了平民文学部的头上。

这是一段忙乱又充实的日子。平教会平民文学部里人手不多,每个人都必须亲自加入书稿的编写中。孙伏园也不例外,他在桌前一坐就是一整天,对外界的情况,他是浑然不觉。即使走在大街上,也在低头沉思;同事和他打招呼,他也听不见。同事们私下里都说,孙伏园编书编得入迷了。

第五章　扎根乡村　开发脑矿得真经

时间就在这样忙乱又充实的伏案疾书中一天天流逝，孙伏园办公室的书稿，已经堆了高高的一大摞。他的日程安排也就更加忙碌、紧迫了。除了在办公室里没日没夜地编写、审核、校对，人们很少看到他的身影。

辛苦自不用说，可孙伏园觉得，这比他坐在北平宽敞舒适的写字楼里编写报纸，意义要重大得多。他的心里，常常被一种神圣的使命感充盈着。

那一天，陈筑山到晏阳初办公室去商量事情。等事情商量定了，他漫不经心地提道："不知道孙伏园的平民读物编写得怎么样了。听冯锐博士讲，目前每个村都设立了一个'平民角'图书室，现在就等着我们的平民读物呢。"

"估计差不多了吧。"晏阳初放下手中的笔，"平民印书馆正在赶印第二批编好的书，其余的，孙伏园正在加紧赶写呢。估计能赶上这一期学员结业。"

"那真是太好了！"陈筑山高兴地拍了一下手，"现在农民们等待书籍的心情，真是比小孩等待年节还要迫切。"

晏阳初站了起来，说道："这段时间可辛苦平民文学部的同事们了，我都有好些日子没看见孙伏园了。"

"是啊，就是在路上见到，他也是行色匆匆的。"陈筑山看了看窗外明媚的阳光，有几缕阳光从窗格子漏进来，泻下一片金黄色。

"走，我们看看他去。"晏阳初提议。

"好。"陈筑山点头。

两个人一前一后走出门，走到灿烂的暖阳中，走向平民文学部的办公地点。

陈筑山笃笃地敲了几下门，里面没有应声，晏阳初看门是虚掩着的，便随手推开了门。

门开了，只见几个人正埋首于一摞摞的书稿中，没有人觉察到他们的到来。孙伏园的办公桌正对着门，此刻，只见他埋在厚厚的文稿中，仅露出半个乌黑的头顶，头发乱蓬蓬的，估计几天没有梳了。

陈筑山和晏阳初相视一笑，轻轻走了进去，立在孙伏园的桌前，看着他正握着笔，专心致志地修改文稿。

大概是两个人站立的地方在文稿上投下了浅浅的影子，孙伏园才发现身边有人，遂抬起头来。见是他们俩，孙伏园先是几分愕然，紧接着惊叫着站起来："呀呀，你们什么时候进来的，无声无息的，吓我一跳。"孙伏园哈哈笑起来，放下了手里的笔。

"喏，敲了半天门，无人理睬，我们自己就进来了。"陈筑山笑道。

"刚站在你面前呢，见你那么认真，没忍心叫你。"晏阳初温和地说道。

"晏先生来了。"

"陈先生来了。"

旁边的几个同事也惊觉了，纷纷站起来，和他们打招呼。

两个人一边连忙点头回应，一边叫大家赶快坐下。

"忙你们的吧，我们只是来串串门。"晏阳初说，"不要因为我们的贸然来访打扰了你们。"

"哪里哟，你们不来，我还要去找你们呢。"孙伏园举起双手，甩了两下，又做了几个扩胸的动作，"坐得久了，手臂有些酸痛了。我估计，今天我们就可以修改完第二批所有的文稿了。"

孙伏园微笑道："多亏了几位同事的忘我工作，才能赶上进度。我已经联系好了，傍晚就把书稿整理好，给平民印书馆寄过去，新书十多天就可以出来了。"

"真是好极了！辛苦你们了！"晏阳初真诚地说道。

"哪里的话，我们心里快乐着呢，哪里辛苦，是不是？"孙伏园看着屋子里的同事，大伙儿都轻松地笑着。

"我们就怕书没编写好，农民兄弟们不喜欢。"孙伏园说。

"哪里会，我敢打包票，你孙大主编编写的书，他们一定会喜欢的。"陈筑山一脸正经地说。

第五章　扎根乡村　开发脑矿得真经

大伙儿都忍不住开心地笑了起来。

……

二十多天后，刚刚印好的书运回了平教总部。这是个阳光煦暖的午后，平教总会的同人都站在总部外面的空场子里，一摞摞散发着油墨清香的新书码放在地上：有古典长篇小说的压缩本，如《三国演义》《水浒传》《西游记》，也有现代小说家的作品。每本书都配有插图，文字尽量简约。

"好啊，真是太好了，农民兄弟们一定会喜欢的！"

晏阳初一边看，一边连连点头。等翻完了所有的书，他抬起头高声说："平民读物的编写，既是对识字教育的巩固，也是识字教育的一种延伸和拓展。在已经识字的农民中开展文艺教育，让他们从阅读中吸取有用的信息，进而了解历史，了解国家，从而提高他们自身的认知水平，启民开智，可以说这是最有利的途径……"

"是啊，我已经制订好了下一步平民读书的编写计划。"旁边的孙伏园说，"我相信，读过书、识了字的农民，必将是脱胎换骨的新民，这才是以后民族发展的中坚力量。

"我们的责任，就是尽力引导他们朝着这个目标前进。"孙伏园用力挥挥手，意气风发。

晏阳初点了点头。

暖暖的午阳里，高远的天空中飘着几片洁白的浮云，显得那么明媚清朗。不远处是土路延伸出去的庄稼地，再远处是正在田间辛勤劳作的农民兄弟。等着傍晚一到，他们就会卸下浑身的疲劳，走进识字班，认识祖国传承了几千年的方块汉字。而今天，他们还会得到一个惊喜，等一本本散发着浓郁书香的读本传到他们的手中时，那份满足和欣喜，是多么令人神往！

假以时日，由定县到全省，再到全国，不久的将来，尚处在蒙昧中的农民兄弟，都将重启智慧之门，识文断字，朝气蓬勃。想到这里，晏阳初心中充满了无限的喜悦和豪情："我提议，今天晚上，我们平教总

305

部的同人过一个狂欢夜！"

"噢！……好啊！"

"太好了，好久没有放松一下了！"

……

平民读物得到了受过识字启蒙的农民的喜爱，极大地激发了他们的读书兴趣，识字教育的成效也变得一日千里。每个村的"巡回文库"每两周换一次书，每到换书的日子，老百姓都早早地挤到村公所，伸长了脖子，焦急地等待着送书的马车到来。一见到马车的影子，农民便会欢呼着拥上来，急切又小心地把新书搬到屋里去，再把读过的书搬上马车，然后眼巴巴地站着，等待新书发放到自己的手中。他们那种读书的兴趣和渴望新书的心情，有如大旱之望云霓，让发书的平教会的同事感慨不已。此时，平教会的同事便会暗暗下决心，下次一定要再多编些书出来，否则，对不起大家的这份期盼。

平民文学部的同事更不敢懈怠了。孙伏园他们深入定县乡村，到农民中间去搜集材料，如民间故事、歌谣传说，并使用当地的民间语言，编成乡土读物。定县的农民，看见自己平日里说的话上了书，平日里摆谈的故事被印成了书本，心里的那份欣喜，根本无法用语言表达出来。

经过孙伏园和同事们的艰苦努力，前后共有一千余本平民文学读本刊印。这极大地丰富了识字农民的阅读内容，提高了他们的求知欲望。

10

1930年的春天悄然无声地来到了。当大多数人还沉浸在寒冷的迷梦中时，春的脚步已悄悄莅临正在苏醒的人间。而位于考棚内的平教总部，此时正是一番忙碌景象。

简陋的会议室里，平教会总干事晏阳初正在作报告。

"各位同人，前期在冯锐同志的主持下，通过系统地使用科学方法，对定县六十二个村进行了调查，加之这半年来，平教会的同人进驻定县的真实感受，农村的问题千头万绪。农民的问题，总的可以概括为愚、贫、弱、私四个方面……

"所谓'愚',是指大多数人,不但缺乏知识,简直目不识丁,百分之八十的人是文盲;所谓'贫',是指大多数人的生活,简直是在生与死的夹缝里挣扎着,根本谈不到什么生活水平;所谓'弱',是指大多数人是毋庸讳辩的病夫,生命的存亡,简直付之天命,所谓的科学治疗、公共卫生,根本无从谈起;所谓'私',是指中国大多数的人是不能团结、不能合作,缺乏道德陶冶,以及公民训练的。

"我认为,在此状况之下,任何建设事业都谈不上。要根本解决这四个问题,便要从四种教育工作着手。一是文艺教育,培养知识力来攻愚;二是生计教育,培养生产力来攻穷;三是卫生教育,培养健康力来攻弱;四是公民教育,培养团结力来攻私。

"文艺教育,我们已经开办了识字班,也刊印了农民读物,现在正在如火如荼地进行。这项工作是一切的基础,接下来我们还要下大力气推进,尽可能形成燎原之势。

"现在,当务之急是要把生计教育摆上议事日程……"

会议之后,生计教育便如火如荼地展开了。

1930年的春天,翟城村的田间地头,与往年有点不一样,时不时地就有一群身着长衫、戴着眼镜的城里先生扎在农田里,与老农们一样,辛勤地耕耘播种。

没几天,这就成了村子里人人知道的稀奇事。稀奇归稀奇,但村民们赶季节,都忙着侍弄自己的庄稼,无暇顾及别的事情。他们只是隐约知道,这群耕地的城里的先生,带头的叫冯锐。

还是在去年的冬天,冯锐就与米迪刚商量好了,由翟城村划拨一块地,作为生计部的试验农场。由平教会生计部的人自己决定什么时候耕种,种什么作物。当然,会按照相邻村民土地的亩产进行补偿。

中国的农民,祖祖辈辈局限在土地上,很少有出门的机会。由于贫穷,他们接受知识的机会也少得可怜。几千年来,他们都在土地上打拼,过着日出而作、日落而息的农耕生活。劳动的本领是世代相传的,传统的耕作方法也是世代相传的。他们只知道这是祖先留下的，很少有人想到过要改变一下。知识的缺乏让他们大多因循守旧，安于贫穷，勤劳善良而又故步自封。

要让他们跟着生计部走，就必须有让他们信服的成绩。农民很实际，光靠嘴说，是没有人会相信的，这一点，冯锐和平教会的同人比谁都清楚。

翟城村的土壤结构，和定县全县的土质差不多。夏季少雨，日照时间充足，适合种植棉花。但冯锐发现，农民们在选种时很随意，往往是头一年的种子，第二年继续使用，根本没有人更换新种子，一年年下来，种子老化蜕变，收成自然不好。

有一次，冯锐和村子里颇有见识的老人谈起这个话题。他小心地问："老人家，您每年的棉花产量这么低，为什么不考虑换一下种子呢？"

老人很诧异地看着冯锐，好像他的问题很奇怪一样。老人回道："什么新种子？村子里世世代代都这样种棉花，收成都不错的，我种了几十年的棉花，产量都差不多，棉花的收成就这样了。人啊，不可心太厚了，小心土地爷报应。"

老人话语中满含着责备的意味，好像冯锐这话是不该问似的。意思很明显：你们这些城里来的先生，读书也许可以，种庄稼嘛，还得向我请教呢。

"选一个新的品种，产量说不定会好些。"冯锐提议道。

老人没再理他，抽了一口旱烟，慢条斯理地说道："我种了一辈子的棉花，知道该怎么种。"

冯锐碰了个软钉子，这才明白，要让农民接受先进的农业耕作技术，改良新品种，是很不容易的，必须用一种直观而有效的方法让他们信服。

冯锐想到了试验示范基地。

翟城村试验示范田周围，是村民们大小不一的农田。春天的暖阳里，试验田周围农田里的麦苗才绽新芽，试验田的麦苗早已是绿油油的

第五章　扎根乡村　开发脑矿得真经

了，引得周围的农民纷纷称赞，却还有些老农不服气，不屑地说："长得好有什么用，要等最终收割了才知道。光长苗，收成可不一定会好。"完全是轻蔑的语气，言外之意，是根本不相信这群读书人能务农种庄稼。

改变农民陈旧的观念，真不是件容易的事。

冯锐和助手们一点也不恼，他们也不分辩什么，只是细心地侍弄着自己的试验田。路上遇见了劳作的农民，冯锐和助手们便和气地和他们打招呼。

有时候看见试验田的麦苗长势好，一些青年农民忍不住了，会跑过来观看。冯锐和助手们便会不失时机地向他们传授一些先进的耕作知识。这时候，那些老农总会远远地站在一边，绝不会走上前来。

遇到这种情形，冯锐也不着急，只是笑笑了事。

这个春天，冯锐和几个助手在田间辛勤地劳作着，和煦的春风里，劳作起来未必不是一种享受。

翟城村的春天是美丽而迷人的，可生计部的同事没有闲情逸致去欣赏这些。这一块占地几十亩的试验田，让他们很是忙碌。更主要的是，他们必须让自己的亩产高于周围农民的庄稼，否则，很难说服这些侍弄了一辈子庄稼的老农，让他们一下子就转变脑筋。

到培育棉籽的时候了，冯锐和生计部的同事们商讨后，没有接受村子里农民为他们提供的棉籽，而是托人从大洋彼岸的美国带来了高产的脱籽棉。

棉苗种在地里，紧接着就是施肥灌溉。在农村，村民们大多使用的是自家牛圈、猪圈里的农家肥。这种肥料好是好，但肥效远远跟不上作物的生长需要。为此，平教部专门运来了化学肥料，这些在翟城村是从未有过的新奇事。

老农们的眼神还是和往常一样，只是疑惑里渐渐多了些亲切和敬佩。这一群从城里来的先生，常常是餐风饮露，像一个真正的农民一样在田间地头劳动，而且还乐观、爽朗，试验田里常常会传出他们的大笑

309

声，有时还会飘出悠扬歌声。就连村庄上边的那片蓝天，也因为他们的到来显得越发明澈了。

11

人勤地不懒。没过多久，试验田的棉苗就和周围村民的棉苗显出明显的差异来。当村民们田地里的棉苗还是黄黄、纤细的小苗时，试验田的棉苗已长得肥厚粗壮，绿油油的，看得周围的农民直眼馋。

随着气温的日渐升高，试验田的棉苗更加肆意疯长了起来。远远望去，比周围村民地里的棉苗要高出很长一截儿，一片碧绿，微风过去，成片的棉苗哗啦啦地抖擞，就像满田的棉株在齐声欢呼。

另一块试验田上，小麦马上就要收割了，试验田的麦穗比周围老农们的要长得多、饱满得多。许多村民都忍不住跑过来，听取这群城市先生传授科学的种植经验。事实就摆在面前，随便挑一穗麦子，都比试验田周围麦田里的长得多，那饱满的麦粒一粒粒摊在手上，简直爱煞了人。许多人都后悔当初没听平教生计部先生们的劝告，懊恼不已，要不，他们也可以多收许多麦子。

春天那会儿还嘴犟的老农们，这时也没有了声音。他们嘴上不说什么，心里却不得不佩服这群儒雅的城里先生。他们种了一辈子庄稼，愣没有过这样的好收成。

夏季的酷热如往年一样，阳光炙烤着翟城村漫山遍野的棉田。棉桃在这火热的催促中，迅速成熟起来，争先恐后地开裂，绽出了白云一样的棉花。

棉花是喜干旱的植物，天气越好，收成越喜人。往年翟城村的村民没有比较，对棉花的产量不高也习以为常，以为本来就是如此。今年夏天可不一样，当他们自家棉地里的棉花还是东一颗、西一穗地零星挂着棉桃的时候，平教会试验田里的棉桃已经是密密麻麻的了。而现在他们每天正午埋着头在棉田里四处寻摘绽开的棉花时，试验田里已白成一大片，城里的先生们自己忙不过来，偶尔村民也会过去帮忙。看着手里这

310

一朵朵洁白轻盈的棉花,帮忙的村民心里是既高兴又难过。

"冯先生,春天里真该听你们的劝,用你们的棉籽,现在我那田里也就会像你们的一样了。"一个帮忙的青年村民说。

"呵呵,我知道你们的习惯一下子改不过来,所以亲自种种,让你们自己比较一下。"冯锐抬头擦了一下额头的汗水,微笑着说。

"没法比,我们那田里半天也找不到几朵开放的棉花,棉树上棉桃又少又小,真是后悔死了。"一个中年妇女嘟囔着说。

"都怪我爹。"刚才那个青年村民说,"本来我已经心动了,准备到你们那里去拿棉籽,他死活不让我来拿,说怕你们的靠不住。"语气里满是抱怨。

"那你父亲现在的态度如何?"冯锐问道。

"现在啊,老爷子表面上不说,可心里后悔得很。"中年妇女接口道,"这不,他叫儿子过来帮你们,就是想明年用你们的种子。他自个儿脸浅,不好意思过来。"

"那好啊,只要你们乐意,明年我们免费为你们提供种子。"田畔生计部的一个同事从棉田里直起腰来,高声道。

"真的?那太好了。"帮忙摘棉花的村民都兴奋地欢呼起来。

"当然啰,我们到翟城村来,本来就是为了帮助你们发家致富的嘛。"

农民们大多守旧固执,但当一个事实真正摆在面前时,他们心悦诚服自然会从善如流。秋收过后,生计部的同事们就深切地感受到了这一点。

翟城村试验农场的小麦和棉花的产量,远远高于村子里所有的农田。这一下连最得意的老农也不得不相信,这群城里来的文弱书生,还真是对务农有一套,心里的成见早就消失得干干净净。

秋收过后,冯锐和他的同事们就没能闲着,天天有村民找上门来,央求使用他们的优质品种,这也正是他们期待的结果。先前不相信他们的老农也来了,他们坐在那里,侧着耳朵,认真地听着城里先生讲解播种管理的方法。

秋播马上就开始了,平教会生计部的同事们更是忙得顾头难顾尾。其他村子也纷纷来人,央求生计部派人去指导他们的农业生产。

农业试验的第二步也顺利地展开了。从1930年开始,定县全县表证农户的示范工作也热火朝天地铺开了,这些表证的农户,全部是平民学校的毕业学员,对平教运动的所有活动都是完全的信任和支持。

平教会生计部与表证的农户有一个协定:表证的农户拿出一半的田地作为试验地种植生计部的良种小麦或棉花等农作物,而另外一半田地仍然种植农民自己往年的种子。等收割后,进行比较。如果试验田的产量比原来的低了,由平教会根据产量进行补偿。这样,表证农户没有了后顾之忧,高高兴兴地接受了生计部的建议。

为了搞好全县的农产品改良工作,生计部对农民进行了多方面的培训。有了好的产量在那儿摆着,农民们参加培训都很踊跃、积极。

其中有一个从平民学校毕业的青年农民,叫刘雨田,生计部组织表证农户第一期培训时,他便坐在第一排,一边认真地听,一边记笔记。后来到其他地方培训的时候,培训老师还是能见到刘雨田的身影。几次过后,老师都觉得奇怪,等散会后,见他还没走,便笑着问他:"怎么,你好像参加几次培训了,还没弄明白?"

"嘿嘿,"刘雨田不好意思地笑笑,"听倒是听明白了,我也知道怎么做了,可有一些小问题一时没弄清楚,想多听几次。"他一脸的真诚。

"可不要耽误了你的庄稼啊。"老师提醒他。

"不会的,我家人口多着呢。"刘雨田说完迟疑了一下,"老师,我有个问题想问问你。"

"好啊,你尽管说。"培训老师高兴地回答。

这些老师都是平教总会从全国各大高等学府请来的农学专家。他们到定县来,都是有感于平教会的无私,来做免费的农业基础知识普及的。

"听了老师讲的科学选择良种的知识后,我觉得,如果能在老师说的早熟、穗大、颗粒饱满、抗倒伏的基础上,再给我们增加抗虫害、抗

第五章　扎根乡村　开发脑矿得真经

干旱的知识就好了。"刘雨田不好意思地望着老师，似乎是拿不准这些话该说不该说。

当时的授课老师，是一位来自燕京大学的农学教授，五十多岁的年纪，平素面对一群群大学生讲授农业选种知识的时候，学生们只是埋头记笔记，很少有学生提出这样有建设性的问题。此时这位教授心里很兴奋，没想到一个不久前才学会识字的青年农民，在听了他几堂课后，居然能根据自己的农业实践，提出这个让他大吃一惊的问题。抗虫害和抗干旱这一点还真是他讲义中的一个疏忽。

老教授不禁仔细地打量了一下这个站在他面前的青年农民：中等个子，脸膛黝黑，身穿半旧的粗布衣服。此时，一双真挚的大眼正有些忐忑地望着他。

"很好，很好，你接着说下去。"老教授面带微笑，鼓励刘雨田继续说。

"我也不知道说得好不好。"刘雨田腼腆地笑了一下，"我觉得，再加上这几点，选出来的种子或许会更好一些……"他望着和蔼的教授，心里没底。

"你的建议很好，对了，你叫什么名字？"老教授问。

"我叫刘雨田，是牛村的。"刘雨田老老实实回答。

老教授把这件事告诉了冯锐，冯锐听说后很兴奋。等手中的工作告一段落，他和几个同事便专程去刘雨田家里看了看。

冯锐一行在刘雨田的引领下，参观了他家的农田。还真是不错，刘雨田家的庄稼长势，的确比周围的村民好，看来，他是一个有思想的农民。

"听说你对选择良种有自己的一套方法。"冯锐一边看，一边问他。

刘雨田简单地说了自己的选种方法，有些紧张地说道："我就是这样选的，也不知道对不对。"

"很好啊，我们可以试一试。"冯锐停了下来，看着满田在微风下轻拂的碧浪，"年年使用进口种子，价格有些昂贵，我们完全可以自己来试验一下，选出产量高、质量好的优质种子。"

"选种子的事你来做试验。"冯锐鼓励地望着刘雨田。

"这，我怕弄不好。"刘雨田有些迟疑，毕竟这是一件大事。

"别担心，我们生计部支持你，你就按照自己的方法，等小麦成熟时，选择好种子。等到来年了，先在小范围内试验一下。成功了，就在乡亲们中推广；失败了，生计部按照亩产赔给你小麦，好不好？"生计部的一位同事说。

"那好吧，我试试。"刘雨田想了一下，答应了下来。

"你一定行的，我们都等着你的成功。"

临走的时候，冯锐在刘雨田的肩上轻轻拍了两下，像是鼓励。刘雨田一下子觉得浑身都攒满了劲儿，先前的那一丝犹豫消失得干干净净。

从麦苗开始扬花抽穗开始，刘雨田就整天猫在田埂上，这里弯腰看一看，那里蹲下瞅一瞅，哪一垄长得好，哪一垄穗大、颗粒饱满，哪一垄抗虫害，哪一垄抗倒伏，他了然于胸。那股认真劲儿惹得村子里人常常取笑他。

"雨田，这麦苗成你媳妇儿啦，你一会儿都舍不得离开？"

"雨田，你干脆把床搬到田埂上来得了，省得一天天家里地头来回跑。"

……

刘雨田也不分辩，只是温和地笑笑，又埋头继续观察。村民们也不再逗留，一边说，一边干自己的活儿去了。

收割的时候到了，刘雨田手提一个袋子，在麦田里四处走。经过比较、筛选，最后落入他口袋的麦穗儿都是麦田里最好的；掏出一把来看，几乎全是一样长的麦穗，拿一穗放在掌心揉碎，用嘴轻轻吹去麦芒，手心里全是一颗颗饱满、黄澄澄的麦粒，真是爱煞了人。

一连几个晴天，刘雨田精心采摘的麦种晒干了，他用麻袋小心装好，亲自放在粮仓的顶层，那里通风、干燥。看着他那一丝不苟的认真劲儿，连家里人都觉得他太过于郑重了。

第五章　扎根乡村　开发脑矿得真经

"冯主任相信咱，咱可不能负了他们的一片心。"刘雨田认真的神态里透着神圣的光。

家里人也不再说什么。是啊，这定县可有三十多万农民，可平教会偏偏选中了他家刘雨田，想到这儿，家里人心里还真透着点自豪。

秋播的时候，刘雨田选了块肥沃，光照、水分都十分充足的土地，先把地里的土坷垃细细碾碎、整平，然后将自己精心挑选的种子小心地种了下去。

从前他可没这么细心地侍弄过田地，生计部的冯主任和几个人来看了，都一致称赞他做得好，还打包票说，这块田里的麦苗产量肯定不低。

刘雨田心里并没有把握，他只是精心地照料着这块试验田。他心里的想法很朴实，土地是公正的，只要你付出了辛劳和汗水，土地就一定会给你一个满意的收成。

又一个春天来了，刘雨田试验田的麦苗长得绿油油的，明显比周围田里的麦苗高出许多，也茁壮许多。而且田里的麦苗好像商量好了似的，都攒劲儿往上长，几乎是一样高，远远望去，一田平整的麦苗就像是大自然铺了一张长长的绿毯子。风从田边吹来，这绿毯子便向同一个方向蔓延一道褶皱，像水面漾起的一轮轮波纹。

刘雨田看在眼里，喜在心里，村民们也纷纷称赞他这一田小麦的长势，憧憬着好收成。

"雨田，等丰收了，分几斤麦种给我哟。"

"雨田，记着给我留几斤麦种哦。"

"好啊，好啊，只要丰收了，大家都来换麦种。"

刘雨田乐呵呵地笑着。

丰收的时候，平教会生计部的同志们也来了，等麦子晒干车净，大伙儿与其他田地的亩产比了一比。刘雨田的试验田的亩产高出了许多，几乎是其他麦田亩产量的两倍。

这下刘雨田培育良种小麦出了名，四里八乡的农民纷纷跑来和他交换麦种。

315

平教会生计部把刘雨田的小麦与他们自己种的小麦比较了一下,发现刘雨田的小麦种子更加优良,便选了些种子送到农业部门。中央农业实验所经过严格的鉴定,认定这是华北最珍贵的小麦品种,便定名为"刘雨田"号。

第二年,家家户户都用上了"刘雨田"号小麦种子。

新的农业生产方式和生产技术,随着丰产丰收的良种的推广,在定县广大的乡村逐渐深入人心,农民们再也不怀疑这些看起来弱不禁风、一脸笑容的先生了。

从1927年冯锐带人入驻定县开始,到1933年,定县的农村有了很大的变化。小麦品种改良、谷子改良,鸡鸭等家禽和生猪优质品种的引进,科学的耕作技术的引进,新型农具的推广,都极大地提高了定县农民的收入。

12

"农民丰收了,可收入增加得并不多。"冯锐坐在窗前,不住地摇头叹息。

这是1931年的秋天,正是棉花采摘的时节,由于推广引进的美国脱籽棉,全县的棉农都丰收了。冯锐和平教会生计部的同志在收获的时候到全县走了一遭,满眼的丰收喜悦让他们欢欣鼓舞,可收获后棉花销售市场的严峻形势,让他们的心沉到了谷底。

"棉贱伤农啊!"生计部的一个同志忧心忡忡地说。

"棉花丰收了,天津来了许多棉商。他们一看这丰收的形势,便统一口径,把棉花价格压得很低。农民们急于用钱,明知不公平,也只得忍气吞声,贱卖棉花。这样算来,增产不增收,丰收不丰收都是一个样。"

冯锐望着晏阳初和会议室的同人,说:"今天,我们坐在一起,就是专门来商谈这个问题的。"

"长期这样,会严重挫伤农民们的生产积极性。久而久之,他们便

第五章　扎根乡村　开发脑矿得真经

会对我们的品种改良失去兴趣。"陈筑山看得很远,不无担忧地说。

"这些奸商简直是丧尽了天良!"孙伏园愤愤不平。

"看来,我们得马上组建农民自助合作社,让农民自己起来,保护自己的合法利益。"晏阳初提议。

"这件事必须马上去办,不能拖延!"冯锐站了起来,"我已经劝告过村子的农民,叫他们暂时不要低价出售自己的棉花,说平教会会帮他们想办法。这事不能拖了,农民们正急着把手里的棉花变成钱,购回自己必需的物资呢。"

"这就是今天把大伙儿叫到一起的原因。"晏阳初示意冯锐坐下,"这些问题,平教总会以前考虑得并不是十分周详。现在,这个问题迫切地摆在面前,我们必须想办法解决。定县三十万多农民,正眼巴巴地等着我们呢。"

"我看,我们都暂时放下手头的工作,抽调人力和物力,到定县的每个村庄,帮助他们成立自助社。"陈筑山提议。

"成立自助社是个好办法,眼下上一期识字教育班刚刚结业,趁这个间隙,发动那些老师和学习积极分子,宣传鼓动各村村民加入自助社来,自己销售,不让不法商人插手。"熊佛西说。

屋子里你一言,我一语,纷纷赞同成立自助社,并初步拟定了自助社成立章程和管理原则。

"既然大家统一了认识,我们就得马上行动起来。农民兄弟可等不起哟。"晏阳初总结道,"农民自助合作社,必须是他们自己组织、自己管理、自己受益,我们平教会只是帮助他们建立组织,并指导他们如何运作,如何管理。"

"最重要的,我们还得游说一些地方银行,让他们为自助社发放低息的小额农贷,让自助社有启动资金。"傅葆琛补充说。

"那是,农民们大多条件贫困,家里是拿不出钱来的。"晏阳初点点头。

"冯锐兄,这件事还是你来负责吧,你看要怎样实行,需要哪些人？"陈筑山望着他说。

"好吧，我们生计部早商量好了，明天我就行动起来。"冯锐好像松了口气。

"说干就干！"大伙儿表示赞同。

解释疏导工作非常顺利。一方面是因为平教会全心全意为老百姓的宗旨早让定县的人民心存感激，同时，定县八万多平教识字班毕业的学员，起了积极的宣传鼓动作用。另一方面是因为这是为农民自己办事，每个农民心里都明白。一听平教会的人介绍，大多数农民便马上举双手赞成。

农民自助合作社迅速在定县的各个村子组建起来，到1934年年初，全县已经有自助社三百多个，许多农民加入了自助社。每年棉花丰收后，他们自己组织人将棉花运到天津的棉纺厂，减少了中间商人的剥削，价格要比往年高许多，农民的收入也就增加了。

先前还在观望的农民看到这种情况，也纷纷加入了自助社。各村的自助社又纷纷联合起来，成立了合作社。

合作社的设置极大地规避了以前农民各自单干存在的弊端，农产品的销售、农资的购进，全由合作社来完成。合作社还成立了自己的信用社，为那些资金周转不灵的农户提供必要的帮助。

很快，全县的合作社在定县县城召开了大会，成立合作联社。晏阳初和冯锐等人应邀参加了成立大会，在会上，他们激情洋溢地赞扬并鼓励劳动大众联合起来，让合作社制度更好地为广大农民服务。

这天傍晚，忙完了一天的工作，晏阳初和陈筑山，还有几个同志，有说有笑地准备下班回家。刚走出总部大院，就听见前边街上一片喧腾，一群人大吼着向总部走来。

晏阳初一行人停下脚步，陈筑山侧耳听了一下，马上把晏阳初拉进大院，其他几个人也跟了进来。

"好像是前几天那几个不法商人纠集了自己家的长工在闹事。"

"管他呢，只要农民兄弟支持，我们就不怕。"晏阳初丝毫不以为然，

第五章　扎根乡村　开发脑矿得真经

要往外走。

"还是避一避好,他们高叫着你的名字呢。"一个人拉住了晏阳初,随即关了总部院子的大门。

吼声越来越近,晏阳初微笑着站住,侧耳听着外面的叫声。

人群越来越近,喊叫声也听清楚了。

"反对合作社!"

"赶走平教会!"

"打倒晏阳初!"

……

好像有百十号人吧,口号却是拖拖拉拉的,没有底气。这群人在院门外逗留了二十分钟左右,便四下散开了。

院子内,总会里没有人走开,都围在院子里,听着外面的喊声,不但没一个人害怕,还都是一脸的笑容。

等外面的人一走开,大伙儿便七嘴八舌地说开了。

"听说合作社成立后,定县全县几十家商号倒闭了,难怪他们对我们不满……"

"倒闭了活该,谁叫他们放高利贷,年年放给农民的贷款,利息都高得惊人。这下有了合作社,没人求他们了,他们不倒闭,谁倒闭?"

"是啊,坑农的商人对我们早不满了。他们再也收不到低价的棉花、种子、肥料、农具也卖不出高价,因为这些事都由合作社办了……"

"管他呢,只要农民兄弟受益,农民兄弟支持我们,我们的方向就是对的。一小部分人对我们有意见、不满,我相信,他们是闹不出什么名堂的。"

"当然,你看他们闹了这么几十分钟,不是就灰溜溜地散开了吗?没人响应他们。"

"呵呵,阳初你可要当心,刚才外面的吼叫是要打倒你呢。"

"怕什么,这些人也是受了主人的派遣,不得已才出来吼上两嗓子的,其实他们心里也是欢迎我们的。"

"是啊,你相不相信,明天你上街去,说不定第一个向你微笑打招呼的人,就是今晚喊口号打倒你的人。"

"极有可能!"

大伙儿都开心地笑起来。

这个小小的插曲,倒让辛苦了一天的平教会同志,放松了不少。回到家里,晏阳初向妻子许雅丽讲起黄昏时发生的这场闹剧,两口子笑得喷饭。

13

一年之计在于春。晚春,正是农忙时节。太阳渐渐西垂,微风从山坳里吹来,凉风习习,不冷不热,正是劳动的好时候。

就在这样一个美丽的黄昏,进行社会调查的甘博、冯锐一行走进定县的一个村子里。

甘博,全名西德尼·戴维·甘博,是宝洁公司创始人之一詹姆斯·甘博之孙,毕业于美国普林斯顿大学,燕京大学社会学系的创建者之一,后来成了美国社会经济学家、人道主义者和摄影家。大学毕业后,曾主持平教会的社会调查工作,著有《定县:华北农村社群》等社会调查作品。

田地里劳动的村民,像约好了似的,一个个放下手中的活计,慢吞吞地往家里赶。

冯锐一脸的纳闷。甘博忍不住了,便扯住身边一位路过的老农,问道:"老人家,天还这么早,咋就收工了?"

"是啊,天天都在这个时候收工。"老农看见路边几个城里来的先生正望着他,自己还被这个蓝眼黄发的洋人扯住衣袖,便停下脚步,"你看,村里的人都在往家里赶呢。"老农朝四处努努嘴。

的确,这时田野里几乎没有劳作的农民了。不远处有几个正往家里赶的农民也停下了脚步,好奇地向这边张望。

"天气这么好,怎么不多干一会儿?我看你们地里还有许多活儿

第五章　扎根乡村　开发脑矿得真经

呢。"冯锐笑着对老人说。

"是啊，地里活路多得很，我心里也急得跟什么似的，就是有心使不上力啊。"老人摇头叹息。

"怎么了，老人家？"甘博关切地问。

"浑身无力，使不上劲儿，也不知道是怎么的，我们这儿的人，身子骨都差得很，一天干不了几个钟头的活儿，就没有力气了。"老人不住地摇头。

"老人家，村民们都这样吗？"冯锐一行十分诧异。

"都是这样，附近村子里也是这样的。年轻人也不行，个个心里都急得跟什么似的，地里一大摊活路摆着，却使不上力气，真是急死人……"

老人见有人倾听，话匣子便打开了。

甘博、冯锐等人却越听越觉得一头雾水。

"你们不信？我叫几个人来，你们问问就晓得了。"老人一边说，一边向附近的几个村民招呼，"喂，你们过来吧，城里先生问个情况。"

几个农民迟迟疑疑地走了过来。

老人把情况说了，几个农民便七嘴八舌地说开了。

"是啊，也不知咋整的，一天就觉得有气无力的，我们这里的人体质都弱得很。"

"不说他们老爷子，像我，才二十多岁，也是整天蔫儿梭梭的（土话：无精打采），手足无力，连锄头都举不起来。"

"就是，每天下午不早早回去睡上一觉的话，明天便什么活儿也干不了。一地的活路等着要做，真是急人啊，可季节又不等人。"

……

农民们不住地叹息，脸上满是悲苦的神情。

得知的情况让甘博、冯锐一行大吃一惊，看着农民都慢吞吞地走远了，冯锐等人仍站在原地。

"是什么原因让他们体力消失的呢？"

321

"他们得的什么病？"

现在，甘博、冯锐等人心里的疑惑比没问前更重了。

当然，冯锐心里清楚，这绝对不是老人所说的什么体质问题，他隐约觉得，定县农民的身体状况有问题，或者说，他们的饮水里有对人体有害的物质。

甘博、冯锐他们决定，回去以后将这些情况向平教总会报告，请专家来调查研究一下。

天黑了，几个人借宿在村东头一位老人家中。老人一家人对他们很热情，拿出最好的食物款待他们。果然，一吃过饭，老人一家便早早上床歇息了。甘博、冯锐等人站在刚刚黑下来的村子里，四周已经没有了人声，整个村子陷入了一片死寂。

老人还没有睡，坐在院子里抽旱烟，烟锅里的火星在他的抽吸中明明灭灭地闪。

"老人家，还没睡啊？"甘博走过来，向老人打招呼。

"整天就睡，哪来的瞌睡嘛。"老人叹息似的吐了一口痰。

"是啊，人老了，本来睡眠就少。"

"是啊，躺在床上也睡不着，再说了，反正明天我也不上坡，身子骨弱，不行了，老了，什么都干不了了，成了废人。"老人在黑暗中摇摇头。

甘博也没再问，听见脚步声，冯锐和几个同伴也来到院子里，一时都没有说话。

四处是此起彼伏的虫鸣声，一阵风若有若无地吹过来，吹拂在身上令人感觉十分舒坦，但每个人的心里都很沉重。

忽然，一声撕心裂肺的女人的哭叫声，打破了夜晚的宁静。

几个人大吃一惊，一齐望向老人。

黑暗中，老人并没有瞧见大伙儿的眼神，他猛吸了两口烟，把烟锅里的灰烬在台阶上磕了磕，像是对着大伙儿说话，又像是自言自语："老王家媳妇生孩子，看来很不顺利。"老人的叹息里有很多的无奈。

第五章　扎根乡村　开发脑矿得真经

女人的惨叫声一声比一声紧，在村子上空传开，许多村民的窗子里亮起了微弱的灯光，那是村民们在为母子俩祝福祈祷呢。

那叫声一声声砸在甘博、冯锐等人的心上，让人心惶惶的。

"老人家，老王家生小孩，叫了医生过来吗？"冯锐忍不住问。

"没有，哪来的医生，周围几个村子都没有。"老人家顿了一下，"不过，老王屋里（方言：老王的老婆）就是个接生婆。"

话虽这样说，老人的话也很迟疑，老王媳妇的叫声持续着，每个人的心里都堵得慌。

"唉，儿奔生娘奔死啊，老天，你就行行好吧。"老人喃喃自语地祈祷着。

不知过了多久，女人的惨叫声慢慢低了下去，终至听不见，大家正要松口气，夜空中传来了压抑的哭声，紧接着变成了号啕大哭，那哭声里最刺人心肺的，是一个男子绝望的呜咽。

很显然，难产的母子没挺过来。

此事像当头一棒，冯锐热泪往上涌，随即是汹涌的痛苦，他恨自己不是一名医生。就在不远处，他们眼睁睁地看着一对母子痛苦地死去，而自己却无能为力。

哭声渐渐低了下去，远远地传来了仓促的脚步声，估计是老王家人在忍痛准备后事。

院子里，每个人都没有开口说话，心像灌了铅一样沉。老人只是狠狠地抽着旱烟，却不知道，那烟早不知什么时候就熄灭了。

"作孽啊，老王家媳妇死了……老王家媳妇死了……"老人站起身往屋里走，嘴里喃喃说着。背影中透着无尽的沧桑，因为悲痛，他甚至忘记了和客人打个招呼。

也不知过了多久，冯锐一行也回到房里。没有人开口说话，他们的心上都像是压了厚厚的铅块，沉沉的，几乎压得他们快窒息了。

……

在全县走访调查期间，甘博、冯锐等人就发现，定县农村几乎没有医疗卫生设施，农民每天出工的时间只有五个小时左右，劳动时间与想象中的辛勤很不一样，即便农忙时也是如此，精神不振、身子软、瞌睡多，几乎成为定县一些农村的一个普遍现象。

回去以后，冯锐向晏阳初说起这段经历，仍不能释怀，农民的艰辛和无助，让他几次都哽咽得说不出话。

晏阳初沉默了很久，才慢慢道："我们的农民教育，光有识字教育、公民教育、生计教育还远远不够。缺乏最基础的医疗卫生设施，农民生病无药可治，身体不健康，长期下去，其他的教育都会成为一句空话。看来，你们以后调查时，还得把卫生现状调查放进去。"

冯锐点了点头。

看着冯锐走向门外的背影，晏阳初关于在平教会设立专门负责卫生教育的卫生部门的设想，已经在头脑中逐渐形成。

计划是拟好了，但要找到能胜任这项工作的专业的医务人员可不太容易。平教会动用了所有的关系，在全国范围内寻找志愿为农民服务的医学专家，结果都不太理想。

晏阳初又把目光投向了刚从医学院毕业的优秀大学生。

这一天，晏阳初来到北平协和医学院，找到院长并说明来意后，院长热情地把本年毕业生的资料拿给了他。

经过几个人一上午的审核、剔选，他们最终选定了一个名叫姚寻源的青年。他学业成绩好，品德优良，正适合为农民服务。

姚寻源，河北保定人，后来成了中国公共卫生系统的先驱，就是他让国人吃上了碘盐。但是此时，他只是北平协和医学院的一名学生。

"姚寻源，很好啊！"院长看着他们挑出的卷宗笑了，"你们也真有眼光，他可是我们这届毕业生中的佼佼者。不过，他已经获得了赴美留学的奖学金，事情怕有些难办。"

"没问题，奖学金可以申请延期保留嘛。"晏阳初高兴地说，他做事一向朝好的方向努力。他相信，动之以情，晓之以理，只要是有志为民做事的人，一般都很难拒绝他的盛情。

"那好,我先去给他做做工作,看他愿不愿意留下来。"院长一边说,一边往外走。

"不用了,麻烦你把他叫来,我们直接和他谈谈。"晏阳初叫住了院长。

院长停下脚步,吩咐身边的人去叫姚寻源,自己也坐了下来。

不一会儿,姚寻源就来了,一个高挑俊朗的青年,双眼放出坚毅睿智的光芒,一看就是个果敢的青年。

"院长,你叫我有事吗?"姚寻源礼貌地问道。

"来,我给你介绍一下。"院长站起来,"这位是平教会的晏阳初总干事,他们今天来,是专门来找你的。"

没等姚寻源开口,晏阳初便站起来,一边把平教总会的介绍资料交给姚寻源,一边说道:"我们正在定县搞农民教育,那里的卫生条件很差,我们准备成立卫生教育部,想邀请你加入,让你来主持工作。"

晏阳初说完,微笑着望着姚寻源。

姚寻源早听说过晏阳初的大名,也佩服他所开展的这项伟大的事业,但自己一个刚毕业的学生,没有一点实践经验,却被邀请去主持卫生教育部的事务,他有点受宠若惊。

"晏先生,我经验不足,我怕自己干不好……"

"不怕,"晏阳初亲切中透着鼓励,"你以前就有过从医的经历,有良好的基础。农村的医疗可以说是一片空白,正是你大显身手的广阔天地。听说你已获得赴美留学的奖学金,这件事情你不用担心,院长和我可以为你申请保留,即使被取消了,我在美国有几个朋友,还可以帮助你再次获得。"

完了晏阳初还真诚地说:"姚先生,我们平教会真诚地欢迎你的到来。那里的农民,需要像你这样有志为民的人去帮助!同时,那里也是一张白纸,你可以画最美最美的画,实现自己的理想和抱负。"

停了停晏阳初又风趣地说:"姚先生,我可以这样说,你来定县一定会大有作为,去后绝对不会后悔!"

姚寻源心动了，抬头看见院长正鼓励地望着他，姚寻源点点头说："好吧，晏先生，你让我想想，过几天我就给你答复。"

"不用考虑了。"晏阳初哈哈大笑，"你今天准备一下，明天便随我们去定县考察几天，等考察结束了，你再告诉我你的想法吧。"

姚寻源根本无法拒绝，只有点头答应。

和姚寻源一同到定县的还有协和医学院医学系的其他六名毕业生和四名护理系的毕业生。

姚寻源和几人一到定县，就没再回北平，而是马上接受了平教总会的邀请。

14

太阳像巨大的火球一样猛烈地炙烤着定县大地，到处是一片酷热。烈日下，那些农民早早就躲进了阴凉下，田地里、道路上几乎看不到人影。但是此时，姚寻源却和他的几个同事戴着草帽，满头大汗地在走村串户。

姚寻源和其他几名毕业生接受了晏阳初的邀请后，一到定县，便立即着手在定县进行全面的卫生状况调查。通过两天的调查，姚寻源已开始对定县的医疗卫生条件有了初步了解。这里医疗条件极差，医生极度缺乏，卫生条件也很不乐观。

经过村民的指引，姚寻源一行终于在中午时分找到一个民间诊所。说是诊所，其实就是农民在自家屋子里摆放了一些中药，甚至连最基本的医疗器械都没有。尽管很是简陋，但到这里看病的人却不少。

姚寻源几人刚刚走进诊所，还来不及说话，就见又一个满脸痛苦的中年妇女捂肚子着走进了诊所。

"老弟，我肚子痛得厉害。"

"痛了多久？"一名"医生"正忙着把一粒黑乎乎的药交给另一个病人，连头都没有转过来。

"昨天半夜就疼起来了，疼得太厉害，实在忍不住了。"中年妇女脸

第五章 扎根乡村 开发脑矿得真经

色苍白,估计是被疼痛折磨得太厉害了,才不得不来找医生。

"没事的,我给你化碗水,喝下去就没事了。"

只见那"医生"拿出一张黄黄的草纸,在上面胡乱比画了两下,然后点燃,等草纸燃完后,就把灰烬放到一碗水中,用黑乎乎的手指搅了两下,递给中年妇女:"你喝下去,一会儿就不疼了。"

中年妇女一点也没有犹豫,接过来就一口喝下去了。姚寻源几个人想阻止都来不及。

"医生,你怎么这么看病?中医讲究望闻问切,你怎么连看都没看就给别人开药?"姚寻源有些气愤。

"你是城里来的先生?"那位"医生"转过身来,看了看屋檐下的几名年轻人,倒也没有生气。这些城里来的先生,经常为定县的农村做好事,很是受定县老百姓的尊敬。

"我们这里都是这样看病的。"那名刚刚喝下草纸水的中年妇女也看了看城里来的先生,道,"这张医生是自学成才,这些药他全是自己研制的,你别说,他的药有时还真有点效果。"

"那你识字吗?"姚寻源对中年妇女的话感到意外。

"不识字也不影响我给人看病啊。"张"医生"有些得意地说道。

"不识字怎么开方抓药?"姚寻源被惊着了。

"哎哟,哎哟……"正在这时,刚刚喝下草纸水的那名中年妇女捂着肚子开始呻吟,"老弟,我这肚子还是痛得厉害。"

"我再给你化碗水……"这名"医生"又准备烧草纸水时,姚寻源连忙叫住了病人,详细地问明了病情,然后从随身携带的药箱里拿出几粒药,让她服了下去。

……

"总干事,定县的卫生医疗情况的确不容乐观。"经过一段时间的深入调查,姚寻源向晏阳初专门报告了定县卫生现状的调查结果。

"主要存在几个问题。一是医生严重不足,全县四百七十多个村子中,只有近一半的村子有中医,西医一个也没有。在定县每年死

327

亡的农民中，超过三分之一的人从未看过医生，传染病人和健康人杂居，很多人死于霍乱和天花。很多产妇由于受不到最起码的医疗保护，婴儿死亡率也高，难产死亡在定县占很大比重。

"许多村庄的中医大字不识一个，治病也是随意而为，有时还很迷信。

"二是贫穷和无知是产生疾病的主要原因。村庄中到处是人畜粪便，卫生习惯差，饮用的水井和粪池相邻不过几尺，农民没有喝开水的习惯，都是饮用生水。到了夏天，水井里甚至有无数小虫子。一旦遇上雨天，混合着粪便的污水便会流入水井中。

"不良的卫生习惯让许多疾病在定县肆意流行。从不同村庄的水井中提取的水样化验结果来看，水井中大肠杆菌均严重超标。我想，定县农民身体无力的真正原因，便是这无处不在的大肠杆菌。"

……

一边汇报，姚寻源一边摇头叹息。

"是啊，情况不容乐观，我们的责任重大啊。"晏阳初心情沉重地说道，"自古以来，中国农民的性命就贱如草芥，我们既然来了，就要帮助他们改变这种境况。"

"好吧，我马上拟一个计划出来。"姚寻源坚定地点点头，飞快地走了出去。

两天后，他把一份详细的计划交给了晏阳初。

一、立即采取措施，改善居民饮用水的水质，增加井围的高度，使其高于地面，避免污水流入。使水井与人畜粪池隔开，并在井沿上加盖，按时在井中投放适量的药剂，消灭细菌，减少疾病来源。

二、控制各种流行疾病，对几种常见的流行疾病抓紧治疗。

三、免费为农民种痘，预防传染病。

四、加大卫生知识宣传，培养一批合格的卫生员。

五、推行母婴保健制度，培养合格的接生婆。

……

姚寻源和他的同事们，马上投入到了全县的医疗卫生改革事业当中。

第五章 扎根乡村 开发脑矿得真经

当务之急，是要培养一批合格的卫生员，力争每一个村庄都有一个卫生员为生病的农民服务。每个卫生员都配有一个保健药箱，里面要有常用的药品，还有必需的医疗器械。同时，平教总会利用在美国募捐到的资金，在全县范围内建设部分诊所。

1929年12月18日，定县城区诊所正式开放，1930年5月12日，牛村保健站开放，到1932年春，定县已有50余村设立保健员，定县的农村医疗揭开了崭新的一页。

在平教卫生教育部姚寻源等人的辛苦奔走下，定县的卫生建设逐渐走上了正轨，洁净的饮水，阻止了肠道疾病的蔓延和扩散，同时，平教卫生教育部在全县范围内进行了肠道病防治工作，基本上根除了导致定县农民身体乏力的顽症。而且，在全县推行免费种痘，积极进行流行疾病的接种。同时，各村的保育员、接生婆的培育工作也初见成效，母婴死亡率大幅度下降。

平教卫生教育部还会不定期地派刚到平教总会工作的毕业生接受卫生医疗常识培训，然后让他们充当村卫生员。姚寻源与母校——北平协和医学院——联系，不时抽派卫生员中的佼佼者去医院接受正规的医疗培训，以充实定县的专业医疗人员。

到1932年姚寻源辞别平教总会，再次接受留美奖学金，赴美留学的时候，定县的基础卫生事业已初有起色。

临走的时候，平教总会为姚寻源举行了简单的欢送会。席间，望着一张张真诚和善的面容，姚寻源眼眶湿润地站起来，面对满屋子的人，深深地鞠了一躬，动情地说：

"三年前，承蒙晏总干事和各位师长垂爱，我才有幸与各位老师为共同的理想奔走。三年来，从不敢懈怠，以不负晏先生重托，更怕无颜面对各位师长的教导。如今，三年时间匆匆过去，定县的卫生教育虽无巨大变化，却庆幸有了一定的基础，三年的风雨兼程，唯此可以自慰，今当告别各位师长而去，心中的不舍和愧疚难以言说……"

姚寻源说到最后已有些哽咽。

"谢谢你对平教会所做的努力，姚先生。"陈筑山微笑着举杯，"定县的卫生事业能有今天的成就，离不开你的辛苦付出，定县人民不会忘记你的，平教总会不会忘记你的。"

"是啊，姚先生，我们谢谢你了。"晏阳初站起来，走到姚寻源身边，拍拍他的肩膀，"你们看看，三年前那个白净文弱的书生，现在是一副黑瘦干练的样子，从这变化中人们都可以看得出你辛勤的付出……"

姚寻源心中很感动，觉得暖融融的。

最后，晏阳初风趣地说："姚先生，你来之前我对你说，你来定县绝对不会后悔。现在，你后悔吗？"

姚寻源大声道："大有收获，绝不后悔！"

屋子里的人都哈哈大笑起来。

15

南京的空气明媚而暖和，作为国民政府的首都，大街上到处是繁华的景象。这让刚刚从偏僻的定县赶来的晏阳初有些不太适应，这里的繁华和富庶与定县的凋敝和落后有着太大的反差，让人感觉像是来到了另外一个国度。

这次到南京，晏阳初是为游说陈志潜而来的。

陈志潜，出生于四川华阳县（现双流），后来成为著名的公共卫生学家。此时陈志潜刚从哈佛大学毕业，一回到国内，就担任了国民政府卫生署公共卫生处主任和中央大学卫生教育系主任。

晏阳初想凭自己的坦诚和热情，劝说陈志潜到定县去主持平民教育卫生部的工作。

晏阳初走进陈志潜的办公室，没寒暄几句，便开门见山地道出了自己的来意。

"陈先生，我觉得你应该到农村去，那里有许多需要你的人，你应该去为占中国人口百分之八十五的农民服务……"

陈志潜给晏阳初倒了一杯茶，他仔细地看了看眼前这个衣着朴素、

第五章　扎根乡村　开发脑矿得真经

面容和善的中年人，怎么也不能把面前这个人与他记忆中怀有悲天悯人情怀的晏阳初联系起来。

晏阳初喝了一口茶，接着说道："目前的中国，真正从专门的院校毕业的医务人才少得可怜，而大部分毕业生都选择在繁华的大城市工作，不愿到条件差的农村去，这让广大的中国农村，基本处在无药、无医生的严峻状态……"

晏阳初的心情有些沉重。

"这的确是实情。"陈志潜点点头，"可是，对农村的医疗卫生，我也是一无所知啊。"

陈志潜被晏阳初的话说得有点动心了。

"那倒不是问题。"晏阳初温和地笑了，他知道自己的游说已经起了作用。

"到定县来吧，"晏阳初诚恳地邀请着，"那里的基础医疗卫生事业刚刚起步，我们期盼你的加入。"

"这……你让我想想。"陈志潜毕竟是有家有业的人，一时拿不定主意。

"来吧，志潜兄，"晏阳初走过来，眼中闪着热情的光芒，"我们平教会的宗旨是先在定县一县进行平民教育试验，以期改变中国农民愚弱贫私的痼疾。等经验成熟了，再推而广之，最终在全国范围内进行改革，争取在我们这一代人的身上，改变中国农村愚昧与贫穷的状况，解放这占中国近九成的人民，并最终让中华民族屹立于世界强国之林……志潜兄，你学成归来，怀抱济世救国的大志，定县，正是你大展身手的好地方啊！"

说完，晏阳初用充满期待的目光看着陈志潜。

陈志潜终于被晏阳初的话语深深地打动，更让他感动的是眼前这个中年人以天下为己任的使命感。陈志潜此时才明白，为什么有那么多知名的学者会放弃优厚的条件和唾手可得的名誉，心甘情愿到那个叫定县的小小县城去吃苦。

"好吧，我愿意到定县去。"陈志潜点点头，"不过，晏先生，农村医疗卫生，我可从未接触过，你得给我熟悉的时间。"

"当然，当然。"听到陈志潜答应了，晏阳初高兴得眉开眼笑。

"那你去收拾收拾，我打听过了，下午刚好有一趟车。"晏阳初恨不得马上把陈志潜接到定县。

看着晏阳初急切的样子，陈志潜不由得笑了，说道："晏先生，你可真急啊，你得给我点时间，我可是一大家子全搬呢，怎么说也得一下午的时间准备。"

"那好，那好，我们明天再走吧。"晏阳初这才觉得自己有点太急，不好意思地笑起来。

……

下车伊始，陈志潜便着手了解定县的公共卫生状况。毕竟是哈佛毕业的高才生，陈志潜自有一套切实高效的工作经验，短短两个月时间，他便把全县的情况摸了个烂熟，接下来便是大刀阔斧地进行公共卫生改革。

……

从农村风尘仆仆地赶回平教总部自己简陋的办公室，陈志潜常常顾不上洗去满头满脸的灰尘，便一头扎进自己的工作中。他得尽快把实地调查的情况整理出来，并摸索出一条适合农村实际情况的医疗道路。天黑了，他便把整理的资料拿回家。晚饭后，等妻儿都睡着了，他再点亮煤油灯，就着昏暗的灯光，继续自己的工作，常常是灯光与窗外的星光相互辉映。

定县的农民也很快熟悉了这个走路风风火火、经常戴一顶草帽的城里先生。他们早就知道，陈先生是来接替以前的姚先生，他为了让定县农民摆脱疾苦，甘愿牺牲自己的利益。怀着感激，村民们在田间地头遇着他，都会亲切地和他打招呼。

"陈先生，你又下乡来了。上次的脚还没缓过劲儿吧？"

"陈先生，你上次给我弄的药，效果好极了，你看我现在的身体

第五章　扎根乡村　开发脑矿得真经

多棒。"

……

遇到老乡打招呼，陈志潜总会停下脚步，一边从头上摘下草帽扇风，一边亲切地和老乡们拉家常。

"大爷，今年收成可好？"

"好，好，有了生计部的优质种子，我们的产量可提高了不少。"

"陈先生，你要小心，我们这里的路可不好走。"

每个老乡，对陈志潜、对平教会都是满腔的感激。

……

"目前全县的医疗卫生基础，较之其他县已有所提高。"陈志潜坐在晏阳初对面汇报。一阵风从开着的门口吹进来，吹得书桌上的纸张哗哗响，晏阳初连忙用手按住。

"但我们需要转变一个观念，应该把消极的治病救人，转为以积极的预防为主……"

"这样很好啊。"晏阳初对他的提议表示了赞同。

"是啊，要坚持预防接种，控制传染疾病的蔓延，同时下大力气根治目前在全县比较流行的皮肤病、流行脑炎……"

陈志潜显然对情况摸得很熟，建议切实可行。

"这由你全权负责了，我可对这一行什么都不懂。"晏阳初哈哈大笑。

"这样吧，我拟定一份计划，然后你看看还有哪些需要补充的。"陈志潜也笑了，"我怕我说多了，你事情多，过几天就忘了，还不如白纸黑字，你看得仔细些。"

"好吧，那可要辛苦你了。"

"没事，我加加夜班就行。"陈志潜说完走了出去。

当天晚上，妻儿都甜甜地睡熟了。陈志潜轻轻披衣起床，踱到木格窗前，凉爽的风一阵阵拂在脸上，凉飕飕的，很是令人舒服。

在窗前稍立了一会儿，陈志潜的思绪便渐渐清晰。陈志潜慢慢踱到书桌前，摸出一根火柴，点燃桌上的煤油灯，然后坐下来，小心地剔了

333

剔灯芯。灯光闪烁了一下，变得比先前明亮了许多。

陈志潜拧开笔，铺开纸张，望着窗外的黑暗冥想了一会儿，便伏下头，沙沙沙地书写起来。

"……推进和完善三级保健网。一是每村培养一名合格的保健员，配备常用药物，对普通疾病进行及时医治。二是区或乡镇设一个保健所，配接受过正规培训的医生一人、护士一人，每天上午设立门诊，诊治保健员不能解决的疾病。同时，巡回辅导辖区内的保健员的工作，提高保健员的医疗水平，并不定期召集辖区内保健员，对日常疑难病症集中讨论，共同提高医疗水平。三是在定县全县设一所规模较大、设备较齐全的保健院，负责全县的卫生保健工作，指导下一级医护人员的工作。保健院有各种专科医生，设立门类齐全的科室，集中诊治下一级医疗所不能诊治的各种疾病……

"……加大卫生宣传力度，推进疾病预防工作，免费为农民种痘。……

"……建立健全的医疗档案，在全县进行卫生调查，进行出生、死亡及各种有关卫生方面的调查工作……

"收集民间偏方验方，研制中药土药，让药品更加价廉物美，并及时在临床上使用。"

新的卫生保健制度，迅速在全县推广实施。全县农民的生病率大大降低，传染疾病得到了有效的控制，良好的卫生习惯已经深入人心。

这份在定县全县推广的卫生计划，后来被推广到了全国、全世界，并且被越来越多的国家所效仿。

几年后的春节，农民自发组织了一场遍及全县的联欢。在平教总会演出的时候，平教总会的主任们被农民请到了前排就座。熊佛西和陈志潜被安排到了正中的位置。

"咚咚咚"的锣鼓声响过，闹哄哄的场子安静了下来。只见农民剧团的演员们身着节日的盛装走上前台，表演了熊佛西专门为他们创作的新话剧。精彩的演出博得了观众们一阵阵热烈的掌声。

话剧表演结束后，随着一阵震天的锣鼓声，几个汉子迈着矫健的步伐走上前台。他们是卫生教育部成立的武术队，队员们表演了精湛的拳脚功夫，台下观众的喝彩声一浪高过一浪。武术队的队员下去后，舞狮队又上来了，并且将演出的气氛推上高潮。

熊佛西由衷地说道："志潜兄，你这招可真管用。用武术队和舞狮队等形式来推广群众体育运动，这种喜闻乐见的形式，是农民所能接受的。既丰富了农民的农闲时光，又提高了他们的体质，真是一举两得啊！"

"是啊，农民们的身体好了，生产积极性提高了，学习的热情也是有增无减。可以说，是卫生教育，做了全民教育的保障啊。"晏阳初高兴地附和道。

陈志潜微笑着，没有说话，此时他的脑中想到了更远的前景。

第六章
定县模式　我以我血荐轩辕

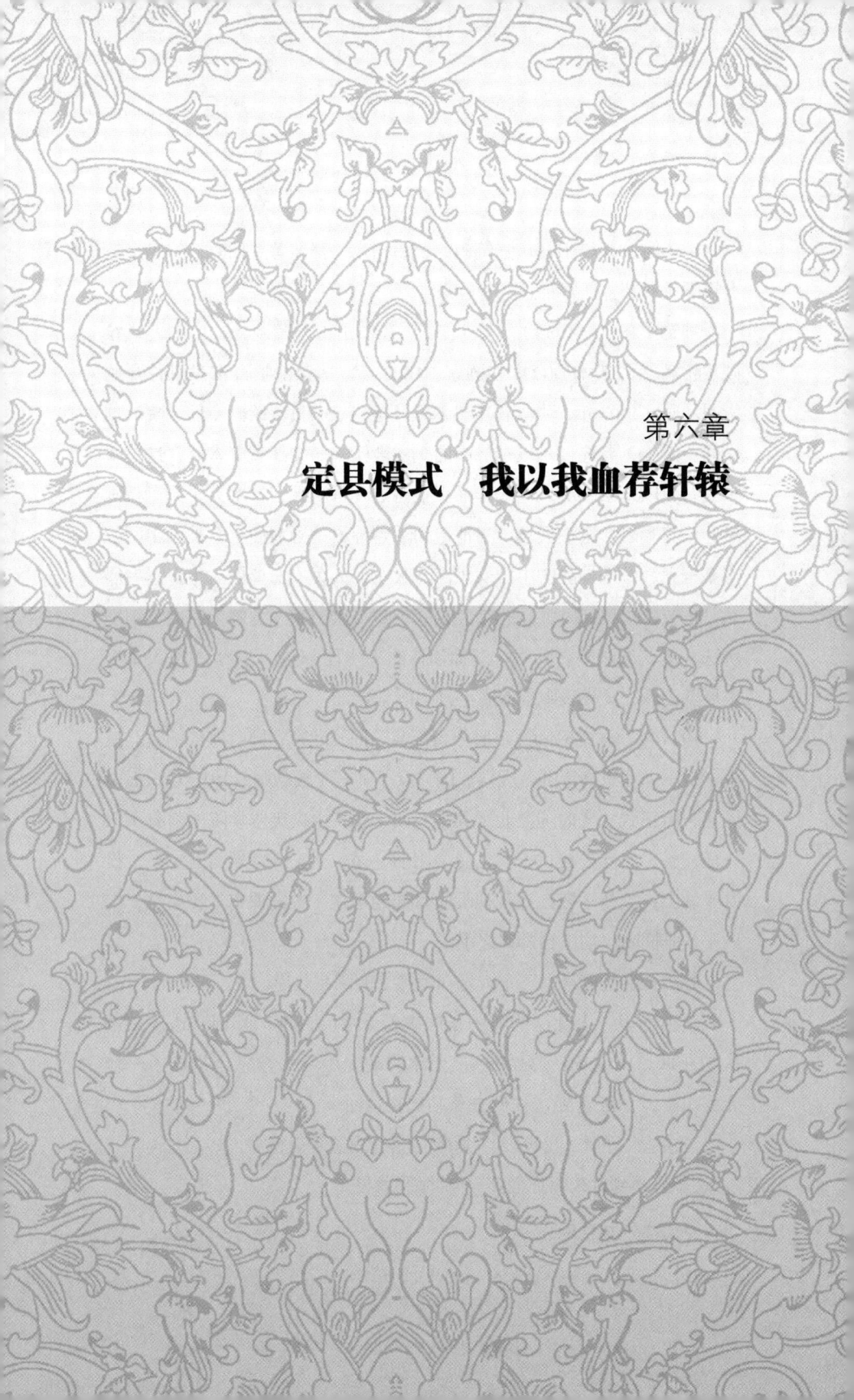

1

中午时分，晏阳初从陈筑山办公室出来，正准备关门时，只见平教会视听教育部主任郑锦急匆匆赶来。

郑锦（1883—1959），字褧裳，广东中山市雍陌乡人，中国近代绘画史上著名的艺术教育家和画家。1897年，郑锦留学日本东京并开始学习油画。1907年，考入日本美术最高学府——日本绘画专门学院。创作的《娉婷》参选日本级别最高的美术殿堂——文部省美术展，这是中国人有史以来第一次入选的作品。在画展开幕当天，日本大正天皇替画展开幕剪彩后，巡视展场，当他走到《娉婷》一画前面时，被画中两位亭亭玉立、娇媚婉静的中国女子深深吸引，久久不愿离去。当他看完展品，正要步出门口时，想起了此画，于是再次回到《娉婷》前面，细细玩味，达三次之多。其后，郑锦创作的《待旦》（文天祥）入选大正美术展览会后，又代表中国参展于万国博览会。

1914年，郑锦应国民政府教育部邀请回到北京，同时兼任国立北京大学、国立北京高等师范大学、国立女子师范学校教师。1918年，任中国第一所正式立案的国立北平美术专门学校（中央美术学院的前身）第一任校长。后辞去校长一职，受晏阳初之邀，全家人定居河北定县，投身平教会，主持平教会直观视听教育部的工作。农民课本《千字文》中四千多张插图，均出自郑锦之手。

晏阳初转过身来，三个人站在屋檐下的阴凉儿里。

土坝子里，火辣辣的骄阳正肆虐着干坼的大地。郑锦一边擦拭额头的汗珠，一边说："好消息，天津的胡先生给平教总会捐赠了一台无线电台，下午送到，我们去车站把它运回来。"

"这是大好事，我也去。"陈筑山语言里透着兴奋。

"那好，到时来叫你们。"郑锦微笑着说。

三个人说完各自回了家。

……

第六章 定县模式 我以我血荐轩辕

"回来了，看把你热得。"妻子许雅丽见丈夫回来了，赶忙走进厨房，端了盆凉水出来。

"给，抹抹汗。"雅丽微笑着递去毛巾，自己额头上也有丝丝汗珠。

"是咧，可热着呢。"

晏阳初把盆放在石阶上，脱下衬衣，擦汗。

许雅丽就靠在厨房门边，看丈夫把毛巾拧起来，放到脸上拭汗。她说："小家伙们可真淘气了，一上午没个安生的时候，这不，折腾了一上午，像是玩累了，这会儿刚刚睡着。"

"打架没有？"晏阳初抬起头，"可苦了你了，几个家伙都淘气得很，你一个人可招架不过来。"

"打架倒是没有。"这时老大和老二正在地上玩游戏，见爸爸回来了，放下手中的玩具，欢呼着扑上来，许雅丽连忙打手势，"轻点，轻点，莫把弟弟妹妹吵醒了。"

懂事的大儿子给父亲拿来一把竹扇："爸爸，天气可热呢，你扇扇吧。"

"好咧，乖儿子。"晏阳初高兴地接过扇子，一边扇一边向桌边走去，妻子张罗着大家吃饭。

吃过午饭，晏阳初坐在床上看书。妻子收拾完厨房，安顿好孩子，走了进来，见丈夫还没午睡，便轻轻地靠了过来。

"以为你午睡了呢，忙了一上午，也不歇歇。"许雅丽浅浅一笑。

晏阳初放下书，揽过妻子的肩膀："等会儿我就睡，你也休息一会儿吧。你每天也很累，几个孩子要你管，一日三餐要你操心，我又抽不出时间来帮你。我在帮助农民识字，却没有时间教自己的孩子读书。"

许雅丽打断了他的话："对了，晏，我和你商量个事。"

"你说，什么事？"

"我想了很久。平教总会多数人是全家来到定县的，几乎家家都有孩子，这些孩子就像我们家老大一样，已经到了上学的年纪，可没有地方读书……"

339

晏阳初没有吱声，静静听妻子说下去。

"我想在平教总会里开办一个子弟学校，让同事们的孩子入学。平教会很多家属都是进过学堂的新女性，她们都可以来当老师。这样一来，孩子们有书可读了，家属也有事可做了……"

晏阳初心里非常高兴，但没开口，只是静静地看着妻子。

"你觉得好不好？"

晏阳初猛地俯下头，在妻子脸上狠狠地亲了一口。

许雅丽娇嗔地说道："跟你说正经事呢。"

"太好了，太好了！你的这个想法太好了，既解决了娃娃读书的问题，又让家属们有事可做了，还让我的同事们可以安安心心做自己的工作了。"晏阳初接着说道，"只是太辛苦你了。"

"这不是支持你，为你分忧吗？！"

晏阳初没再接许雅丽的话，一骨碌站起来，说："雅丽，我马上就去和大伙儿商量，这么好的一件事，要马上办。"

说着出了门，一溜烟不见了人影。

2

夜幕已经悄悄降临，酷热正在一点点退去。从开着的窗户，可以看见天色一点点暗了下去，除了西边的一抹红色，其余全是不甚分明的颜色。黄色的土路上，偶尔走来几个匆匆回家的人。

平教总部会议室里，各部主任一脸兴奋地围在一起，他们中间的桌子上摆着那台刚刚被运回来的电台。

"广播是普及社会教育效力宏大的工具。我觉得，定县的平民教育运动发展到今天，在县城设立一个广播站是完全必要的。如果能建立一个辐射全县的无线电广播站，每天定时播音，收效一定是巨大的。"晏阳初望着大伙儿，高兴地说道。

"这可是中国绝无仅有的创举啊！为农民开无线广播，现在许多城市都还没有广播呢！"孙伏园兴奋地说。

每个人都是一脸的兴奋和憧憬。

冯锐道:"要建无线广播站,广播内容应该包括农业常识以及四季疾病预防和简单的卫生知识……这些都是农民所需要的。"

"最好是采用方言广播,这样老百姓听起来才更有亲切感,更容易接受。"孙伏园补充道。

"这也是一个全新的尝试。我看,我们就先从平民学校展开,从学员中选出播音员,让他们自主选稿,然后再推广到全县。"郑锦接过话茬儿。

陈筑山提高声音说:"不过,目前最要紧的是先找到一位懂无线电知识的技师。否则,刚才大伙儿说的一切都是空中楼阁。"

大伙儿经他一点明,都不好意思地笑了起来。

"目前,我们平教总会还没有这样的人才。"晏阳初接过陈筑山的话,"下来后大家留心一下,争取在最短的时间,找到一位内行,为我们调试好电台。"

晏阳初环视了一圈人,见大伙儿都望着他,于是又说了下去:"还有,就是要购买接收广播的收音机,我打听了一下,每台收音机的价格可不低。"

"那我们自己动手做!"人群中有人提议道。

"这样当然好,不过,先得找到这样的人才才行。"陈筑山笑着说。

大伙儿又兴奋地议论了一会儿。晏阳初说:"看来,现在物色到懂无线电的人是关键。好了,今天就这样,大家都回去休息吧。"

同事们一边微笑着再见,一边往家里走。不一会儿,整座办公楼就安静了下来。晏阳初和往常一样,仍是最后一个离开的。

……

晏阳初匆匆向平教总部走去,从他住的地方到总部办公室,很有一段距离。下午要开个主任碰头会,他得在上午先写个提纲,省得到时候头绪多,把什么事给忘了。

出门的时候,妻子许雅丽叫住了他:"晏,晚上你得早点回家,我请了几位女教师到家里来做客,你得陪一陪。"

"是,校长夫人!"晏阳初俏皮地回答。这段时间许雅丽的子弟学校已经步入正轨,学校的教师大多是平教会各主任的妻子。孩子们有书读了;女人们有了事做,也不再一天天在耳边聒噪,主任们都觉得轻松了不少,一致称赞许雅丽为大伙儿做了一件大好事。

还别说,许雅丽这个校长当得有板有眼,让晏阳初从心里佩服。毕竟是受过专门教育的,她把学校的各项工作搞得有声有色、井井有条。学校课程的设置仿照西方教育模式,科学合理,定县城里许多开明人士和发财的人也纷纷把子女送到了学校来。

许雅丽成天忙于学校事务,照顾小女儿的事,只有全交给家里雇用的老妈妈。好在老人善良勤劳,夫妻俩才能放心地放开手脚工作。

"你别又忘了哟,记得早点回家。"

晏阳初走出老远了,许雅丽还站在门口叮嘱。

"记得,记得,天黑前我一定赶回来。"晏阳初边走边回答。

"我再次提醒你,别又忙忘了。"远远地,传来许雅丽的笑声。

晏阳初回到办公室,刚坐下没多久,主任们便纷纷上班来了。

一天的忙碌又开始了,其实在他们的工作日程里,是没有上班和休息之分的。

一眨眼,一天就过去了,黄昏在不知不觉中到来了。天色昏暗,四周一片寂静。举目望去,白日里的黄色土路,此时像一条颜色晦暗的带子,一直向看不见的远处延伸。

"阳初,阳初,喜事来了!"平教会乡村教育部主任冯锐神采飞扬地冲进屋,对正在伏案工作的晏阳初大叫道。

"我们找到懂无线电的技师了。"冯锐兴奋得像个孩子。

晏阳初站起来,看见孙伏园、郑锦几个人陪着一个中等身材的中年人有说有笑地走进来,他连忙挪开凳子,迎了上去。

"阳初,这是从苏联回来的李技师。"冯锐在一旁介绍道。

"这是我们平民教育总会的晏阳初总干事。"

第六章 定县模式 我以我血荐轩辕

"早闻晏先生大名了。"李技师伸出手,和晏阳初紧紧地握在了一起。

"我们早盼着你来了。"这下可好了,有了你的加入,我们的无线电广播站马上就可以建立了。"

"那是,那是,有了李技师的加入,我们不久后便会建立起中国第一个为农民广播的无线电台。"冯锐高兴地说。

李技师微笑着看着大家,等屋子里的人七嘴八舌地说完,他望着晏阳初等人道:"晏先生,我一定会尽最大努力,尽快把广播站建设起来的。"

"那就太感谢你了!"冯锐接过话茬儿,"李技师,你尽管放心,我们早准备了充足的人力、物力,供你差遣。"冯锐摸了摸脑袋,接着说:"但这事大伙儿都不懂,全靠你了。"

"哪里,哪里,得靠大伙儿一同努力呢。"李技师好像完全被屋子里这种轻松活泼的气氛所感染,刚进屋时的一丝拘谨,早随着爽朗的笑声消散得干干净净。

……

大伙儿你一言我一语,就无线电广播站的事商讨到了深夜,晏阳初早把妻子的提醒忘得一干二净。

无线电可是个新鲜玩意儿,在20世纪30年代初的中国,仅有南方几个大城市才有一些零星的无线电广播站,北方许多城市还没有,农民对无线电广播更是闻所未闻。像定县这样僻远的小县城,几乎没有人听说过这种东西。

接下来,李技师带着一帮志愿做事的青年,在平教总部西边一间屋子里紧锣密鼓地筹划着无线电站的建设。

平教会总部周围总有许多看稀奇的老乡,他们根本不敢相信,在一个普普通通的地方对一个神秘的黑匣子说的话,会在另外一个地方用另外一个黑匣子放出来。老一辈人还有几丝惶恐,生怕是神灵什么的。年轻人可不管这些,总是缠着李技师要他讲一讲其中的道理。

李技师也不恼,手头有空了,他就会耐心地把无线电的原理说给大家听。人们大多听不懂，可还是一个劲儿地点头。

这边晏阳初和冯锐等人也忙开了，眼看无线电广播站就要建成了，一旦投入使用，他们就必须让这种先进的通信工具更好地为平民教育工作服务。

"就像前边大家所议论的一样，广播的内容应该以农民自己的生活为主，因为他们才是最主要的听众。"

"伏园兄，还得辛苦你，每天广播的稿子，就由你们平民教育部的人来写吧。"晏阳初微笑着说。

"这没问题，说老实话，前几期的稿子我们早就写好了，只等着广播呢。"孙伏园一副等不及的样子。神圣的理想，让这群卓越的知识分子都变成了小孩。

"看来，你是迫不及待了。"冯锐打趣道，"你可别忘了，心急吃不了热豆腐。"

大伙儿都笑了起来。孙伏园尴尬地挠挠头，也笑了起来。

3

阳光明媚地照耀着这片从沉睡中苏醒过来的北方大地，秃了一个冬天的树枝已绽放出嫩嫩的新绿。泛黄的土路两边，悄悄长出零星的小草，空气中泛着暖洋洋的气息和各种花香。春雨一来，泥土里的芬芳便直扑人心脾。从南方回归的黄鹂鸟，也开始在头顶的天空中欢叫着翩飞……春天的脚步渐渐来到定县大地。

一年之计在于春，春天，总是给人无穷的新的喜悦和活力。

调试无线电台播音的这天，是个暖和的日子。平教总部的同事们早早便过来了，齐聚在广播站外面，等待着李技师调好频段，开始第一次试播。

另一间屋子里，几个接听广播的主任，都是既焦急又兴奋。围着一台放在桌上的收音机，并已经调到李技师预设的波段。大伙儿都静静地等待着收音机里传出声音。

第六章 定县模式 我以我血荐轩辕

太阳已经老高了，平教总部外面已经聚集了许多知道这个消息的人，其中很多是小孩子，他们也都是既兴奋又紧张。虽然李技师和他的同事早向好奇的人讲解过无线电的原理，但他们还是难以接受。听说今天调试播音，村民们早早就围过来了，焦急而又万分兴奋地等待着这一历史时刻。

人群外面还有无数的农民正陆续赶来，他们都想实地看一看，广播到底是怎么一回事。

广播站里，李技师和几个助手仍不停地忙碌着。

屋子的一角，一个青年手拿着写好的稿子，嘴里念念有词，这是播音员。虽然是春天，但播音员的额头却沁出了细细的汗珠，可见他也是无比紧张和激动。

该青年是从识字班导生中挑选出来的，是定县首期识字班的学员，后来做了导生，上进心强。他所带的学员进步都很快。这次因为要用定县方言播出，经各主任商议，就把他叫来了。

"不要紧的，你先稳定一下情绪。"孙伏园在旁边安慰他，"稿子你都背熟了，一会儿像拉家常一样念出来就是了。"孙伏园一脸的微笑。

青年使劲儿点了点头，脸上的红晕减退了些。他也在努力克服自己的紧张情绪。

阳光从开着的窗户照进来，好像她也想看一看这伟大的创举，满足一下好奇心。

阳光沐浴着电台，那崭新的机子在阳光里闪着光。

李技师检查完毕，抬起头来，向播音的青年招招手，示意他过去。青年还没反应过来，孙伏园轻轻推了他一下，说："去吧，放松些，不必紧张。"

青年会意地点点头，大步走了过去。

李技师示意青年坐下，帮他戴上耳机、话机，又仔细打量了一遍机器，轻声说："好了，可以开始了。"

屋子里的人都屏住了呼吸，外面的人也觉察到了，都安静下来。

播音的青年稳定了一下情绪，最后看了一眼手中的稿子，然后将稿子丢在一边，大声地背了起来。

屋子里马上回荡起青年洪亮而又略显紧张的定县方言："各位农民朋友，大家好，今天，是定县平教会无线电台的第一次广播。今后的日子里，我们将利用这一种先进的科学设备，把大家最关心、最急于了解的信息及时准确地播报给大家……"

另一间屋子里，收听广播的主任们先是看见电波不停地闪动，接着便听到了定县淳朴的方言："各位农民朋友，大家好，今天，是定县平教会……"

收音机里传出的声音在屋子里回荡着。主任们都抬起头来，你看看我，我看看你，好像要求证自己的耳朵是不是真听到了声音，紧接着，屋子里爆发出一阵欢呼：

"喔，喔……播音成功了，播音成功了！……"

主任们像小孩子一样跳起来，相互拥抱在一起。跳啊，笑啊，叫啊，没有人再听收音机里讲的是什么了，他们兴奋地雀跃着，高声地呼喊着。

外面的人群也炸开了锅，兴奋写在每一个人的脸上。

阳光和煦，这又是一个值得大书特书的日子。因为，他们在中国广袤的农村，建设了第一个无线电广播站。放眼世界，这都是绝无仅有的专为农民广播的电台！

更多的人涌向广播室，每个人都是一脸的兴奋，外面围观的群众也是一脸的喜悦，同时还带有一丝迷茫和不解。在短时间里，他们还很难接受这一先进的设备，毕竟他们处在蒙昧中的日子太漫长了，得有一个缓慢适应的过程。

整个平教总部，已经变成了一片欢乐的海洋，欢呼的声音完全淹没了广播的声音。人们就用这种忘情的方式，迎接着平教会广播电台的第一次广播。

晏阳初的心里温暖极了，自豪极了。定县的平教运动，正在一天天

第六章　定县模式　我以我血荐轩辕

朝着理想的方向前进着。而他，则是这一运动的推动者和引导者，苦尽甘来，他心里的喜悦之情更多的是一种由衷的欣喜，他的眼角潮湿了。

"阳初，播音成功了！"陈筑山喜悦而又急促地说道，他的声音低沉有力，好像心里的一块石头落了地。

"是啊，这得感谢李技师的辛勤付出啊。我看，他这段时间休息得很少啊。"晏阳初虽面带微笑，却语带哽咽。

"是啊，这可是平民教育总会一心为民的宗旨，感召了这些优秀的中华儿女，让他们心甘情愿为平教事业的发展壮大贡献自己的一份心力。"陈筑山总结似的说。

"看着这些忙碌而无私的人，我们还有什么理由不努力工作下去呢？！"晏阳初望了一眼播音室里忙碌的身影，深情地说。

陈筑山没再开口，只是用力地点点头。两个人挤出密集的人群，走向自己的办公室。阳光把他们的影子拉得长长的。

陈筑山一只脚已跨进了办公室门，晏阳初像才从沉思中醒过来一样，叫住了他："筑山兄，下午我们召集各位主任开个会，当然，要特请李技师参加。播音虽然成功了，可我们哪来那么多钱去购买收音机。大伙儿在一起，得想出一个妥善的法子才好。"

陈筑山闻言停下来，转过身道："是啊，全县共有四百七十二个村庄，我们的经费本来就很紧张，肯定买不起那么多收音机的，得想办法才行。"

午饭过后，太阳渐渐西移，阳光依旧深情地照耀着定县低矮的民居，黄色的土路沐浴在阳光下，呈现出一片暖洋洋的姿态。一路上，街道两边的小贩们都在这煦暖的阳光中眯着眼，好像对生意并不十分上心，只是一心一意地享受太阳的馈赠。

晏阳初急匆匆地向平教总部走去。

李技师也一脸微笑地走进办公室。

大家都自己掇条凳子坐下，围在一起。他们的许多会议，就是在这样民主而亲切的氛围中进行的。平教会的无数决定，也是在这样民主而亲切的交谈中确定下来的。

"李技师，真得好好谢谢你了！要不是你，平教会的广播电台不知道什么时候才能建成。"晏阳初真诚地感谢道。

"是啊，这段时间李技师天天都很辛苦。"陈筑山补充道。

大伙儿你一言我一语地议论开了。一边兴奋地议论着上午的成功播音，一边感激李技师的付出。

说得李技师都有点不好意思了，他红着脸说："能有幸和大家一起，为农民兄弟做一点有益的事，我感到很荣幸。大家都一样辛苦，就不要说什么感激的话了。毕竟我是学这一行的，做好它是我的职责，也是分内之事！"说得大家都哈哈大笑起来。

晏阳初等众人安静下来后，环视了主任们一眼，清了清嗓子说："今天召集大家来，就是为了无线电广播的事。"他顿了一下，见大伙儿都等着他的下文，他继续说："……经过李技师和同事们的努力，广播站是建立起来了。可是，定县全县有四百多个村庄，需要大量的收音机。但目前的收音机价格太贵，农民肯定买不起，而我们平教会也拿不出那么多的钱。"

"是啊，收音机太贵，我找人咨询了一下，农民们肯定是买不起的。"冯锐说道。

"没有收音机，无线电广播站就不能很好地发挥教育民众的作用，我们现在有的这几台，毕竟只是杯水车薪。"晏阳初征询似的望着大伙儿。

屋子里安静了下来，晏阳初说的是实情，每个主任都陷入了沉思之中，一时没有人发言。

晏阳初也不急，他逐一看了看大伙儿沉思的表情，然后把目光定格在李技师脸上。

李技师正处在沉思之中，对晏阳初的注视浑然不觉。只见他眉头紧锁，眼睛紧紧盯着地面的某一处，好像要把地面看出一个洞。

一下子需要这么多台收音机，要拉来这么一大笔赞助资金，委实是

第六章 定县模式 我以我血荐轩辕

件难事，主任们一时都想不出好的办法。

晏阳初似乎不那么着急，他的目光还注视着李技师。这时李技师紧锁的眉头渐渐舒展开来，但还是低着头，用右脚在地上胡乱地画着，好像在计算什么。

"我倒有一个办法。"过了好一会儿，李技师终于抬起头。

主任们还在苦思冥想，听到李技师的话，都马上抬起头来，充满期待地望着他。

"我有一个主意，就是不知道能不能行得通。"李技师见晏阳初正微笑着看着他，显然是在鼓励他继续说下去，"我们自己购买零件，然后自己组装收音机，这样会节约很多钱。"他顿了一下，又接着说道："我粗略估算了一下，自己组装的价格至少会降低八九成。"

"啊？！"主任们都发出一声惊叹。

"我们自己去买零部件，"李技师像是经过了深思熟虑，"这样可以节省一些，买零件比买成品要便宜很多。而且，自己组装的话，一些与收音无关的零部件还可以不买，这样也可以节约一大笔钱。"

"李技师这个主意很不错！"晏阳初满口称赞。

"这方面我倒有一些门路。"李技师环视了屋子里的人，见大伙儿都静静地望着他，目光中含着期许和喜悦，他的心里也涌起一阵阵被理解的感动。

"我可以带几个学员一起负责组装收音机的工作，难度不是很大，我相信，几个月之后，便可以完成组装。"

"好啊！"陈筑山笑着说，主任们也纷纷鼓起掌来。

等大伙儿稍微平静下来，晏阳初站了起来，感激地望着李技师，说道："李技师，我代表平教总会感谢你的无私付出！有了你的话，我们大伙儿就都放心了。我看就这样决定，购买零件和组装收音机的事，就由你全权负责好了，我们大家都会全力支持你的工作的，给你人力、物力上的保证。"

"是啊，只要李技师需要协助，我们一定二话不说。"

349

"缺人手，我们文学部愿意听李技师调遣。"

……

主任们纷纷表态，并热情地询问李技师需要什么帮助，大家都希望为他效力。

李技师心里很感动，看着这一张张真诚而亲切的面孔，他的内心如波涛起伏。

这段时间，李技师常常被这一群真诚而执着的人所感动，感动之余，他更觉得自己该为平教事业做些什么。

"晏总干事，我马上去办！"李技师真诚地说，"请大家放心，我绝不会让大家失望。散会后，我马上着手去做这件事。"

……

这个秋天，在定县，抒情是有形的、有声有色的。李技师和他的助手们制作的简易收音机，迅速在定县的各个村子里推广开来。短短的几个月，定县四百多个村子都拥有了自己的收音机。

广播的时间大多是在傍晚农民收工回家的时候。农民们干完一天的活计，顾不上疲劳，吃完晚饭便匆匆赶往村子里的祠堂或是神庙，去晚了便没有好座位了。

保管收音机的传习学员，神圣而骄傲地把收音机拿出来，放到人群中间的桌子上。

每当这时，喧闹的人群马上便会静下来。传习学员放好收音机，会转过身大声说："乡亲们，广播马上就要开始了。"

老人或是女人马上会管好刚才还在顽皮地玩闹的孩子，大家都虔诚地望着桌子上的收音机。

一阵嘟嘟的电波声响之后，略带沙哑的定县方言便会从收音机里传出，回荡在祠堂外面的上空。

"各位农民兄弟、姐妹们，今天的广播又准时开始了，欢迎大家收听，今天播出的节目是……"

收音机里传出的声音，在人群耳际不散，劳作了一天的农民们，就沉浸在这质朴而又真诚的广播声中。就是在这里，他们知道了以前从不知晓的许多知识，知道了村子以外的很多新鲜事，这些都让他们嗟叹、神往。

听无线广播，从1932年秋天开始，便成了定县每个村子的习惯，也成了定县人生活中最温馨的事。

常常播音早结束了，村民们还围坐在一起，舍不得离去。他们眼巴巴地看着传习学员把收音机小心地收起来，才依依不舍地收回眼光。

天已经完全黑下来，几个人才吆喝着一起散去。村民们这才往家里走，一路上一边兴奋地议论刚才广播的内容，一边满怀喜悦地憧憬着明天广播时间的早点到来。

4

1932年的春天，终于如约而至。

在一个阳光明媚的下午，晏阳初叫上孙伏园，还有总部的几个同事，一群人有说有笑地朝车站走去。

早接到了电报，说熊佛西下午就到。晏阳初心里很高兴，一如这春日暖阳，这段日子他已经规划好了成立平教会平民戏剧部，只等熊佛西一到，便可以展开工作，真正的农民戏剧马上就要诞生了。

熊佛西，字化侬，笔名戏子，戏剧教育家，剧作家，江西丰城市张巷镇瑾山村人，毕业于哥伦比亚大学。2007年入选中国话剧百年名人堂，中国话剧的拓荒者和奠基人之一。1926年回国后，先后任北京国立艺术专科学校戏剧系主任、燕京大学教授、北京大学艺术学院戏剧系主任。

此时，这位大名鼎鼎的戏剧才子，终于奔赴河北定县，主持平教会平民戏剧部的工作。

接到熊佛西要来的电报后，晏阳初专门放下手中的工作，亲自去迎接他。

熊佛西乘坐的火车还没有来，一群人站在车站的土坝上漫无边际地闲话。

太阳光煦暖地投射下来，每个人都在黄土地上投下了长长的身影。一阵风从西边掠过来，沙尘四下里飞。春天还没有下过一场透雨，被冬天的寒冷冻彻了的黄土，一旦解冻，沙粒变得更干更纯粹，在空中腾起一阵又一阵烟尘。

几个人忙背过身去，避过风尘的势头。等风刚刮过了，几个人正要回头，一列火车轰鸣着进了站，车尾是一团团飞扬的灰尘。

"快让开，快让开些，不然一会儿会变成灰老鼠的。"孙伏园一边说，一边往边上避。晏阳初和几个同事也都笑着闪开了。定县的风沙，他们早已习以为常，但也并不希望弄得灰头土脸。

列车过去，风尘也就顺势收住了飞扬。一个同事眼尖，似乎发现了什么，大声说："你们快看，这好像是一辆长途车，估计熊先生就在这列车上吧！"

"或许吧，我刚才光顾着躲闪了，没有看清。"

晏阳初一边拍衣衫上的灰尘，一边大步向前走去，几个人也都快步跟了上来。

远远地晏阳初就看见一个身着西装的人站在西边的空坝上，身边放着一个不大的行李包，此刻他正在那里四处张望。

那不正是熊佛西吗？！晏阳初正要开口招呼，熊佛西也看见了他，大声地喊起来："晏总干事，我这可是专门投奔你来了，你可不能拒绝我呀。"

熊佛西一边说，一边快步走过来，笑声在阳光中荡漾。

"欢迎，欢迎，我们的大戏剧家，我可终于把你盼来了！"

晏阳初紧紧地握住了熊佛西的手，使劲摇了两摇。

"熊先生，我们已经筹备好了平教会平民戏剧部，只等你一到就走马上任。"孙伏园也围了上来，亲切地说。

"惭愧，惭愧，我来得晚了，只怪我自己，对晏先生的话醒悟得太迟了。"熊佛西连连摇头，"几年前，晏先生就曾经指出，我所写的剧本全是一些无关痛痒的无病呻吟，在目前苦难的中国，光写一些与爱情有

第六章 定县模式 我以我血荐轩辕

关的东西,供几个有钱有闲的人消遣,这可不是戏剧的使命啊。"

"呵呵,看来这几年,你的感触很深啊。"晏阳初爽朗地笑起来,"不过,我还是那个观点,那些无关国计民生的无病呻吟的戏剧,只能给一小部分有闲阶级提供一点娱乐消遣,而中国几万万贫苦的农民,根本不喜欢这些风花雪月的虚假故事。你是该到定县来,接触一下这些最朴实的农民,写一写他们,写一写他们的生活。要知道,中国可有三万万五千万农民同胞呢。"

"我这不是亡羊补牢了嘛!"熊佛西笑着说。

大伙儿都笑起来,早有一个同事走过去,帮熊佛西提起行李,熊佛西客气了一番,见大家都这样真诚,也就没再坚持。

下午温暖的阳光下,一伙儿人说说笑笑地向平教总部走去。

一路上,熊佛西询问了一番定县平教运动的情况。晏阳初一一向熊佛西介绍了定县平教运动的开展情况,熊佛西静静地听完后,侧过头问道:"晏先生,不过我还是有一个疑虑,在来的路上,我一直在思忖这个问题。"

"你说吧。"晏阳初似乎知道他要说什么,显得胸有成竹。

"说真的,我搞的话剧还是舶来品,目前在中国还是个崭新的戏剧形式,许多大城市里还未普及,我很担心,农民们不会对这一形式感兴趣。"

"这你可就放心好了。"晏阳初看了看身边跟着的同事,"你可以问问他们,定县的农民经过几年的教育,可不比以前。可以说,他们已经脱胎换骨了。"

孙伏园赞同地插话道:"是啊,目前定县的农民,进步都很快。三年多来,至少有八万多青壮年从识字班毕业了,只要你深入他们的生活,写出贴近农民真实生活的戏剧,农民们一定会欢迎的。"

旁边的同事也都你一言我一语地给熊佛西打着包票。

见大家说得头头是道,熊佛西这才说道:"那我就放心了,一路上我可是一直担心着呢,怕来了后,农民朋友根本不喜欢,又把我给退回

353

去了，那我可太丢人了。"

"哪里会，我们可是天天眼巴巴地等着你来呢。"晏阳初一本正经地说，他太正经的语气，惹得同事们又是一阵大笑。

几个人说说笑笑不知不觉间走回了平教总部。同事们把熊佛西送到门口，便都告辞离去。晏阳初推开门，和孙伏园一起，把行李搬了进来。

"这就是你的办公室，条件有限，对不住得很。你先熟悉一下，一会儿伏园陪你到住处去看看房间。"晏阳初说道。

"很好啊，这窗子够大，屋子光线很明亮。"熊佛西站在窗前，仰着头望了望外面渐渐西沉的太阳。听见晏阳初的话，他回过头来说："我可是来工作的，就不要太客套了。这条件我很满意，比我想象得好了许多。"熊佛西一边说，一边在凳子上坐下来。

"戏剧部的同事都聚齐了，晚上你们碰碰头，大家先彼此熟悉一下。"孙伏园对熊佛西说。

"好啊，我恨不得马上开始工作呢。"他看了看晏阳初和孙伏园，"说老实话，写农民剧本我还没尝试过，加之不太熟悉农民的生活，必须先到民间去走走。前段时间，我看了你们编写的《定县秧歌选》，很是佩服，定县这个地方，文化底蕴可不浅。"

"那好啊！我们就等着你的农民剧早日演出呢。你可是中国第一位学习了洋戏剧，又专门来到农村为农民写土戏剧的戏剧作家哟。"

"哈哈哈……"三个人都爽朗地大笑起来。

5

熊佛西是个浑身洋溢着浪漫主义情怀的人。到定县的第二天，他就与平教会平民戏剧部的几位同事一道，深入田间地头，与农民攀谈、聊天，倾听农民的心声，收集逸闻趣事，掌握第一手创作素材。

走访的村子越多，熊佛西的感触也就越深。农民的质朴、好客、厚道，让他欣喜和感动，而农民生活的艰辛、困苦又让他痛心不已。这些

第六章 定县模式 我以我血荐轩辕

整日在田地里劳作的农民,对他们来说生活是如此艰难。很多个夜晚,睡在农家的火炕上,听着暗夜里隐隐传来的鸡鸣狗吠,熊佛西都久久不能入眠。他为自己以前不了解农民而深深自责,一种为农民写作的责任感油然而生。

熊佛西的思绪,在自由地驰骋着。在花香醉人的春夜,从窗外吹进来一些清芬的田禾气息,伴随而来的还有各种次第热闹起来的虫吟蝉唱。而这些抒情的韵致,是熊佛西在以前的城居生活中所从未领略过的。每每此时,他都会悄悄披衣起床,燃起如豆的煤油灯,独坐在昏暗的灯影中冥思。白天与农人亲切恳谈的一幕幕又生动地浮现在眼前:白发老头儿张开缺牙的嘴呵呵大笑的生动表情,中年农妇明媚的笑脸,青年学员对未来无限憧憬的双眼……,他有一种感觉,自己一天天的奔波劳顿,其实是在一点点地深入农村,融入农村生活,与质朴的农民一起悲喜。一股狂涌而至的创作冲动,让他按捺不住地拿起了笔。

就这样,反映农民真实生活的剧本在熊佛西的笔下诞生了,《锄头健儿》《喇叭》就是这个春天的收获。

光写出了剧本不成,还得排练出来,演给农民们看一看,以判断创作的方向是否正确,是不是真正触及了农民们最感兴趣的话题。回到平教总部,熊佛西找到晏阳初,向他详细地讲述了自己的计划,晏阳初举双手赞成。当天下午,一群自愿充当演员的平教会同事聚集到了熊佛西的办公室,听熊佛西的吩咐,排练起话剧《喇叭》和《锄头健儿》。

……

这是个艳阳高照的晴日,天还没放亮多久,就有附近的农民接二连三地来到平教会总部旁边的戏场子里。一路上,人们都兴奋地小声议论着,话语间透出无尽的期待。

这一次演出的结果,让人有点沮丧,因为熊佛西没有听到农民们兴高采烈地欢呼,偶尔的掌声也是礼节性的。看着台上同事们的卖力演出,再看看台下农民三三两两在议论,并没有专注看戏,熊佛西如坐针毡,惭愧极了,恨不得找个地缝钻进去。

"我们正分析上午演出失败的原因呢。"熊佛西说,"大伙儿都有些沮丧,觉得丢了平教总会的脸。"下午熊佛西正和戏剧部几个同事在分析演出失败的原因,见晏阳初、冯锐、孙伏园走了进来。

晏阳初见戏剧部的几个同事都低着头,不由得哈哈大笑起来,道:"怎么了,一次失败就丧气了?其实,我觉得你们演得很不错,只不过文学味太浓了些,语言太典雅了,老百姓有些听不懂……"

"方言不够地道,人物的刻画有些概念化,不太生动……"孙伏园也接着插话说。

"的确,我们也发现了这类问题,正在研究改进办法呢。"熊佛西说。

"那你说说看,究竟还有哪些不足,我们大伙儿一块儿来找一找解决的办法。"冯锐鼓励道。

熊佛西站了起来,双手撑在桌沿上,说:"刚才我们分析,失败的原因是多方面的。首先,演员是平教总会新来的一些同事,他们对农民生活不够熟悉,表演有些做作,不能神形俱备,不能打动人;还有,他们的方言也不地道,听起来有些不伦不类。当然,最主要的是我的剧本写得不好,我觉得自己并没有真正沉下来,去写农民们最感兴趣的题材……"

"对了,这才是问题的关键!"晏阳初一拍大腿,"我也觉得,你的本子虽然貌似写的农村题材,其实只是个表皮,还没有很好地挖掘鲜活的农村生活。你应该再深入到农民中去问,更深入地接触了解,这样就一定能写出真正反映百姓疾苦的好本子来……"

"总干事说得是!"熊佛西真诚地说,"我也觉得,只要真正写出了农民们最关心的问题,他们就一定会喜欢话剧的。我们已经商量好了,明天就下农村去,踏踏实实地采风。"

"呵呵,看来我们这位喝过洋墨水的戏剧家,真的要把写才子佳人故事的笔,放到写农民生活的土地上来了。"孙伏园打趣地说。

屋子里的人都哈哈大笑起来。

第六章 定县模式 我以我血荐轩辕

"你们放心好了,这一次我若写不出好本子,就不回平教总部了。"熊佛西保证道。

冯锐仔细看了一下熊佛西的脸,又看了看窗外明媚的阳光,笑着说:"佛西,我相信,你的脸哪一天被这太阳晒成了黄土的颜色,你的剧本就真正受到农民喜欢了。"

"看来,我这脸色的泥土颜色还不够哟。"熊佛西自嘲地摸摸自己的脸。

"有了泥土一样的脸,自然也就有泥土一样朴实的本子了。真到了那时候,农民肯定会喜欢的。"晏阳初笑着说道。

6

定县的夏天是闷热的,太阳一出来,就好像下了火,沙砾的温度急骤上升,人走在上面,上蒸下烤,浑身热得难受。可就在这盛夏里,熊佛西和几个同事经常奔走在田间地头,随行的背包里记录了许多乡间民谣、故事、逸闻。这一次他们是真正深入到了民间,连口中的语言也变成了地道的定县话……他们的脸变黑了,人变瘦了,精神却无比愉快。

有的时候,人经历不同的活法,也会活出别样的滋味来。比如说熊佛西,他在国外专攻话剧的时候,做梦也不会想到,有一天他会身着汗衫和短裤,奔走在烈日炙烤的乡间小路上。他最初的理想,是在中国发扬话剧艺术。在文化底蕴深厚的中国大地上,戏曲已存在了几千年,可是从没有过真正的话剧,这不能不说是一个遗憾。而现在他舍弃了在大城市方兴未艾的话剧事业,来到贫瘠的农村,为最贫苦无助的农民兄弟写作剧本。有时想起,熊佛西自己都觉得像一场迷梦,可他就这样心甘情愿又充满激情地奔忙着。他甚至觉得,这种辛苦奔忙的生活,远比都市里锦衣玉食、挖空心思编一些爱情故事的单调生活有意义得多、丰厚得多。

这段时间的采风,收获是巨大的。熊佛西和他的同事们真正了解了农民,读懂了农民。熊佛西他们不再有以前那种居高临下的同情、怜悯的情绪，他们感受到的更多的是农民兄弟的可敬可爱、农民与世无争的气度、辛勤无怨的生活、窘迫而乐天知命的性格，这些都让他们自愧弗如。以前他们总认为农民除了贫苦的生活，除了悲伤的心情，便是庸碌无为。其实完全不是这样的。熊佛西认为，正是渺小而卑微的民众，造就了五千年灿烂的古国文明，他有责任、有义务为他们立传。从农村返回平教总部，熊佛西就一头扎进了剧本的创作中。他的心中常常会涌起一种悲悯和激动的情绪，这让他不得不停下笔来，在屋子里来回地走。等心情平静了，他才再拿起笔，把这些美好的情绪宣泄到他剧本中的人物身上。

七月流火，八月萑苇，九月蟋蟀在床。在深入懂得农村生活后，熊佛西写出了三幕话剧剧本《屠户》，剧本写好后，熊佛西专门请平教总会的主任们传阅。大伙儿给予了一致肯定，说挖掘得有深度，熊佛西自己也很满意。

接下来熊佛西对演员的筛选也十分认真，每一个角色他都亲自挑选。为了更加贴近本地农民真实的生活，他从定县的识字学员中挑了几个人加入到演员阵营中。

接下来戏剧排练就紧锣密鼓地展开了。为了搞好这次演出，熊佛西对每一个动作、每一句台词都是一丝不苟。这些演员非专业出身，许多动作、眼神、语气都很不到位，熊佛西就一遍又一遍地亲自示范，演员们被他的认真劲儿所感动，排练也就更加用功。

每一天熊佛西总是早早地来到排练场，傍晚他几乎是最后一个离开的。从一天紧张的工作中放松下来，走在黄沙大道上，他的心中总是说不出的喜悦。

十月中旬，秋高气爽，风从收割过的农田吹过来，竟有了些慵懒的气息。欢腾了一个春夏的鸟儿们失去了庄稼的依傍，那留恋的叫声在定县广袤的原野里久久回响。

这一天，太阳刚刚出来，平教总部旁的戏场子里就聚集了许多农民。他们早听说了，今天要演出新话剧《屠户》，听说是熊佛西主任花了一个月时间创作的。虽然有上一次演出不成功的经历,但并不妨碍农民们的好兴致。今秋是个丰收年,忙了几个月,现在农闲了,有的是时间。再说了,平教总会在定县从来没有让他们失望过,这一次他们也满怀信心。

太阳悄悄爬上山顶,戏场就沐浴在一片温暖的金色里了。报幕员上台清脆地报出了剧目。场子里的人群马上安静了下来,大家都伸长脖子,眼巴巴地望着戏台。

人物在背景音乐中一个个登场亮相,剧情也一步步向前推进,下面的观众渐渐沉入了故事中,随着人物的命运而悲喜。每一张黝黑的脸上都显出沉迷的神色。

当演到两个穷兄弟因为穷途末路,不得不向屠户借高利贷时,人群中有人发出轻轻的啜泣声,许多农民两眼含着热泪。这其实就是他们窘迫生活的真实写照,这一幕让他们想到了自己经历过的那些艰难屈辱的日子……

第二幕开始了,屠户拿着自己假造的借据来到两兄弟的家,恶狠狠地逼债,要按照借据没收兄弟俩的房产。兄弟俩目不识丁,无计可施,只有抱头痛哭。而屠户则露出一副诡计得逞的丑态……

台下一小伙子对身边一位年长的农民小声说道:"这就是不识字吃的亏。"

"是啊,多谢平教会教会了我们识字。"

随着剧情的推进,屠户诡计几乎得逞,两个穷兄弟陷入有苦无处说的深渊……

突然,观众中爆发出一声怒吼:"打死这个混蛋!"

一瞬间,许多农民扬起了拳头,向台上甩去泥土,情绪激动地高喊着:"揍死这个混蛋!"

愤怒的吼声在场子里激荡。显然,农民们是完全沉浸到了话剧的情节里,以至台下的声音完全盖过了演员的对白,演出不得不中断了几分钟。

随着剧情的发展，屠户的奸计一步步被揭露。穷兄弟的房子终于保住了，演出以屠户奸计暴露而告终。

台下的农民紧握的拳头也渐渐松开了，脸上出现了欣慰的笑容。当屠户的丑行被揭穿时，台下响起了热烈的欢呼声，掌声一浪高过一浪。演员几次集体谢幕，掌声都没有停下来。他们是在用这种朴素的方式表达心中的喜悦。

在场子的一角，晏阳初和几个部门主任，陪同熊佛西一起观看了这场演出。农民们一浪高过一浪的掌声，也把他们完全淹没了。每个人都是一脸无法抑制的兴奋，也融入到了这一片欢腾的海洋里。

晏阳初紧紧地握住了熊佛西的手，说："佛西，祝贺你，演出非常成功！"

看着在场农民们恋恋不舍的神态，熊佛西再也抑制不住自己的喜悦："没想到，我自己也没想到，演出会这样成功！"

"看来，只要是反映了百姓真实的生活，他们就会欢迎话剧。"旁边一位主任深有感触地说。

"是啊，"熊佛西接过话头，"只要真正急农民之所急，想农民之所想，写出的剧本就会触动他们的灵魂深处，他们才会真正地喜欢。"

"看来，你这个夏天的农村调查收效不错，对得起你这张变黑的脸。"孙伏园打趣道。

7

一分耕耘一分收获，农民话剧在平教会平民戏剧部熊佛西和几位同事的倡导下，逐渐延伸到了定县农村的各个角落。农民们对这种崭新的戏剧形式深深着迷。他们开始自编自导，演出了许多从日常生活中挖掘出来的乡村故事。

在此基础上，许多村庄还成立了自己的农民剧团。农民剧团的演员是清一色的农民，忙时务农，闲暇时就聚在一起排演节目。他们编排的节目既富有地方特色的传统艺术形式，也有自己编写的话剧短剧。许多

第六章 定县模式 我以我血荐轩辕

时候，他们会找到平教会戏剧部来，央求城里的先生为他们编写剧本。熊佛西当然是很高兴，欣然提笔。由于自己的生活积淀深厚了，熊佛西对定县农民的生活早已烂熟于胸，写出的剧本也就能很好地反映农民们的真实生活，再加上用定县的方言来表演，效果出奇地好。以前农闲时节农民们大多聚在一起玩纸牌、赌博，搞得家庭不和睦。现在不同了，人们都以能看几场戏剧演出为乐事，社会风气自然就好了。而那些当了演员的农民，是那么认真、执着，总是抽出一切闲暇时间，到村子的祠堂排演新剧目。

熊佛西的生活也变得越来越忙乱。才几个月的时间，定县各个村子都成立了自己的农民剧团。他和戏剧部的几个同事常常忙得饭也顾不上吃。他们必须对这些刚成立的农民剧团进行简单的戏剧常识培训。紧接着，许多村庄准备修建自己的露天剧场。这些和土地打了一辈子交道的农民可不知道剧场是个什么样子。熊佛西和几个同事又马不停蹄地四处奔走，到各个村庄进行实地考察，并因地制宜地设计简单经济的剧场方案，并不定期检查指导农民们修建的剧场是否符合要求。

季节就在这样忙乱而充实的日子里悄然更迭，转眼间已秋尽冬至，又一个肃杀的冬季寒意森森地到来了。冬天里，所有的粮食都被贮藏在了仓里；埋在冻土里的种子正在寒冷中做着美丽的迷梦，一心一意等待着来年春天破土萌发。

冬天是农民们一年里最清闲的时候。站在院子里，一眼望去，好像昨天还黄叶漫天的树木，一夜间就被凛冽的寒风褪光了叶子，光秃秃地站在那里，风一到，就不住地发抖。深秋里活跃在田间草丛的虫鸟，这时候便都销声匿迹了。严寒的冬天使广袤的定县大地显得空旷又肃穆。

定县的农民们在这个冬天可一点儿都没闲着，识字班的功课正在如火如荼地进行着，各个村子的农民剧团，也在抓紧排演着新节目。虽说寒意是一天比一天张狂，可农民很少注意到它。

这天黄昏，寒风在定县东不落村外的秃树间徘徊，村祠堂边的一间屋子里，演员们正在热火朝天地排练新话剧《过渡》。这是熊佛西新近创作的一个三幕剧。屋外是呼呼的狂风，演员们却一个个鬓角流汗。他们那一丝不苟的神情，丝毫不亚于专业的话剧演员。

看看天色将黑，演员们已排练了一下午，都有点累了。编导示意大伙儿休息一下，并倒了热腾腾的开水让大家喝。演员们可没闲着，你一言我一语地对着台词，商讨着合适的表情，讨论着布景，纠正着动作和姿势。

忽然门从外面被打开了，老村长挟着一阵寒风进到室内。

"村长，你来了。"

"村长你快坐，外边可冷呢！"

大家见了村长，纷纷打招呼。

村长摘下帽子抖了抖，顺手关上门，嘴里嘘着冷气："哎呀，这天气可真冷啊！……你们的节目排练得怎样了？"村长抬头望着大家。

"差不多了，只有一些小的细节还需要推敲。"编导高兴地回答道。

村长环视了大伙儿一眼，满脸的欣喜，他的每一条皱纹里都溢满了笑意。他提高了音量说："我今天来，是要告诉大家一个好消息……"

还在谈论表演细节的演员都停止了交谈，睁大眼睛望着村长。

"刚才平教总会来人告诉我，说两天后平教总会的先生们要来咱们村观看我们的表演。听说，还有专门从美国赶来的戏剧专家……"

"啊？！"

"什么？竟有外国专家来看我们的演出？！"

大伙儿一阵惊呼，好像有点不敢相信自己的耳朵，你望望我，我看看你，一个个兴高采烈的，而且还有点受宠若惊。

"这可是咱村露脸的大喜事，你们可要好好表演哟！"村长装上一锅叶子烟（旱烟），吧嗒吧嗒地抽起来。

"哦……哦……"演员们欢呼着、拥抱着。

"村长，你放心，我们一定会好好排练的，保证不让北平的先生们和美国专家失望！"编导保证道，演员们也都不停地点头应允。

"到时候可要看你们的了。"村长语重心长地说，"其他的事我会找

第六章　定县模式　我以我血荐轩辕

人做好，你们只要专心演戏就成。"一边说着一边走了出去，到门口时他又回头说道，"对了，剧院马上就弄好了。"

……

火车在华北平原上奔驰，映入眼帘的是北方萧条的冬景和静默的村庄。

丁英教授津津有味地看着列车窗外的一切，对于这位美国人来说，神奇又古老的中国，总是那么让人着迷。

丁英，耶鲁大学戏剧系主任。这一次是作为访问学者来到中国的。在北平停留的间隙，他听说友人晏阳初正在定县乡下推行平民教育运动，而且那里的农民有自己的剧团，经常在农闲或节日时演出话剧，而且搞得有声有色。这些事情激起了他浓厚的兴趣，钦佩之余，他实在难以相信，一些识字不多的农民能够自编自导自演话剧。于是他致电平教总会，拟专程前往定县，去观看一场农民的话剧表演。

熊佛西接到晏阳初的传话，正准备和几位同事回北平办事，于是约好丁英教授，一同返回定县。

"这平原可真广阔。"丁英教授收回目光，由衷地赞叹道。

"是啊，整个华北平原，跨越中国几个省区，在中国北方算很辽阔的了。"熊佛西微笑着接过话题，"不过，北方的冬天，景象很单调，没有南方的温情与绚丽。"

"可不能这么说，"丁英教授沉吟道，"几十、几百、上千公里都是一样的景色，这也是一种壮阔的美啊，有男人的阳刚之气。"

"呵呵……是吧，这也可以叫雄壮，北中国的粗粝，倒和你说的很符合……"

两个人愉快地笑了起来。

接下来两个人交换了一些对戏剧的看法，熊佛西从西欧学习话剧回国，一直力倡话剧，可以说是不遗余力。但在当时的中国，能够真正坐下来与他谈一谈话剧的人，的确不是很多。对面的丁英教授是戏剧系主任，两个人相谈甚欢，一时竟忘记了冬日的寒冷。

363

"目前的中国，话剧还是一种崭新的艺术形式，远没达到普及的程度。"熊佛西有些惋惜。

丁英教授点了点头，同意熊佛西的观点："不过，你们中国的曲艺，可真是种神奇的艺术……"

"那可是在中华大地上生存了几千年的艺术，品种可多得很。"熊佛西赞同丁英的夸奖，"不过，曲艺和话剧可不太一样，有很多区别，而且是最典型的差别。话剧是写实的艺术，而东方的曲艺则是写意的艺术。一种是现实主义的，一种是浪漫主义的，区别很大……"

丁英教授竖起了大拇指，说道："我也正有同感，不过你能让农民排演话剧，真是让人钦佩。我很难想象，一群白日里还手拿锄头的农民，一放下农具就成了演员。"丁英教授不住地摇头，"真的是不可思议！"

"到了东不落村，您就可以亲眼见到了。"熊佛西微笑着说道。

东不落村坐落在树木围绕的山坳间，是一个人口不足一千人的小村庄。村庄里这几年变化很大，大部分人都接受过平教总会的识字教育，许多人还读过好几期，村子里有几十个青年都做了识字班的传习员。这里林木浓郁，民风淳朴，农民性格粗犷而开朗，农民组织的第一个剧团，就在东不落村。

丁教授没有去平教总部，直接赶往东不落村。几个人有说有笑地踏上了去东不落村的路程。

定县的乡村没有公路，全是坑坑洼洼的土路，好在定县的冬天干冷少雨，路面是硬实的。要是遇上淋雨的秋日，到处一片泥泞，走起来辛苦得很。

丁英教授兴致很高，他第一次行走在异国的乡间小路上，未尝不是一种全新的享受。他是个高个子，步子很大，熊佛西虽早已习惯了走山路，也得大步疾行，才能跟上他的步伐。

"走起路来了，倒不是很冷。"丁英教授兴致很高，东瞅瞅西望望，鼻子早冻得通红，嘴里不住地呼出热气。走了几十分钟，他的步子明显放慢了不少，毕竟近两个多小时的山路，对他绝不是一次太轻松的

第六章　定县模式　我以我血荐轩辕

旅行。

"生命在于运动嘛。"熊佛西说，走得还真有点热了，他也慢慢放慢了脚步。

"我们已走了一多半了。"旁边一位同行的平教同事提醒道。

"我能坚持走完。"丁英教授说，"我的心里可没有畏难哟，只不过是我的双腿有点疲倦了。"他无可奈何地耸了耸肩。

大伙儿哈哈大笑起来。

熊佛西抬头望了望前边，和定县冬天大多数日子一样，今天是个阴天，到处是若有若无的雾气。这是一年中最安静的季节，没有鸟鸣虫啁，没有流水喧腾，只有呼呼刮着的北风，带给人一阵凛冽的寒气。

一行人紧赶慢赶，终于在黄昏时分赶到了东不落村。

老远就有人认出了熊佛西一行，热情地围上来打招呼：

"熊先生来了。"

"熊先生辛苦了。"

……

大家好奇地看着丁英教授。他们可是头一次看见蓝眼睛黄头发的外国人，都激动不已。

"晚上的演出准备得怎么样了？"熊佛西问身边的一位青年农民。

"戏台早布置好了。"青年农民兴奋地说，"这会儿村长正带着大伙儿准备照明的火把呢。剧场里已经围了许多人，附近几个村子里的人都赶过来了。"

青年农民一脸的自豪，说话的同时热情地邀请熊佛西一行到他家坐一坐。

看看时间还早，大伙儿也走得有点累了，熊佛西便欣然同意到青年农民的家中休息一下。青年农民见客人同意了，兴奋得像捡了金元宝似的，叫路边的一个人跑回去叫家里人烧茶，自己则在前边带路。

丁英教授喝了几口热茶，吃了几片农民自制的点心，身上的疲劳顿时减少了不少。见熊佛西还没有走的意思，他便站起来催促："佛西，我们走吧，休息好了，去看戏吧。"

　　熊佛西看他着急的样子，也站了起来，真诚地向农民道了别，走出院门，快步向剧场走去。

　　一路上，许多认识熊佛西的农民都热情地打着招呼。前段时间熊佛西深入到农村采风，这段时间东不落村修建露天剧场，熊佛西又常常亲自到这里来指导督促，有时还挽起袖子和大家一起劳动，农民们和他早就熟悉了。

　　剧场建在村子中央，原来是村子里神庙所在的位置。为了修剧场，神庙被拆了。

　　熊佛西一行远远地就看见场子里人头攒动，像赶集一样，热闹非凡。

　　熊佛西心里很高兴，看来平民戏剧运动是真的深入人心了。

　　"看来刚才那个青年农民说的倒是真话，来的人真不少啊。"同行的平民戏剧部的一位同事兴奋地说。

　　丁英教授虽不住地点头，口里也连连称赞，但对农民演出话剧，他心里还是表示怀疑。

　　走进剧场，入耳的便是混乱的说话声。许多农民早早就来了，搬着自家的长条木凳，选择了最有利的观看位置。

　　演出还没有开始，相邻的妇人便不住地拉着家常；男人们没有事，四下里乱走；小孩子在人群中兴奋地钻进钻出。偶尔还有不知是谁家的狗，摇着尾巴在人群中穿梭。

　　熊佛西领着丁英教授一边在剧场四周走了一圈，一边详细地向他介绍剧场修建的情况。

　　"熊先生，你们中国的农民真了不起。这个剧场很好，除了没有屋顶，没有固定的座位，其他的与西方剧院没有什么太大的区别。我真不敢相信，这是中国农民自己修建的剧场。"丁英教授由衷地感慨道。

　　"农村的条件有限，我们只好因地制宜，照我们中国的话说，这就叫幕天席地，天做屋顶，地做椅子，倒更有一番情趣。"熊佛西笑着说道。

天渐渐黑了下来，场子里已经围满了人。粗略估算了一下，场子里有三四千人，有很多是打着柏皮火把，从其他很远的村子拖家带口过来的。

丁英教授万万没想到，农民们对话剧是如此喜爱。他的心中不由得涌起一种神圣的使命感，对今晚的演出也满怀期待。

剧台上的汽灯已经明亮地燃了起来，村长对熊佛西一行谦恭地说道："熊先生，请你和美国客人到前边去坐吧，演出就要开始了。"

"好吧。"熊佛西爽快地答应了，然后和丁英教授及几位同事一道，与村长一起走到早已为他们准备好的座位上。

大伙儿坐下了，村长还一脸微笑地站在一边。熊佛西微笑着叫过他，问道："村长，演员们准备得怎样了？"

"熊先生放心，保证让美国友人满意。"村长回答。

"那你到台上忙去吧，为了不影响演员们表演，我就不去见他们了。你去告诉他们，让他们像平时一样正常地表演就行了，不用担心。"

"好咧，我这就去。"

村长一边不住地点头，一边从人群中挤了出去。

台子后面响起急促的锣鼓声，刚才还嘈杂的剧场里顿时安静下来，众人一齐望向戏台。

灯火中，一个中年演员健步走到戏台正中，只见他双手抱拳行了一个礼，朗声道：

"在座的各位父老乡亲，请大家安静，演出马上就要开始了。婆姨们请管好自己的细娃儿（方言，小孩），不要搞丢了；老少爷们儿请熄掉自己的叶子烟，别呛到其他人；拢火的老爷子，注意别把衣服燃着了；大伙儿的私房话，也请演出结束了才说……"

台下的观众都笑了起来，但这笑声像卷过一阵风，很快就消失得无影无踪。

熊佛西和几个同事也笑了，这种地道的农村方言的报幕方式，倒真的很有趣。

那中年演员清了清嗓子，继续说道："今天晚上，我们演出的是熊佛西先生编写的话剧《过渡》，请大家欣赏……"

台下响起了热烈的掌声。

这时，只见灯光忽然一暗，只有两侧的汽灯灯光转向了台下。紧接着，戏台后面传来一阵低沉的"喊号子"的声音。随着一群喊着号子的船工踏上台来，灯光慢慢回到了舞台。伴随着一群踏着号子节拍走上来的劳动者，台上的灯光又重新明亮了起来，展现在观众面前的是热火朝天修桥的场景：有夯木桩的，有扛木头的，有赤膊跳在江水中稳桩子的，有挑土的……每个演员都按照剧情的安排全身心地投入表演……

这其实就是他们生活中经常做的事。只不过今天晚上，他们把自己劳动的场景搬到了舞台上，每个人的表情都是那么自然、逼真，动作是那样熟练、流畅，他们似乎忘记了这是表演，而是真真切切的劳动场景。

台下的观众完全被带到了剧情中，全都凝神屏气地观看着，似乎早忘了数九寒天的冰冷。他们的心也投入到了这修桥补路的场景中。

熊佛西被农民演员率真的表演深深地打动了。他没有想到，这些识字不多的农民演员，会把他的剧作演绎得这样生动、传神。

坐在旁边的丁英教授，也是一副聚精会神的样子，显然，他已沉浸在剧情中。

随着剧情的发展，台上布景逐渐开始变得轻快，观众们的情绪也随之改变。当台上的胡乡绅为了自己的利益，想出种种奸计，阻挠木桥的修建时，人群中有许多人咬牙切齿，咒骂不断……

这些淳朴的农民，已经完全被剧情感染，他们的感情完全随着人物的命运、情节的起伏或喜或悲。

胡乡绅的奸计终于被揭露，正义最终战胜了邪恶。话剧在雄壮的号子声中徐徐结束。当演员们站成一排，集体向观众们谢幕时，刚才还浸沉在剧情中的农民这才醒过来，热情鼓起了掌。

第六章 定县模式 我以我血荐轩辕

经久不息的掌声，像冬夜里划过的一记惊雷，那么热烈，那么激动人心。演员们一连谢了几次幕，观众们的掌声才渐渐平息。

熊佛西带着丁英教授走上前台，与演员们一一握手，祝贺他们演出成功。看着这一张张淳朴的笑脸，握着这一双双布满老茧的双手，丁英教授才不得不相信，正是这些淳朴的农民，贡献了刚才那么一场精彩绝伦的演出。

……

"熊先生，你真是太棒了！今晚的这场戏，让我不得不佩服勤劳智慧的中国农民。他们在劳动之余，修建了如此漂亮的剧场，还奉献了如此精彩的演出，能让几千人完全进入角色，这在中国乃至世界的戏剧史上，都是一个奇迹。我为自己能有幸见证这个奇迹而感到万分荣幸。"演出刚刚结束，丁英教授就紧紧地握住熊佛西的手，神情激动地说道。

"丁教授，能得到你的肯定，我们平民戏剧部感到无上荣光。"熊佛西谦逊地说道。

……

回到美国以后，丁英教授在自己的学术著作中专门加入了关于中国乡村戏剧运动的内容。同时，他还专门写信给美国洛克菲勒基金会人文部，信中写道："……我最近在中国看了平民教育促进会在乡间演出的话剧《过渡》，是由农民演出的。那种演出的艺术和剧情的生动，远超我在美国、苏联等国所见到过的任何一场演出……"最后，他诚恳地希望洛克菲勒基金可以帮助中国平民教育运动，帮助中国乡村戏剧运动。

8

"目前在定县的工作，可以说是渐入佳境，平教同人所倡导的文字、生计、卫生、公民四大教育也初显成效，想必不久后的一天，我们就能彻底摘掉压在中国数亿农民头上的愚弱贫私的帽子了……"

会议室里，晏阳初说得精神振奋，双目炯炯有神。

"相信平教会的工作和探索，会给我们衰微的中华民族开出一剂救世的良方！"孙伏园不失时机地插话。

"但从现在来看，公民教育的路还很漫长啊。"陈筑山深有感触地说。

"是的，公民教育是四大教育中最庞杂的，见效也最缓慢。"晏阳初赞同地点点头，"因为，公民教育融合在其他三大教育之中。"

"那是自然，要不是困难，也不会找你这位前政府高官来负责喽。"孙伏园打趣道。

"就中国农民的现状而言，农民失去了识字的权利，又一生束缚在土地上，祖祖辈辈因袭，使他们大多养成了自私、保守、狭隘的小农意识。要改变一个人的精神，使他们成为一个新的公民，是需要时间的。"陈筑山沉默了一下，说出了自己的想法。

"是啊，识字、卫生、生计教育，现已在全县搞得如火如荼，而公民教育收效却不明显。按照平教会的设想，公民教育是培养农民团结、协作、自治、奉公、守法的精神，让他们从过去自私、愚昧、混沌的状态中走出来，让他们热爱中华，振奋精神，做全新的公民。"孙伏园长叹了一口气。

晏阳初从座位上缓缓站了起来，深情地说道："平教总会搬到定县后，公民教育随即展开，合作社的建立农民剧社的演出、保健制度的确定、表证农户的培养……这些，莫不渗透着平教同人的心血和付出。但这种教育是蕴含在其他三大教育模式中的，一个人精神境界的深化和转变，是属于意识范畴的，效果一时很难显现……"

望着窗外，晏阳初语速放得缓慢，却又神态坚定地说道："对于现在的中国，有没有一个好皇帝并不重要，但是，是不是一个好县长却是大事。"

"生计、卫生、识字教育都在顺利开展，而公民教育却相对滞后，问题症结并不在平教会，而在于腐败昏庸的县政府。定县的政府贪污盛行，不少官员鱼肉人民，而人民敢怒不敢言。各种苛税繁多，农民虽说丰产丰收，可缴了政府的税款也剩不了几个。合作社的实行，让地方官员劣绅觉察到了威胁，为了保护既得利益，他们甚至纠集人到平教总部

第六章 定县模式 我以我血荐轩辕

闹事。单是平教会推动的自下而上的乡村改革,都是困难重重。为了更好地实现全民富裕的理想,必须实行县政改革。"

"这条路,我们一定要走下去……"晏阳初坚定地挥了挥手臂。

……

为了在这条路上坚持走下去,晏阳初和同事们历经了千辛万苦。

时光回溯到 1931 年,南京黄埔路官邸,刚刚完成了全国形式上统一的南京国民政府委员长蒋介石握住了晏阳初的手,满面春风地说道:

"晏先生,得知你和你的同事正在为改造中国乡村而努力,而且现在已卓有成效,实乃我民国之幸啊!"

旁边的宋美龄也笑吟吟地和晏阳初打招呼。

刚刚在形式上统一了全国的蒋介石看了平教会的专题报告,对晏阳初在定县实行的乡村改革运动很感兴趣,于是派亲信张治中亲自到定县考察。

张治中深感于平教人全心为民的忠贞,亲眼见到了定县的平教试验,回去后如实作了详细的报告。蒋介石了解情况后,陆续派了许多人前往定县参观学习,反应都很良好,遂电邀晏阳初赴南京一谈,晏阳初欣然前往。

"谢谢委员长的夸奖,阳初不胜荣幸。这是一个有良知的中国人应该做的事,不值得委员长夸奖。"晏阳初微笑着回答。

这天晚上,晏阳初和蒋介石夫妇一直谈到深夜。他们对晏阳初的设想很感兴趣。蒋介石是个寡言的人,常常是宋美龄在旁边插嘴,问一些她想知道的细节,晏阳初都如实回答。

很晚了,在侍卫再三的催促下,蒋介石夫妇二人才将晏阳初送出门。

这一次,晏阳初在南京盘桓了数日,与蒋介石进行了三次长谈。后来宋美龄又致电晏阳初,极力称赞平教会的工作,并一再强调,希望平教会在民众组织与训练上,一定要抓紧,早日为全国摸索出一条切实可行的道路来。

由于当时的特殊形势,国民政府对中国北部的约束力不强,晏阳初最初的县政改革理想也暂时搁置了。

9

1932年秋天，早过了收获的季节，田野里一片荒凉的景象，北雁也开始南飞，天空和田野里一片空旷和安静。

一个阴沉干冷的下午，晏阳初、陈筑山、孙伏园一行，沿着定县灰尘满天的土路，步行到火车站，去迎接专程到定县来考察的内政部副部长甘乃光。

甘乃光，广西岑溪人，辛亥革命元老甘绍相之子，时任国民政府内政部政务次长。此次受国民政府的委派，在全国各地视察，希望找出一个能实现孙中山先生提倡的自治理想的地方，切实可行地推行三民主义。

按照预定行程，甘乃光将在定县逗留一天，重点考察平教会的乡村试验工作。

甘乃光只带着一个副手，轻车简从，径直来到设在定县的平教总部。在晏阳初等人的陪同下，他一边参观平教总会的办公地点，一边听取晏阳初和各部主任的工作介绍。

平教运动的影响，早已全国闻名，甘乃光也早已听说。这次亲临定县，才真正感受到了平教同人无私为民的精神。听着晏阳初的介绍，甘乃光一直不住地点头。这里主要负责的同志，不是当时的知名学者，就是曾经的政界名流。甘乃光暗暗心折之余，更多的是感激和敬佩。这些人远赴定县，从不以自身功劳夸矜于世，甘愿默默地做最平凡的事，这与当时那些蝇营狗苟、稍微有一点成就就大肆吹捧的名利之徒，真有着天壤之别！

甘乃光每到一处，正在埋头工作的人便会抬起头来，友好地冲他微笑，随后便又埋头继续工作。甘乃光已走遍北方大半省份，每到一处，当地人都是夹道欢迎，更有吹捧之人，趋之若鹜，唯恐照顾不周。这是第一次，在定县平教总会所在地，没有夹道欢迎，没有鲜花掌声，每个人如往常一样,按部就班工作着,这种务实的工作作风,让甘乃光感慨万千。他侧过身对陪同的晏阳初说:"晏先生,平教同人勤奋努力、一心工作的态度,鄙人深受感动,定县农民有你们的帮助,实乃定县之福啊!如放之于整个中华民国,则革除鄙陋,革故鼎新,民族之兴旺,何愁不成功!"

"甘部长过奖了。"晏阳初谦逊地微笑着,"定县的平民教育试验如果成功了,便准备在全国范围内推广,到时候还得倚仗次长的大力支持。"

"一定,一定。"甘乃光连连点头,又沉吟了片刻,转身吩咐身边的副手:"你把我的行程改动一下,我准备在定县多逗留几天,到乡下实地去看看,学习一下平教会的经验。"

"这?行程可是安排好了的,不好改动。"副官有些为难。

"就这样定了,你马上去协调此事。"甘乃光说完又转过头来,一脸微笑,"晏先生,可得辛苦你了,陪我到农村去看看。"

"乐意为次长效劳。"晏阳初爽快地答应了。

定县的残秋,北风一阵紧似一阵地刮着,如果不是有要紧的事,是没有人愿意到野外去承受这冷风吹刮的。甘乃光兴致很高,走了西边去东边,去了南边走北边,几天视察下来,虽然浑身疲惫、满脸尘土,却掩饰不住心头的喜悦。虽然他早对定县农村的良好情况有所了解,可眼前的实情却远比他想象中的要好。

"晏先生,依我看,目前定县乡村的建设,是远远优于其他地方的。你们的乡村教育工作,卓有成效啊!"一路上,甘乃光称赞不已。

"哪里,哪里!"晏阳初客气地回答。

"这样吧,晏先生。"甘乃光看了看身边唯唯诺诺的定县地方官员,"我得去应酬一下,晚上我们秉烛长谈?"

"好啊,我还想请次长提出宝贵意见呢。"晏阳初喜出望外。

"那一言为定,晚饭后,我叫人来接你。"甘乃光一边说一边随定县官员往外走。

"我自己来就是了。"

说老实话，晏阳初很少让别人接送，就连以前张学良送他的小轿车他都转手卖了。

"还是来接你吧，"甘乃光笑了，"你就委屈一下，现在我都不知道晚上住哪里呢。再说，你陪我转悠了几天，也累了。"

"那……好吧！"晏阳初算是勉强答应了。

……

天黑了，晏阳初跟着副手来到甘乃光下榻的旅社，四下一片寂静。甘乃光早叮嘱了地方官员，让他们不得吵闹拜访。晏阳初心里觉得很温暖，这个甘次长看来是个干实事的人，他的身上没有一般官员的世侩和庸俗，这一点让晏阳初感到欣慰。

副手轻轻推开门，昏黄的灯光下，甘乃光正在翻阅一份文稿，见晏阳初来了，满面笑容地站起来招呼道："晏先生，来来，这边请坐。"

两个人分宾主坐定，副手给两个人沏上茶，便掩上门轻轻出去了。

"晏先生，"甘乃光站了起来，左手捧着茶杯，右手托在书桌上，灯光在墙壁上投出他淡淡的身影，"几天亲临乡村教育工作，让我受益匪浅。但我觉得，你们下一步的试验，委实是有诸多困难……"

甘乃光不愧是政府官员，眼界高远，一语中的。

"阳初愿听指点。"晏阳初微笑道。

甘乃光看了晏阳初一眼，也坐了下来，轻轻笑了一下，道："晏先生，你们这里的社会建设实际且卓有成效，但我总觉得，还有不完善的地方……"他喝了一口茶，"打个比方，你们平教会在定县的试验就像在造一张八仙桌。"

"此话怎讲？"晏阳初倾过身子，对他这个新奇的比喻很感兴趣。

"现在，这张八仙桌有了三条腿，这三条腿是文化、经济和卫生，你们还缺第四条腿。"

甘乃光说完，把身子向椅背上靠了靠，定定地看着晏阳初，等待着他的回应。

"这第四条腿我们早就在造了。"晏阳初直了直腰,"这就是公民教育,它其实一直融合在另外三条腿中。"

"是吗?"甘乃光沉吟了一下,"恕我直言,我以为这第四条腿就是政治,你们全是自下而上的改革,有时阻力是很大的,这必将延缓你们的既定目标的实现。"

甘乃光的话算说到了晏阳初心坎上,晏阳初感叹地点点头。

"比如说,你们的合作社,你们的信用联社,会危及一小撮人的利益,这些人要么是土豪劣绅,要么是当地官僚,他们一定会起来反对你的计划。我刚才听本地官员说,有些曾聚集起来反对你们平教会。"

"是啊,他们还说要打倒我晏阳初。"晏阳初自嘲道。

"不用说,这准是那些土财主们搞的鬼,不过,也看得出你们遇到的阻力不小。这些恶势力来头可不小。"

晏阳初点点头,站了起来,走到窗前,望着外面漆黑的夜空,他的语气变得深沉。

"是啊,在积弱积贫的中国,要实行一项于国于民有益的改革,困难远比想象中大得多,腐朽势力总会找出种种理由来刁难。这些年虽坚持下来了,但我有种体会,每前进一步,都是和着血和泪。就因为如此,平教会的同人才更加珍惜难得的成功,这也是我们每天躬行努力的动力!"

甘乃光对眼前这位身材不高的中年人,不由得生出深深的敬意。等晏阳初说完,他插话道:"晏先生,今天晚上约你,我就是想和你谈谈第四条腿的问题。"

晏阳初使劲摆了摆头,驱赶心中晦暗的情绪,说道:"好啊,我也正有此意呢。"

这个夜晚,窗外的风好像变得温柔了许多,像是怕惊扰了屋子里长谈的两个人。

经过坦诚交流,两个人最终达成共识,等甘乃光回到南京后,在即将召开的全国内政会议上提出方案,决定在各省设立县政研究院,并将定县作为试验县，推行县政改革试验。

一个月后，中华民国第二次全国内政会议如期召开。会议通过了甘乃光的提案，并委任晏阳初为河北省县政建设研究院院长，授权晏阳初推荐试验县政府的工作人员。

消息传到定县，平教总部莫不欢欣鼓舞，这下终于可以在定县大刀阔斧地推行公民教育了。没有了地方官绅等恶势力的阻挠，平民教育的前途一片光明。

10

春寒未退，北方的原野还是一片萧条之象，晏阳初便奔赴省城，与河北省主席于学忠商谈成立县政建设研究院并批准定县为试验县的问题。

于学忠，字孝侯，山东蓬莱人，系东北军著名将领，为张学良之左膀右臂。后来在抗日战争中参加淞沪会战、台儿庄战役、武汉保卫战等，立下赫赫战功。

出发前，大家对前途想得太过完美，满以为有了南京国民政府的文件，事情会十分顺利。没想到，这次省城之行却碰了个软钉子。

此时北方仍由东北军阀张学良统辖，政令上并不大接受政府的指示。于学忠是东北军将领，也曾是晏阳初在东北军中进行识字教育时的学生，表面上对晏阳初的来访礼节周到，但对他的提议却总是借故推诿。

等了几天没有动静，晏阳初只有硬着头皮去拜访张学良。从上次婉拒少帅的挽留后，他便再没有与少帅见过面。

听说是晏阳初来访，张学良连忙派人迎接。礼节周到，晏阳初却分明感觉到了少帅对他的冷漠，不过他并不在意。互致问候后，晏阳初直接说明了来意："少帅，今天打扰，乃是为县政建设研究院和试验县的事情而来。"

"这个我已经知道。"张学良点点头，显然于学忠已向他汇报过。

第六章　定县模式　我以我血荐轩辕

"蒙国民政府垂爱，阳初勉受县政建设研究院院长一职，现请示少帅，希望你允许将定县辟为县政改革试验县。"

说完，晏阳初神色平静地看着张学良，等待他的答复。

"好吧，我问问下边。"张学良点点头。虽然晏阳初曾经拒绝了他的邀请，想起来心里不很痛快，可私下里张学良还是挺佩服眼前这个人的。从他消瘦的面容可以看出，他一直在不停地奔走。现在既然找上门来了，自己可得帮他一下。

当着晏阳初的面，张学良摇通了于学忠的电话。一阵交谈过后，张学良放下电话，对晏阳初说："晏先生，事情基本上定下来了。不过，你还得按规定办事，河北省是委员制，你的提议需要各位委员同意了方可。"

"好吧。"晏阳初谢过张学良，又匆匆赶往省府大楼。

按省政府的办事效率，此事得几个月才能定下来。晏阳初与于学忠恳谈后，又分别与八位委员谈话，见他们都同意后，才离开省府，匆匆赶回定县。

1933年5月，河北省县政建设研究院终于在众人的期盼中成立了。

成立这天风和日丽，定县上空艳阳高照，每个人脸上都是掩饰不住的喜悦。兴奋的话语中全是对未来美好生活的憧憬。这天晚上，究竟有多少人喝醉了酒，估计谁也计算不出来，反正城东卖小酢酒的萧老汉，囤积多年的白酒卖光了，兴奋得梦里都呵呵直乐。

在晏阳初的斡旋下，平教总会社会部教育委员会主任霍六丁被推荐为定县试验县县长。几天后，霍六丁带着自己挑选出的一批有志于县政改革的人士走马上任。

霍六丁（1902—1982），原名鸿昌，字陆亭、六丁，以字行，汝南县板店乡小霍庄人。幼读私塾，13岁考入省立汝南中学。18岁考入河南省留学欧美预备学校，结业后赴美国留学，攻读教育专业，获硕士学位。回国后被河南省教育厅委任为河南第一中学校长。1929年，改任开封女子师范学校校长，兼河南大学外语教授。后应晏阳初之聘，到河

377

北省定县中华平民教育促进会农村试验区任社会教育部主任。他依托平民学校毕业同学会，广泛组织农村青年学习文化，颇有成效。

霍六丁上任后，将县政府原有的四局两科合并为民政、财政、教育、经济、公安五科，进行合署办公，提高了办事效率。同时，以县民总动员为基础，以县政府为中枢成立了县政委员会、乡镇建设委员会、公民服务团三级组织，从兴办教育、改良农业、流通金融、提倡合作、公共卫生、移风易俗等方进行了全方位改革。经过大刀阔斧的改革，短短几个月，定县的县政就有了翻天覆地的变化，官府不再是骑在农民头上作威作福的统治者和剥削者，而是尽力为民办事的机构。定县的土豪劣绅全缩起了张扬的头，吸毒赌博之风得到了全面遏制，治安案件大幅减少。霍六丁还带领一批人，集中处理了前任留下的冤假错案，还了老百姓公道。

定县的天空，比以前更加明朗美丽了，人民安居乐业，政府恪尽职守。几千年来老百姓与官府的对立情绪，也逐渐烟消云散。

全国各省纷纷成立县政研究院，并来函来电邀请晏阳初前往指导工作。短短几年中，浙江、江苏、山东、四川等十余个省份，均先后开辟了试验县。

平教运动，在全国已成燎原之势，蓬勃向前发展。

11

北方的7月，原野上已是一片盛夏的景象，林木蓊郁、田野葱绿。晏阳初提着公文包，随着熙熙攘攘的人流，匆匆走出邹平火车站。

邹平是山东一个小县城，也正是梁漱溟的试验区，在平教总会的倡导下，邹平目前正在实行县政改革试验。在晏阳初、梁漱溟等各界社会名流的呼吁下，全国乡村工作讨论会将于这个火热的7月在邹平召开。

虽然是第一次到邹平来，但晏阳初无心赏景，匆匆走出车站，连邹平迎接他的牌子都没看到。

"晏先生，晏先生！"晏阳初忽然听到身后有人喊，愕然转过身，见到的是一张热情的脸，正是平教总会派驻邹平进行县政改革的同事。

"晏先生，和你打招呼，你没听见。"同事高兴地握住了晏阳初的手。

"呵呵，我正在想问题，没注意。"晏阳初也热情地伸出手。

"呃，对了，其他与会的同志来了吗？"晏阳初紧跟着问了一句。

"差不多都到齐了，燕京大学、南开大学、齐鲁大学，许多大学的代表都报到了，有六十多人吧。"

晏阳初正要再问什么，身边传来一个欢悦的声音："阳初兄，你可迟到了哟！"说话者是梁漱溟。

"抱歉，抱歉，杂事缠身，启程迟了些，幸好赶上了明天的会议。"晏阳初哈哈大笑着。

晏阳初、梁漱溟两个人紧紧握住了手，然后肩并肩在阳光中说说笑笑地向旅社走去。

1933年7月14日，会议在邹平如期举行。代表们早早地就来到大礼堂，会议还没有正式开始，代表们小声地谈论着本次会议的内容。全国乡村工作讨论会，参加的代表不是各大高校的教授，便是社会名流，大家齐聚一堂，为的就是讨论出一条适合中国国情的乡村发展之路。更主要的是，推介和完善平教总会的乡村教育经验。

大会在亲切而坦诚的氛围中进行着。屋外，是炎热难耐的酷暑天气；屋内，是真诚而睿智的交流的场景。

晏阳初在大会上作了主题发言，发言快结束时，他突然提高了音量。

"回顾我十多年为平教事业奔走的经历，感触良多。要改变中国的乡村，改变农民生活的困境，我们就不得不注意一个重要原则：生活是一个完整而互相关联的有机整体，不要把它划分为各自独立的部分。我们一直在谈论中国乡村愚、贫、弱、私四大病根，但它们不是孤立存在的，而是有着内在联系……

"贫穷是引起疾病的一个原因，疾病和体弱是经济上的浪费，从而导致贫穷。反过来，贫穷和疾病又是愚昧无知的结果。除非出现一个有效的由人民参与的政治制度，否则，要在文化、经济、卫生等方面取得持久成效是困难的……

"当谈到社会改造的四个方面时，我们应该认识到这不是彼此分离的个体，而是相互关联的生活的各个方面。教育、经济改造、公共卫生和自治政府彼此相关，互相依赖，任何一方面的成功都要依靠其他各个方面的成功……"

晏阳初讲完，台下响起了热烈的掌声。

会后，《大公报》记者找到晏阳初，对他进行了采访，并与他商议，在《大公报》上每月发两期《乡村建设》副刊，以利于休会期间，各地代表进行学习和交流。晏阳初愉快地接受了。

第一次全国乡村工作讨论会结束后，平教运动的声势更加壮大了。四大教育已在全国各个省份蓬勃展开，加之报纸等媒体的推波助澜，许多以前不了解平教运动的人也认清了平教会的宗旨，越来越多的人开始关注和支持平教会的乡村改造运动。

美国著名记者埃德加·斯诺也被这股热潮所打动，给晏阳初去了一封热情恳切的信，表达了他将到定县采访晏阳初和他领导的乡村教育运动。

埃德加·斯诺，生于美国密苏里州，美国著名记者，系第一个采访红区的西方记者，著有《红星照耀中国》(《西行漫记》)等作品。抗日战争爆发后，任《每日先驱报》和美国《星期六晚邮报》驻华战地记者。新中国成立后，曾三次来华访问，并与毛泽东主席见面。1972年2月，因病在瑞士日内瓦逝世。遵照其遗愿，其一部分骨灰葬在中国北京大学未名湖畔。

……

乡村十月，是最让人感到幸福的。辛苦了一个春夏的农民们，终于等来了收获的季节，心里像盛满了蜜，一股一股地往外溢。这时候，如果到乡村去走走，你可能会碰到热情的老农乐呵呵地和你谈春播、夏耕，他们的方言你也许听不懂，可他们那从里往外洋溢的幸福之情，会把你的心融化掉。

第六章 定县模式 我以我血荐轩辕

初次踏上定县这片热土的美国人斯诺,就被这股沸腾的喜悦完全融化了。

斯诺自有他作为世界著名记者的独特的工作方法,在和晏阳初进行了短暂的交谈后,便直接提出要求:"晏先生,我想到你们的试验乡村去看一看,去哪里,我自己决定,好不好?"

晏阳初微笑着点头答应,用英语愉快地和他交流。晏阳初在美国生活过多年,非常熟悉美国人的处事方式,他们只相信自己亲身经历的事情。

晏阳初陪着斯诺,斯诺的访问日程只有一天,晚上得赶回定县。于是在斯诺的随机指向中,晏阳初陪他访问了离县城不远的几个村庄。

每到一村,晏阳初都不通知任何人,只是陪着斯诺,做他的向导和翻译。斯诺的汉语不太好,定县的方言他更是一窍不通。

天很晚了,两个人才回到县城,在和斯诺道别后,晏阳初正要回家休息,斯诺对他说:"晏先生,定县的农村和我到过的中国其他的农村很不一样,我准备明天再去走走,可以吗?"

黑暗中看不清斯诺的眼神,但他的话语中透着真诚。

"非常欢迎,"晏阳初用英语飞快地回答,"你能在定县多待几天,那是我平教会的荣幸。"晏阳初心里非常高兴,这个美国人看来是真的对平教运动感兴趣。

"好的,明天不见不散。"晏阳初愉快地说了一句定县方言。

斯诺在定县一待就是四天,记录了满满的一大本,离开的时候,他和晏阳初已成了好朋友。

离别时,斯诺用中国人的方式紧紧地握住了晏阳初的手,说:"晏先生,几天的经历,我好像在梦里一样。你领导的这一项伟大的乡村改革运动,不光在贫穷的中国有巨大的功效,放到世界上任何一个国家,这一运动都是行之有效的。你卓越的领导力、有远见的眼光、雄辩的口才,让人心折……。"

"斯诺先生过奖了。"晏阳初微笑着说道。面对称赞,他是一笑了之。

晏阳初接着说道:"我的理想是在有生之年,改变占中国近八成的苦役力的生活状况,则毕生心愿足矣。"

斯诺频频点头。

回到美国,斯诺在《纽约星期日先驱论坛报》头版发表了题为《唤醒中国民众》的文章。文中他详细介绍了在中国乡村开展的平民教育试验,称赞平教运动是一场改变乡村的伟大运动:"这一试验一旦成功,一个崭新、富强的中国将屹立在世界东方。""这一运动也必将引导世界其他国家和民族走上富民强国之路……"

越来越多的国家开始关注在古老的东方进行的这一场全民教育运动。平教会的事迹,也频繁出现在世界各国的报刊上。晏阳初和他所领导的乡村改造运动,正逐渐受到世界各国的关注,更多的人直接来到定县参观访问。许多援华的慈善基金会,也把平教总会作为在中国投资的第一选择,一直在华捐资的洛克菲勒基金会,在短短的三年中便捐款一百万美元之巨,用于帮助平教会进行公民教育。这些资金的注入,加速了平教会在全国推进平民教育运动的步伐。

12

1937年7月7日夜,日寇在卢沟桥与中国守军发生了正面交火。至此,日本经过多年的战略准备,打响了全面侵华战争的第一枪。日军朝野叫嚣,妄图在三个月之内亡我中华。

一时舆论哗然,中华儿女更是人人奋勇上前,坚持抗战,痛击日本侵略军,保我中华,寸土必争。

20世纪30年代,中国虽然人口众多,但军事装备远逊于日军,加之日军做了几年的战争准备,战争一开始,中国军队便处于劣势,处处被动挨打,节节溃败,东三省很快沦陷,大片国土处在日寇铁蹄的蹂躏之下。这个古老的国度,在纷飞的战火中痛苦地呻吟着。

国难当头,情况十分危急,晏阳初和平教会同人在艰难困苦中仍坚持定县试验不停滞,还特别加大了对农民的爱国教育和引导。

第六章　定县模式　我以我血荐轩辕

……

"这套《历史图说》,可以说是极大地弘扬了我中华民族的精神。我相信,这对定县农民的思想应该会有巨大的触动。"

陈筑山用手摩挲着新印制的还散发着油墨香气的新书,一脸兴奋地和孙伏园谈论着。

"是啊,中国农民大多思想保守、狭隘,不知家国之事,这次精选的四十七本书,可算是及时啊!"

两个人一边笑着,一边帮着把搬运来的新书码好。

他们忙碌了一上午,才将新书整整齐齐地码放在陈筑山办公室一角。

看了看屋子里的新书,两个人边说边往外走。走出屋子,陈筑山到门卫老人屋里舀了盆水洗了手,转身说:"走,我们去和阳初说说。"

"好嘞,他一定会很高兴的,明天让各地把新书领回去。要将这些能代表我中华民族精神的历史人物故事汇编成的书籍,发到农民手中,对他们肯定会有很大教益的。"孙伏园也很高兴,"只不过,时间有些仓促,不知我们文学部编写的是否合你的要求。"

"哪里,哪里的话,你们可帮了我们教育部的大忙,我感谢都来不及呢!"

两个人一边小声说话,一边向晏阳初的办公室走去。

听完了两个人的陈述,晏阳初放下手中的笔,略微思索了几分钟,才开了口:"这一套《历史图说》非常不错,但目前国难当头,日寇入侵我中国,强占东三省,成立伪满国,并挥师南下,妄图灭我祖国,我们要在爱国教育方面下更大的功夫……"

不等晏阳初说完,陈筑山插话道:"我们正在抓紧刊行《国难丛书》。"

一听,晏阳初很高兴。

陈筑山看了一眼晏阳初又径直说下去:"这一套《国难丛书》,我拟从中华五千年的英雄人物中选一部分,特别拿一到二册从各方面介绍近期战况,以激发民众爱国之心,大家同仇敌忾,共同抵制外辱……"

"这倒可以激发农民的爱国热情。"晏阳初点头赞许。

"我们要让民众明白一个道理，没有国家，哪有个人的富裕和平，哪有安定健康的生活。"

"是啊，皮之不存，毛将焉附？值此国难之际，每一个中华人都应扼腕鼓劲。筑山兄，我一定会帮助你尽快完成这套丛书的。"孙伏园望着陈筑山诚恳地说。

"那还用说，你不答应，我也会天天缠着你们文学部的人，直到你们答应为止。"陈筑山笑了。

"看来你们又有一段时间忙了。"晏阳初也笑了。

"忙是有点，可这样的日子，实在。"孙伏园举起右手在空中用力挥了挥，就和陈筑山一起告辞出门了。

很快一套十册本的《国难丛书》出版了，既介绍了中国历史上一些著名的爱国人物，如岳飞、文天祥、戚继光、郑成功，还从各方面介绍了近期战况，这对激发农民的爱国热情、提高抗日意识，无疑起到了很好的助推作用。

……

抗日战争越来越激烈，定县的人民蓦然发现，车站、大街上到处是从前线运送回来的伤员，说起日寇的滔天罪行，无不扼腕痛恨。

战争，就这样迅捷地进入了人们的生活，搅乱了人们平静的生活。

平教总会也转变了工作重点，积极救治伤员，大力加强爱国教育。一时全县民情沸腾，全县人民都加入到了抗日救国的浪潮中。

定县距前线不过几百公里，每天都有中国军队溃败的消息传来。最初的几日里，有人还痛哭流涕，悲痛万分。但随着战事的持续恶化，定县人民反而镇定下来，开始忙碌地救治伤员，帮助医疗队将他们转往更安全的大后方。这时候各地的青年农民也早已行动起来，纷纷组织了游击队。他们心里清楚，定县沦陷是早晚的事情，他们决定拿起枪来，用自己的鲜血和忠诚，来捍卫这片生养他们的热土。

早在抗战全面爆发之初，晏阳初和平教会高层便意识到，中日战争不可避免，而敌我力量悬殊，初期的战事，国民党军势必会节节溃败，定县终将沦入日寇之手。为使平民教育运动不致因战事而停滞，经平教总会商讨后决定，选择江西、湖南、四川三省持续巩固平教运动的成功经验，等抗战胜利后，再扩展到全国。

会后，平教总会领导分赴各省，与当地军政领导磋商，成立试验县，推进四大教育，提高民众素质。而定县总部只留下一部分人坚守教育阵地，直至战争的最后一刻。

晏阳初和孙伏园一行到了长沙，在湖南衡阳开辟了试验县，并与省府官员协商县政改革一事。

13

1937年9月25日清晨，由于头一夜睡得太迟，晏阳初从迷蒙中睁开眼时，眼前已是一片光明。楼下的街道上传来了小贩们阵阵的吆喝声，夹杂着小吃店里锅碗瓢盆碰击的声音。这各种声音里面，报童吆喝的声音最为清脆。

"卖报了，看最新战事新闻。"

"快来买报嘞，看小日本的嚣张气焰……"

报童的声音远远地传过来，又远远地散去。

晏阳初已经起床，匆匆地洗漱完，便悄立在窗前看大街上越来越多的人流。刚才报童的叫卖声让他的情绪有些低落，近段时间以来，报纸上是一条好消息也没有，国民党军一败再败，日军的气焰越来越嚣张，虽然战事之初，他对国民党军的溃败早有预料，却没想到会如此不堪一击……

想到这里，晏阳初心里便升起一种不好的预感。离开定县有一段日子了，不知道平教总部怎样，坚守的同事们的安危如何。

正想得入神，门外传来敲门声。晏阳初走过去打开门，门外站着孙伏园，手里拿着一份报纸。

"阳初，定县沦陷了！"

孙伏园神色凝重，语调悲怆。

晏阳初的脸色瞬间便暗了下去。

晏阳初只觉得心沉了下去，他最担心的事情终于发生了，而且来得这样快，他觉得自己的心在不住地颤抖。也难怪，定县是平教运动的第一个试验县。在那里，许多有志的平教人把他们的青春和热血洒在定县的沟沟坎坎上，而现在那一片热土却沦入了日寇的铁蹄之下。还有，平教总部仍在定县工作的同事们，他们安全撤离了吗？

好半天晏阳初才稳住神，从孙伏园手中接过报纸，一行醒目的大字一下子刺痛了他的眼睛。

"保定于24日沦陷，国民军队全线后撤，以期构筑新一轮防线……"

晏阳初一行行读下去，心也就更加冰凉。看来，定县是全境失陷了。

孙伏园心里很难过，他只是默默地站在一边，什么话都没说。

"定——县——失——陷——了——"

晏阳初缓慢地、声音低沉地说出了这几个字，像用尽了全身的力气。

旁边的孙伏园觉得有些心酸，想说几句宽慰的话，晏阳初已合上报纸，抬起头，恢复了往日的从容与镇定："伏园，有件事得麻烦你去做，这本来该我去的，但我现在脱不了身。"晏阳初苦笑了一下。

"是不是去接平教总部的同事们？你不用说，我一大早来找你，就是与你商量这件事的。"孙伏园接过晏阳初的话。

"一定要把他们安全地接出来，这些年来正是他们的无私奉献，才有了平教事业的迅猛发展。在危难的时候，我们一定不能丢下他们，他们是我们平教会的宝贝。"晏阳初神色很是坚定。

"好的，我马上动身北上，你在这里安心地做事，我一定会把他们接出来的。"孙伏园坚定地点点头，把报纸随手放在墙边的桌子上，飞快地走了出去。

"一定要把他们安全地接出来，伏园，辛苦你了！"晏阳初追了上去，和孙伏园并肩走在一起。

第六章　定县模式　我以我血荐轩辕

"你回吧,上午还有重要的会议呢。"孙伏园笑笑,"定县的事,有我去,你尽管放心。"

"那好,你自己也要当心。"

晏阳初停下了脚步,目送着孙伏园快步走下楼,他没有再说什么话。多年的同舟共济,彼此都了解对方的心意,很多话不用说出来,都已了然于胸。

当天上午,孙伏园就乘车北上,匆匆赶往定县。

车越往北,听到的消息就越让人担心,国民党军的战况总是让人沮丧。孙伏园的心里也就更加焦急担心,饭也没心思吃,一着急上火,嘴唇上都起了燎泡,火烧火辣地痛。

车到新乐车站便停下不能再开了,再往前几十公里,就是沦陷区了。

孙伏园匆匆下车,车站内到处是从沦陷区逃出来的百姓,还有痛苦呻吟的伤员。每个人都是一脸的悲愤,眸子里闪着仇恨的光芒。

一个手拄着拐棍的伤兵从孙伏园身边慢吞吞地走过,孙伏园马上跟上去,向他打听消息。

"老兄,前边的情况怎样了?"

伤兵看了孙伏园一眼,见他一脸的关切,约摸他可能有亲戚流落在沦陷区,便摇了摇头说:"糟糕得很,鬼子的火力太猛,我们的人根本抵不住,弹药也供应不上,我们一个团,几乎全拼光了……"

伤兵满脸的悲愤。

"定县情况怎么样了?"孙伏园着急地问道。

"早被小日本占领了。唉,小鬼子简直不是人,到处烧杀抢掠,无恶不作。老兄,如果你有亲戚在里边,八成也凶多吉少,你还是向后撤吧,说不定,几天过后,这里也会被小日本占领……"

伤兵一边说,一边慢慢地向车站走去。

孙伏园心乱如麻,呆呆地看着车站里来来往往的难民,心里难过到了极点。忽然,一个小孩放声大哭起来,紧接着,许多小孩都大哭起来,许多人在默默地流泪。

387

"哭什么哭,小鬼子再狠,只要我们团结起来,总有一天会杀尽这群畜生的。"人群中一个青年大声喊道。

果然,大人们都止住了悲声,还忙哄住啼哭的小孩。

孙伏园听见那个声音是定县方言,便挤了过去,想向他打听情况。

还没走近,青年先向孙伏园打招呼:"孙先生,你怎么也在这里?"

原来这个青年是平教运动中的学生,认识孙伏园。

孙伏园拉住他的手走到一个僻静的角落,问道:"你是从定县出来的吧。"

"是啊。"青年点点头。

"那里情况怎样了?"孙伏园急切地问。

"被小鬼子占领了。"青年一脸的悲愤,"小鬼子不是人,架起机枪扫射手无寸铁的村民,许多村民都倒在了血泊中。我年迈的爹娘也死在了他们的屠刀之下……"青年语调悲怆。

"要化悲痛为力量,只要我们大家齐心协力,就一定能打垮鬼子,向他们清算这一笔血债。"孙伏园拍了拍青年的肩膀,双目含泪。

"平教会的先生们大多安全地撤离了定县。"青年学生顿了顿,"孙先生,你不要再过去了,那里危险得很,敌人在空中四处扔炸弹。再说,平教会的那些先生们撤出来后,大部分去了陕北,因为他们听说那里的共产党是专门打鬼子的。"

孙伏园松了一口气:"那我就放心了。"

孙伏园看见眼前这青年一身的灰尘,双目深陷,显然在逃跑的路上吃了不少的苦,便关切地问:"你今后打算怎么做,要不,干脆随我去湖南怎样?"

青年脸上露出难得的微笑:"不了,孙先生,和你告别后,我马上就要返回定县。"

"返回定县?那里不是被鬼子占领了吗?"孙伏园吃惊不小。

"鬼子虽然占领了县城和铁路一线,"青年笑着说,"但广大的乡村还在我们游击队手中,绝大部分青年特别是你们的学生,大多加入了游击队。我也是才听到这个消息，正准备马上回去，不承想在这儿遇见了你。"

"我们要用鲜血和忠贞来保卫我们家乡的每一寸土地，决不让小鬼子得逞。"青年一脸的坚毅。

"是啊，我们要用鲜血和忠贞来保卫我们家乡的每一寸土地！"孙伏园大声重复了一遍，"现在，中华民族到了最危急的关头，我们每一个中华儿女，都应该拿出我们的实际行动。"

青年点点头，说："孙先生，你们放心，这几年的学习让我们明白了许多道理，我们定县的热血青年，一定会用鲜血和生命来捍卫自己的家乡。"

孙伏园没再说什么，只是激动地握着青年的手。

"我走了，孙先生，后会有期。"青年松开了手，对孙伏园展颜一笑，转身朝车站东边走去。

孙伏园呆呆地站在那里，心中波涛汹涌：看来，几年的平民教育中，爱国主义情操已经在定县青年心中扎下了根，只要有这些优秀坚毅的中华儿女，总有一天，中华民族会摆脱外族的欺凌，屹立于世界东方。侵略者的军事胜利，肯定只是暂时的，一个民族，只要信心不灭，再大的困难也能克服。"

起初的焦灼、痛苦、沮丧统统消失，取而代之的是悲怆和欣慰。孙伏园回过神来，再次仔细地看了看眼前凌乱拥挤的车站，深深地吸了口气，踏上了返回湖南的列车。

……

晏阳初站在窗前，静静地听着孙伏园讲述前往定县的见闻，等孙伏园介绍了大略情况，停了下来，他才开口说道："其实我早已预料到了。平教会的同事们会在沦陷前安全转移，但是我心里放不下，毕竟我们是风雨同舟了多年的同事，不得到他们的确切消息，我心里始终是放不下的，他们可是冲着我的热情去定县吃苦的啊！"

"他们大多去了陕北，跟随共产党去了。"孙伏园微笑着说。

"那很好啊,我也早已听说共产党在陕北农村搞土地改革,农民们很是欢迎,这些经验对我们平民教育有很大帮助。"晏阳初微笑着,心中的石头落了地,连日来悬着的心终于可以放下了,心中有说不出的欢畅。

"我这次北上,连一个同事也没见到,没有完成你交给的任务。"孙伏园补充说,"不过,定县的青年们组成了游击队,与日本鬼子展开英勇的战斗,这却很让人欣慰。"

"我也很高兴。"晏阳初转过身来,"定县的平民教育试验,总算是卓有成效。我相信,那些受过平民教育的定县百姓,一定会给小鬼子们迎头痛击的。"

"国民革命军节节败退,又有大片国土落入了敌手。"孙伏园摇头哀叹息。

晏阳初忽然想起什么,急急地说:"对了,伏园兄,这还不是我们叹息的时候,越是在艰难的时候,我们越是要努力做事。我差点忘了,现在有一个紧急的事情需要你去做。"

"什么事?"孙伏园问。

"你马上到衡山去当县长,原来的彭县长因为劳累过度住进了医院,我想了想,只有让你去了。"

"这……我一介书生,怕做不来。"孙伏园有些迟疑。

"你一定能行的。当然,我会另外选派几位得力的助手给你,他们已经动身前往衡山了。"

"好吧。"孙伏园没再推辞,他心里清楚,目前平教会在全国许多省份设立了试验县,推行四大教育,人手很紧缺。

"你到衡山后,着手进行县政改革,并随即开展四大教育。"

"好的,我下午就动身。"孙伏园说完便赶回旅社收拾行李。他这次从北方回来,停留不到半天,又匆匆奔赴衡山。

14

暮色四合,一条铁路在萧索的秋风中向远处延伸,铁路两旁长着半人高的荒草。要在往年，两边都是村民们种的庄稼，自从日军来到定县，这里便荒芜了，老百姓不敢再到这里来，怕遇见野兽一样的鬼子兵。时不时地铁路上会走过一小分队鬼子，举着太阳旗，迈着整齐的步伐巡逻。

这是刚沦陷时的情形，现在可不同了，一到下午，鬼子们就不敢再到野外来了，怕遇见游击队。这一个多月来，驻扎在定县的鬼子莫名其妙地死掉不少，这让鬼子们很恼火，也很恐惧。他们不知道这是哪儿来的队伍，也很少看见对手，因为见过对手的鬼子大多变成了死尸。

现在，一到下午，小鬼子们就蜷缩在县城和车站旁的据点里，哪里也不去。即使这样，站岗的鬼子也常常被打冷枪，等屋里的鬼子听见枪响跑出来，四周又是静悄悄的了，只有哨兵的尸体横陈在地上。气极了的鬼子们便对着四野乱放一阵子枪，可除了惊起几只野兔、老鼠，一个人影也看不见。

这是深秋的一天傍晚，天色已经昏暗了，北风呼呼地刮着，吹得秃枝衰草沙沙作响。在距县城四十多里的一段铁轨两旁，忽然冒出两队身手敏捷的黑影，看不清有多少人，两队人都闪展腾挪地靠近铁轨。

忽然，北边的人首先发现了南边移动的人群。只见前边的人打了个手势，身后的人便停下了，那人发出两短一长的几声鸟啼，紧接着，北边的人也回应了两短一长相同的鸟啼声。

"是自己人！"学鸟叫的人向身后招招手，便又迅速地向前移，并最终移到铁路边。

只一晃，两队人员便潜伏在了铁轨两边高高低低的荒草里，三五个人拿着大铁锹，迅速跑到铁路上，把一段枕木撬了起来并扔到了远远的田野里。南边也上来了几个人，帮着一起完成这一"任务"。

他们轻车熟路，没一会儿便做完了，然后相互招招手，也不说话，各自潜回到两边的荒草里。

天越来越黑了，寒风吹得更紧，两边的队员潜伏了大半个钟头了，可他们一点声音也没有。如果不是刚才的行动，即使有人从他们身边经过，也不会知道草丛里埋伏了这么多人。

忽然，山的那边传来了汽笛的长鸣声。

"来了。"南边的一个队员小声说，语调里透着欣喜。

"听我的口令，等鬼子一下火车，我们便动手。"刚才学鸟叫的指挥者，小声地下着命令。

身边的人点点头，命令便这样一个个小声传了下去。

汽笛声越来越近，埋伏的队员都感受到了地皮的震动，探照灯明亮的光一圈圈射过来。队员们屏住呼吸，等待着火车靠近。

震动越来越大，探照灯也越来越亮。就在这时，火车一声长鸣，估计是看见了毁坏的路基，慢慢地停了下来。一队小鬼子端着盒子枪，叽里呱啦地嘟囔着下了火车。

"同志们，打，狠狠地给我打！"

"打啊，杀小鬼子！"

一声划破夜空的命令下达后，两边潜伏的游击队员像天降神兵般，纷纷从草丛中跃起。一边跑，一边高声呐喊，一边或扣动扳机，或扔石块。鬼子被打得措手不及，下车的十几个鬼子，没来得及反应便见了阎王。

火车上的鬼子慌忙反击，但哪抵得过神勇的游击队员人多势众。游击队员们早上了火车，操起手中的铁棍、菜刀，狠狠地砸向鬼子的头。鬼子虽负隅顽抗，但毕竟敌不过游击队员人多，很快，火车上的鬼子便被消灭干净。

今天晚上收获可不小，因之前截获了鬼子的情报，得知有一批武器要运往前线。铁路两边的游击队便联合起来，打了这次漂亮的游击战。

队员们高兴地把车上的军需物资扔下火车，游击队每个队员的肩上都挎上了崭新的盒子枪，别提多高兴了。

这时，两边的游击队长走到一起，双手紧紧握在一起。

"多亏了你们的情报，这次小鬼子被消灭了不少啊。"

"米老师，还是你们南边的队伍厉害。听说，前几天你们端了鬼子一个炮楼，杀死十几个鬼子兵。"

"哪里，听说你们的神枪手，一连杀死几个哨兵，弄得鬼子都不敢放哨了。"

游击队员们都很开心，彼此分享着战果。

"呵呵，估计今天晚上，城里的鬼子会气得暴跳如雷。"

"呵呵，气死了才好呢！"

队员们高兴地说笑着。

这是两支活跃在定县乡村的游击队，首领都是原平民识字班的老师。由于鬼子封锁了铁路，他们便各自组织民众，成立了游击队，共同抗日。闲暇时，他们帮助农民生产，教农民识字，并继续推行平民教育。更主要的是，他们不时地打击鬼子，让定县的鬼子坐卧不安。

这两支游击队的队员，几乎是清一色的平教学生。他们热爱祖国，热爱家园，英勇顽强。

在定县沦陷的岁月里，定县的游击队总是瞅准一切机会痛击鬼子。他们的实力不断壮大，势力范围扩展至邻近的几个县。直到最后日寇战败，定县的472个村子里，日本鬼子实际完全占据的只有21个。定县八万多受过教育的平教学子，以他们对祖国、对人民的挚爱，用他们的果敢与机智，捍卫着祖国的尊严，重塑着中华民族的信心。有了他们的保护，定县的农民才不致受到日寇禽兽般的折磨。

15

前线战事吃紧，中华民族到了生死存亡的关头，共产党通电全国，要求国民党停止内战，一致抵御日本法西斯的野蛮入侵，全国民众也强烈响应这一号召。

1937年8月13日，上海保卫战打响，蒋介石迫于全国民众给予的压力，也感受到了日本侵略者的嚣张气焰，终于同意停止内战，一致对外。

8月下旬，国民政府邀请各个党派领袖及著名人士共16人，组成了国家最高参议会，人员有蒋介石、毛泽东，社会名流梁漱溟、胡适、晏阳初、沈钧儒等。

晏阳初领导的平教会，宗旨本是不与政治有过多的接触，以防受政治束缚而不能独立自主地完成既定的平民教育，但值此危急关头，每个热血的中华儿女，都应为祖国的前途献上一份力，所以一接到国民政府的邀请，晏阳初没有丝毫犹豫，便欣然赴会。

在10月23日召开的国防参议会上，晏阳初侃侃而谈。他说："目前的形势，在军事上，日寇占有完全的优势，但我中华有广袤的国土，有四万万勤劳朴实的人民，这是我国最终取得胜利的根本保证。"他环视了一遍认真听着的蒋介石、周恩来等人，继续说道，"我认为，当今的世界强权横行，我们只有依靠自己去战胜敌人，而这一伟大任务，不是哪一方面能独立完成的，我希望，我们各大政党能够摒弃前嫌，共同来担负这个伟大的重任……"

周恩来一边听，一边微笑着点头，而另一边的蒋介石却是一副面无表情的样子。

"……同时，我们要加强对民众的训练，争取在短时间内，把他们培养成英勇的战士。而且，我们还要加大生产力，以确保战略物资能及时得到补充……"

大会的间隙，晏阳初频频与各界人士恳谈，介绍推广平民教育运动，竭力为抗战尽一份心力。

这天傍晚，晏阳初穿着整洁的礼服，去拜访共产党代表周恩来。

得到通报，周恩来健步走出房来迎接，老远就热情地打着招呼："稀客，稀客，快屋里请！"

"早想过来一叙，奈何事务繁冗，今日方得闲暇。"晏阳初也是一脸的微笑，两个人手握着手。

晏阳初在靠窗的一个木椅上坐下，仔细观察正忙着沏茶的周恩来：身上是发白但笔挺的中山装，脚上是粗布鞋。走在大街上，估计不会有人想到眼前这位就是令国民政府头痛的人。

"晏先生请喝茶，屋子里没有什么，只有清茶一杯迎接晏先生的光临。"周恩来把茶杯放在茶几上，哈哈大笑道。

"这最好，这最好。"晏阳初笑着回答。笑声中，初次见面的几分陌生感也悄悄溜走了。

"晏先生，你十多年来一直致力于平民教育事业，以努力改变我中华人民愚弱贫私的痼疾，你们的努力和成就让人佩服啊！"

周恩来首先打开了话题。

"惭愧得很。"晏阳初饮了一口茶，"十多年的不懈奔波，近年刚有起色，又值日寇犯我中华，定县的平教总部早成了日军的驻地。"晏阳初伤感地说道。

"晏先生，此时正值中华危急关头，我们每个人，除了悲痛，更要化悲痛为力量，痛击入侵者，祖国兴亡，人人有责啊。"

晏阳初点点头，十分赞同周恩来的话。

"晏先生一直深入民间，了解民众疾苦。目前，我陕北军民也正在大搞农村改革运动，在我们的变工队、识字班，你的四大教育模式，我们正在借鉴，希望晏先生今后有空，到陕北来指导，陕北军民一定会用最热烈的方式欢迎你。"

周恩来发出热忱的邀请。

"我一定会抽时间去的。我也早说过你们的乡村建设很有成效，我们平教会也想来取取经呢。"

"对了，你以前的许多同事，现正在赶往陕北，将加入军民大建设中。他们都希望能在陕北见到你这位总干事啊。"周恩来语调亲切，让人如浴春风。

"我也听说了，定县的不少同事辗转到了延安，我也打算，等湖南的事一了，我就到延安看看。"

……

两个人的谈话轻松而坦诚，就中国的前途和命运等重大问题，都进行了广泛深入的探讨。

回到寓所，周恩来亲切而睿智的话语还在晏阳初耳畔回响。通过短暂的交流，晏阳初对共产党这位高层领导产生了深深的敬意。周恩来有远见卓识，且忧国忧民、顾全大局，晏阳初隐约地觉得，今后的中国有周恩来这样英明的政治家来领导，人民一定会过上幸福美好的日子。

可惜的是，由于事务繁多，晏阳初访问延安的计划，最终没有成行，这不能不说是他一生中一个巨大的遗憾。不过，他派了平教会平民文学部的堵述初前往延安，并转达他对共产党领导的边区政府的敬意。

毛泽东亲自接见了堵述初，与他进行了一番长谈，把共产党的施政纲领给他做了详细的介绍。临别时，毛泽东说："共产党愿做你们的朋友，让我们一道为打败日本帝国主义而努力！一道为建设一个和平强盛的新中国而奋斗！"

1938年，堵述初回到长沙，转达了毛泽东对晏阳初的问候。静静听完堵述初的汇报，晏阳初深有感触道："看来，共产党领导的政府，是一个真正为国为民的务实政府。中国有这样一股向上的活力，何愁打不倒日寇，我平民教育协会教育全民的理想，何愁不会实现！"

16

前方战事依然吃紧，沦陷区的面积越来越大。不过，人们已经从最初的慌乱和悲痛中走出来，积极投入到了抗日救亡的洪流当中。

晏阳初授意平教总会，成立抗战教育团，团员几乎全是从沦陷区逃过来的青年学子。对于国仇家恨，他们有最深的痛苦。平教会把他们集中起来，进行短暂的培训，然后让他们深入到湖南全省的每一个角落，去唤醒动员民众，让民众觉醒，从而让民众自觉地加入抗日的阵营。

由于有了最切肤的感受，教育团成员的宣传迅速深入人心。每到一处，他们便召集村民，告诉他们日寇如何野蛮、凶残。讲到动情处，他们往往声泪俱下，而围观的村民，也纷纷黯然泪下，心中对日本鬼子的仇恨也就更深了。

湖南全省的抗日热情空前高涨，让时任省主席张治中敏锐地洞察到，目前湖南省各级政府办事效率低下，已不能适应形势发展。为了保持这一旺盛的抗日势头，为全国抗战出力，张治中决定大力改组全省地方政府。当然，负责改组工作的最佳人选自然就是晏阳初了。

上午10点左右，张治中给晏阳初去了个电话。电话中，张治中极力称赞了平教总会在发动全省民众积极抗日中所做的努力，并对衡山的县政改革试验做了很高的评价。接下来电话里说："阳初兄，下午你到我办公室来一趟，我有紧急的事情找你帮忙。"

"主席，有什么指教？"

"电话里一时也说不清楚，你还是过来吧。吃了午饭，我派车去接你。"

"不用，不用，"晏阳初连忙推辞，"我下午自己过去，就不劳驾你专车接送了。说实在话，你那洋轿车还没有我的脚走起来踏实。"

"那好，就这样，下午我在办公室等你。"张治中知道晏阳初不愿张扬，也没有勉强。

由于大批难民涌入，大街上的人流量比平时大了许多，人来人往，十分拥挤。时不时地还能听见一些东北口音的人在愤怒地声讨日本人的滔天罪行，旁边围观的群众也是满脸的悲愤。国仇家恨，把这些来自五湖四海的人，紧紧地联系在了一起。

路过一个街口时，晏阳初看到一群青年学生在张贴抗日标语。一位高个子青年正站在台子上，激情四射地发表着演讲。只见他举起了右臂，大声疾呼：

"打倒日本帝国主义！"

"打倒日本帝国主义……"

"中华民族万岁！"

"中华民族万岁……"

围观的人纷纷举起了手，奋力高呼。那激越的声音越过城市上空，传得很远很远。

晏阳初心里荡漾起一阵又一阵情感的激流。勤劳朴实而又勇敢无畏

397

的人民，他们在用自己最真挚的情感、满腔的血和泪，高扬着中华民族的必胜信念。

秘书把晏阳初领进了张治中的会客室。

会客室里，张治中正望着一张悬挂在南墙上的中国地图出神，听见脚步声，马上回过头来，伸出双手道："阳初兄，我可等你好一会儿了。"

晏阳初道："我看到了大街上到处是反日情绪高涨的群众，心里很高兴，耽误了一点时间。"

晏阳初接过秘书递来的清茶，喝了一大口。

"值此国难家亡之际，群情激愤，每个人都有一腔悲愤和热血，民间抗日浪潮是一浪高过一浪。"张治中深有感触地说，"倒是我们这些站在风口浪尖上的决策者，必须谨慎行事，方不负民众期望啊！"

晏阳初放下茶杯，在靠右的椅子上坐下来，等待张治中的下文。

"阳初兄，我遇到一件棘手且紧急的事情，一时没有头绪，只有找你帮忙了。"张治中也不卖关子，坦诚地说道。

"主席都做不好的事，我晏阳初一介平民，怕也无能为力哟。"晏阳初双手一摊，"你先说说看，也许我倒可以给你些建议也说不定。"

"我这次到湖南就任，是肩负着重大使命的。"张治中脸上的笑容渐渐消失了，代之的是凝重和隐忧，"过来的时候，上峰交给我一个任务，要我在很短的时间内，动员全省三千万人民起来抗击日本侵略者，战争的形势非常严峻……"

张治中看了晏阳初一眼，接着说："对战局，我们得有最坏的考虑。说不定，在可以预见的将来的某一天，日寇就会占据整个湖南。"

张治中长长地叹了口气，说："到那时候，这三千多万动员起来的民众，会把湖南的每一寸土地都变成杀敌的战场，让日寇完全陷入反抗战争的汪洋中……"

晏阳初脸上的表情也越来越严肃。他清楚，眼前这位张主席是一位叱咤疆场的将军，作为蒋介石最器重的将领之一，此时到湖南来亲掌全省政务，显然不仅仅是从政治上考虑的。值此非常时期，更多的是一种战略上的安排。

晏阳初神色凝重地听张治中讲完，低声说："这个任务委实太艰巨，时间又紧……"

张治中点点头，信任地看着他说："我也认真考虑过了，这个任务的确不太容易完成。不过，我相信阳初兄你和你的平教会。"

张治中满含期待地望着晏阳初，那殷切的眼神看得晏阳初有些不自在。

"我一时也想不出好的方法来，你得容我想想。"事情有些突然，晏阳初也没有头绪。

"用不着了，阳初兄，你就不要推辞了。我早想好了，除了你，我想不出有第二个人能完成。"张治中说道。

"这……"晏阳初有点拿不定主意，平教总会的宗旨是不与政治有任何瓜葛，以免偏离正确的航向。可在国家民族危难之际，为了抵御外辱而联合起来，这也是平教会该做的事，至少他本人责无旁贷。

"好吧，我答应。不过，我还得想想具体的实施计划。"晏阳初毕竟是通达之人，略一沉吟，慨然答应。

张治中轻轻松了口气，和颜悦色地说："我就知道，阳初兄是一定不会拒绝我的请求。"

"我可没十足的把握，说不定你会后悔找了我。"晏阳初虽然笑了，可心里并不轻松，要在尽可能短的时间里完成这件事，他心里着实没有底。

"你先想想，需要哪些条件，只要我能做到的，我一定会全力支持你。"张治中坐了下来。显然晏阳初的爽快应允，使他心里很是高兴。

晏阳初陷入了沉思，凭着十多年开展平民教育的经验，他觉得，要真正调动普通民众的积极性，四大教育不可缺少。只有真正改善了底层人民的生活状况，他们才会欢迎和接受好的建议，从而自觉地保护自己的劳动果实，奋勇争先地反对日寇侵略。

张治中没再惊动晏阳初，他踱到窗前，望了望外面灰蒙蒙的天空。

一连几天都没有太阳,这多像现在让人伤心的战争形势啊。一切都令人迷茫不定,就是他现在站着的地方,说不定哪一天就会站一个趾高气扬的日本军官。但可以肯定的是,我们一定会取得最后的胜利!

想到这里,张治中轻轻叹了口气,从窗外收回目光。他又踱到了南墙边,凝视着那张中国地图。那上面整个东北都已被鬼子霸占,华北也正在痛苦地呻吟。他的眼前仿佛出现了战场上血肉横飞的惨烈场景,不自觉地握紧了拳头。

秘书轻轻推开门,张治中转过头来,秘书正要说什么,张治中摇摇头,指指沉思中的晏阳初。秘书会意,悄悄掩上门退了出去。

也不知过了多久,晏阳初才从沉思中抬起头来。整个通过教育引领民众的计划已经在沉思的过程中形成了。晏阳初看了看凝神查看地图的张治中,心里充满温暖和感动。他一直认为,张治中是中国为数不多的优秀政治家中精明、能干和公正的一个。

"我觉得……"晏阳初清了清嗓子。

张治中听见晏阳初说话,走过来坐到他的对面,凝神细听。

"……有一点很重要,要动员湖南全省人民,就必须先赢得他们的信任。要赢得他们的信任,我们就必须努力给他们建立一个诚实而有效的基层政府,这个新的政府应该是一个关心人民疾苦、清廉务实的政府……"晏阳初慢慢道出了心中的打算。

张治中脸上绽开会心的笑容,频频点头:"就像你们在衡山搞的试验县政府一样。"

晏阳初点头道:"现在的地方政府,是一个只懂得征税、办案和管理民众的机关,和人民大众有太多的隔阂。我们必须把它改造成实施人民教育、关心民众生计、卫生保健和自治的机关。同时,也是为抗战而训练动员民众的机关。"

"言之有理。前段时间我在全省视察了一圈,现在的地方政府贪污腐败严重,公信度低下,还时不时地有欺压人民的事情发生。这段时间,我也正在思考改组地方政府的事情,你的话可说到我的心坎上了。"

第六章　定县模式　我以我血荐轩辕

张治中赞同道。

"现在最要紧的，是这许多地方政府都需要新人来管理，我们必须对本省的公务人员重新进行训练，从县长到每个村保长，全部要进行集中训练……"晏阳初将头靠在椅子背上。

"好啊，你和我的想法完全一样。"张治中一拍大腿站起来，在屋子里来回走动。

"不过，阳初兄，有一件事情你没考虑到，这也是整个计划中最重要的一环，离开了这一环，整个计划也许就会付诸东流。"张治中看了着晏阳初。

"呃，还有什么地方没想到？"晏阳初感到有些意外。关于这个计划，他可是全盘考虑过了，没有发现哪个环节有疏漏。

"那就是，整个计划必须由你来亲自负责。"

"呵呵，这点我倒确实没考虑到。"晏阳初莞尔一笑。

"你也不要再推辞了，事情紧急，我们得马上行动起来。阳初兄，我可不是催促你，你必须在很短的时间里拿出一个具体的方案。我呢，也得马上革了地方一些不称职的官员的职，为你的下一步改革扫清道路。咱们分头行动？"

晏阳初郑重地点了点头。

走到大街上，天色已经一片模糊，一阵风从街道的拐角处吹过来，晏阳初打了个寒噤。他的心里沉沉的，这么多年来，他头一次觉得肩上的担子有些重。许身为平民教育事业奔走的十多年里，也有许多次，困难让他夜不能寐，但从未让他这样担心过。现在他就是一个将军，要去与成千上万的日寇搏击，而他的部队还不知道在哪里呢！要在短短的一年时间里完成组织引领三千万抗日民众，这想法很有气魄，实施起来可不是那么容易的。

可战争的发展不容许人选择，晏阳初深深地叹了口气，抛弃头脑里一些犹豫的念头，迎着越来越浓黑的夜色，大踏步向前走去。

再困难的事情，只要大伙儿齐心协力，就一定可以克服。毕竟张治中是位作风干练的政治家,和他做事,可以少许多顾虑。晏阳初感觉肩上的担子又轻了些。

两天后,晏阳初带着自己的详细计划,再次来到了张治中的办公室。

张治中认真地看完了晏阳初的计划,由衷地说:"阳初兄,我可不是夸你,能有你来负责这件事,我可是放一百二十个心!"

晏阳初也笑了:"有你这样贤明的主席,我不努力也说不过去。再说了,你催促得这样紧,我只有加班加点了。现在,我已经电告了平教会在湖南的所有同事,要求他们全力配合完成这一神圣的使命,力争最快最好地完成这一伟大的事业。"

"我将为你肃清道路",张治中说道,"全省不少不合格的县长已被我撤职,也算是为你的改革做了点事儿。我可早清楚你雷厉风行的工作作风,不抓紧点,说不定你心里会骂我官僚作风。"张治中爽朗地笑着。

"哪里敢!"晏阳初马上谈到正事,"我想好了,县政府必须马上注入新鲜血液。全省七十五个县,需要的干部可不少。不过我已经物色好这些人选了。"

"哦?"张治中不明所以,很是意外。

"眼下,东北各省和南方的难民纷纷涌入湖南,其中可不乏有用之才,教授、大学生、记者、教师、公务员……人才是应有尽有。这些人刚经过离乱的痛苦,工作起来一定是倾心投入的。我们在全省范围内公开招考,可录用五百名补充到各地的县政府里。"

"哎呀,我怎么没想到这点呢?!"张治中一副恍然大悟的样子。

"这五百人,我们将其训练成县一级的政府官员,应该是不成问题的。"晏阳初顿了一下,顺着自己的思路说了下去,"按照战时的特殊要求,我和几位同事商定,把湖南全省划分为三种区域,进行梯级培训。日军可能最快到达的是紧急区,第二种区叫次紧急区,第三种区为更次紧急区。我们准备用六周左右的时间,为紧急区集中训练县长、局长。对次紧急区的培训,我们准备再花六个月的时间,对他们进行较为系统

第六章 定县模式 我以我血荐轩辕

的训练，以便他们回到工作岗位上能更好地发挥作用。对于更次紧急区的人员的培训，拟定用一年的时间。我们会根据其职责的不同，组成不同的班级，进行有针对性的特殊训练，切实培养合格的地方人才……"

等晏阳初说完，张治中站了起来，紧紧地握住了他的手，诚挚地说："阳初兄，有你这样的态度和决心，我也就不好再说什么。作为一省之长，我在这里向你表个态，只要你的工作有什么需要，我一定竭尽全力帮助你、支持你。而且只要是你做出的决定，我马上签发地方政府贯彻落实。"

"有你这句话，我就放心了！"晏阳初告辞出门，走到门边又补了一句，"还是你那句话，一切为了抗战，值此国难关头，每一个中华儿女都应该尽自己的最大努力，救亡图存。"

张治中一直站在门前，目送着晏阳初的身影在大院门口消失。

紧接着，遍及全省的县政府改革便如火如荼地开展开了。

在张治中的直接领导和督促下，湖南省地方行政干部学校在长沙成立了，晏阳初被聘为主任委员。平教会在湖南的二十九名同事，迅速加入到了学校的组建和干部培训之中。

赓即，政府公务人员的招考工作也开始启动。

为了罗致有用的人才，晏阳初设计了两次考试：一次为笔试，一次为面试。通过笔试的人员才有资格参加面试，然后两次考试的分数对折，择优录取。

县长等较高级别的官员的考试，竞争十分激烈，说情送礼之风闻风而动。但晏阳初丝毫不理会这些，严格按照自己的择人标准选用合格的人才。

面试主考官共三人：省主席张治中、省民政厅长和晏阳初。面试内容包括仪表、言谈、思想、反应等综合素质。

一天上午，一连几个应试者都轻松过关，三个人心中都很高兴。这时进来一位青年，长相端正，进屋后便不停地用眼光看张治中。张治中面无表情，不予理会。口试的时候，青年的表现十分糟糕，神情紧张，说话吞吞吐吐，显然是因为自身学识修养较差。晏阳初连连摇头，在上午的几个应征者中，青年算是最差的，他按照评分标准给了青年很低的分数，青年满脸通红地下去了。

中午就餐时，秘书匆匆走到张治中身边低低耳语了几句，张治中勃然大怒，大声说："你告诉夫人，这是国家大事，不是他家的私事，我说了不算，谁叫他弟弟自己没本事！我早说过，叫他不要来，他偏不听，我说过别想借我的背景蒙混过关，这下出丑了吧。不过，对他倒也是个教训，省得他一天拿着我的名头到处晃。"

……

秘书悻悻地退下去了。

晏阳初这才明白，上午那个分数最低的青年原来是张主席的妻弟，不禁暗自钦佩张治中的铁面无私。

"阳初兄，来，吃菜，吃菜，不要为这事挂怀，鄙人私事，让你见笑了。"

"哪里，哪里，你铁面无私的作风，真叫阳初折服。"

两个人哈哈大笑起来。

……

在短短的几个月中，湖南省全省七十五个县就进行了一次官员大换血，一次性换掉三分之二，这在中国乃至全世界，都是史无前例的。

新上任的官员全经过了行政干部学校的培训，工作起来深得民心。全省的政治空气马上好转，抗日救亡的动员工作也在全省卓有成效地展开了。

抗日的战火迅速蔓延到了湖南，已经训练和动员起来的湖南民众，积极行动，配合正规军打击日本鬼子。湖南是日寇早就垂涎的一块肥肉，久攻不下，于是集中优势兵力，发动猛攻。三次进攻都被彻底打退，日寇恼羞成怒，只得调集更多的部队投入到战斗中来。

为了保存战斗力，国民党军与力量优胜于自己的日寇进行了一阵周旋，便全线撤退，湖南沦落到了日寇铁蹄之下。但通过平教会培训的湖南三千万民众却转入到了山林、乡下，继续用自己的方式与日寇斗争着，将日寇拖到了人民战争的汪洋中。

这时的晏阳初又带着自己的同事，再次心痛地撤离了。可他们没时间悲伤，马上又把自己的全部精力投入到了平民教育运动中。

四川、广东等省的县政改革和四大教育工作又蓬勃地开展起来了。

17

"作孚兄，眼下抗日战争进入了相持阶段，日寇败亡是早晚的事情。战后全国百废待兴，农村要迅速发展，就必然进行大规模重建，到那时，必定需要大批的专业人才。如果不提前准备、抓紧培养，到时候便会无人才可用。"1940年早春，民生公司董事长卢作孚简陋的寓所内，晏阳初与卢作孚一见面就提出了自己的想法。

卢作孚（1893—1952），重庆市合川人，近代著名爱国实业家、教育家、社会活动家。民生公司创始人、中国航运业先驱，被誉为"中国船王""北碚之父"。1938年秋，宜昌沦陷前夕，卢作孚指挥宜昌大撤退，领导自己所创办的民生公司用自己的船只，经过40天的奋战，抢运了聚集在宜昌的150余万人、100余万吨物资，为保存当时中国的政治实体、经济命脉以及教育文化事业做出了巨大贡献和牺牲。被炸沉炸毁船只16艘，炸伤船舶69艘，117名员工壮烈牺牲，76名员工伤残，这次抢运被誉为中国版的"敦刻尔克大撤退"。毛泽东在20世纪50年代初将其与张之洞、张謇、范旭东并列，誉为发展我国民族工业不能忘记的四位实业家之一。他和晏阳初由于乡村建设运动相识相知，并成为一生的至交。

身着麻布粗衣的卢作孚点了点头，脸上露出凝重的神色。他说道："战争初期日寇长驱直入，战线拉得太长，供给跟不上来，此时反而成了日寇的劣势。现在全国上下一心，日寇败亡是早晚的事情。"

卢作孚停了停又道："为了祖国的发展，我们必须提前谋划……"

"我的想法是，创办一所乡村建设学院。由平教总会主动承担起培养农村人才的重任……"晏阳初直接说出了自己的想法。

即便是战争时期,平教运动转入了后方,也在越来越多的省份蔓延着。晏阳初也越来越觉得身边的人才缺乏,常常是疲于奔命也忙不过来,培养一大批合格的平教人才,已经成为当务之急。

"好!创办乡村建设学院,这可是于国于民有益的大好事,我一定会全力支持你的。"卢作孚坐在靠近南墙的椅子上,喝下一口浓茶,脸上全是鼓励的神色。

"目前还仅仅是个设想,等真正创办起来,估计还要一段时间。不过,最近我准备把时间和精力,全部投入到乡村建设学院的筹建上来,争取让学院早日开班授课。到时候可能还需要作孚兄的大力帮助。"晏阳初微笑着说。

"只要你需要,我和我的公司一定尽全力支持你的事业。"卢作孚认真地说道。

……

回到寓所,晏阳初马上电邀平教会社会教育部主任——衡山乡村师范学校校长汪德亮,让他立即从湖南赶赴四川,筹备建立乡村建设学院的具体事宜。又邀请了热心支持平民教育事业的张群、甘乃光、陈光甫、周作民、卢作孚、康心如、范旭东、梁漱溟、梁仲华等人组成了乡村建设董事会,并推选张群为董事长,晏阳初为董事会秘书、私立乡村建设学院院长。

张群,四川华阳(今天府新区)人,系国民党元老,曾参与辛亥革命、二次革命、护法运动等。1927年起先后任国民政府兵工署署长、上海市市长、湖北省主席、国民政府外交部部长、国民党中央政治会议秘书长、行政院副院长、四川省政府主席等,在国民党中颇有威望。

……

时值国难,百事废弛。晏阳初决定不再使用平教总会的名义来创办学校,而是把建校方案提交给全国乡村建设学会,以便筹集到更多的建设资金。

建设乡村学院的消息一经传开，全国各地贤达纷纷表示祝贺，许多团体和个人汇来了建设资金，从几千元到几十万元不等，这让晏阳初和同事们欢欣鼓舞。

战争岁月，不管是政府还是个人，生活都十分窘迫，可还有这么多人慷慨解囊，足见创办乡村建设学院符合广大人民的心声。

经过晏阳初和重庆各界人士多次奔走磋商，前后历时八个多月，共征得土地五百多亩。耗时虽长，但在战火纷飞、土地奇缺的重庆，已算得上是个奇迹。

……

有了平教会二十年在全国乡村教育上的广泛影响，有了晏阳初一心为公的人格的感召，资金筹集得还算比较顺利，这也让晏阳初一直紧绷的神经放松了不少。

资金一到位，学院的修建就在日寇每天不断的空袭中动工了。

1940年春夏之交的一天上午，没有雨，天色却不是很分明。晏阳初一行几个人来到选定的地点——重庆北碚十多公里外的歇马场——举行了一个简单的奠基仪式。

……

这天上午，晏阳初在他重庆的临时寓所里，和常得仁及几位老平教人，一起商讨学院专业的设置问题。

晏阳初说道："乡村建设学院主要为农村、农业、农民服务，我们培养的学生应当达到具有劳动者的体力、专门家的知识、教育者的态度、科学家的头脑、创造者的气魄、宗教家的精神……"

晏阳初把自己的设想大致介绍了一下，又道："如今局势复杂，我们的专业设置，应该本着少而精的宗旨。现在乡村教育、农业、农业经济这三个专业，应该是乡村建设学院的核心专业，我们先把它们搞起来再说。"

"我觉得，你的建议是可行的。"常得仁点点头，"建立之初，教学人才尚缺，开设门类不宜太多，理应把几个主要的课程开设起来。至于其他的专业，等学院成规模了，再增设也不晚。"

常得仁，山西忻县南义井村人，著名爱国科学家，1919年考入清华大学，1932年公费赴美国康奈尔大学深造，1933年获康奈尔大学农作物育种硕士学位。回国后参加平民教育工作，主持棉花育种工作，对农村教育颇为熟稔。

"是啊，我们现在最主要的是开设几个与农业相关的专业，这样才能更有的放矢。"几个老平教人也纷纷赞成。

晏阳初点点头，走到窗口前，望着外面灰蒙蒙的天。

重庆的天空总是那么暧昧，就像当时变化不定的战争形势，让人无限伤感。晏阳初在心里叹了口气，沉思了几分钟，调整好神态，转过身来说："由于不法商人投机钻营，重庆土地价格高得惊人，直到现在，我们的教学实验基地的土地问题还没有解决，这是我们乡村建设学院一重大掣肘。毕竟，你们是老平教人了，积累了不少的经验，这个问题，你们最有发言权。"

说完，晏阳初先把学院董事会的意见向屋子里众人做了通报。便坐回自己的座位，沉默地望着大家。

屋子里安静了几分钟，还是常得仁首先开口："我还是那个意见，学院建设之初，并不需要十分宏大的专业设置，也要量力而行，先开齐那些目前最重要的，其他的在以后的发展中再慢慢增设。"

"是啊，当务之急是先要培养一批急需的、战后可利用的乡村工作人才。"

……

大家纷纷发表自己的看法，晏阳初一边听，一边记录重要的建议。

正谈得起劲，左边桌子上的电话铃声猛地响了起来。靠近电话的同事拿起来"喂喂"了两声，就朝正在埋头记录的晏阳初喊：

"晏总干事，找你呢。"

晏阳初放下笔，走过去拿起电话："喂，我是晏阳初，你是哪位，有什么事？"

第六章　定县模式　我以我血荐轩辕

"阳初兄，好事来了！"电话里传来卢作孚的欢呼声，"你马上过来，合川有几位开明的乡绅，听说你在筹建乡村建设学院，还需要建实验基地，他们愿意给学院无偿捐赠一些土地，作为学校开展教学试验之用……"

"是真的吗？那太好了，我马上就赶过来……"晏阳初提高了音量，把屋子里正小心聆听的同事们吓了一跳。

"当然是真的，你快点过来！"电话那头卢作孚的声音里透着无限的喜悦。

卢作孚也是个急性子，在电话里催促道："你把手头的事情交代一下，我们马上到合川去一趟。今天就把这件事定下来，我在北碚等你！"

"好，我马上赶过去。"放下电话，晏阳初春风满面，一边高兴地在屋子里来回走，一边对好奇地望着他的同事们大声道，"天大的好事，天大的好事！有几位开明的绅士无偿捐土地给我们用作实验基地，支持我们的乡村建设学院。"

"那太好啦！"

"太好了！"

"这下我们就有试验基地了！"

屋子里的人都高兴得欢呼起来。

是啊，想一想几个月来筹措土地辛苦奔波的艰辛，怎不让人感慨万千！由于战火岁月，加之又是民间组织，很多时候努力都显得那样苍白无力。而今居然有这样的好事，晏阳初喜悦的心情真是难以言表！他平复了一下心情，停下来，微笑着看了一圈屋子里欢呼雀跃的同事们，对一边开心的常得仁说："得仁兄，走，我们马上赶过去看看，卢作孚还在北碚等我们呢。"

两个人一前一后走出了屋子。

屋子里其余的老平教人又为学院的未来商讨起来。

……

合川的三位开明乡绅，给乡村建设学院一共捐赠了一百亩土地。农学专家常得仁对这三块土地进行了详细的勘察和土壤分析，并根据当地的地理气候，确定了适宜种植的农作物。这片土地距离乡村建设学院的校址大约六十公里，其中三十公里已由一煤矿公司建筑了铁路，另外三十公里其他煤矿公司正在商议建设铁道事宜，交通比较便利，是乡村建设学院极好的学生实验基地。同时，地里物产的收入，也可以补贴学校经费的不足。

……

礼聘教师的工作，进展得也十分顺利。经过游说，已经有十多位知名学者愿意到学院来上课。这边虽然日寇的飞机在上空轰鸣盘旋，但歇马场的建筑工地上，房屋的建设仍在紧锣密鼓地进行。

几个月过去了，一幢幢崭新漂亮的大楼拔地而起，万事俱备，只等下半年招生季节一到，就可以招收学生、开班上课了。

但凡好事总是一波三折。1940年9月中旬，重庆仍是酷热难耐，但乡村建设学院的办公室里，平教总会的同人一个个神情凝重。会议室里，从美国学成归来的汪德亮教授正在汇报这几日去教育部衔接学校开学事宜的情况："教育部主办科长说，教育部尚无民间建学院的先例，无法可依，不予批复。还反复强调，此例不可开！……"

汪德亮眉头紧皱，一脸的疲惫，显然经历了不少波折。

9月中旬，学院已经准备招生了。可学院申请建校的批文却迟迟不见下来。按正常的审批程序，早在几个月前申请就提交上去了，批复早该下来了。

这事晏阳初已吩咐汪德亮亲自去问，哪知是这样的结果。

汪德亮，广州市人，先后在威斯康星大学、芝加哥大学、哥伦比亚大学师范学院留学，获哥伦比亚大学硕士学位。回国后加入中华平民教育促进会，到河北定县教育试验区试办乡村教育，想走以办教育实现强国富民的道路。后又跟随晏阳初开办乡村建设学院。

汪德亮十分气愤地说："多次申请，办法想尽，教育司均不予答复。"

"兹事体大！"会议室里陷入了短暂的沉默，好半天，还是晏阳初开

第六章　定县模式　我以我血荐轩辕

口打破了沉默,"教育司那边,德亮你继续协调,我也去找找教育部部长陈立夫。"

气恼之余,晏阳初连夜修书一封给教育部部长陈立夫,质问他不予审批的原因。信中他直陈自己的观点,乡村建设学院的宗旨,是为战后培养可利用的乡村工作人才。这本是一件于国于民有功的好事,他们为什么迟迟不予放行?

几天过后得到了答复,教育部同意了建设学院的申请。但由于学院目前只有三个专修科,尚未达到学院的标准,故需更名为私立乡村建设育才院。

……

乡村建设育才院历经千辛万苦、千难万险,终于在众人的企盼中挂牌成立。

学院随即在陕西、贵州、湖南、广西、四川各省设立招收点,招收第一届新生。与此同时,从各地聘请的教授和老师,也正赶往重庆,准备新学期的课程。

这天上午,窗外的阳光分外明媚,晏阳初早早来到了学院。学院里已经有许多早到的新生,正在四处游玩。晏阳初满心欢喜地快步走进办公室,他已经和几位同事约好,上午商量开学典礼的事情。

几个人正说得起劲,虚掩的门被猛地推开了,汪德亮急匆匆地冲到办公室:"晏总干事,大事不好了,民用号轮船触礁沉没了!"

汪德亮脸色苍白,浑身打着哆嗦。

"什么?"晏阳初的手抖了一下,脸唰地变白。他清楚,轮船上有匆匆赶来学院上课的老师,还有他们的家属。

"人救起来没有?"晏阳初的话里明显透着恐慌。

"还没有……"汪德亮欲言又止。

"快,快,救人要紧,我们赶快到江边去!"晏阳初扔掉手里的文件,一个箭步冲了出去。

这么多年了,大伙儿从来没见晏阳初如此惊慌过。

411

大伙儿一哄出了门，急急赶往出事的江岸。

岸边已经围了不少人，晏阳初拨开人群，站到江边，双眼直愣愣地望着滔滔江水。

搜救人员还在费力地打捞着，可浊浪里哪还有落水人的踪迹！

泪水瞬间模糊了晏阳初的视线，他心里很清楚，船上二十一人全遇难了。晏阳初心如刀绞，整个人都瘫软了，喃喃地说："是我……对不起……他们，是我……对不起……他们啊！你们一定要……把他们的尸体……打捞上来啊！……"他泪如泉涌，泣不成声。

三天过后，二十一具尸体才全部被打捞起来。这三天里，晏阳初眼皮从没合过，双眼布满了血丝。他吩咐人把遇难者的尸体装棺，一字排放在刚刚完工的礼堂里。

学院里的每一个人心情都很沉重，他们一个个从灵堂前静静地走过。没有一个人说话，整个礼堂没有一点儿声音。这里本来是准备欢庆学院开学的地方，现在却成了祭奠第一批为乡村建设学院牺牲的勇士们的灵堂。遇难的二十一人中有从定县开始就为乡村教育默默奉献的老平教人，也有刚刚加入到乡村建设中的志士仁人，有自愿随丈夫前来支援乡村建设的贤惠妻子，也有专程赶来与父亲团聚的小孩……

晏阳初走到每位死者的灵前，深深地鞠躬，泪水又一次模糊了他的双眼。这些和他同甘共苦的同事，今后再也不能和他在一起，为共同的理想奋斗了。晏阳初的眼前浮现出他们生前的音容笑貌，心也越发地疼痛。

人群中有人轻轻地啜泣，哀乐徐徐地响起，那一声声断肠的倾诉让人心碎。

哀愁，弥漫在乡村建设育才院的上空，而每一个投身平民教育的人，心志也越发坚定。

这一重大沉船事件，对新生的乡村建设学院来说，产生了很大的负面影响。但晏阳初和同事们揩干眼泪，又把精力投入到了学校的工作当中。

很快，学院的一切工作都走上了正轨，听着学生们琅琅的读书声，晏阳初的脸上出现了久违的笑容。

1940年10月28日，乡村建设育才院举行了开学典礼。院长晏阳初站在台上，面对台下一双双虔诚的眼睛，大声勉励着学生：

"同学们，在乡村育才院学习的三年中，你们应当逐渐具有劳动者的体力、专家的知识、教育家的态度、科学家的头脑、创造者的气魄、宗教家的精神。只有具备了这六个方面的素质，才算得是个人才，才能担负起在抗战胜利后重建中国农村、振兴经济的重任。望你们奋勇向前，不负祖国和人民的重托……"

作为乡村建设育才院的院长，晏阳初按照自己的意图指引着学院前进的方向。他对当时中国高等教育一味照搬欧美的做法很反感。他是从美式教育中走过来的，但他觉得，那样的教育模式并不适合中国的具体国情。他常常在大会上告诫所有老师，要根据具体情况调整教材内容，要因材施教，做到学有所用，尽力让学生学有所长。

学院注重培养良好的学风和校风，营造民主和谐的氛围。首先，晏阳初坚决抵制国民政府在学院里设立政训处，这在中国其他大学是绝对不允许的。由于晏阳初二十多年领导平教运动的影响，国民党特务对这位不买账的国民参议员也无可奈何。

晏阳初凭着自己的努力和坚持，坚守着学院这一片净土。在这里，学生可以看到许多在其他地方已被国民党严令查禁的进步书籍，如一些宣扬共产主义的著作，以至有人把学院戏称为"小解放区"，民主自由的气氛，在这里十分浓郁。

1945年，学院经过增设专业，扩大规模，正式更名为"私立中国乡村建设院"。下设四个专业系，师资力量不断加强，学生人数也连连攀升。学院聘请了许多专家教授来学院授课，并聘请了各界名流为客座教授，大大提高了学院的声誉。

作家老舍及夫人胡絜青，社会活动家费孝通、马寅初等人，均曾在该学院授课做讲座。

第七章

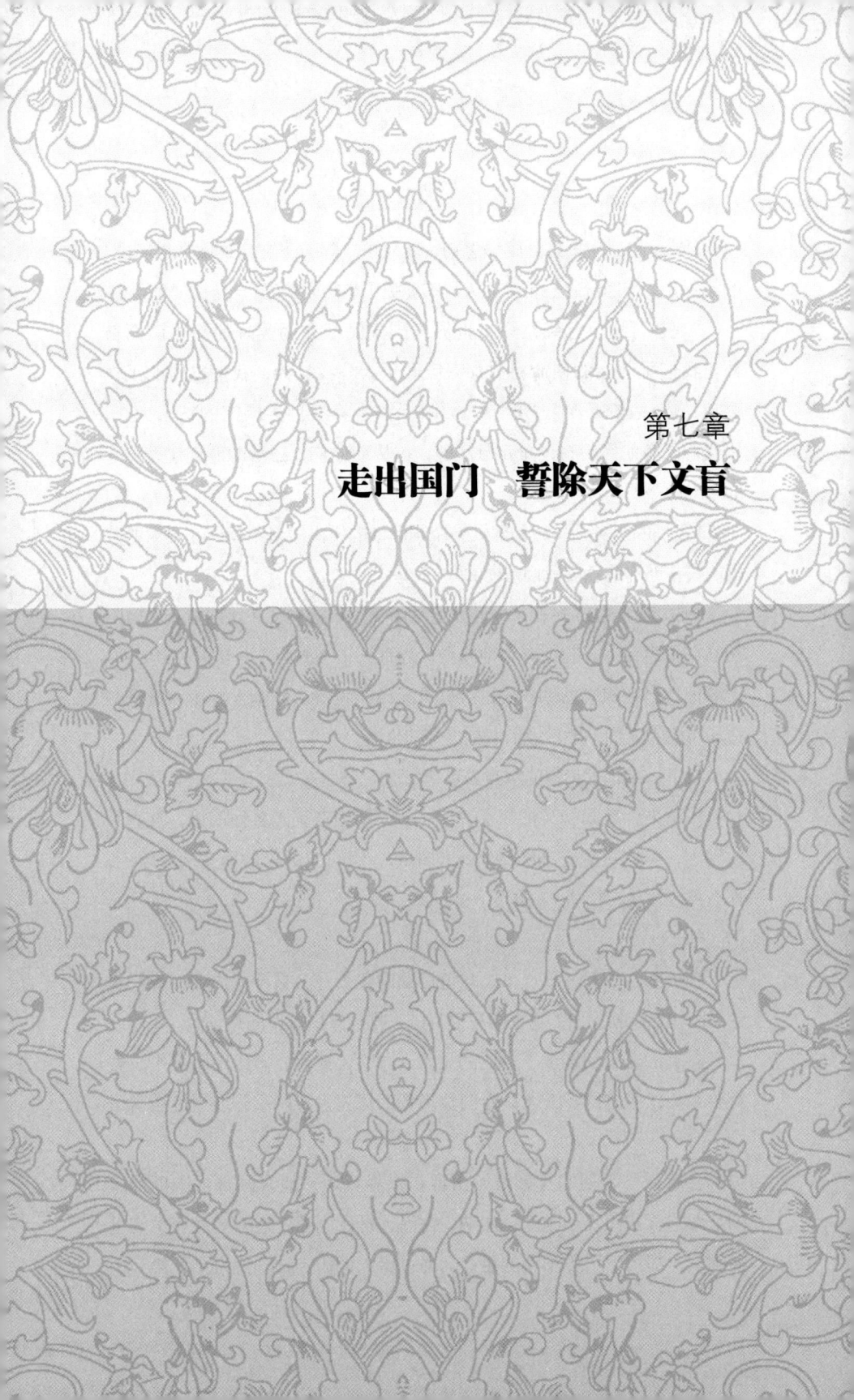

走出国门　誓除天下文盲

1

"同人们,平教总会成立之初,就立下'除天下文盲,做世界新民'的宏愿。全国四分之三苦难的人群需要免于愚昧无知的自由。

"现在,战争已经结束,世界各国人民都在为美好的新生活而奋斗。我们平教会的使命将更加艰巨和重大。我认为,我们以后的工作重点,应该放眼于整个世界,放眼于整个第三世界国家的贫苦大众,用我们已有的经验特别是定县经验,去援助他们,去帮助他们建设美好的未来……

"我们的当务之急,是建立一个国际性的平民教育组织,在更大的范围内去帮助那些急需我们帮助的人们……"

1950年1月13日,平民教育运动中美委员会例会在纽约召开。晏阳初站在主席台上,铿锵有力地向全世界宣告了平教会下一步的行动计划:他要把自己在祖国帮助农民的经验介绍给全世界,让全世界正在遭受贫穷和疾病的人们,早日过上幸福美好的生活。

台下,响起了热烈的掌声。

接下来,晏阳初又忙开了,他马不停蹄地在美国各地演讲,宣扬平教理念,争取得到更多美国友人的帮助。他的演讲总是那么绘声绘色,那么声情并茂,打动了一群又一群人。

……

1950年12月18日,平民教育运动中美委员会召开执委会,专门讨论晏阳初在年初提出的协助第三世界国家推行平民教育的建议。

会上,晏阳初宣读了自己的主张。同时,提议立即组建国际平民教育委员会,多方网罗人才,专门负责帮助第三世界国家开展平民教育运动……

会后,晏阳初的身影开始出现在世界各地,他来回奔走于世界各国。泰国、菲律宾、印度、加纳、古巴、哥伦比亚、危地马拉等第三世界国家,都留下了晏阳初的足迹。通过深入调研走访,他得到了第一手的考察资料,制订了更加切实可行的计划。

……

1951年1月17日,一个阳光明媚的日子,来自不同国家的平民教育者聚集在一起召开大会,宣告成立国际平民教育委员会,晏阳初全票当选为主席。

……

"晏博士,我代表菲律宾人民,真诚地邀请你和你的同人,到我们的国家去开展乡村教育运动。我们的国家希望得到你的帮助。"1951年4月,菲律宾时任外交部部长罗慕洛专门宴请晏阳初一行,酒会上,罗慕洛大使手举着盛满香槟的酒杯,真诚地微笑着。

罗慕洛,菲律宾将军、外交家、新闻工作者,以在第二次世界大战期间协助盟军和战后参加联合国工作而闻名于世。1941年日本进攻菲律宾时,他在科雷希多岛担任美国麦克阿瑟将军的副官。他的广播以"自由之声"为名,广为人知。1950年任菲律宾外交部部长,在菲律宾国内和世界上都颇有影响。

"好啊!我们国际平教会,正在选择一个可以表征的国家,菲律宾是个不错的选择。"晏阳初也举起了酒杯,两个人一饮而尽。

晏阳初对菲律宾的地理国情,已经有了初步的了解,觉得在那里进行国际平民教育的首次试验是个不错的选择。

宴会还在进行,人们跳起了轻快的舞蹈。大厅的一角,昏暗的灯光下,晏阳初和罗慕洛大使坐在一起,轻声交谈着。

菲律宾的农业人口占到总人口70%以上,特别是战后,农村更加贫困落后。同时,菲律宾在几年前已开始学习借鉴中国定县平民教育的一些做法,在相关法律条款中,也有加强平民教育的相关内容,很符合晏阳初当初定下的选择国际试验区条件。

晏阳初的心里,确定了把菲律宾作为国际平教乡村改造运动的试验区。

接下来,在晏阳初努力下,国际平教乡村改造运动蓬勃开展。

同年 4 月中旬，晏阳初会见了印度尼西亚驻联合国首席代表。

7 月 20 日，会见了印度驻美大使潘迪夫人。潘迪夫人盛邀他去印度主持开展平民教育工作。

7 月末，印度尼西亚驻美大使邀请晏阳初去该国传播平民教育经验。

8 月中旬，联合国教科文组织欢迎晏阳初担任特别顾问，并为其提供到世界各国考察平民教育运动的经费。

……

各国的邀请接二连三，让晏阳初应接不暇，他的心里有一股暖洋洋的感动。看来，只要是真正为穷困人民做事，世界各国都是很欢迎的，晏阳初他们的信心更强了。

2

"晏博士，我们终于把你盼来了。"晏阳初一行一下飞机，就受到了菲律宾人民最热烈的欢迎。菲律宾教育部部长走上前去，亲自向晏阳初献上鲜花，并紧紧握着晏阳初的双手。

春天的菲律宾，树木葱郁，鲜花盛开，景色怡人。1952 年 2 月 11 日的凌晨，菲律宾首都马尼拉人山人海，人们手持鲜花，拉着"欢迎晏博士"的长横幅，教育部部长亲自守候在机场，迎接这位来自异国他乡的平民教育家。

1952 年 2 月 6 日，应菲律宾政府邀请，晏阳初以世界教科文组织特别顾问的身份，偕妻子许雅丽、秘书汤静怡一行，乘机自纽约启程，经旧金山、关岛，于 11 日抵达菲律宾首都马尼拉，对菲律宾的平民教育工作进行考察。

此前菲律宾时任总统埃尔皮迪奥·基里诺就在致晏阳初的亲笔信中写道："尊敬的晏阳初阁下，我代表全体菲律宾人民，敬请阁下博爱人群，快来拯救……

看着机场的人山人海，晏阳初十分意外，说道："部长阁下，我只是搞平民教育的，你这阵势未免太大了点。"

第七章 走出国门 誓除天下文盲

"晏博士,我们之所以这么热烈地诚恳地欢迎你,是希望你来了就别走了。希望你能够留下来,用你的知识和经验,教育我们菲律宾人,再造我们菲律宾人。"教育部部长紧紧地握着晏阳初的手,"战后我们菲律宾百废待兴,特别是农村,一贫如洗,迫切需要你来帮助我们。倘若你需要任何帮助,我个人愿辞去部长之职,追随阁下,担任你的助手……"

"部长先生,您太客气了。我们国际平教会的宗旨本来就是要消灭贫穷、文盲和愚昧。晏某自当尽心竭力……"晏阳初也紧紧地握着部长的双手。

欢迎仪式一结束,晏阳初一行便投入了紧张的工作。

"老乡,家里几口人?读过几年书?"

"你们这里有多少老师?"

"教室够不够?"

"生病了怎么办?"

……

青竹和红树已然开始疯长,菲律宾的乡间小道上杂草丛生。从2月13日开始,晏阳初一行便深入到乡间,对菲律宾的乡村进行深入调查走访。每到一处,这位花甲老人都身体力行,仔细询问调查当地的实际情况,大到制度沿袭,小到老师授课方式……,多方位调查了解乡村的实际情况。

"女士们,先生们,美国独立战争中的青年英雄内森·黑尔十九岁英勇就义时说:我唯一的遗憾,是我只有一次生命献给我的祖国……

"内森·黑尔临终前没有儿女情长,不提及父母和爱人,只念念不忘国家,这是何等的雄伟壮烈?我热切地期盼菲律宾的青年努力奋斗,用自己的心血和汗水把自己国家建设成一个耀眼的民主模范……"晏阳初每到一处,就会向当地的大学生和中小学教师演讲,鼓舞和呼吁菲律宾的青年和知识分子积极投身乡村建设。

晏阳初的演讲从来都是发自肺腑、言之有物的,给菲律宾青年极大的激励和启示。据传,其后几十年里,许多参加菲律宾乡村工作的人士,大多是当年听了晏阳初演讲的青年。

……

"女士们，先生们：菲律宾具有肥沃的平民教育土壤，我来菲律宾考察发现，中国的定县经验已经由菲律宾有识之士进行推广。菲律宾农村社区学校及其他学校八万名教师的服务精神与他们所做的工作，实在是社区生活建设的一大力量……

"……但我认为，菲律宾急需一个整体的、综合的计划。在扫除文盲、开展平民教育的基础上，采用学校教育、社会教育、家庭式教育三大方式，推行文艺教育、生计教育、健康教育、公民教育四大教育。各项工作同时进行，密切合作，而不是零星分散或一人推行……

"……如果菲律宾政府提供二至三省约一百万人口的地区，国际平民教育委员会可以先进行示范试验，待成效显著时，再向其他省份推广……

"但先导区的工作开始前，必须先进行翔实的调查与设计，再按步骤进行……"

国际乡村运动的前景，一天天地展现在这个美丽的春天里。2月下旬，美菲教育协会组织了盛大的晚餐会。会上，晏阳初发表演讲，正式提出了菲律宾乡村改造的基本思路。

会场上顿时响起热烈的掌声。

接下来，晏阳初和菲律宾政府高官、一些知名的学者坐在一起，商定推行菲律宾农村改革的细节，一致决定，首先成立一个临时委员会，来具体负责此事。

紧接着晏阳初又专程拜会了菲律宾时任总统埃尔皮迪奥·基里诺，向他说明近日调研走访农村的情形以及中国乡村工作的成绩。

埃尔皮迪奥·基里诺，1948—1953年担任菲律宾总统，任内强调恢复人民对政府的信心，开展了大规模的战后重建，实行全面经济动员方案，颇有成效。

听了晏阳初对菲律宾农村情况的介绍，埃尔皮迪奥·基里诺总统笑着说:"晏博士你做得比我多多了。说来惭愧,我对农村情况的了解还没有你清楚。下周,我也要去看看。"

……

菲律宾是亚洲信仰罗马天主教人口最多的国家,80%的人都信仰天主教,乡村改造工作要在菲律宾全面推开,就必须获得天主教会的支持。

接下来晏阳初又前去拜会天主教马尼拉大主教,向其说明了乡村改造计划的大概内容。大主教大为赞同,道:"只要是菲律宾人需要的,也就是天主教会所需要的,我全力支持……"

……

同年3月14日,菲律宾乡村改革临时机构主要人士再度会晤商议,决定设立乡村建设专门顾问会议组织,邀请政府高级官员担任顾问,菲律宾时任总统埃尔皮迪奥·基里诺担任荣誉主席,选择首都马尼拉附近的黎塞省作为先导示范地区,于同年夏季正式开始工作,并以正式文件和菲律宾总统签名的赞同函件致信国际平民教育委员会,正式邀请晏阳初来菲律宾开展工作。

菲律宾的工作有序地开展起来。晏阳初又飞抵日内瓦,与世界卫生组织和粮农组织协商,以求得它们的帮助。

……

3

1952年7月17日,在一阵阵喧天的礼炮声中,菲律宾乡村改造运动促进会正式成立。

菲律宾当地用最隆重的仪式,庆祝这个标志着乡村重建运动全面开展的社会团体的成立。大会隆重热烈,菲律宾时任大学教务长抗拉多·本奈特兹当选为理事会主席。

菲律宾乡村改造运动促进会成立后,抗拉多·本奈特兹立马致电晏阳初,邀请晏阳初前来指导工作。晏阳初欣然应允,几经辗转,经纽约、旧金山于7月23日到达菲律宾首都马尼拉。到达后,这位花甲老人立马便开始工作。

1952年7月,正是菲律宾炎热多雨的夏天,一个头发微微有些白的老人,戴着遮阳帽,精神矍铄地行走在崎岖的山路上,旁边到处是简易的木房子和茅草房。这些房子弱不禁风,一阵台风就能将它们夷为平地。但是,这些菲律宾人却世世代代生活在这样的房子里……这位六十多岁的老人就是国际平民教育委员会主席晏阳初。他在抗拉多·本奈特兹的陪同下,亲自带队深入菲律宾乡村,实地走访调查,摸清情况,协助抗拉多·本奈特兹建立表征试验区。

"主席阁下,菲律宾资源丰富,但人民的确很穷。黎塞省的楠卡村虽然邻近首都,但村民思想封闭,生活十分贫困,还不知道可以到首都获得工作机会……"走在乡间的小路上,望着这些破旧的房屋,晏阳初表情严肃。

"晏博士,所以,我才迫切需要你的指导……"抗拉多·本奈特兹点了点头,脸上露出诚挚的笑容。

……

有人说,在热带,人饿的时候,只要去外面转一圈,就能获得解决饥饿问题的食物。7月是菲律宾一年中最热的时节,草木疯长,林草丰茂。新埃西哈省被誉为菲律宾的主要"粮仓",但走在乡间的小路上,入眼却是荒芜的田地,四散的人杂乱居住在又破又旧的房屋里。由于贫困和饥饿,人们普遍是一脸菜色。

在新埃西哈省奥洛村,晏阳初随意走进一户农家,揭开锅盖,里面是刚刚煮熟的玉米糊。这个曾以盛产水稻、蔬菜和水果闻名的鱼米之乡,居民却无米可吃,只能以玉米充饥。

晏阳初心情沉重,发出一声叹息。

"晏先生,这儿大部分是佃农,而且大部分是虎克党的人,所以生活有些清苦……"随行的乡村干部解释道。

晏阳初有些惋惜道:"你们这里有山有水,有大片的良田,正是从事农业生产的好地方……一边是大量荒芜的土地,但大部分农民却没有土地耕种。这个现象,我将与你们总统交流。"

……

"我真诚地建议,在黎塞省的楠卡村和吕宋岛中部佃农居住的新埃西哈省奥洛村建立表征区……

"……至于具体工作,建议先从改善两地的医疗卫生条件做起,使农民享受真正的实惠,以拉近跟他们的感情。医疗记录可以作为治疗当地传染病的根据,社会调查工作也可以同时进行。"

……

调查结束后的例会上,晏阳初做了发言,向与会者阐述了自己的观点和看法。

紧接着,晏阳初与抗拉多·本奈特兹又专门拜会了菲律宾时任总统埃尔皮迪奥·基里诺,以十分沉痛的心情劝说他同意开放该省十万亩公有荒地供农民使用,解决农民的生计问题。

……

4

新埃西哈省位于菲律宾吕宋岛中部,西与打拉省为邻,南与邦板牙省接壤,距首都马尼拉约150公里,地处马尼拉通往吕宋岛腹地的咽喉地带,是菲律宾中吕宋区最大的省份。

这里,良田万顷,土地肥沃,盛产水稻、玉米、高粱以及各种蔬菜和水果,曾被誉为菲律宾的粮仓。但由于虎克党长期盘踞,这里匪患猖獗,偶尔还有零星的枪声响起。1952年晏阳初去考察时,需要军队保护才能进入。

"美国统治菲律宾多年,但菲律宾仍然有一半以上的农民不识字,百分之九十的乡村家庭甚至没有厕所,大多数农民困于贫穷,没有土地……"晏阳初在菲律宾乡村改造运动促进会召开的工作例会上讲道,"不入虎穴,焉得虎子!如果我们的乡村改造试验不能从最艰苦最贫困的地方开始,如果不能让这些地方发展起来,就没有说服力……

423

"以圣路易斯为例，这里只是一片荒草，偌大一片土地只有 300 户陆陆续续回迁的农户，到处是一片萧条的景象。这些返回来的农户除了知道种植一季水稻外，其余时候就将土地闲置了，这怎么能富裕起来……"晏阳初痛心地说。

经晏阳初和菲律宾乡村改造运动促进会反复考察论证，菲律宾的乡村改造就在这片不毛之地拉开大幕。

"乡村会给你们提供贷款，给你们提供耕作工具、水牛、家畜……"乡村会组织了专门的工作队，工作队一进入圣路易斯地区，立马就建立了买卖合作社，工作队成员进村入户，主动贷款给农户，鼓励农民购买耕作和生产必需品，又从很远的地方运来稻种。同时，四大教育连环实施……

乡村工作队白天深入农民家中做农民的思想工作，晚上居住在农民家中。

这里治安很差，工作队成员晚上居住在农民家中，女队员住在小房内，男队员睡在小房子外面。为确保女队员的安全，这些男队员便用一条长绳将自己的小腿缠住，并与女队员的小腿连在一起，如果坏人来袭，这些队员就可以立即起身一起防卫。

很快，荒原变成了农田，乡村秩序也逐步好转。

经过土地改良，水稻由一年一季变为两季，而且两季收获后又种植番茄、洋葱等作物。

收获的季节，金黄色的稻穗迎风飘荡，稻田外，鱼池、牛圈、猪棚、鸡舍星罗棋布，烟叶、大豆、香蕉、木瓜、树薯遍地都是，几乎每一平方米都有可供销售的农作物。

农闲时节，乡民还会制作手工艺品……乡民收入连年增长。几年间，人均收入就达到了 965 比索，是全菲人均收入的 3 倍，这个曾经的不毛之地，很快就变成了人人向往的富庶之地。

农村面貌也发生了巨大变化，农家有了厕所、垃圾坑，村里有了村医……

第七章　走出国门　誓除天下文盲

……

草木荣枯，春去秋来。接下来的几年里，晏阳初扎根菲律宾，像当年在中国一样，跑遍乡村的每一个角落，认真调查、深入推动，先在菲律宾几个省内试点，很快就将农村改革和重建运动在菲律宾轰轰烈烈地开展起来，帮助菲律宾消灭了文盲，消除了贫困，根治了怠惰……

1954年，新上任的菲律宾总统麦格塞邀请晏阳初在国内推行三年乡村改造计划，使菲律宾成为亚洲乡村改造运动的示范国家。为表示诚意，麦格塞总统礼聘晏阳初为乡村改造运动顾问。

按晏阳初的乡村改造思想，菲律宾完善了村议会制度，规定每村都应选举村议会成员，其中包括教育、卫生、生计三个村议员。

1954年，菲律宾国会通过了《农地租赁法案》，增强了佃农耕作土地的权利。

1955年，菲律宾总统签署法令正式实施。

1956年，菲律宾历史上第一批全国选举的议员产生了。

到了1958年，晏阳初已帮助菲律宾重建了200多个村庄。

1959年，菲律宾国会又通过村宪章，进一步完善并加强了村公所建设；后来，国会又通过了《农地改革法》，保证农民合法地拥有土地。

……

晏阳初在菲律宾扎根39年。在晏阳初的推动下，菲律宾农村面貌一新，昔日荒地已是一片绿茵，稻谷、香蕉、烟叶、菜圃等随处可见，牛栏、猪舍、鸡舍、鱼池应有尽有；村内纷纷建起了保健中心、读书中心、幼儿园……村民就医、就学方便了许多。试验区居民每户平均收入约为全国各地家庭平均收入的3倍。

美国总统罗斯福的夫人埃莉诺和大法官道格拉斯都以国际平教会理事的身份前来参观，给予很高赞誉。

菲律宾的农村一度成为20世纪全世界最好的农村。菲律宾的村民对晏阳初感恩戴德，尊称他为"现代农村的圣徒"！

425

5

"女士们,先生们……中国有句古训,叫'民为邦本,本固邦宁'。这句话前后一贯,相互辉映:人民是一国的根本,自然是世界的基础。但当前全球三分之二的人,聚居于正待开发的国家,陷于贫穷、疾病、愚昧无知与苛政下。这样众多的人群如此衰弱不堪,世界哪来的和平与繁荣?所以,20 世纪及其后时代的最大挑战,不是去探索太空的奥秘,而是去开发我们这个星球上三分之二待开发的民众的潜能……

"为了迎接 20 世纪对我们的挑战和满足国际平民教育运动发展的需要,应立即建立一所国际乡村改造学院,作为国际乡村改造运动的领导中心。培训那些来自不发达国家的青年,使他们能够从精神上和技能上承担起在自己的国家里开展乡村改造运动的任务,发动他们国内尚未开发的民众,使之成为'自然的主人'……

"集合那些有全球观念、有创造性和献身精神的科学家、学者作为教师,组成一个教育核心。他们不仅要具有知识和技能,而且要能培养学生积极参加社会活动的精神,培养学生的十字军精神及仁爱之心……

"应邀协助那些不发达国家,组织其本地的乡村改造促进会,推广乡村改造计划……

"在国家、地区和国际范围内,进行实地研究和试验工作,不断地为改进和发展乡村建设的理论与实践提供基本材料,并作为信息的集散地……"

1958 年 12 月 2 日,在国际平教会集会上,晏阳初正式提出了在菲律宾创建国际乡村改造学院的计划。通过与各个国家和地区乡村改造运动中涌现出的领袖人物,一些大学或学术、社会机构具有同类精神和学识的优秀人物以及人道主义者等合作,建立乡村改造专家流动工作队,把乡村建设运动扩展到世界各地。

经过晏阳初的提议,1959 年,国际平教会正式做出了建设国际乡村改造学院的决定。

第七章　走出国门　誓除天下文盲

1960年10月20日，国际平教会向德拉瓦州申请立案，10月27日即获得许可……

但事情也并非一帆风顺。

"晏先生，美国政府对外国的援助，（20世纪）50年代以来，原则是按照已定的计划与程序进行拨款，关于你的乡村改造学院建设计划，美国政府性基金不能给予支持……"

"老朋友，你的乡村改造学院我不大支持，也没有余款支持你，我也不会帮你邀约富豪聚餐来完成这一事业……最多，派出记者前往菲律宾参观摄影，在我名下的《时代》《生活》杂志给予介绍……老朋友，我只能帮你到这儿了……"《时代》《生活》杂志发行人鲁斯无可奈何地耸了耸肩。

……

建校计划、法律程序都按计划完成后，按照规划，晏阳初决定募集建院资金500万美元。哪里知道，东奔西走，资金募集却是难上加难。

"晏先生，你都几天没有好好吃饭了……再这样下去，你的身体会受不了的……"在美国纽约，晏阳初刚刚参加完募捐会后，正是午餐时间，但晏阳初却顾不上吃饭，秘书汤静怡终于忍不住劝说。

秘书汤静怡的话音刚落，疲倦至极的晏阳初竟然高声唱起了《中华平民教育歌》：

> 茫茫海宇寻同志，
>
> 历尽了风尘，
>
> 结合了同人。
>
> 共事业，
>
> 励精神，
>
> 并肩作长城。
>
> 力恶不出己，
>
> 一心为平民……

晏阳初停了停,接着又唱道:

愈努力,

愈起劲,

勇往向前程。

飞渡了黄河,

踏过了昆仑……

唱完之后,晏阳初又精神大振。

这时,容光焕发的晏阳初转过身来,见汤静怡神色黯淡,便神情轻松地说道:"静怡,还有什么事情吗?"

见汤静怡欲言又上,晏阳初爽朗一笑,道:"不怕,问题是用来解决的。不管再大再难的事情,说出来就是……"

汤静怡见晏阳初已精神抖擞,终于大着胆子道:"刚刚菲律宾乡村建设委员会来电,说菲律宾乡村建设的实地田野研究、表征、实验等工作需要先生您实际指导。而且,乡村建设委员会的经费已经严重缺乏,人员工资已不能按时发放……如果乡村改造学院没有募集到资金,乡村会的工作也将停滞……"

"没什么,相信我,这些问题很快就能得到解决……只管把事情做好了,不要考虑资金的事情……牛奶、面包总是会有的……"听了汤静怡的话,晏阳初和气地宽慰道。

"还有一件事情……"待晏阳初说完,汤静怡又犹豫地说道。

"没事儿,你说吧……"晏阳初道。

"这些日子,国际平教会一些理事也有了关于建造国际乡村改造学院的忧虑……说国际学院设在菲律宾,而菲律宾贫穷落后,学院建成后,其他国家可能并不会愿意选送优秀人员前往受训。搞不好,学院就不能做到名副其实。耗费大量财力、人力、精力,只能供给菲律宾乡村会使用,意义不大……"汤静怡心情复杂,脸上露出丝丝不忍之色。

"这些都是小事……要干事业,哪里不会出现一些困难?这些事情你都不必担心,下来以后我将分别向各理事解释说明……"晏阳初神色坚定。

"愈努力,愈起劲,勇往向前程……"说罢,晏阳初又唱起了《中华平民教育歌》,疲惫的脸上又斗志昂扬。

几天后,国际平教会召开理事会,晏阳初发表了讲话。

晏阳初用铿锵有力的语气说道:"各位理事放心,我保证国际乡村改造学院会如期开学。学院将对各国民间的、自发的乡村改造运动产生促进作用,并通过国际奖学金的颁发以及对投身于乡村改造运动的千百万人的培训,一定达到符合国际化乡村工作研究试验、表征和推广中心的目标……

"……我相信,博爱的纽带将把各国人民联合起来。一旦时机来临,各国乡村会会组成'世界联盟',形成一股强大的动力,促进世界的和平与博爱……"

6

"世界就好比一个大家庭,只有齐头并进,才会相互友爱。以一个有三个儿子的家庭为例,一个儿子受很好的教育,穿漂亮的衣服,吃很好的食物;而另外两个儿子却破衣烂衫,忍饥挨饿。这样的家庭会和睦安宁吗?

"……全球最紧张的问题,就是极大多数人终日辛劳,却不能使自己和家人免于饥饿和疾病。世界上尚有三分之二的人群陷于饥饿、疾病、愚昧以及被压迫的困苦中,这无疑是对世界的一大挑战。

"在20世纪中,世界面临的最大挑战不是去探索外部太空的奥秘,而是去发展这些未发展和发展不良的人民;对于世界上的不发达国家来说,我们的使命不是飞往月球,而是深入到人民、农民和农业工人中去。就在我们这个地球上,这样的人成千上万……

"如果想有一个更美好的世界，必须有更好的人民，人民是基础，巩固这一基础的唯一方法就是使未发展和发展不良的人民得到发展。如果乡民没有知识、智慧和精神，乡村改造是不可能有长久效果的。乡村改造只有一种方法，那就是对乡民进行改造……

"现在我想谈谈国际乡村改造学院，讲一讲为什么要建立和怎样建立国际学院。在过去的几年中，我们国际乡村改造运动组织收到了世界各地很多人的请求信。仅拉丁美洲，我们就收到了800多封请求信，急切希望我们到他们的国家，去开展类似于菲律宾乡村改造运动的活动。这些国家包括中美洲和南美洲所有的国家。因此，在已有成效的鼓励下以及在贫困落后人民的迫切需要和现状的促进下，我们决定成立国际乡村改造学院，以满足不同国家的请求和需要。这个国际乡村改造学院大致有三个重要职能：满足像危地马拉和哥伦比亚这样的不同国家的需要和请求；精心训练这些友好的合作国家选送来的乡村改造运动的领导者；继续进行我们的技术和应用研究，以进一步改进现有的技术和方法，并发展新的技术和方法……

"国际乡村改造学院建校计划实施后，要更加坚定地为发展中国家人民服务，在其他国家进行国际推广计划，鼓励各国青年男女来学习乡村改造的理论、技术、方法，让他们亲自把握科学布道、自由十字军精神……"

国际平教会工作例会上，看着台下的平教人和部分理事会成员，晏阳初进行了简短演讲，算是对前段时间内部一些不同声音的再次回应。

……

"现在，许多美国友人都认为拉丁美洲的农村问题很严重，贫富悬殊，民怨甚大。这种情况下，随时都有可能出现十几个古巴……"

风光旖旎的纽约州，车水马龙的纽约街头，穿着西装走在街头的晏阳初，看了看这繁荣美丽的都市，又想起了菲律宾乡村那些吃不起饭的农民，心情沉痛地对国际平教会执行长哈里·普赖斯说道。

看了看悲天悯人的晏阳初，普里斯点头道："现在美国社会各界对援助拉丁美洲的兴趣浓厚,进步同盟等民间组织已经开始从经济、社会、教育等方面进行援助……"

晏阳初轻叹了一口气,道:"是啊,美洲发展极度不平衡。据我所知,洛克菲勒兄弟、道格拉斯大法官也已经与相关人士进行接触往来……"

沉吟了一下,晏阳初又道:"拉丁美洲和菲律宾都曾经被西班牙统治,独立后,这些国家至今保留着说西班牙语的习惯。如果选送这些国家的人员前往菲律宾接受训练,回国后更容易推动乡村工作……"

晏阳初边走边沉思,然后说道:"前些年我也访问过危地马拉,那边的情况确实不好,那里的400万人中有53%是印第安人,其余是印第安人与西班牙人混血……"

知道晏先生最近在关注危地马拉的情况,秘书汤静怡早有准备地拿出了关于危地马拉的资料。

资料显示,当时危地马拉情况很糟糕:一是基础设施落后。7248个乡镇(社区)中只有2000个村有道路可以进入,有1000多个乡镇只能在干季时进入,其余4000多个村没有道路,几乎与世隔绝。农村房屋如几百年前一样破旧不堪,居住条件如原始人一般落后。二是饮水用十分缺乏。居民主要饮用河水、湖水或其他天然水源,但这些水源大多被人为污染,而且没有任何水处理设施,直供直饮。三是卫生条件十分落后。医生严重缺乏,传染病严重,人口死亡率居美洲之首。婴儿死亡率达29.1%,产妇育后30日内死亡率达3.5%,1岁以下小儿死亡率达8.97%。四是社会极为动荡,过去20年因骚乱已有20万人死亡。五是文盲占比极高,就连学校老师的水平都不高。六是人均收入低……

晏阳初看了看资料,叹了一口气,道:"这样的国家和地区,也确实需要我们国际平教会的帮助。"

……

7月的美洲,经过热带雨林气候的滋养,天空湛蓝,景色优美,湖水清澈。

1961年7月，晏阳初伉俪刚到危地马拉，就受到全国上下的热烈欢迎。时任总统米格尔·伊迪戈拉斯·富恩特斯当即邀请晏阳初夫妇午宴长谈。午宴上，富恩特斯总统举起酒杯，向晏阳初夫妇致以真挚的谢意。

扶轮社是依循国际规章成立的地区性社会团体，通常会以所在地的城市或地区的名称作为社名。危地马拉扶轮社的社员都是当地工商业的领袖，在当地很有影响力。接下来晏阳初对当地扶轮社成员进行了走访。

紧接着，晏阳初又与当地的"地主协会"相关人员举行会谈。听了晏阳初的演讲，当地几名地主立即表示愿意拿出田地、山庄供乡村改造发展所用。

……

接下来，晏阳初和国际平教会执行长普里斯又访问了委内瑞拉、秘鲁等拉丁美洲国家。

晏阳初并在华盛顿、纽约等地再三研讨。国际平教会决议：给予危地马拉、哥伦比亚两国乡村建设奖学金各16个名额，由两国选送相关人员到菲律宾培训……

7

"晏先生，如今拉丁美洲国家纷纷要求国际平教会给予帮助和指导，你的工作量将更加繁重……而且，资金需求也越来越大，需要募集更多的资金，这些都需要您亲自出马……"纽约街头的早餐厅，国际平教会执行长普赖斯陪着晏阳初。

"是啊，"晏阳初喝了一口牛奶，脸上露出一丝愁云，"常常东奔西走，既要实地指导田野实验，又要募集款项……特别是现在国际乡村改造学院还没有资金来源……募捐压力越来越大，常常有力不从心的感觉……"

"我和同事们反复商议，决定聘任两个助手，分担你的工作，想征求一下你的意见……"普赖斯道。

晏阳初眼前一亮，说："我怎么没有想到？！说说你们的想法。"

"我们的想法是，聘任一个行政助理，分担你的行政工作。另外，再聘任一个募捐专员，专门负责募捐工作……"普赖斯道。

晏阳初点了点头。

经过国际平教会理事会商议，并经过多方考察和会谈，决定聘请哈里·普赖斯担任国际平教会行政主任，又聘请弗兰克·斯帕克斯协助晏阳初主持国际平教会的募捐工作。

斯帕克斯原在商界工作，后被聘为学院院长，专门负责组织并主持"教育基金支援会"，为自己主管的学院募集捐款，成效显著。

1963年9月，又聘任克莱德·梅雷迪思为国际平教会发展组主任，实际负责捐款工作。

"女士们，先生们：美国上下和其他国家相关人士都知道全球乡村改造运动是由晏阳初先生倡导发起的，四十多年来，成绩斐然，已是深入人心。"

"捐款人对晏阳初更具有充分信心，也更加名正言顺……"

"为方便募集资金，我倡议，将国际平教会更名为'晏氏乡村改造促进会'。这一新名称，对方一目了然，更加容易接受了解……"

1965年9月24日，国际平教会理事会召开集会，会议核算并确认了国际乡村改造学院今后5年预算为973万余美元，费用十分巨大。

会上，国际平教会理事里德利·沃茨发表了演讲，在讲话中建议将国际平教会更改名称为"晏氏乡村改造促进会"。

建议提出以后，立即获得理事会赞同。会议当即决议于当年10月20日在纽约举行会员大会以进行表决。

10月20日会员大会上，大家一致表决通过，国际平教会更名为"晏氏乡村改造促进会"，赓即依法申请立案。

1966年1月20日，经过法定程序，"晏氏乡村改造促进会"正式成立，推选里德利·沃茨为理事会主席，道格拉斯继续担任国际乡村改造学院理事会主席，并增选了理事。

"看似寻常最奇崛，成如容易却艰辛。"资金募集先要进行广泛地宣传，举办各类活动，召开各类会议，必须有启动资金。所幸，在《读者文摘》发行人华莱士伉俪以及甘博、麦可米克、史瓦浦儿女的捐助下，终于凑足了20万美元的启动资金。

落实了启动资金，募捐工作又重新走上正轨。在晏氏乡村改造促进会发展组的请求下，《读者文摘》发行人华莱士伉俪具名举行了3次午餐会，邀请美国的公司、银行、基金会等代表与行业著名领袖参加。席间，华莱士主持会议，晏阳初报告国际乡村改造学院计划。

"在华莱士伉俪的支持下，3次餐会募捐效果良好，募集现金19.39万美元，认捐75.3万美元，费用资助人员超过1000人，还有，美国胺化学公司认捐15万美元，分3年支付，支援晏氏乡村改造促进会在拉丁美洲的乡村工作……"午餐会告一段落后，晏阳初立即给菲律宾乡村会理事长致电。电话这头，晏阳初高兴地说道："更为关键的是，这3次午餐会，国际友人看到了国际乡村改造学院对国际乡村人才以及拉丁美洲的乡村会实施的培训，消除了以前很多友人对于建设国际乡村改造学院的偏见，以后的募捐可能会更加容易，我们的国际乡村学院建设指日可待……"

好事接二连三，在华莱士伉俪的努力下，美国胺化学公司在原来认捐15万美元的基础上，又计划捐款25万美元，里德利·沃茨认捐10万美元……

8

"解决了资金问题，国际乡村改造学院不仅要加快建设步伐，还要提高国际影响力和工作效率。在院舍建成之前，可以与菲律宾乡村会合作，对其他国家乡村改造工作者进行培训，要尽早发挥学院的影响力和作用……"行走在国际乡村改造学院的建设工地上，看着眼前这片空地，从以前的只有两棵大树，到现在一座座楼房拔地而起，晏阳初做出了指示。

……

"尊贵的来宾们，来自危地马拉和菲律宾乡村改造运动的同事们，我很高兴能对菲律宾乡村改造运动的40名新学员表示欢迎。我确实很高兴能欢迎来自危地马拉乡村改造运动的朋友们和同行们……"

1965年,在晏阳初的安排下,国际乡村改造学院在菲律宾境内的田野实地训练基地开展了第一期国际培训,来自危地马拉、哥伦比亚等世界各国的乡村工作委员和骨干人员,将一起接受晏阳初的训练。培训前,国际乡村改造学院举行了隆重的开班仪式。在开班仪式上,晏阳初发表了讲话。

"在过去的十二年中,菲律宾乡村改造运动形成了服务于人民的伟大传统。我经常将菲律宾乡村改造运动叫做乡村改造工作。弗朗西斯为了接近穷人,就同穷人结婚,与穷人打成一片。但是,菲律宾乡村改造运动的工作人员做得比他还要好。他们不仅接近那些生活贫困的人民,而且正像罗西斯秘书刚才所说的那样,他们还去教育穷人如何摆脱贫困……

"菲律宾乡村改造运动具有甘愿奉献的伟大传统。我希望你们这40名新学员在6个月的培训中,至少学会两样东西。第一是要学会技术知识,相对来说这是比较容易的。第二是要培养传教士式的热情。技术固然重要,但仅靠技术决不能拯救一个国家,决不能改造人民。要达到这些目的,就必须将技术与宗教精神结合在一起。很多工程、很多计划的失败,并不是因为缺乏技术,而是因为缺乏宗教热情……

"乡村工作是艰苦的,它包含有许多汗水和眼泪,还会经历许多失败和挫折。无论是男是女,是长是少,除非他们具有宗教精神,否则他们或迟或早都会放弃这份工作。菲律宾乡村改造运动纲领是不仅要搞社区发展,还要搞人类发展。这就是说,进行这个运动需要时间、耐心、知识、勇气和奉献精神……

"这是一个长期的工作。为了达到我所说的人类发展的目的,它要求坚持不懈地奉献。因此,我的新朋友们,我希望你们都获得成功,愿上帝保佑你们在今后的6个月内至少掌握两个基本功。其一是掌握菲律宾乡村改造运动的技术,其二是培养改造自己的人民、改造自己的国家的宗教精神……

"危地马拉的朋友们,你们是自己国家的精华。我想告诉你们,也许你们这些新学员曾听到过,世界上的最大问题之一,是世界上三分之二的人都被叫作发展不良的人民。'发展不良'这个词听起来很不舒服。许多人为躲避这个词,用'正在出现'的人民,或'发展中'的人民来替代,但他们仍叫铁铲为铁铲……我十分希望这一不愉快的称谓能使我们中的某些人觉醒,使我们愤怒,以至我们想去做一些事情来改变这一状况,而不是躲避它……

"这些不发达国家为什么不发达?正像罗西斯秘书刚才指出的那样,是因为人民发展不良。正因为人民发展不良,所以国家的天然资源未得到充分利用,国家的矿物资源没有得到很好的开发。甚至连国家政府也发展不良,为什么呢?因为政府的发展程度正是人民的发展程度……"

发言最后,晏阳初站了起来,提高了音量呼吁:"我的朋友们,微笑着去迎接乡村改造训练任务吧,为回国以后去改造自己的人民和国家而努力学习吧!我冒昧地引用西蒙·玻利瓦尔的精神,提出如下誓言:对我的上帝和生我养我的土地起誓,'我将用我的双手和灵魂投入工作,直至打碎将我们的人民束缚在贫困、无知、疾病和自私之中的锁链!'"

9

天刚蒙蒙亮,窗外的景色还是一片朦胧,从窗口向外望,一切显得那么神秘而静谧,朦胧的光影让人产生无穷的遐思。四野里安静极了,似乎能听见自己的心跳声,偶尔吹过的风也是轻悄悄的,怕惊醒了黎明时人们的酣梦。

晏阳初早早地就披衣起床了,妻子许雅丽还沉浸在酣梦中。他轻轻地站到窗前,望着外面正在逐渐明朗起来的天空,心里的喜悦,也和这一点点明媚起来的早晨一样。

年近八十,晏阳初虽已满头白发,可他的精神一如壮年时那般饱满。身体仍健壮,这得益于他良好的体育卫生习惯。他自己就常常向家人炫耀这一点!

第七章　走出国门　誓除天下文盲

从 20 世纪 40 年代开始，晏阳初便把自己的目光，投向了发展和壮大世界平民教育工作。转眼间，忙碌的二十多个年头又过去了，国际平民教育在他的指引下，正蓬勃发展着，全世界许多国家的乡村教育运动方兴未艾。平民教育的理念，已经在全世界生根、发芽、开花、结果。

想到这里，老人的脸上露出了欣慰的笑容。

二十多年在国际上奔走，晏阳初的足迹遍布亚洲、非洲、美洲。他给许多处在贫苦中的人带去福音，指导并帮助他们成立平民教育组织，为他们募集资金，教育民众战胜贫穷、根除疾病和愚昧。

天色不知什么时候已经亮了。从窗子望出去，国际乡村改造学院新建好的教学大楼，显得那样迷人，她像一位刚刚起床的少女，身着新装，带着几分羞涩和腼腆，恬静地站在微明的晨曦中，等待着人们惊羡的目光。

看着看着，晏阳初长长地吸了口气，空气中充满了潮湿、清新的气息。

此时正值菲律宾群岛的 5 月，炎热正一点点地从海上漫过来，和着阵阵略带腥味的海风。要不了多久，海岛上潮湿而漫长的雨季就要来临了。

明天是国际乡村改造学院举行落成典礼的好日子。晏阳初睡不着，他心里很是兴奋，于是早早就起床了。

妻子许雅丽也醒了，她见丈夫立在窗前，知道他早就起来了，轻声问道："早起来了？还早呢！"

"是啊，睡不着，心情很激动啊。"

"也是啊，今天可是个大喜的日子，你盼着这个日子的到来，已经很久了，心里肯定很激动的。"许雅丽笑着附和，她没有笑丈夫的孩子气。她心里很清楚，国际平民教育事业的发展壮大，是晏阳初毕生的理想。四十多年的风雨同舟，她早已深谙丈夫的心思，这种为世界平民教育献身的理想，年龄愈大，意志越坚定。

许雅丽披衣起床，两个人站在窗前，默默地感受着黎明前难得的

437

静谧。

东边的天空正在渐渐变得明亮，一轮绯红的太阳，渐渐升起，一眼望去，逐渐喧闹的都市全沐浴在金色的光晕里，显得那么美丽，充满着勃勃的生机。

也不知道过了多久，晏阳初忽然想起些事情，说："雅丽，我差点忘了，你快准备一下，收拾收拾，上午说好了，去马尼拉机场迎接华莱士一行的。"

"就你忙晕了头，我可是记着呢。"许雅丽白了晏阳初一眼。

刚刚吃过早点，贝勒特夫妇便穿着节日的盛装，过来催促晏阳初夫妇了。

夫妻俩匆匆出门，和菲律宾乡村会的同人们一起，驱车赶往马尼拉机场。

1967年5月1日上午，搭载着华莱士夫妇和国际乡村建设学院理事约翰逊等贵宾的班机，准点降落在马尼拉机场。飞机舷梯徐徐落下，晏阳初便高兴地挥起手来，身后的人也都欢呼起来，机场上一片欢腾。

飞机上，一张张微笑着的熟悉的面庞出现了，华莱士夫妇率先出来，接着就是约翰逊理事。晏阳初夫妇快步迎上去，一一和他们拥抱，并逐一介绍前来迎接的菲律宾乡村改造学院的专家、教授，机场上的气氛热烈而隆重。

寒暄过后，一行人驱车直接驰往刚竣工的国际乡村改造学院。

这里绿树成荫，环境清幽，让人流连忘返。

5月的阳光照在这片宁静的土地上，校园里不时走着一两个早到的学生，他们轻声说着话，脚步也是悄悄的。一路走来，美国客人不住地称赞，这里真是个宜人的学习的好地方。

"华莱士先生，没有你和美国朋友的慷慨解囊，学院的建设就不会这么顺利。你们满意了，说明我们做得还不错，我心里的石头也算落地了，菲律宾朋友心里也就踏实了。"晏阳初看着华莱士夫妇和菲律宾同行真诚地说。

第七章 走出国门 誓除天下文盲

"哪里,哪里,我们的捐款哪里比得上晏先生几十年为平教事业不遗余力地奔走,惭愧得很哟。"华莱士耸耸肩,调皮地说。

大家都大笑起来,宾主俱欢,一切都是那样让人愉悦。

晚上宾主共进晚餐,席间言笑晏晏,觥筹交错,每个人的脸上都洋溢着无限的喜悦和满足之感。共同的裕民理想,把这些来自不同国度的人紧紧地团结在了一起。

1967年5月2日上午,国际乡村改造学院落成典礼在新落成的礼堂里隆重举行,来自世界各国的平民教育代表以及联合国驻菲律宾人员,共一千五百多人到场祝贺。菲律宾时任总统马科斯偕夫人亲临大会现场,共同见证国际平民教育运动的这一盛会。

大会在具有浓郁的菲律宾乡村特色的旋律中开始了,首先,菲律宾乡村会理事长贝勒特教授致欢迎词,他语调铿锵,热忱地欢迎各国人士齐聚菲律宾,齐聚国际乡村改造学院。

接下来晏阳初在雷鸣般的掌声中大步走上前台。望着台下一张张洋溢着热情的脸庞,几十年风雨兼程的平民教育道路上的一点一滴,又历历浮现在晏阳初眼前。他平复了一下激动的心情,稍微梳理了一下思路,向台下深深地鞠了一躬,开始演讲。

顿时,礼堂里回荡着他激情澎湃的声音。

"……三十年前,当乡村建设工作发动时,在中国,大多数人是持观望态度的,认为在战乱的中国,要实施这一教育,简直比登天还难。可是,经过30多年的努力,乡村教育运动已经得到越来越多的国际有识之士的首肯……

"……今天,我们齐聚在这里,齐聚在刚刚落成的国际乡村改造学院,为的就是要把这一运动推行到全世界,要让全世界受苦的人民,早日从愚昧和贫病中解脱出来……

"……乡村建设是艰巨的工作,30多年来许多同志深入农村研究、试验、从事工作且都有其相当的成就,尤其是在方法与技术方面,如识字教育、乡村卫生、农业推广、经济合作、农民自卫以及县政建设,都有极其宝贵的心得可以提供。抗战之前，这类工作曾普遍于南北各省，形成了一个全国性的社会建设运动；抗战期间，在有过乡建工作的许多地方，更充分表现了农民力量的伟大……

"……乡村建设虽有如此重要的意义和价值，但工作总在阻碍和曲折之中，始终未能达到吾人理想的境地。事实上，我们只是学术社会团体，我们所能为的乃是乡村建设的研究试验。至于较大规模地推广实施，非赖政治力量不可……农村繁荣、农民生活水准提高，社会才能得到普遍的繁荣。尤其是实行民主，人民在文化、政治、经济各方面的基本力量——知识力、生产力、健康力、组织力——未曾开发出来，如何谈得上真正的民主、民立？……

"……30多年来，本着我们坚定的信念，努力工作，环境却使我们的工作不能令人满意，且今天的处境更使我们痛苦。我们要做却还是不能如理想去做，不做又深感良心不安。只有在艰苦之中，冒着漫天烽火，站在人民当中，含着眼泪，咬定牙关，做一点算一点，做一滴算一滴。除了加倍努力之外，更渴望各方面共克时艰，捐弃成见，转阴霾为光明，化暴戾为祥和，都站在为人民谋福利的立场上，以工作成绩相竞赛。那时，民力才能发扬，民主才能实现……

"……以乡村工作者的身份诚恳地要求各方面，唯有走到田野当中，走到农民当中，认识农村，服务农民，帮助他们挺立起来，才是我们彷徨中唯一的出路。当然，今日的乡村环境万分恶劣，工作难免不受阻碍。然而，只要我们有正确的认识，有坚决的行动，有前赴后继、百折不挠的精神，任何阴霾终必被冲散，任何困难必可克服，因此，我在此特郑重提出'开发民力，建设乡村'这8个字，作为大家今后努力的方向！"

晏阳初的演讲在雷鸣般的掌声中结束了，贝勒特教授等台下的掌声渐渐平息了，才大声说："现在，由总统马科斯先生为晏博士授勋！"

马科斯总统微笑着把一枚象征菲律宾最高荣誉的平民奖——金心奖章——佩戴在晏阳初胸前，并朗声宣读授奖词：

"为感谢晏阳初博士对菲律宾乡村建设的卓越贡献，菲律宾人民把最高的荣誉授予他,以表示对他无私奉献的感激和他崇高精神的敬意。

"……晏博士一生以平民教育为己任,他始终同情那些处在苦难中的劳动人民,并尽他最大的力量去改善他们的生活……"

全场沸腾了,总统夫人走上前台,亲自为晏阳初唱响了菲律宾民歌,以盛谢他对菲律宾人民的无私奉献。晏阳初的眼眶潮湿了。

台下的人们也是唏嘘不已。

10

"乡村改造工作,如果不从最穷苦、最困难的地区开始,不改变最贫困地区的面貌,就没有实质意义……"在国际乡村建设学院针对危地马拉的培训会上,晏阳初在讲话中指出。

紧接着,泰国、日本、印度、印度尼西亚、加纳、哥伦比亚等国家和地区的乡村改造运动蓬勃开展,晏阳初的足迹遍布亚洲、非洲、拉丁美洲等第三世界国家和地区。

1963年春,晏阳初夫妇访问多米尼加共和国,进行农民基本问题考察研究。

1964年5月,晏阳初与国际平教会行政主任同往危地马拉和哥伦比亚考察,与当地民间领袖进行商讨。同年11月20日,国际平教会正式决议:协助危地马拉和哥伦比亚成为中美和南美国家乡村改造的表征区,给予两国乡村建设奖学金各16个名额,并选送其领导人前往菲律宾参加国际领袖人才训练。

1965年1月6日,危地马拉、哥伦比亚乡村工作领导人和科学家共32人,与菲律宾乡村会4人一同受训。晏阳初亲自主持仪式。1月6日至4月22日,晏阳初先后对学员演讲17次,将4年来平教乡村建设工作的历史、基本哲学与指导原则一一加以说明。

1965年秋,晏阳初到泰国考察,决定帮助泰国进行乡村改造。1968年5月3日,泰国乡村会选送专家、学生共30名到国际乡村改造学院学习。

1971年11月，在晏阳初的指导下，加纳成立乡村改造组织。1972年，加纳乡村改造促进会正式成立，并决定以曼彭流域作为先导试验区。1973年，加纳乡村会选派6名专家赴国际乡村改造学院接受培训。1974年2月，受训专家正式进入曼彭地区开展工作。1971年以前，加纳农村不知如何养猪、养鸭、养火鸡；1976年，加纳农村几乎家家养殖……
　　在晏阳初不遗余力地推动下，危地马拉、哥伦比亚乡村改造促进会正式成立。
　　在国际平教会的培训指导下，危地马拉选定国内东部的Jalapa州作为先导试验区。这里道路崎岖，人民生活非常贫苦，文盲众多，社会混乱……是整个危地马拉最落后的地区。
　　在晏阳初的指导下，危地马拉乡村会因地制宜，组成乡村合作协会，发挥团体的力量，鼓动团体结合，激励团体自主改革推进。
　　危地马拉乡村会从老百姓最关注、最直接、最现实的利益做起，积极解决农民土地问题，将土地交给没有土地的农民耕种。以乡村合作协会为基础，培训农民实用技术，鼓励农民种植玉米、大豆、番茄、花生等农产品，以农庄为单位，积极开展播种、收获、销售等各种活动。同时，结合当地的气候、土壤等条件，积极开发新品种——咖啡豆，当年便收获50万公斤，获得丰收。在合作社的帮助下，咖啡豆直接远销德国。合作社不仅很快偿还了2.9万美元的贷款，而且结余很快达到了6万美元。
　　由于政治、社会、宗教等问题，一些资源丰富，但极端保守，不愿意甚至反对发展计划的社区，甚至不愿意外人进入。在晏阳初的指导下，乡村会通过深入的调查，发现这些地方对教师十分尊重，于是便组建教育工作队，教授村民新技术、新方法。然后，乡村会又与政府的农业部门合作，设立行动学校，教授偏僻地区居民知识和技能……
　　危地马拉乡村会与政府卫生部和其他机构广泛合作，开始在乡村改善环境卫生、医疗保健等条件，建设厕所等设施；同时，建设学校、整修校舍，积极开展识字教育……

"这并不只是公开赞誉晏阳初博士在危地马拉永不休止地努力,发扬农民自己的潜在力,以改善他们自己的生活;而且是表彰他为世界人民和永久和平所做的工作:解救在饥饿、无知、疾病、被压迫等种种灾害中的男女……

"当许多人还在被这些祸害缠绕时,政治自由只是一句空虚的话语。国鸟勋章是我国最高的勋奖——国鸟是一种不能在囚禁中生存的鸟,象征自由,是所有人类最珍爱的精神宝贝……

"国鸟勋章实在是只能佩戴在一位最正当人的胸襟前——这人终生在为广泛人的自由在奋斗……"

由于乡村改造成效显著,1976年11月,晏阳初被危地马拉总统授予国鸟勋章,国鸟勋章是危地马拉的最高勋奖。

乡村改造运动如雨后春笋,在世界各地蓬勃开展。

1978年7月28日,荷兰教会团体代表国际乡村改造学院与荷兰政府签订联合财务协议,荷兰政府同意在两年内拨给学院4.9936万美元,主要用于创办一所社会试验场。

1980年7月,晏阳初夫妇自纽约飞往马尼拉,参加国际乡村改造学院第13届讲习会结业典礼。

1981年1月17日至31日,国际乡村改造学院举办了特别研讨会,菲律宾、泰国、危地马拉、哥伦比亚、加纳等国家和地区的乡村改造促进会代表参加会议……

11

1988年4月,来自中国的平民教育考察团,来到国际乡村改造学院,学习取经。晏阳初高兴地接待了来自祖国的亲人。

面对一张张诚恳、亲切的笑脸,晏阳初十分激动。老人只觉得激情在胸口充盈,学院大厅里又响起了他充满了无限深情的话语。

那一天,晏阳初演讲的题目是《乡村改造运动十大信条》。

"同胞们,朋友们,欢迎你们从祖国来到设在菲律宾的IIRR——国际乡村改造学院，参加国际乡村改造研讨会。IIRR是一个国际性的民间组织，面向发展中国家，以训练、研究、推广乡村改造的知识、技能、方法、理论为己任。你们是来自共产党领导下的社会主义国家的代表，IIRR的历史上与社会主义国家的专家学者共同探讨乡村改造的理论与实践，这是第一次。有10亿人民的国家派出代表团与一个民间组织共同探讨问题，这表明了中国领导人的气度与魄力，也反映了中国政府执行开放政策的决心……

"1985年与1987年我曾两度应全国人大常委会（时任）副委员长周谷城先生的邀请回祖国访问。会见了邓颖超、万里、周谷城等领导人以及许多老朋友，并到北京、定县、成都等地参观访问。百闻不如一见，我亲眼看到祖国取得了了不得的成就，亲身体会了邓小平先生等固本工作的伟大成绩。此行使我对祖国的前途产生了无限希望，我真诚地希望能为新中国的建设略尽绵薄之力，做一点贡献。今天，我请你们来到IIRR，相互交流乡村改造的经验，共同探讨乡村改造的理论，以促进乡村改造的工作。今后我们还要争取更多机会到中国去学习，尽可能地吸收有益的营养，来充实我们的国际乡村改造工作……

"国际乡村改造运动，溯其历史，源于第一次世界大战时期法国战犯区的华工教育，后来演变为中国的平民教育运动，成熟于定县试验时期。从（20世纪）50年代起，以中国定县试验的基本理论为基础的乡村改造运动，在第三世界国家推广开来。经过四十多年的努力，独创性的平民教育与乡村改造实践和理论又有了很大的发展。IIRR出版的期刊与书籍中都有详尽的介绍。今天我向诸位重点介绍一下乡村改造运动的十大信条，这是我们集体七十年工作经验的总结，也可以说是我们事业成功的十个基本条件。"

接下来，晏阳初认真翔实地向同胞们介绍了乡村改造运动的十大信条。

晏阳初大声讲道："一是深入民间。

"先圣先贤留给我们的古训中有一条叫'民做邦本，本固邦宁'。人

第七章 走出国门 誓除天下文盲

民是国家的根本，本不固则邦不宁。这虽是几千年前的老话，但它却是历经千年而不朽的真理。人民是国家的根本，要建国，先要建民；要强国，先要强民；要富国，先要富民。世界上无论哪个国家，都是一样，从来没有哪一个国家是国势强大而人民衰弱与人民贫困的。过去的中国，号称有四万万之众，但是其中百分之九十以上的人民是贫民、愚民、病民。这样的国家怎么能强？怎么能富？以前英国殖民主义者把中国人叫'苦力'，我们的农民历来过着最苦的生活，是真正的苦力。在这数以万万计的劳苦大众中，有多少勤劳朴实的一般群众，同时也一定有无数英雄志士，有许许多多的大发明家、大科学家、大文学家、大思想家、大政治家、大实业家，但是由于政治的腐败、社会环境的不良、经济的贫困落后，中国宝贵的人力资源没有得到发掘，不知埋没了多少杰出的人才。鸦片战争以后，列强把我们的国家一块块瓜分了，中国变成了殖民地。为什么会成为这个样子？就是因为我们丢了本，没有从根本上重视建民、强民、富民的工作，本不固，国家自然不会强盛。过去几十年间，我们在中国倡导平民教育运动与乡村建设运动，用意就是在固本上着力，以图祖国的繁荣富强。正因为有了这么一条根本的信念，几十年来我们才坚持不懈地躬身实践，艰苦奋斗，深入民间，认识问题，研究问题。

"在中国，历来有'万般皆下品，唯有读书高'的传统观念，由于这种封建意识的影响，于是产生了许多书生、书呆、书奴，养成了一个士大夫阶层。'学而优则仕'，更有人飞黄腾达、青云直上，当官做老爷，而这些人往往误国戕民。在中国历史上，有两种瞎子。一种是生活在社会底层的不识字的无知无识的瞎子，叫'文盲'；一种是虽有知有识，但处在社会的上层，远离劳苦大众，不了解广大人民的疾苦，更看不到人民身上的潜在力量，这种人也叫瞎子，我称之为'民盲'。近代以来，中国的许多读书人跑到欧美去留学，染习西化，回国后俨然是一个'西洋人'了，吃的穿的，一切的一切都西洋化了。与中国的劳苦大众，如平民、农民、苦力，根本没关系。还有一群正经读书人，相信文章救国、文章建国，而看不到劳苦大众中蕴藏着无穷的伟力。以上这些人应归于'民盲'之列。'民为邦本''民为贵'恰恰是中国的古训，而我们的读书人又偏偏忘记了祖宗的遗教。

"我个人由于特殊的经历，第一次世界大战期间在欧洲战场与华工朝夕相处，有机会了解到'苦力'之苦，同时也发现了'苦力'之力。于是下定决心今生今世要献身于劳苦大众的解放事业。回国后，渐渐有许多朋友和我合作，投身于平民教育与乡村改造工作。我们这一批同志，有分别留学于德国、法国、美国、日本的博士和硕士，也有毕业于国内各大学的专门人才，有学经济、政治、教育、农业、卫生、社会等学科的。当时他们学成归来，满腔热忱地企图报效祖国，但是英雄无用武之地，报国无门，政府腐败透顶，人民穷困至极，他们深感失望。当他们看到平民教育促进会在全国范围内开展大规模的识字运动时，深受鼓舞，看到了可以实现报国之志的机会了。当平民教育运动转向农村，演变成一种更为深刻的治本建国的乡村改造运动时，他们舍弃了大学校长、教授的工作，有的还放弃了当官升迁的机会，大家从象牙塔跑到泥巴墙，从大都市来到穷乡僻壤。我们回到乡村，来到中国的基本群众中间，以图了解人民，探索救国的方略与道路。"

晏阳初讲完第一点后，看了看大家，又开始谈第二点：

"二、与平民共同生活，向平民诚心学习。深入民间的目的是认识问题、研究问题，协助人民大众解决问题。为达到这一目的，就要彻底放下知识分子的架子，虚心地向农民学习，向人民群众学习。要当人民的先生，首先要做人民的学生。要化农民，必先农民化。我们到定县后，住的是与农民一样的房，吃的是与农民一样的饭，我们提醒自己绝不自筑壁垒，与农民隔绝，搞成一个'小北平'式的小圈子。我们要彻底地与农民打成一片，甘当他们的小学生。起先农民对我们有很大的戒备，以为我们是政府派来收捐、征兵、拉夫的。后来看到我们真心诚意地为他们办事，他们才消除了顾虑。

"中国的知识分子在农民、平民结合的时候，要从根本上破除'上智下愚'的传统封建观念。把自己看成是上等人，而把农民、平民看成是下等人，这是大错特错的。1776年美国的《独立宣言》、1789年法国的《人权宣言》，都表明了'人人生而平等'的思想。1948年联合国大会通过了《世界人权宣言》，进一步强调了这一基本思想。它和中国的封建思想是根本不同的。受过现代教育洗礼的知识分子首先应当具备民主、自由的先进意识，对待平民百姓特别是占人口总数85%的农民，我们要从心底把他们看作与我们一样的平等人，把他们看作我们的同胞，是我们的兄弟姐妹。几千年来的封建统治，使他们不是不可教，而是'无教'。他们并不缺乏才智，缺少的是机会。他们受尽千辛万苦，有其独有的不朽经验，只要给他们机会，他们的聪明才智总有一天会显露出来。我曾说世间最宝贵的财富是人，世界最宝贵的矿藏是'脑矿'，最大的'脑矿'在中国，中国的平民、农民蕴藏着无穷的伟力。我们搞平民教育与乡村改造，就是在开发'脑矿'，开发民力。而从事这一工作首先要求我们扫除自己头脑中的封建意识，树立一个平等的思想。所谓平民教育，其'平民'二字中的'平'，并非只'平凡'一义，其中还含有'平等'的意思。首先是道德人格平等，其次是机会平等。当真正实现平等的时候，天下才能'太平'。如果世界上三分之二的人在贫困和不满中生活，那么世界能够实现和平吗？

"七十年来，我们初衷未改，坚持生活在劳苦大众中间，前三十年在中国，后四十年在第三世界国家。为了推动乡村改造，我们必须虚心向农民学习，向农民求教。不这样做，我们在农村就不可能稳得住脚，更不可能有所作为。你高高在上，视自己与农民为异类，你就不可能抓住他们的心弦，就不会得到他们的信任与尊重，就不可能推行你的主张。这就好像医生为病人看病，要达到治病救人的目的，你得先问病情、检查身体，这就是向病人学习。你还要有一个严肃、诚恳、热情的态度，否则病人只会讳疾忌医。乡村改造事业要取得成功，非要和农民打成一片不可，非要向农民学习不可。"

与会人员频频点头称是，并且认真聆听晏阳初的演讲。

"三、共同计划,共同工作。六十年前我们在中国选择了定县,最近几十年,我们又选择了菲律宾、泰国、印度、危地马拉、哥伦比亚、加纳等国家和地区的一些乡村,作为我们推动乡村改造的基地。自然科学需要研究室,社会科学也需要实验室,但这实验室不是在屋子里,不是在图书馆,而是在社会实践中,在农村里。上述这些基地,就是乡村改造的社会实验室。从事这一实验的主力应当是平民自己,他们是社会改革的主力。因此,不是说我们一切都知道了,提示人家应该怎么去做。平民是我们的伙伴,首先要对他们做启发、教育、宣传的工作,让他们树立主人翁意识与从事改革的主动精神。一切计划、方案及方法,都要与他们共同商量研究,要使我们所掌握的科学道理因地制宜、因人制宜,不能固执己见,不能以为我们有知识,是大学士、大博士,就什么都懂,做的一切就都正确。应当承认,有好多东西我们不懂或没有真懂,反倒是农村的百姓具有真知灼见。有些时候,我们的主张尽管正确,但也须设法使它变成平民大众自己的主张。这往往需要耐心,要说服等待。我们切不可操之过急、一厢情愿、简单从事、包打天下。社会改造事业,没有千百万觉悟了的劳苦大众积极参加,是一定不会奏效的,是注定要失败的。"

晏阳初继续娓娓道来。

"四、从他们所知开始,用他们已有来改造。整个乡村改造工作的目的是发扬平民的潜力,要他们运用自身的力量去改造自己的生活。推行平民教育运动本身不是我们的最终目的,它是发扬平民潜力的一种利器。因此,平民教育并不能代表我们工作的全部内涵,从某种意义上讲,平民教育与乡村改造都是发扬平民潜力的方法。过去我们说中国农民的问题是愚、穷、弱、私,我们认为不发达国家的农民所存在的问题仍然是愚、穷、弱、私。我们就是要从教育的立场出发,用教育的方法来医治这四大病症。用文艺教育攻愚,发扬知识力;用生计教育攻穷、治穷、开发生产力;用卫生教育防病治病,培养健康力;用公民教育攻私,发扬团结力。我们过去的口号是'除文盲,做新民';今天我们IIRR的工

第七章　走出国门　誓除天下文盲

作重点仍然是 Livelihood（生计）、Education（教育）、Health（健康）与 Selfgovernment（自治）四大改造连环进行。

"发扬民力，开发展力，改造生活，是一个巨大的工程，需要付出巨大的努力。但是千头万绪从何开始？我们认为要从平民最迫切需要解决的问题入手，从他们所知道并能理解的地方开始，在人们现有的基础上进行改造。这就要求我们的乡村工作人员将复杂而高深的科学知识简单化，用中国话来说就是要深入浅出。如果农民听不懂、用不上，那么一切都将成为空谈。做到这一点并不是轻而易举的。教育与改造固然是一项神圣而伟大的事业，但必须从基础做起，万丈高楼平地起。必须从大处着眼，从小处着手，脚踏实地，集腋成裘。"

会场中激荡着晏阳初语气坚定的声音：

"五、以表征来教学，从实干来学习。

"早在定县试验时期确定的'以训练做准备，以表征为方法'的实施制度，近四十年来又为亚洲、非洲、拉丁美洲一些国家和地区所仿效。实践证明，这种制度有效地推动了农业科学深入民间。针对乡村农民进行生计教育，是为了有效地发展他们的生产力，改善他们的生活。生计教育的成效如何，关系到农民投入乡村改造的热情，这对整个改造运动的成败关系重大。如何推行生计教育，在中外教育史上无前例可循。采用传统的学校式的正规教育方法是不可行的。在定县试验中我们创造了表征农家的方法，这一办法强调在实践中学习的原则。一般的做法是由下列过程组成：创办生计巡回训练学校，有计划地到各社区进行农业技术教育与实际指导。IIRR 还实行一种需要做为期一周的短期培训的办法。这些培训指导常以单项农业技术为内容。受训人员为农民领袖与生产能手。在生计培训的基础上，挑选成绩好并热心于农业技术改革的农户，作为表征他们的实地操作、实际成果与现身说法，向其他农民作表学演示范。这样就把课堂搬到了农田，变书本教学为实干学习。举凡理想之宣示、技术之传授、试验之证实、推广之实施，都可在表征教学中来完成。推而广之，表征教习也适用于教育、卫生、自治各项事业。"

449

晏阳初侃侃而谈，与会者洗耳恭听。晏阳初停了停，又接着一口气给大家讲了五个"不是……，而是……"。

"一、不是装饰陈列，而是示范模型。平民教育与乡村改造所进行的一切，不是为了装饰陈列，拿来供人参观的，而是为了在农民实际生活中产生效应的。我们在定县搞平民教育与乡村改造试验时，一时吸引了国内外各界人士前来参观。国内来的，包括从事乡村教育、乡村自治、乡村建设以及有关的高等学校、经济团体、文化团体的有关人士与政府官员。其中国内著名人士如周作人、黄绍、甘乃光、梁漱溟、黄炎培、江问渔、任鸿隽、蒋建，国际著名人士如斯诺、孟禄等亦先后来定县考察。很多人对定县试验给予充分的肯定，也有些人提出这样那样的批评。其中有些人对定县乡村改造的市政设施感到失望，认为没有平坦的马路与像样的建筑。其实，我们向来不主张做表面文章，我们作为一个民间组织，多年来一直靠募捐得来的资金维持事业，从来舍不得多花一文钱。我们要扎扎实实搞试验，注重实绩，企图为各地各国提供一个示范的模型，这个模型是看得亲切、学得容易、富有实效的。我们没有忘记，自己的事业是为广大贫困地区的劳苦大众服务。如果我们提供的模式是一种中看不中用的东西，那就失去了乡村改造的意义。

"二、不是零零碎碎，而是整个体系。过去我们强调文艺、生计、健康、公民四大教育连锁进行，现在我们强调教育、生产、健康、自治四大任务连环配合，并举实行，基本思想是一样的。IIRR 的院标就是四个圆圈并置，标志着四大任务连环进行。这代表了我们多年从事乡村改造事业的一个基本认识，即乡村改造是一个完整的系统工程。

"我们都知道，农民的生活水平太低，问题错综复杂，改造工作刻不容缓。我们也知道，从事乡村改造的工作者，在任何一个问题上动手去做，多少可以有些成就，有些帮助。可是经验告诉我们，零零碎碎去做，不但费时间、不经济，而且往往顾此失彼，效果也不能持久。所以我们帮助全世界的农民，去发挥他们的知识力、生产力、应对每一个问题都有彻底的认识，用系统的方法去全面解决问题。不应只在每个具体的问题上零碎地去做一点事，就希望能把整个问题全部解决了。

"为了说明这一信条，我们用保健工作来做例子。我们在定县，发现农民的卫生需要是多方面的，他们需要环境卫生、防疫注射、节育方法、医药治疗设备、家庭营养和婴儿保健知识。我们花了几年的工夫，建立了一个有效果、农民经济能力可以负担的农村保健制度。由受过基本医药训练的保健员（每村一人，平民学校毕业生担任），负责推动乡村下层卫生工作。他们经常和区保健所（有医师、助理员、护士）保持联络，继续接受训练，并将病情比较严重的农民送到区保健所治疗。最后是县保健院，这是县保健制度的最高机构，有完善的医药设备及可收住50人的病房。县保健院负责主持训练各级卫生工作人员中的骸助产妇。这个保健系统，可以很低的代价，满足定县40万人的卫生需要。这样，我们解决了卫生保健的整个体系。

"三、不是枝枝节节，而是通盘筹划。社会既然是一个有机联系的整体，乡村改造是一个系统工程，这就需要在实施这项工程的过程中通盘筹划。四大任务既可以看成是具有并列关系的小系统，又可以看成是相互间有一定因果或逻辑联系的立体网络，因此解决乡村社会的问题既要注意四大任务的连续性，又要照顾到它们之间的必要逻辑联系。比如，乡村最迫切的问题是贫穷，为了提高他们的生活水平，自然首先会想到发展生产。但是，如果不同时重视教育，不努力提高人们的科学文化知识水平与生产技能，不加强人们道德观念和社会思想认识方面的工作，不提高人民自主意识与自治能力，不注意提高人民身体素质，不加强卫生健康教育工作，只是纯抓生计，抓生活方式，抓眼前枝节的致富，而不知致富道理、道路、技能以及目的与各方面的保障，不注意巩固与提高措施，这是行不通的。且不说生产搞不上去，即使搞上去了，也不能使社会和个人得到均衡的巩固和持久的发展。人的发展需要和社会发展的需要都是多方面的，并且彼此之间相互联系。满足了一方面的需要，只是解决问题的某方面，只有使各方面的发展需要都得到满足，才能均衡地发展。单方面地考虑和解决问题，即使某方面成功了，但由于其他问题未解决，这种成功也是暂时的，势必要被未解决的问题破坏，或者形成畸形发展的新问题，阻滞社会进步。由于这些原因，我们必须注意在进行乡村四大建设工作时，既要使四大任务的工程连锁推进，又要特别注意把握住它们之间的环节，以立体网络结构的观点来通盘筹划。多年来，我们搞的既是一项旨在解除劳苦大众贫困、愚昧的大的系统工程，又是一项基于这项工程成就的发展与建设性工作。我们乡村改造的目的不单是使人们摆脱困境，主要是在摆脱困境的过程中真正开发出个人和社会的发展与创造能力，通过自己的能力和社会的生命机制，开拓新世界前景，使个人和社会都得到良好的全面发展。我们不希望人们单纯地从教育或其他立场看待我们的事业，教育只是我们事业中的一个主要环节，不是我们事业的全部。这点请诸位注意！

"四、不是迁就社会，而是应改造社会。乡村改造既然是一种社会改造运动，就意味着要对自然的、社会的、历史的、现实的种种问题采取革命性的措施，弃旧图新，走向光明。我们肩负的使命要求我们应当永远迎着困难上，向困难挑战，最终战而胜之。因循守旧，得过且过，就会故步自封。你常会听到有人说，社会是如此恶劣，看不到一点希望，将就凑合吧，能维持现状就不错了。这是一种悲观的论调。我们当今处在人类社会的一个大变动时代，改革是时代的潮流，要创造一个新社会，自己就必须与时俱进。要有旺盛的斗志，时时刻刻准备应付各种困难与挑战。IIRR 的同志们意识到自己任重而道远，因此我们提出了要坚持自己特有的精神：一是自由与独立的精神；二是所向无敌、不惧怕任何困难的精神；三是奉献精神。

"过去在中国，我们曾受到军阀的威胁利诱，受到地主与高利贷者的围攻，受到贪官污吏的刁难与破坏，更不用说连年的战争造成了巨大的困难。困难正是一位绝好的老师，把我们锤炼得更加坚强。我们的口号是，威武不能屈，富贵不能淫，贫贱不能移，战乱不足忧！

"五、不是救济，而是发扬。多年前，当我在法国第一次接触中国的劳工时，我就发现他们并不缺乏智慧，而是缺乏发扬这种智慧的机会。在以后的实践中，我更认识到，平民教育不是以慈悲为怀的施米施粥的贫民教育，而是培养国民元气，改进国民生活，巩固国家基础的新型教育。后来我们又提出，乡村改造是为了民族再造，农民——特别是青年农民——是乡村改造的主力。知识分子回到民间去，不是包办代替，而是启发教育农民，激发调动他们的主人翁意识，培养他们自发自动的精神。

"IIRR以有限的人力推动菲律宾几个基地的乡村改造试验，为世界发展中国家培训乡村改造的各种人才，就是立足于'发现、发明、发扬'的'三发'原则，始终是我们的基本思想。发现是指我们在与劳苦大众的朝夕相处中发现了蕴藏在他们身上的无穷伟力；发明是说我们发明了开发人脑矿的平民教育与乡村改造的一整套理论与方法；发扬则是说我们整个系统旨在发扬民力，发扬人格平等的精神。我们不是包打天下的英雄，我们只是广大平民的朋友。乡村改造的事业若没有千百万劳苦大众的自觉参与，是一定不能成功的！

"我们为民服务，一定要牢记'民为邦本，本固邦宁'。现在世界上还有三分之二的人在受穷受苦，我们不揣冒昧，不分种族，不顾国界，以改造乡村来负起达到天下一家的使命！"

台下，来自祖国的亲人以一浪高过一浪的掌声，向这位为平民教育事业奋斗了一生的可敬老人，表示最诚挚的敬意。

会后大家围住他，七嘴八舌地向他介绍了祖国正在进行的农村建设，诚挚地邀请老人回国访问。

老人已是满头白发，但精神矍铄。他爽朗地笑着，大声说："太好了，祖国现在发展得这样快，我一定会回去的，回去看一看，看一看曾经工作过的土地，看一看祖国的变化。"

老人的双眼里是浓浓的乡情。

第八章

举世瞩目　功业千秋成伟人

1

往后的很多日子里,晏阳初常常想起烟台那个身穿补丁衣服的乡下小姑娘。

小姑娘羞涩的笑容就是一道光,包含着温暖和希冀,让晏阳初觉得所有的付出都充满了意义。

那时候平民教育活动在烟台开展得风生水起,大量城市平民涌入课堂,接受识字教育。晏阳初和同事们每天都忙着安排教师、编印课本、募集物资,恨不得把一天当成两天用,忙碌的日子过得充实而温暖。

一个阴天,天色有几分晦暗。午饭后大家都如常没有午休,而是在办公室加班,突然,一个怯生生的声音在门口响起:

"我想问问,哪个是晏阳初晏先生?"

有人转身,一个衣服上缀着补丁的小姑娘扒着门框,有些胆怯地望着屋子里的人。

小姑娘手里提着一个竹篮。

晏阳初从里屋走出来,他并不认识这个小姑娘,虽有几分疑虑,却仍快步走到门口。

"我就是。你找我有事?"晏阳初见女孩篮子底铺着一层谷糠,肯定是刚刚卖完鸡蛋,"进来说吧。"晏阳初邀请。

"不了,晏先生,我说完就走,还有很长的山路呢。"小姑娘望着他笑,又看了看阴沉的天色。

"那你说,我听。"晏阳初鼓励她。

"晏先生,"小姑娘站直了身子,双手抓住篮子,深深地吸了一口气,鼓起勇气说,"晏先生,我看城里都在教人们读书写字,什么时候你们到我们乡下教我们乡下人写字呢?……我们乡下人也想识字。"

女孩一口气说完,脸已经通红,她大胆地望着晏阳初。

看着女孩期待的眼神,晏阳初心里突然很难受。这些年他东奔西走,四处推行平教试验,可多灾多难的中国,在农村、在最苦难的乡村里,

第八章 举世瞩目 功业千秋成伟人

还有很多农民兄弟姐妹目不识丁,生活在水深火热之中。

他又想起了在法国普兰集中营那些可爱的劳工兄弟们。

屋子里,喧闹的同事们安静下来,女孩的问题让他们的心情都很沉重。

晏阳初俯下身,笑着对小姑娘说:"会的,我们很快就要到农村去,教大家识字,还要教大家种粮食,教大家怎么预防生病。"

"真的,晏先生?"女孩又问。

"真的,我们会很快到农村去,教育大家。"晏阳初认真地点点头。

"那好,我回去了,我在乡下等你们这些先生来。"女孩笑了,望了晏阳初一眼,"那我走了。"

"嗯。"晏阳初微笑回答。

女孩走了几步,回过头站定身子,对晏阳初深深鞠了一躬。直起身后小姑娘又说:"晏先生,谢谢你,谢谢你们。"

平民教育运动在中国看似轰轰烈烈,但其中的艰难唯有自知。每当晏阳初想起这个小姑娘,想起她满含期盼的眼神,再苦再累,他也会马上浑身充满了力量。

他没有食言,等一切准备妥当,1929 年,晏阳初带着妻子和孩子,带着一大群生活在城市里的高级知识分子,来到河北定县,走进农村,和农民们一起生活。兑现着他对小姑娘的承诺,兑现着他"除文盲,做新民"的承诺。

一场载入史册的定县改革试验由此拉开序幕。

站在甲板上,晏阳初思绪时而回到现实,时而在记忆里飞驰。

苦吗?是很苦,但他心里很踏实。

温柔的海风夹杂着潮湿的海腥味儿,不时从船身侧翼吹过来,和船行而产生的迎面的海风相接,忽而就消失了,只在人身上留下凉凉的感觉。

眼望苍茫的大海,晏阳初陷入了绵绵的沉思。此刻他思绪万千,回想自己初次到美国的求学之旅,转瞬间已过去二十七年了。二十七年的风雨岁月中,他也从一个不谙世事的青涩少年,变成了眼下这个一腔忧思的中年。沧桑的岁月已经在他脸上刻下了明显的痕迹,二十多年来,他一直在为祖国的平民教育事业而努力奔走着,期望把自己的一腔热血,洒在为农民启蒙的征程上。其间遭受的艰难和困苦无从言说,美国友人给予的无私援助和支持,却每每让他嗟叹不已。也就是在美国,中国的平民教育事业第一次被世界所认识和了解。近段时间,许多国家纷纷发来信函,邀请他去指导本国的乡村建设运动。欣喜之余,晏阳初更觉信心倍增,自己二十多年的乡村改造运动,正在世界范围内凸显出它重大的价值。

……

轮船在大海中急速航行着,晏阳初的心里如这奔腾的波涛,起伏动荡。自美国毕业归国,怀揣着美好的理想,努力推行平教运动,却值军阀混战乱,境况艰难,后祖国统一,又遇日本入侵。倏忽二十多年过去了,平教运动虽有了一定影响,可要说成绩,他还是觉得让人汗颜。

他自嘲地摇了摇头,脑中不禁响起了雄壮的平教会会歌的旋律:

> 茫茫海宇寻同志,
> 历尽了风尘,
> 结合了同人,
> 共事业,
> 励精神,
> 并肩作长城……

他在心中暗许,一定要扩大平民教育事业的影响,为全世界正在受苦受难的民族,开一剂救济的良方。

汽笛一声长鸣,让晏阳初从沉思中醒了过来。他抬眼望去,轮船已经驶进码头,他连忙提起自己的行李。

第八章　举世瞩目　功业千秋成伟人

2

一段时间内，晏阳初频繁地与各国学者、教授会晤，接受美国各大媒体的专访，到纽约各大学演讲。他有一个感觉，自从平教会总部迁到定县，开始乡村教育以来，平教运动的事迹就渐渐淡出了世界的视线。既然已经来了，就有必要将这十多年在中国乡村推行平民教育的具体情况向世界各国进行介绍，让世界了解。同时，把自己在多年的平民教育活动中积累的经验告诉世人，希望为世界各国的乡村改革工作贡献自己的一份力量。

基于这样的考虑，晏阳初常常奔波于各大社团之间，发表慷慨激昂的演说。他充满激情的演讲态度、平和的微笑、真挚坦诚的话语，如温暖的春风拂过每一个听众，勾起了人们无限的遐想。人们在欣赏他精彩演讲的同时，更为他数十年如一日献身平民教育事业的精神所感动。

……

"现在，世界上还有四分之三的人处在终日不得温饱、无法享受教育的状态，这就意味着，这个世界四分之三的基础还不健全。而只要这种情形继续下去，我们就不能建立一个健康、幸福的世界。……此刻的主要任务必定是发动起那受过教育的四分之一的人，去改变那四分之三的人被'埋没'的状况。当然，这不是要降低那四分之一的人的问题，而是要提高那四分之三的人的问题。

"这种情形向我们提出了一个严峻的挑战，同时也提供了一个极大的机会。为什么呢？因为这种世界上四分之三的人口还没有受过任何正规教育的情形，可以说是呈现在我们面前的一张白纸，在这上面我们可以去写最新的篇章，去创造一个不同的世界。

……

"我们常说'世界大家庭'，那么，我们究竟打算怎样使这个世界成为一个'世界大家庭'呢？在教育人们重新建设自己的个人生活时，我们的全部教育必须贯以和平的思想。只有和平的世界，才能让人们更健康、更快活地生活，我们不应该把和平教育视为一个孤立的计划，而应要把它视为整个重建生活规划的一个组成部分。……这项工作应该在世界范围内进行，而不只是在某一时、某一地进行。这样，就会产生一种世界意识和一种全球的责任感。

……

"我们都想有个更美好的世界，但其确切的含义是什么？世界上最有价值的是什么？是金银吗？不是！世界上最有价值的是人民。因此，所谓更美好的世界，真正含义即我们要有更好的人民。

"愚、贫、弱、私绝不是中国独有的特色。南美洲、非洲、东南亚的许多国家和地区都存在类似的情况。事实上，世界上有四分之三的人口处于愚昧、营养不良、住宅简陋、疾病缠身的境地。其生存条件远远低于人类应具备的最低生活标准。

"人民是国家的基础，也是世界的基础。若这个基础强大、稳固，人类便可以享受安宁。但如像现在这样，四分之三的人口是弱的，那么即使全世界的男女一再疾呼'和平，和平'，世界也不会有和平。

"不论何种种族、肤色，或何种信仰，全人类都有权享受起码的教育、生活条件、健康保健和自治。人类的基本生活水平是普遍相同的。因此，在一个国家研究的基本原则和方法，也可以应用于其他具有类似基本问题的国家。在最近二十年之中，中国平民教育运动所研究的经验和技术是普遍适用的。

"如果我们想使世界的基础——人民——强大稳固，我们就必须同人类四分之三的人口共同面临的愚、贫、弱、私进行斗争。但是，一个国家孤立地去解决这些共同的基本问题是很困难的，只有整个世界共同合作，才能完成这项工作。

……

"免于愚昧的自由，就是取得教育的平等。取得教育的平等，才是国际的民主，人类的真解放。"

……

第八章 举世瞩目 功业千秋成伟人

晏阳初的声音越来越受到重视，每一次演讲结束，听着如雷的掌声，他都在想，我这是在播种，把平民教育的理念播撒向全世界。为此，他不知疲倦，有时一天连续演讲四五场，晚上回到寓所，嗓子干得说不出话。可第二天上午，他又准时出现在演讲现场。为了一生追求的平民教育理想，他痛并快乐着。

定县的乡村平民教育事业，通过他声情并茂的演讲，通过报纸长篇累牍的报道，渐渐被美国民众所知晓，并在世界上产生了深远的影响。许多与中国国情相似的国家的有识之士，纷纷前来拜见晏阳初，向他请教乡村教育的秘诀。

世界范围内的乡村改造运动就这样到来了。

就在这充实而忙碌的奔波中，晏阳初渐渐厘清了自己的思路。他觉得，美国罗斯福总统提出的人类四大自由并不全面。当今世界有四分之三的人生活在贫瘠的痛苦中，他们生活在社会的最底层，看不到未来的希望。因此，要让人类变得更加美好，还应加上"免于愚昧无知的自由"，启迪民智。

晏阳初认为，没有任何一个国家能超越其民众而强盛起来，只有大众——世界上最丰富的、尚未开发的资源，经过教育而发展，并参加自己的建设工作，世界才有和平可言。

晏阳初的这一观点，得到了美国友人的极力称赞。晏阳初将达到"免于愚昧无知的自由"的一条简便的途径——平民教育思想及其基本做法编辑成册，付印出版，即《免于愚昧无知的自由——平民教育实用手册》。

此书一经发表，立即在美国引起轰动，人们争相购买，先睹为快，以学习晏阳初的平教理念。一些国家甚至将此书中的内容作为农村治理的宝贵经验，加以学习和借鉴并在全国推行实施。

1943年11月，美国作家麦克维将此书的提纲写成了一篇激情洋溢的专题文章——《中国教师的特使：晏阳初》，发表在《读者文摘》上。在文章的末尾，麦克维这样写道："平民教育将造就每一个人成为完全的人，那时他就是任何其他人的兄弟……我谦恭地相信，世界需要这样一种为世界民主、世界和平的教育。这样，我们不只能拥有四大自由，还有第五自由，它较其他思想都显得伟大。没有它，我们如何能有四大自由？这就是免于愚昧无知的自由。"

当时美国的《读者文摘》每期发行一千多万份，这一期更是连续加印，以满足读者所需。

直到今天，西方一些发达国家的民间，在世界上很多教育水平落后的地区，还在不停地开展类似于平民教育模式的志愿者活动。晏阳初以平民教育经验为武器，敲开了世界基层治理的大门，越来越多的贫苦人民因此获益，过上了想要的美好生活。

3

1944年初夏，著名作家——诺贝尔文学奖获得者赛珍珠专门采访了晏阳初。

这是远离都市喧嚣的一个环境清幽的小村庄，赛珍珠就居住在这里。村庄中的建筑是典型的欧式的，可赛珍珠家中的陈设却是中国式的硬木家具，还摆放着精美的瓷器。墙上不仅有《圣经》挂画，还有中国的泼墨山水，完全是一副中西合璧的气派。站在窗前远眺，远山如黛、青黑相间，近处是农民们绿油油的庄稼，耳听鸟鸣虫啁，自是写作的好地方。

赛珍珠出生在中国上海，喝着黄浦江水长大，她的童年是在中国度过的。对那个古老而神秘的东方国度，她一直怀着深深的眷念和爱。

赛珍珠早早地就起来了，并吩咐人打扫了屋子，因为上午她约了晏阳初过来，要与他进行一次长谈。

晏阳初来得很早，穿着素洁的西服，进屋时满面温和的笑容。

两个人早已是好朋友，没有多少客套话，寒暄过后，便一起进了书房。

晏阳初挑了个靠窗的椅子坐下，仆人进来泡好茶，轻轻地带上门，出去了。

赛珍珠笑了笑，摊开了桌上的纸，然后握起了笔。

第八章 举世瞩目 功业千秋成伟人

两个站在时代前列的智者,开始畅谈。

赛珍珠只是简单地提出一些问题。更多的时候是晏阳初一个人在陈述、表达。他语速适中,语调低缓,好像含着一股莫名的忧伤,更像是在讲一个生动、感人的长篇故事。

凭着作家敏锐的直觉,赛珍珠明白,坐在她面前的这个人,不光是在谈他在中国所进行的事业。他的计划是一种适用于世界各地的计划,而这些计划和技术,正在改变占世界总人口五分之一的中国农民的生存现状。赛珍珠明白,这是远远超出中国的伟大事业……

"中国有句俗话:'民为邦本,本固邦宁'……"屋子里流淌着晏阳初平和的话语,赛珍珠只是安静地坐在那里听。

"任何时候,我都可以将这句话引申到全世界,这就是世界之本。本固,世界才能安宁。可看看我们今天所生活的这个世界,占世界人口绝大多数的人民,他们住房拥挤、吃不饱、穿不暖、一字不识。他们一生下来,就因为条件的限制,而终生愚昧、贫穷。如果不下力气改变这绝大多数人的生存现状,我们这个世界就不可能有牢固的美好和幸福,也不可能有持久的自由与和平……"

赛珍珠点了点头,时间不知不觉就到了做弥撒的时候,教堂的钟声远远地传来。许许多多的美国农民,放下劳作的工具,穿上整洁的服装前往教堂祈祷,祈祷神灵给他们福祉和安宁。赛珍珠清楚,晏阳初所说的绝大多数人就包括这些人。他们卑微而渺小、生活简单,他们的愿望是那么容易满足,却往往很难得到幸福。在世界的每一个角落,都遍布了他们的身影,他们清贫、勤劳、善良……

赛珍珠眼前的这个中国人,正在用悲悯的语调谈起他们,话语中充满深深的关切和同情,像在说他自己的兄弟姐妹一样。

"我去过许多国家,访问过无数的乡村。"晏阳初稍微提高了语调,"人类的基本需要是相同的,我们在中国乡村进行的这一试验,是可以适用于世界任何国家的。这是一种建设性的计划,当人民迫切需要改变自己的生活时,他们需要接受一些必需的教育。这种教育,与一般的学校教育是不同的，这必须根据人们的实际需要来实施。这件事需要一些受过良好教育的专门人士来做。通过简单的教育，提高处于弱势地位的人们的生活水平，让他们从愚昧和贫穷的双重桎梏中解脱出来……"

赛珍珠静静地听着，不时地在本子上飞快地记录。她面带笑容，目光深邃。晏阳初的讲述，正把她带入一个她从未领略过的新奇世界，她对这一切充满了好奇。

阳光悄悄挪移了，为建筑在透明的窗前投下淡淡的影子；风，若有若无地吹拂着，好像不忍心打扰屋子里两个人的谈话。屋外偶尔飘过几声鸟啼，显得那么温情。

"前些日子听说你去了古巴，那里的平民教育工作在你的带动下也很快地开展起来了，具体情况怎么样了？"赛珍珠的话语像初夏的风一般柔和。

"那里的情况很像我苦难的祖国。"晏阳初接过赛珍珠的话题，脸上虽一直漾着笑，但思绪却十分悠远。他好像看到一群以天下为己任的平教人，正在呕心沥血地工作着。

"……哈瓦那是那么迷人，街道整洁干净，环境清幽，人民友善平和，它不比任何一个大都市差，那里的人们享受着良好的教育，享受着完备的医疗服务。可是，只要走进农村，你就会惊讶地发现，一些本来可以预防的疾病，在肆意地蔓延。整个古巴都是如此，乡村里到处是低矮破敝的房屋和衣衫褴褛的农民。只要你与一个迎面走来的农民一对视，你将永远不会忘记，那眼睛里面盛满了忧伤、绝望、痛苦，而这所有的情感都包含在麻木、呆滞的眼神里。很多时候面对迎面走来的村民，我不得不转过头去，我不敢看那忧伤的眼神，在我的祖国，我曾经无数次看见过。与他们对视，我心里总盛满了深深地自责……"

晏阳初声音低缓地讲述着，言语中含着难言的酸楚："我不敢和他们对视，那眼睛里的绝望深深地震撼并刺痛着我。"

晏阳初看了对面的赛珍珠一眼，停了停，思绪从遥远的国度回到了这间温馨的小屋。

第八章　举世瞩目　功业千秋成伟人

"……古巴应该发展一种人民负担得起、简单到人民能学会并自己掌握的卫生系统，改变农村糟糕的医疗现状。

"现在，那里的有识之士正在谈论这件事。"晏阳初的笑变得明媚起来，"我给他们讲了中国的卫生教育，讲了我们在定县乡村正在进行的改革。我想，我们在中国进行的教育、农业、经济和政府方面的试验，同样适合于古巴……"

赛珍珠清楚，此时晏阳初一定想到了他在中国努力奋斗了二十多年，亲手制定的四大教育模式。

"在许多国家，我都见过一种情况，这种情况在美国也有。"晏阳初顿了顿，斟酌了一下措辞，"人们总把学到的知识据为己有，用于改善自己的生活条件。他们认为这是个人辛苦所得，不应人人都来分享……"

晏阳初叹息地摇摇头，他对这种做法很不以为然。

谈话正进行着，邻居家突然打开了收音机，一条即时的战争新闻透过虚掩的门缝漏进来：盟军在欧洲战场节节胜利，无数炸弹正在投向德国本土，而东南亚地区，日军正在节节推进，不断扩大侵略版图。

一定是这则消息扰乱了晏阳初的思绪，他停止了讲述，静静地听着广播，表情平静。

大约过了一分钟，新闻报道完了，收音机里响起了狂躁的摇滚乐。赛珍珠站起来，走过去轻轻关上门，收音机的声音马上被挡在了书房之外。

"现在应该在世界各地实施教育与生活改造计划。"晏阳初接着说起来，刚才的坏消息并没有影响他的思路，"战争仍在持续，英勇的人们为自由和民主而进行的战争，还没有取得完全的胜利。这时候人们对国与国之间的关系想得比平时要多些。我有一种担心，战争一旦结束，一切又重归平静，人们又会一如既往地沿袭战前的思维和方法，各个国家又会为了自我的利益，相互生疏起来……"

晏阳初望向透明的窗户，望着野外的碧树，再远处是隐约可见的青山，他好像看到了未来，话语中透着隐忧。

"再过上十年、二十年，有人又会重犯同样违反人类根本利益的错误，战火又会到处蔓延。我们的乡村教育，应该不再以国家和民族为单位，而是应该全世界联合起来……"

赛珍珠笑了，她听出晏阳初的语调变得明快、急切，好像他被自己憧憬的远景陶醉了。

"……只教育一个国家的人民，意义很小；只有在其他国家也取得成功，中国的教育与生活改造计划才能取得成功。全世界联合起来互助与协作，占全球总人口四分之三的人民的生活水平就提高了。"

晏阳初说得激动了，手一挥，站了起来，在书房里踱起步来。

"我坚信，战后任何一个国家的任何一个主要运动，若不与其他国家同样的运动联系起来，以促进各国人民共同前进，就不可能取得真正的成功和最好的效果……"

一直微笑着的赛珍珠，静静地听完晏阳初的论述后，被他所构想的蓝图打动了。

"晏先生，到那时整个世界就成了一个和睦的大家庭，再也没有疾病、欺压和战争了。看来，你的古巴之行收获可真不小。真到了那一天，平民教育在全球范围内推广，社会发展的步伐就可以大大加快了……"

"我去古巴，就是为了检验我这种想法。"晏阳初踱步的速度越来越快，可这并不影响他思路的流畅。也许他从前思考问题时，就喜欢这样来回地踱步。

晏阳初神情激动，双眼闪烁着灼人的光芒。

"古巴的情况与中国大致一样，乡村贫穷、落后，村民愚昧，官员腐败……我把在定县的经验谈了一谈，一个古巴的朋友对我说，'晏先生，你说的不是定县，就是我们古巴。'"

两个人都笑了起来。

晏阳初踱步的速度慢了下来，接着说："现在，古巴一些杰出的人士，组成了古巴平民教育与社会改造委员会。这些人都是在古巴国内有影响力的人物，他们决定在古巴搞出另一个'定县'来。眼下我不太清楚他们的工作进展得如何,也许如我最初在中国搞的一样,会遇到很多的阻碍和挫折。但我坚信,这些杰出的人一定会坚持下去的,因为他们清楚,这对古巴很有必要。"

顿了顿,晏阳初又重复了那句话:"他们一定会坚持下去的,一定会的!"像要使赛珍珠确信,也像要让自己坚信,晏阳初用力地握了握拳头。

"你怎么会选择定县这个小县城来开始你的乡村试验呢?"赛珍珠问道,"说了这么久,你还没具体说说定县的四大教育呢。"

晏阳初停止了踱步,微笑着盯着赛珍珠,好像在揣测她这句问话的真正意图。他忽然笑了,伸出右手在头上挥了一下。

"一个偶然的选择。"

"一个偶然的选择?"

赛珍珠好像不大相信,在她的童年记忆中,中国华北平原上到处是造型几乎一样的村庄:低矮的房屋、干坼的土地、错落杂乱的村落,村外是黄沙弥漫的土路。每一天村子里都会走出一群群目光呆滞、着粗布衣服的村民,他们的皮肤一律黄里透着黑,就像那贫瘠的黄土地。赛珍珠实在想不出,晏阳初为什么会在千百个相似的小镇中选择定县。

"的确是偶然的。"晏阳初像美国人一样耸耸肩,他也清楚,赛珍珠不会满意他这样一个答案。

"就没有其他什么原因?比如历史的、经济的,或是别的什么原因?"赛珍珠还是不大确信。

"因为一本村志。"晏阳初笑得更灿烂了,"那里有个翟城村,村里有一个开明的绅士编了本村志,不知怎么的,这本村志到了我们一个同事手中。大家觉得不错,就决定去定县了。"

"就这么去了?"赛珍珠追问了一句。

"就这么去了。"

"好吧,晏先生。"赛珍珠坐直了身子,接过仆人端进来的一杯热茶,仆人把另一杯热茶放在了茶几上后便出去了。"我喜欢听有关定县的所有故事。这样吧,你把我当成一个听众,你现在要发表一篇内容为定县平民教育工作的演讲，而我是你忠实的听众。"

晏阳初哈哈大笑道："话可长得很。好吧，只要你喜欢听，我就讲给你。"

他喝了一口茶，低头沉思了约一分钟，便抬起头来平静地讲起了定县。

时间好像停止了，只有这一间书房，书房里相对坐着的两个人，还有一张滔滔不绝的嘴和一双虔诚聆听的耳朵。晏阳初的语调平缓深沉，当他讲述这些往事的时候，过去岁月中的一幕幕又清晰地浮现在他眼前。包括那些深夜不寐的艰辛日子，那些四处奔走的忙碌，那些不为人知的冷遇和白眼，那些经费紧缺的尴尬难言……但更多的是平教人坦诚相待的忠诚、患难与共的相互搀扶、成功的喜悦和泪水、遭遇挫折时的苦痛和沮丧，还有那一直默默支持他事业的、相濡以沫的妻子。

在赛珍珠的心中，晏阳初的讲述是那样深情款款，她被晏阳初的讲述带到了中国华北那个黄沙漫天的小县城里，与他们一起欢欣，一起沮丧，一起挥洒汗水，一起收获幸福……

一上午的时光就这么悄悄溜走了，两个人都没有觉察。院子里，太阳已高高地挂在天上，黑胡树在地上投下浅浅的影子，风哗哗地轻拂着，地上的树影也在轻轻地移动。

晏阳初的讲述戛然而止，他站起来走到窗前，望着远山，望着更远更远的地方，那个方向是他深爱的祖国。

"如你所言，你在中国所做的一切确实也适用于全世界。"赛珍珠也站了起来走到窗前。

"是的。"晏阳初爽快地回答。

不知不觉就到了中午，院子里传来了孩子们嬉闹的声音。两个人的思绪也从遥远的定县，回到了宾夕法尼亚州乡下的一所农舍里。

"明天继续，怎么样？"赛珍珠说。

晏阳初点了点头。

第二天上午，晏阳初还是很早就来到了赛珍珠的书房。开始谈话之前，他交给赛珍珠一份事先准备好的备忘录。赛珍珠明白，眼前这个中

第八章　举世瞩目　功业千秋成伟人

国人,狂热地爱着自己从事的事业,并把它看作自己的生命。她清楚,只要给他时间,关于他从事的工作,他就是说三天三夜也说不完。

有了备忘录,两个人的谈话便更有条理了。晏阳初的精神很好,这一天他说到了抗战,说到了在中国许多省份蓬勃开展的县政改革。

"全国各地都在开展平教运动,你们哪来这么多人实现这一宏伟计划呢?"赛珍珠忍不住插嘴问道。

"你也许听说过中国的乡村建设学院,它就是为了实现这一计划,专门培养合格人才而建立的。"晏阳初笑了一下,随即一丝阴霾浮上了他的额头。他想到了一些不愉快的经历,叹了口气,他暂停了讲述。

书房里静了下来,晏阳初陷入了沉思,他在回忆过去奋斗的岁月。

赛珍珠没有打扰他,只是安静地看着他,心中也是思绪起伏。眼前这个人把二十五年的青春岁月,交付给了中国千千万万受苦受穷的同胞。他以后还将为更多的人们贡献他的忠诚和智慧,而这一切的源头只因为一次法国援教的经历,因为他深谙处在愚、弱、贫、私中的人民的痛苦,他用一颗赤诚的爱心,立志为改革穷尽一生的精力。他心里装着祖国人民,装着世界上千千万万贫苦的大众,唯独没有他自己。

"等战争胜利了,世界各国肯定都会大力恢复生产,战后重建计划会有很多。"晏阳初打破了沉默,"可很少有人会谈到农民教育。现在世界上四分之三的人是文盲,他们吃不饱,穿不暖,贫病无告。每个人都希望有一个更美好的世界,但美好的世界是什么样子呢?世界上最基本的要素是什么?是黄金还是钢铁?都不是,最基本的要素是人民!更美好的世界里,应该有素质更高、生活条件更好的人民!"

晏阳初言辞恳切,语调里饱含着痛苦和期盼。

"只要还有一个人不能受教育、无钱看病、过不上幸福的生活,这个世界就还谈不上完美。我们不要相信政治家嘴里的堂皇之词,要深入民间去看看他们的生活,听一听他们的愿望……"

晏阳初话中的忧思,让赛珍珠一时插不上话。她只是在纸上飞快地记下重要的词句。

晏阳初恢复了踱步的习惯，语调变得慷慨激昂："很少有人了解这样一个事实，在贫困不堪的世界人民中，有三亿十岁左右的少年，他们从未受过任何正规教育。而政治家们却整天大谈特谈什么主义，谈什么民族振兴。还是让我们来关注这一庞大的人群吧！老的正在飞快老去，小的正在迅速长大，如果再不抓紧，这三亿多文盲将成为世界新贫困的开始。而这三亿多体魄强壮的少年，也可做未来世界的生力军啊。让我们把重点放在培养这些具有战略意义的年轻人身上，把他们改造成建设美好世界和维护和平的先锋。"

晏阳初右手用力在空中挥了一下，他仰着头，望着窗外的天空，好像在仰视未来。

"我要向全世界提出这个问题，请求回答。为什么不能团结所有国家、所有地区的人民，以共同打击人类的敌人——愚昧、贫困、疾病和腐败呢？摆脱愚昧、贫困、疾病和腐败的人类这才是现在世界迫切需要的。"

"这是人民的呐喊，是世界人民的强烈呼声！"

晏阳初有力地短促地喊了一句，结束了自己的讲述。

赛珍珠没有说话，她埋头飞快地记录着，她要把眼前这位伟人的话语如实记下来，放进书中，告诉普天下所有的人。

"我要向全世界提出这一个问题，请求解答。为什么不能团结所有国家、所有地区的人民以共同打击我们的敌人——愚昧、贫困、疾病和腐败呢？"临别的时候，晏阳初望着赛珍珠突然又问道。

他没有等待作家回答，见赛珍珠陷入沉思，他挥挥手，走出了屋子。

晏阳初走了，他又踏上了匆忙的行程。灯下，赛珍珠认真翻阅自己的记录，晏阳初伟大的胸怀和理想又一次感动了她。

无数个深夜里，赛珍珠凝视星空，晏阳初的音容笑貌还会在她眼前浮现，他铿锵真诚的话语还会在她耳边回响。她常常会不自觉地沉浸在对谈话情景的回忆中。

可怎么动笔来写这本书呢？她实在难以决定。文章的体裁好像并不

第八章　举世瞩目　功业千秋成伟人

适合记叙这一伟大的思想。

凝望良久，她又坐下来，仔细翻阅手稿，既然难于抉择，那就把谈话原貌呈现给读者吧。

赛珍珠静下心来，伏案疾书。

不久后，一本全面介绍晏阳初平民教育思想的著作——《告语人民》刊行问世，引起世人的争购，一个月内再版了两次。

《告语人民》出版之时，正值联合国组织会议在美国旧金山召开前夕，各国政要和民间要人已经陆续来到美国，商讨战后建设事宜。该书的面世，为世界各国提供了一个关于建设世界和平的新原则和新观念。从此，晏阳初和他的平教思想走向了世界，成就了许多世界大事，事关许多国家的国计民生，晏阳初的事业也从此走向了世界。

4

1945年，美国第一夫人——罗斯福夫人——亲自接见了晏阳初。

"晏博士，见到你很荣幸，知道你为了你的祖国和世界人民所做的贡献，世界伟人之名当之无愧。"

当听说眼前这个中年人就是晏阳初时，罗斯福夫人高兴地称赞起来。

"夫人过奖了。"晏阳初恭敬地回首，"我只不过是做了我该做的事情。"

"总统夫人，晏先生在我们中国可是家喻户晓的人哟。他在中国领导的平民教育运动，帮助了千千万万的中国人。"蒋介石夫人宋美龄在一边插话。

"我知道，我知道。"总统夫人谈兴很高，"晏先生的名声很响，白宫里有许多人都称赞他呢。"

"谢谢总统夫人赞誉，我只不过是做了一些小事而已。许多事都是我的同事们做的，我一人可做不了。"

罗斯福夫人对平教运动很感兴趣，她显然对发生在遥远的中国的那一场乡村教育运动很着迷。会见期间，她总是不停地发问，晏阳初见她是真的喜欢听,便娓娓地讲起来。

接见的时间早过去了,总统夫人却兴趣不减。在工作人员的再三提醒下,她才不得不送客出门,临别时还不忘再说一句:"晏博士,等有时间,再给我讲讲你的事业。"

晏阳初微笑着答应了。

这是个良好的开端。晏阳初拜访总统夫人的目的,是希望争取到美国国会的捐款,以帮助中国农村尽快从战争的萧条中走出来。

罗斯福总统听了夫人及身边人的讲述,拟接见晏阳初。

晏阳初得知消息,高兴异常,精心准备着和总统的会见。

就在他忙碌地准备的过程中,噩耗传来——罗斯福总统猝然逝世,会见一事就此中断。

以后的日子,晏阳初又四处拜访了在美国的同学和好友,以游说他们,得到他们的帮助。他的努力,终于得到了美国友人的首肯。

其实,继任总统杜鲁门早就知道晏阳初,在晏阳初好友道格拉斯的引荐下,杜鲁门很快决定接见晏阳初。

1946年3月中旬的一天,道格拉斯带着晏阳初,穿过白宫绿油油的草坪,径直来到杜鲁门总统办公室。

下午的暖阳温柔地照在白宫肃穆的建筑群上,呈一片祥和的景象。这里是美国最高决策者办公的地方,楼宇并不华丽,与周围的楼宇相比,矮了许多,却显得那么庄严肃穆。安谧的环境,自然给人一种威严感。

两个人径直走进了总统的会客室。道格拉斯过去,对总统秘书小声说了几句话,秘书点点头便马上进去了,不到一分钟秘书就出来了,微笑着对晏阳初说:"晏先生请,总统正在恭候两位大驾。"

两个人一前一后跟了进去。

看见两个人进来了,杜鲁门总统站了起来,微笑着伸出手和他们一一相握。道格拉斯介绍道:"总统先生,这位就是晏阳初先生,他所领导的平民教育运动,正在全世界范围内产生越来越广泛的影响。"

第八章　举世瞩目　功业千秋成伟人

杜鲁门拥抱了一下晏阳初,说:"晏先生的事迹我早有耳闻,今天有幸结识,我非常高兴,欢迎你到白宫来做客。"

"谢谢总统先生的盛情。"晏阳初用英语流利地说道,"能得到总统先生的亲自接见,阳初深感荣幸。"

"请坐,请坐。"总统热情地招呼。

三人分宾主坐下,杜鲁门总统开门见山地说:"晏先生,给我说说你的定县试验吧。"

晏阳初微笑地点点头,不慌不忙地择要说起来。

"……我们最初的计划,是等定县的乡村改革试验取得一定成果后,便在全国范围内推广。这样,预计在十到二十年的时间内,可以基本扫除中国的文盲,改善人们的生活条件。"

"晏先生,正是你们进行的乡村改革运动,才使日本侵华的时间不得不提前,对吗?"

杜鲁门不失时机地插了一句。

"不对!"晏阳初不同意总统的观点,大胆地说道,"不过,我也听说过这件事。日本人认为,当时中国许多有远见的政治家都锐意改革,日本人怕中国强大起来后他们就难以下手了,于是不得不提前采取军事行动,虽然那时候并没有做好战争的准备。"

"不管何时下手,法西斯的覆灭命运都是不可避免的,因为正义永远在人民一边。"道格拉斯微笑着插话。

"是啊,正义是必胜的,邪恶最终会失败,因为人民厌恶战争。"杜鲁门也微笑着赞同。他靠着椅背,双手自然地放在椅子上,认真地听着晏阳初的汇报。

"总统先生,"晏阳初简明扼要地介绍了平教运动的基本情况后,直起身子,坦诚地看着杜鲁门,"现在,世界范围内的法西斯已经被彻底打败了,世界重归了和平。以美、苏、中、法、英为首的联合国正在维护世界的和平与正义,其中,您和您所领导的美国人民,在战争中发挥了最重要的作用,世界人民感激您。"

晏阳初顿了一下,见杜鲁门在凝神聆听,便挪了挪身子,继续说了下去:"但我认为,世界范围内的愚、弱、贫、私的问题并没有得到根本解决,相反,比战争前还有了进一步的扩大。这些处于愚昧、黑暗中的贫苦人民,每天在疾病与饥饿的挣扎。这些人一天天忙着为生计奔波,对身外的事情漠不关心,什么民族、祖国,在他们的心中根本没有任何意义,更不用说遥远的联合国了……"

杜鲁门被他的话说动了,陷入了沉思。

"目前的世界,有近四分之三的人民处在这样的苦难之中。我到过古巴、印度以及东南亚的一些国家和地区。这样的情况到处都是,与我了解的中国的情况完全一样。"

"是啊,"杜鲁门好像在思考问题,"在我们美国的南部,情况也是如此。那里的人们的生活极其贫苦,教育状况低下,这正是我和我的政府要做的事情。"杜鲁门转向道格拉斯,"法官先生,我们美国也需要平民教育。"

总统像是在询问,又像是自言自语。

道格拉斯见时机成熟,及时开口道:"总统先生,我有个提议,您看可行不?今后,国家向贫穷国家贷款或捐助的时候,可以附加一个条件,要求他们必须将款项中的一定比例的资金,用于改善贫苦人民的生活、教育和卫生状况。"

杜鲁门笑着,不置可否。道格拉斯看看总统,又看看晏阳初,微笑着。

"总统先生,"晏阳初接过话题,"如果我领导下的平民教育协会,协助政府扫盲,我估计,十年之内,我会在中国完成农民教育。到那时候,占中国总人口四分之三的农民,将成为具有智力的新人。"

杜鲁门笑道:"晏先生,这一点我深信不疑。"

道格拉斯也笑了,说:"总统先生,晏先生创办了一所新的大学,正在培养能够胜任这一工作的合格人才。你看,约见的时间快结束了,秘书正在门外等着呢,您有什么好的礼物献给晏先生的新大学吗?"

第八章　举世瞩目　功业千秋成伟人

"我会的,"杜鲁门站了起来,他也看到了窗外秘书的手势。他从身边的抽屉里拿出一张自己的照片,飞快地在背面签上了自己的名字,然后将照片递给了晏阳初:"晏先生,今天我只能送你这个礼物了。我相信,我们以后还会相见的。"

"总统先生,非常感谢,这就是最好的礼物了。"晏阳初恭敬地接过照片,将它放进了贴身的衣兜里。

晏阳初和道格拉斯起身告辞,杜鲁门忽然说:"晏先生,很高兴能与你谈话,并了解了你和你的同事从事的这一伟大的事业。对了,你能送我一份有关这一计划的详细工作提纲吗?我很乐意保存它。"

"好的,总统先生,我一定尽快给您送来。"晏阳初朗声回答,他清楚,总统的这个请求说明,他是真的对平民教育很感兴趣。晏阳初当然不会放过这个机会。

回到寓所,晏阳初囫囵吞枣似的吃过晚饭,推掉所有的应酬,早早地坐在了书桌前,为杜鲁门拟定一份详细的工作提纲。

等他拟好提纲,外面的天色已经微微发白,第二天的早晨已经悄悄降临。

晏阳初头脑却是分外清醒,工作了一整夜,他了无睡意。他最后把提纲仔细地看了一遍,确定无误后,到盥洗间洗了个冷水脸,也顾不得吃早饭,便向道格拉斯的官邸走去。

晏阳初还得让道格拉斯引荐呢!

道格拉斯看了看晏阳初熬红的双眼,又看了看他手里厚厚的提纲,感动地说:"晏先生,有你这样忘我的工作热情,什么困难不能克服?!你放心,等我交代了上午的工作,马上就同你一起过去。"

当天上午,一份关于中国平民教育的详细的实施计划,就放到了杜鲁门总统的案头。

1948年4月1日,美国援华方案正式启动。方案中特列"晏阳初条款",明确指定,在经济援助中国的四亿多美元中,应该有不超过百分之十的款项,为中国农村战后重建专用,并专门设立一个委员会管理这笔

475

资金，保证资金完全拨付到晏阳初所领导的平民教育总会的手中。

……

晏阳初一生，凭着自己的一腔热血，以布衣之身、以自己对乡村运动的无比忠诚，得到了美国几任总统和各国政要的礼遇。嗣后的里根总统、布什总统，都一直关注和支持着晏阳初所从事的乡村改造运动。里根总统在发给晏阳初九十大寿的贺电中这样写道：

"……漫漫数十年，为那些积弱积贫的地区以及最偏远地区的人们，您创立了自我拯救的思想。为服务于发展中国家的孤落山村和广大乡村的农业、卫生、教育事业，您开创了新的道路。您的工作一直影响着发展中国家的开放道路……"

5

成功的花环，从来都属于那些奋力向上的人，属于那些心怀天下、怀揣人民大众的人。

自从1956年在菲律宾建立了国际乡村改造学院肇始，晏阳初在国际平教会实现了真正的乡村改造运动。以国际乡村改造学院为阵地，专门向第三世界国家推广自己的平民教育思想，并协助第三世界国家培训平民教育骨干和相关教师。

辛勤的付出，晏阳初也收获了不少荣誉，虽然他面对荣誉，总是淡淡一笑。晏阳初心里很清楚，这些褒扬只不过是自己工作的副产品。

1955年10月，美国权威杂志《展望》，刊载了当代世界最主要人物100人，晏阳初博士是其中之一，文章赞扬他改善农民生活的理想与精神举世无双。

1967年5月2日，国际乡村改造学院举行了落成典礼，菲律宾总统马科斯亲自将"金心奖章"授予晏阳初博士。

1976年11月23日，危地马拉举行了一个盛大的庆典，国家主要政要和部分科学家齐聚，为的是要向一位来自中国的老人表达他们由衷的谢意。庆典中，总统在人们热烈的掌声中走上台，大厅里就响起了总统

第八章　举世瞩目　功业千秋成伟人

激情澎湃的声音：

"在这里，我们要由衷地感谢一位外国人。是他，以自己无私的胸怀和对世界人民满腔的爱，全心全意地帮助我们的人民，帮助他们从饥饿、愚昧、贫病的困境中走出来，他就是晏阳初博士！"

晏阳初在人们的欢迎中走上前台，总统亲自把一枚国鸟勋章授予他。

"……今天，我们把国鸟勋章，这是我们国家最高的勋章，授予晏阳初博士，但这远不能表达我们对他的感激和敬意。在这里，我们不光要诚挚地赞扬晏阳初博士在危地马拉永不停止的努力，他努力发扬着农民自己的潜力，以改善他们自身的生活。而且，也是感谢他为世界人们永久和平所做的工作，解救那些在饥饿、无知、疾病、被压迫的各种灾难中的人们。晏阳初博士的贡献，是超越国家和民族的，他心怀天下，以一颗慈爱之心，拯救着芸芸众生……"

晏阳初开心地笑了，不为荣誉，为那些从愚弱贫病中站起来的劳动人民。他仿佛看到了，全世界的人民都在平民教育运动中站了起来，从此过上了幸福美好的生活。

1983年10月26日，联合国为晏阳初九十大寿[①]及从事乡建运动60周年纪念，举办了一个盛大的仪式，活动由美国大通银行董事长大卫·洛克菲勒主持。在纽约联合国大厅，来自世界各国的160余位要员到会祝贺。国际人民外交协会会长孟宁吉夫人和艾森豪威尔总统的孙女为晏阳初共同颁发了艾森豪威尔奖，以表彰晏先生一生致力于平民教育乡建运动的巨大贡献。

在菲律宾、泰国、日本、印尼、加纳、哥伦比亚……晏阳初博士的名字几乎家喻户晓。

而在印度，人们把晏阳初的名字与"圣雄"甘地并放在一起。

1987年，晏阳初又获了里根总统"消除愚昧饥饿总统终身奖"。

……

---

① 见本书序言第4页。

一项项荣誉，表达了世界人民对晏阳初一生躬身努力的嘉许。而我们的晏阳初博士，笑一笑，把荣誉放诸脑后，又踏上了新的征程。

　　童年聪慧，少年奋进，青年立志，在那个山河破碎的时代，晏阳初本可像许多仁人志士一样，许国为家，建立不朽的功勋。可他俯下身来，满怀悲悯，为全世界底层人们奔走，一生都在为改变底层民众这个最大公约数的生活状况而奔走，无怨无悔，穷尽一生。这不禁让人想起弗罗斯特那首著名的诗歌——《未选择的路》。

> 黄色的树林里分出两条路，
> 可惜我不能同时去涉足。
> 我在那路口久久伫立，
> 我向着一条路极目望去，
> 直到它消失在丛林深处。
>
> 但我却选了另外一条路，
> 它荒草萋萋，十分幽寂，
> 显得更诱人，更美丽。
> 虽然在这条小路上，
> 很少留下旅人的足迹。
>
> 那天清晨落叶满地，
> 两条路都未经脚印污染。
> 啊，留下一条路等改日再见！
> 但我知道路径延绵无尽头，
> 恐怕我难以再回返。
>
> 也许多少年后在某个地方，
> 我将轻声叹息将往事回顾：

第八章 举世瞩目 功业千秋成伟人

> 一片树林里分出两条路——
> 而我选择了人迹更少的一条，
> 从此决定了我一生的道路。

晏阳初早年在欧洲办报欲教育思想贫瘠的华工，却在收到一位华工的信后发现被华工教育了。他把一家人从"很洋"搬到"很土"，没有咖啡了，就把苞谷面弄成糊替代。抗战初他辅政湖南，把冗官裁了一多半，民主选举出一群有担当的知识分子，促使湖南成为抗日中坚。后来，他去非洲、东南亚一样守护花的念想，让联合国也为这个漂泊半生的人致以人类最高的敬礼。

生命不息，奋斗不止。为了平民教育事业，晏阳初，一生躬行，无怨无悔。

第九章

心系故园　此心绵绵无穷尽

1

晏阳初自己也不会想到,他的回国之路,一等就是35年。

1985年的9月,北京又迎来了一年中最美好的时光。酷暑方消,金秋骤至,天高云淡,清风送爽。从酷暑中刚刚解脱出来的人们,显得格外轻松、惬意。

9月3日这一天,对于原中国乡村建设学院的师生而言,是个不平常的日子。他们陆续从全国各地赶来,正聚集在首都机场候机楼内的卫星厅。三十五年前,这些学生还是风华正茂的青年,现在都已年届花甲;当年的教师,现在更步入耄耋之年,满头银发。他们在等待,等待老院长晏阳初先生的到来。在欢迎的人群中,还有晏阳初先生留居国内的儿孙。特别引人注目的是,还有全国人民代表大会常务委员会与国务院侨务办公室的负责人。这是一次不寻常的迎接。当从马尼拉飞来的乘客即将走尽的时候,一位中等身材、满头银发、面色清癯的老人,在随行人员的陪同下,从通道里款款走来。他就是95岁的晏阳初。欢迎的亲友簇拥过来,献上鲜花。晏阳初激动地说:"我天天想你们,想祖国,今天我终于回来了,踏上阔别30多年的祖国土地!"在场的每一个人都十分激动。

谁又能想象得到,老人心中的激动。

人之老矣,思乡情更苦。

这些年来,每至夜深难眠之时,思乡之情总难抑。

不管是在世界哪一个地方,不管那里的人民如何热情,风景如何秀丽,一想起自己的祖国,想起生养他的巴山蜀水,想起自己青年时代尽情挥洒汗水的祖国大地,晏阳初的心就隐隐作痛。他常常深夜难眠,一个人披衣起床,站立于床前,望着祖国的方向。

谁能理解,这个在外漂泊了近半个世纪的游子,心中的那一份永远的牵挂和疼痛。

无数个夜晚,半夜梦醒,晏阳初便久久不能入寐。儿时记忆中,故乡巴中的一点一滴,便全在脑海里生动活泼起来,回忆是那么亲切,那

第九章 心系故园 此心绵绵无穷尽

么让人魂牵梦萦,逐渐击碎了他的心。

那一个个蹦跳着细数街巷青石板的放学后的下午,那一次次因贪玩误了时间黄昏中匆匆赶回家的惊恐之情,那一次次沉迷于家乡方言戏的倾听,那一堂堂温情而又呆板的私塾课……巴中小城低矮逼仄而流淌着乡音俗韵的民居,潺潺东去清凌凌的巴河水,农家一声声唤归的浓浓乡音,母亲每夜温声细语的叮咛……无时无刻不在折磨着晏阳初那颗越来越脆弱的赤子之心。

老人的心,早已飞回了故乡的小屋。

青葱的南龛坡,可还记得他儿时的欢语?巍巍白塔山,可还残留他逸飞的神思?巍巍王望山,可还回荡着他咏怀古迹的嗟叹?钟爱的柳津桥,可还记得他离别的伤感?童年的晏阳初总是高高兴兴地随着父亲和哥哥,四处郊游。故乡的山山水水,到处留着他欢乐的足迹,这些都是他怀乡时最深切的相思。

思念得苦了,晏阳初常常会情不能自已,坐在桌前,写下那难遣的乡愁。

"……我的乡井,在四川巴中。那儿,有我多少脚印,踏在巴山之巅、蜀水之涯。那儿埋葬着父母的慈骨,也珍藏着童年温馨的记忆。午夜梦回,乡思万缕。书声、弦声……以致樟茶鸭、豆豉鱼……都是可怀念的……偶用母语,乡音未改,记忆中的故乡随我环绕天涯……"

老人握笔的手在颤抖,一滴思乡泪落在笔下的纸笺上。

晏阳初感觉自己的时间不多了,工作的热情也就更加高涨了。国际乡村教育运动的迅猛发展,使他很欣慰,也让他更加抽不开身来。许多次午夜梦醒后他都下决心要回家乡去看看,可一到天明,一大堆冗繁的事务又让他将此事忘得干干净净。

就在他这样的蹉跎中,妻子许雅丽撒手西去。

许雅丽离世后,晏阳初的这份思念也就越来越浓厚了,几乎每个梦中,他都是在故乡的山水中笑着的。

形单影只的晏老更加思念故土,更加眷恋巴中的山山水水。

故乡的人民也思念着这位漂泊异国多年的游子。二十世纪七十年代末期，邓小平访问美国时，专门向美国友人打听了晏阳初的消息，托人带去祖国人民对他的深切思念。访问回国后，邓小平专门叮嘱全国人大常委会的有关领导，要他们邀请老人回国观光。国内的老平教人聚会时，也常常向晏阳初发出诚挚的邀请。

收到祖国亲人的邀请，老人很激动，可每一次都因为脱不开身而未能成行。

晏阳初手里的工作太多，唯有压制自己的万缕相思。为了这乡情，他把全副身心都扑在工作上。

2

回家的这一天终于来临了。

1985年8月，身在纽约的晏阳初老人，收到了寄自祖国的来信，那是全国人大常委会副委员长周谷城亲笔写给他的邀请函。

尊敬的晏阳初博士：

现谨代表中华人民共和国全国人民代表大会教育科学文化卫生委员会，并以我个人的名义，荣幸地邀请您……来华访问……。考察中国农村改革和教育发展情况，并探望亲朋好友。

这几年来，中国农村进行了一系列的改革，促使农业生产蓬勃发展，农村教育事业也发生了很大的变化。

我相信，通过您的访问和考察，必将进一步加强我们之间的联系和友谊。

我们期待着您的来访。

全国人大常委会副委员长

全国人大教科文卫委员会主任委员

周谷城

1985年8月10日

第九章　心系故园　此心绵绵无穷尽

接到来信，90多岁的晏老十分高兴。这一次他下决心放下手头的工作，打算回家去了。听说祖国已经发生了翻天覆地的变化。自己在外漂泊这么多年，早该回去看看了。

临走的前夜，晏老在黑暗中喃喃地对妻子的照片说："雅丽，我要回中国去了，我知道，那里是你的第二故乡，你也一直想回去看看。你放心，明天我会带你回去的，你一定会很高兴的……"

老人的眼眶潮湿了，他颤抖着小心地把妻子的照片放进了贴身的衣兜。

9月3日深夜，飞机在北京机场准时降落。一打开舷窗，一股家乡的气息就扑面而来，差点把老人醉倒。30多年了，多少个日日夜夜，故乡的山水风物是那样让人牵怀。老人在心里不住地念叨：祖国，我回来了，祖国，我真的回来了，你的儿子回来看你来了！

"少小离家老大回，乡音未改鬓毛衰。"晏老神情激动，不能自已，近乡情怯啊！太长久的思念，让他一踏上祖国的土地就控制不了奔涌的情绪。随行的人小心地搀扶着他走出机舱。灯光下站着一排排前来迎接他的亲朋故交，看着一张张亲切的笑脸，他的泪夺眶而出。

"我回来了，我回来了，回到祖国的怀抱了，母亲，我回来了，你的儿子回来了……"老人哽咽得不能成声。他走过去，和迎接他的亲友们一一握手，紧紧地拥抱，喃喃地叫着老友的名字，任脸上的泪水放纵地奔流。

多年不见的老友，脸上也淌着激动的泪水。每一个人的眼眶都是潮湿的，老人的情怀，让人心痛。

等老人情绪平复了些，人们把他搀进了车内，车辆向老人下榻的宾馆疾驰而去。

飞掠而过的霓虹灯，让老人几乎怀疑自己是在梦中。可老友们那一张张亲切的笑脸，让他知道这是现实。

第二天，全国人大常委会副委员长周谷城在人民大会堂设宴为晏老洗尘接风。而晏老的心早已经飞到了遥远的定县，那里可是他理想升起的地方。除了故乡巴中,那里的一草一木最是常常出现在他的梦里。

周谷城看出了老人的心思,笑着说:"晏博士,定县是您的第二故乡,那里的人民天天等着您回家呢。"

"一定要去,一定要去。"晏老频频点头。

周谷城安排了专门的人员全程陪着老人,自己就没再打扰他。委员长心里清楚,老人多年后重回故乡,会有许多地方要去走走,同行的人多了,反而不好。

定县之行,晏老像个小孩子,脸上的热泪一直欢快地流淌着。

老人颤巍巍地来到当年平教会的旧址。几十年过去了,那里的陈设一如当年的样子,勾起他无尽的回忆。晏老深情地摩挲着那一张张古旧的木桌子,望着那斑驳的墙面,往事一幕幕在眼前浮现。五十多年前,他和一帮全心为民的学者一起,在这里辛苦地工作,期望改变农民贫弱愚私的痼疾;现在,物什仍在,音容已杳,让他徒然伤感。老人一个屋子一个屋子地走过来,好像又回到了五十多年前,回到了那些清贫而快乐的日子。一张张亲切的笑脸在眼前浮现,而现在他们大多已经作古。泪,就这样一滴滴地落下来,滚落在脚下的尘埃里……

随行的人都静悄悄的,生怕惊到了这位世纪老人。

走出考棚,晏老又去了自己当年的居所。曾经在这里,妻子许雅丽天天等着他回家;他的几个孩子也是在这里成长。东边的屋子一如当年的样子,靠窗的位置是他每夜凝思工作的地方。如今物是人非,妻子已撒手西去。睹物思人,情何以堪?……

晏老久久地站着,陪同的人也都静静地站在院子里,任他沉浸在对久远往事的回溯中。

不知道什么时候,天上下起了蒙蒙细雨,好像在为游子的归来潸然泪落。大街两边挤满了自发欢迎他的定县乡亲。他们中的大部分人,并没有经历过那场举世闻名的农村教育试验。可他们早从父辈的嘴里听到过,从他们的童年开始,他们就不停地听父辈们说起那个叫晏阳初的人,和他的传奇故事。今天,他们都想来看一看这位领导了这一运动的老人,

第九章　心系故园　此心绵绵无穷尽

表达他们对老人的由衷的欢迎和崇敬。

"乡亲们啊，我回来了，我回到定县来了！"晏老大声喊，可他的声音被欢迎的声浪盖住了。

回到寓所很久了，晏老的心还沉浸在无比的激动中，他对陪同他的女儿说："这次回国，有太多的感慨。看到祖国日新月异的迅猛发展，我心里很高兴，昔日贫穷的定县人民都过上了幸福美好的日子。我感到无比欣慰，我一定要把中国的农村改革经验，介绍到外面去……"

夜深了，晏老还久久不能入睡。

第二天，晏老早早地就起来了，今天他要到定县农村去看看，去翟城村，去北坡村，去西民村……

出门的时候，晏老在心里一再告诫自己，今天一定不要流泪了，不能再让陪同的人难受。

天气也变得晴朗。

可一走进田野，扑面而来的是清新的田禾气息，那一阵阵成熟的气息直沁人心脾。田野里到处是丰收的景象，乡亲们低矮的茅屋，也早变成了明亮的大瓦房。

起初晏老还能控制住自己激动的情绪，一边走，一边微笑着和身边走过的乡亲们打招呼。可渐渐地老人的眼眶潮湿了，眼前那一片土地曾是平教会的试验田，这一块坡地是表证农户的庄稼……五十多年前，他曾无数次在这里奔走。

在翟城村的试验田边，老人终于控制不住自己奔涌的感情。他跪在地里，双手捧起一抔黄土，孩子似的放声大哭。陪同的人也纷纷落泪，为老人这份难以控制的赤子情动容。

仁厚宽容的大地啊，请你放慢脚步，允许一位伟大的世纪老人在你的怀里痛哭！让他尽情地宣泄郁结在心头的思乡之情！你清楚地知道，老人还年轻的时候，他和他的同事们是以怎样的激情在这一方土地上耕耘的。不是为他自己，而是为全世界的贫穷而耕耘。今天，他回来了，离开你多年后又回来了。现在，他所倡导的乡村教育之花，已经在全世界很多地方怒放。就在此刻,他回来了,在你温暖的怀抱中失声痛哭。太漫长的思念让他心碎,此刻就让他尽情地哭吧!

忙碌的乡亲们啊,请你暂时放下手里的活儿,听一听老人的哭泣。如果你正好路过村口的土路,请你放慢脚步,不要喧哗,不要去惊扰一个痛哭的世纪老人。你更不要去好奇,一个白发苍苍的老人为何会痛哭、他有什么伤心事。

他并不是真的伤心,他流的是欣慰的泪水。眼前这位痛哭的老人,他一生所倡导的事业,正在使越来越多的贫苦人民走上富裕的道路。他一生有许多机会获得高官厚禄,他都弃如敝屣;他一生经手的钱财无数,却从没将一分用于自己的私利;他一生忙碌地奔走在各国政要之间,却一直轻视唾手可得的名誉。他的心里只装着他的事业,装着全世界苦难的民众,他用一颗悲天悯人的慈善之心,躬耕力行,至死不渝。

这一次回国,老人的心久久不能平静。可惜的是,老人没有时间回到自己的家乡巴中去。

1987年6月25日,受全国人大常委会的邀请,晏老再一次回到祖国。这时他已经是九十七岁高龄。

这次回国,晏老有一个心愿,他想把自己一生为平民教育事业奋斗所积累的经验,献给他深爱的祖国母亲。

等一切都做好后,7月26日晚上,老人避开所有的陪同人员,独自坐在酒店的房间里,等待着前来探望他的巴中亲人。他想听一听乡音,那地道的巴中方言,已经几十年没有说了,但他知道,自己的乡音还是那么地道。

黄昏时分,四川省巴中县政协副主席黄道忠和政协委员王正玉如约前来。两个人轻轻叩响老人的房间门。

门开了,老人坐在椅子上闭目等待。

见了老人,两个人都有点激动,一时有些无措,不知道说些什么好。

晏老和蔼地微笑着,示意两个人坐下,然后用流利的巴中话向他们问好。

第九章　心系故园　此心绵绵无穷尽

"路上辛苦了，巴中现在变得咋个样了哟，人民的生活条件好不好？"

老人的心情很急切，两人最初的紧张没有了，滔滔不绝地讲起巴中来。

"晏老，巴中现在变得越来越美丽了，家乡的人们都期待您能回去看看呢。"

"一定会的，一定会的。"老人很高兴。

"……晏老，现在的巴中变化可大了，人们的生活水平也是越来越高了，勤劳的巴中人民还创造了全国闻名的巴中经验呢。"黄道忠侃侃而谈。

老人没有说话，只是静静地听着，他仿佛从两个人的讲述中，看到了日渐美丽的故乡。他所深爱着的巴中人民，正在用自己的勤劳和智慧，建设巴中灿烂的明天。

"真想回去看看啊！"晏老话里有无尽的失落和期待，"几十年了，故乡的变化一定很大哦。"

"晏老，家乡人民都殷切地盼望您回去看看呢。"两个人又不失时机地发出邀请。

晏老感到很欣慰，又有几分凄凉，说："这次恐怕是不行的了，日程安排得太满了，等下次吧……"

老人陷入了沉思，两个人都没再说什么。老人的目光很悠远，此刻，他的思绪一定是回到了巴中那承载了他太多回忆的青山绿水中。

告辞的时候，老人紧紧握住两个人的手，殷切地说："请你们一定带回我的祝福和问候，感谢家乡人民对我的牵挂，感谢他们还记得我这个飘零天涯的游子……"

两个人的身影消失很久了，晏老还坐在椅子里呆呆地出神。

回到美国，晏老多次对侍奉在身边的儿女说，他死后，一半骨灰一定要运回巴中安葬。

生不能回乡，他多么希望，死后能够回到故乡的怀抱，长眠在故乡秀丽的山水中。

3

晏阳初在回国考察访问期间,受到了政府和民间高规格的接待。全国政协主席邓颖超同志在她的家里接待了晏阳初。邓颖超紧紧地握住晏阳初的手,说:"您可回来了!欢迎,欢迎,多年不见,非常想念。我们是老朋友,恩来在世时,常向我提起您,您一生从事平民教育志向不移,对中国和世界做出了贡献。您培养出来的学生全国各地各行都有,他们成了国家的宝贵财富,为祖国的解放和建设事业做出了贡献。"

1985年9月4日,周谷城在人民大会堂设宴为晏阳初一行接风,并以他历史学家的眼光高度评价了晏阳初为中国与世界平民教育事业所做的贡献。全国人大常委会委员长万里在中南海紫光阁会见了晏阳初,亲切地对他说:"这几年我们重点是先把农村的经济搞上去,随之,农民的教育和文化也要跟上去。您在农村做了那么多年教育和改造工作,既有国内经验,又有国外经验,我们对您抱有希望,希望您多做贡献。"全国人大常委会副委员长、九三学社主席许德珩也会见了晏阳初。

快到化泥方是聚。风雨几十年,朋友聚一朝。幸运者还能见上一面,不幸者或已作古。欧美同学会为晏阳初举办了茶话会,茅以升、严济慈、胡子昂、费孝通、赵君迈、薛暮桥、杨放之、陈翰笙等几十位社会各界名流,与晏阳初欢聚一堂,共叙旧情。原中国乡村建设学院的同事、学生,也在中国革命历史博物馆(现国家博物馆)为晏阳初举办了隆重的欢迎会。

至此,国内掀开了一波新的研究高潮。

1990年1月13日,国际乡村改造学院副院长打来电话,说起印度的乡村委员会的情况。他们准备把晏阳初的名字与印度的"圣雄"甘地并列在一起。

晏老很高兴,与副院长约定,于1月15日见面具体商谈此事。

晚上老人心情很愉悦,精神也比前几日要好。工作了一个多小时,在女儿晏群英的催促下,他放下笔,唱了一段圣诗(这是他每晚的必修

第九章　心系故园　此心绵绵无穷尽

课），然后在女儿的服侍下上床休息。

这一睡老人就再也没有醒来。

第二天早晨，晏群英发觉父亲已经陷入昏迷，忙叫来医生。医生进行了及时的救治，但情况一直没见好转。

消息传出，人们纷纷前去老人的病榻前探望，但弥留的老人已经昏迷不醒。

连续几日，老人的呼吸越来越微弱。1990年1月17日凌晨1点15分，晏老永远地走了。

走的时候，他脸上带着平和的微笑。

亲人们痛哭起来，最先知道消息的朋友也纷纷赶来，默默地为老人送行。

晏老就这样走了，走完了他漫长而传奇的一生。在他的身后，有等身的学术著作，有越来越壮大的国际乡村教育事业，有万民敬仰的声誉，有人们无尽的缅怀与忧思……

噩耗传出，一片痛惜，许多国家政要纷纷发去唁电，表达了自己的深切悼念。世界各国的各大报纸，都纷纷撰文，对这位传奇的平民教育家伟大的一生进行了详细报道，以表达对他的崇敬和追思。

1993年9月，晏老之女晏群英手捧父亲的骨灰，远涉重洋，回到祖国，回到四川巴中，完成了父亲的遗愿。

巴中人民对这位漂泊于异域的游子，敞开了热情的胸怀。巴中政府亲自派人前去迎接骨灰，且经过几次论证，将老人的骨灰安放在城东的白塔山上，并建立了专门的晏阳初博物馆，供家乡人民缅怀纪念。

悠悠巴河水，一路向东，不废万古流。青葱的白塔山上，晏阳初博物馆拔地而起，古朴而典雅，里面陈列着伟人的遗物。博物馆前边的花园里，老人的骨灰静静地躺在故乡的怀抱中，陵墓前面，是老人一脸微笑的大理石半身雕像。不远处，左右两排是历代于巴中有惠的历史名人：张思训、严颜……更远处，是历史久远的白塔。再往下是清澈的巴河水和正在一天天变得美丽的巴中城。

491

这一次，晏阳初是真正回到故乡的怀抱中了，永远不再离开。他日夜用平和的微笑，注视着故乡的人民，一天天富裕、安康。

每天都会有巴中儿女去拜谒这位一生为民的世界伟人，特别是每年的正月十六，都会有五六万人登临晏阳初博物馆。他们怀着崇高的敬意，走进博物馆，去抚摸那一页页尘封的历史，感受那字里行间跳动的赤子之心。

平民教育的理想之花，已经结出累累硕果，润甜在亿万人的心里。

附 录

千秋功业泽后代

伟人当铭记

何开四

习近平总书记说:"我在河北定县工作时,对晏阳初的试验就做了深入了解。晏阳初在乡村开办平民学校、推广合作组织、创建实验农场、传授农业科技、改良动植物品种、改善公共卫生等,取得了一些积极效果。"近日,作家苗勇撰写的长篇传记小说《晏阳初》即将付梓,索序于我,甚感欣慰。

晏阳初 1890 年出生于四川巴中,曾留学美国,为平民教育和乡村建设事业奉献 70 年,毛主席盛赞他"以宗教家的精神努力平教运动"。晏阳初曾被国际社会尊崇为"伟大的人道主义者""世界平民教育之父",是 20 世纪中国的教育家中最具国际影响的世界性人物之一。我长年从事文学工作,多次到晏阳初的故乡巴中采访,对他毕生从事的平民教育和乡村改造事业感佩于心。这次苗勇先生的长篇小说问世,我认为是这一领域的新收获。出于职业本能,更出自内心对伟人的敬重和仰望,我开始了对《晏阳初》的定向阅读。细读文本,我徜徉在一行行真切婉曲的文字里,胸中除了涌动更多的感慨,还情不自禁地觉得应该写点什么。为此,我就来谈点自己读后的看法和感想。兹拈出三点,以概其余。

延续一种思想和精神的写作自觉,具有很强的政治性。"文人报国无长物,唯有手中笔如刀。"按苗勇自己的话说,他就是一个"政治人",一个希望许身报国的坦荡赤子。骨子里,他的个人诗文才情与胸怀家国的深情总希望找到一个融汇点,我认为,这与作家苗勇的情怀有关,与自觉担当有关,这从他过去出版的《丰碑》《历史不会忘记》《见证天使》《生命芦山》《直面地震工会旗帜高高飘扬》等文学作品中得以充分证明。这一次向伟人致敬,我想,苗勇是再次找到了一个突破点。表面上他是在讴歌和赞美伟人,实则是在抒写自己的拳拳深情。晏阳初先生是中国现代史上著名的教育家，也是世界平民教育运动和乡村改造运动的奠基人，虽已逝去30余年，但他的平民教育和乡村建设思想与自强不息的拼搏、奋斗精神，在几十年后的今天依然有着鲜活的生命力，至今仍被日本学者看作进一步现代化路标之一。比如，晏阳初先生推行的以四大教育（文艺教育、生计教育、卫生教育、公民教育）为特色的乡村建设运动，契合了党的十九大提出的乡村振兴战略，对中国脱贫后实施乡村振兴、发展农村经济、推动农村小康及和谐乡村建设仍有十分重要的意义。

小说以晏阳初一生拼搏奋进为主线，以平民教育运动、乡村建设运动实践探索为副线，以爱国爱家爱平民为辅线，以饱满的激情、细腻婉约的笔触，艺术性地再现了晏阳初匍匐于大地、俯身于泥土、躬耕于陇田，无私奉献于中国和世界劳苦大众的史诗般的传奇一生。可以说，长篇传记小说《晏阳初》延续着一种精神，在让人全方位地了解这一场乡村变革的伟大实践的同时，还得以将这种平民教育运动、乡村建设运动思想以及自强不息的拼搏、奋斗精神，以真诚和感人的文学方式流传下去，真正体现了"讲好中国故事，传播中国声音"。特别是从晏阳初身上，我们可以汲取到新时代投身乡村振兴的奋进力量。小说立意高远，跟随时代的节拍，的确是一本值得一读的好书。

文学的至美与传奇人生的华丽相遇，具有很强的可读性。目前世面上有关晏阳初的作品不少，纪录片也有，但大多是研究，缺乏故事性，自然缺少吸引力和影响力。本书有别于世面上这些介绍晏阳初的书，以传记小说切入，较为新颖，不落俗套，是创新性的成果，有很强的故事性和文学性。晏阳初一生阅历丰富，足迹遍布世界各地，既要领导平民教育和乡村建设工作，又要四处筹集资金，往往分身乏术，仅仅是他主持的"定县试验"就涉及农村教育、经济发展、医疗卫生、社会组织建设四大教育齐头并进的诸多内容。事务纷繁复杂、千头万绪，很是考验作者的叙事技巧。但作者有深厚的文学功底、娴熟的叙述技巧，围绕主人公成长的足迹，综合采用线状叙事结构，并综合运用倒叙、插叙和补叙等方式，对情节进行了巧妙处理，运用事件、人物和场景，讲述了一个个生动感人的故事，机心巧妙、引人入胜。特别是很强的故事性和诗一般的语言，让人读完小说顿感酣畅淋漓，益人心智。比如，无论是文艺教育，还是生计教育，抑或是卫生教育、公民教育，作者不是干巴巴地介绍，而是通过一个个生动的故事讲述。又如，描写主人公晏阳初的家国情怀，作者是以晏阳初与底层人民特别是与背二哥交往作为重要的感情背景线，通过一个个感人的故事从侧面来体现。再如，关于晏阳初抗日爱国的事迹，作者是通过讲述定县平教学员组织游击队、晏阳初在湖南帮助张治中搞县政改革等故事来体现的，从而达到了情节曲折、生动、感人的效果。

苗勇在写作中时时流露出来的诗性语言，也为本书增添了可读性和绚丽的文学色彩。语言，是文学的肌肤。很多传记体文学作品往往注重事实，而轻视了语言，新闻式的介绍或概念化的议论，常常会降低读者的阅读兴趣。苗勇的语言除了流畅之外，生动且极具感染力。比如，小说的开篇就极富特色："迤逦绵延的大巴山，西接八百里秦川，东连高耸的巫岭，横贯千里。山就是这里的特色，重峦叠嶂，起伏绵延，一眼望去，群山如海，万峰如戟，太阳欲坠未坠。"这样的诗性语言，既有"大漠孤烟直"的雄壮，又有"明月松间照，清泉石上流"的静谧与灵动，行云流水，给人遐想，且极具画面感。正如一位外国作家所说的：优美的语言不是胶，却能把思想黏合在一起。

尊重史实与完整再现历史的高度融合，具有很强的系统性。"念天地之悠悠，独怆然而涕下。"晏阳初从1890年出生到1990年在美国病逝，刚好100个年头。在他的百岁生涯中，从1918年在法国战场开办华工识字班开始，他为中国和世界劳苦大众服务长达70余年。艰难困苦，玉汝于成。这样一位出生于偏远山区的少年，从多灾多难的祖国出发，最终成为被中国和世界认可的世界伟人，其间多少艰难困苦、几多辛酸磨砺不言而喻。遗憾的是，如今我们能够找到的、看到的关于他的记录，大多只是片断摘记或者逸闻趣事，实属遗憾。

本小说采用编年体形式，生动描绘了晏阳初从出生到幼时进入私塾学习儒家典籍、少年独自外出求学，再到走出巴山远渡重洋留学美国的艰辛历程，以及扎根定县，献身中国和世界平民教育、乡村改造事业的绝大部分经历以及一生的其他重要事件，对其史诗般的一生进行再现，是对先生最好的缅怀。

晏阳初的平民教育思想在20世纪二三十年代的中国得到验证，并成功指导了亚非拉许多国家进行了农村改造，极具历史价值。本书系统地描写了晏阳初因于一战时期在欧洲战场教授华工识字，从而萌发了服务平民大众的念头，回国后他立志从事平民教育事业，从开办平民学校，教授千字课为主的"除文盲"的初级阶段，到开展定县试验，推行县政改革，1950年后走出国门，创办国际乡村改造学院，奔走于菲律宾、泰国、印度等国家进行乡村改造，经过几十年的探索实践，逐渐形成一套完整的平民教育体系：教育的对象由城市平民变为占人口绝大多数的农民；教育的内容由单纯的读书识字转为文艺教育、生计教育、卫生教育、公民教育等四大教育；教育的方式也从单纯的学校式教育发展为学校教育、家庭教育、社会教育，最终形成了体系完备而又具有世界影响力的平民教育思想。在此，特别值得一提的是，苗勇是一个写作态度极其认真的作家。据我了解，苗勇在写作过程中，为了尽可能地获取完备的资料，大量阅读了世面上有关晏阳初的书，如赛珍珠的《告语人民》、吴相湘的《晏阳初传》、晏鸿国的《晏阳初传略》等，以及大部分介绍中国平民教育和世界乡村改造运动的史料、回忆录、纪实文学等，甚至是市面上、网络上凡是有关晏阳初的资料，他差不多都会通读学习，去伪存真。写作过程中，他又实地走访了晏阳初博物馆、晏阳初纪念馆、晏阳初亲属以及定县、重庆乡村学院等，力图尽可能多地获取原始资料。2007年初稿完成后，他又广泛征求专门研究晏阳初的专家学者，10多年间数易其稿、精心打磨。书中描绘的故事大多有史可依、有据可查，苗勇努力做到言必有征、语无虚发，做到故事真（真人、真事、真情节）、语言真（克服会议语言），绝不因为小说情节需要而虚构篇幅。

故本书在人文情怀浓烈的同时，传奇又有志史功能，显得尤为可贵。

以上三点，只是自己的陋见，不足以概括这部历时十多年40余万言的力作。我相信这部作品，以其出色的思想性和艺术性，一定会受到读者的欢迎，也希望苗勇先生有更多更好的作品问世！

（何开四，著名作家、文艺评论家、辞赋家，四川省作家协会原副主席、四川省文艺评论家协会主席、《当代文坛》主编，鲁迅文学奖评委，茅盾文学奖评委，全国少数民族文学创作"骏马奖"评委，全美中国作家联谊会顾问）

故乡情怀与英雄情结对接之书

——读苗勇新著《晏阳初》

凸 凹

苗勇是一位文涉纪实文学、诗歌、散文、小说、评论等多门类著作等身的蜀中作家。在他的众多作品中，其题材选择，有一个占比很重的鲜明旨径，那就是对故乡巴中持续发力、深耕细作的呈述与热爱——这已然成为他秘密公开的文学"宗教"与文学宿命。他的近五十万言新著、传记文学《晏阳初》依然沿袭了这一脉向。具体说来，他是将循环在自己骨血中的故乡情怀转切为对一位故乡人物倾力复盘式的塑造上。不仅让自己，也让一位有大能量的人物，为故乡赋能。这个有大能量的人物，自是显示在书名上的晏阳初。

关于晏阳初，我最初是从我的小学并中学同学、巴中籍人士陈艾平口中知道的，那时我还在万源县城念初中。但我知道的，仅止于巴中有个名人叫晏阳初，他是民国时期的平民教育家、贫穷乡村改造建设实践者。事实上，他哪里只是离我们较远的民国时期人物？寿龄百岁的他，活到了1990年。只不过，他后来的事业发生地已转移海外，面向全世界。

后来，我陆续读到介绍晏阳初的一些文章和书籍，我认为自己比较全面地认识了同学口中的那位乡党。

直到这几天放下手头俗务，一口气读了苗勇笔下的《晏阳初》，才又脸红地知道，我所谓的全面，实则片面。

首先，我之前读到的晏阳初，是平面的、色彩单一的晏阳初，其呈现基本就一个范式，即，人生线等于事业线。

苗勇对晏阳初的呈现就不同了，既是历史事实的陈列，更是文学艺术的建构。

全书由三条线在时间的顺流与回流中，自觉不自觉地自然穿梭、交集构成。这三条线,除了其他文章家专营的事业线,苗勇还着力垒砌了情感线和故乡线——这是此书的最大特色和价值所在,当然也是其可读性强的核心密码。

关于事业线,作者扭住"民唯邦本,本固邦宁"(《尚书·五子之歌》)八字理念不放,梳理、绘写了传主晏阳初从美国耶鲁大学,到一战欧洲战场,到中国大地,到菲律宾,到世界诸国,凭一己之力,聚集同志,以民间行为方式,推动、整合包括国家在内的各种资源,在广大的落后乡村直面"愚、贫、弱、私"的农民兄弟,成功展开一系列令全世界瞩目的变革时间进程的"四育并举"实践:用文艺教育攻愚,发扬知识力;用生计教育攻穷,开发生产力;用卫生教育防病治病,培养健康力;用公民教育攻私,发扬团结力。最终实现让全世界文明的主体基底,即占全人类总量四分之三的广大农民,迅速实现"除文盲,作新民"的宏大愿景。

在无时不在的情感线里,作者渲染出的气场,端的是动了每一个字、每一个标点符号的情。"一到定县来,晏阳初便用心学习定县方言,以便更好地和当地的村民交流。如今晏阳初如果脱去这一身青色长衫,没有人不认定他是一个定县人。""在往后的很多日子里,晏阳初常常想起烟台那个身穿补丁衣服的乡下小姑娘。"从晏阳初对亲友的情,对妻儿的情,对师长的情,对故人的情,对同学同事的情,对祖国的情,对人类尤其是对农民的常含泪水的深沉情意中,让读者感到的是,那个在时间和空间的语境里都远离自己的平民教育家,其实就是我们在农贸市场看见的一位盘摊的低收入市民,在乡村田坎上遇到的一位戴草帽、挽裤管的农技干部。不用说,没有作者对传主的真情实感,就没有传主对自己钟爱之人之物的真情实感。这不是虚构、非虚构的分歧认知,而是表达的实现、未实现。此哲学正理,正如没有语言文字,就没有历史和世界一样。

准确地讲,我说的故乡线,也是一条情感线,既指晏阳初对故乡的情感,亦指故乡对晏阳初的情感。我说的故乡,既是那片有山有水有森林有蓝天的土地,也指那片土地上的族人、朋友、恩师、历史和民俗;

既指传主牵肠挂肚的狭义的巴中,亦指传主踪迹累叠的巴蜀大地。故乡,是一个人的出处,是一个人成长、怎么成长的根脉、气口与初因。父母的血缘传递与耳提面命,巴中福音堂魏牧师的言传身教,保宁府(今四川阆中)天道学堂姚明哲的培养与引荐,成都传教士史文轩的倾力襄助——正是这些来自故乡的接力加持,让晏阳初在成长中壮大,完成了翻山越岭从巴中到成都,沿古驿道东大路从成都到重庆,继而顺江出夔门、泊岸香港,直至进军美国,实现了立志献身拯救平民出苦海这项伟大壮举。这是故乡给予自己儿子的情感。在作者倾情的书写中,晏阳初对故乡的情感,贯穿密布了他漂泊五洲四海的一生。在香港,"他想到了史文轩兄妹为他的读书慷慨解囊,想到了远在巴中的白发苍苍的母亲和亲人,想到自己的志向和抱负"。在巴黎,"晏阳初收回目光,摆开架势,打了一趟拳。这还是童年时在家乡巴中时,央求二哥教的呢"。海外学成回到祖国,"一踏上回巴中老家的路,晏阳初就心潮澎湃,难以平静。多少次,思乡之苦牵萦着游子的心,梦中母亲白发苍苍的容颜,倚门回望,几多次让他梦醒后泪湿枕衾"。书中写晏阳初与故乡的故事容量与乡愁体量,差不多占了全书近三成之多,而以插叙的形式嵌入书中的专章第八章,基本上皆为晏阳初与巴中的情感激荡与遐思交割。他给予故乡最大的回馈,是因为他的人杰式存在,故乡感到了无比的地灵和骄傲。

事实证明,也只有传主的故乡人,才能写好传主的故乡事——包括情感在内的得天独厚的地缘优势,让外乡人望洋兴叹。

本书正叙、倒叙、插叙并施,但大致还是依从了章回式的结构编排,细节描写和氛围营造也充分突显了文学性品质与效果。此外,读者还能够在苗勇的叙述道法中看见一种平实中见奇崛的语言修饰风景,如,"母亲的声音真好听,像缎子一般平滑柔和,丝毫没有先前的威严"。再如,"也许多年以后,土街会温馨地回忆起这样的一个细节:一位四十左右儒雅的中年人身着青色长衫,双目深邃,面带微笑,在定县街上从容不迫地走着"。

作者行文介绍晏阳初的同时，不时穿插对晏阳初的评论。从这一表征看，将这本传记归类评传文学体式也未尝不可。"可他俯下身来，满怀悲悯为全世界最底层的人们奔走，一生都在为改变底层民众这个最大公约数的生活状况而奔走，无怨无悔，穷尽一生。这不禁让人想起弗罗斯特的那首著名的诗歌《未选择的路》。"

古代科举，有文状元和武状元之分。同理，英雄自是有战斗英雄和文化英雄之别。晏阳初无疑是文化英雄，一名出自巴中、完全彻底不折不扣的世界级文化英雄。而与生俱来的古老的英雄情结，不仅结实在苗勇这个名字上，更结实在整部书的阳光、雨水和晨钟暮鼓中。其实，书剑飘零一生，对清代名将、蜀中乡人杨遇春特别敬仰的晏阳初，在多年的时间段里将自己易名为晏遇春——从这一点即可看出，他的救万民出离深渊，由家国意识、故乡情怀和英雄主义思想晶凝成的英雄情结，是多么具体和彰驰！

这是一本什么书，为什么要写这本书，怎样写这本书？这些问题，其实作者已在后记中道出了底牌："原来，远在几十年前，那个从巴山深处走出来的名叫晏阳初的寒门子弟，在神州广袤的农村里，和一群当时中国最优秀的知识分子，进行着一场多么广阔的乡村教育运动。他和他的同事，躬身前行，一心为民，为了中华民族的振兴，而努力奋进着。后来，他把自己的乡村改革理念，推向全世界，为地球上最苦难的人们的幸福，穷尽了一生的心力。不知道者，是无知。现在，我知道了，而不告诉更多的人，就是对伟人的不敬。一个愿望就在心里悄悄滋生：总有一天，我要写一本书，写一写晏阳初，写出我心中的仰望，让许多尚不知道他名字的人，熟悉他，理解他，记住他，缅怀他。同在桑梓，后辈如我，以笔为口号，当是最好的纪念方式。"

（凸凹，本名魏平。诗人，小说家，编剧。四川省散文学会特邀会长，四川省诗歌学会副会长，成都市作家协会副主席。著有《大三线》《甑子场》《花儿与手枪》《蚯蚓之舞》等书共20余部）

务把文盲除尽

——读《晏阳初》有感

李国军

近日有幸读到苗勇先生即将付梓的长篇纪实书稿《晏阳初》，翻开文稿首页，映入眼帘的便是晏阳初博士那句在全世界都广为流传的名言：

"……我对我的上帝和生我养我的土地起誓：我将用我的双手和灵魂投入工作，直至打碎将我们的人民束缚在贫困、无知、疾病和自私之中的锁链。……"

晏阳初博士，是我敬仰的故乡伟人。他所居住的故乡三江和我的老家，只隔着一条清澈的三江河，站在白皮山上便可望见。巴中是晏博士的故乡，是他一生梦萦魂牵的桑梓，这里的山山水水都流传着他的逸闻往事。节假日里，也曾多次偕友朋到位于白塔山上的晏阳初博物馆，瞻仰博士雕塑上慈祥和蔼的笑容，拜谒过他长眠的陵墓，解读过他辉煌而又忙碌的一生，对他的敬仰也就愈加深厚。

时间回溯到20世纪的初叶，晏博士在巴山的青山绿水中快乐地长成，巍巍王望山，回荡着他童年的笑声；清清巴河水，回溯着那稚气的欢语。他从山高林密的大巴山深处走来，走向外面广博的世界。在晏博士长达一个世纪的生命历程中，他的足迹几乎遍布了世界上每一寸贫瘠的土地。

晏阳初博士是国际乡村改造运动的创始人。晏阳初在国际教育界有着崇高的世界声誉。他穷一生精力，为世界平民教育事业呼告奔走，致力于帮助处在水深火热中的劳苦大众摆脱疾苦，鞠躬尽瘁，躬行一生。

巴中地处川北，这里既有万山横亘，云岭望断，雄峰陡峭，又有绿水潺湲，人情文化，风物迷人。自古至今，勤劳淳朴的大巴山人，便在这里辛勤耕种，繁衍生息，创造着美丽而迷人的大山文明。数千年沉郁刚健的历史文化积淀，如巴河不废万古地流淌，从高山峡谷中潺潺地漫出，漫过平原坦途，淌过碧绿山岗，铸就"忠勇侠义、豪放包容"的"巴文化"精髓，最终融入华夏的工轴画卷中。

性格是地域的生成。20世纪的初叶，青年晏阳初怀抱利器，肩着简单的行李，告别家乡的亲人，从这里启程。巴山巍峨雄健的气势，馈他以高远广博的胸襟，蜀水秀媚婉转的纤约，赋他以悲天悯人的情怀。耿介直爽的晏阳初，一天天坚韧地长大了。当时的中国，军阀连年混战，人民苦不堪言。这种国运多舛的颓势，民生倍艰的实境，让他更多地思考着国家和民族的未来，日益坚定着他为劳苦大众奉献终身的人生理想。

留美学成归来，晏阳初博士一头扎进了平民教育的运动中。允诺自己，不再回头。从法国普兰华工识字班肇始，晏阳初博士一路向前，道路越走越广阔，是愈挫愈奋，历久弥坚。国人所熟知的武汉三镇识字运动，后来的衡阳实验、新都实验，乃至长达十多年的扎根于河北农村的定县改革实验，晏博士按照自己的理想方向行进着。无数劳苦大众从实验中受到教益，从此走上了富裕之路。这每一次运动，都应该是20世纪中国乡村改革值得浓墨重彩地书写的篇什。

在这些埋头摸索的艰苦岁月中，晏阳初博士和他的同人们逐渐总结出中国农村的四大顽症：愚、弱、贫、私。相应地，他们在乡村推行识字教育，改变愚昧的思想；推广卫生教育，改良落后的医疗条件；发展生计教育，帮助农民过上好日子；提倡公民教育，提升农民的整体素质。晏博士相信，在几十年或是一代人的身上，彻底改变国民愚昧落后的现状，便可以使古老的中华民族，迅速走上国富民强的康庄大道。

国内的试验，晏阳初博士积累了丰富的经验，他逐渐由中国走向全世界。此时，二战后的世界各国，破敝的农村都面临着百废待兴的窘境，政府却苦于找不到改良的路径，晏博士在定县总结的乡村改革经验和乡村建设实践，提供了一条可行的方案，自然受到发展中国家的青睐。从此，晏阳初博士投入到了世界乡村改革的洪流中。他变得更加忙碌，频繁地在各大洲之间往来奔走，引领着乡村改革方向，践行着自己的人生理想。

晏阳初常说，是"3C"影响了他的一生，"3C"就是孔子、基督和苦力。具体说就是来自远古儒家的民本思想,"民为邦本,本固邦宁";来自基督的普世思想,不管是在巴州福音堂还是在阆中的保宁学院,抑或是在成都、香港,他一直在教会学校学习;来自底层人民的疾苦和他们的朴质坚韧,少年求学时,他从巴州步行到阆中,再从阆中辗转到成都,每次长达数日的跋山涉水,他都与"背二哥"们在一起,他们的辛苦、坚韧、乐观向上乃至愚昧无知都深深影响了他。当他在法国中国劳工营亲见了种种不平等和中国劳工的不幸时,他久埋心中的济世理想找到了突破口,《平民千字文》课的出现,让他找到了改变的路径。他由此出发,推行全国,腾蔚世界,秉心直行,终生不悔。

他的一生改变了世界上亿万贫苦民众的命运。

他是美国历史上第一个使国会通过拨款条款的外籍人士。

至今他被日本看作是进一步现代化的路标之一。

……

这一次荣幸阅读,感谢作者的注视和书写,感谢文本细切的诉说,让我这个生长在巴中的人,第一次如此真切地走进博士的一生,走进他所追求的伟大的事业。

那些深夜,当从白日的忙碌中静下心来,坐到桌前,打开文稿,潜心走进文本所营构的氛围中,近一个月时间里断断续续地阅读,我就一直沉浸在文本所营建的场景中。我与书中的人物命运相牵,我为他们的理想高擎扼腕,为他们的艰难窘迫叹息,为他们的成功喜悦高兴,为他们的低徊难免怅惘……

这是一次愉快的阅读之旅,灯光伴着我的阅读,我就这样在书稿里流连忘返。晏阳初博士和他的同人所从事的这一伟大的事业,深深地感动了我。他高蹈的人格、无悔的选择、一贯的执着、必胜的信念,常常让我嗟叹不已,让我在惭愧自己孤陋寡闻的同时,更有种醍醐灌顶的酣畅。

要写出博士漫长而辉煌的一生,不是件容易的事。文稿琐细而绝不是简单史料堆砌,内容翔实并无矫作痕迹。朴实细腻的细节描绘,让书本中人物形象生动展现在读者眼前。透过书页，我们可以清楚地看见那一张张亲切的笑脸，犹如亲自经历了那一次次伟大的变革。

我对晏阳初博士的敬仰，随着这一次阅读旅途而渐行渐深。等思绪回到现实社会，则更多了许多仰望。远在几十年前，博士所推行的四大教育，几乎能在现实的乡村改革中找到影子：国内推行的乡村卫生制度、科技裕民政策，都与晏阳初博士推行的乡村改革有着诸多异曲同工之处。而现在，全国人民都在进行轰轰烈烈的新农村建设。晏阳初博士的乡村教育经验更值得我们借鉴。

"务把文盲除尽"，这句铮铮誓言，穿越时空扑面而来。今日之我辈，抚摸到这样的热切祈望，似乎看到了博士匆匆的身影，悲天悯人的忧郁，都会愈益感到这份历史遗产的沉重和艰辛。

博士却不，他根本没有时间忧伤，他用自己一生践行自己的誓言。他是一位坐而论道、起而力行的实践型思想家。从一战在欧洲战场数十万华工中开展识字运动，历经（二十世纪）二十年代初倡导全国识字运动，发展为乡村建设的定县试验及四川、湖南试验，到后来的国际乡村改造运动。晏阳初躬行践履、一步一个脚印地走过了他漫长而曲折的平民教育之路。

博士的故乡巴中，是共和国第二大苏区，在那燃情的战争烽烟里，无数优秀的巴中儿女为了中国美好的明天，献出了宝贵的生命。与发达的沿海相比，今天这里仍是个经济欠发达地区。这些年，在党和国家的裕民政策的带动下，它也在突飞猛进地向前行进着。老区人民凭着他们的坚韧和执着，创造了誉满省内外的"巴中经验""巴中精神"。要让更多的人了解巴中、认识巴中，进而走进巴中，热爱巴中，更需要全巴中人民共同努力。现在提倡的旅游巴中、人文巴中、绿色巴中，就是要让更多的人了解老区的魅力和赤诚。

自然生态游、历史文化游、红军故里游、名人故里游，一系列特色景点和精品线路纷纷闪亮登场，撑开了巴中旅游一片蔚蓝晴空。通江诺水河溶洞巧夺天工的奇景、南江光雾山万山红遍的枫叶、巴中南龛摩崖造像、川陕苏区将帅碑林，均已初现成效。而名人巴中——晏阳初博士故里游，也应该成为巴中旅游建设的重点之一。

为了响应这一口号，一大批巴中籍的专业的或业余的作家，也在这种精神的感召下，纷纷拿起笔来，自觉地抒写着巴中的美丽风物，为巴中的人文建设鼓与呼。苗勇先生于政事之余，潜心创作的这本长篇纪传体小说的及时面世，正是契合了这种发展的潮流。

我相信，会有更多的人敬仰晏阳初博士，走进他所倡导的平民教育精神里，热爱博士正飞速发展的故乡巴中。本书的面世，将不惟是巴中文化界的一件大事，更是巴中发展的一件喜事。

2020年6月10日

（李国军，四川巴中人，青年作家，曾获四川文学奖，梁斌青年文学奖）

后 记
仰望晏阳初
苗 勇

我最初知道晏阳初这个名字，还是在上中学的时候。

不记得从一本什么课外书上看到一则介绍，文章对他的介绍只有寥寥几笔，说晏阳初是世界上平民教育运动的发起者和领导者。他一生致力于乡村改造运动，在世界范围内，为贫苦人们打开了一扇通向智慧和富足的大门。

他的贡献，当时懵懂的我，并不是很在意。我所在意的，只是他的籍贯：四川巴中。

我为我的家乡有这么一位伟大的人物而沾沾自喜。

后来每每与人谈及，说巴中有一位享誉世界的平民教育家，听的人大多摇头，说没有听说过。我心中就嘀咕：怎么连晏阳初的故乡巴中，都很少有人知道他的名字？是不是我搞错了？

后来，进入了巴中城读书，才发现巴中城一个叫大塘坝的地方，那里果然有一个晏阳初纪念馆。我很高兴，抽一个周末专门去拜谒了。

一座三层楼高的砖房，前面有个小小的庭院，长着几棵树，枝叶倒还茂盛。房子前边挂着一个牌子，写着"晏阳初故居"几个字。房屋很陈旧，与巴中古老的魁星阁毗邻，倒可以显出些幽深的景致来。

不过，其时那纪念馆成了一个幼儿园。除了一间紧锁着的屋子、一个木制的牌子透露出些许信息外，已经丝毫看不出这房子与一个誉满世界的大教育家有什么关系。

后来，到了外地读书，班里的同学常常夸耀着自己家乡的美丽和富饶，名家辈出，说得眉飞色舞。我的故乡四川巴中，那时还是一个山高水清、十分贫穷落后的地方。在同学们眼里，我就是一个来自大山深处的山里娃。轮到我说了，我实在找不出自己家乡的特色，虽然我是如此爱她。许多时候，面对同学们怜悯的眼光，我都觉得很不舒服。

有几次我就抬出了晏阳初，说他是世界名人，和爱因斯坦齐名。听的同学大多摇头，说根本就没有听说过这个名字。眉眼里是嗤笑，笑我乱说。而我也就心虚，不敢再言。

到学校的图书馆去找了找，没有找到我期待的资料。我心里就想，这晏阳初估计是对国人没有什么帮助，要不怎么在中国几乎没有多少人知道他？又或者说，他有些浪得虚名。

疑问一直梗在心里，没有得到解答。

毕业了，回到了故乡的小城工作、学习、生活，心里的疑问也就一天天地解开了。由于工作的性质，往往有到外地出差的机会，我也就有了常常光顾不同书店的快乐，慢慢地手头就积累了一些介绍晏阳初的书籍、文章。

对晏阳初的了解，也就一步步加深了。紧跟而来的，惭怍和汗颜也就一日一日地加剧了。

原来，远在几十年前，那个从巴山深处走出来的名叫晏阳初的寒门子弟，在神州广袤的农村，和一群当时中国最优秀的知识分子，进行着一场影响深远的乡村教育运动。他和他的同事躬身前行，一心为民，为了中华民族的振兴而努力奋进着。后来，他把自己的乡村改革理念推向了全世界，为地球上最苦难的人们的幸福，穷尽了一生的心力。

不知道者，是无知，现在我知道了，而不告诉更多的人，就是对先贤的不敬。

一个愿望就在心里悄悄滋生：总有一天，我要写一本书，写一写晏阳初，写出我心中的仰望，让许多尚不知道他名字的人，熟悉他，理解他，记住他，缅怀他。

同在桑梓，后辈如我，以笔为口号，当是最好的纪念方式。

真的下了决心要写书，才发现自己手里的资料简直太少了，也就有意识地加紧收集有关晏阳初的各种资料。

那已经是20世纪的末期，市面上与晏阳初有关的书籍还是不多，故乡的小城就更少了。每次有了出差的机会，办完正事以后，我总是第一时间跑进书店，搜寻与之相关的书籍。

功夫不负有心人，七八年下来，我手头有了一些书籍资料：《晏阳初文集》、《晏阳初传》、《告语人民》（晏阳初和美国诺贝尔文学奖获得者赛珍珠合写）……还有许多介绍中国平民教育和世界乡村改造运动的史料、回忆录、报告文学……

　　我一边仔细地阅读资料，一边构思着自己的写作切入点。正在这时，我收到了晏阳初博士的侄孙——晏鸿国先生——惠赠我他自己编著的书籍：《晏阳初传略》。

　　看得越多，了解得越深，对晏阳初的敬仰也就更深了。仰之弥高，要为他写一本书的决心也就更加坚定了。

　　不过，我却久久不敢提笔。虽然我也写过许多文字，出版过十多部个人专著。已经有这么多书写到他了，我又该怎么写呢？我还有写的必要吗？我能写出他的伟大吗？我常常问自己。

　　但我又放不下一直以来的心结。长久的犹豫中，我不停地给自己打气，一定要写，而且不能与其他人重复。

　　我又一头钻进了资料里，这时我发现，书店里当时写晏阳初的书籍，大多注重史料的搜集、乡村运动的功绩，而忽略了对他本人的刻画，缺少对活动细节的描写。史料有余而文学色彩不足，读来让人觉得枯燥乏味。

　　也许，这就是晏阳初一直不被人们所熟知的一个原因吧！

　　我在想，要写好这一本书，对我来说，难度是很大的。首先，我只是一个业余的写作者，我怕自己才力不逮。其次，我有那么多的时间和精力吗？

　　这时候我手头已经汇集了一大堆描写名人的传记文学：《巨人传》《梵高传》《中外历史名人传》《伟人毛泽东》……休息的时候，我常常抱着这些书啃到深夜。希望能从这些优秀的书本里，找出一条适合自己的写作道路来。

　　2005年5月，我终于拟好了写作提纲，准备动手写作了。我预计用一年或者更多一点的时间，来完成此书的初期创作。初步拟定，全书分十章，四十五万字左右。

　　也就在这时候，因受了组织委派，我被调到了另外一个地方，接手一项我以前并不十分熟悉的工作。我必须全力以赴，让自己负责的工作迅速走到正轨上来。

又是几个月过去了，我的写作提纲还是几张薄薄的纸。

等我真正提笔写作，已经是 2006 年 9 月初了，故乡巴中到处是丰收的喜悦。而我，也在远离巴中百余公里的另外一个县城里。与家乡有了距离，有了凝望的心态，我也就对晏阳初博士的桑梓情有了切身的体会。

我就选择在这样的一个香气弥漫的秋夜，坐在我单身宿舍临窗的桌子上，铺开稿纸，动笔写下了第一行文字。

外面是漆黑的夜，有暗香涌动，一如我圣洁的心。

灯光寂寂，窥我伏案的跋涉，那一行行文字，无不渗透着我难言的感动。

随着写作的逐渐深入，我的心也越来越忐忑。史料的纷繁让我难于抉择，细节的模糊又使人艰于成行。拟定好的提纲，早成了废纸。

我已经走上了这陡峭的山路，无法停下，身体和心智的双重煎熬，让我常常心力交瘁。而文稿按照它自己的流程，向前行进着。我自己也不知道，这份虔诚的写作要到什么时候才是个尽头。而我，在深夜里写下的这些文字，又将呈现一幅怎样的面孔！

两年多时间，七百多个夜晚，我常常在嗟叹和忧生患世里沉浮，几十年前的那些可敬的身影总是在我眼前浮现，他们的慷慨长笑，低首嗟叹，交叠在我眼前。我常常无法入眠，故事的牵萦让我无所适从，他们崇高的精神让我敬仰。我不知道，自己这一次与晏阳初博士的心灵对话，可否让他颔首微笑。

写作，是个艰苦的工作，更是精神的涅槃，尤其对我这样的业余写作者而言。有许多次，完成一个段落，我躺在床上，都觉得自己是写不下去了。但第二个夜晚来临，我又习惯性地铺开了稿纸。

我坚持了下来，心中一直有个声音激励着我，十多年了，我要完成心里的夙愿。

但凡伟人，都会有许多让人仰视的理由，德泽才被后世垂范。他们心怀众生，为人称颂，他们悲天悯人，克己奉公，也就有许多的故事在百姓间口耳相传,自然就有文人为他们立传。诚如鲁迅所言,有什么史传、别传、家传、外传、歪传、正传等,不管是庄重的还是调侃的演绎方式,总是让后人记住他们的好,记住他们的德操,以砥砺后来者。而这其中,传记的作用无疑是很大的。

我不是大家,怕给自己的文章一个传的大名。这本书,它就是我对一位先贤长久仰望的结果,我从一个平民的视角对他进行着最真实的解读。虽然许多具体的细节早被时间所湮灭,但我还是力求还原最大的真实。我只希望通过这本书,会有更多的人了解晏阳初博士,了解他悲天悯人的伟大情怀,了解他终身不悔的坚定信念。会有更多的人记住他、缅怀他、学习他。

而今的故乡,晏阳初博士的事迹正被越来越多的巴中人民熟知。巍巍的白塔山上,晏阳初博物馆坐落在郁郁葱葱的山林里。每至节假日,就会有许多人乘兴而上,去瞻仰博士微颜,感受他博大的胸怀。纪念馆前是博士的雕像,他正亲切地看着越来越美丽的巴中,看着越来越富饶的、他一直牵萦于心的故乡人民。

特别是今天的中国,在党的英明领导下,全国农民正以昂扬的斗志,挺进在乡村振兴的幸福道路上。回到几十年前的中国,这也正是晏阳初博士一生所追求的裕民理想!从很大程度上说,晏阳初博士一生所倡导的乡村改造运动,正在今天中国广袤的农村开展着。中国的农村,已发生翻天覆地的变化,今后会越来越好。

晏博士如地下有知,亦当欣然笑醒。

2007年书稿终于完成了,13年我都迟迟不敢让其面世。一来是因为内心觉得未真正写出晏阳初的精神和平民教育的精髓;二来是因为近些年奉命写作任务特别重,先后撰写了《直面地震工会旗帜高高飘扬》《见证天使》《生命芦山》,无力进行修改完善。重要的是,我觉得这些年时机还不成熟。而今,晏阳初的乡村改造思想正契合了习近平总书记提出的"乡村振兴"的伟大构想,特别是习近平总书记提出的"讲好中国故事,传播中国声音"的要求,晏阳初作为世界范围的名人,中国认可、欧美

后记　仰望晏阳初

认可、第三世界国家认可,此时出版发行长篇传记小说《晏阳初》,正是要讲好中国故事,传播中国声音,正当其时。

在长篇传记小说《晏阳初》即将问世之际,我怀着无比感激的心情,感谢省委常委、总工会主席田向利,原省委常委、总工会主席李登菊对我的鼓励和支持,感谢钱理群老师为之作序,感谢东方出版社编辑老师和好友李国军、张驰所付出的一切辛勤和辛苦,特别感谢中国工人出版社原社长张帆老师、东方出版社总编辑孙涵老师、人民出版社副总编辑于青老师精心策划和帮助,同时,感谢那些曾经和正在关心、爱护、帮助我的所有好心人。

苗　勇

2020 年 4 月 20 日

图书在版编目（CIP）数据

晏阳初 / 苗勇 著 .—北京：东方出版社，2021.9
ISBN 978-7-5207-2256-8

Ⅰ.①晏… Ⅱ.①苗… Ⅲ.①传记小说—中国—当代
Ⅳ.① I247.5

中国版本图书馆 CIP 数据核字（2021）第 122401 号

晏阳初

（YAN YANGCHU）

作　　者：	苗　勇
责任编辑：	李　烨
出　　版：	东方出版社
发　　行：	人民东方出版传媒有限公司
地　　址：	北京市西城区北三环中路 6 号
邮　　编：	100120
印　　刷：	北京明恒达印务有限公司
版　　次：	2021 年 9 月第 1 版
印　　次：	2022 年 1 月第 7 次印刷
开　　本：	660 毫米 ×960 毫米　1/16
印　　张：	33.5
字　　数：	450 千字
书　　号：	ISBN 978-7-5207-2256-8
定　　价：	82.00 元
发行电话：	（010）85924663　85924644　85924641

版权所有，违者必究
如有印装质量问题，我社负责调换，请拨打电话：（010）85924602　85924603